SCIENCE FICTION

Herausgegeben
von Wolfgang Jeschke

Aus der Serie »Die Abenteuer des Raumschiffs ›Enterprise‹«
in der Reihe HEYNE SCIENCE FICTION & FANTASY
sind bereits erschienen:

Vonda N. McIntyre, *Star Trek II: Der Zorn des Khan* · 06/3971
Vonda N. McIntyre, *Der Entropie-Effekt* · 06/3988
Robert E. Vardeman, *Das Klingonen-Gambit* · 06/4035
Lee Correy, *Hort des Lebens* · 06/4083
Vonda N. McIntyre, *Star Trek III: Auf der Suche nach Mr. Spock* · 06/4181
S. M. Murdock, *Das Netz der Romulaner* · 06/4209
Sonni Cooper, *Schwarzes Feuer* · 06/4270
Robert E. Vardeman, *Meuterei auf der Enterprise* · 06/4285
Howard Weinstein, *Die Macht der Krone* · 06/4342
Sondra Marshak & Myrna Culbreath, *Das Prometheus-Muster* · 06/4379
Sondra Marshak & Myrna Culbreath, *Triangel* · 06/4411
A. C. Crispin, *Sohn der Vergangenheit* · 06/4431
Diane Duane, *Der verwundete Himmel* · 06/4458
David Dvorkin, *Die Trellisane-Konfrontation* · 06/4474
Vonda N. McIntyre, *Star Trek IV: Zurück in die Gegenwart* · 06/4486
Greg Bear, *Corona* · 06/4499
John M. Ford, *Der letzte Schachzug* · 06/4528
Melinda Snodgrass, *Die Tränen der Sänger* · 06/4551
Jean Lorrah, *Mord an der Vulkan Akademie* · 06/4568
Janet Kagan, *Uhuras Lied* · 06/4605
Laurence Yep, *Herr der Schatten* · 06/4627
Barbara Hambly, *Ishmael* · 06/4662
J. M. Dillard, *Star Trek V: Am Rande des Universums* · 06/4682

STAR TREK: DIE NÄCHSTE GENERATION:
David Gerrold, *Mission Farpoint* · 06/4589
Gene Deweese, *Die Friedenswächter* · 06/4646

STAR TREK: DIE ANFÄNGE:
Vonda N. McIntyre, *Die erste Mission* · 06/4619
Margaret Wander Bonanno, *Fremde vom Himmel* · 06/4669

DAS STAR TREK-HANDBUCH:
von Ralph Sander · 06/4670

Diese Liste ist eine Bibliographie erschienener Titel
KEIN VERZEICHNIS LIEFERBARER BÜCHER!

MARGARET WANDER BONANNO

FREMDE VOM HIMMEL

Die Abenteuer des Raumschiffs
›Enterprise‹

Science Fiction Roman

Deutsche Erstausgabe

WILHELM HEYNE VERLAG
MÜNCHEN

HEYNE SCIENCE FICTION & FANTASY
Band 06/4669

Titel der amerikanischen Originalausgabe
STRANGERS FROM THE SKY
Deutsche Übersetzung von Andreas Brandhorst
Das Umschlagbild schuf Boris Vallejo

Redaktion: Rainer Michael Rahn
Copyright © 1987
by Paramount Pictures Corporation
Copyright © 1990 der deutschen Übersetzung
by Wilhelm Heyne Verlag GmbH & Co. KG, München
Printed in Germany 1990
Umschlaggestaltung: Atelier Ingrid Schütz, München
Satz: Kort Satz GmbH, München
Druck und Bindung: Ebner Ulm

ISBN 3-453-03936-X

Meiner ›Crew‹ gewidmet:

Für Russell, Danielle und Michelangelo
(»Denn nirgends werde ich dringender gebraucht als
unter so vielen unlogischen Menschen ...«)

Historische Anmerkung

Das Buch *Fremde vom Himmel* betrifft zwei verschiedene Zeitabschnitte im Leben von Kirk und Spock.

Buch 1 beginnt in den verworrenen Jahren zwischen der Konfrontation mit V'ger in *Star Trek: Der Film* und Spocks Tod in *Der Zorn des Khan.*

Buch 2 schildert einen jüngeren Captain James T. Kirk, der gerade Kommandant des Raumschiffs *Enterprise* geworden ist, und seinen vulkanischen Ersten Offizier, der erst noch sein Freund werden muß. Die Geschehnisse sind unmittelbar vor der Fernsehepisode ›Where No Man Has Gone Before‹ (dt. ›Spitze des Eisbergs‹) angesiedelt, in der der Zuschauer Gary Mitchell, Lee Kelso und Dr. Elizabeth Dehner kennenlernte.

Prolog

Leonard McCoys Gedanken verloren sich im einundzwanzigsten Jahrhundert.

Es kümmerte ihn nicht besonders. Die Ereignisse, an denen er teilzunehmen glaubte, fesselten ihn so sehr, daß er gar nicht in die Gegenwart zurückkehren wollte. Sein Denken und Empfinden galt einem Buch, das auf mehreren Welten ernste Kontroversen schuf — einem Buch, dem er zunächst mit Skepsis begegnete, das jedoch inzwischen seine ganze Aufmerksamkeit beanspruchte.

»Faszinierend«, murmelte er vor sich hin und blätterte die elektronischen Seiten auf dem Sichtschirm des Büromonitors weiter, dankbar dafür, daß er derzeit keine Patienten hatte. Er lauschte dem Klang seiner eigenen Stimme und schüttelte verwundert den Kopf. »Nun, ich meine, es ist *interessant*. Ach, zum Teufel auch, hier kann mich niemand hören. *Faszinierend* ist durchaus angebracht. Eine tolle Geschichte!«

Sie wird Jim umhauen, dachte McCoy, freute sich auf die Lektüre und hoffte, daß ihn niemand störte. *Ich kann es gar nicht abwarten, ihm das Buch zu zeigen.*

Vorwort der Autorin

Niemand sollte den manchmal recht positiven Einfluß von Zufällen auf die allgemeine Struktur historischer Entwicklungen unterschätzen.

Es mag übertrieben erscheinen zu behaupten, die Föderation der Vereinten Planeten verdanke ihre Existenz einem vulkanischen Erkundungsschiff, das im irdischen Jahr 2045 Havarie erlitt — insbesondere dann, wenn man die menschlichen Reaktionen auf jenes Ereignis berücksichtigt. Trotzdem: Ohne die Ankunft der Fremden vom Himmel und der von ihnen ausgelösten Ereignisketten wäre es durchaus möglich gewesen, daß sich die Erde gegenüber einem unermeßlich weiten und bis dahin als unbelebt geltenden Universum vollständig abgeschirmt und isoliert hätte.

Jedes Schulkind in der Föderation weiß, daß der erste Kontakt zwischen Menschen und Extraterrestriern durch die Mission der *UNSS Icarus* gelang, die im Jahre 2048 nach Alpha Centauri flog. Die Herstellung friedlicher Beziehungen zwischen den beiden humanoiden Völkern ermöglichte es den Terranern, ihre letzten xenophobischen Ängste vor ›kleinen grünen Männchen‹ und ›Schleimmonstern aus dem All‹ zu überwinden.

Der geschichtliche Rest jener Epoche erscheint wie ein schöner Traum. Die Kooperation zwischen Erde und Centauri wie Zefram Cochrans Genie führten im Jahre 2055 zum Durchbruch in der Warp-Technologie. Als logische Folge der anschließenden Kontakte mit Vulkan, Tellar und Epsilon Indi, Heimatwelt der Andorianer, entstand die Föderation der Vereinten Planeten.

Nach der offiziellen Version kam es im Jahre 2065 zur ersten Begegnung mit Vulkaniern, als der irdische Kreuzer *UNSS Amity* die Besatzung eines in Not geratenen vulkanischen Schiffes rettete, das manövrierunfähig im Solsystem trieb, Die Menschheit sah sich plötzlich mit einem nicht nur in philosophischer und kultureller Hinsicht völlig andersartigen Volk konfrontiert. Doch über fast zwanzig Jahre hinweg hatte sie Gelegenheit gefunden, sich an die Centaurier zu gewöhnen, und dieser Umstand erleichterte es ihr, sich von dem Ballast aus Vorurteilen und Furcht zu befreien. 2068 wurden diplomatische Beziehungen mit der ersten vulkanischen Delegation aufgenommen, und seitdem gibt es in Hinsicht auf die Allianz zwischen Erde und Vulkan nicht die geringsten Probleme.

Alle Einzelheiten der damaligen Vorgänge sind in historischen Speichermodulen und dem Logbuch der *Amity* enthalten. Sie werden oft als Beispiel für den menschlichen Altruismus zitiert, der alle Differenzen überwand und die Hand zur Freundschaft ausstreckte.

Doch die Wirklichkeit sah völlig anders aus.

BUCH EINS

1

Tatya stemmte sich auf einem Ellenbogen in die Höhe und blickte aus weit geöffneten, porzellanblauen Augen aus dem Fenster des Schlafzimmers. Aufregung erfaßte sie.

»Yoshi? Wach auf, Yoshi. Sieh dir das an!«

Der Mann schlief wie üblich auf dem Bauch, murmelte leise vor sich hin und versuchte, tiefer unter die Thermodecke zu kriechen. Doch Tatya rüttelte ihn an der Schulter. Daraufhin rollte sich Yoshi zur Seite und glitt mit einer fließenden Bewegung vom Wasserbett. Leichtfüßig wanderte er durch den Raum und blieb nackt vor dem Fenster stehen.

»Ein Meteor«, sagte er und strich sich das lange schwarze Haar aus der Stirn. »Meine Güte, ich war den ganzen Tag draußen und habe Abschirmungen repariert — und du weckst mich wegen irgendeines Meteoriten. Ich bitte dich...«

»Es ist kein Meteorit«, widersprach Tatya heftig. In diesem Bereich der Welt, die zu zwei Dritteln aus Wasser bestand, sah sie mehr als genug Sternschnuppen. Sie trat an Yoshis Seite, ebenso nackt wie er. Es spielte keine Rolle; nur Fische konnten sie beobachten. Die beiden Gestalten unterschieden sich: rechts der kleine und hagere Yoshi, schmal, die Haut wie Gold, links Tatya, breitschultrig und blaß, das dichte blonde Haar zu zwei Zöpfen zusammengeflochten. Sie hob den Arm und deutete auf das seltsame Glühen, das über den Himmel zog. »Das Ding ist nicht hell genug und bewegt sich zu langsam. Zu gleichmäßig. So als folge es einem genau festgelegten Kurs.«

»AeroMar hätte uns sicher verständigt, wenn es zu einem Unfall gekommen wäre.« Yoshi gähnte und kehrte ins warme Bett zurück. »Glaub mir, Tatya, es handelt sich um einen Meteor. Oder Raumschrott. Irgendein alter Satellit stürzt aus dem Orbit. Warte ab, morgen kannst du's auf dem Kom-Schirm lesen: VERSAGEN DER AUTOMATISCHEN BERGUNGSKONTROLLE. WICHTIGE DATEN GINGEN ÜBER DEM SÜDPAZIFIK VERLOREN.«

Er überlegte, ob er sich das Kissen über den Kopf stülpen sollte — als könnte er sich auf diese Weise vor Objekten schützen, die vom Himmel fielen.

»Eines Tages hat es keinen Sinn mehr, einfach unter die Decke zu kriechen und zu hoffen, daß solche Überraschungen weit entfernt im Meer verschwinden«, brummte Yoshi. »Irgendwann werden wir voll getroffen. TANGFARM ZERSTÖRT. ZWEI TOTE. Hat es denn noch nicht genügt, daß wir hier unten das ökologische Gleichgewicht empfindlich stören? Müssen wir jetzt das ganze Sonnensystem in eine verdammte Müllhalde verwandeln?«

»Zyniker!« erwiderte Tatya, lächelte und streckte sich neben ihm aus.

Das sonderbare orangefarbene Schimmern am sternenbesetzten Firmament verblaßte. Vielleicht war es tatsächlich nur ein Meteorit oder Raumschrott gewesen, aber AeroMar hätte trotzdem eine Warnung herausgeben müssen. Tatya glaubte fast, das dumpfe Zischen zu hören, mit dem das Objekt im Ozean versank.

Was für närrische Vorstellungen, fuhr es ihr durch den Sinn. Aber wenn man auf einer kleinen Plattform lebte, weit draußen auf dem Meer, umgeben von vielen Hektar Tang, wenn man wochen- und monatelang nur mit einem anderen Menschen sprechen konnte ... Unter solchen Bedingungen gingen einem die komischsten Gedanken durch den Kopf. Nur Personen mit besonderer psychischer Stabilität wurden den abgelegenen agronomischen Stationen zugeteilt; die Auswahl war fast so streng wie bei Weltraummissionen. Tatya und Yoshi bildeten ein harmonierendes Paar, hatten sich an die Einsamkeit gewöhnt. Und doch ...

»Yoshi?«

Unter der Decke bewegte sich etwas.

»Nehmen wir einmal an, es handelt sich um ein ... ein fremdes Raumschiff. Vor fünfundsiebzig Jahren schrieb der Wissenschaftler und Autor Isaac Asimov, es gebe wahrscheinlich Zehntausende von Welten der Klasse M, die intelligentes Leben hervorgebracht haben könnten. Und die Expedition, die wir nach Alpha Centauri schickten ...«

»... wird erst in neun Jahren zurückkehren, wenn überhaupt«, murmelte Yoshi schläfrig. »Ein fremdes Raumschiff? Andere intelligente Wesen würden vermutlich nur einen kurzen Blick auf diesen Planeten werfen — und die Reise fortsetzen. In all den Millionen Jahren unserer Geschichte haben wir noch immer nicht gelernt, uns gegenseitig zu respektieren. Wir fallen nach wie vor übereinander her. Drei Weltkriege, Colonel Green ...«

»Das ist vorbei«, beharrte Tatya. »Es gibt keine Nationalstaaten mehr, nur noch eine geeinte Erde. Irgendwann wird es uns gelingen, die Lichtmauer zu durchbrechen, und dann sind unsere Chancen, andere Lebensformen zu entdecken, hundert- oder sogar tausendmal größer!« Sie stützte sich ab, und das Wasserbett erzitterte. Eine besondere Art von Begeisterung leuchtete in ihren Augen. »Früher oder später muß so etwas geschehen. Vielleicht erleben wir es noch.«

»Höhere Geschwindigkeiten als die des Lichts sind bisher nur in der Theorie möglich«, entgegnete Yoshi, der Zyniker — und begann zu schnarchen. Er konnte nicht ahnen, daß sich seine Prophezeiung erfüllen sollte: Es hatte wirklich keinen Sinn, unter die Decke zu kriechen und sich Hoffnungen hinzugeben; es war bereits etwas vom Himmel gefallen, und dadurch kündigten sich Konsequenzen von großer Tragweite an.

Tatya entdeckte das Wrack am nächsten Morgen.

Zusammen mit Yoshi unternahm sie die wöchentliche Tour im Tragflächenboot. Sie fuhren an der Peripherie der Farm entlang, kontrollierten die Barrieren, entfernten einige Quallen und Tintenfische, die während des letzten Sturms in die Abgrenzungsgespinste der Tangkulturen geraten waren, und vergewisserten sich, daß keine Boote in den Anbauflächen dümpelten. Manche Freizeitkapitäne übersahen die Warnbojen oder schenkten ihnen schlicht und einfach keine Beachtung. Ab und zu mußten die beiden Agronomen Besatzungsmitglieder eines privaten Schiffes oder Semiflugzeugs retten, das sich in den Wehren und Reusen verfing und aufgrund erschöpfter Batterien keinen Notruf senden konnte.

Diesmal aber sah Tatya etwas ganz anderes.

»Schalt den Motor aus!« rief sie, um das laute Brummen des Triebwerks zu übertönen.

Schon vor einigen Monaten hatten sie einen neuen Akustikdämpfer angefordert, doch der entsprechende Antrag verlor sich irgendwo in den Labyrinthen der Bürokratie. Die Tang-, Algen - und Sojabohnenfarmen — Basis der synthetischen Nahrungsmittelproduktion, die den Hunger besiegte — genossen Priorität bei der Ersatzteilversorgung. So lauteten jeweils die Vereinbarungen. Doch Papier war geduldig.

Yoshi hörte sie nicht. Tatya trat an seine Seite, drückte den Schubregler nach unten und beantwortete den fragenden Blick ihres Partners, indem sie nach Steuerbord zeigte.

»Dort!«

Langsam glitt das Tragflächenboot ins Wasser zurück, und nicht weit entfernt zeichneten sich unmißverständliche Konturen ab. Das Wrack schien schwer beschädigt zu sein, doch die beiden Agronomen sahen auf den ersten Blick, daß es sich um ein Raumschiff handelte. Die Gesetze der Aerodynamik erforderten gewisse Formen, und das fremde Objekt war ganz offensichtlich für Reisen im All bestimmt. Tatya erinnerte sich an die irdischen Schiffe, die durchs Sonnensystem flogen, den Mondbasen und kürzlich eingerichteten Marskolonien Versorgungsgüter brachten, Erkundungsaufträge durchführten und im Asteroidengürtel nach erzhaltigen Himmelskörpern suchten, die mit mobilen Treibsätzen aus der Umlaufbahn gesteuert und in den erdnahen Raum gebracht werden konnten. Sie kannte auch die Fähren, die zwischen der Erde und den Orbitalstationen und Habitaten verkehrten. Das Wrack wies jedoch erhebliche Unterschiede zu terrestrischen Schiffen auf.

»Es wurde nicht von Menschen gebaut«, stellte sie mit jener unerschütterlichen Sicherheit fest, die Yoshi jedesmal zum Widerspruch herausforderte.

»Seit wann bist du eine Expertin auf diesem Gebiet?« begann er und verzog das Gesicht, als er das Ruder drehte und den Motor abschaltete. Nur noch wenige Meter trennten das Tragflächenboot vom geschwärzten Rumpf im Wasser.

An einem Teil der riesigen Hülle bemerkte Yoshi Reste von seltsamen Schriftzeichen, die er noch nie zuvor gesehen hatte. Eine eigentümliche Unruhe zitterte in ihm, und rasch wandte er den Blick ab.

Das Boot trieb langsam näher, und Tatya streckte die Hand aus, berührte die Symbole so vorsichtig, als seien es lebende Wesen. »Erscheint dir das etwa vertraut?«

»Hm, das Ding erweckt den Eindruck, als könne sich jemand drin aufgehalten haben«, sagte Yoshi und ignorierte die Frage seiner Partnerin. »Vielleicht sollten wir nachsehen.«

Das Tragflächenboot schwankte hin und her, als er sich erhob und nach einem Seil griff. Er stemmte den einen Fuß an die niedrige Reling, suchte mit dem anderen Halt auf dem Rumpf des Wracks und band den Strick um eine lukenartige Vorrichtung, die beim Absturz aufgesprungen war. Neugierig blickte er ins Innere des havarierten Schiffes.

»Nun?« drängte Tatya hinter ihm.

»Wahrscheinlich ist es ein streng geheimer Prototyp, von dem wir Zivilisten nichts wissen«, erwiderte Yoshi vage und trachtete danach, nicht das Gleichgewicht zu verlieren, als er ins Boot zurückkehrte. »Der Spalt ist zu schmal. Man kann überhaupt nichts erkennen.« Er aktivierte den Hilfsmotor, beobachtete, wie sich das Seil spannte. Es knarrte und knirschte leise, als das Schott in der Außenhülle des Wracks weiter aufschwang. Anschließend kletterte Yoshi erneut über die Reling und versuchte, die Dunkelheit im Innern des fremden Objekts mit seinen Blicken zu durchdringen. Helles Sonnenlicht spiegelte sich auf dem Meer wider und blendete ihn. Zunächst sah er nur das matte Leuchten kleiner Monitoren, davor einige reglose Gestalten, vermutlich tot. *Das Glühen des ›Meteors‹ am nächtlichen Himmel* ... Durch die Reibungshitze mußte eine enorm hohe Temperatur im Wrack entstanden sein; niemand konnte sie überlebt haben. Doch einige Sekunden später zuckte Yoshi so plötzlich zurück, als sei die Hülle noch immer heiß.

»Lieber Himmel, Tatya ... Ich glaube fast, es lebt noch jemand da drin!«

»Willst du mich auf den Arm nehmen?«

»Nein! Ich meine es ernst. Ich verstehe es ebenfalls nicht, aber ...«

»Mach Platz!«

Tatya stieß ihn beiseite und schob sich an die Öffnung heran. Sie hatte eine medizinische Ausbildung hinter sich — zumindest ein Stationsmitglied brauchte entsprechende Kenntnisse —, und wenn sich die Chance ergab, ein Leben zu retten, ganz gleich wessen ...

Der Erste Maat Melody Sawyer von der *CSS Delphinus* reichte Kapitän Nyere einen Becher Synthokaffee, setzte ihren eigenen an die Lippen und trank einen Schluck. Sie gab sich gelassen und achtete darauf, die Neugier zu verbergen. Tief in ihrem Innern vibrierte Aufregung, und einmal mehr fragte sie sich, ob das Gleißen, das sie während der vergangenen Nacht am Himmel beobachtet hatte, in irgendeinem Zusammenhang mit den neuen Anweisungen des Captains stand.

Jason Nyere probierte den Kaffee und schnitt dabei wie

üblich eine Grimasse des Abscheus. Eine Ironie des Schicksals wollte es, daß in den Frachtkammern der *Delphinus* Dutzende von Paketen mit *echtem* Kaffee lagerten, für das Personal der Agrostationen bestimmt. Irgend jemand sah offenbar einen kostbaren Schatz in diesen Vorräten, hatte die Behälter versiegelt und die betreffenden Räume mit elektronischen Schlössern gesichert — um eventuellen Plünderungen vorzubeugen. Wer nicht die Bereitschaft mitbrachte, Sprengladungen einzusetzen, konnte sich keinen Zutritt verschaffen. Sawyer fand solche auf den ersten Blick übertrieben anmutende Sicherheitsmaßnahmen nur zu verständlich: Die Besatzung des Schiffes mußte sich mit einer Brühe begnügen, die aus kultiviertem Tang hergestellt wurde und so schmeckte, als habe jemand fünf Tage altes Spülwasser mit den Flüssigkeitsfiltern einer Entsorgungsanlage gemischt.

Der Captain deutete auf die noch leere Schirmfläche des Kom-Monitors, drehte den Kopf und musterte die Frau an seiner Seite aus schiefergrauen Augen.

»Die neue Order hat bestimmt Priorität Eins«, knurrte er und hoffte, daß Sawyer genug Takt besaß, seine Kabine zu verlassen und ihm einen entsprechenden Befehl zu ersparen.

»Ist Ihnen der Kaffee auf den Magen geschlagen?« fragte sie, um Nyere abzulenken. Sie überhörte seinen deutlichen Hinweis und streckte die langen, wohlgeformten Beine einer Tennisspielerin. Die weite Uniformhose wurde ihrer Figur nicht gerecht.

»›Kaffee‹! Soll das ein Witz sein?« Nyere seufzte. »Wie ich hörte, hat die Marine früher die besten Rationen erhalten, nicht etwa die schlechtesten. Das waren noch Zeiten ...«

»Kann man wohl sagen, Captain, *Sär*«, bestätigte Sawyer voller Hingabe. »Damals nahm die Marine rein militärische Aufgaben wahr.« Ihr Urururgroßvater hatte als Soldat in einem Ort namens Shiloh gedient, zu einer Zeit, als es nur einzelne Staaten oder gar Teile davon gab, keine geeinte Menschheit, die nach gestaltgewordenen Katastrophen wie Khan Noonian Singh und Colonel Green versuchte, zu einem neuen Selbstverständnis zu finden. »Und heute? Irgendein Narr hielt es für nötig, uns mit ganz neuen Zuständigkeitsbereichen zu verwirren: Wir forschen und überwachen, nehmen diplomatische Botendienste wahr und fungieren gelegentlich als Abschreckungsmittel. Wir sind Wartungstechniker, Laufburschen und Mädchen für alles. Wir holen für andere die Kastanien aus dem Feuer und erhalten als Dank nur ein gleichgültiges Achselzucken. Wir haben uns zu verdammten Narren machen lassen, *Sär*!«

Nyere schmunzelte. Sawyer erlitt recht häufig reaktionäre Anfälle; wenn sie es für angebracht hielt, vertrat sie einen ausgeprägt chauvinistischen Standpunkt. Er persönlich begrüßte die moderne Entmilitarisierung der sogenannten Vereinten Dienste.

»Ich nehme an, Sie würden die Dinge ein wenig anders anpacken, nicht wahr?« fragte er, obgleich er die Antwort bereits kannte.

»Und ob!« erwiderte Melody scharf. »Was sind wir denn mehr als ein Hansdampf in allen Gassen?« Derartige Macho-Meinungen klangen überaus seltsam, wenn man sie aus dem Mund einer einstigen Schönheit hörte. Nyere musterte seinen Ersten Maat, sah ihre Sommersprossen und lauschte dem Echo des Akzents. Er ließ sich von ihrem so harmlos wirkenden Äußeren nicht täuschen: Melody Sawyer zeichnete sich durch Eigensinn und Sturheit aus; Vorgesetzte empfanden sie oft als Provokation. Sie war bereits viermal versetzt worden, als Jason Nyere entschied, sie bei sich zu behalten: Er hielt Sawyers rauhe Aggressivität für das geeignete Mittel, um seine Spannkraft zu bewahren. »Dieses Schiff ist ein gutes Beispiel für unser Problem, *Sär*. Was soll es darstellen? Unterseeboot? Patrouillenkreuzer? Zerstörer? Frachter? Solche Beschreibungen treffen nicht den Kern der Sache. Man erwartet von uns, all jene Funktionen zugleich zu erfüllen. Angenommen, es kommt zu einer wirklichen Krise, ohne daß wir uns für eine der vier Möglichkeiten entscheiden können. Stellen Sie sich nur die Folgen einer solchen Identitätskrise vor. Wahrscheinlich fällt die halbe Besatzung akuter paranoider Schizophrenie zum Opfer, *Sär!*«

»Das ist allein Ihre Ansicht, Sawyer«, entgegnete Nyere. »Einige von uns ziehen es vor ...«

Er unterbrach sich, als ein rhythmisches Piepen aus dem Lautsprecher drang und die Übermittlung einer wichtigen Nachricht ankündigte. Plötzlich erinnerte er sich wieder an den Beginn des Gesprächs.

»Ich meine es ernst, Melody. Priorität Eins. Sie sollten jetzt besser verschwinden.«

»Mit allem Respekt, *Sär*: Sie müssen mich forttragen, wenn Sie auf meine Gesellschaft verzichten wollen.« Sawyer war nicht nur eigensinnig und stur; manchmal grenzte ihr Verhalten an Insubordination.

»Bitte, Jason«, fügte sie etwas sanfter hinzu. »Lassen Sie mich bleiben, dieses eine Mal.«

Nyere fluchte leise. »Na schön. Aber treten Sie aus dem Erfassungsbereich der Kamera. Es geht um meinen Hals.«

»Der mir gut gefällt.« Melody lächelte und wich zur Seite, weit genug, um nicht gesehen zu werden und gleichzeitig alles beobachten zu können.

Die Mitteilung stammte vom Hauptquartier der Norfolk Island, kam direkt von AeroMar.

Tatya rüstete sich mit einer Taschenlampe und dem für Notfälle bestimmten Medopack des Tragflächenboots aus, sprang und landete eher unsanft auf der Außenhülle des Wracks, das sofort heftig zu schwanken begann. Dadurch verlor Yoshi den Halt, stolperte ins Boot zurück und fiel. Mit einem dumpfen Ächzen stand er wieder auf, rieb sich das angeschlagene Schienbein und beobachtete, wie das fremde Gefährt tiefer sank.

»Tatya?« rief er in den dunklen Zugang. »Du nimmst

ziemlich viel Wasser aus. Wie sieht's dort unten aus?«

Die Antwort bestand aus lautem Platschen.

»Ich brauche mehr Licht«, erklang Tatyas Stimme nach einigen Sekunden. »Himmel, ich dachte immer, Raumschiffe müßten hermetisch dicht sein ...«

Yoshi reichte die zweite Taschenlampe herab und fragte sich, ob er seiner Partnerin folgen sollte. Schließlich entschied er sich dagegen. Wenn er das Wrack mit seinem Gewicht belastete, sank es vielleicht noch schneller.

»Bleib nicht zu lange«, riet er Tatya. Als sie nicht reagierte, fügte er hinzu: »Hör mal, wenn das Ding absäuft, hole ich dich raus. Selbst wenn irgendein Verletzter deine Hilfe braucht. Hast du mich gehört?«

Wieder blieb alles still — er hatte auch gar nicht mit einer Antwort gerechnet. Tatya bemühte sich, Leben zu retten, mußte sich allein darauf konzentrieren. Ungeduldig verlagerte Yoshi das Gewicht von einem Bein aufs andere. Er konnte seine Partnerin nicht sehen, aber ihre Bewegungen führten zu einem heftigen Schlingern des Wracks. Nur die flexiblen Kabel des Barrierenwehrs hinderten es daran, vom Ozean verschlungen zu werden. Die mit dem Schott verbundene Trosse knarrte und spannte sich.

»Tatiana ...«, drängte Yoshi, als die Stille andauerte. Er nannte diesen Namen nur, wenn ihn eine sichere Entfernung von Tatya trennte. »Beeil dich. Oder sag mir wenigstens, was du da unten ...«

»Die Besatzung besteht aus vier Personen«, klang es aus dem Innern des Raumschiffs. »Die beiden im Heck sind tot, regelrecht verbrannt. Eigentlich kein Wunder. Ich begreife nur nicht, wie die zwei anderen überleben konnten.«

Sie ließ unerwähnt, daß die verkohlten Leichen in einem ständig breiter und tiefer werdenden Teich aus Meerwasser schwammen. Tatya wußte, daß ihr nur noch wenige Minuten blieben, und sie hielt es für besser, Yoshi nicht auf die kritische Situation hinzuweisen. Ihre Sorge galt in erster Linie den beiden Bewußtlosen in den vorderen Sitzen, halb begraben unter Trümmern. Sie watete durchs steigende Wasser, hielt sich an Wandvorsprüngen und Sessellehnen fest, als sich der Boden unter ihr neigte.

»Was für hübsche Uniformen«, vernahm Yoshi ihre Stimme. »Oh, hier sieht alles so nett aus. Alles ist funktionell und gleichzeitig ästhetisch. Die Einrichtung, die Kontrollen und Instrumente — wunderschön!«

Yoshi spürte, wie sich seine Nackenhaare aufrichteten. Das klang ganz und gar nicht nach der immer so nüchtern und praktisch denkenden Tatya.

»Was soll der Unsinn? He, wie ist die Luft da unten?«

»Keine Sorge, ich bin vollkommen in Ordnung. Bereite den Bootsmannsstuhl vor und nerv mich nicht!«

Yoshi atmete erleichtert auf, grinste und machte sich an die Arbeit.

»Seltsam«, hörte er seine Partnerin kurz darauf. Sie sprach mehr zu sich selbst. »Ich kann überhaupt keinen Puls fühlen.« Und etwas lauter: »Ich schicke sie jetzt zu dir hoch!«

»›Sie‹?« wiederholte Yoshi, als er den Rettungsharnisch mitsamt der faltbaren Trage herabließ. »Wen meinst du?« Einmal mehr glitt sein Blick zum Horizont; aus irgendeinem Grund rechnete er damit, daß bald Besuch eintraf. *Wir sind bestimmt nicht die einzigen, die den vermeintlichen Meteoriten gesehen haben.* »Sag mir wenigstens, wen ich an Bord holen soll!«

»Der erste Überlebende ist männlichen Geschlechts, gut eins achtzig groß und rund fünfundachtzig Kilo schwer«, erwiderte Tatya ernst. Wieder vernahm Yoshi das Platschen. Immer mehr Wasser strömte ins Wrack. »Er hat das Bewußtsein verloren, weil er mit dem Kopf ans Instrumentenpult prallte. Wahrscheinlich eine Gehirnerschütterung. Hinzu kommen einige Verbrennungen zweiten und dritten Grades ... Verdammt, die Anzeigen meines Diagnosters ergeben überhaupt keinen Sinn, und es ist so dunkel, daß ich keine direkte Untersuchung vornehmen kann. Wir müssen es riskieren, ihn zu bewegen. Alles klar bei dir?«

Yoshi verband den Harnisch mit der Heckwinde und prüfte die Zugstricke. »Ja.«

»In Ordnung, dann runter mit dem Ding. Ich nehme mir inzwischen den zweiten Überlebenden vor.«

»Wie sieht er aus?« Yoshi lächelte dünn, als er die Bahre durchs Schott lenkte. »Eins achtzig, wie? Ziemlich groß für ein kleines grünes Männchen. Keine Tentakel oder zusätzliche Arme? Bist du ganz sicher, daß wir es nicht mit einem Androiden zu tun haben? Wie viele Köpfe hat er?«

»Zum *Teufel* mit dir, Yoshi!« Tatya klang nicht verärgert, eher enttäuscht.

»War nur ein Scherz, um die Anspannung ein wenig zu lockern. Brauchst du Hilfe dabei, ihn anzuheben und festzuschnallen?«

Tatya antwortete ihm mit einigen russischen Flüchen. Sie war in der Ukraine aufgewachsen und an körperliche Arbeit gewöhnt, in dieser Hinsicht sogar weitaus leistungsfähiger als der eher schmächtige Yoshi. Nach einer Weile spürte er einen kurzen Zug an den Leinen, schaltete die Winde ein und zog den Patienten vorsichtig hoch. Während der Motor surrte, beugte er sich über die Reling, griff mehrmals zu und sorgte dafür, daß die Bahre nirgends anstieß.

»Wie *sieht er aus*, Tatya?« fragte er noch einmal.

Die Trage glitt nach oben ins Sonnenlicht, und darunter sah Yoshi kurz das blasse Gesicht seiner Partnerin.

»Ich weiß nicht so recht, wie ich ihn dir beschreiben soll ... Hast du Verwandte auf dem Mars?«

»... das Objekt lokalisieren und wenn möglich sicherstellen. Es werden Schutzmaßnahmen in bezug auf Strahlung und Mikroorganismen empfohlen. Eventuelle Überlebende sind gemäß Vorschrift 17-C an Bord Ihres Schiffes unter Quarantäne zu stellen, bis wir einen Kontakt herstellen können. Wahren Sie unter allen Umständen Funkstille. Verstanden, *Delphinus*?«

»Verstanden, Hauptquartier«, erwiderte Jason Nyere

und starrte auf den Schirm. »Commodore, wonach sollen wir eigentlich Ausschau halten?«

»Machen Sie sich darüber keine Gedanken, Captain. Führen Sie die Befehle aus.«

»Und ... falls wir etwas finden?«

»Wenn die Vorschrift 17-C zur Geltung kommt, warten Sie auf weitere Anweisungen. Wenn nicht ... Allgemeine Order 2013, Captain. Die Einzelheiten bleiben Ihnen überlassen.«

Von einem Augenblick zum anderen wurde der Monitor wieder grau. Jason Nyere spürte plötzlich, daß er schwitzte.

»Heiliger Himmel«, hauchte er. »So etwas sucht einen in Alpträumen heim. Ich hätte nie gedacht, daß es mich einmal trifft. Ausgerechnet mich!«

»Worum geht's überhaupt?« fragte Sawyer und trat vor. Nyere schien sich erst jetzt wieder an ihre Anwesenheit zu erinnern. »Von der ›Allgemeinen Order 2013‹ habe ich noch nie etwas gehört.«

»Das wundert mich nicht«, brummte Nyere geistesabwesend. »Nur wenige Personen sind mit der Klassifikation 2000 vertraut.« Er wischte sich den Schweiß von der Stirn, doch das Unbehagen in ihm blieb. Wie benommen starrte er auf das feuchte Taschentuch. »Solche Dinge gehören zu den Unterlagen, die einzig und allein Flaggoffizieren zur Verfügung stehen.« Er atmete tief durch. »Vergessen Sie, was Sie eben gehört haben, Sawyer, klar? Sie hätten gar nicht zuhören dürfen!«

Melody verschluckte eine scharfe Erwiderung, preßte die breiten Zähne aufeinander und schwieg. Sie hatte gesehen, wie Jason in die Mündung einer Neutronenkanone starrte, ohne dabei mit der Wimper zu zucken. Doch nun zeigten sich Sorge und Furcht in seinem Gesicht. Aus einem Reflex heraus trat sie zur Seite und massierte ihm die Schultern. Wenn jetzt ein anderes Besatzungsmitglied hereinplatzte, kam es später sicher zu Anspielungen und Sticheleien. Sollten sie es nur wagen! Wenn man nicht einmal einem alten Freund helfen konnte, mit seinem Streß fertig zu werden ...

»Was bedeutet 2013, Jason?«

»Zwei Null Eins Drei«, murmelte Nyere, ließ sich müde in einen Sessel sinken und achtete nicht auf Melodys Hände, die erneut nach seinem Nacken tasteten. »Eigentlich dürfte ich nicht einmal zugeben, daß es eine solche Order gibt ... Wie dem auch sei: Es handelt sich um einen Notfallplan, mit dem einer Invasion aus dem All begegnet werden soll.«

Sawyer hielt abrupt inne und lachte.

»Mit anderen Worten: Man schickt uns auf die Suche nach einer fliegenden Untertasse?«

Jason nickte kummervoll.

»Das ist doch absurd!«

»Ganz und gar nicht. Solche Pläne wurden schon vor vielen Jahren entwickelt, unmittelbar nach den ersten UFO-Sichtungen. Sie dienen zur Einschätzung des Gefahrenpotentials extraterrestrischer Angreifer und sollen es uns ermöglichen, sofortige Gegenmaßnahmen zu ergreifen. Die Berichte über angebliche Besucher von den Sternen galten und gelten als Hirngespinste, aber einige Strategen und Taktiker halten es für angebracht, jede Möglichkeit zu berücksichtigen. Inzwischen sind wir in der Lage, nach Belieben in unserem Sonnensystem umherzureisen, und außerdem schicken wir schon seit mehr als hundert Jahren Funksignale in den Weltraum. Um so denkbarer erscheint es, daß uns irgendwann jemand oder etwas antworten wird.«

Der Kapitän zögerte. Die Worte klangen leer: Sie bestimmten einen nicht unbedeutenden Teil seines Lebens, und als Offizier mußte er ihnen vertrauen, doch tief in seinem Innern weigerte er sich, an sie zu glauben. Ganz zu schweigen von den Folgen, die sich daraus für ihn ergeben mochten.

»Was auch immer gestern nacht abstürzte, Melody — es war keins von unseren Raumschiffen.«

Sawyer ging in der recht geräumigen Kabine des Kapitäns auf und ab, sah aus dem Fenster und beobachtete das ruhige Glitzern des Pazifik. Irgendwo dort draußen sollte das fremde Schiff in den Ozean gestürzt sein. *Sicher ist es sofort wie ein Stein gesunken*, dachte sie. *Und das bedeutet: Die Anwendung der Allgemeinen Order 2013 scheitert an so grundlegenden Dingen wie Gravitation und Meerestiefe.*

»Warum sollten irgendwelche ›Gegenmaßnahmen‹ notwendig sein?« fragte sie schließlich. »Wenn eine ganze Invasionsflotte eintrifft, dürfte in Hinblick auf die feindlichen Absichten der Außerirdischen kein Zweifel bestehen. Aber ein einzelnes Schiff? So etwas stellt wohl kaum eine ernste Gefahr dar. Was erschreckt Sie so sehr? Es geht um mehr, stimmt's?«

Nyere lächelte schief und konnte sich nicht ganz von seinem Entsetzen befreien.

»Sie haben recht, Melody. Das Problem ist weitaus komplizierter. Unser Auftrag besteht darin, uns einen Eindruck von den Aliens zu verschaffen und dem Hauptquartier Bericht zu erstatten. Dort entscheidet man, ob unsere gute alte Erde bereit ist, die Fremden zu empfangen, ihre Existenz als absolute Gewißheit zu akzeptieren.«

»Und wenn nicht?«

Nyere schüttelte hilflos den Kopf. »Dann müssen wir sowohl die Besucher aus dem All als auch die Zeugen ihrer Ankunft aus dem Verkehr ziehen, sie für immer zum Schweigen bringen.«

»Verwandte auf dem Mars?« stieß Yoshi hervor. »Tatya...«

Er kam nicht mehr dazu, den Satz zu beenden, hielt unwillkürlich den Atem an, als helles Sonnenlicht auf den ersten Fremden fiel. Verbrennungen, Hautabschürfungen und gewöhnlicher Schmutz konnten nicht über die japanisch anmutenden Züge hinwegtäuschen. Das war zumindest der erste Eindruck. Aber als Yoshi nach der Bahre griff, sie behutsam heranzog und unter Deck brachte, um den Bewußtlosen auf eine der Kojen zu legen, als er ihn genauer ansah...

Yoshi spürte, wie sich eine seltsame Kühle in ihm ausbreitete, wie seine Hände taub wurden. Er mußte sich zwingen, keine Schlußfolgerungen zu ziehen, die unmöglich etwas mit der Wirklichkeit zu tun haben konnten.

Und wenn Tatya recht hatte?

Sie zog mehrmals an der Leine, wollte ihren zweiten Patienten so rasch wie möglich in Sicherheit wissen. Yoshi löste sich aus seiner Starre, kehrte nach oben zurück und konzentrierte sich auf Winde und Seile. Gleichzeitig behielt er das tiefer sinkende Wrack im Auge — es ragte nur noch dreißig Zentimeter weit aus dem Meer. *Beeil dich, Tatya, beeil dich!* Als die Sekunden verstrichen, konnte er der Versuchung nicht widerstehen, einen Blick über die Schulter zu werfen. Der Mann, den er gerade an Bord geholt hatte...

Dann ging alles ganz schnell. Das jähe Schaukeln des Wracks deutete darauf hin, daß es Tatya plötzlich sehr eilig hatte. Yoshi hörte ihre Stimme, als er die Bahre zum zweitenmal hochzog, verstand jedoch nicht, was ihm seine Partnerin zurief. Er forderte sie auf, ihre Worte zu wiederholen.

»Ich sagte, von ihrem Gesicht scheint nicht mehr viel übriggeblieben zu sein. Ich weiß, wie du auf den Anblick von Blut reagierst, wollte dich nur warnen.«

»Hör endlich auf damit!« erwiderte Yoshi unwirsch. Er war tatsächlich ein wenig zu sensibel, aber es gefiel ihm nicht, daß sich Tatya darüber lustig machte.

Es blieb ihm gar keine Zeit, einen Blick auf das Gesicht der Fremden zu werfen. Irgend etwas gurgelte, und als das sinkende Wrack von der Barriere glitt, riß die Trosse. Das eine Ende schwang peitschenartig zurück und traf Yoshi am Bein. Er gab einen schmerzerfüllten Schrei von sich, taumelte und spürte, wie das Knie nachgab. Instinktiv streckte er die Hand aus, hielt sich an der Reling fest und sah, wie sich das fremde Gefährt von einer Seite zur anderen neigte, wie Wasser durch die geöffnete Luke strömte. Mit einem Ruck schob Yoshi die Bahre und ihre Last aufs

Deck, löste die Riemen und schwang den Harnisch wieder herab.

»Tatya! Ergreif die Leine und halt dich fest!«

Der Windenmotor brummte lauter, zog Tatya gegen die Strömung aus dem Wrack. Yoshi drehte den stählernen Ausleger und beobachtete, wie seine Partnerin klitschnaß an Bord sprang. Er schenkte ihr keine Beachtung, war mit einem Satz am Ruder, startete das Triebwerk und lenkte das Tragflächenboot von den gefährlichen Strudeln fort, die sich über dem sinkenden Wrack bildeten.

Kurz drauf glättete sich die See. Abgesehen von einigen abgescheuerten und ausgefransten Wehrkabeln erinnerte nichts mehr an das fremde Raumschiff.

»Ist alles in Ordnung mit dir?« fragte Yoshi und nahm Kurs auf die Agrostation.

»Ich brauche nur trockene Sachen, weiter nichts«, erwiderte Tatya, lachte und umarmte ihren Partner. Einige Tangstreifen klebten in ihrem Haar. »Und du?«

»Die verdammte Trosse hätte mir fast den Fuß abgeschlagen.« Er deutete auf eine rot angeschwollene Stelle, die bis zum Abend eine bläuliche Tönung gewinnen würde. »Außerdem traf sie mich am Allerwertesten. Was soll's ... Die schmerzhafteste Wunde erlitt mein Stolz.« Seine Stimme klang ein wenig dumpfer, als er hinzufügte: »Sieh dir jetzt deine Patienten an.«

Tatya runzelte die Stirn und zögerte, bevor sie sich umdrehte und nach unten ging. Yoshi gab keinen Ton von sich, wartete gespannt, während seine Partnerin die beiden Gestalten zum erstenmal bei hellem Tageslicht betrachtete.

»Hast du einen Augenblick Zeit, Yoshi?« fragte sie und versuchte vergeblich, die beginnende Panik aus ihren Worten zu verbannen. Als er keine Antwort gab: »Schalt den verdammten Motor aus und komm her!«

Er ging ebenfalls nach unten. Tatya streckte ihm die Hände entgegen. Die beiden Bewußtlosen waren verletzt, und deshalb hatte sie natürlich Blut erwartet, aber so etwas ...

»Sag mir, daß ich nicht verrückt bin«, brachte sie hervor. »Sag mir, daß ich das hier wirklich sehe.«

»Du bist nicht übergeschnappt«, entgegnete Yoshi. »Ich habe es schon gesehen, als ich die Bahre mit dem ersten Überlebenden an Bord zog.«

»*Bozhe moi!*« platzte es aus Tatya heraus. »In ihren Adern fließt *grünes* Blut!«

*

»Oh, Mann, *das* Gefühl kenne ich«, brummte McCoy. Er saß in Jim Kirks Apartment und wärmte sich am Feuer. »Als ich das erstemal einem chirurgischen Eingriff beiwohnte, der einem Vulkanier galt ... Hm, ich glaube, ich hatte damals gerade die ersten beiden Semester meines Studiums hinter mir, ohne jemals in einer Außenwelt gewesen zu sein; Vulkanier waren für mich ebenso geheimnisvoll wie Zentauren oder andere mythische Wesen ... Das Erlebnis erschütterte mich zutiefst; für den Rest des Tages konnte ich überhaupt keinen klaren Gedanken mehr fassen. Meine Güte, man erwartete einfach, daß Blut *rot* ist, selbst wenn man es eigentlich besser wissen müßte.«

Der letzte Schein einer untergehenden Sonne fiel durch die Fenster. Kirk hatte einen langen Tag in der Admiralität hinter sich. Und Spock befand sich an Bord der *Enterprise*, bildete während eines mehrwöchigen Manövers neue Kadetten aus. Ganz gleich, wo sich McCoy aufhielt: Es gelang ihm sofort, sich wie zu Hause zu fühlen. Er erzählte Kirk von dem Buch und hoffte, das Interesse des Amateurhistorikers in ihm zu wecken.

»Die Begegnungen mit anderen Spezies blieben für niemanden von uns ohne Überraschungen, Pille«, erwiderte Jim Kirk leise und starrte ins Feuer. Aus irgendeinem Grund reagierte er mit Unbehagen auf dieses besondere Thema. »Außerdem ist bereits mehr als genug darüber geschrieben worden, von abstrakten Abhandlungen in *Moderne Xenopsychologie* bis hin zu eher scherzhaft gemeinten Anekdoten, an denen wir als Studenten solchen Gefallen fanden. Nach dem, was ich bisher gehört habe, scheint *Fremde vom Himmel* irgendwo dazwischen angesiedelt zu sein.«

McCoy hob eine Braue.

»Eine ziemlich gewagte Behauptung von jemandem, der das Buch überhaupt nicht gelesen hat.«

»Und der auch nicht beabsichtigt, sich damit zu befassen«, kommentierte Kirk und lächelte. »Jene Epoche hat mich nie sehr interessiert. Keine Ahnung, warum ich sie so langweilig finde ... Noch einen Drink?«

»Du ahnst nicht, was dir entgeht«, sagte McCoy und beobachtete, wie sich sein Glas mit bernsteinfarbenem Bourbon füllte.

»Ich erinnere mich noch an das letzte Buch, das du mir gegeben hast«, sagte Kirk. Während eines planetaren Aufenthalts fand der Arzt mehr Zeit zum Lesen als an Bord eines Raumschiffes. Es handelte sich um eins seiner harmloseren Laster. »Anschließend hatte ich wochenlang Alpträume. Wie hieß es noch? *Der erste Schachzug* oder so ähnlich ...«

»*Der letzte Schachzug*«, korrigierte McCoy. »Läßt dein Gedächtnis allmählich nach, Jim? Ich bin sicher, es war eins der aufregendsten Dokudramen, die du jemals gelesen hast, habe ich recht? Willst du etwa behaupten, du hättest keinen Gefallen daran gefunden!«

»Käme mir nie in den Sinn«, erwiderte Kirk und lächelte schief. »Aber es ließ mich nicht mehr zur Ruhe kommen.«

»Was meinst du damit?«

»Die Lektüre legte mir nahe, daß es nicht nur Gutes und Böses gibt, sondern auch Abstufungen dazwischen. Die meisten Leute gehen sich nur deshalb gegenseitig an den Kragen, weil sie verschiedene Auffassungen vertreten. Außerdem habe ich begriffen, wie leicht sich Einfluß auf geschichtliche Entwicklungen nehmen läßt.«

Kirk zögerte kurz und blickte ins Leere. McCoy kannte seinen nachdenklichen Gesichtsausdruck und wußte, daß der Admiral nun zu einem längeren Vortrag ansetzte. Er machte keine Anstalten, ihn daran zu hindern, lehnte sich zurück und wartete. *Manchmal glaube ich, daß er auch als Politiker eine steile Karriere hätte machen können.*

»Mir wurde klar, daß selbst eine einzige Person in der Lage ist, das historische Gefüge entscheidend zu verändern«, fuhr Kirk schließlich fort. »Wenn Krenn unseren klischeehaften Vorstellungen von den Klingonen entsprochen hätte, wenn Tagore weniger menschlich gewesen wäre ...« Er seufzte. »In einem solchen Fall gäbe es heute vielleicht weder eine Föderation der Vereinten Planeten noch ein klingonisches Imperium. Ja, wenn man solche Bücher liest, versteht man plötzlich, daß man nichts als gegeben hinnehmen darf. Die alte Theorie: Ohne Hitler keinen Zweiten Weltkrieg, ohne Khan Singh keinen Dritten ...«

»... und wenn am 28. Juni 1914 nicht der Erzherzog Franz Ferdinand in Sarajevo ermordet worden wäre, hätte es weder einen Ersten Weltkrieg noch Gründe für die beiden anderen gegeben«, warf McCoy abfällig ein. »Was für ein Blödsinn! Glaubst du etwa an einen solchen Mumpitz, Jim? Der Krieg, ob nun heiß oder kalt, war ein integraler Bestandteil des menschlichen Lebens — bis wir endlich reifer wurden. Hitler und Leute seines Kalibers spielen dabei nur eine untergeordnete Rolle. All jene Theorien, die einem einzelnen Menschen historische Katalysatorfunktionen zusprechen, sind völliger Unfug.«

Kirk zuckte mit den Schultern. »Manchmal bin ich mir da nicht ganz so sicher. Manchmal habe ich das Gefühl, daß wichtige Entwicklungen von kleinen, banal anmutenden Anlässen ausgehen. Irgendein unbedeutender Zwischenfall, ein falsches Wort zur falschen Zeit, eine falsch interpretierte Geste — und das ganze geschichtliche Gebäude stürzt ein. Es entsetzt mich geradezu, wenn ich überlege, wieviel Macht wir haben — und wie schlecht wir damit umgehen.«

»Genau aus diesem Grund solltest du *Fremde vom Himmel* lesen, Jim«, beharrte McCoy. »Es schildert Ereignisse, von denen wir bisher gar nichts wußten. Es geht um den *wirklichen* ersten Kontakt mit Außerirdischen, der in den Geschichtsbüchern verschwiegen wird. Und die Autorin weist deutlich darauf hin, daß wir die Sache fast verpatzt hätten. Damals bestand die Gefahr einer isolationistischen Haltung. Stell dir eine Erde vor, die sich endgültig vom All abwendet, die metaphorischen Augen verschließt und die Chance, eine Föderation mit anderen bewohnten Welten zu bilden, ungenutzt verstreichen läßt.«

»Das erscheint mir übertrieben, Pille«, entgegnete James Kirk, ging durchs Zimmer und zog einige seiner alten Uhren auf — ein Ritual, das sich jeden Abend wiederholte. »Die Gründung der Föderation war eine historische Notwendigkeit.«

»Meinst du?« McCoy musterte ihn. »Denk nur mal daran, welche Verhältnisse damals herrschten. Khans Krieg lag gerade erst fünfzig Jahre zurück, und die Erde mußte erst noch lernen, sich als geeinte Welt zu sehen. Der medizinische Ausdruck heißt Wachstumschmerzen, Jim. Man könnte auch von Kinderkrankheiten und Anfangsschwierigkeiten sprechen. Kein Reifungsprozeß ist ohne Probleme. Es gab noch immer viele Menschen, die im Krieg Freunde und Verwandte verloren hatten und von Versöhnung nichts wissen wollten. Es gab Ruinen, Kummer und alten Zwist. Kommt ganz darauf an, aus welcher Perspektive man die Dinge betrachtet: Entweder war es ein gut geeigneter oder denkbar schlechter Zeitpunkt für irgendwelche Extraterrestrier, sich der Menschheit zu präsentieren.«

»Als die ›Amity‹ das havarierte vulkanische Schiff jenseits der Neptunbahn fand, war all das vorbei«, sagte Kirk, stellte eine besonders widerspenstige Standuhr und gähnte. »Die erste Expedition hatte bereits Alpha Centauri erreicht ...«

»Himmel, du hast überhaupt nicht zugehört, oder?« entfuhr es McCoy. »Was ich dir eben geschildert habe, geschah zwanzig Jahre vorher.«

Kirk bewegte das lange Pendel der Uhr, schloß die Glastür und runzelte die Stirn.

»Was?«

»*Dieses* vulkanische Schiff stürzte auf die Erde, als noch drei Jahre bis zum Kontakt mit den Centauriern vergehen sollten. Damals waren keine Überlichtgeschwindigkeiten möglich, erinnerst du dich? Die Expeditionsmitglieder wußten nicht, daß sie eine hochentwickelte Zivilisation entdecken würden. Sie hatten überhaupt keine Ahnung, *was* sie am Ziel erwartete. Wir sprechen von der Steinzeit der interstellaren Raumfahrt. Nun, in diesem Zusammenhang ist folgendes interessant: Seit den siebziger Jahren des zwanzigsten Jahrhunderts sendete die Menschheit Funkbotschaften ins All und erhoffte sich Antworten. Sie versuchte aktiv, einen Erstkontakt herzustellen — aber zu ihren eigenen Bedingungen. Mit anderen Worten: Die Initiative mußte von *uns* ausgehen. Es war völlig in Ordnung, daß wir unser Sonnensystem erforschten, um ›sie‹ zu finden — was auch immer man sich damals unter ›ihnen‹ vorstellte. Aber wehe, ›sie‹ hätten es gewagt, einfach zu erscheinen, ohne sich vorher anzukündigen. Darüber hinaus handelte es sich ausgerechnet um Vulkanier. Sie sahen nicht nur komisch aus und benutzten verwirrende Formulierungen — sie hatten auch einige gespenstische Fähigkeiten: Sie lasen Gedanken, unterdrückten ihre Gefühle und lebten praktisch ewig, zumindest vom menschlichen Standpunkt aus gesehen. Sie zeichneten sich durch eine wesentlich größere Körperkraft aus, waren widerstandsfähiger und klüger, besaßen die Warp-Technologie ...«

Kirk nahm wieder am Kamin Platz, griff nach dem Schürhaken und beobachtete die züngelnden Flammen.

»Zefram Cochrane hat jene Technik entwickelt«, hielt er McCoy entgegen. Sein Tonfall machte deutlich, daß er diese Worte als eine unbestreitbare historische Wahrheit erachtete.

»Soweit es die Erde betrifft, die Menschheit«, betonte

der Arzt. »Die Vulkanier verfügten bereits über ein Triebwerk, das ihnen ÜL-Flüge erlaubte.«

»Ausgeschlossen!«

»Bist du sicher? Sie wagten sich viele Jahrhunderte vor uns in den Raum. Du kennst doch Spocks Ausführungen über Ethnozentrizität: Wir neigen dazu, Dinge für unmöglich zu halten, nur weil wir sie noch nicht entdeckt haben. Die übliche Scheuklappentaktik. Obgleich wir auf viele Völker gestoßen sind, die einen wesentlich höheren Entwicklungsstand als wir erreicht haben. Genau um dieses Problem geht es, Jim — es ist der zentrale Punkt des Buches. Der *Zeitpunkt* war falsch. Oh, die *Amity*-Geschichte klingt gut. Tapfere Erdbewohner, die ihr Leben riskieren, um verletzte Aliens aus ihrem havarierten Raumschiff zu retten und so weiter. Doch gerade du solltest wissen, daß die menschliche Geschichte nicht immer so voller Edelmut ist. Als die *Amity* den vulkanischen Kreuzer fand, war die Menschheit bereits auf einen Kontakt mit Außerirdischen vorbereitet. Zwanzig Jahre vorher hätte man vermutlich extraterrestrische Invasoren in ihnen gesehen und eine Hetzjagd auf sie begonnen. Damals herrschte eine ausgeprägt xenophobische Haltung, die sich kaum von den Fremdenängsten während der früheren Jahrhunderte unterschied. Man hätte die Besucher aus dem All getötet, sie auf dem Scheiterhaufen verbrannt, wie Hexen im Mittelalter. Das ist auf Vulkan ebenso bekannt wie auf der Erde. Aber niemand will es zugeben, und daher wurde jener Zwischenfall bis heute verschwiegen.«

»Menschen und Vulkanier, die sich in einer Art ... Verschwörung zusammenfinden, um so etwas über viele Jahre hinweg geheimzuhalten?« Skeptisch schüttelte Kirk den Kopf. »Tut mir leid, Pille, aber das nehme ich dir nicht ab.«

»Die vulkanischen Archive wurden bis zum Tod des letzten Überlebenden versiegelt«, erklärte McCoy geduldig. »Von einer Verschwörung kann keine Rede sein. Aufgrund ihrer Referenzen war Dr. Jen-Saunor die einzige Person — zumindest der einzige Mensch —, die Zugang zu ihnen hatte. Was betreffende Unterlagen auf der Erde betrifft: Sie verschwanden durch merkwürdige ›Zufälle‹. Unachtsame Angestellte verlegten sie. Computerspeicher wurden versehentlich gelöscht. Die üblichen Ausreden.«

»Mag sein«, brummte Kirk. »Aber die Versiegelung der vulkanischen Archive ... Das erscheint mir ungewöhnlich. Informationen gelten als Gemeingut. Und sollte die Wahrheit nicht allen zugänglich sein?«

»Auch dann, wenn sie sowohl bei Menschen als auch bei Vulkaniern Verlegenheit bewirkt?« hielt ihm McCoy entgegen. »Abgesehen von den wenigen Personen, die zu helfen versuchten, verloren die meisten Menschen ihr Gesicht. Sie standen da wie hysterische, streitsüchtige Kinder. Und was die Vulkanier angeht ... Es würde ihnen wohl kaum gefallen, wenn sich herausstellt, daß sie damals nicht ganz ehrlich gewesen sind.«

»Was der Autorin eine ausgezeichnete Gelegenheit bietet«, warf Kirk trocken ein. »Nur sie hat Zugang zu den entsprechenden Daten, und auf der Erde gibt es niemanden, der ihr widersprechen kann. Kein Wunder, daß sich so viele Kontroversen um das Buch entwickelt haben. Ich will nicht behaupten, es sei durch und durch frei erfunden, aber bestimmt ist es kaum mehr als eine geschickte Konstruktion. Eine phantasievolle Geschichte, die sich in das Gewand historischer Authentizität kleidet. Davon gibt's jede Menge. Denk nur an die Ritter-Romane aus früheren Jahrhunderten.«

»Das siehst du völlig verkehrt ...«, begann McCoy.

»Hinzu kommt der Stil, den Jen-Saunor wählte«, fuhr Kirk fort. »Sie dokumentiert nicht, sondern wählt Prosa. All die Dialoge ... Man könnte meinen, sie sei zugegen gewesen ...«

»Was ist verkehrt daran, Geschichte in einer leicht verdaulichen Form darzustellen?« fragte McCoy. »*Fremde vom Himmel* ist für einen Starfleet-Admiral ebenso verständlich wie für einen zehnjährigen Schuljungen. Und die

Dialoge ... Sie stammen aus den Tagebüchern eines vulkanischen Überlebenden. Ich brauche wohl nicht extra auf das eidetische Gedächtnis von Vulkaniern hinzuweisen, Jim. Sie vergessen nie etwas.«

»Genausogut könnte man Hannibals Feldzüge aus der Sicht der Elefanten darstellen«, meinte Kirk. McCoy fand das nicht besonders witzig.

»Offenbar gefällt es dir nicht, wenn jemand deine vorgefaßten Meinungen in Frage stellt, du Dinosaurier«, erwiderte er in einem provozierenden Tonfall. »Du möchtest unter allen Umständen an deiner eigenen Version von angeblicher historischer Wahrheit festhalten. Wirst du etwa konservativ in deinen alten Tagen, Admiral? Wie bedauerlich ...«

»Möchtest du Kaffee?« fragte Kirk ungeduldig und gähnte erneut.

»Auf die Art von Kaffee, die du mir anzubieten hast, verzichte ich lieber«, knurrte McCoy. »Von dem Zeug bekommt man Magengeschwüre. Wenn man nicht auf der Stelle tot umfällt.«

»Nun, ich bin bereit, ein Risiko einzugehen. Schließlich bist du Arzt und kannst eingreifen, wenn du mein Leben bedroht siehst.« Kirk ging in die Küche, trat an den Synthesizer heran und betätigte eine Taste.

»Seltsam«, sagte er nach einer Weile.

McCoy hörte ihn. »Was meinst du?« fragte er, sah aus dem Fenster und beobachtete die Lichter des Hafens.

»Nehmen wir einmal an, die Schilderungen in dem Buch stimmen tatsächlich — was ich nach wie vor bezweifle.« Kirk kehrte ins Wohnzimmer zurück und hielt einen mit schwarzer Flüssigkeit gefüllten Becher in der Hand. »Die Situation sähe folgendermaßen aus: zwei Vulkanier, auf der Erde gestrandet, das Raumschiff so schwer beschädigt, daß es sich nicht mehr reparieren läßt; zwei Gestrandete, mit einer nach ihren Maßstäben primitiven Kultur konfrontiert, der sie hilflos ausgeliefert sind. Wie konnten sie zu ihrer Heimatwelt zurückkehren?«

»Ich behaupte gar nicht, daß ihnen eine Rückkehr gelang«, entgegnete McCoy.

»Soll das etwa heißen, sie hätten den Rest ihres Lebens auf der Erde verbracht?«

»Auch diese Frage beantworte ich dir nicht, Jim. Ich sage dir überhaupt nichts mehr. Lies das Buch, wenn du mehr wissen willst.«

Kirk grinste. »O ja, ich kann mir vorstellen, wie sie zur Nasa gehen und um ein irdisches Raumschiff bitten. Was für ein Pech, daß man ihnen keine Warp-Technologie zur Verfügung stellten konnte.« Er schnippte mit den Fingern. »Oder sie stutzten ihre Ohren und gaben sich als Menschen aus. Welch schreckliches Schicksal für einen aufrechten Vulkanier! Was meint deine so geschätzte Historikerin dazu?«

McCoy brummte etwas Unverständliches. »Wird Zeit, daß ich mich auf den Weg mache. Morgen früh um sechs erwartet man mich zu einer Beratung, und anschließend muß ich einige lange Bürostunden ertragen.«

Kirk versperrte ihm den Weg zur Tür.

»Komm schon, Pille«, sagte er etwas ernster. »Was ist mit den Vulkaniern passiert?«

McCoy holte die Diskette mit dem elektronischen Buch aus der Tasche und bot sie Kirk an. »Lies das Ding, wenn du mehr erfahren möchtest.«

Der Admiral starrte auf die kleine Scheibe herab und fühlte sich versucht, sie entgegenzunehmen. Wenn er an die Ära der Erstkontakte dachte, empfand er immer ein gewisses Unbehagen, und vielleicht ging es dabei um den Aspekt der menschlichen Entwicklung, den McCoy mehrmals angesprochen hatte — die inhärente Eigenschaft des Homo sapiens, großartige Gelegenheiten zu verpfuschen. Er stellte sich eine isolationistische Erde vor, ohne jedes Interesse für die Wunder des Universums. Keine Föderation. Keine Raumschiffe, die interstellare Entfernungen zurücklegten. Kein Erster Offizier, der zu einer Hälfte Mensch und zur anderen Vulkanier war. Und in dem er einen guten Freund sah.

Er lehnte die Scheibe ab. »Nein, danke, Pille. Jetzt nicht. Vielleicht später einmal.«

»Du verpaßt eine Menge«, brummte McCoy, schob sich an dem Admiral vorbei und ging zur Tür. »Wenn ich zu Hause bin, schiebe ich das Ding sofort in den Abtaster, um festzustellen, was damals geschah ...«

2

»Zerstörung vor Entdeckung.«

Dieses Axiom wurde fest in der Seele aller Erkundungsschiffpiloten verankert. Dennoch konnte kein Commander zu einer Reise starten, die bis vor kurzer Zeit Jahrzehnte in Anspruch nahm, ohne daß der vorgesetzte Präfekt eindringlich an dieses Prinzip erinnerte. Es mochte unlogisch erscheinen, Worte zu wiederholen, die bereits ins Wesen der Piloten eingebrannt waren, doch es gehörte zum Reglement.

»Zerstörung vor Entdeckung.«

Es handelte sich um die Quintessenz der Grundsätze, die *T'Kahr* Savar entwickelt hatte, jener Mann, der das Amt für Außenweltforschungen als erster leitete, unmittelbar nach der Gründung vor 170,15 Jahren. Darüber hinaus basierte die Regel auch auf der UMUK-Philosophie, wie sie in den Schriften Suraks zum Ausdruck kam — in Schriften, die weitaus älter waren als die vulkanische Raumfahrt.

Als Präfekt Savar vor vielen Jahren mit der Arbeit begann, wies er auf folgendes hin: »Wir haben nicht das Recht, in irgendeiner Weise Einfluß auf die Entwicklung einer Kultur zu nehmen, die wir im Verlauf unserer interstellaren Reisen entdecken. Die soziopolitischen Implikationen einer Intervention sind viel zu gravierend.«

Das anschließende Studium naher Welten mit fortgeschrittenen Zivilisationen bestätigte Savars Weisheit. Es stellte sich zum Beispiel heraus, daß die blauhäutigen und mit Fühlern ausgestatteten Bewohner eines solchen Planeten ihre Kosmologie in einen komplexen Polytheismus einbanden und das eigene Sonnensystem als Mittelpunkt des Kosmos erachteten. Die Konfrontation mit dem lebenden Gegenbeweis, mit spitzohrigen Fremden, in deren Adern grünes Blut floß und die sich in jeder Beziehung von ihnen unterschieden, hätte sicher zu einem verheerenden theologischen Aufruhr geführt. Oder die im 61 Cygnus-System heimischen Intelligenzen ... Zwar hatten sie bereits eine eigene Raumfahrt entwickelt, aber das xenophobische Mißtrauen saß so tief in ihnen, daß sie sofort aggressiv reagierten, wenn sie ihre Überzeugungen — mochten sie auch noch so irrig sein — herausgefordert sahen. Die Kontaktaufnahme mit einer derartigen Spezies resultierte möglicherweise in der Gewalt, von der Surak die vulkanische Kultur befreit hatte.

Die Bewohner von Sol III zeichneten sich zweifellos durch einen recht hohen Entwicklungsstand aus. Sie waren heterogen, begegneten dem Neuen und Fremden mit Offenheit und Neugier. Schon seit siebzig Jahren ihrer Zeitrechnung versuchten sie, Kontakte zu anderen intelligenten Lebensformen herzustellen. Doch andererseits herrschte auf ihrer Welt erst seit wenigen Jahrzehnten Frieden, und diese neue und noch empfindsame Harmonie brauchte Zeit, um zu fester Stabilität zu finden. Sie durfte auf keinen Fall gestört werden.

»Unsere Absicht besteht darin, jene Welten zu beobachten, mehr über sie zu erfahren — bis wir zu dem Schluß gelangen, daß ein Kontakt hergestellt werden kann, der beiden Seiten zum Vorteil gereicht«, fuhr Savar mit seiner Erklärung fort. »Aus diesem Grund verfügt jedes Schiff, das ein bewohntes Sonnensystem anfliegt, über eine Selbstvernichtungsanlage. Zerstörung vor Entdeckung.«

Zerstörung vor Entdeckung. In den folgenden Jahren wurde es nicht erforderlich, dieses Prinzip in die Tat umzusetzen, doch die Kommandanten der Erkundungseinheiten vergaßen den Grundsatz nie und waren breit, ihn zu beherzigen.

Zerstörung vor Entdeckung. Die unmittelbare Konsequenz der vulkanischen Ersten Direktive.

Commander T'Lera — sie stammte von jenem Mann ab, der diese Worte formuliert hatte — stand vor der aktuellen Leiterin des Amtes für Außenweltforschungen und erwartete letzte Anweisungen.

»Der Kommandant hat natürlich das Recht, die Besatzung seines Schiffes selbst zusammenzustellen ...«, begann Präfektin T'Saaf und blickte auf die Liste vor ihr.

»... aber der Präfekt kann zumindest zwei Namen in Frage stellen«, beendete T'Lera den Satz, und ihre Stimme klang dabei ein wenig schärfer, als es die Umstände erforderten. »Ich bin zur Diskussion bereit.«

T'Saaf sah von der Liste auf und musterte das ausdruckslose Gesicht der Kommandantin. Es hieß, T'Lera habe sich schon vor einer ganzen Weile für die Präfektur qualifiziert, den Posten jedoch abgelehnt. Sie zog die Weiten des Alls vor, in dem sie den größten Teil ihres Lebens verbracht hatte. Sie war im mittleren Alter, und ihr Blick schien immer in die Ferne zu reichen. Was eigentlich nicht verwunderte: Vermutlich empfand sie den Aufenthalt auf einem Planeten als Einschränkung ihrer Freiheit. *Eigentlich sollte T'Lera meinen Platz einnehmen. Ich habe ihn in erster Linie ihr zu verdanken.* T'Saaf sah der Diskussion mit Interesse entgegen, spürte intellektuelle Neugier in bezug auf das eher sonderbare und sehr individuelle Verhalten T'Leras.

»Die Entscheidung für *T'Kahr* Savar als Ihren Histographen ...«

»... ging auf seinen eigenen Wunsch zurück, Präfektin«, sagte T'Lera. Erneut wanderte ihr Blick durchs Zimmer, als suche er nach einer Lücke in den Wänden, nach einem Riß, durch den er der planetaren Enge entkommen konnte. »Mein Vater ist alt. Ihm bleiben nur noch wenige Jahre. Wenn er sie in den Diensten des Außenweltamtes verbringen möchte, so hat er meiner Ansicht nach ein Recht darauf, respektiert zu werden.«

»Er *hat* uns bereits wertvolle Dienste geleistet«, erwiderte Präfektin T-Saaf. »Sowohl hier auf Vulkan als auch in den Tiefen des Alls. Er sollte sich zur Ruhe setzen.«

Darauf bekam sie keine Antwort. T'Lera erinnerte sich daran, daß ihr Vater und sie andere Gründe hatten, und sie hielt es für besser, nicht darüber zu sprechen.

»Hält ihn sein Heiler für flugtauglich?« erkundigte sich T'Saaf.

T'Lera wich der Frage aus. »Er hat drei solche Reisen unternommen, bevor es uns gelang, die Lichtmauer zu durchbrechen. Sechs Dekaden seines Lebens verbrachte er in der Leere zwischen den Sternen. Es ist logisch anzunehmen, daß er jene Umgebung als sein eigentliches Heim betrachtet.«

»Trotzdem: Wenn es keine absolute Garantie dafür gibt, daß er alle seine Pflichten wahrnehmen kann ...«

T'Saaf sprach nicht weiter. Die Annahme, ihr Vorgänger sei nicht mehr im Vollbesitz seiner körperlich-geistigen Leistungsfähigkeit, mochte grausam erscheinen, doch ihre Logik blieb unerschütterlich. Der Platz an Bord eines Erkundungsschiffes war ebenso beschränkt wie der Proviant. Jedes Besatzungsmitglied mußte seine Aufgaben wahrnehmen können, selbst ein früherer Präfekt. Niemand durfte den anderen zur Last fallen.

»Die Zukunft ist ungewiß«, sagte T'Lera. Es klang nicht wie eine Entschuldigung. »Savar weiß sehr wohl um seine Verantwortung gegenüber dem Rest der Crew. Er hat sich bereit erklärt, die Konsequenzen zu tragen. Wenn mein Vater ein letztes Mal an einer Mission im Raum teilnehmen möchte ...«

Bei einer anderen Vulkanierin hätten solche Worte vielleicht wie eine Bitte geklungen. Bei T'Lera war es nur eine Feststellung.

»›Ein letztes Mal‹«, wiederholte Präfektin T'Saaf. »Und wenn er nicht zurückkehrt?«

»Auch das ist ihm klar«, erwiderte T'Lera. Für einige Sekunden entspannte sie sich ein wenig, deutete damit an, daß es sich auch um ein persönliches Anliegen handelte. »Ihm bleibt nicht mehr viel Zeit, und auf dieser Welt hält ihn nichts. Wer sein Leben im Raum verbrachte, hat ein Recht darauf, dort zu sterben.«

T'Saaf gab keinen Ton von sich und sah T'Lera durchdringend an, zwang sie dazu, ihrem Blick zu begegnen, in das begrenzte Hier und Jetzt zurückzukehren, in die Realität der planetaren Welt.

»Ich übernehme die Verantwortung«, sagte die Kommandantin ruhig, und ihre Augen schienen sich dabei in zwei Sondierungsinstrumente zu verwandeln. »Um meines Vaters willen.«

»*Kaiidth!*« bestätigte T'Saaf, und daraufhin wußte T'Lera, daß sie sich zumindest in diesem Punkt durchgesetzt hatte.

Yoshi und Tatya fuhren schweigend zur Agrostation zurück. Es schien keine Worte zu geben, mit denen sich beschreiben ließ, was sie empfanden.

Yoshi steuerte das Tragflächenboot am Rand entlang und über eine der Zugangsflächen, die wie Speichen eines großen Rades vom Mittelpunkt der Anlage ausgingen. Ständig beobachtete er den Horizont. An der rechten Hand, die das Ruder umklammert hielt, zeichneten sich weiß die Knöchel ab. Die andere lag im Schoß, zur Faust geballt.

Tatya blieb unten bei ihren Patienten und hockte zwischen Koje und Bahre auf den Knien. Nachdenklich betrachtete sie die beiden Fremden: Sie wußte jetzt, daß es keine Menschen waren, und daher konnte sie es kaum über sich bringen, die Verletzten zu berühren.

Früher oder später bleibt dir gar nichts anderes übrig, überlegte sie. *Du bist als Hilfsärztin ausgebildet. Es ist deine Pflicht, sie zu behandeln.* Und: *Soll ich sie etwa im Boot lassen, wenn wir die Station erreichen?*

Bis zu den Ellenbogen streckte Tatya ihre blutverschmierten Arme ins Wasser und drehte sie hin und her — bis Yoshi erneut den Motor startete und sich das Luftkissen bildete. Sie spürte ein seltsames Prickeln auf der Haut, hatte das Gefühl, noch immer schmutzig, irgendwie *unrein* zu sein. Nach einer Weile zwang sie sich dazu, einen sterilen Wattetupfer aus dem Medopack zu ziehen, ihn mit kühlem Wasser aus der Kombüse zu befeuchten und der

Frau das Blut vom Gesicht zu wischen. Dabei achtete sie darauf, daß ihr kein Tropfen der grünen Flüssigkeit auf die Hände geriet. *Wenn wir wieder zu Hause sind, gehe ich unter die Dusche, schrubbe mich gründlich ab und streife mir anschließend Handschuhe über ...*

Einige Minuten später gab sie die Watte in den Abfall und versuchte, die Fremde nicht zu lange anzustarren. Ihr Anblick beunruhigte sie zutiefst. Die Nase war gebrochen, einige Zähne gelockert, das Zahnfleisch blutig, zumindest ein Wangenknochen gesplittert. Breite Rissen zeigten sich in der Haut, und an einigen Stellen schwoll das Gewebe an. Als das Raumschiff ins Meer fiel, mußte die Frau von der Wucht des Aufpralls an die Konsole geschleudert worden sein; es gab keine andere Erklärung für das Ausmaß ihrer Verletzungen. Aber es waren nicht in erster Linie die Wunden, die Tatya so sehr erschreckten, sondern die Art und Weise, wie die Fremde darauf reagierte.

Die Fremde, wiederholte sie in Gedanken. *Nun, wie soll ich sie sonst nennen? Sie stammt nicht von dieser Welt, das steht fest. Also ist die Bezeichnung angemessen.*

Im Gegensatz zum Mann erwachte die Frau häufig aus ihrer Ohnmacht. Die Knochenbrüche und verschiedenen Verbrennungen verursachten sicher erhebliche Schmerzen, aber davon ließ sie sich nichts anmerken. Aufgrund der gebrochenen Nase mußte sie durch den Mund Luft holen, und ihr Atem erklang als ein leises, rasselndes Zischen — die einzigen Geräusche, die sie von sich gab. Kein Stöhnen, kein leises Wimmern. Nichts.

Mehrmals fühlte Tatya die Aufmerksamkeit ihrer Patientin auf sich ruhen.

Die Augen ...

Die angeschwollenen Stellen verwandelten sie in schmale Schlitze, doch sie blieben geöffnet, solange die Fremde bei Bewußtsein war. Tatya sah pechschwarze Pupillen, deren Blick kühl über ihre Schulter hinwegreichte. *Wenn sie mich jemals direkt ansieht ...*

Sie schauderte unwillkürlich und wandte sich dem

Mann zu, dessen Augen gnädigerweise geschlossen waren. Als sich Tatya vorbeugte und die Hand ausstreckte, fühlte sie erneut das sonderbare Prickeln. Behutsam klopfte sie auf die Wangen des Verwundeten, zwang seinen Geist aus den dunklen Gewölben des Komas. Innerhalb kurzer Zeit stabilisierte sich sein Zustand, und daraufhin lehnte sich Tatya wieder zurück und beobachtete ihn.

Er faszinierte sie. Trotz der Verbrennungen, die nicht nur ein Drittel seines Gesichts betrafen, sondern auch die Hände und den Torso, wirkte er noch attraktiver als Yoshi. *Behalt das bloß für dich!* Die Züge glatt und ebenmäßig, die Haut golden, die Wimpern dicht und schwarz und zentimeterlang, das dunkle Haar weich wie Seide. Die exotischen Brauen und spitz zulaufenden Ohren schienen sie zu hypnotisieren, und fast hätte sie das grüne Blut vergessen, das im Körper des Fremden zirkulierte.

Die Ohren. Zunächst hielt Tatya sie für das Ergebnis einer kosmetischen Veränderung, vergleichbar mit dem auf der Erde üblichen Durchstechen von Ohrläppchen. Aber als sie genauer hinsah, konnte sie keine Narben erkennen, und die Wölbung der Ohrmuschel schien völlig natürlich zu sein. Nein, ihre Form entsprach einzig und allein einem anders strukturierten genetischen Code.

Tatya schüttelt den Kopf und stellte sich ein Volk solcher Wesen vor. Tausende, Millionen, vielleicht sogar Milliarden von ihnen, auf einem Planeten, in einem Sonnensystem, über die ganze Galaxis verteilt. Was hielten sie von den Menschen, ihrem roten Blut, ihren kleinen, wie verkümmert anmutenden Ohren?

Plötzlich zuckte Tatya zusammen, und auf ihrem Rükken bildete sich eine jähe Gänsehaut: Die Frau starrte nicht mehr ins Leere, sondern sah sie direkt an. Die Agronomin spielte mit dem Gedanken aufzuspringen, davonzulaufen und zu fliehen (Zu fliehen? Wohin? Ins Meer, das sie auf allen Seiten umgab?), und sie konnte dieser Versuchung nur widerstehen, weil das Tragflächenboot einen Sekundenbruchteil später ans Dock stieß. Das Brummen des Triebwerks erstarb.

»Wir sind da!« rief Yoshi überflüssigerweise.

»Aufgrund seiner Verdienste hätte *T'Kahr* Savar auch ohne Ihre Fürsprache an der bevorstehenden Expedition teilnehmen können«, betonte die Präfektin T'Saaf und ließ T'Lera dabei nicht aus den Augen. *Sie soll verstehen, daß ich nicht etwa wegen ihr eine Ausnahme mache, sondern weil wir ihrem Vater viel verdanken.* »Aber die Wahl Sorahls als Navigator kann ich nicht akzeptieren.«

»Welche Einwände erheben Sie dagegen, Präfektin?« erkundigte sich T'Lera. In ihrer Stimme war erneut ein Hauch von Ironie zu hören. »Weil er in keinem offiziellen Rang steht? Oder weil er mein Sohn ist?«

»Es gibt sechs andere voll bestätigte Kandidaten, die ebenso qualifiziert sind wie er«, erwiderte T'Saaf und ging damit auf beide Fragen ein. »Nepotismus ist nicht nur unlogisch, sondern kann unter besonderen Umständen auch gefährlich sein!«

Es kam einem schweren Vorwurf gleich, in diesem Zusammenhang von Nepotismus zu sprechen, denn so etwas deutete nicht nur auf Günstlingswirtschaft, sondern auch auf einen Mangel an Urteilsvermögen hin — was sowohl der vulkanischen Ehre als auch dem ethischen Kodex eines Raumschiffkommandanten widersprach. T'Lera ließ sich davon jedoch nicht beeindrucken. Sie kannte T'Saafs Methoden und hatte sich darauf vorbereitet.

»Ich möchte die Präfektin mit allem Respekt auf den Anhang meines Berichts hinweisen.« Sie gab sich Mühe, ihre Stimme möglichst ruhig klingen zu lassen, alle Spuren von Ironie und Sarkasmus aus ihr zu verbannen. »Dort wird ausführlich auf diesen Punkt Bezug genommen. Von den sechs erwähnten Personen, die als Navigatoren in Frage kämen, sind vier bereits anderen Missionen zugewiesen. Einer hat gerade seinen verdienten Urlaub begonnen, und der sechste ist Selik, der schon zu meiner Besatzung gehört, als Astrophysiker und Kartograph. *Er* schlug mir Sorahl vor und wies darauf hin, er sei derzeit der beste Seniorkadett.«

T'Saaf machte sich nicht die Mühe, im Anhang nachzuschlagen — sie kannte seinen Inhalt ebensogut wie T'Lera.

»Und was den Rang betrifft ...«, fuhr die Kommandantin fort. Salz in die Wunde streuen, hätte ein Mensch gesagt. Bei Vulkaniern gab es keine adäquate Metapher. »Ein rein technisches Problem, wenn Sie gestatten. Die Einführungszeremonie für Seniorkadetten beginnt sechs Tage nach dem geplanten Missionsbeginn. Das Startfenster bietet uns nur für eine gewisse Zeit optimale Flugmöglichkeiten. Soll ich diese Toleranzgrenze überschreiten und dadurch ein unnötiges Risiko eingehen? Oder verlangen Sie von mir, auf den besten abkömmlichen Navigator zu verzichten, nur weil an seiner Uniform ein Rangabzeichen fehlt?«

T'Lera erinnerte die Präfektin nicht daran, daß sie — T'Lera — ihren Vater als Kind bei seiner zweiten Reise nach Sol III begleitet hatte. T'Saaf hätte mit Fug und Recht darauf hinweisen können, daß damals weniger strenge Vorschriften herrschten — was den Präfekten Savar in die Lage versetzte, sich weitaus mehr Freiheiten zu nehmen. Als T'Lera Vulkan zum erstenmal verließ, war sie gerade erst elf Jahre alt, kaum mehr als ein Kind, und sie kehrte zwei Dekaden später als reife Erwachsene zurück. Kein anderer Vulkanier außer ihr hatte seine Jugend im All verbracht. Die Erlebnisse im Raum erwiesen sich als prägend für ihr Wesen: Nie wieder konnte sie einen Planeten als das erachten, was man gemeinhin mit dem Begriff ›Heimat‹ assoziierte — eine Denkweise, die viele Vorteile mitbrachte, manchmal aber auch einer schweren Bürde gleichkam.

Wollte sie, daß es ihrem Sohn ebenso erging?

Nein, Sorahl war älter, bereits neunzehn, und mit der neuen Warp-Technik dauerte die Reise zur Erde nicht mehr zehn Jahre, sondern nur noch zehn Tage. Die ganze Mission würde kaum mehr als einige Monate in Anspruch nehmen. Es bestand also nicht die Gefahr — wenn man in diesem Zusammenhang wirklich von einer ›Gefahr‹ sprechen konnte —, daß Sorahl das Schicksal seiner Mutter teilte.

Doch das alles waren rein persönliche Erwägungen, nicht für die schreibtisch-, planeten- und traditionsgebundene T'Saaf bestimmt. Für die Präfektin gab es nur einen wichtigen Punkt, den sie nicht ignorieren durfte: Sorahl besaß die notwendigen Qualifikationen, und es gab keine anderen bedeutsamen Verpflichtungen, die er wahrnehmen mußte. Hinzu kam, daß ihn die Kommandantin eines Erkundungsschiffes — zufälligerweise auch seine Mutter — offiziell anforderte. Es stand auf einem ganz anderen Blatt, was T'Lera wirklich bezweckte. Sie wollte Sorahl mit dem vertraut machen, was ihr damals Savar gezeigt hatte: die Weite des Alls, die vielen Wunder und Rätsel, die das Universum barg, die ätherische Schönheit des Kosmos, die Widersprüche, auf die Surak in seinen Schriften hinweis und die er für so wichtig hielt, daß er ein philosophisches Prinzip daraus entwickelte: UMUK — Unendliche Mannigfaltigkeit in Unendlicher Kombination.

T'Lera war nicht bereit, der Präfektin nachzugeben. Sie bestand darauf, daß ihr Sohn an der Mission teilnahm.

»Und wenn ein Handeln gemäß der Ersten Direktive notwendig werden sollte?« T'Saafs letzter Einwand — und sie ahnte bereits die Antwort.

Zerstörung vor Entdeckung. T'Lera glaubte fast, diese Worte mit der Muttermilch in sich aufgenommen zu haben.

»Es steht mir nicht zu, das zu ignorieren, was uns Surak lehrte und was mein Vater sein Leben lang verkündete«, erwiderte T'Lera langsam. »Der Kommandant eines Erkundungsschiffes trägt die Verantwortung für das Leben seiner Besatzungsmitglieder, ob es Blutsverwandte sind oder nicht. Ich bin bereit, diese Pflichten wahrzunehmen und entsprechend zu agieren.«

Einige Minuten später verließ Commander T'Lera die

Präfektur und machte sich auf den Weg zum Akademischen Saal, um ihrem neuen Navigator selbst Bescheid zu geben. Sie ging so ruhig wie immer, und nichts in ihrer Haltung drückte irgendeine Art von Triumph aus. Durch das entschlossene Eintreten für den alten Vater und ihren Sohn hatte sie die auf den Schultern eines jeden Raumschiffkommandanten ruhende Last noch weiter vergrößert. Gerade sie durfte auf keinen Fall versagen.

»Wir müssen völlig übergeschnappt sein«, murmelte Tatya heiser, als sie den männlichen Fremden ins Schlafzimmer der Station brachten und auf das Wasserbett legten. »Mit ziemlicher Sicherheit hat er eine schwere Gehirnerschütterung, aber mit meinen Instrumenten kann ich keinen intrakraniellen Druck feststellen. Wenn wir ihn nicht sofort zu einem Medozentrum fliegen, stirbt er vielleicht. Die Frau hat eine Menge Blut verloren und muß operiert werden, wenn ihr Gesicht nicht für immer entstellt bleiben soll. Was sollen wir machen? Ich ...«

»*Tatiana!*« Yoshi war außer Atem — was nicht unbedingt an der körperlichen Anstrengung lag, eher an der tief in ihm brodelnden Furcht — und seine Nerven schienen zum Zerreißen gespannt. »Das alles fällt dir zu spät ein. Jetzt gibt es kein Zurück mehr. Reiß dich zusammen!«

»Na schön«, erwiderte sie überraschend kleinlaut. »Du hast recht.«

Was ist nur mit mir los? dachte sie verwirrt. Seit vielen Jahren träumte sie von interstellaren Reisen, davon, Leben auf anderen Planeten zu entdecken. Nur einige durchschnittliche Ergebnisse bei Simulatortests hatten sie daran gehindert, an den AeroMar-Programmen teilzunehmen, und deshalb entschied sie sich für Agronomie. *Gestern nacht war alles so aufregend. Warum bin ich jetzt so entsetzt?*

»Laß uns jetzt die Frau holen«, sagte Yoshi und zupfte an ihrem Ärmel. »Los, *beeil* dich!«

Diesmal beobachteten sie beide den Horizont und hielten nach Besuchern Ausschau.

Yoshi lief voraus, erreichte das Tragflächenboot und ging sofort nach unten, um zum erstenmal seine volle Aufmerksamkeit auf die Fremde zu richten. Die vielen Wunden im Gesicht schockierten ihn weniger, als er erwartete, doch die Augen hatten auf ihn die gleiche Wirkung wie auf Tatya.

»Haben Sie keine Angst«, sagte er aus einem Reflex heraus.

»Wir wollen Ihnen nur helfen.«

Eine Sekunde später schlug er sich mit der flachen Hand auf die Stirn.

»Was bin ich doch für ein Narr! Sie kann mich unmöglich ...«

Er brach ab, als sich die angeschwollenen Lippen der Außerirdischen bewegten.

»Ich ... verstehe«, hauchte sie, und Yoshi spürte, wie sich seine Nackenhaare aufrichteten.

»Unsere Mission besteht darin zu beobachten«, schrieb der einstige Präfekt Savar. »Wir unternehmen alles, um nicht von den Beobachtungsteleskopen und Scannern erfaßt zu werden, und wir müssen unter allen Umständen vermeiden, die automatischen Verteidigungsmodule zu aktivieren, die sich im Orbit jeder hochentwickelten Welt befinden und eine Invasion verhindern sollen.

Wir nähern uns nicht weiter als bis zu den künstlichen Satelliten, sammeln topographische Informationen über den betreffenden Planeten, stellen fest, wo sich Städte befinden, befassen uns mit Klima und anderen Besonderheiten. Wir zeichnen die Funksignale auf, mit denen sich die Bewohner verständigen und die sie ins All schicken, um einen Kontakt mit Außenweltlern herzustellen. Durch eine genaue Analyse der visuellen Kommunikation erfahren wir die kulturellen Eigenheiten und stellen fest, in welcher Beziehung die Einheimischen zu ihrer Umwelt stehen.

Was noch wichtiger ist: Wir lernen die für uns fremde Sprache. Wie sonst sollen wir mit unseren Brüdern im Geiste kommunizieren, wenn die Zeit kommt, uns ihnen zu zeigen?«

»Ich ... verstehe«, sagte T'Lera und benutzte dabei die offizielle Standardsprache der Erde. Sie dachte an die Besatzungen der anderen Erkundungsschiffe, die über viele Jahre hinweg audiovisuelle Programme aufgezeichnet, grammatikalische Strukturen mit Hilfe von Spezialcomputern in ihre einzelnen Bausteine zerlegt und die Daten schließlich in automatischen Übersetzungsgeräten gespeichert hatten. T'Lera sah sich selbst, wie sie jene seltsamen Laute aus dem Mund ihres Vaters hörte, wie sie ihnen nach und nach Bedeutungsinhalte zuwies. Später verwendete sie den damals noch unvertrauten Kommunikationscode, um sich mit anderen Angehörigen des Außenweltamtes zu unterhalten. Jetzt wandte sie sich zum erstenmal an Personen, die mit einer solchen Mitteilungsform als Muttersprache aufgewachsen waren. »Ich verstehe.«

T'Lera antwortete nur, um die Furcht zu zerstreuen, die sie in der Stimme des männlichen Terraners vernahm. In beiden Gesichtern, die wie vage Flecken vor ihr schwammen, kam Besorgnis zum Ausdruck. Der Schock aufgrund ihrer Verletzungen, die langen Stunden im Wrack, die sie ständig mit dem Tod konfrontierten, die Ungewißheit über Sorahls Schicksal, ihre Unfähigkeit, über eine allein von Logik bestimmte Handlungssequenz zu entscheiden ... All das hinderte sie daran, in Erwägung zu ziehen, daß die Menschen mindestens ebenso neugierig sein konnten wie Vulkanier. Andernfalls hätte sie vermutlich geschwiegen.

»Sie beherrschen unsere Sprache?« flüsterte Yoshi fassungslos. »Aber wie ...«

Er bekam keine Antwort auf seine Fragen. T'Lera verlor erneut das Bewußtsein.

»Eigentlich sollte man meinen, daß es hier von Schiffen und Flugzeugen nur so wimmelt«, sagte Melody Sawyer. Sie stand auf dem Kommandoturm und blickte übers leere

Meer, während die *Delphinus* mit gemütlichen drei Knoten trieb. »Vorausgesetzt natürlich, Ihre Vermutungen treffen zu, Captain. Ein weltweiter Alarm, so wie in den 2D-Filmen über Invasionen vom Mars.«

Derzeit befanden sich Nyere und Sawyer allein auf der Brücke. Jason saß an den Ortungsschirmen und vertrat die Technikerin, die für ein spätes Frühstück nach unten gegangen war. Melody brauchte also kein Blatt vor den Mund zu nehmen.

»Erinnern Sie sich noch an das Festival Alter Filme, das wir gemeinsam besuchten? An den Streifen *Krieg der Welten?* Komische Felsbrocken, die vom Himmel fielen, eine Zeitlang liegenblieben und sich dann öffneten? Irgendwelche dummen Maschinen kamen zum Vorschein und begannen natürlich sofort damit, Menschen umzubringen. Später stellte sich heraus, daß es keine Roboter waren. Sie wurden von glubschäugigen Marsianern gelenkt, die ...«

Melody unterbrach sich, als sie merkte, daß ihr der Captain überhaupt nicht zuhörte. Er wandte den Blick von den sorgfältig justierten Scannern ab, starrte mit grimmiger Miene zum Horizont und klammerte sich an die Hoffnung, daß der Ozean kein Rätsel aus dem All barg. Berufsehre und Pflichtbewußtsein zwangen ihn dazu, das während der vergangenen Nacht abgestürzte Objekt zu suchen. Und wenn sein Wunsch in Erfüllung ging, wenn sie tatsächlich nichts fanden? Dann schickte AeroMar einfach jemand anders, jemanden mit einer besseren Spürnase, mit besseren Instrumenten, jemanden, der früher oder später einen Erfolg melden würde.

»Warum, Jason?« fragte Melody schließlich. »Warum sind nur wir hier draußen?«

»Ganz einfach: Je weniger Leute Bescheid wissen, desto weniger müssen anschließend ›behandelt‹ werden«, erwiderte Nyere und beobachtete mit sonderbarer Zufriedenheit, wie Sawyer die Augen aufriß.

»Gehirnwäsche?« platzte es aus ihr heraus. Sie stemmte

die Hände an die Hüften. »Das kann doch wohl nicht Ihr Ernst sein?«

Es spielt keine Rolle, welche Euphemismen man benutzt, dachte Jason Nyere. Behandlung, Gehirnwäsche, Gedächtnislöschung ... Es handelte sich um ein Überbleibsel aus der reaktionären Zeit, der Melody manchmal nachtrauerte: mehrere obligatorische Hypnosebehandlungen, die dazu dienten, bestimmte Informationen aus dem individuellen Erinnerungsvermögen zu tilgen, um auf diese Weise Geheimhaltungserfordernissen gerecht zu werden.

»Es geht nicht darum, ob *ich* es ernst meine«, brummte der Captain. »Es geht darum, was AeroMar von der Sache hält. Und der Hinweis auf die Allgemeine Order 2013 war deutlich genug.«

Sawyer starrte eine Zeitlang ins Leere und beschloß, das Thema zu wechseln.

»Was haben Sie den Besatzungsmitgliedern gesagt?« fragte sie.

»Sie glauben, wir seien mit einer ganz normalen Bergungsmission beauftragt. Ein Satellit, der ins Meer stürzte und wichtige Daten enthält.«

»Und das kauft Ihnen die Crew einfach so ab?«

»Wahrscheinlich nicht. Aber solange wir Funkstille wahren müssen, kann die Mannschaft denken, was sie will.« Nyere blickte zur Treppe, um festzustellen, ob die Technikerin zurückkehrte. »Das gilt auch für Sie, Melody. Wenn bereits jemand gefunden hat, wonach wir suchen ... Wir müssen einen ganz harmlosen Eindruck erwecken, dürfen niemanden alarmieren.«

Er deutete auf den Schirm, der eine schematische Darstellung der Agrostation zeigte, von der sie noch rund fünfzig Kilometer trennten. In diesem Bereich des pazifischen Ozeans lebten nur die beiden Tangfarmer. Die *Delphinus* war auf dem Weg zur Station, um die Agronomen mit Nachschub zu versorgen, als die Priorität-Eins-Nachricht eintraf.

Sawyer pfiff leise durch die Zähne. Sie mochte Yoshi

und Tatya. Zusammen mit Jason und den übrigen zehn Besatzungsmitgliedern hatte sie wundervolle Abende in ihrer Gesellschaft verbracht. Das nächtliche Meer, das sich wie Silber bis zum Horizont und darüber hinaus erstreckte, das Glitzern der Sterne am klaren Himmel ... Sie seufzte lautlos und dachte an ihre gegenwärtige Lage. Wenn Zivilisten in eine solche Angelegenheit verwickelt waren, Zivilisten, die über eigene Kommunikationsvorrichtungen verfügten und sich mit dem Festland in Verbindung setzen konnten ...

»Setzen Sie einen Kom-Analysator ein, sobald wir in Reichweite von Agro III sind«, sagte Nyere, als erriete er die Gedanken seines Ersten Maats. »Überprüfen Sie die Speichereinheiten. Stellen Sie fest, ob es in der agronomischen Welt irgendwelche Neuigkeiten gibt.«

»Ja, Sär, Captain, Sär«, erwiderte Sawyer ein wenig zu eifrig.

Schritte näherten sich, und die Rückkehr der Scanner-Technikerin verhinderte eine Fortsetzung des Gesprächs.

»Wir erreichen das Solsystem in vierundzwanzig Komma Null eins Minuten, Commander«, berichtete Steuermann T'Preth. Ihre Stimme war kaum lauter als das Summen der Impulstriebwerke, die sie an ihrem Pult kontrollierte.

(Die Zeitangabe basierte auf vulkanischen Begriffen, genauer gesagt: auf dem vulkanischen Puls und der Logik des Zehnersystems. Hundert Pulsschläge entsprachen demnach einer Minute. Nach der bei den Menschen gebräuchlichen Zeitrechnung schlug das Herz eines Vulkaniers zweihundertvierzigmal in einer Standard-Minute, woraus folgt, daß die vulkanische Minute fünfundzwanzig Standard-Sekunden entsprach. Vierundzwanzig vulkanische Minuten waren demnach gleichbedeutend mit sechshundert menschlichen Sekunden. Doch zum Zeitpunkt dieser Geschichte brauchten noch keine Umrechnungen vorgenommen zu werden. T'Preth wies schlicht und einfach darauf hin, daß die Expedition in zehn irdischen Minuten die Umlaufbahn des neunten und sonnenfernsten Planeten — die Erdbewohner nannten ihn Pluto — überqueren würde.)

»Bestätigt«, erwiderte Commander T'Lera, die an der Kommandokonsole saß. Ihre Stimme klang fast ebenso leise wie die T'Preths, verlor jedoch nie ihre Schärfe. »An alle: In zwanzig Minuten Stationen besetzen. Countdown läuft.«

Diejenigen Crewmitglieder, die bereits ihre Posten eingenommen hatten, gaben keine Antwort. An Bord eines vulkanischen Raumschiffes hielt sich niemand mit irrelevanten Bemerkungen auf. Alle Vulkanier erachteten das Schweigen als eine Tugend, und die unmittelbare Nähe von sechs anderen Personen bestärkten sie noch in dieser Haltung. Die räumlichen Beschränkungen und nicht unerheblichen psychologischen Belastungen während einer langen interstellaren Reise erforderten ein hohes Maß an gegenseitiger Toleranz, und Stille schuf einen guten Ausgleich zwischen unterschiedlichen Temperamenten.

T'Lera dachte an die Zeit vor der Entwicklung des Warp-Antriebs zurück. Die einzelnen Besatzungsmitglieder der Erkundungsschiffe arbeiteten jeweils in zwei Jahre langen Schichten, während ihre Gefährten in der Hibernation lagen. Die Gespräche der Vulkanier, die an den Kontrollen wachten, gingen nur selten über den Austausch wichtiger Daten hinaus. *Mein Vater Savar ist ein gutes Beispiel*, dachte die Kommandantin. *Seit Tagen hat er keinen einzigen Ton von sich gegeben. Die Erfahrungen der früheren und wesentlich längeren Reisen haben sein Verhalten geprägt.*

Es waren bereits alle Stationen besetzt — nur der Navigator fehlte. Als Sorahl die Anweisung seiner Mutter vernahm, unterbrach er sein privates Studium schon eine ganze Weile vor dem genannten Zeitpunkt, wandte sich von dem Schirm ab, der ihn mit der bordeigenen Datenbibliothek verband, und nahm an den Navigationskontrollen Platz. Ein Hauch von Verwirrung zeigte sich in seinen

Zügen und deutete darauf hin, daß zumindest ein Teil seiner Überlegungen nach wie vor den Dingen galt, mit denen er sich bis eben beschäftigt hatte. T'Lera nahm diesen Umstand zur Kenntnis, sprach ihren Sohn jedoch nicht darauf an.

Es gab allen Grund für sie, stolz auf die Crew zu sein: eine Einheit aus sieben Ichs, aus sieben unterschiedlichen Persönlichkeiten und Dutzenden von individuellen Eigenschaften, die alle ein gemeinsames Ziel anstrebten. *Wir sind sieben, und wir sind doch eins*, überlegte die Kommandantin zufrieden. Einheit und Mannigfaltigkeit — das vulkanische Ideal. T'Lera musterte die Mitglieder ihrer Mannschaft nacheinander.

Ganz vorn saß der Astrokartograph Selik — unermüdlich, methodisch, sein Universum auf die Arbeit reduziert, die wiederum das ganze Universum umfaßte. Er hatte schon an vielen Expeditionen teilgenommen, und derzeit galt seine Aufmerksamkeit einem Kometen, der die Gravimeter des Raumsektors veränderte, den sie gerade durchflogen. Die Körperhaltung wies auf das Ausmaß seiner Konzentration hin: Die Schultern gewölbt, den grauhaarigen Kopf ein wenig zur Seite geneigt.

Neben ihm an der Kommunikationskonsole offenbarte T'Syra, Seliks Bindungspartnerin, eine ähnliche Aufmerksamkeit. Die hellen Augen machten sie zu einer genetischen Besonderheit. Sie hatte T'Lera bei fast allen bisherigen Missionen begleitet — die erste Reise bildete die einzige Ausnahme —, und ihre Aufgabe bestand darin, trotz der noch immer recht großen Entfernung alle von der Erde ausgehenden Funksignale aufzuzeichnen. Ihre Arbeitsbelastung würde während der nächsten Stunden weiter zunehmen.

Der Schweif des Kometen führte zu statischen Störungen der Frequenzen, die T'Syra abhörte, aber Selik brauchte sie gar nicht auf den Grund hinzuweisen — T'Syra bestätigte mit einer knappen Geste. Die Kommunikation zwischen ihnen erforderte keine Worte.

Präfekt Savar vertrat von Anfang an den Standpunkt, daß sich Bindungspartner bei langen interstellaren Reisen begleiten sollten. Es ging dabei nicht um die Befriedigung sexueller Bedürfnisse; an Bord eines Erkundungsschiffes gab es praktisch überhaupt keine Privatsphäre, und außerdem empfanden Vulkanier weitaus seltener als Menschen das Verlangen nach körperlicher Vereinigung. Viel wichtiger war, daß sich zwei seit der Kindheit direkt und unmittelbar miteinander verbundene Geistessphären wesentlich leichter in die mentale Einheit integrierten, die eine Erkundungsexpedition erforderte. Selik und T'Syra bildeten daher ebenso ein Paar wie die manchmal melancholisch wirkende T'Preth und der kräftig gebaute Musiker und Soziologe Stell, der im Wohnbereich die beschaulichen Klänge seiner *Ka'athyra* erklingen ließ, um die anderen Besatzungsmitglieder zu unterhalten.

Eine Ironie des Schicksals, fuhr es T'Lera durch den Sinn, *daß sowohl der Begründer des Partner-Prinzips als auch seine Tochter dazu bestimmt sind, allein zu reisen.* Sie fragte sich nicht, was Savar von ihrer Mutter entfremdet hatte — solche Dinge gingen sie nichts an —, und sie verbannte auch die Erinnerungen an die eigene Scheidung aus sich. Sotir, ihr einstiger Mann, gehörte nicht mehr zu ihrem Leben.

Und was Sorahl betraf ... Er war zu jung, um an einer Trennung von seiner Bindungspartnerin zu leiden. Die geistige Brücke zwischen ihm und der Frau, die er auf Vulkan zurückgelassen hatte, brauchte noch viel Zeit, um stabil zu werden.

Sorahl ... T'Lera unterdrückte ein Lächeln, als sie ihren Sohn musterte. Sein ausdrucksloses Gesicht konnte sie nicht über die in ihm vibrierende Aufregung hinwegtäuschen. Er vergaß nun seine vorherigen Studien, beobachtete den bugwärtigen Schirm und hielt nach dem blauen Schimmern der Erde Ausschau.

Er sollte sich die Haare schneiden lassen, dachte T'Lera und betrachtete die dunklen Strähnen, die bis auf den Uniformkragen hinabreichten. Und: *Wer hält so etwas für angebracht? Die Kommandantin? Oder die Mutter?*

»Zeit, Steuermann?« fragten T'Leras Gedanken. Sie kannte die Antwort bereits, wollte sich nur ein wenig ablenken.

»Noch fünf Minuten, Commander — von jetzt an«, erwiderte T'Preth.

»Bestätigt.«

Das Impulstriebwerk verlieh dem Erkundungsschiff nicht genug Schub, um die Erde vor Ablauf einiger Stunden zu erreichen. T'Lera wußte, daß ihre fünfstündige Schlafperiode schon vor einer ganzen Weile begonnen hatte, aber trotzdem zog sie sich nicht zurück. Sie legte großen Wert darauf, den Einflug ins Solsystem zu beobachten. *Wir haben den Warp-Transit dicht vor der Umlaufbahn des neunten Planeten beendet, und jetzt könnte ich meinen Platz jederzeit räumen, ihn zum Beispiel Stell überlassen. Jeder meiner Gefährten ist in der Lage, mich zu vertreten. Wir sind gleichzeitig einzigartig und austauschbar — auch darin kommt unsere Philosophie zum Ausdruck.*

T'Syra führte Kom-Analysen durch — und fungierte gleichzeitig als Heilerin und Xenobiologin. Stell und Sorahl besaßen genug technische Kenntnisse, um das ganze Schiff zu demontieren und anschließend wieder zusammenzubauen. T'Preth war Linguistin, Künstlerin und Handwerkerin; Vulkanier unterschieden nicht zwischen den beiden zuletzt genannten Kategorien. Selik gehörte zum Hohen Rat und stand als Dritter Navigator in den Diensten des Außenweltamtes. Wenn sie entschieden, einen direkten Kontakt zu den Bewohnern der Erde herzustellen, sollte er als Sprecher auftreten. Und T'Lera, die Kommandantin ... Sie gab keinen Befehl, den sie nicht selbst ausgeführt hätte — und bis zu einem gewissen Ausmaß vereinte sie die Fähigkeiten ihrer Crewmitglieder in sich.

Auch das entsprach den von Savar entwickelten Prinzipien: Die Besatzungen von Erkundungsschiffen mußten besonders fähig und kompetent sein, denn auf ihnen lastete die Verantwortung des Erstkontakts.

»Wir überqueren jetzt die Umlaufbahn des neunten Planeten, Commander«, meldete T'Preth leise.

»Bestätigt«, sagte T'Lera und fügte unnötigerweise ein ›Danke‹ hinzu.

Ansonsten blieb alles still in der kleinen Zentrale. Eine aus Menschen bestehende Mannschaft hätte vielleicht gejubelt, doch Vulkanier konzentrierten sich statt dessen auf ihren Pflichten.

Nach einer Weile stand T'Lera auf und betrat den abgeschirmten Wohnbereich. Der alte Savar lag in einer der schmalen Schlafnischen, jener Mann, der vor vielen Jahren die Regeln aller interstellaren Missionen bestimmt hatte. Nur wer ihn sehr gut kannte, konnte auf den ersten Blick feststellen, ob er ruhte oder meditierte. Die glänzenden, obsidianfarbenen Augen starrten ins Leere, in die Weite des Alls, das er als seine einzige, wahre Heimat erachtete.

»Vater?« fragte T'Lera sanft und ließ sich vor der Koje auf die Knie sinken. Der Musiker Stell legte die *Ka'athyra* beiseite, ging zu seiner Konsole und ließ Vater und Tochter allein. »Ich wollte dir nur sagen, daß wir uns jetzt im Solsystem befinden.«

Der alte Mann setzte sich langsam auf.

»Vielen Dank, Commander«, erwiderte er, die Stimme von tagelangem Schweigen heiser und belegt. Er beharrte auf der förmlichen Anrede, so wie damals, als er selbst Kommandant gewesen war. »Ich freue mich darauf, die Erde noch einmal zu sehen.«

Melody Sawyer hielt den kleinen Chemoanalysator über die verdächtig wirkende Sektion des Barrierenwehrs, das die westlichen Tangkulturen der Station Agro III abschirmte.

»Die Kabel haben sich verheddert und sind an einigen Stellen ausgefranst«, murmelte sie. »So als habe sich etwas

Schweres darin verfangen und sei anschließend abgerutscht. He, Moy, halten Sie das blöde Ding stabil!«

Der junge und nervöse Fähnrich Moy sah sich nun zum erstenmal direkt mit dem Meer konfrontiert. Es herrschte recht hoher Seegang, und es fiel ihm nicht leicht, das Gleichgewicht zu wahren und außerdem das kleine Boot zu kontrollieren.

»Tut mir leid, Sir«, sagte er aus einem Reflex heraus. Er neigte dazu, sich dauernd für irgend etwas zu entschuldigen. »MeteoKom hat schlechtes Wetter angekündigt.«

In seinem kindlichen Gesicht glühten Eifer, Neugier und Aufregung, als er versuchte, über Sawyers Schulter zu sehen und einen Blick auf den Analysator zu werfen. »Was zeigt das Gerät an, Sir? Haben wir was entdeckt?«

»Könnte sein, Moy«, brummte Sawyer besorgt. »Ja, es wäre durchaus möglich.«

Es war reiner Zufall, daß ausgerechnet sie etwas bemerkte. Nyere beauftragte die Tageswache, an der Peripherie von Agro III zu kreuzen, bevor die Fahrt zur eigentlichen Station fortgesetzt werden sollte. Melody behielt einige Stunden lang die Instrumente im Auge, und als sie das Bugdeck aufsuchte, um sich dort ein wenig die Beine zu vertreten, fiel ihr Blick auf die beschädigten Kabel. Sie überredete den Captain, ihr ein Boot zur Verfügung zu stellen, damit sie sich die Sache aus der Nähe ansehen konnte.

»Die weißen Flecken dort stammen nicht von Farbe«, stieß sie hervor. »Ich habe keine Ahnung, woraus sie bestehen. Wir sollten eine Probe nehmen und sie an Bord der *Delphinus* gründlich untersuchen.«

»Glauben Sie, es ist wirklich ein Satellit abgestürzt, wie der Captain meinte, Sir?« platzte es aus Moy heraus. »Oder steckt Ihrer Ansicht nach mehr dahinter? Er hat sich verändert, seit wir die Nachricht erhielten, wird immer wortkarger. Wie ich hörte, soll es eine Botschaft mit Priorität Eins gewesen sein. Vielleicht ...«

»Schluß damit, Moy. Lassen Sie uns zurückkehren,

bevor ich mein Frühstück den Fischen überlassen muß. Ich bin es nicht gewöhnt, dem Wasser so nahe zu sein.«

»Aye, Sir«, erwiderte Moy enttäuscht und steuerte das Boot zur wartenden *Delphinus.*

»Es ist keine Farbe, Captain, Sär«, sagte Melody und wies auf den Computerausdruck. »Es handelt sich um eine Substanz, die aus Rhodinium- und Silizium-Verbindungen besteht. Wir verwenden solche Stoffe für abdichtende Anstriche und ähnliche Zwecke.«

»Und?« Jason Nyere gab sich völlig unbeeindruckt. »Sie wissen ja, daß sich Yoshi häufig über Freizeitkapitäne beklagt hat, die ihre Yachten an den Warnbojen vorbeisteuern und prompt in den Abschirmungen steckenbleiben. Irgend jemand hat am Ruder geschlafen, das ist alles.«

»Das bezweifle ich, Sär. Nach der Analyse weist das Material gewisse Parallelen zu dem hochtemperaturresistenten Abdichtmaterial auf, mit dem die Außenhüllen unserer Raumschiffe behandelt werden.«

Sawyer sprach in einem bedeutungsvollen Tonfall, um Nyeres Aufmerksamkeit zu wecken. Was ihr auch gelang.

»›Gewisse Parallelen‹ — was soll das heißen?«

»Die Untersuchungsergebnisse deuten darauf hin, daß die entsprechende Substanz Spurenelemente aufweist, die nicht aus unserem Sonnensystem stammen. Sie können unter Laborbedingungen synthetisiert werden, aber ...«

»Vielleicht ist es irgendeine geheime Neuentwicklung der Raumbehörde«, warf Nyere ein und griff nach dem sprichwörtlichen Strohhalm. »Nein, Sawyer, meiner Ansicht nach sind Ihre Entdeckungen keineswegs schlüssig. Wir brauchen mehr Daten.«

Einige Sekunden lang herrschte Stille. Nyeres Sturheit ging Melody auf die Nerven, und der Kapitän nahm Anstoß an der offensichtlichen Ungeduld seines Ersten Maats.

»Jason, gestern nacht fiel irgend etwas vom Himmel und verhedderte sich in den Kabeln des Barrierenwehrs. Ich vermute, es wartet jetzt irgendwo im Meer auf uns.« Als

Nyere keine Antwort gab, fügte Melody etwas schärfer hinzu: »Ich möchte wissen, was zum Teufel Sie jetzt zu unternehmen gedenken, Captain, *Sär.*«

»Das genügt, Sawyer!« Der Kapitän starrte sie an, bis sie den Blick senkte. »Irgendwelche Vorschläge?«

»Einen, Sär: Wir tauchen an der Stelle, wo die Kabel beschädigt sind — und suchen am Meeresgrund nach kleinen grünen Männchen.«

»Negativ«, widersprach Nyere. »Es ist schlechtes Wetter angekündigt, und außerdem wird's bald dunkel. Ich halte es für besser, wir warten bis morgen.«

»Wir könnten unsere Infrarotsonden benutzen, Captain«, warf Melody ein.

»Wir sind hier dem Mayabi-Graben viel zu nahe«, entgegnete Nyere. »Ich habe keine Lust, auf dem Grund herumzustapfen und zu riskieren, in eine maritime Schlucht zu stürzen. Morgen, wenn sich der Wind gelegt hat und die Sonne aufgegangen ist. *Morgen*, Melody, eher nicht.«

Sawyer nickte unzufrieden. Einerseits ergaben die Argumente des Captains durchaus einen Sinn, aber andererseits war er solche Risiken schon öfter eingegangen. *Er will nur Zeit gewinnen*, dachte sie. *Aber irgendwann bleibt ihm keine andere Wahl, als eine Entscheidung zu treffen.*

»Sonst noch was, Melody?« fragte Jason. Ihr Gesichtsausdruck gefiel ihm nicht besonders.

Eine Zeitlang sahen sie sich stumm an, und Sawyers Miene machte deutlich, was sie von der Sache hielt.

»Was ist mit den Kom-Speichern der Agrostation?« fragte der Captain schließlich.

»Ich habe sie untersucht.«

»Und?«

»Den ganzen Tag über keine externen Kontakte«, erklärte Sawyer. »Weder Berichte über ungewöhnliche Zwischenfälle noch irgendwelche Notrufe. Auch keine privaten Gespräche mit Nachbarfarmern oder Freunden auf dem Festland. Nichts.«

»Vielleicht haben Tatya und Yoshi schlicht und einfach gearbeitet — bis der Seegang zu stark wurde.«

»Mag sein, Captain«, erwiderte Melody und machte sich nicht die Mühe, ihren Zweifel zu verbergen. »Allerdings waren die Empfangsanlagen stundenlang eingeschaltet. So als hätten unsere Freunde ständig am Lautsprecher gesessen und gewartet. Darauf, daß irgend etwas passiert.«

»Spekulationen, Melody«, brummte Nyere, obwohl er nicht so recht daran glaubte. »Vielleicht gibt's während dieser Jahreszeit nicht viel zu tun. Vielleicht sahen sie sich einen interessanten Film an...«

»Kommen Sie, Jason...«

»Hören Sie, Sawyer! Vielleicht haben's Tatya und Yoshi den ganzen Tag über miteinander getrieben und wünschten sich Hintergrundmusik!« platzte es aus Nyere heraus. Sein Stimmungsbarometer stand auf Sturm. »Es gibt Dutzende von möglichen Erklärungen, und eine ist harmloser als die andere. Warum wittern Sie sofort Verschwörungen?« Er holte tief Luft. »Verschwinden Sie jetzt und vertreiben Sie sich irgendwie die Zeit. Morgen um vierzehn Uhr erreichen wir Agro III. Haben Sie bis dahin Geduld.«

»Wie Sie meinen, Captain, *Sär*«, erwiderte Melody leise. »Ich hoffe nur, Ihnen ist klar, daß sich unser Problem nicht von allein löst.«

*

Die Elektronik der Penthousetür nahm eine kurze Sondierung vor, identifizierte James T. Kirk und schwang auf. Der Admiral begrüßte die Stille, die ihn in seiner Wohnung erwartete — ein anstrengender Nachmittag lag hinter ihm.

Verdammte Stabsbesprechungen! fuhr es ihm durch den Sinn. *Verdammte Bürokraten, deren geistiger Horizont nur bis zum Rand ihrer Schreibtische reicht.* Schon als Raumschiffkommandant verabscheute Kirk nichts mehr als den endlosen Papierkrieg. Auseinandersetzungen mit Trelanern oder Rojani waren schon gefährlich genug, doch die anschließenden Berichte kamen heimtückischen Minen gleich, die jederzeit explodieren konnten ...

Jim Kirk seufzte. *Jetzt hat Spock das Kommando über die Enterprise, und mir bleibt einzig und allein der Bürokram.*

Gedankenverloren öffnete er die Verschlüsse seiner Uniform und warf den noch immer steifen roten Stoff — fast so rot wie geronnenes Menschenblut; der Designer schien eine seltsame Art von Humor zu haben — auf einen Sessel. Das Metall der Admiralsabzeichen klirrte leise. Achtlos stellte er die Aktentasche ab: ein angeberisch wirkendes Ding mit einem kleinen Hologramm an der einen Ecke, das auf Rang und Identität hinwies. Zur Standardausstattung gehörte ein Sicherheitsmodul, das eine Implosion herbeiführte und den Inhalt zerstörte, wenn jemand die Tasche zu öffnen versuchte, ohne vorher den Code einzugeben.

Dafür werden unsere Steuergelder verschwendet, dachte Kirk. Derzeit enthielt der kleine Koffer nur einige nicht besonders wichtige Datenkristalle, deren Informationen mit den Beratungen am Nachmittag in Zusammenhang standen — und Das Buch.

Das Buch. Kirk lächelte schief, als er sich erinnerte. Er hatte großen Wert auf eine gebundene Ausgabe aus echtem Papier gelegt, die ihn eine Menge Geld kostete und den troyianischen Datenbroker vor erhebliche Probleme stellte. »Der Admiral ist doch bestimmt mit dem Hyperlesen vertraut!« schnatterte der Troyianer und tastete betrübt mit opalblauen Fingern über das Anforderungsformular. Ein Buch aus Papier — was für ein Anachronismus! »Nun, mit Hilfe eines Kommunikationsstimulators kann selbst ein so umfangreiches Werk innerhalb weniger Stunden gescannt werden. Wir bieten sogar eine Lesen-Sie-im-Schlaf-Version an. Denken Sie nur daran, wieviel kostbare Zeit Sie verschwenden, indem Sie blättern und ›gedruckte‹ Buchstabenfolge mit Bedeutungsketten assoziieren ...«

»Ich bin Traditionalist, Purdi«, erwiderte Jim Kirk und lächelte. »Ich glaube, Gott hat den Menschen aus gutem Grund Finger und Augen gegeben.« Seine Stimme klang humorvoll, machte jedoch gleichzeitig klar, daß er auf seinem Standpunkt beharrte und die Diskussion für beendet hielt. Troyianer waren recht geschwätzig.

Purdi schnaufte abfällig. »Bücher für Wohnzimmervitrinen«, brachte er hervor. »Früher kauften Leute solche Ausgaben nicht etwa, um sie zu lesen, sondern um Freunden und Verwandten gegenüber Kultur zu beweisen. Vermutlich möchten Sie nur deshalb ein gebundenes Exemplar, um es Ihrer Sammlung hinzuzufügen.«

Kirk zuckte mit den Schultern und überließ den Troyianer seinen falschen Vorstellungen.

»Über eine Milliarde Datenkopien!« verkündete die Werbe-Holos der Unterhaltungskanäle.

Die Leute schienen *Fremde vom Himmel* nicht nur zu kaufen, sondern tatsächlich zu lesen. Selbst Heihachiro Nogura beschäftigte sich damit, hockte vor dem Compuschirm in seinem Büro und schien den Rest der Welt zu vergessen, während pseudomentale Signale ganze Kapitel in sein Bewußtsein übertrugen. Kirks Studenten, die für gewöhnlich Stoffe wie *Käpt'n Starlight und die neunzehn Wunder des Universums, Teil Siebenhunderteinundzwanzig* und *Zweitausendundeine Nacht: Romanzen im All* bevorzugten, nutzten die Pausen zwischen den einzelnen Vorlesungen, um den Erstkontakt zwischen Menschen und Vulkaniern zu erörtern. Wenn sie den Admiral nach seiner Meinung fragten, erwiderte er ausweichend, er vergliche die Bedeutung des Werks noch immer mit seinen, äh, persönlichen Erfahrungen in Hinsicht auf Außenweltdiplomatie.

Der Tropfen, der das Faß schließlich überlaufen ließ, war ein Erlebnis im Raumdock von TerraZentral. Kirk wollte dem ganzen Rummel entkommen und hoffte, im Orbit endlich Ruhe zu finden. Als er die Dockmensa aufsuchte, um sich dort eine Tasse Kaffee zu genehmigen, begegnete er Nyota Uhura und ...

»Admiral, erinnern Sie sich an Cleante alFaisal?«

Was für eine dumme Frage. Ob er sich an sie erinnerte? Rund fünf Minuten lang war er unsterblich in sie verliebt gewesen. Er entsann sich an eine Rettungsmission der *Enterprise*, an die Bergung von zwei Überlebenden, der eine ein Mensch, der andere ein Vulkanier. Probleme mit Romulanern in den abgelegenen Bereichen eines bestimmten Raumquadranten, Tage der Anspannung ... An einem Teich mit Lotusblumen fand er Frieden, sah in melancholisch blickende, byzantinische Augen ...

»Hallo, Jim.«

»Cleante ...«

Kirk hauchte ihr einen Kuß auf die Hand, so wie damals, spürte dabei Uhuras neugierigen Blick.

»Leisten Sie uns Gesellschaft«, bat sie, und der Admiral nickte.

»Was führt Sie hierher?« fragte er Cleante freundlich.

»Reiner Zufall«, erwiderte sie. Ihre Stimme klang so melodisch, wie er sie in Erinnerung hatte. »T'Shael war mit Dr. M'Benga in Altfrisco verabredet, und ich habe die Gelegenheit zu einem kleinen Einkaufsbummel genutzt. Dabei traf ich Nyota, und sie lud mich hierher zum Essen ein. Ich bin noch nie im Raumdock gewesen.«

»Ich verstehe«, sagte Kirk. T'Shael, die vulkanische Überlebende, litt an einer genetisch bedingten Blutkrankheit, die in regelmäßigen Abständen behandelt werden mußte. Auf der Erde gab es praktisch keine Heiler von Vulkan, aber M'Benga kannte sich mit den Besonderheiten des vulkanischen Metabolismus gut aus. »Nun, ich möchte Sie nicht länger stören ...«

»Cleante erzählte gerade etwas Faszinierendes«, warf Uhura ein und strahlte übers ganze Gesicht. »Sie hat einen Verwandten entdeckt, von dem sie überhaupt nichts wußte ...«

»Ach? Steht das in irgendeinem Zusammenhang mit Ihrer archäologischen Arbeit?«

Cleante schüttelte den Kopf, und ihr langes, dunkles Haar wogte dabei wie ein zarter Schleier.

»Es war eine echte Überraschung für mich«, entgegnete sie. »Der Mann präsentierte sich mir als Protagonist eines historischen Romans. Kennen Sie *Fremde vom Himmel?*«

Kirk stöhnte innerlich und gab sich geschlagen. »Nein, *noch* nicht.«

»Nun, bestimmt wissen Sie, worum es dabei geht. Beim irdischen Militär- und Geheimdienstkomplex herrschte helle Aufregung, und die Verantwortlichen überlegten, was sie mit zwei gestrandeten Vulkaniern anstellen sollten, als jener Mann, der ausgerechnet Mahmoud Gamal al-Parneb Nezaj hieß ...«

Kirk kapitulierte. Am folgenden Nachmittag verließ er TerraZentral, beamte sich zur Erde zurück und suchte Purdis Buchladen auf.

Mit voller Absicht ließ sich Jim das Buch zur Admiralität schicken — um die Neugier der jüngeren Stabsmitglieder zu erwecken. Die meisten von ihnen hatten noch nie in ihrem Leben ein richtiges Buch gesehen. Er saß an seinem Schreibtisch, betrachtete das Paket und strich mit den Fingerkuppen wie zärtlich über das braune Papier, mit dem der diskrete Purdi den Band eingewickelt hatte. Kirk hielt es geradezu für pervers, Werke wie *Krieg und Frieden* oder *Der alte Mann und das Meer* in Form von elektronischen Speichermodulen zu archivieren, die einen Computer erforderten, um gelesen zu werden. Seiner Ansicht nach hatte so etwas nichts mehr mit Literatur zu tun.

Die Adjutanten und Junioroffiziere, die den Admiral besuchten, bedachten das seltsame Objekt auf dem Schreibtisch mit verwunderten Blicken. Kirk sah die Fragen in ihren Augen, beantwortete sie jedoch nicht. Als die Stabsbesprechungen begannen, schloß er das Buch in der Schublade ein. Später schmuggelte er es nach Hause, gab sich dabei so verschwörerisch, als handle es sich um verbotene klingonische Aphrodisiaka und nicht um schlichtes Papier.

In seiner Penthouse-Wohnung zögerte er, genoß die Stille, das herrliche Gefühl, endlich allein zu sein. Er wartete eine Weile, bis er das Buch dem Aktenkoffer entnahm, konzentrierte sich zunächst auf die Vorfreude, hielt den Band schließlich so in den Händen, als stelle er einen kostbaren Schatz dar. Vorsichtig blätterte er, las die ersten Zeilen, verlor sich in einer anderen Zeit, an einem anderen Ort.

Kirk genehmigte sich einen Drink und machte es sich bequem. Doch bevor er mit der eigentlichen Lektüre beginnen konnte, galt es noch etwas zu erledigen.

»Computer?«

»Ja, Jim?« Die Stimme klang schläfrig, was auf eine ausgezeichnete Programmierung des Sprachprozessors hindeutete.

Kirk runzelte unwillig die Stirn und verbiß sich eine scharfe Erwiderung. Er hatte für sein Apartment ein individuell angepaßtes Modell erbeten.

»Lies mir den Terminkalender für morgen vor. Jeweils ein Eintrag.«

»Wie Sie wünschen, Admiral«, erwiderte der Computer etwas förmlicher. »Beginn um 8.00 Uhr: Einsatzbesprechung für die Kommandeure des dritten Quadranten.«

Endloses Gerede, dachte Kirk. *Langes Warten aufgrund der Übermittlungsverzögerungen.*

»Bestätigt. Nächster Punkt?«

»Gegen 9.30 Uhr: Sporthalle; Übungen mit dem *Kendo*-Lehrer.«

Kirk ächzte und dachte an den drohenden Muskelkater.

»Ist das eine Bestätigung, Admiral?«

»Wie? Oh, ja. Ich höre.«

»Von zehn bis zwölf: Besuch der Feuerwehr.«

»Wie bitte?«

»Ausdruck stammt von Ihnen, Admiral«, erwiderte der Computer bereitwillig. »Ich habe mir die Freiheit genommen, eine etymologisch-linguistische Analyse vorzunehmen. Der Begriff entstand auf der präföderativen Erde und bedeutet ...«

»Schon gut.« Kirk seufzte und fragte sich, ob Spock die Programmierung der Penthouse-Elektronik verändert hatte. Eine Art vulkanischer Scherz?

Nein, Vulkanier erlaubten sich keine Scherze. *Humor*, vernahm er Spocks Erinnerungsstimme, *ist eine rein menschliche Eigenschaft, die jeder Logik entbehrt und somit nicht zum vulkanischen Wesen gehört.* Kirk lächelte unwillkürlich, als ihm diese Gedanken durch den Kopf gingen. Trotz — oder gerade wegen? — seiner Rationalität, auf die er immer wieder mit solchem Stolz hinwies, neigte Spock zum Philosophieren: Es schien kaum einen Themenbereich zu geben, den er nicht mit mehr oder weniger längeren Kommentaren versah. *Nun, vielleicht liegt es daran, daß seine Ausführungen immer so ungeheuer bedeutungsvoll klingen.*

»Jim?« fragte der Computer vorsichtig. »Habe ich Sie irgendwie beleidigt?«

»Was? Oh, nein. Ich mußte nur gerade an etwas denken ... Wie dem auch sei: Ich weiß jetzt, was es mit der ›Feuerwehr‹ auf sich hat. Damit sind die Angehörigen des Kommandostabs der Starbase 16 gemeint, die morgen hier eintreffen. Ich soll für sie den Fremdenführer spielen.«

»Den ›Fremdenführer‹? Soweit ich weiß, handelt es sich ausschließlich um Repräsentanten der Spezies Homo sapiens. Vielleicht ist ein neuerlicher linguistischer Signifikanzvergleich erforderlich, um ...«

»Schon gut.« Kirk spürte, wie Ärger in ihm entstand. *Der verdammte Computer nimmt mich auf den Arm!* »Was ist mit den anderen Terminen?«

»Von 12.00 Uhr bis 14.00 Uhr: Arbeitsessen mit Admiral Nogura, in seinem Büro.«

Das gibt Magengeschwüre, befürchtete Kirk. *Heihachiro trifft sich nur mit mir, wenn irgend etwas schon gestern hätte erledigt werden sollen.*

»Und dann?«

»Vierzehn bis sechzehn Uhr: taktisches Seminar mit den Gruppen Blau und Gold.«

Untertitel: Wie bleibe ich wach, damit die Kadetten nicht einschlafen? kommentierten Kirks Gedanken. *Himmel, es gibt nichts Langweiligeres!*

»Bestätigt.«

»16.00 Uhr: *Kobayashi Maru,* Grüne Gruppe ...«

»Und um siebzehn Uhr die Auswertung? Vorausgesetzt natürlich, meine Schüler haben sich nicht selbst in die Luft gesprengt.«

»Soweit ich weiß, enthält der Simulator keine explosiven Substanzen«, antwortete der Computer. »Dort stattfindende Raumgefechte verletzen höchstens den Stolz. Darf ich jetzt fortfahren?«

»Oh, ja, natürlich«, brummte Kirk, stellte müde das Glas ab und rieb sich die Augen. »Entschuldige bitte die Unterbrechung«, fügte er ironisch hinzu. »Hoffentlich habe ich dich nicht aus dem Konzept gebracht.«

»Das ist gar nicht möglich, Jim«, erwiderte die Sprachprozessorstimme. »Menschliche Stimmen bewirken keine Kurzschlüsse in mir. Allein dadurch kann ich wohl kaum die Übersicht über aktivierte Programmfunktionen verlieren.« Eine kurze Pause. »Wo war ich stehengeblieben? Ah, ja: 17.00 Uhr Auswertung Kobayashi Maru, Grüne Gruppe. Achtzehn Uhr: Cocktailempfang für ...«

»Halt!« Kirk hatte die Nase voll. Seine Arbeitstage zeichneten sich durch eine Art kumulative Gleichförmigkeit aus, die ihm immer mehr auf die Nerven ging. Es fiel ihm ganz und gar nicht leicht, sich damit abzufinden; er konzentrierte sich statt dessen auf die einzige Sache, die ihm wirklich am Herzen lag. »Gegenwärtige Position und Status der *Enterprise.*«

»Einen Augenblick.« Bunte Pausenmuster glühten auf dem kleinen Monitor. Kirk geduldete sich, griff nach dem Glas und lauschte dem leisen Klirren der Eiswürfel. Er haßte die Schreibtischarbeit, wünschte sich in den Befehlsstand seines Raumschiffs zurück. »Bereit.«

»Ich bin ganz Ohr.«

»Position und Status der *USS Enterprise,* NCC-1701:

Sternzeit 8083.6. Ergänzung der Besatzung besteht aus einem technischen Offizier und siebenunddreißig Ingenieursstudenten; zur erweiterten Brückencrew gehören sieben Kadetten. Den Befehl führt Captain Spock. Derzeitige Aufgabe: Übungspatrouille, zwei Parsek vom Llingri-Sternhaufen entfernt. Voraussichtliche Dauer: noch drei weitere solare Tage. Die Manöver finden gemäß Vorschrift 14-B statt, und Starfleet hat eine vulkanische Variante autorisiert. Nach dem letzten Bericht ist an Bord alles in Ordnung.«

»Ich verstehe«, murmelte Kirk. Eine autorisierte vulkanische Variante ... Mit anderen Worten: Spock hielt einige Überraschungen für die Kadetten parat und sorgte dafür, daß sie nicht zur Ruhe kamen. »Geschätzte Zeit für die Rückkehr?«

»Captain Spock hat ein genaues Datum angegeben: Sternzeit 8097.4.«

Ein genaues Datum. Und er würde die *Enterprise* rechtzeitig zurückbringen, selbst wenn er es unterwegs mit Ionenstürmen und irgendwelchen interplanetaren Konflikten zu tun bekam. Nur das Ende des Universums mochte ihn daran hindern, die vulkanische Tugend der Pünktlichkeit zu achten. Der gute alte Spock. Die *Enterprise* konnte nicht in besseren Händen sein.

Verdammt!

Kirk unterbrach die Verbindung zum Penthousecomputer, duschte in Rekordzeit und zog einen alten, bequemen Trainingsanzug an. Vor dem Synthesizer in der Küche zögerte er, erinnerte sich an McCoys warnende Hinweise auf sein Gewicht und orderte einen Salat. Dann nahm er vor dem Kamin Platz, griff nach dem anachronistischen Buch und begann zu lesen.

3

Das Licht des stürmischen Nachmittags verblaßte allmählich. Yoshi saß im anderen Zimmer der Agrostation und starrte auf den Kom-Schirm, ohne die wechselnden Darstellungen zu beachten.

Sie hatten diesen Raum immer als ›anderes Zimmer‹ bezeichnet. Es diente als Wohnzimmer, Küche, Büro, Speicher, Lager, Vorratskammer, Sporthalle und Unterhaltungszentrum. Auch der Kom-Schirm, der fast eine ganze Wand beanspruchte, erfüllte mehrere Funktionen: Computer, Holovision, elektronischer Briefkasten, Nachrichtenbrücke zum Festland. Abgesehen von den monatlichen Versorgungsfahrten der *Delphinus* stellte er ihren einzigen Kontakt zum Rest der Welt dar.

Derzeit wünschte sich Yoshi nichts sehnlicher, als auch die letzten Verbindungen zu kappen und glauben zu können, es sei überhaupt nichts geschehen. Er wollte fliehen, sich irgendwo verkriechen, wie ein Strauß den Kopf in den Sand stecken. Statt dessen hockte er vor dem noch immer aktivierten Schirm, beobachtete das bunte Wogen, das kaum einen Sinn zu ergeben schien, blieb ein Gefangener des Chaos in seinem Innern. Manchmal vergaß er sogar, wonach er Ausschau hielt, worauf er wartete.

Glaubte er im Ernst, MediaKom verkündete der ganzen Erde, über dem Südpazifik sei ein fremdes Raumschiff abgestürzt?

Eine Zeitlang spielte er mit dem Gedanken, die Aero-Mar-Frequenzen abzuhören. Er beherrschte genug Computertricks, um das zu bewerkstelligen, aber vermutlich würde irgend jemand seinen Streifzug bemerken. Und Verdacht schöpfen. Nein, sie durften auf keinen Fall Aufmerksamkeit erregen. Yoshi schüttelte den Kopf, und mit einer seltsamen Art von Apathie ging er die einzelnen Kanäle durch.

»... nach dem versuchten Attentat einiger pseudoreligiöser Fanatiker der sogenannten Allianz des Zwölften November ...«

Klick.

»... wird der gegenseitige Nichtangriffspakt durch eine Wiederaufnahme der Feindseligkeiten bedroht, die ...«

Klick.

»... fanden bei den Krawallen dreiundzwanzig Menschen den Tod. Die Unruhen begannen, als Fans der Mannschaft aus der Südlichen Hemisphäre ...«

Die Erde ist nach wie vor ein verdammtes Tollhaus, dachte Yoshi betrübt. *Seit dem letzten Krieg sind fünfzig Jahre vergangen, aber noch immer fallen sie übereinander her. Die Anlässe spielen eigentlich keine Rolle: angeblich unterdrückte Minderheiten, so enorm wichtige Dinge wie Fußballspiele ... Kein Außerirdischer, der einigermaßen bei Verstand ist, würde es wagen, auf einem solchen Planeten zu landen. Die beiden Fremden, die wir heute morgen aus dem Meere fischten — ich möchte nicht in ihrer Haut stecken.*

Klick.

»... kam es trotz großer Nachfrage und einer allgemein als recht gut bezeichneten Marktlage zu großen Kursschwankungen der von MarProtein angebotenen Aktien. Nach den letzten Meldungen breitet sich die zuerst im Mittelpazifik beobachtete Pilzinfektion der Tang- und Algenkulturen weiter aus ...«

Oh-oh, dachte Yoshi und kehrte einen Augenblick zum anderen in die Wirklichkeit zurück. Solche Nachrichten betrafen ihn unmittelbar und erforderten angemessene Aufmerksamkeit.

Schon seit Monaten trafen immer wieder Berichte über eine Tangwelke im Norden ein, hervorgerufen von einem mutierten Parasitenpilz. Keine der üblichen Behandlungen wirkte, und die Infektionsfront weitete sich nach Süden in Richtung Agro III aus. Andere Stationen im Nordosten beklagten bereits Kulturverluste, die bis zu einem Viertel des gesamten Anbaus betrafen.

Yoshi schüttelte verwirrt den Kopf. Bis zu diesem Morgen hatte seine wichtigste Aufgabe darin bestanden, mit dem Tragflächenboot an den Zugangsflächen entlangzufahren und Tangproben zu nehmen, um sie anschließend auf möglichen Pilzbefall zu untersuchen. Jetzt rückten diese Probleme in den Hintergrund und verloren an Bedeutung. Er dachte nur noch an die beiden Fremden und hoffte inständig, daß niemand kam, um nach dem Rechten zu sehen, um die Auslieferung der Aliens zu verlangen.

Er stellte sich die gleiche Frage, die Tatya an sich selbst gerichtet hatte: Wovor fürchtete er sich?

Ihm und seiner Partnerin drohte keine echte Gefahr. Schlimmstenfalls bot man ihnen ›Hilfe‹ dabei an, den Absturz des Raumschiffes und die beiden Außerirdischen zu vergessen. Anschließend verlief ihr Leben wieder in den gewohnten Bahnen, so als habe es nie zwei extraterrestrische Schiffbrüchige gegeben. *Entspricht das nicht meinem Wunsch?*

Aber wenn AeroMar, die Geheimdienste und vielleicht sogar PentaKrem ungehindert eingreifen konnten — was stand dann den Gestrandeten bevor? Freundliche Gespräche? Verhöre? Mentalsondierungen, um an ihre Informationen zu gelangen? Vielleicht sogar der Tod, weil man sie für eine Gefahr hielt? *Warum fühle ich mich davon betroffen?* überlegte Yoshi. *Warum glaube ich, das ginge auch mich etwas an?*

Er versuchte sich davon zu überzeugen, daß sich seine Rolle auf die eines unbeteiligten Beobachters beschränkte. Er wollte sich einreden, es sei besser, die beiden Fremden den Behörden zu überlassen. Aber als er an Tatya dachte, nagten Zweifel an der herbeibeschworenen Erleichterung. Er haßte nichts mehr als Streit und Auseinandersetzungen — einer der Gründe, warum er das Leben in der Einsamkeit einer Agrostation bevorzugte. *Habe ich mich von Tatyas Romantik in bezug auf andere Planeten anstecken lassen? Bin ich deshalb bereit, mein Leben zu riskieren, um Mißverständnissen und Hysterie vorzubeugen? Um die*

Arrestierung und möglicherweise sogar die Hinrichtung der beiden Außerirdischen zu verhindern, die Menschen ähnlich sehen und unsere Sprache beherrschen — und von denen ich überhaupt nichts weiß?

Und wenn sie irgendwelche übernatürlichen Kräfte besaßen, die nur darauf warteten, freigesetzt zu werden? Kräfte, die Tatya und Yoshi zu völliger Hilflosigkeit verurteilten? Wenn sie Kriminelle waren, auf der Flucht, weil sie in ihrer Heimat wegen Mord oder noch schlimmerer Verbrechen gesucht wurden? Oder die Vorhut einer Invasionsstreitmacht, Späher, damit beauftragt, die Erde auszukundschaften, die menschliche Gesellschaft zu infiltrieren, um alles für den Angriff vorzubereiten ...

Und wenn es sich um zwei völlig harmlose und unschuldige Sternreisende handelte, über einer fremden Welt abgestürzt, verletzt und völlig von den Einheimischen abhängig? *Ja, was dann?*

Es existierten nur sehr wenige Dinge, für die Yoshi sein Leben aufs Spiel gesetzt hätte. Er war nicht besonders mutig — und das gab er auch offen zu. Im Gegensatz zu seiner abenteuerlichen Partnerin gab er sich mit einem einfachen, schlichten und wenig abwechslungsreichen Leben zufrieden. Die immer komplexer werdende Technologie des einundzwanzigsten Jahrhunderts, die riesigen Städte mit ihren unüberschaubaren Menschenmassen, die Gefahren, die in der modernen Welt überall lauerten, insbesondere dann, wenn man in Dinge verwickelt wurde, die das Interesse von Militär, Nachrichtendiensten und geheimbundartiger Politik fanden — all diese Dinge erschreckten Yoshi. Er strebte ereignislose Harmonie an, wünschte sich nur, in aller Ruhe das Meer und die Sterne beobachten zu können. Er ging Schwierigkeiten aus dem Weg, und seine einzigen Sorgen beschränkten sich auf Probleme, die nicht bedrohlicher waren als Tangwelke.

Vielleicht hätte er selbst die Behörden verständigt und auf die beiden Fremden hingewiesen — *damit sie die notwendige medizinische Hilfe bekommen*, beruhigte er sein

Gewissen —, aber es fehlte ihm an der notwendigen Entschlossenheit. Außerdem wollte er sich nicht von Tatya jeden Knochen im Leib brechen lassen.

Und dann die außerirdische Frau, die zwei Worte in seiner Sprache an ihn richtete. *Ich ... verstehe.* Das weckte den Beschützerinstinkt in ihm.

Yoshi seufzte und schaltete auf einen anderen Kanal.

»... ist ein defekter Geosatellit im Nordwesten der Osterinsel in den Pazifik gestürzt ...«

Yoshi stand so abrupt auf, daß der Baststuhl zur Seite kippte. Heftiger Schmerz ging von seinem verletzten Knöchel aus, aber er ignorierte das Stechen und erhöhte die Lautstärke.

»... wurde ein AeroMar-Schiff beauftragt, den Satelliten oder Teile davon zu bergen. In den nächsten Nachrichtensendungen ...«

»Das wär's dann wohl«, sagte Yoshi.

»Ich wette, man schickt uns den Wal«, erklang Tatyas Stimme. Sie stand in der Tür des Zimmers. Yoshi wurde erst jetzt auf sie aufmerksam — Stunden schienen vergangen zu sein, seit sie sich zum letztenmal gesehen hatten. »Er ist ohnehin morgen fällig.«

Der Wal: eine scherzhafte Bezeichnung für die *Delphinus*, die nicht nur auf ihren Namen anspielte, sondern auch auf Größe und Form des Schiffes — und den Körperumfang des Kapitäns. Natürlich verwendeten sie diesen Namen nie, wenn Jason Nyere in der Nähe weilte; er war recht eitel und reagierte empfindlich, wenn man ihn auf seine Leibesfülle ansprach.

Der Wal ... Jetzt klang es nicht mehr witzig.

»Wie geht es ihnen?« Yoshi nickte in Richtung Schlafzimmer; er brauchte nicht extra zu erklären, wen er meinte.

»Ich glaube, ihr Zustand hat sich stabilisiert.« Tatya wirkte sehr erschöpft. »Der Mann scheint sich allmählich zu erholen. Ich habe ihnen keine Medikamente verabreicht, nicht einmal schmerzstillende Mittel; wer weiß, wie sie auf so etwas reagierten. Ihre Physiologie unterscheidet sich völlig von der unsrigen. Organe, die sich überhaupt nicht dort befinden, wo man sie erwartet, die metabolischen Funktionen ein einziges Rätsel. Meine Instrumente zeigen Werte an, die ich unter anderen Umständen für das Ergebnis von Fehlfunktionen hielte. Selbst der Blutdruck ...«

Sie brach ab. Yoshi hatte seine Partnerin noch nie so müde erlebt, daß sie sogar das Sprechen als eine Belastung empfand.

»Was sollen wir jetzt machen, Yoshi?«

Er zuckte mit den Schultern, wäre am liebsten unsichtbar geworden oder im Mayabi-Graben versunken.

»Sollen wir sie als Verwandte von mir ausgeben?« Yoshi versuchte zu lächeln, schnitt statt dessen eine Grimasse.

Tatya blieb ernst.

»Bin gespannt, ob es dir gelingt, Jason davon zu überzeugen«, erwiderte sie abfällig.

»Hast du irgendeinen besseren Vorschlag?« fragte Yoshi scharf.

Seit vielen Monaten lebten sie allein in der Agrostation, waren es daher gewöhnt, bei ihren Diskussionen kein Blatt vor den Mund zu nehmen und so laut zu reden, wie es ihnen gefiel. Doch die Präsenz ihrer beiden ›Gäste‹ veränderte alles. Tatya und Yoshi sprachen weiterhin miteinander und verdeutlichten ihre Standpunkte, aber sie senkten ihre Stimmen und hofften, daß der Wind und das Rauschen des Meeres ihre Worte übertönten.

Es kam ihnen nicht in den Sinn, daß die großen und spitz zulaufenden Ohren der Fremden einen ganz bestimmten Zweck erfüllten. Das dumpfe Heulen der Böen, die an den Flanken der Station entlangstrichen, hatte bereits einen der beiden Außerirdischen geweckt, und er hörte die Agronomen so klar und deutlich, als stünden sie neben ihm.

»Sie wirken so primitiv«, antwortete Sorahl, als T'Lera das Stirnrunzeln ihres Sohnes sah und zum erstenmal fragte, worum es bei seinen privaten Studien ging und was ihn so verwirrte. »Ich möchte nicht respektlos sein, aber ich frage mich immer wieder, was dich und meinen Großvater so sehr an der menschlichen Kultur fasziniert.«

Zwei Tage trennten sie noch vom Solsystem. Das Erkundungsschiff durchquerte gerade die Oort-Wolke, aus der so viele von der Erde aus sichtbare Kometen stammten. T'Lera und Sorahl saßen im Wohnbereich: Für die Kommandantin begann gerade die Freischicht, und die des Navigators ging zu Ende. Bald würde er Selik ablösen, der das Schiff anscheinend ganz mühelos mit einer Hand steuerte, während er mit der anderen neue Kometen in die Karten verzeichnete.

»›Primitiv‹?« wiederholte T'Lera und versuchte nicht, die Ironie aus ihrer Stimme zu verbannen. Sorahl kannte diesen Tonfall besser als jeder andere.

Er deutete auf einige verstreut herumliegende Speicherbänder. Einige von ihnen waren bei früheren Expeditionen angefertigt worden und enthielten Daten über irdische Holosendungen.

»Die auf der Erde gebräuchlichen Unterhaltungsformen«, begann Sorahl vorsichtig. Vielleicht fürchtete er, als naiv kritisiert zu werden. »Die Menschen scheinen von Gewalt wie besessen zu sein. Dann ihre ausgeprägte Sentimentalität, ihre Gefühlsbetontheit, ein Humor, der oft auf Kosten ihrer Mitbürger geht. Wenn sie so etwas schätzen ...«

»Führen deine Studien zu solchen Ergebnissen, Sohn?« Wenn sie allein und nicht im Dienst waren, erlaubte sich T'Lera die persönliche Anrede. Doch schon die Gegenwart des Vaters genügte, um sie an ihre Rolle als Kommandantin zu erinnern. Savar hatte immer großen Wert auf korrekte Förmlichkeit gelegt.

»Mutter, ich weiß, daß mir die Erfahrung all jener Experten fehlt, die sich ihr Leben lang mit kulturellen Analysen beschäftigt haben. Aber meine bisherigen Beobachtungen deuten darauf hin, daß einer derart aggressiven Zivilisation die Gefahr der Selbstvernichtung droht.«

»Diese Ansicht teilen viele terranische Philosophen«, erwiderte T'Lera trocken. »Wie dem auch sei: Die von dir ausgewerteten Informationen stellen nicht die Gesamtsumme aller möglichen Unterhaltungsformen dar, und es ist absurd, daraus auf Moral und Ethik der Menschen zu schließen.«

Sorahl senkte den Blick. Plötzlich wurde ihm klar, wie dumm und töricht seine angeblich so analytischen Deduktionen waren. Er wollte seine Mutter um Verzeihung bitten, doch sie kam ihm zuvor.

»Was würdest du vorschlagen, Sohn? Hältst du es für angeraten, daß wir unsere Missionen im Solsystem beenden und die Terraner fortan sich selbst überlassen?«

»Ganz und gar nicht, Mutter. Ich bin der Ansicht, daß wir endlich die Konsequenzen aus diesem Forschungsprojekt ziehen und Kontakt mit den Menschen aufnehmen sollten.«

T'Lera verbarg ihre Erheiterung über Sorahls Eifer hinter mimischer Strenge.

»Leider sehe ich mich außerstande, deiner Logik zu folgen, Sorahl-*kam*. Wenn du recht hast, wenn es wirklich eine gewaltbestimmte, unreife und primitive Spezies ist — welchen Sinn hätte es dann, eine direkte Verbindung zu ihr herzustellen? Bestünde nicht die Gefahr, daß sie mit der von dir verurteilten Aggressivität reagiert, weil sie sich bedroht sieht?«

»Das glaube ich nicht«, erwiderte Sorahl rasch.

Seine Mutter ließ die Maske unnahbarer Ruhe fallen und musterte den jungen Mann neugierig.

»Erklär mir bitte, was du meinst.«

»Ein kürzlich erschienener Artikel des politischen Wissenschaftlers Sotir...«, begann Sorahl und beobachtete seine Mutter wachsam. Wenn sie von seinem Vater und ihrem ehemaligen Partner sprachen, benutzten sie immer neutrale Begriffe, so als ginge es um eine Sache und keinen lebenden Vulkanier. *Eigentlich seltsam,* dachte Sorahl. *Ich kenne Sotir mindestens ebensogut wie meine Mutter, denn ich bin bei ihm aufgewachsen, während T'Lera jahrelang das All durchreiste.* Doch nach vulkanischen Maßstäben schickte es sich nicht, selbst innerhalb der Familie über die Scheidung eines Verwandten zu sprechen — solche Themen galten als tabu. »... erklärt eine völlig neue Theorie. Danach kann wohlabgewogenes Eingreifen in die Evolution einer sich entwickelnden Kultur jene Aggressionen und zivilisatorischen Kataklysmen verhindern, die wir erleiden mußten, bevor wir den Richtigen Weg fanden. Anders ausgedrückt...«

»Gemäß den Richtlinien der Logik muß festgestellt werden, daß es ebenso viele Theorien gibt wie Theoretiker«, warf T'Lera ein. »Außerdem ist Sotir nie in Außenwelt gewesen.«

Einer von mehreren Umständen, die zu unserer Entfremdung geführt haben, fügte sie in Gedanken hinzu.

»Folgt daraus notwendigerweise, daß es seinen Ausführungen an Stichhaltigkeit mangelt?« fragte Sorahl mit einer Sturheit, die T'Lera eine sonderbare Genugtuung bereitete. Es handelte sich nicht etwa um Sotirs Hartnäckigkeit, die pedantisch und provokativ sein konnte, sondern um ihre eigene — um ein individuelles, nichtaggressives Beharren auf dem eigenen Standpunkt, um die Bereitschaft, Meinungen und Auffassungen so lange zu verteidigen, bis sie sich als irrig erwiesen.

»Jede Theorie mit einer logischen Basis hat eine durchaus begründete Existenzberechtigung«, gestand T'Lera ein und ließ sich den Stolz auf ihren Sohn nicht anmerken. »Dennoch ist es nicht ratsam, sie bei den nichtsahnenden Bewohnern einer noch isolierten Welt zu testen.«

»Warum sind wir dann hier?« hielt ihr Sorahl mit jener Art von jugendlicher Ungeduld entgegen, vor der nicht einmal Vulkanier gefeit waren. »Warum beobachten wir die Erde über viele Jahre hinweg, ohne uns zum nächsten logischen Schritt zu entscheiden?«

»Dazu ist es noch zu früh«, sagte T'Lera in einem Tonfall, der verdeutlichte, daß sie in Hinsicht auf diesen Punkt keine Diskussion duldete.

»Wer meint das?« entfuhr es Sorahl. Nur jemand, der T'Lera so gut kannte wie er, konnte es wagen, eine solche Frage zu stellen. »Du oder Präfekt Savar?«

Zerstörung vor Entdeckung. T'Lera zögerte, als sie die Herausforderung in der Stimme ihres Sohnes vernahm. Ein ganzes Leben lang hatte sie das Prinzip der Außenweltmissionen verinnerlicht, es zu einem Teil ihres Wesens gemacht, doch mehr als einmal überlegte sie, ob sie ihre eigenen Motivationen von denen des alten Vaters trennen konnte.

»Savar und ich sind einer ›Meinung‹«, antwortete sie schließlich und glaubte sogar daran. Ihr Blick verhärtete sich plötzlich. »Aber du scheinst *T'Kahr* Sotirs Interventionstheorie zu bevorzugen.«

Sorahl sah sich nun im Fokus von T'Leras beißender Ironie. Er preßte kurz die Lippen zusammen, bevor er erwiderte:

»Wenn wir den Terranern den eindeutigen Beweis brächten, daß man Aggressionsinstinkte überwinden und sein Leben von Logik bestimmen lassen kann, herrschte endlich wahrer Frieden auf der Erde. Mit einer solchen ›Intervention‹, wie du dich ausdrückst, würden wir Millionen von Menschen vor einem gewaltsamen Tod bewahren. Bestimmt sähen die Erdbewohner die Vorteile des Richtigen Weges ein.« Sorahl sprach monoton, so als habe er sich diese Worte schon vor einer ganzen Weile zurechtgelegt.

»Trotz ihrer angeblichen Primitivität?« wandte T'Lera ein.

»Mutter, ich behaupte nicht, wir seien den Terranern überlegen.« Sorahls Stimme vibrierte, obwohl er sich alle Mühe gab, die Ruhe zu bewahren. »Ich weise nur darauf hin, daß wir anders sind. Was der UMUK-Philosophie entspricht.«

»In der Tat«, bestätigte T'Lera. Der junge Navigator hatte ihr das Stichwort gegeben. »Und das Prinzip ›Unendliche Mannigfaltigkeit in Unendlicher Kombination‹ führt zur Ersten Direktive Savars, nicht zu Sotirs Interventionsempfehlungen. Wir sind ganz einfach zu anders, um zu beurteilen, was für eine fremde Spezies am besten ist. Außerdem müssen wir noch weitere Informationen sammeln.«

Sie stand abrupt auf, sehnte sich nach einer Ultraschalldusche und erholsamem Schlaf.

»Sotir kann so viele Theorien entwickeln, wie er möchte«, schloß sie. »*Ich bin Kommandantin dieses Schiffes, und meine Überlegungen gelten daher praktischen Erwägungen. Du gehörst zur Besatzung und bist somit zu Gehorsam verpflichtet. Bevor wir die Umlaufbahn von Sol III erreichen, Navigator, wirst du dich mit allen Speicherbändern befassen, deren Daten unter dem Hinweis ›Kolonialismus‹ katalogisiert sind. Ich erwarte einen vollständigen Bericht.*«

Sorahl berief sich auf die Ironie, die er von T'Lera geerbt hatte. Seine Stimme übertönte das Summen der Ultraschalldusche, als er bestätigte:

»Zu Befehl, *Commander.*«

Wer von uns hatte recht? überlegte Sorahl an jenem seltsamen und völlig fremdartigen Ort, der Zeuge seines Erwachens wurde. Besser gesagt: *mehr* recht — immerhin konnte kein einzelnes Individuum Anspruch auf die ganze Wahrheit erheben. *Aber was spielt das jetzt noch für eine Rolle?* fügte er in Gedanken hinzu. *Unsere Lage hat sich drastisch verändert — wir sind Schiffbrüchige, den Menschen ausgeliefert. Es stellt sich nicht mehr die Frage, ob wir einen Kontakt mit ihnen aufnehmen sollen oder nicht. Die Umstände haben uns die Entscheidung abgenommen.*

Er hörte die beiden Terraner im Nebenzimmer.

»... wie lange können wir sie hier verstecken? Selbst wenn sie sich wie durch ein Wunder erholen, ohne irgendeine Behandlung ...«

»Ich weiß es nicht, Yoshi. Ich weiß es einfach nicht! Aber du hast es vorhin selbst gesagt: Es gibt jetzt kein Zurück mehr. Ich fühle mich verantwortlich für sie, und ich möchte verhindern, daß ihnen irgend etwas zustößt ...«

Savars Prinzipien bereiteten seinen Enkel nicht auf die Situation vor, mit der er sich nun konfrontiert sah. Aber wie jeder Vulkanier, der sein siebtes Lebensjahr hinter sich gebracht hatte, war Sorahl sehr wohl mit den Überlebenskünsten vertraut. Unmittelbar nach dem Erwachen unterzog er Umgebung wie Umstände einer sorgfältigen Analyse und versuchte aufzustehen. Er bewegte sich eher unbeholfen, und daraufhin erzitterte das Wasserbett unter ihm. Das heftige Schwanken drohte T'Lera zu wecken, die neben ihm lag, ebenso komatös wie er vor wenigen Minuten. Sorahl stellte rasch fest, daß ihr keine direkte Gefahr drohte, blieb still liegen und überlegte, wie er sich verhalten sollte.

Schon nach kurzer Zeit wurde er sich darüber klar, was es mit der seltsamen Unterlage auf sich hatte, und die Vorstellung einer mit Flüssigkeit gefüllten Matratze verwunderte ihn ebenso wie die Vielzahl fremder Impressionen, die auf ihn einströmten: die Struktur des Zimmers, die Einrichtungsgegenstände, Geräusche und Gerüche. Hinzu kam eine geringere Gravitation, die sonderbare Empfindungen in ihm bewirkte. Jede verstreichende Sekunde vergrößerte Sorahls Wissen über die Menschen und ihre Welt.

Die kleine Kammer, in der er sich befand und die vor dem weiten, aufgewühlt wirkenden Meer schützte, das er durch die Fenster sehen konnte ... Sie teilte ihm weitaus mehr über den Planeten und seine Bewohner mit als die jahrelangen Studien der verschiedenen Erkundungsmissionen. Möbel, die eine Atmosphäre der Behaglichkeit schufen, verschiedene Schmuckgegenstände, Gläser mit Muscheln, daneben glattgeschliffene Steine mit bunten Mineralienadern, mehrsprachige Bücher aus Papier, die verschiedene Themenbereiche betrafen, Dutzende von Objekten, die auf Tatyas ukrainische Vergangenheit hindeuteten — Sorahl wußte noch nicht, daß sie Tatya gehörten und aus der ehemaligen Sowjetunion stammten, aber diese Informationslücken würden sich bald schließen —, all die vielen persönlichen Dinge eines Schlafzimmers, in dem man keine Fremden erwartete ...

Sorahl rührte sich nicht von der Stelle, widerstand der Versuchung, irgend etwas zu berühren. Er hütete sich davor, die Privatsphäre der Personen zu verletzen, denen er sein Leben verdankte. Dennoch: Ihre Artefakte umgaben ihn auf allen Seiten, und es blieb ihm gar nichts anderes übrig, als sie zu betrachten. *Wenn die Menschen Gelegenheit bekämen, mein Zimmer in der Akademie zu untersuchen — zu welchen Schlüssen gelangten sie?*

Er hatte auch keine Absicht, das Gespräch der beiden Terraner zu belauschen, aber ihre Stimmen waren so laut, daß er sie gar nicht überhören konnte. Er vernahm die gleiche Emotionalität, die schon in den Speicherbändern zum Ausdruck kam. Ganz offensichtlich trachteten sie danach, in Hinsicht auf die Schiffbrüchigen eine Entscheidung zu treffen, und ihre Diskussion beeindruckte den jungen Vulkanier zutiefst. Er begann zu begreifen, warum Savar und T'Lera diese Spezies so faszinierend fanden, und als er sich daran erinnerte, sie als primitiv bezeichnet zu haben, reagierte er mit Scham.

Doch die Verlegenheit währte nicht lange — er mußte handeln. Behutsam unternahm er einen zweiten Versuch, das Wasserbett zu verlassen, und diesmal hatte er Erfolg.

Als Sorahl stand, spürte er seine Schwäche, die sich auf Hunger und Schock gründete. Wieviel Zeit war seit dem Beginn der Krise verstrichen? Und das abgestürzte Wrack ... Wie lange trieb es im Meer, bis es entdeckt wurde? Doch seine Jugend und eine typisch vulkanische Zähigkeit verdrängten die Erschöpfung aus ihm. Erneut dachte er an die Menschen, insbesondere an die Frau: Ihre eher sanften Schläge, mit denen sie sein Bewußtsein aus den tiefsten Gewölben des Komas befreite, gaben ihm die Möglichkeit, die Folgen der Gehirnerschütterung zu überwinden. Er stellte fest, daß sie auch die Brandwunden gereinigt und die verschmorten Stellen der Uniform entfernt hatte, um Infektionen zu verhindern. Kühle Luft strich über Sorahls nackte Brust, und er fröstelte unwillkürlich. Es war kalt auf Sol III — nach den an Bord des Erkundungsschiffes ermittelten Daten herrschte ein beträchtliches Temperaturgefälle von Pol zu Pol.

Sorahl erinnerte sich an die Anzeigen der Instrumente, die Selik im Auge behielt. *Selik, mein bester Lehrer*, fuhr es ihm durch den Sinn. Ein ernster Mann, der über seine Schulter sah, ihm Ratschläge gab. *Der Zufall hat dir das Leben genommen und mich gerettet. Ganz gleich, was die Zukunft für mich bereithält: Ich muß das Andenken derjenigen wahren, die bei dieser Mission starben.*

Erneut schauderte er. Verbrennungen, Reste des Schocks, die Leere im Magen, die vage Benommenheit aufgrund der Gehirnerschütterung — all das forderte seinen Preis.

Sorahl fragte sich, ob es einer Anmaßung gleichkam, wenn er die achtlos auf einen nahen Stuhl gelegte Wolldecke nahm und sie sich um die Schultern streifte.

Er entschied sich dagegen, richtete seine Aufmerksamkeit statt dessen auf T'Lera. Vorsichtig tastete er mit den Fingerkuppen nach den Kontaktpunkten in ihrem entstellten Gesicht. Er war kein Heiler, aber wenn es ihm gelang, seiner Mutter in die Rekonvaleszenztrance zu helfen, wenn er bei ihr blieb, bis sie ihn brauchte, um aus der tiefen Bewußtlosigkeit zu erwachen ...

Mutter, dachte er konzentriert und wußte, daß dieses eine Wort alle Zweifel aus ihr verbannen würde. Es diente als Katalysator, der Erinnerungen an die Krise stimulierte, an die gescheiterte Selbstzerstörungssequenz, an den Absturz.

Sorahl wollte ihr mitteilen, daß sie nicht die einzige Überlebende war, daß es außer ihr noch jemand anders gab. Wenn T'Lera die Besatzung ihres Erkundungsschiffes für tot hielt, wenn sie glaubte, völlig allein zu sein ... Dann gab es keinen Grund, sich der Schwärze des endgültigen Ichverlustes zu widersetzen.

Mutter, wiederholten seine Gedanken und krochen durch die mentalen Strudel des Traumas und sich verdichtender Reminiszenzen ...

»Fehlfunktion Manövriereinheit Eins, Commander«, meldete Steuermann T'Preth in einem Tonfall, der unerschütterliche Gelassenheit verdeutlichte — obgleich ein Defekt in den Steuer- und Bremsdüsen den Tod der Crew zur Folge haben konnte.

»Ausgleich«, erwiderte T'Lera ebenso ruhig. »Brauchen Sie Hilfe?«

Die anderen Besatzungsmitglieder erkannten den Ernst der Situation und handelten den Erfordernissen entsprechend. Stell gesellte sich an Sorahls Seite, um ihn bei der komplexer werdenden Handhabung der Nav-Kontrollen zu unterstützen. Selik und T'Syra verglichen ihre Daten und suchten nach einem externen Faktor, der als Ursache für die Fehlfunktion in Frage kommen mochte. Der alte Savar trat wortlos an die Luftschleuse — er wollte als erster in den Tod gehen, wenn es keinen anderen Ausweg gab.

»Negativ, Commander«, erwiderte T'Preth. Ihre Finger huschten geschickt über die Pulttasten. »Die Schubkompensation ist derzeit ausreichend.«

»Bestätigung«, sagte T'Lera und beobachtete ihre Gefährten. Sie verhielten sich so, als handele es sich nur um eine Übung und keine Wirklichkeit mit fatalem Möglichkeitspotential. »An alle Stationen: Kausalanalyse.«

Die Vulkanier kam der Anweisung schweigend nach.

Seit siebenundvierzig irdischen Tagen umkreisen sie die Erde, sammelten weitere Informationen und beobachteten tausend Sonnenuntergänge. Die ganze Zeit über blieb das Erkundungsschiff selbst den elaboriertesten Ortungssystemen der Menschen verborgen. Unter Seliks Anleitung hatte Sorahl ein ebenso kompliziertes wie anpassungsfähiges Navigationsmuster entwickelt, das sie an den Erfassungsbereichen von orbitalen Satellitenkontrollstationen und planetaren Observatorien vorbeisteuerte, und dadurch konnten sie die Distanz zu Sol III auf ein Mindestmaß verringern. Die Impulstriebwerke absorbierten den Photonenstrom der Sonne, wenn sie sich auf der Tagseite des Planeten befanden, und die Ladung der Solarakkumulatoren erlaubte ihnen eine Flugautonomie von fünfzig Tagen. Anschließend mußten sie die Heimreise antreten.

»Kompensation destabil, Commander«, berichtete T'Preth einige Minuten später. »Manövriereinheit Drei arbeitet nicht mehr zuverlässig.«

Damit wurde der Alarmzustand wieder hergestellt.

»Ursache, Wissenschaft?« T'Leras Frage galt Selik, der sich sofort umdrehte.

»Unbekannt, Commander«, antwortete er. »Keine externen Schäden. Instrumente werden rejustiert, um nach einer internen Fehlfunktion zu suchen.«

T'Lera nickte knapp.

»Erhöhen Sie unseren Orbitalvektor, Steuermann«, sagte sie scharf. »Zwanzigtausend Perigialeinheiten. Navigator, Kurswinkel anpassen. Wir dürfen nicht geortet werden.«

»Bestätigung, Commander«, erwiderten T'Preth und Sorahl gleichzeitig. T'Lera stand auf und trat an die Triebwerkskonsole heran.

»Einheiten Zwei und Vier werden ebenfalls überwacht«, erklärte Stell. Die Kommandantin nahm seine Auskunft wortlos zur Kenntnis. Sie lauschte, vernahm und spürte etwas.

»Status, Steuermann?«

»Manövriereinheit Eins deaktiv, Commander«, hauchte T'Preth, als das leise Summen verklang. »Einheit Drei im blauen Bereich. Derzeitige Höhe: vierzehn Perigialeinheiten. Absturzspirale beginnt in neunzehn Sekunden — von jetzt an.«

Der Rest war ein Alptraum.

Mutter! dachte Sorahl und versuchte, T'Leras Erinnerungsstrom zu unterbrechen, um den Eintritt in die Heiltrance zu ermöglichen. *Mutter!*

Ich bin hier, Sorahl-kam, erwiderte T'Leras Bewußtsein schließlich — und es leitete die Rekonvaleszenz ein, als der junge Vulkanier die Hand fortzog.

Draußen heulte der Wind, und auf den höher werdenden Wellen bildeten sich weiße Schaumkronen. Dunkle Gewitterwolken zogen über den Himmel — ein neuerlicher Sturm kündigte sich an.

Einige Kilometer entfernt, am Rande der tiefen maritimen Schlucht, die man Mayabi-Graben nannte, gab ein Teil des Meeresbodens nach. Die Reste des vulkanischen Raumschiffes glitten auf einem Polster aus Schlamm, beobachtet von Fischen und anderen Geschöpfen des Ozeans. Wie in Zeitlupe neigte sich das Wrack zur Seite und verschwand in dem schier bodenlosen Abgrund.

Im Schlafzimmer der Agrostation nahm ein junger und fröstelnder Vulkanier die bunt gemusterte Wolldecke vom Stuhl und schlang sie sich um die nackten Schultern. Er behielt seine Mutter im Auge, doch gelegentlich wandte er den Kopf und beobachtete das wogende Meer.

Und im Nebenraum setzten die beiden Menschen ihre Diskussion fort.

»... wissen wir nicht einmal, wovon sie sich ernähren. Angenommen, sie brauchen spezielle Umweltbedingungen? Vielleicht bringen wir sie in Gefahr, wenn wir sie hierbehalten...«

»Du lehnst nur die Verantwortung ab!« entfuhr es Tatya. Sie schrie fast. »Du willst sie jemand anders überlassen und deine Hände in Unschuld waschen. Typisch für dich. Himmel, du *weißt* doch, was die Bürokraten mit ihnen anstellen würden. Möchtest du erleben, wie die beiden Fremden zu reinen Untersuchungsobjekten werden, zu lebenden Spielzeugen für Biologen und was weiß ich? Wie man sie zu Tode analysiert? Nur über meine Leiche!«

»Bitte entschuldigen Sie...«

Sorahl sprach leise, war es gewöhnt, daß man ihn selbst dann ganz deutlich verstand, wenn er nur flüsterte. Doch die Menschen hörten ihn trotzdem und schwiegen verblüfft. Yoshi spürte, wie sich ihm die Nackenhaare aufrichteten.

»Es liegt mir fern, Sie zu stören«, fügte Sorahl hinzu.

»Ganz offensichtlich stellt Sie unsere Gegenwart vor beträchtliche Probleme, und das bedauern wir sehr.«

Tatya setzte sich wie eine Schlafwandlerin in Bewegung, trat langsam näher und streckte die Hand aus. Der Außerirdische erschien ihr wie eine geisterhafte Erscheinung — wie der Dschinn aus Aladins Wunderlampe. Sie zögerte, ließ den Arm wieder sinken und zwinkerte verwirrt.

»Sie sind wach«, sagte sie überflüssigerweise. Die Medizinerin in ihr erwachte, verdrängte den ungläubig staunenden Aspekt ihres Selbst. »W-wie fühlen Sie sich?«

»Es ... geht mir gut. Ich habe noch nicht meine ganze physisch-psychische Leistungsfähigkeit zurückgewonnen, aber das ist jetzt nur noch eine Frage der Zeit. Ebenso wie bei T'Lera. Sie brauchen sich keine Sorgen mehr um unser Wohlergehen zu machen.«

Sorahl musterte die beiden so überraschten Menschen. *Fällt es ihnen schwer, mich zu verstehen? Liegt es vielleicht daran, daß ich ihre Sprache nicht gut genug beherrsche?*

»Sie ... Sie hatten eine Gehirnerschütterung«, brachte Tatya hervor. »So lautete zumindest meine Diagnose ...«

»Sie spielt nun keine Rolle mehr«, entgegnete Sorahl. Die während der Forschungsmissionen ermittelten Daten deuteten darauf hin, daß die Menschen weder telepathische Fähigkeiten noch die Möglichkeit der Selbstheilung besaßen. Er hielt es für sinnlos, unter den gegenwärtigen Umständen derartige Themen anzuschneiden. Entsprechende Hinweise hätten die Terraner nur noch mehr in Verwirrung gestürzt, vielleicht sogar Furcht in ihnen geweckt. Sorahl begriff plötzlich, daß er die elementarsten Regeln der Höflichkeit verletzte. »Verzeihen Sie. Ich bin Sorahl.« Er deutete ins Schlafzimmer. »Die dort liegende Frau heißt T'Lera. Sie ist meine Mutter und Kommandantin unseres Raumschiffs.«

Yoshi erwachte aus seiner Starre und näherte sich, bot Sorahl aus einem Reflex heraus die Hand an. Der junge Vulkanier erinnerte sich an die Informationen der Speicherbänder und schloß seine Finger vorsichtig um die des

Menschen, achtete trotz der Berührung darauf, keinen mentalen Kontakt herzustellen.

»So-rall«, wiederholte Yoshi, spürte das Widerstreben des Fremden und ließ die warme, trockene Hand wieder los. Eine seltsame Mischung aus Erschrecken und Aufregung bestimmte seinen emotionalen Kosmos. »Und ... Talera?«

Sorahl nickte. Die Aussprache war nicht exakt, aber sie genügte.

Der Mensch lächelte zufrieden. »Mein Name ist Yoshi. Yoshiomi Nakamura, um ganz genau zu sein. Aber Yoshi genügt. Und meine Begleiterin ...«

»Tatya«, sagte die Terranerin mit fest klingender Stimme und warf Yoshi einen durchdringenden Blick zu. Sie hatte Tatiana Georgewna Bilash auf dem Festland zurückgelassen, zusammen mit drei jüngeren Schwestern und vielen anderen weiblichen Verwandten, die gern das Zepter schwangen. Sie machte ebenfalls Anstalten, Sorahl die Hand zu schütteln, zögerte jedoch, als der Fremde ein wenig zurückwich. »Es tut mir leid ... Bin ich Ihnen irgendwie zu nahe getreten?«

»Nein.« Sorahl wußte, was mit diesem Ausdruck gemeint war. Zum zweitenmal berührte er einen Menschen, diesmal einen weiblichen. *Wie soll ich Tatya erklären, daß es in meiner Heimat kein bindungsversprochener Mann wagt, eine Frau ...* »Solche Gesten sind bei uns nicht üblich.«

»Ich schätze, wir wissen noch viel zu wenig voneinander«, warf Yoshi hastig ein und gab sich vergebliche Mühe, seine Verlegenheit zu verbergen.

»In der Tat«, bestätigte Sorahl und schwieg.

»Bestimmt sind Sie halb verhungert!« platzte es aus Tatya heraus und sie erinnerte sich an die praktischen Dinge. »Warten Sie hier. Ich hole Ihnen etwas zu essen.«

Auf halbem Wege zur Küche blieb sie stehen.

»Oh«, murmelte sie. »Ich ... äh, wir wissen gar nicht, welche Nahrungsmittel ...«

»Unsere Philosophie macht uns zu Vegetariern«, erklärte Sorahl und wählte seine Worte mit besonderer Sorgfalt. Er entsann sich an sein Erstaunen darüber, daß andere intelligente Wesen nicht davor zurückschreckten, Fleisch zu essen. »Wir nehmen weder tierisches Protein noch darauf basierende Speisen zu uns. Alles andere ist akzeptabel.«

»Ich verstehe«, sagte Tatya gedehnt und überlegte fieberhaft. Sie hielt es für eine enorme Verantwortung, einem Außerirdischen die erste Mahlzeit zu servieren. Was war angemessen?

»Nudeln«, schlug Yoshi vor. Er platzte vor Neugier und hoffte, daß ihm Tatya endlich Gelegenheit gab, zumindest einige der Fragen zu stellen, die ihm auf der Zunge brannten. »Außerdem getrocknete Früchte und Reis.« Er wandte sich an Sorahl!. »Unsere Vorräte gehen allmählich zur Neige, aber morgen bekommen wir Nachschub.« Er schüttelte den Kopf. *Morgen. O Gott, morgen!* »Eigentlich eine komische Sache. Wir bauen hier eins der wichtigsten Grundnahrungsmittel der Menschheit an, aber man kann nicht einfach auf die Terrasse gehen, um ein paar Blätter für den Salat zu holen. Es handelt sich um industriellen Tang, der erst noch verarbeitet werden muß.«

»Ich verstehe, was Sie meinen«, erwiderte Sorahl geduldig. Nahrungsproduktion gehörte zu Stells Fachgebieten, und er hatte seinen Schüler gut unterwiesen. Vor dem inneren Auge des Navigators bildeten sich die Konturen eines anderen Gesichts, mit kantigen und doch so gutmütigen Zügen ...

»Also Nudeln«, brummte Tatya und verschwand in der Küche.

»Sie sprechen immerzu von ›wir‹«, sagte Yoshi, nahm Platz und beobachtete, wie sich der Außerirdische auf seinen Baststuhl sinken ließ. *Meine Güte, starr ihn doch nicht dauernd so an.* Und: *Seltsam. Abgesehen von den Ohren könnte man ihn fast für einen Menschen halten.* »Wer sind Sie? Und woher kommen Sie?«

»Wir sind Vulkanier«, antwortete Sorahl und begann mit ausführlichen Schilderungen.

*

Der vulkanische Captain einer menschlichen Besatzung setzte eine uralte Kommandotradition fort, indem er nur Befehle erteilte, die er selbst ausgeführt hätte.

Der junge Kadett nahm Haltung an, als Captain Spock den Statusbericht abzeichnete. Spock wartete einige Sekunden lang, bevor er ihn mit einem Blick maß, der nur beiläufig wirkte.

»Stehen Sie bequem, Lieutenant. Gibt es sonst noch etwas?«

Der untersetzte Mensch entspannte sich und versuchte zu vergessen, was es bedeutete, unter einem vulkanischen Kommandanten zu dienen. Es gelang ihm nicht ganz.

»Nein, Sir. Abgesehen von ...«

»Ja?«

»Die Schicht ist zu Ende, Sir. Aufgrund der Übungen von heute morgen sind Sie bereits seit der Alphaschicht auf der Brücke. Nun, ich habe mich gefragt, ob Sie sich nicht ablösen lassen wollen.«

»Wie ich dem Dienstplan entnehme ...« — Spock brauchte die Übersicht nicht zu Rate zu ziehen — »... sind bereits alle der Gamma-Schicht zugeteilten Personen an ihren Posten. Ich müßte mich also von jemandem vertreten lassen, der gerade seine Freizeit genießt. Darin sehe ich keine Logik.«

»Die Logik gebietet, daß der Kommandant keiner dreifachen Arbeitsbelastung ausgesetzt sein sollte«, erwiderte der junge Lieutenant vorsichtig. Als Spock die Brauen hob, fügte er hinzu: »Ich bitte um Verzeihung, Captain, aber sicher werden auch Vulkanier müde.«

In Spocks Mundwinkeln zuckte es.

»Bieten Sie mir an, meinen Platz einzunehmen, Mr. Mathee?«

»Dazu wäre ich sofort bereit, Sir«, erklärte der Terraner offen. »Vorausgesetzt natürlich, Sie hielten so etwas nicht für anmaßend.«

»Rücksichtnahme kann nie anmaßend sein, Lieutenant«, entgegnete Spock und bemerkte die Verwirrung des jungen Mannes. »Dennoch möchte ich daran erinnern, daß Ihr Angebot eine doppelte Schicht für Sie bedeutet.«

»Mit allem Respekt, Sir ...«, sagte der Mensch und faßte sich wieder. »Die Logik läßt den Schluß zu, daß ich mit einer Doppelschicht fertig werden kann, wenn Sie fähig sind, Ihr Leistungsvermögen während einer dreifachen zu erhalten. Sir.«

Spock nickte zufrieden und stand auf.

»In Ordnung, Mr. Mathee. Während der nächsten 7.94 Stunden haben Sie das Kommando. Ich bin in meiner Kabine.«

Aber Spock hatte gar nicht die Absicht, sich schlafen zu legen. Während ihn der Turbolift durch das große Raumschiff trug, galten seine Gedanken ganz anderen Dingen.

Kurz darauf betrat er sein Quartier und desaktivierte den Körperscanner, damit es dunkel blieb. Vulkanische Augen waren weitaus lichtempfindlicher als menschliche, und außerdem wußte Spock bestens um die Struktur seiner Unterkunft. Er wich Einrichtungsgegenständen und kleinen Betonsockeln aus, die nur für ihn einen bestimmten Zweck erfüllten, bewegte sich völlig sicher, obwohl Finsternis herrschte.

Innerhalb weniger Sekunden legte er die Starfleet-Uniform ab; seine Finger schienen sich in eigenständige Wesen zu verwandeln, als er den Stoff faltete und ihn in den Schrank legte. Er tauschte sie gegen die schwarze Meditationsrobe mit den *Kohlinar*-Symbolen, befreite sich von den Alltagssorgen, den Dienstpflichten und dem restlichen inneren Ballast, bis er das angestrebte Niveau von Ruhe und Gelassenheit erreichte.

Er kniete in der *Loshiraq*, der ›offenen Haltung‹, formte

mit den Händen das doppelte Fokus-*Ta'al* und gab sich der mentalen Reinigungszeremonie hin. Spocks Puls verlangsamte sich, bis sein Herz fast so langsam schlug wie das eines Menschen, und der Atemrhythmus reduzierte sich fast auf den Nullwert. Die Gedanken sanken in die Tiefe der Selbstsphäre, tasteten, suchten ...

Suchten nach der Antwort auf eine eigentlich unlogische Frage: *Wieso erinnere ich mich an etwas, das nie geschehen ist?*

Es gibt kein echtes, wahres Vergessen. Alle Ereignisse, die in der Präsenz eines wachen Bewußtseins stattfinden, prägen sich in das Wesen der entsprechenden Person ein. Doch nur wenige Menschen legen Wert darauf, sich an *alles* zu entsinnen. Tatsächlich neigt der Homo sapiens dazu, gewisse Dinge aus dem aktiven Erinnerungsvermögen zu verbannen. Erlebnisse, die er als belastend oder störend empfindet. Bei Vulkaniern war so etwas nicht der Fall.

Vulkanier besaßen ein wahrhaft eidetisches Gedächtnis, und mit geeigneten Meditationstechniken ließen sich alle die Vergangenheit betreffenden Informationen aus ihren biopsychischen Speichern abrufen. Genau darauf kam es Spock an.

Es lag ihm fern, sich irgendwelchen Träumen hinzugeben, sich mit Ereignissequenzen zu beschäftigen, die keine Rolle mehr spielten. Für gewöhnlich galt Spocks Konzentration allein Gegenwart und Zukunft. Aber seit kurzer Zeit drängte sich Vergangenes ins Zentrum seiner Aufmerksamkeit. Auslöser war die Lektüre des Buches *Fremde vom Himmel*. Er trachtete danach, die sonderbaren Eindrücke zu bestimmen, sie bis zu ihrem Ursprung zurückzuverfolgen, aber er fand keine Erinnerungsbasis, nicht die geringsten Hinweise. Dennoch blieb das Flüstern in ihm, obgleich sich der logische Verstand nach wie vor weigerte, es für einen Teil der erlebten Wirklichkeit zu halten. Spock sah davon seine vulkanische Rationalität bedroht und war entschlossen, der Sache auf den Grund zu gehen.

Er hörte eine Stimme, und Tonfall und Klangfarbe deuteten darauf hin, daß sie einer Frau gehörte. Sie wiederholte immer wieder den gleichen Satz:
»Sie schaffen es nicht allein.«
Ein Satz, der ohne konkreten Bezug blieb und trotzdem eine große Bedeutung zum Ausdruck brachte. Spock begriff, daß er alles daransetzen mußte, um das Rätsel zu lösen.

Die Meditation brachte ihn in tiefer gelegene Gewölbe seines Ichs, in die Bereiche der Ahnungen und Assoziationen, dorthin, wo Wissens- und Erinnerungsfragmente immer neue Signifikanzketten bildeten.

Er suchte.

Wonach? hauchten seine Gedankensonden. *Wonach suche ich? Was verbirgt sich hinter der Stimme und den Reminiszenzen an Dinge, die überhaupt nicht Teil meines Lebens sind ...?*

Das Feuer knisterte leise, schuf Wärme und gemütliche Behaglichkeit. Und von den Flammen ging eine fast hypnotische Wirkung aus. Ein langer Tag lag hinter Jim Kirk. Er versuchte, sich auf die Seiten zu konzentrieren, doch die Umrisse der Buchstaben verschwammen immer wieder.

Noch ein Kapitel, dachte er, gähnte und rieb sich die müden Augen. *Himmel, Pille hat recht: Dieses Buch ist wirklich interessant. Ich kann es nicht mehr aus der Hand legen! Noch ein Kapitel, und dann ...*

Er döste ein, und langsam sank der Kopf nach vorn. Der dicke Band rutschte aus erschlaffenden Fingern, fiel über die Armlehne auf den Boden. Der dicke Teppich schluckte das Pochen des Aufpralls, und das Buch blieb mit dem Rücken nach oben liegen. Einige Seiten zerknitterten unter seinem Gewicht.

Jim Kirk schlief — und träumte.

»Commander«, begann er und hatte das Gefühl, als ziehe sich an seinem Hals eine Schlinge zusammen. Ein falsches Wort — und die Katastrophe ließ sich nicht mehr verhindern. »Wie kann ich Sie umstimmen?«

T'Lera musterte ihn eher zurückhaltend, um ihn nicht zu beunruhigen. Sie wußte inzwischen, daß die Menschen ihren intensiven Blick als stechend empfanden und darauf mit Unbehagen reagierten. Wie empfindsam sie waren! Ist es logisch oder ethisch vertretbar, sie in einer Galaxis voller Leben zu isolieren, ihnen die Wunder des Universums vorzuenthalten? Die Frage erschütterte T'Leras innere Entschlossenheit. Aber nur für kurze Zeit. Die Umstände trafen die Entscheidung für sie.

»Versuchen Sie nicht, mich mit Worten zu überzeugen, Mr. Kirk«, erwiderte sie langsam. »Wenn Sie mir statt dessen eine bessere Perspektive anbieten können ...«

Ein Holzscheit am Kamin knackte laut, und Jim Kirk zuckte zusammen, erwachte.

Verwirrt setzte er sich auf, tastete nach dem Buch und stellte fest, daß es auf dem Boden lag. Verärgert betrachtete er die zerknitterten Seiten.

Was für ein seltsamer Traum! fuhr es ihm durch den Sinn. Er erinnerte sich an seine Kindheit, daran, wie er als Junge vor dem Vid-Schirm saß und sich Abenteuerfilme ansah — und später, im Schlaf, in die Rollen der Helden schlüpfte. Die Bösen gegen die Guten; damals glaubte er noch, es gebe keine Zwischenstufen. Die Realität sah natürlich völlig anders aus, doch davon ahnte der Knabe James noch nichts. Er träumte sogar mit offenen Augen, wenn er nach der Schule auf dem Bauernhof umherwanderte. Bis Sam und seine Freunde hinter dem Heuschober hervorsprangen, ihn auslachten, ihn einen leichtgläubigen Narren nannten. Bis es zu einem Gerangel kam und sich die Jungen gegenseitig in den Bach stießen.

Ich träumte auch von den dummen 3-D-Melodramen, wälzte mich im Schlaf hin und her, bis ich mich in den Laken verhedderte oder aus dem Bett fiel. Und dann kam meine Mutter, um mich zu beruhigen, drohte mir damit, den Sichtschirm aus dem Zimmer zu tragen ...

Anschließend kamen die Alpträume, die das wirkliche

Leben betrafen. Kirk schauderte unwillkürlich, als er sich daran entsann, spürte kalten Schweiß auf der Stirn. Der *Farragut*-Zwischenfall. Kodos, der Henker ...

Aber es geschah zum erstenmal, daß er in die Rolle eines Protagonisten schlüpfte, der nur in einem historischen Roman existierte.

Er rückte den Feuerschein näher an den Kamin heran, gab die Reste des Salats in den Abfallrecycler und glättete die Seiten des Buches, bevor er zu Bett ging.

Und erneut träumte.

Er verließ den Raum, taumelte ins Vorzimmer und sank zu Boden, entsetzt von dem, was er gerade erlebt hatte. Er glaubte, an vieles gewöhnt zu sein und eine Menge ertragen zu können, aber ein solches Grauen ...

Jenseits der Wände, dort, wo alles geschehen war, hörte er mehrere Stimmen, wie Geier von den Geräuschen angelockt. Möbel wurden beiseite geschoben und stießen an die Wände, als die Neugierigen hereinhasteten. Journalisten, Sicherheitsbeamte, Diplomaten, ihre Sekretäre und Schaulustige — eine aufgeregte Menge, die sich in einen Mob zu verwandeln schien, jenes Babel schuf, das T'Lera vorausgesehen hatte. Und für das er, Jim Kirk, die Verantwortung trug.

Er preßte die Hände an die Schläfen, hielt sich die Ohren zu und versuchte vergeblich, Stimmen und Chaos aus seiner Wahrnehmung zu verbannen. Es ist meine Schuld, ganz allein meine Schuld! Die Welt verwandelt sich in einen Hexenkessel; ich habe Milliarden von Menschen, die erst noch geboren werden müssen, die Zukunft geraubt!

»Was ist los? Was ist passiert?« fragten die Stimmen in allen Sprachen der Erde. »Wo sind sie? Wo steckt Kirk? Die Flecken an den Wänden ... Herr im Himmel, sie sind überall! Was hat es damit auf sich?«

»Blut, ihr Narren!« schrie eine Frau und übertönte die anderen.

Kirk zitterte vor Schrecken. Tatya, nein! wollte er

rufen. Um Gottes willen, Tatya! Schließ die Augen! Sieh nicht hin! Sonst mußt du erkennen, was aus deinen Hoffnungen und Träumen wurde. Es ist meine Schuld! Ich habe alles versucht, aber das genügte eben nicht! Es tut mir leid, Tatya, so leid!

»*Ihr Blut unterscheidet sich von unserem!*« *kreischte die Frau hysterisch.* »*Es ist ihr Blut, begreift ihr das denn nicht? Ihr habt sie umgebracht! Wir alle haben sie auf dem Gewissen! Wir alle!*«

Kirk krümmte sich zusammen und wimmerte leise. Nein, das stimmte nicht. Es war seine Schuld, allein seine Schuld!

Schritte näherten sich, und kurz darauf hörte er die Stimme der blonden Frau: »*Ich hab' es Ihnen doch gesagt. Sie schaffen es nicht allein* ...«

»... *allein* ...«

Ein Pfeifsignal brachte Spock so abrupt in die Gegenwart zurück, daß er die letzten, von ihm selbst stammenden Worte hörte. Und feststellen konnte, sie auf Standard formuliert zu haben.

Faszinierend, dachte er und fügte diesen Umstand den anderen Rätseln hinzu, die nach wie vor einer Lösung harrten. Er gab die Meditationshaltung auf, erhob sich und dachte an seine Pflichten.

»Scott an Captain ... Scott an Captain ...«, tönte es unnatürlich laut durch die Dunkelheit der Kabine. Spock bemerkte, daß der Chefingenieur seinen Namen unerwähnt ließ — für sie beide gab es nur einen wahren Captain der *Enterprise*. Der Vulkanier trat ans Interkom heran und betätigte eine Taste.

»Hier Spock.«

»Ich habe Sie doch hoffentlich nicht geweckt, oder?« Scotts Stimme klang besorgt. »Es tut mir leid, aber Sie beauftragten mich, Ihnen Bescheid zu geben ...«

»Ich habe nicht geschlafen, Mr. Scott. Ich bat Sie darum, mich vor der für 06.01 Uhr geplanten Rotalarm-

Übung zu informieren, aber mir scheint, es ist noch ein wenig zu früh ...«

»Aye, Sir. Ich bedaure es, Sie schon vorher stören zu müssen. In meiner guten Stube hier unten spielen einige Anzeigen verrückt. Es geht um die Feldparameter der Wandler, und ich weiß beim besten Willen nicht, was ich davon halten soll. Nun, Sir, bevor die Übung beginnt und Sie harte Ausweichmanöver mit unserer guten alten *Enterprise* fliegen, möchte ich den Warp-Transit für'n kleines bißchen unterbrechen, um auf Wanzenjagd zu gehen.«

»Danke für den Hinweis, Mr. Scott. Wie lange wird Ihr ›kleines bißchen‹ dauern?«

»Nicht länger als eine halbe Stunde.«

»Na schön. Verschieben Sie den Übungsbeginn auf 06.31 Uhr und erstatten Sie mir Bericht, wenn das Insektenvernichtungsprogramm abgeschlossen ist.«

»Das *was*?« Scott brauchte einige Sekunden, um die Anspielung zu verstehen. »Oh, ja, aye, Sir. Scott Ende.«

Spock wandte sich vom Interkom ab.

Sie schaffen es nicht allein, dachte er. Warum hatte er die letzten Worte laut ausgesprochen? Wenn trotz der Meditation das Bedürfnis bestand, die eigene Stimme erklingen zu lassen, so handelte es sich um eine sehr ernste Angelegenheit. *Und warum habe ich die Worte ausgerechnet in Standard formuliert, obwohl ich viele Sprachen beherrsche?*

Im modernen Vulkanisch gab es sieben unterschiedliche Ausdrücke für die Beschreibung verschiedener Stadien der Einsamkeit, außerdem noch einige telepathische Symbolfolgen, für die keine akustischen Entsprechungen existierten. Das Spektrum reichte von ›allein-nicht-allein‹ bis zu ›allein-durch-besondere-Umstände‹, und jede einzelne Form beinhaltete sieben weitere linguistische Konzepte, die zur genaueren Definition dienten. Das Altvulkanisch kannte zum Beispiel Unterscheidungen zwischen ›allein-durch-Temperament‹ und ›allein-durch-Ausschluß‹, wozu auch die vielen ›Unperson-Modi‹ gehörten. Ein etymologisches Studium der sprachlichen Differenzen ...

Spock rief sich zur Ordnung und sammelte seine Gedanken. Genauigkeit konnte auch übertrieben werden, und dann bestand die Gefahr der Ablenkung vom Wesentlichen.

Einsamkeit kennt viele Dimensionen, hatte ihn die Hohemeisterin T'Sai gelehrt. *Überlege. Besinn dich.*

Spock erinnerte sich an ihre Vorbereitungen für seine ersten Meditationen, die ihn in die Lage versetzen sollten, allein seiner eigenen Seele zu lauschen. Das Stichwort hieß einmal mehr *allein*. Wie sich herausstellte, konnte er auf den Rat der Unterweiserin verzichten: Er lernte nichts von ihr, sondern sie von ihm. Aufgrund seiner besonderen Natur kannte er mehr Formen der Einsamkeit als sonst jemand. Jetzt besann er sich — nicht etwa, um T'Sais Rat zu beherzigen, sondern weil er eine solche Entscheidung für angebracht hielt.

Logischerweise begann er am Anfang, mit der Einsamkeit des Kindes, das menschliche und vulkanische Gene in sich vereinte und somit einzigartig war, eine Spezies für sich bildete — was in sozialer Absonderung resultierte. Auf dieser Grundlage befaßte er sich mit der Einsamkeit jener fremden Intelligenzen, denen er später bei seinen Reisen durchs All begegnete. Und dann: die philosophische Einsamkeit der Maschine, die keinen Zweck mehr erfüllte, des Mannes, der sein Gedächtnis verlor, der Frau, die in einer feindseligen Umwelt nach einem Platz für sich suchte und schließlich scheitern mußte ... All diese Dinge konnte Spock besser nachvollziehen als jeder andere. Er wußte aus eigener Erfahrung, was sie bedeuteten.

Schließlich konzentrierte sich Spock auf jenen Aspekt des Alleinseins, der sich auf tief verwurzelte Furcht vor der Einsamkeit gründete. Er dachte an einen Mann, der sich nichts mehr wünschte als ein Raumschiff, die Weite des Alls und Gefährten, die seine Abenteuerlust teilten. Als er sowohl das Schiff als auch den Kosmos und seine Kameraden aufgeben mußte, blieb in Jim Kirk nichts als Leere.

»*Jim!*«

Auch den Namen sprach Spock laut aus. Was auch immer solche Unruhe in ihm bewirkte — es stand mit Jim Kirk in Zusammenhang. Aber was störte seine Meditation? Und warum? Die weibliche Stimme, die ihm immer wieder zuflüsterte: »Sie schaffen es nicht allein ...« Wem gehörte sie? Er dachte an die Sirenen aus der irdischen Mythologie. In diesem Fall genügte es nicht, sich wie Odysseus die Ohren zuzustopfen. *Die Stimme erklingt in meinem Innern, und Jim hört sie ebenfalls. Es stellt sich die Frage, was wir in diesem Zusammenhang unternehmen sollen.*

Ein impulsiver Mensch hätte bestimmt erwogen, sich mit der Erde in Verbindung zu setzen oder auf der Stelle zurückzukehren. Aber Spock sah sich in erster Linie als Vulkanier.

Er überlegte gründlich. Die Entfernung war recht groß, und selbst eine Kom-Botschaft brauchte rund einen solaren Tag, um ihr Ziel zu erreichen. Mit anderen Worten: Wenn echte Gefahr drohte, hatte es keinen Sinn, soviel Zeit zu verlieren. Spock kam zu dem logischen Schluß, daß ihm die Hände gebunden waren. Es sei denn ...

Er erweiterte seine Bewußtseinssphäre, konzentrierte sich auf die mentale Brücke, die ihn mit dem ehemaligen Kommandanten der *Enterprise* verband. Personen, die eine vulkanische Gedankenverschmelzung herbeigeführt hatten, blieben anschließend nie ganz voneinander getrennt.

Spocks Ich dehnte sich über Lichtjahre hinweg und stellte fest, daß sich der Mensch, den er so sehr schätzte, in keiner bedrohlichen Situation befand. Er hätte eine umfassendere Sondierung vornehmen und dabei auch in die unbewußten Bereiche vorstoßen können, doch so etwas kam einer Verletzung der Privatsphäre gleich. *Wenn er mich braucht, erfahre ich sofort davon. Jim hat mich schon einmal über die halbe Galaxis hinweg gerufen, mich sogar aus dem Kohlinar geweckt — und ich habe geantwortet. Ich werde auch in diesem Fall reagieren.*

Doch derzeit mußte er sich um andere Dinge kümmern. Scott konnte jeden Augenblick die Beseitigung des Fehlers in den Wandlerkontrollen melden, und unmittelbar im Anschluß daran begann die Übung. *Vielleicht lenkt mich die Wahrnehmung meiner Pflicht an Bord dieses Schiffes so sehr ab, daß ich keine seltsamen Frauenstimmen mehr höre.*

Hinzu kam: Die Bordzeit der *Enterprise* war mit dem Dienstrhythmus der Admiralität synchronisiert. Für Jim Kirk ging gerade die Nacht zu Ende; wahrscheinlich schlief er noch.

(»Wenn er schläft, wirkt er so unschuldig wie ein kleines Kind«, hatte McCoy einmal behauptet, als er am Bett eines sich langsam erholenden Kirk wachte.

»Zeichen für ein reines Gewissen«, erwiderte Spock trocken, der dem Genesenden ebenfalls Gesellschaft leistete. Wenn auch nicht aus medizinischen Gründen.

»Oder dafür, daß ich überhaupt kein Gewissen habe«, warf Kirk ein, gähnte und verbarg seine Verlegenheit über die ihm geltende Aufmerksamkeit hinter einem breiten Grinsen.)

Das Pfeifsignal ertönte erneut; auf Mr. Scotts Pünktlichkeit war wie üblich Verlaß. Spock schlüpfte in die Rolle des Kommandanten zurück, davon überzeugt, daß Jim Kirk zumindest im Schlaf keine Gefahr drohte.

»Nein, geh nicht! Bitte bleib!«

Der Klang der eigenen Stimme weckte Kirk. Mit einem plötzlichen Ruck setzte er sich auf, versuchte, sich an etwas festzuklammern, das sich jäh verflüchtigte — eine Sequenz des Alptraums, die ihn aus dem Schlaf gerissen hatte. Doch die Erinnerungen lösten sich auf. Einige Sekunden lang starrte er ins Leere, und als ihn Schwindel erfaßte, ließ er den Kopf aufs Kissen zurücksinken.

Langsam legte sich der Aufruhr in ihm, und er warf einen Blick auf die Uhr: 06.31 Uhr. Er brauchte erst in einer halben Stunde aufzustehen, wußte aber, daß er jetzt keine Ruhe mehr finden konnte. Kirk schwang die Beine aus dem Bett und wunderte sich über das sonderbare Licht. Das wie stöhnende Blöken einiger Nebelhörner in der Bucht beantwortete seine stumme Frage.

Das Penthouse befand sich ein ganzes Stück über der Dunstgrenze. Der Admiral trat auf den Balkon, spürte die Wärme der Morgensonne und betrachtete eine Stadt, die sich unter faserigem Flaum verbarg. Einige Minuten lang beobachtete er das träge wallende Grau — bis es neuerlichen Schwindel bewirkte und ihn veranlaßte, in die Wohnung zurückzukehren.

Auf das Frühstück sollte ich wohl besser verzichten, dachte er, als sich die Glaswand des Balkons hinter ihm schloß. *McCoy und seine verdammte Diät! Zum Teufel mit grünen Blättern!*

Grün. O Gott, *grün!* Das grüne Blut von Vulkaniern, überall verspritzt. Einzelne Szenenbilder des Alptraums zogen an Kirks innerem Auge vorbei. Er hörte, wie er mit T'Lera und Tatya sprach, sah sich als einen Teil des Schreckens, der zum Tod der Vulkanier führte, vernahm eine Stimme — verspottete oder warnte sie ihn? —, die ihm immer wieder zuflüsterte, er schaffe es nicht allein. Was bedeutete das alles?

Er nahm auf der Bettkante Platz und versuchte, sich aus dem wirren Chaos des Alptraums zu befreien und zu einer anderen Perspektive zu finden.

Warum beharrte sein Unterbewußtsein darauf, ihm im Traum eine andere historische Struktur zu präsentieren, in der es zu Katastrophen kam, für die er selbst die Verantwortung trug? Und wer war die blonde Frau mit der Unheilsstimme?

Sie gehörte zu den ständig wiederkehrenden Todesvisionen, nahm zunächst als körperloses Flüstern daran teil, später als schemenhafte Gestalt. Ein schwer faßbares Etwas an der Peripherie des Erinnerungsvermögens, eine geisterhafte Entität, die sich bisher der Identifizierung entzog. Ihre Präsenz beschränkte sich auf golden glänzendes

Haar, auf das Klacken von Stiefelabsätzen, auf einen Satz, den sie immerzu wiederholte, mit einer Stimme, die Kirk irgendwie vertraut erschien. Nie sah er ihr Gesicht. Wenn er den gedanklichen Blick auf sie richtete, verschwand sie einfach.

Er griff nach dem Buch, um durch die einzelnen Kapitel zu blättern und festzustellen, an welchen Stellen die rätselhafte Frau an der allgemeinen Handlung beteiligt war. Doch schon nach wenigen Sekunden zögerte er und fragte sich, ob er wirklich mehr herausfinden wollte. Schließlich schlug er *Fremde vom Himmel* auf.

Zuerst sah er im Index nach, in der ebenso vagen wie vergeblichen Hoffnung, das Wort ›blond‹ zu finden. *Ich bin wirklich ein ›Dinosaurier‹, wie sich Pille ausdrückte,* dachte er in einem Anflug von Selbstironie. *Bei einer elektronisch gespeicherten Version des Buches genügt es, ein Stichwort einzugeben — und einige Sekunden später hätte mir der Computer eine Liste aller Protagonisten mit blonden Haaren gezeigt. Ohne die Möglichkeit einer automatischen Textsuche bleibt dir nichts anderes übrig, als das ganze verdammte Buch zu lesen ...*

Mit einem plötzlichen Ruck klappte er es zu. Wenn er wirklich einen Abschnitt fand, in dem die namenlose Frau eine Rolle spielte, wenn er sie ebensogut kennenlernte wie die anderen Handlungsträger ... Vielleicht verschlimmerten sich dadurch die Entsetzensvisionen. Vielleicht träumte er dann für den Rest seines Lebens von grünem Vulkanierblut und einer Stimme, die immer wieder den gleichen Satz raunte.

Kirk legte das Buch in die kleine Kommode neben dem Bett, schloß sogar die Schublade ab, so als befürchtete er, das Papier könne plötzlich dämonisches Eigenleben entwickeln. Er lächelte bei dieser Vorstellung, kam sich wie ein Narr vor, erinnerte sich an den Knaben, der sich nach für ihn besonders eindrucksvollen Vid-Filmen im Heuschober versteckte. Nach einer Weile merkte er, wie schwer er atmete, und er spürte auch klammen Schweiß auf der

Haut. So als sei er gelaufen, vor irgend etwas geflohen. *In meinem Traum war das auch der Fall. Das Blut, die Schreie ... meine Schuld ...*

Himmel, er mußte endlich Bescheid wissen.

Kirk holte das Buch wieder hervor und begann zu lesen.

4

»Und Sie haben bestimmt genug gegessen? Verspüren Sie wirklich keinen Appetit mehr?«

»Die Mahlzeit war ... ausreichend. Vielen Dank, Tatiana.«

Tatya mußte sich beherrschen, um nicht jedesmal zusammenzuzucken, wenn Sorahl ihren vollen Namen nannte. Wenigstens verzichtete er darauf, ständig den Familiennamen hinzuzufügen — andernfalls hätte er früher oder später das ganze Spektrum ukrainischer Flüche kennengelernt.

Das Essen bestand aus Nudeln, Bohnen, leichtem Quark und pikant gewürztem Reis; hinzu kamen getrocknete Früchte, die Tatya in kleine Stücke geschnitten und zu einem leckeren Salat vereint hatte. Sorahl ließ es sich nicht nehmen, die einzelnen Ingredienzien mit kulinarischen Kommentaren zu versehen; allerdings klangen sie so, als stammten sie aus einem Lehrbuch für Biologie.

»Auch in meiner Heimat werden glykolhaltige Pflanzenspezies zu Nahrungsmitteln verarbeitet«, sagte Sorahl ernst. Seine entsprechenden Kenntnisse stammten von der Geographin und Botanikern T'Syra, die beim Absturz ums Leben gekommen war. *Auch ihr schulde ich Respekt.* »Die Arten *Dactylifera* und *Prunus armeniaca* sind mir ebenfalls vertraut. Doch *Oryza sativa* — Reis ...?« Yoshi nickte bestätigend, erstaunt über das enorme Wissen des Außerirdischen. »... kannte ich bisher nicht.«

»Was vielleicht daran liegt, daß er im Wasser wächst«, vermutete Yoshi. »Sie meinten ja, Ihre Heimat sei eine ausgesprochen trockene Welt ...«

Die ausgeprägte Neugier des Menschen fand ihren Niederschlag in Dutzenden von Fragen. Er holte die wenigen astronomischen Bücher, die zur Bibliothek der Agrostation gehörten, und Sorahl zeigte ihm die genaue Position des Planeten Vulkan. Er besann sich auf seine Navigationskenntnisse, um große Sternkarten zu zeichnen, die den betreffenden Sektor aus der Perspektive beider Welten zeigten.

Die meiste Zeit über beschränkte sich Tatya darauf, stumm zuzuhören, und ihr Gesicht offenbarte dabei wechselhafte Versionen verblüffter Verwirrung. Sie beobachtete den jungen Extraterrestrier, wie hypnotisiert von seinen Bewegungen; sie sah das Spiel der Muskeln unter dem dünnen Pulli, der von Yoshi stammte, schenkte Sorahl immer wieder Tee nach, den er heiß und ohne Zucker trank.

»*Theraceae*«, sagte der Fremde nach einigen Schlucken. Bei einem Menschen wäre so etwas Angeberei gewesen. »Untergruppe *Camellia sinensis*, nehme ich an. Auf Vulkan werden ähnliche Sorten kultiviert, obgleich wir Kräuter bevorzugen.«

»Auch wir trinken Kräutertee«, warf Tatya aufgeregt ein. »Wir haben ihn nur nicht mehr vorrätig. Wenn morgen der Wal eintrifft, bestellen wir alles, was Sie ...«

Die Agronomin brach erschrocken ab — sie hatte die *Delphinus* völlig vergessen. Ein Schatten der Panik strich über Yoshis Züge, und Sorahl ... Er schwieg, beobachtete die beiden Menschen und fragte nicht, was ihr seltsames Verhalten bedeutete.

»Sie sind sicher müde«, fügte Tatya hastig hinzu. »Vielleicht sollten Sie sich jetzt ausruhen.«

»Das ist leider unmöglich«, erwiderte der Vulkanier. »Ich muß auf T'Lera achten.«

Er erklärte nicht, was er damit meinte, und die beiden Terraner stellten auch keine entsprechenden Fragen. Ihr Interesse galt in erster Linie anderen Dingen.

»Es ist wirklich erstaunlich«, sagte Yoshi, strich sich das lange Haar aus der Stirn und lauschte dem Regen, der an die Fenster prasselte, beobachtete das ferne Zucken von Blitzen. Die erschöpfte Tatya döste im nahen Lehnstuhl, doch die beiden Männer fanden keine Ruhe. »Ihre Raumschiffe haben also immer wieder die Erde angesteuert? Wie lange sammeln Sie schon Informationen über uns?«

»Mein Großvater Savar wurde Zeuge Ihrer letzten beiden Kriege«, erwiderte Sorahl und sah, wie sich Yoshis Pupillen weiteten.

»Aber das wäre ein Zeitraum, der mehr als hundert ... Sie meinten doch, er habe Sie bei dieser Mission begleitet. Wie alt ...«

»Er starb im Alter von 221,4 Jahren Ihrer Zeitrechnung«, entgegnete Sorahl sanft. Er brauchte nicht extra nachzurechnen. »Er erwartete zwar nicht, unsere Expedition zu überleben, doch er erhoffte sich einen anderen Tod.«

»Offenbar sind Vulkanier weitaus langlebiger als Menschen«, murmelte Yoshi — noch ein wichtiger Unterschied, an den er sich erst noch gewöhnen mußte. Doch Sorahls und T'Leras Andersartigkeit ging weit über solche Dinge hinaus. Yoshi sah sich nun einer völlig fremdartigen Kultur gegenüber, deren Traditionen und Errungenschaften ein sonderbares Schwindelgefühl in ihm bewirkten. Es gab so vieles, das es in Erfahrung zu bringen galt ... Als er neben Sorahl saß, ließ die Aufregung in ihm nicht etwa nach, sondern nahm weiter zu. Er empfand keine Furcht mehr, und jene Art von Fremdartigkeit, die Distanz schuf, verringerte sich mit jeder verstreichenden Sekunde. Eine eigentümliche Verbindung schien zwischen ihnen zu entstehen, und das matte Licht — Yoshi hatte nur eine kleine Lampe eingeschaltet, um das Brennen seiner Augen zu vergessen, um besser gegen die Müdigkeit ankämpfen zu können — verringerte die rassenspezifischen Unterschiede, machte sie fast zu Brüdern. Aber wenn sie das Gespräch fortsetzten, wurden erneut die kulturellen Differenzen zwischen ihnen deutlich und zerstörten den Eindruck von Verwandtschaft. »Es war also ein Unfall, der Sie hierher brachte? Sie hatten die Anweisung, das Raumschiff zu zerstören und sich zu töten, um eine Entdeckung zu verhindern? Das verstehe ich nicht ganz ...«

»Auf diese Weise sollte einer Situation vorgebeugt werden, die nun durch unsere Anwesenheit entsteht«, antwortete Sorahl. Auch er spürte die seltsame Verbundenheit, die natürlich keine biologischen Aspekte betreffen konnte, eher in den philosophischen Kosmos des UMUK-Prinzips gehörte. Unendliche Mannigfaltigkeit in Unendlicher Kombination — wer solche Grundsätze in sein Wesen und Denken integrierte, sah sich als Teil einer großen galaktischen Völkergemeinschaft, deren Verwandtschaftsbeziehungen sich treffend mit dem Wort ›Leben‹ beschreiben ließen. »Es liegt uns fern, zu erschrecken oder Kontroversen zu schaffen. Und unsere Präsenz auf diesem Planeten führt mit großer Wahrscheinlichkeit zu genau den Resultaten, die wir vermeiden wollten. Wann, glauben Sie, werden sich Ihre Behörden an uns wenden?«

Bei diesen Worten lief es Yoshi kalt über den Rücken. Ein Mensch hätte vielleicht um Gnade gefleht, gedroht oder darum gebeten, wenigstens die Mutter zu schonen, aber Sorahl stellte nur eine schlichte Frage. Wieder ein bedeutender Unterschied.

»Machen Sie sich darüber keine Gedanken«, erwiderte er ausweichend. »Wir lassen uns irgend etwas einfallen.« *Aber was?* dachte er, als Verzweiflung die Aufregung in ihm zu verdrängen begann. Solange sie miteinander sprachen, konnte er wenigstens die Sorgen aus sich verdrängen — und hoffen, daß in den nächsten Stunden ein Wunder geschah, das alle Probleme beseitigte. »Erzählen Sie mir, was passierte. Beim Unfall, meine ich. Es ist wichtig.«

Sorahl verstand. Der Mensch wollte ganz sicher sein, daß die Außerirdischen, die seine Welt mehr als hundert Jahre lang beobachtet hatten, tatsächlich keine Gefahr darstellten.

»Unsere Erkundungsschiffe sind mit vier Manövriertriebwerken ausgestattet«, begann er. »Jeweils zwei davon sind miteinander synchronisiert. Mit anderen Worten: sowohl auf der linken als auch auf der rechten Seite kann eine Einheit ausfallen, ohne daß dadurch die Schiffsfunktionen beeinträchtigt werden. Aber wenn auf einer Seite beide Schubkomponenten Fehlfunktionen aufweisen, was extrem unwahrscheinlich ist ...«

»Manövriereinheit Drei im blauen Bereich«, berichtete Steuermann T'Preth, und ihre flüsternde Stimme klang wie das Unheil selbst. »Absturzspirale beginnt in neunzehn Sekunden — von jetzt an.«

Allein das bedeutete noch keine unausweichliche Vernichtung. Die kleinen Erkundungsschiffe zeichneten sich durch eine extrem hohe Belastungstoleranz aus und konnten unbeschädigt durch eine dichte Atmosphäre fallen, um anschließend auf festes Land zu prallen oder ins Wasser zu stürzen. Unter günstigeren Umständen wäre es vielleicht möglich gewesen, in einer abgelegenen Region zu landen, die Triebwerke zu reparieren und dann wieder zu starten. Aber die Flugbahn führte dicht an einigen Satelliten vorbei, und es war nur noch eine Frage der Zeit, wann die Kapsel auf den Sichtschirmen mehrerer Ortungsstationen erschien. Savars Erste Direktive sollte genau solchen Umständen gerecht werden, und das wußte die Besatzung.

Sorahl musterte T'Preth, als sie die fatale Meldung erstattete, nahm ihre ruhige Gelassenheit mit unverhohlener Bewunderung zur Kenntnis.

»Bestätigt«, erwiderte T'Lera schlicht und lehnte sich zurück. »Schub aus.«

T'Preth desaktivierte die noch funktionstüchtigen Steuerungskomponenten, und plötzliche Stille folgte. Die Crew wandte sich von den Kontrollen ab und wartete, beobachtete die Kommandantin, deren Gesichtsausdruck keinen Zweifel daran ließ, was nun bevorstand. T'Lera begegnete dem Blick ihres Sohnes.

»Wir sind bereit.«

Eigentlich war alles ganz einfach. T'Lera brauchte nur die Selbstzerstörungssequenz einzuleiten und Savar anzuweisen, das Schott zu öffnen. Eine explosive Dekompression, die innerhalb weniger Sekunden zum Tod führte —

kurz bevor das Erkundungsschiff mit einem kaum sichtbaren ›Blitz‹ implodierte, sich in eine Wolke aus mikroskopisch kleinen Trümmerstücken verwandelte. Und sollten dennoch einige größere Fragmente übrigbleiben und nicht einmal in der Atmosphäre verglühen ... Sie erreichten die Erde nur als Metallschlacke, die keinerlei Rückschlüsse ermöglichte.

Der Vorgang hätte eigentlich weitaus weniger Zeit in Anspruch nehmen sollen als die von T'Preth angekündigten neunzehn Sekunden, doch der Zufall spielte ihnen einen weiteren Streich. Zu dem unerklärlichen Versagen der beiden Manövriereinheiten gesellte sich eine Fehlfunktion im Initialisator für die Selbstzerstörung: Der Countdown brach ab und ließ sich nicht neu starten.

»*Kaiidth!*« sagte T'Lera, als sei überhaupt nichts geschehen. Doch für sie selbst und ihre Gefährten kam dieses eine Wort einem großen Opfer gleich. »*T'Kahr* Savar — manuell.«

»Bestätigt, Commander«, erwiderte er sofort. Wenn seine Stimme vibrierte, so war das hohe Alter dafür verantwortlich, nicht etwa Furcht. Er schaltete die Druckkontrolle aus, und daraufhin konnte das Schott jederzeit geöffnet werden. »Ich warte auf Ihren Befehl.«

Fünf Augenpaare blieben auf T'Lera gerichtet; nur Savar wandte sich ab und kehrte den Blick nach innen. Als physisch schwächstes Glied in der Kette und Begründer der Ersten Direktive war es nur logisch, daß er sich als erster dem Vakuum hinter der Schleusenwand auslieferte. Von den anderen Vulkaniern mußte einer lange genug überleben, um T'Lera bei der Zerstörung des Schiffes zu helfen. Stumm warteten sie darauf, daß die Kommandantin eine Entscheidung traf.

»Status, Steuermann?«

»Orbit wird destabil, Commander. Absturzspirale beginnt.«

Der eingeleitete Countdown hatte die Monitoren abgeschaltet, und sie konnten nun nicht mehr mit Energie beschickt werden. Ganz gleich, wer von jetzt an die Navigation des Erkundungsschiffes übernahm: Er mußte sich allein auf die Instrumente verlassen, und einige von ihnen funktionierten nicht mehr. T'Lera nahm sich genug Zeit, um tief Luft zu holen und zu überlegen, wen sie wählen sollte.

Zumindest eine gewisse Logik sprach für T'Syra, ihre alte Missionsgefährtin, mit der sie mehr verband als nur eine gemeinsame Vergangenheit. Ihre Gedankensphären waren sich so nahe wie die von Schwestern. Aber hatte sie das Recht, T'Syra auch nur für wenige Sekunden von ihrem Bindungspartner Selik zu trennen? Nein. Die beiden Frauen sahen sich kurz an, bevor T'Syra der Kommandantin die Entscheidung abnahm und zu Selik und Savar ans Schott trat.

Stell gesellte sich ihnen stumm hinzu, wartete keinen Befehl ab. Seine Pflichten endeten mit der Desaktivierung der Triebwerke: Er wurde nicht einmal dann gebraucht, wenn T'Lera T'Preth aufforderte, bei ihr zu bleiben.

Doch die Kommandantin befreite auch T'Preth von der letzten, ultimaten Verantwortung. Sorahl begriff, daß die Wahl auf ihn fiel, und das behagte ihm ganz und gar nicht. Er zog es vor, sofort in den Tod zu gehen, um das Leben eines Gefährten um einige Minuten zu verlängern.

»Commander ...«

»*Kroykah!*« zischte T'Lera, ohne ihn dabei anzusehen. »Vollzug — jetzt!«

Sie hatte zu Beginn der Absturzspirale in T'Preths Sessel Platz genommen und sowohl sich als auch ihren Sohn mit den Harnischen geschützt. Sorahl zögerte einen Sekundenbruchteil, bevor er nach den Sauerstoffmasken griff und eine seiner Mutter reichte.

Keiner von ihnen sah zurück. Die Geräusche waren deutlicher Hinweis darauf, was hinter ihnen geschah. Ein plötzliches Fauchen — und die ins All entweichende Luft riß drei Personen mit sich: den schwachen Savar, der in seiner Überzeugung neue Kraft fand, den stolzen Selik, der das Universum mit ausgebreiteten Armen empfing, während neben ihm ...

T'Lera spürte, wie die mentale Verbindung zu T'Syra von einem Augenblick zum anderen abbrach. Sorahl vernahm das Keuchen, starrte jedoch weiterhin auf die Instrumente, um nicht ihre Privatsphäre zu verletzen.

Was ihn betraf ... Er wünschte sich die Möglichkeit, den beiden noch verbliebenen Gefährten einen letzten Gruß zu übermitteln. Aber es wäre nicht nur unlogisch gewesen, sie und sich selbst von den gegenwärtigen Aufgaben abzulenken, sondern auch gefährlich. Seine Pflicht bestand darin, einen maritimen Bereich des dritten Planeten auszuwählen, der das abstürzende Schiff aufnehmen und für immer verbergen konnte.

»Achtung!« rief T'Lera. Die Sauerstoffmaske dämpfte ihre Stimme.

Die Warnung war gar nicht nötig. Der stämmige Stell, dessen Hände im wahrsten Sinne des Wortes am Schleusenschott festfroren — die Kälte des Weltraums führte dazu, daß ein Teil der entweichenden Luft auf dem Stahl kondensierte —, kannte das Erkundungsschiff so gut, als sei es eine Erweiterung seines Ichs. Auch er spürte das energetische Zittern in der Manövriereinheit Drei, jener Schubkomponente, die sich unmittelbar neben der Luke befand. Wenn sie jetzt zündete, verwandelte sich das Schiff in einen künstlichen Kometen. Für die ohnehin zum Tod verurteilten Besatzungsmitglieder spielte das nur eine untergeordnete Rolle, aber das Aufleuchten am Himmel konnte den Bewohnern der Erde wohl kaum entgehen. Stell spannte die Muskeln — der Zufall wollte es, daß er besonders kräftig war — und schloß das Schott.

Zu spät.

T'Preth schrie, und Stell blieb gerade noch Zeit genug, ein heiseres Stöhnen von sich zu geben. Nicht einmal Vulkanier konnten die unvorstellbaren Schmerzen ertragen, bei lebendigem Leibe zu verbrennen. Die Zündungsflamme der dritten Manövriereinheit wurde vom entströmenden

Sauerstoff genährt, und das Feuer leckte ins Innere des Erkundungsschiffes, brachte sowohl T'Preth als auch Stell um. Ihre verkohlten Leichen sanken achtern zu Boden.

T'Lera schloß die Augen und formulierte die gedanklichen Worte der Ritualtrauer. Zumindest das war sie ihren toten Gefährten schuldig.

Sorahl, der aufgrund seiner Jugend noch nicht ganz zur vulkanischen Reife und Selbstdisziplin gefunden hatte und dessen Leben in einigen Minuten enden mußte, schloß die Hände fest um die Kontrollen, damit sie nicht zu zittern begannen.

Als Sorahl seine Erzählung beendete, stellte er fest, daß sich das Vibrieren in seinen langen Fingern wiederholte. Nur mit Mühe gelang es ihm, sich zur Ruhe zu zwingen.

»Die Reibungshitze muß enorm gewesen sein«, sagte Yoshi nach einer Weile. »Wir haben die Reste Ihres Schiffes gesehen.«

»Vulkanier können recht hohe Temperaturen ertragen«, erwiderte Sorahl leise. Seine Brandwunden sprachen für sich selbst. »Und die Sauerstoffmasken schützten unsere Lungen.«

»Trotz all dieser Widrigkeiten gelang es Ihnen, die Flugbahn zu kontrollieren?« fragte Yoshi beeindruckt. Er fragte sich, ob er zu so etwas in der Lage gewesen wäre. »Phantastisch!«

»Aufgrund der Größe und geringen Bevölkerungsdichte hielten wir den Pazifik für geeignet, das Wrack aufzunehmen, es für immer zu verstecken«, erklärte Sorahl. »Wir konnten nicht ahnen, daß die ausgewählte Absturzstelle am Rand Ihrer Agrostation lag.«

»Kismet«, warf Tatya schläfrig ein, rieb sich die Augen und stand auf. Sie hatte so lange geschwiegen, daß sich Yoshi erst jetzt wieder an sie erinnerte.

»Leider verstehe ich nicht, was Sie damit meinen.« Sorahl sah sie an und schenkte ihr seine volle Aufmerksamkeit.

»Karma«, fügte Tatya hinzu und zuckte mit den Schultern. »Schicksal.« Für gewöhnlich verschwendete sie kaum Gedanken an ihr Aussehen, aber jetzt strich sie die zerknitterte Kleidung glatt und fragte sich voller Unbehagen, welchen Eindruck sie auf den Außerirdischen machte. »Verschiedene Ausdrücke für das gleiche Konzept. Es bedeutet, daß Sie aus einem ganz bestimmten Grund hier sind. Es steckt eine Art Kausalmuster dahinter. Ihre Schilderungen, die Fehlfunktionen der Bordinstrumente, die vielen sonderbaren Zufälle ... All das sind Anzeichen dafür, daß *etwas* einen Kontakt zwischen Ihrem und unserem Volk herbeiführen wollte.«

»Tatya, ich bitte dich ...«, stöhnte Yoshi und rollte mit den Augen.

»Vielleicht haben Sie recht«, entgegnete Sorahl höflich, obgleich solche Vorstellungen seiner rationalen Logik widersprachen. »Allerdings glaube ich nicht an einen derartigen Fatalismus.«

»Trotzdem ...«, begann die Agronomin.

»Himmel, Tatya!« entfuhr es Yoshi. »Sind Sorahls Großvater und seine Gefährten gestorben, weil ›etwas‹ es so wollte? Das ist doch völliger Blödsinn!« Er schüttelte den Kopf und wandte sich wieder an den Vulkanier. »Wenn es Ihnen nur darum ging, uns die Wahrheit zu ersparen ... Sie hätten uns vertrauen können. Die meisten Menschen sind davon überzeugt, daß es draußen im All noch andere vernunftbegabte Wesen gibt.«

»Aber angesichts von konkreten Beweisen für diese Annahme neigt Ihr Volk zu eher ambivalenten Reaktionen«, bemerkte Sorahl und erinnerte sich daran, einen derartigen Kontakt befürwortet zu haben. Jetzt begriff er den Standpunkt seiner Mutter. Die Theorie war eine Sache, ihre praktische Anwendung eine ganz andere. »Selbst Sie wissen nicht so recht, was Sie mit meiner Mutter und mir anfangen sollen.«

»Na?« Tatya musterte ihren Partner spöttisch.

»Was wollen Sie jetzt unternehmen?« fragte Yoshi verlegen darüber, daß man ihm seine Unsicherheit so deutlich anmerkte. »Wir haben Sie gesehen, mit Ihnen gesprochen, zusammen mit Ihnen gegessen. Wir können nicht einfach zur Tagesordnung übergehen, so als sei überhaupt nichts geschehen.«

»Entsprechende Entscheidungen stehen allein der Kommandantin zu«, sagte Sorahl ruhig und senkte den Blick.

Er schien damit das Stichwort zu geben, denn nur wenige Sekunden später hörten sie Geräusche aus dem Schlafzimmer, ein heiseres, gepreßt klingendes Ächzen, das die Medizinerin in Tatya an Symptome für Lobärpneumonie erinnerte. Sie näherte sich der Tür, doch Sorahl war schneller.

Er mußte seine Mutter aus der Heiltrance wecken. »Wenn Sie gestatten ...«, sagte er und hob die Hand, zögerte jedoch, Tatyas Arm zu berühren. Die Agronomin nickte und wich zur Seite, ließ es sich jedoch nicht nehmen, dem Außerirdischen zu folgen.

T'Leras Gestalt auf dem Wasserbett zeichnete sich im blassen Licht der einsetzenden Morgendämmerung ab: der Kopf zur Seite geneigt, die Hände zu Fäusten geballt. Sie atmete schwer, schnappte keuchend nach Luft. Sorahl glitt wie ein Schatten auf sie zu und versetzte ihr einen heftigen Schlag.

Tatya machte Anstalten, den jungen Mann zurückzuzerren, doch Yoshi hielt sie an den Schultern fest. Sorahl schlug erneut zu, dann noch einmal. Und Tatya wand sich hin und her, so als galten die Hiebe ihr.

»Er bringt sie um!« stieß sie hervor und versuchte, sich aus dem Griff ihres Partners zu befreien.

»Er weiß, was für seine Mutter am besten ist!« hauchte ihr Yoshi zu — obwohl sich auch in ihm Zweifel regten. »Warte ab!«

Sorahl holte aus. Ein neuerliches Klatschen, und T'Leras Kopf drehte sich auf die andere Seite. Tatya erbebte am ganzen Leib und klammerte sich an Yoshi fest, der die Augen schloß. Hatten sie sich geirrt? Sorahls Beschreibun-

gen eines friedlichen, allein von Logik bestimmten Volkes
— nur Lügen? Versuchte er, seine Mutter umzubringen,
um die eigene Haut zu retten, um ihre Kommandantenautorität für sich zu beanspruchen?

Plötzlich herrschte Stille. Weder Tatya noch Yoshi
sahen, wie sich T'Lera ruckartig aufrichtete und Sorahls
Arm mit einer Kraft umfaßte, die der des Sohnes in nichts
nachstand. Die beiden Menschen sahen erst auf, als sie
eine selbstbewußte Stimme vernahmen.

»Das genügt«, sagte T'Lera scharf, sah sich im Schlafzimmer um, richtete einen durchdringenden Blick auf die
zwei Terraner und begann mit einer Situationsanalyse.

Yoshi starrte sie nur stumm an, von der Mutter ebenso
verblüfft wie vom Sohn. Als Tatya das sondierende Blitzen in den Augen der Vulkanierin sah, setzte sie sich zögernd in Bewegung und trat ans Bett heran.

»Darf ich?« fragte sie und streckte die Hand aus, zögerte
jedoch, als nur noch wenige Zentimeter ihre Fingerspitzen
vom Gesicht der Fremden trennten.

T'Lera verstand, was sie beabsichtigte. »Sind Sie Heilerin?«

»Wie bitte? Falls das Ihre Frage beantwortet: Ich habe
eine medizinische Ausbildung genossen.«

»Dann untersuchen Sie mich«, erwiderte T'Lera mit granitenem Gleichmut.

Tatya beschränkte sich darauf, die Frau vorsichtig abzutasten; sie hatte inzwischen das Vertrauen in ihre Instrumente verloren. Doch allein die Berührungen nützten nicht
viel. Abgesehen von der deformen Nase, die erneut gebrochen und ganz neu ausgerichtet werden mußte, stellte sie
nur fest ...

»Sie sind völlig geheilt!« brachte sie hervor.

»In der Tat«, bestätigte die Vulkanierin und sah zum erstenmal ihren Sohn an. »Vielen Dank, Navigator.«

»*Kaiidth!*« erwiderte Sorahl aus einem Reflex heraus.
Für einen Sekundenbruchteil dachte er nicht mehr daran,
wo er sich befand.

»Wir werden die Sprache derjenigen benutzen, die uns ihre Gastfreundschaft gewähren«, sagte seine Mutter und Kommandantin ernst. Yoshi glaubte, so etwas wie Ärger in dem Tonfall zu hören — obwohl Sorahl behauptete, die Vulkanier hätten ihre Emotionen überwunden. »Vergißt du so schnell?«

Ein Mensch wäre vielleicht versucht gewesen, sich zu rechtfertigen, doch Sorahl senkte nur den Kopf und legte die Hände auf den Rücken.

»Ich bitte um Verzeihung, Commander.«

»Du richtest diese Worte an die falsche Person«, hielt ihm T'Lera entgegen, ohne die Entschuldigung direkt zurückzuweisen. »Und jetzt ... Ich möchte wissen, was während meiner Rekonvaleszenz geschah.«

Sie forderte die Menschen nicht auf, das Zimmer zu verlassen, aber sie ignorierte ihre Gegenwart.

»Wir sollten doch wohl besser gehen«, murmelte Yoshi Tatya zu und zog sie mit sich. T'Lera reagierte nicht darauf.

Die Sonne ging auf. Tatya gähnte hingebungsvoll, schaltete die Kaffeemaschine ein und begab sich ins Bad. Yoshi öffnete das Fenster, um frische Luft hereinzulassen, lauschte dem Rauschen der Wellen und starrte gedankenlos in die Ferne.

Und plötzlich war er da. Stunden vor der geplanten Ankunft erschien er am Horizont, zeichnete sich als dunkle Masse vor dem hellen Glanz des Morgens ab — der Wal.

»Ich gehe«, bot sich Yoshi an, als Tatya zurückkehrte und das feuchte Haar zu zwei Zöpfen band. »Versuch unsere beiden Freunde davon zu überzeugen, sich still zu verhalten und den Fenstern fernzubleiben.«

Tatya musterte ihn aus zusammengekniffenen Augen. Sie hatte längst eine Entscheidung getroffen, zweifelte jedoch noch immer an den Motiven ihres Partners.

Yoshi mied ihren Blick. »Ich sage ihnen, sie sollen die Vorräte am Dock zurücklassen. Oder ich bringe sie allein hierher. Vielleicht läßt sich Jason irgendwie abwimmeln. Ich behaupte einfach, du seist unpäßlich.«

»Yoshi ...«

»Was soll ich denn sonst machen, verdammt? Eigentlich wollte ich mit dem Tragflächenboot losfahren, damit Nyere glaubt, wir hätten uns aus dem Staub gemacht. Aber vielleicht ist es besser, wir bleiben hier und bluffen ihn. Vielleicht ...« Er fluchte erneut. »Wenn der Wal wie geplant heute nachmittag gekommen wäre...«

Sie wußten beide, daß es keine Hoffnung gab.

»Wir sind Zivilisten«, stellte Yoshi fest und offenbarte plötzliche Entschlossenheit. »Wir haben unsere Rechte. Ohne einen Durchsuchungsbefehl dürfen Jason und seine Leute die Agrostation nicht betreten.«

*

»Es überrascht mich überhaupt nicht, daß du von irgendwelchen Frauen träumst, Jim«, sagte McCoy, als Kirk von seinen Alpträumen erzählte. »Schlimmer wär's, wenn du *nicht* mehr an so etwas denkst.«

Sie saßen hinter dem *Kobayashi Maru*-Simulator, der für einen Test vorbereitet wurde, und Kirk programmierte Variationen des Übungsszenarios.

»Im Ernst, Pille. Die Visionen beunruhigen mich. Du hast doch das ganze Buch gelesen, nicht wahr? Taucht meine geheimnisvolle Blondine darin auf?«

McCoy überlegte.

»Nein, ich glaube nicht. Aber du gibst mir nur wenige Hinweise. Blondes Haar und Stiefel, wie? Klingt nach einer recht angenehmen erotischen Phantasie, mein Bester. Nun, wie dem auch sei: Wenn ich mich recht entsinne, erscheint in dem Roman nur eine Blondine: Tatya Bilash.« Fast hoffnungsvoll fügte er hinzu: »Vielleicht träumst du von ihr.«

»Das bezweifle ich.« Kirks Blick blieb auf den Simulatorschirm gerichtet. »Die Stimme ... Sie klingt vertraut.

Ich gewinne immer den Eindruck, als sei mir die Frau bekannt, doch wenn ich versuche, mich an ihren Namen oder an ihr Gesicht zu erinnern, blockiert hier drin irgend etwas.« Er tippte sich an die Stirn.

»Möglicherweise steht die Stimme in gar keinem Zusammenhang mit *Fremde vom Himmel*«, meinte McCoy. »Es wäre durchaus denkbar, daß sie sich auf deine Realerinnerungen oder völlig andere Phantasievorstellungen bezieht. Träume lassen sich nur schwer erfassen, Jim. Vielleicht vermischt dein Unterbewußtsein irgendwelche früheren Erlebnisse mit dem Inhalt des Buchs, und das Ergebnis hat weder etwas mit dem einen noch mit dem anderen zu tun.« Er winkte ab. »An deiner Stelle würde ich mir keine Sorgen darüber machen.«

»Du hast gut reden«, brummte Kirk. Er gab einen neuen Code ein, hämmerte dabei viel zu heftig auf die Tasten. »Du steckst ja nicht in meiner Haut. Es geht nicht nur um die rätselhafte Frau. Die Träume sind so ... so intensiv, so ungeheuer lebhaft. Und warum präsentieren sie mir eine falsche Vergangenheit? Warum verleihen sie dem, was ich im Buch lese, die Bedeutung *erlebter Geschichte?*«

McCoy zuckte mit den Schultern.

»Dich hat's ebenso erwischt wie viele andere, die den Roman lasen«, erwiderte er. Ihm lag kaum etwas an diesem Thema, und er fragte sich, warum Jim so sehr darauf beharrte. »›Historische Hysterie‹, wenn du mich fragst. Und es ist durchaus verständlich. Man kann dem Rummel überhaupt nicht mehr entkommen. Wenn man das Holovid einschaltet, findet auf einem Kanal sicher gerade eine Talkshow statt, bei der *Fremde vom Himmel* diskutiert wird. Und wenn man eine Party besucht ... Die eine Hälfte der Gäste erzählt der anderen vom Buch.«

»Ich habe all diese Dinge mit voller Absicht gemieden«, sagte Kirk und fragte sich, wie er die letzte Simulationsphase gestalten sollte. Zur Grünen Gruppe gehörten zwei tellaritische Studenten, und er wollte feststellen, wie sie auf Streß reagierten. »Um zu vermeiden, irgendwie beeinflußt zu werden. Vorgefaßte Meinungen trüben das eigene Urteilsvermögen.«

»Damit hast du völlig recht«, murmelte McCoy und richtete seine Aufmerksamkeit auf den Schirm. Er leistete Kirk Gesellschaft, um das Verhalten der Kadetten zu untersuchen und später einen eigenen, medizinisch-psychologischen Bericht zu erstellen. Zwar wurde das *Kobayashi Maru* immer aufgezeichnet, doch McCoy legte Wert darauf, es direkt zu beobachten. Dabei gewann er über die einzelnen Probanden Informationen, die ein Videoband nicht festhalten konnte. Kirks Bemerkungen zwangen ihn dazu, seine Konzentration zu teilen.

»Warum ist diese Sache so ungeheuer wichtig?« fragte er seinen ältesten und besten Freund.

»Weil weitaus mehr dahintersteckt, als es zunächst den Anschein haben mag«, erwiderte der Admiral nachdenklich. »Seltsam: Der Inhalt des Buches beschränkt sich nicht nur auf die Summe der Worte. Ich weiß nicht genau, worum es geht, aber ich spüre ...«

»Du gibst ihnen immer drei Klingonen«, warf McCoy ein. Er kannte die Simulatorcodes auswendig und versuchte, Jim abzulenken, ihn ein wenig aufzumuntern.

»Was?« fragte Kirk geistesabwesend und starrte auf die Anzeigen. Er hörte nur mit halbem Ohr zu.

»Bei der Angriffsphase konfrontierst du die Kadetten immer mit drei klingonischen Kreuzern. Deine Schüler haben sich bestimmt bei den älteren Jahrgängen informiert, um sich auf diesen Test vorzubereiten. Warum läßt du dir nichts Neues einfallen? Gib ihnen doch mal zwei Klingonen, oder vier oder nur einen.«

Kirk hieb so auf die Tasten ein, als sähe er persönliche Gegner in ihnen. »Wirfst du mir Mangel an Phantasie vor?« knurrte er. »Davon kann *überhaupt* keine Rede sein. Du hast viele Jahre im Raum verbracht und müßtest die typischen klingonischen Angriffsformationen eigentlich ebensogut kennen wie ich. Die Kerle sind von Dreier-Kombinationen geradezu besessen. Wenn irgendwo ein

Schlachtschiff der *K'tinga*-Klasse auftaucht, muß man damit rechnen, daß man es auch noch mit zwei weiteren zu tun bekommt. *Deshalb* darf ein solcher Test nicht fehlen.«

»He, reg dich ab«, sagte McCoy und runzelte die Stirn. »Was brennt dir denn so unterm Hintern, Jim? Du erinnerst mich an einen langsam überkritisch werdenden Wandlerkern ...«

»Was soll das heißen?« Kirk kniff die Augen zusammen.

McCoy seufzte. »Angesichts der heutigen demographischen Situation ist die Midlife-Crisis im Alter von gut fünfzig Jahren keineswegs obligatorisch, Jim. Was deine blonde Frau mit den Stiefeln angeht — vermutlich nur ein hormonelles Problem. Möchtest du, daß ich dir ein Absorptionsmittel verschreibe? Du kannst die Form wählen: entweder Tabletten oder eine hübsche junge Dame ...«

»Jetzt übertreibst du, Pille«, sagte Kirk, schnitt eine Grimasse und wandte sich wieder der Konsole zu. »Aber in einem Punkt hast du recht: Ich bin tatsächlich ein wenig nervös. Kein Wunder, wenn man nachts keine echte Ruhe findet.«

»Auch dafür kann ich dir etwas verschreiben«, bot sich McCoy an. »Oder dir jemanden schicken.«

Kirk lachte und stieß den Arzt freundschaftlich in die Rippen.

»Zum Teufel mit dir«, brummte er leise und beobachtete, wie die Kadetten der Grünen Gruppe eintraten und die Stationen der Pseudobrücke besetzten. So etwas wie Mitleid regte sich in ihm. »Und das gilt auch für *Fremde vom Himmel*. Heute abend bleibt das verdammte Buch in der Schublade.«

Kirk ignorierte das Buch drei Nächte lang, aber er träumte trotzdem.

»Und das ist noch nicht alles«, sagte er, während er in McCoys Büro auf und ab ging. »Inzwischen führe ich lange Gespräche mit den Protagonisten: mit den Vulkaniern, mit Tatya, Yoshi, Jason Nyere. Insbesondere mit

Sawyer. Im letzten Traum kam es zu einer regelrechten Auseinandersetzung zwischen ihr und mir, und ich schrie so laut, daß der Penthouse-Computer Alarm gab. Es dauerte eine Weile, bis ich ihn davon überzeugen konnte, daß ich nicht angegriffen wurde und auch keinen Herzanfall erlitten hatte. Pille, ich bin in der Lage, dir die Leute in allen Einzelheiten zu beschreiben. Ich weiß, wie sie aussehen, wie ihre Stimmen klingen, was sie zum Frühstück essen ...«

»Jim«, unterbrach ihn McCoy und schüttelte den Kopf. »Es handelt sich um Projektionen, glaub mir. Deine Phantasie geht mit dir durch, das ist alles. Hör mir mal gut zu ...«

»Nein, *du* hörst *mir* zu!« Kirk blieb stehen, beugte sich über den Schreibtisch und sah den Arzt an. »Du scheinst immer noch anzunehmen, ich bildete mir das alles nur ein. Nun, du hast das Buch gelesen und kennst sowohl die Protagonisten als auch den Ausgang der geschilderten Ereignisse. Ich weiß ebenfalls darüber Bescheid, obwohl ich *Fremde vom Himmel* seit unserem letzten Gespräch nicht mehr aufgeschlagen habe. Woher stammen meine Informationen?«

»Jim ...«

»Wußtest du, daß Sawyer eine erstklassige Tennisspielerin war?« fuhr Kirk ungerührt fort. »Beim Finale von 2028 in der Mondbasis Goddard errang sie den zweiten Platz.«

»Im Buch wird überhaupt nicht erwähnt, daß sie Tennis spielte. Glaube ich jedenfalls.« McCoy runzelte die Stirn. »Ich bin sicher, die Autorin ging nicht so sehr ins Detail.«

Kirk vollführte eine Geste der Verzweiflung.

»Fang nicht schon wieder an! Himmel, Pille, ich weiß nicht nur mehr über Sawyer, als im Buch steht, ich sah sie auch auf dem Tennisplatz. Um ganz genau zu sein: Ich selbst habe gegen sie gespielt. Die Sequenz der letzten Nacht ... Ich bezeichne sie jetzt nicht mehr als Alpträume. Es scheint sich um die einzelnen Folgen einer Fortsetzungsgeschichte zu handeln ...«

»Oder die Kapitel eines Buches, das von deinen Gedanken geschrieben wird«, warf McCoy ein. Kirk achtete gar nicht darauf.

»Wir spielten einen Satz«, wiederholte er. »Ich suchte sie im Sportkomplex, weil ich ihr etwas Wichtiges über die Vulkanier sagen mußte. Sie forderte mich heraus, und daraufhin griff ich zu einem Tennisschläger. Meine Güte, das Goddard-Turnier lag schon siebzehn Jahre zurück, aber Sawyer war noch immer in guter Form. Ich hatte nicht die geringste Chance gegen sie.«

»Wie alt warst du?« fragte McCoy wie beiläufig.

Kirk zwinkerte verwirrt.

»Was?«

»Im Traum, meine ich. Wie alt warst du? So alt wie jetzt oder jünger?«

»Wenn das eine Anspielung auf meine derzeitige Konstitution sein soll ...« Kirk unterbrach sich, als er zu einer für ihn selbst überraschenden Erkenntnis gelangte. »Ich war jünger. Viel jünger. Kaum älter als dreißig. Deshalb ging es mir so gegen den Strich, daß mir Sawyer eine Niederlage beibrachte. Eine Frau, die auf die Fünfzig zuging und keine modernen Fitneßeinrichtungen benutzen konnte — und sie schlug mich, ohne sich dabei anstrengen zu müssen. Später, als sie T'Lera dazu überredete, gegen sie anzutreten ...«

Kirk brach erneut ab, als er sah, wie McCoys Blick in die Ferne reichte. Der Arzt schien ihm gar nicht mehr zuzuhören, sondern Stimmen zu lauschen, die nur er vernahm.

»Pille? Das steht nicht im Buch, oder? Es erwähnt kein Tennisspiel zwischen Sawyer und T'Lera, oder?«

Der Arzt hinter dem Schreibtisch gab keine Antwort.

»Glaubst du, der Altersunterschied spielt irgendeine Rolle?«

McCoy atmete tief durch und musterte den Admiral.

»Ich weiß es nicht, Jim. Vielleicht. Darf ich dich etwas fragen?«

Kirk zuckte mit den Achseln.

»Nur zu.«

»Wann hast du dich der letzten Psychokontrolle unterzogen?«

»Vor ein paar Monaten. Warum? Du kennst ja die Routine. Vorschrift 73-C, Absatz A: ›Alle regulären Starfleet-Angehörigen müssen mindestens einmal pro Solarjahr ein Psychoprofil anfertigen lassen. Wer im Offiziersrang steht oder nach Meinung des medizinischen Fachpersonals größerem Streß ausgesetzt ist ...‹«

»›... wird so oft untersucht, wie es der zuständige Arzt für erforderlich hält‹«, beendete McCoy den Satz. »Ich spreche hiermit eine derartige Empfehlung aus.«

Kirk bedachte ihn mit einem verdutzten Blick.

»Soll das ein Witz sein?«

»Ganz und gar nicht.« McCoys Miene machte deutlich, daß er keinen Widerspruch duldete. »Die Sache bleibt inoffiziell — es sei denn, du schaltest auf stur.«

»Du willst nur nicht, daß ich dir damit auf den Wecker gehe«, sagte Kirk beschwichtigend und winkte ab. »Was ich gut verstehen kann. Bestimmt hast du genug um die Ohren. Tut mir leid, Pille, ich ...«

»Die nette Tour nützt dir jetzt nichts mehr, Jim. Ich meine es ernst. Entweder gehst du freiwillig, oder ich gebe dir eine offizielle Anweisung. Die Entscheidung liegt bei dir. Nun?«

Kirk schien wirklich beleidigt zu sein.

»Du solltest mir wenigstens sagen, was dich zu einer derart drastischen Maßnahme bewegt.«

»Unter ›drastischen Maßnahmen‹ stelle ich mir eigentlich etwas anderes vor«, sagte McCoy und stand auf. »Und was meine Gründe angeht: deine letzten vier Nächte, Jim. Allem Anschein nach spielst du die Hauptrolle in einem historischen Melodram. Normale Menschen vergnügen sich nach einem anstrengenden Arbeitstag und verbringen die Nacht damit, zu schlafen und ihre Kräfte zu erneuern, wohingegen du höchst eigenartige Aktivitäten entfaltest, die natürlich irgendwann Konsequenzen nach sich ziehen müssen. Deine Auftritte auf der Bühne der Phantasie ... Es wäre durchaus möglich, daß sie auch die Wahrnehmung deiner Pflichten beeinträchtigen.«

»Die ›Wahrnehmung meiner Pflichten‹, Pille? Meinst du damit die Ausbildung von Kadetten? Die Teilnahme an irgendwelchen Konferenzen? Den Papierkrieg von Starfleet? Ich entscheide nicht über Krieg und Frieden. Es hängen keine Menschenleben mehr davon ab, ob ich in der Lage bin, zur richtigen Zeit die richtigen Befehle zu geben.«

»Vielleicht besteht das Problem genau darin«, kommentierte McCoy. Lautes Schweigen schloß sich an. »Und da rein physisch mit dir alles in Ordnung zu sein scheint, abgesehen von einer hyperadrenalen Aktivität, sobald du auf das Buch zu sprechen kommst ...«

»Woher willst du das wissen?« fragte Kirk scharf.

McCoy öffnete die linke Hand und zeigte Jim den kleinsten Medoscanner, den er jemals gesehen hatte. Darüber hinaus handelte es sich um ein besonders leises Modell, das nicht annähernd so laut summte und surrte wie die Standardversionen. Während sich der Admiral seinem Ärger hingab, hatte McCoy klammheimlich alle seine biopsychischen Funktionen aufgezeichnet.

»Du hinterhältiger ...«, begann Kirk und fühlte sich zwischen Zorn und Erheiterung hin und her gerissen. »Das ist ein schwerer Vertrauensbruch!«

»Nicht unbedingt«, hielt ihm McCoy entgegen. »Immerhin bist du zu einem Arzt gegangen, um medizinischen Rat einzuholen. Himmel, Jim, du weißt doch, daß du ohne eine solche Sondierung überhaupt keine Hilfe erwarten darfst. Ich weiß nicht genau, was für deinen derzeitigen Zustand verantwortlich ist: Langeweile, Depressionen, Nervosität, abrupte Veränderung des Lebenswandels, dein Bürojob oder irgendein neues Virus. Aber aufgrund meiner Erfahrungen mit gewissen Persönlichkeitstypen sehe ich die Gefahr, daß dein Problem zu einer regelrechten Besessenheit wird. Es bringt dich allmählich um den Verstand, und damit ich nicht ebenfalls überschnappe, halte ich sofortiges Handeln für erforderlich. Du wirst dich umgehend in der psychologischen Abteilung melden, um dich untersuchen zu lassen. Nun, Admiral: Möchten Sie es schriftlich, oder sind Sie bereit, die Empfehlungen eines alten Freunds zu beherzigen?«

Kirk hob die Arme und kapitulierte.

»Mal sehen, ob ich es mit meinem Terminkalender für die nächsten Tage vereinbaren kann.« Als er McCoys durchdringenden Blick bemerkte, fügte er hastig hinzu: »Schon gut, schon gut. Gleich morgen früh, in Ordnung?«

McCoy nickte, steckte den kleinen Medoscanner ein und wandte sich den Akten auf seinem Schreibtisch zu. »Und jetzt verschwinde endlich, Jim!« knurrte er. »Wir können uns nicht alle auf die faule Haut legen. Ich habe noch eine Menge zu tun.«

Als Kirk das Büro verließ, dachte der Arzt: *Eins steht fest: Bevor ich dir das nächstemal irgendein Buch empfehle, gehe ich zu den Gehirnklempnern.*

Nirgends stand geschrieben, daß Vulkanier nicht träumen, und doch ist diese irrige Ansicht weit verbreitet.

Die Logik postuliert, daß ein besonders hochentwickelter Intellekt mit großem Verarbeitungspotential den nur scheinbar ungerichteten und zufallsbestimmten Ausgleich des Träumens benötigt. Ein weiteres Faktum kommt hinzu: Jene Hirnsektoren, die bei einigen Spezies telepathische Impulse erzeugen, stehen in direkter Verbindung mit den Bereichen, in denen Träume entstehen. Darüber hinaus wird vermutet, daß körperlose Entitäten — Thasianer, Organianer und Medusaner — ihr ganzes Leben in einer von Träumen determinierten Zwischenrealität verbringen.

Bei den vulkanischen Meistern sind mentale Techniken gebräuchlich, die Träume in ein logisches Instrument verwandeln, sie kanalisieren und zur Lösung spezieller intellektueller Probleme einsetzen. Manchmal werden sie vollständig unterdrückt, um den Schlaf in eine Art von Leere zu transformieren, in der Logik alles ist. Es heißt, die Hohenmeister schliefen fast nie.

Für den durchschnittlichen Vulkanier bedeutet der Traum vielleicht eine Freisetzung jener Emotionen, die während des wachen Zustands ständig unterdrückt werden. Solche Phänomene betreffen die vulkanische Privatsphäre und gehen Außenstehende nichts an. Wer jemals einen schlafenden Vulkanier beobachtet hat, mag bezweifeln, ob sich unter der physisch-psychischen Patina unerschütterlicher Ruhe das Zittern und Vibrieren unterbewußter Visionen verbirgt. Wovon Vulkanier träumen, bleibt ihr Geheimnis, aber *daß* sie träumen, ist eine unbestreitbare Tatsache.

Manchmal sind Träume eine unabdingbare Notwendigkeit.

Spock gab seine bewußt gesteuerten Meditationen auf, um zu schlafen. Und er träumte.

»Sie schaffen es nicht allein«, beharrte die Frau. »Sie schaffen es nicht ... Sie schaffen es nicht ... Sie schaffen es nicht allein ... nicht allein ... allein ...

»Mutter?« fragte Spock die Dunkelheit. Er sah Amanda nicht, spürte aber ihre Präsenz.

Plötzlich stand sie neben ihm und berührte ihn sanft am Arm. Diese Geste gestattete er nur ihr.

»Mutter, wenn ich versage ... dann finden dein Volk und das meines Vaters nie zu einer Gemeinschaft ...«

»Was bedeutet, daß du nicht geboren wirst«, beendete Amanda den Satz. »Fürchtest du das, mein Sohn?«

Spock schüttelte den Kopf.

»Persönliche Sorgen spielen angesichts einer Situation mit derartiger Bedeutungsvielfalt keine Rolle. Statt dessen denke ich an die Erde, die auf die Vorteile der Föderation verzichten muß ...«

»Und der die vulkanische Weisheit fehlt?« fragte Amanda. »Arme Erde! Wie kommen die Menschen nur zurecht?«

Selbst im Traum besann sich Spock auf seine Würde.

»*Mutter, ohne die vulkanische Hilfe wäre es auf Terra zu einer globalen Ernährungskrise gekommen, spätestens bis zum Jahr . . .*«

»*Andererseits gibt selbst dein Vater zu, daß ohne den mäßigenden Einfluß der Menschen eine Wahrscheinlichkeit von siebenundsechzig Komma sechs Prozent für eine Degeneration der vulkanischen Kultur bestand. Ihre Logik hätte innerhalb der nächsten tausend Jahre zum Untergang geführt.« Amanda lächelte. »Vorausgesetzt, es wäre ihnen wie durch ein Wunder gelungen, den tellaritischen Aufstand in einer Föderation zu überleben, der keine Terraner angehörten. Und außerdem: Wo waren die Vulkanier während der romulanischen Kriege? Für welche deiner beiden Heimatwelten trittst du ein, Spock? Warum nicht für beide?*«

Darauf gab Spock keine Antwort.

»*Weder Vulkan noch die Erde hätten ihren derzeitigen Entwicklungsstand allein, aus eigener Kraft erreichen können. Isolation bedeutet Schwäche. Und das trifft auch auf dich zu. Allein schaffst du es nicht . . .*«

Sie schaffen es nicht . . . nicht allein . . .

Plötzlich stand nicht mehr Amanda in der Finsternis, sondern T'Lera im Licht. Vulkanierin und Raumschiffkommandantin, eine Frau, die das All als ihre wahre Heimat erachtete, die Leere zwischen den Sternen, die dort weitaus mehr Jahre verbracht hatte als Spock . . . Ihre gelassene Ruhe gründete sich auf Weisheit, während sie den Mann musterte und seine Argumente erwartete.

»*Commander . . .*«, *begann Spock und suchte zum erstenmal in seinem Leben nach den richtigen Worten. »Wie kann ich Sie umstimmen?*«

T'Lera begegnete seinem Blick, hielt ihm mühelos stand. Sie ließ sich nicht einschüchtern, suchte ebenfalls nach der Antwort auf eine Frage.

»*Wer sind Sie?*« *flüsterte sie und trat langsam auf ihn zu. »Wer sind Sie . . .?*«

»Ich nehme mir den Nachmittag frei«, teilte Kirk seiner coridanischen Adjutantin mit. Er verspürte das dringende Bedürfnis, allein zu sein. »Bitten Sie Kynsky, mich bei der für 14.00 Uhr geplanten Besprechung zu vertreten. Sagen Sie die anderen Termine ab. Und noch etwas: Die Eintrittskarten für das Wasserballett heute abend überlasse ich Ihnen. Vorausgesetzt, es macht Ihnen nichts aus, neben Commodore Hrokk zu sitzen.«

»Ich glaube, ich sollte besser auf die Vorstellung verzichten.« Die gabelförmig geteilten Brauen der jungen Frau wölbten sich; Commodore Hrokk besaß zwei Hände mehr als ein durchschnittlicher Humanoide. »Wo sind Sie zu erreichen, Admiral?«

»Nirgends«, erwiderte Kirk knapp, programmierte das Zeitschloß des Schreibtischs und griff nach dem Aktivator des Luftwagens, der im Flaggoffizier-Hangar auf ihn wartete. Wenn die Ergebnisse der Psychosondierung eintrafen, war er längst fort. »Versuchen Sie nur dann, Kontakt mit mir aufzunehmen, wenn das Ende der Welt bevorsteht, klar?«

»Ich dachte dieses Problem hätten Sie bereits mit der *Enterprise* gelöst, Sir«, entgegnete die Adjutantin und lächelte. Kirk blieb abrupt stehen und runzelte die Stirn. »Ich meinte nur ... Nun, es war ein Scherz, ein geflügeltes Wort, das hier in der Admiralität in aller Munde ist. Es bezieht sich auf die V'ger-Krise.«

»Ja, ich weiß«, brummte Kirk. »Hinter meinem Rücken nennt man mich ›Admiral Quirk‹*, nicht wahr?«

Wenn ein Coridaner errötete, gewann das Grau seines Gesichts eine malvenfarbene Tönung.

»Es ist keineswegs so, daß wir Ihre Leistungen nicht respektieren, Sir ...«

»Aber?«

»Manchmal fällt es recht schwer, für eine lebende Legen-

---

* Unübersetzbares Wortspiel: Quirk klingt wie Kirk, bedeutet aber ›Schrulle‹ oder ›Marotte‹; Anmerkung des Übersetzers.

de zu arbeiten, Sir. Besonders dann, wenn die betreffende Person so ... unten-auf-der-Erde-steht. Ist das der richtige Ausdruck?«

»Ich glaube schon«, erwiderte Kirk grimmig.

Lebende Legende! dachte er und eilte mit langen Schritten durch die Korridore. Er wollte sich von niemandem aufhalten lassen. *Wenn ich nicht dauernd in Bewegung bleibe, gießt man mich noch in Bronze. Lebende Legende! Das ist fast so schlimm wie ›Unten-auf-der-Erde-steht.‹* Die Adjutantin meinte natürlich *eine Person aus Fleisch und Blut*, aber ihr metaphorischer Fehler traf genau den Kern der Sache. Immerhin hatte Kirk den größten Teil seines Lebens im All verbracht, und wenn er sich längere Zeit auf einem Planeten befand, fühlte er sich zunehmend unwohler und wurde schrullig.

Als der Luftwagen aufsetzte, wartete Kirk darauf, daß sich die Wasserfläche wieder glättete. Er öffnete die einzelnen Segmente der Dachkuppel und genoß den ungehinderten Blick übers Meer. Er war noch nie in diesem Teil des Pazifiks gewesen und nahm mit großem Erstaunen zur Kenntnis, wie viele menschliche Siedlungen es dort gab.

Das Bild vor seinem Auge stammte aus einer Vergangenheit, von der ihn zwei Jahrhunderte trennten.

Die Unterseeboote an den Schwimmdocks weit im Westen gehörten zu *TiefUnten*, einer großen Stadt am Meeresgrund, deren urbane Komplexe von den Korallenriffen vor Brisbane bis fast zu den Salomon-Inseln reichten. Doch hier, östlich von Norfolk und im Süden Pitcairns, hatte er mit einem leeren Ozean gerechnet.

Statt dessen landete er inmitten einiger Pontondörfer, die auf einem spiegelglatten Pazifik trieben. Bestimmt gab es Abschirmungen, die vor Stürmen schützen, aber als sich Kirk vorstellte, bei Taifunen wie ein Korken auf hohen Wellen zu tanzen, schnitt er eine Grimasse. Nun, in den Siedlungen lebten Maori, Samoaner und die Nachkommen der *Bounty*-Meuterer, die sich zunächst auf Pitcairn niedergelassen hatten — widerstandsfähige und zähe Menschen, im wahrsten Sinne des Wortes mit allen Wassern gewaschen. Sie scherten sich nicht um das Wetter.

Kirk klappte die Luke des Luftwagens auf und atmete die würzige Luft tief ein. Eine wundervolle, paradiesische Szenerie breitete sich vor ihm aus, und er nahm sich vor, diesen Ort noch einmal aufzusuchen, irgendwann, vielleicht zu einem kurzen Urlaub, um die maritime Welt besser kennenzulernen. Viele Jahre lang hatte er das All durchstreift, doch auf seinem Heimatplaneten gab es noch immer einige ihm unbekannte Regionen.

Kirk verdrängte diese Gedanken und erinnerte sich an den Grund für seine Reise. Enttäuscht mußte er zur Kenntnis nehmen, daß sich seine Hoffnungen nicht erfüllten. Die Suche nach einer ganz bestimmten Tangfarm mußte erfolglos bleiben.

McCoy starrte auf den Monitor und betrachtete die Daten des Psychoprofils, das vor einigen Stunden von Jim Kirk angefertigt worden war. Als er den Schirm schließlich abschaltete, runzelte er besorgt die Stirn. Das Problem schien weitaus ernster zu sein, als er zunächst angenommen hatte.

Er aktivierte das Interkom. »Verbinden Sie mich mit dem Büro von Admiral Kirk.«

Einige Sekunden später meldete sich die coridanische Adjutantin. Mit großem Bedauern wies sie darauf hin, der Admiral sei leider nicht zugegen.

»Er hat sich den Nachmittag freigenommen?« fragte McCoy verwundert. »Was soll das heißen? Wo steckt er, zum Teufel?«

Als die Coridanerin keine Auskunft geben konnte, rief McCoy in Kirks Wohnung an und hinterließ dem Penthouse-Computer eine Nachricht. Er fragte in Alexandria nach, hielt es für möglich, daß Jim die dortige Bibliothek besuchte. Fehlanzeige. Er erkundigte sich bei Kirks Bekannten — und mußte erfahren, daß er sich schon seit einer Woche rar machte.

Seit er sich das verdammte Buch besorgt hat, dachte McCoy verärgert.

Normalerweise wäre er mit einem Achselzucken darüber hinweggegangen. Jim war erwachsen und konnte sich durchaus um sich selbst kümmern. Doch die Resultate der Psychosondierung zwangen ihn dazu, das plötzliche Verschwinden des Admirals aus einer anderen Perspektive zu sehen.

Natürlich hatte McCoy die Möglichkeit, Kirk überall zu lokalisieren. Er konnte sich auf seine Autorität als hochrangiger Medo-Offizier berufen und dafür sorgen, daß man die Signale des intrakraniellen Sensors anpeilte. Alle Flaggoffiziere mußten sich ein solches Mikrogerät implantieren lassen, wenn sie auf der Erde weilten. McCoy verabscheute solche Instrumente, sah darin eine grobe Verletzung der Privatsphäre. Er wolle sie erst nutzen, wenn ihm keine andere Wahl blieb, wenn er sicher war, daß Jim akute Gefahr drohte.

Eine Situationsbewertung, die ihm unangebracht erschien. Noch.

McCoy griff nach dem Speichermodul mit Kirks Untersuchungsdaten und machte sich auf den Weg zur psychologischen Abteilung. Er mußte dringend mit einigen bestimmten Leuten sprechen.

Kirk nahm Kurs auf das nächste Pontondorf und schaltete das Triebwerk so um, daß es wie ein Außenbordmotor reagierte. Der Bug des Luftwagens richtete sich ein wenig auf, und eine v-förmige, schäumende Heckwelle blieb hinter dem Gefährt zurück. Ein Tastendruck — und die Dachkuppel schwang ganz zurück. Nur die Windschutzscheibe blieb, und Kirk genoß die Gischt, den Wind, der ihm das Haar zerzauste. Als er sich den strahlenförmig vom Dorf ausgehenden Kais näherte, an denen Dutzende von Booten, kleinen Schiffen und Gleitern dümpelten, reduzierte er die Geschwindigkeit auf wenige Knoten, und das Fauchen der Motoren wurde zu einem leisen, fast melodischen Brummen.

Ein etwa zwölf Jahre alter Junge, nur in Shorts gekleidet, saß auf einer der Anlegestellen und ließ die Beine ins Wasser baumeln. Als er den für ihn eher exotischen Luftwagen sah, sprang er auf und winkte begeistert. Kirk drehte das Ruder und hielt auf ihn zu.

»Ahoi!« rief der Knabe, gerade laut genug, um das Surren der Triebwerke zu übertönen.

»Hallo«, antwortete Kirk.

»Koro Quintal«, sagte der Junge und deutete mit dem Daumen auf seine Brust. »Und Sie?«

Kirk zwinkerte im hellen Schein der Nachmittagssonne und musterte den Knaben, einmal mehr erstaunt über die Vielfalt der menschlichen Spezies. Koro Quintal vereinte Dutzende von genetischen Qualitäten in sich. Vorname, hagere Statur, pechschwarzes Haar, lohfarbene Haut, selbst die Angewohnheit, in unmittelbarer Nähe des Meeres nicht zu laut zu sprechen, verrieten seine maorische Herkunft. Der Nachname und die blauen Augen im gebräunten Gesicht deuteten darauf hin, daß sein Stammbaum bis zu Fletscher Christian und den anderen Besatzungsmitgliedern der *Bounty* zurückreichte. Der australische Akzent — Kirk hatte ihn nicht mehr gehört, seit Kyle zum Commander befördert und zur *Reliant* versetzt wurde — vervollständigte das Bild. Der Knabe verkörperte tausend Jahre Geschichte, stand auf einer Mole, die mitten im Pazifik schwamm, stemmte die Hände in die schmalen Hüften und lächelte.

»Jim Kirk«, stellte sich der Admiral vor.

»Bestimmt haben Sie sich verirrt«, meinte Koro und neigte den Kopf zur Seite. Sein Lächeln wuchs in die Breite.

»Vielleicht«, erwiderte Kirk ausweichend. Der knappe Wortwechsel gefiel ihm, und amüsiert wartete er auf die nächste Bemerkung des Knaben.

»Möglicherweise könnte ich Ihnen helfen«, sagte Koro und strich mit den Zehen über das Kunststoffmaterial der Anlegestelle. »Dazu müßte ich natürlich in Ihr komisches Boot klettern. Eine kleine Tour gefällig?«

»Warum nicht, Koro Quintal.« Kirk streckte die Hand aus. »Hüpf rein.«

Zweimal umkreisten sie das Pontondorf, flogen auch darüber hinweg, während Koro aufgeregt die Kontrollen bediente. Erst dann erklärte ihm Kirk den Grund seiner Reise.

»Seit das Buch erschien, kommen immer wieder neugierige Landratten hierher«, meinte der Junge, während der Luftwagen abseits der schwimmenden Häuser trieb. Sie beobachteten elegant dahinsegelnde Möwen, die krächzend den Sonnenuntergang besangen. »Aber jetzt beehrt uns zum erstenmal 'n Admiral mit seinem Besuch.«

»Hast du's ebenfalls gelesen?« fragte Kirk und schmunzelte. Er trug zivile Kleidung und hatte nicht auf seine Herkunft hingewiesen — aber ›lebende Legenden‹ schienen selbst im Pazifik bekannt zu sein.

»*Fremde vom Himmel?* Klar doch. Wir haben in der Schule darüber gesprochen. Geschichte, wissen Sie. Alles ein alter Hut, wenn Sie mich fragen. Seit mindestens hundert Jahren gibt's hier keine Tangfarmen mehr.«

»Wenn ich doch nur mit jemandem sprechen könnte, der die alten Zeiten gut kennt«, brummte Kirk. »Zum Beispiel mit einem hiesigen Historiker. Koro, wer ist hier die weiseste und klügste Person?«

»Galarrwuy«, antwortete der Knabe sofort. »Kustos des Museums auf der Osterinsel. Ein Fremder wie Sie, Admiral-Jim-Kirk.«

Wird Zeit, die Vorteile meines Rangs zu nutzen, dachte Kirk.

»Könntest du mich ihm irgendwann einmal vorstellen?«

»Warum nicht gleich?« erwiderte Koro und nahm wieder im Pilotensessel Platz. »Darf ich die Kiste steuern?«

Kirk zögerte. In diesem Bereich des Pazifiks begann schon der Abend, und die Zeitdifferenz zu San Francisco betrug drei Stunden. Ebensolange dauerte es, zur Westküste zurückzukehren. *Wenn ich morgen früh um acht nicht an meinem Schreibtisch sitze, läßt man bestimmt nach mir suchen. Und ich habe keine Möglichkeit, mich mit der Admiralität in Verbindung zu setzen.* Er beschloß, ein Risiko einzugehen. Die Fahrt zur Osterinsel führte wenigstens anderthalbtausend Kilometer weit in die richtige Richtung.

»In Ordnung.« Er nickte Koro zu. »Aber bring den Luftwagen in sein eigentliches Element zurück.« Er zeigte nach oben.

»Warum?« Koro aktivierte das Triebwerk. »Werden Sie schnell seekrank?«

»Nein, aber wenn wir fliegen, geht's wesentlich schneller.«

»Ach, ihr Landratten habt's immer so eilig«, seufzte der Junge.

»Als das Buch herauskam, ging's sofort drunter und drüber«, sagte Dr. Krista Sivertsen und bedachte McCoy mit einem nachsichtigen Lächeln. »Alle Wichtigtuer, Neurotiker und verkannten Gelehrten auf diesem Planeten traten auf die Medienbühne und behaupteten, sie hätten die Ankunft der beiden Vulkanier in früheren Inkarnationen miterlebt. Manche fügten hinzu, ihre Flucht unterstützt oder ihnen dabei geholfen zu haben, sich als Menschen zu tarnen. Einige Oberspinner stellten sich dreist als direkte Nachkommen des angeblich ausgesprochen promiskuinen Sorahl vor. Die historische Bedeutung des Buches kann ich nicht beurteilen, aber in der Psychiatrie führt es zum Chaos. Als mir der Admiral erklärte, warum Sie ihn zu mir schickten, dachte ich: Nein, unmöglich. Er läßt sich von einer derartigen Hysterie nicht anstecken. Er ist stark und realistisch, eine vollständig in sich ruhende Persönlichkeit. McCoy will mir bestimmt einen Streich spielen. Bis ich die Ergebnisse der Untersuchung sah.

Lassen Sie es mich folgendermaßen ausdrücken, Leonard: Wenn ich Ihnen einen Patienten schicke, bei dem Sie eine gefährliche ansteckende Krankheit diagnostizieren ... Könnte ich Sie dazu überreden, ihn aus der Quarantäne zu entlassen? Wären Sie bereit zu riskieren, daß er andere infiziert?«

»Himmel, er stellt keine Gefahr für seine Mitmenschen dar!« protestierte McCoy. »Ich überwache ihn rund um die Uhr, solange er bei Ihnen in Behandlung ist. Meine Güte, Sie können jemanden wie Jim Kirk nicht einfach von seinen Pflichten entbinden und erwarten, daß er hübsch brav zu Hause bleibt und sich die Zeit damit vertreibt, an die Wand zu starren.«

»Ganz im Gegenteil«, erwiderte die langbeinige und blonde Psychiaterin. »Ich möchte ihn hier bei uns unterbringen. Ich würde nicht einmal zögern, ihn mit Sedativen vollzupumpen und in eine verdammte Zwangsjacke zu stecken, wenn es notwendig werden sollte.«

McCoy räusperte sich. Schon seit einer geschlagenen Stunde diskutierte er mit Dr. Sivertsen, und seine Stimme klang nicht mehr ruhig und glatt, sondern heiser und rauh. Während er nach einem Argument suchte, dem sich Krista nicht widersetzen konnte, sah er sich in ihrem gemütlich eingerichteten Büro der psychologischen Abteilung um. Es wirkte eher wie die Suite eines Luxushotels, wies kaum Ähnlichkeiten mit einer psychiatrischen Praxis auf. Es fehlte die Liege, auf der sich die Patienten ›entspannen‹ sollten — die aber in vielen ein Gefühl hilfloser Blöße weckte. Statt dessen gab es eine mit diversen Getränken bestückte Bar, von der Sivertsen kühn behauptete, sie sei integraler Bestandteil ihrer eher eigenwilligen Behandlungsmethoden.

McCoy kannte Krista schon seit vielen Jahren und erinnerte sich daran, daß sie als Studentin seine Vorlesungen besucht hatte. Damals, als er noch — unglücklich — verheiratet gewesen war. Er entsann sich an die langen, wohlgeformten Beine in der ersten Reihe des Hörsaals, an ein bezauberndes Lächeln, das verdeutlichte, was ihm das Leben vorenthielt. McCoy seufzte lautlos und rief sich zur Ordnung. *Es hat keinen Sinn, jenen Teil meiner Vergangenheit heraufzubeschwören.*

»Krista, seien Sie doch vernünftig ...«

»Ich *bin* vernünftig, Leonard.« Auch ihre Gedanken kehrten zum Studium zurück, zu einem McCoy, der sich durch trockenen Humor auszeichnete und dessen Lächeln manchmal recht traurig wirkte. Die gemeinsam an der Universität verbrachten Jahre schufen ein unzerreißbares Band der Freundschaft zwischen ihnen. »Sie haben das Psychoprofil gesehen, und Sie wissen auch, was es bedeutet. Um Ihnen die veränderten Strukturen ins Gedächtnis zurückzurufen ...«

Sie betätigte eine Taste, und auf dem Schirm leuchtete ein von Datenfolgen begleitetes Schema auf.

»Hier«, fügte Krista hinzu und deutete auf die Anomalien.

»Multilaterale Funktionsstörung in den unterbewußten mnemonischen Strukturen, begleitet von lokalen Beeinträchtigungen der Kurzzeit-Fokalerinnerung.«

»Ja«, gestand McCoy widerstrebend ein.

Krista löschte die Schirmdarstellung, griff nach einem Kristallschreiber und drehte ihn nachdenklich hin und her. »Wenn so etwas unbehandelt bleibt, könnten die Folgen in einer drastischen Streßzunahme bestehen. Außerdem besteht die Gefahr selektiver Amnesie und eines sich verschlimmernden Verwirrungszustands. Sogar latente Schizophrenie wäre denkbar.« Sie beugte sich vor, berührte McCoy sanft am Arm. »Daher ist es nur vernünftig, eine unverzügliche Behandlung des Patienten vorzuschlagen. Kirk braucht Hilfe, Leonard. Dringend.«

McCoy dachte konzentriert nach und rang um seine Fassung. Wie hatte so etwas passieren können?

»Leonard?« Krista Sivertsen sprach nun nicht mehr als Psychiaterin, sondern schlüpfte in die Rolle einer guten Freundin. Ihre Hand ruhte noch immer auf McCoys Arm. »Ich weiß, wie nahe er Ihnen steht. Ich möchte ihm nur helfen.«

»Das ist mir klar, Krista«, erwiderte McCoy geistesabwesend und strich kurz über ihre Finger. » Es ist nur ... Ich begreife die ganze Sache nicht. Daß so etwas ausgerechnet einem Mann wie Jim Kirk zustößt ... Warum? Welche Ursachen stecken dahinter?«

»Das wissen wir nicht genau«, antwortete Krista und schaltete ihr Selbst in den Berufsmodus zurück. »Erst seit kurzer Zeit werden solche Leiden einer getrennten Kategorie zugeordnet. Früher glaubte man, sie als eine Art von Schizophrenie diagnostizieren zu müssen, und die Behandlung führte nur zu geringen Erfolgen. Bisher habe ich solche Phänomene nur bei Drogensüchtigen beobachtet.«

Die nächsten Worte wählte sie mit besonderer Sorgfalt.

»James T. Kirk ist ein ausgesprochen dynamischer Mann, und manchmal fällt es solchen Leuten schwer, sich an einen rein planetaren Dienst zu gewöhnen. Wäre es möglich, daß er mit den neuen synthetischen Amphetaminen experimentiert, die in Geheimlaboratorien hergestellt und in bestimmten Geschäften unter dem Ladentisch gehandelt werden?«

»Das ist völlig ausgeschlossen!« entfuhr es McCoy. »Kirk weiß ebensogut wie wir, daß solche Stoffe eine umfassende Persönlichkeitsveränderung hervorrufen können. Er hat nie irgendwelche Drogen genommen, und er wird auch in Zukunft die Finger davon lassen.«

»Tut mir leid«, sagte Krista leise. »Ich wollte nur ganz sicher sein, daß wir diesen Punkt von der Liste möglicher Ursachen streichen können. Nun, in diesem besonderen Fall gibt es viele Variablen, die es zu berücksichtigen gilt. Ich habe mich mit Kirks Krankengeschichte befaßt, bevor ich Ihnen die Ergebnisse der Psychosondierung schickte. Es ist in höchstem Maße erstaunlich, wie oft das Bewußtsein des heutigen Admirals während seiner Jahre im Raum manipuliert wurde. Vielleicht kommt eins der alten Traumen als Auslöser in Frage ...«

McCoy runzelte die Stirn und erinnerte sich. Sargon, Parmen, Janice Lester — sie alle hatten direkten oder zumindest mittelbaren Einfluß auf Kirks Geist ausgeübt. *In seiner Seele haben mehr Leute herumgespukt, als ich zählen kann!*

»Es ist nicht einmal auszuschließen, daß durch eine vulkanische Mentalverschmelzung gravierende Veränderungen in destabilen Persönlichkeiten bewirkt werden«, sagte Krista Sivertsen. Sie hatte Kirk erst am vergangenen Morgen kennengelernt, als er ihr Büro betrat, aber wer kannte nicht die vielen Geschichten über ihn und einen gewissen Vulkanier? »Verstehen Sie, was ich meine, Leonard?«

»Ja. Ja, ich kann Ihnen folgen. Aber ...« Ihm fiel plötzlich etwas ein. »Eine Frage, Krista: Halten Sie es für möglich, daß die Veränderungen in Jim Kirks Bewußtsein durch eine vulkanische Mentalverschmelzung *rückgängig* gemacht werden können?«

Die Psychiaterin musterte ihn einige Sekunden lang und holte tief Luft. »Kommen Sir mir bloß nicht damit«, erwiderte sie in einem fast drohenden Tonfall. Sie hatte auch von McCoys Beziehungen zu einem ›gewissen Vulkanier‹ gehört. »Wenn Sie an so etwas denken ... Warum sind Sie dann nicht sofort zu einem vulkanischen Heiler gegangen? Nein, Sie haben sich an mich gewandt, und daher liegt die Verantwortung an mir. Reine Freundschaftsdienste und spitzohrige Magier helfen dem Admiral nicht weiter.« Sie lächelte, aber McCoy blieb ernst und besorgt. »Vertrauen Sie mir, Leonard. Mit den heutigen Techniken bringen wir ihn innerhalb von ein oder höchstens zwei Wochen auf Vordermann. Warum nimmt er nicht einfach Urlaub? Niemand braucht etwas zu erfahren — wenn Sie alles mir überlassen.«

»Und ... wann?« fragte McCoy unsicher.

»So schnell wie möglich. Heute abend. Ich sorge dafür, daß ein Bett für ihn frei wird. Wo ist Admiral Kirk jetzt?«

»Genau darin besteht das Problem«, brummte McCoy. »Ich weiß es nicht.«

»Geschätzte Flugzeit bis nach Sol III?« fragte Spock seinen Navigator.

»Sieben solare Tage, Captain«, erwiderte Lieutenant Mathee. »Wenn Sie einen genauen Zeitpunkt für Ihren Logbucheintrag benötigen, Sir: Sternzeit 8097,4.«

»Danke«, sagte Spock ruhig und verbarg seine Ungeduld. »Steuermann, halten Sie Warp zwei. Wir kehren heim.«

Aber es dauert zu lange, dachte er. *Viel zu lange.*

Rapa Nui. Osterinsel. Der Nabel der Welt. Es gab viele Namen für die kleine Landmasse. Kirk hatte natürlich schon von ihr gehört und die riesigen, dem Meer zugewandten Statuen in holografischen Bildern betrachtet; er kannte ihre Geschichte zumindest in groben Zügen.

Dennoch erwartete ihn eine Überraschung: Die ganze Insel diente als Südpazifik-Museum, dessen Zentrum aus einer ultramodernen Glas- und Rhodinium-Konstruktion bestand. Das Gebäude erhob sich dicht vor Rano Raraku, dem Vulkankrater im Osten.

Und der Kustos des Museums erstaunte ihn ebenfalls.

Dr. Galarrwuy Nayingul gehörte zu den australischen Ureinwohnern, den sogenannten Aborigines: dunkle Haut, tief in den Höhlen liegende Augen, kleiner als Kirk, dafür aber breiter und massiger. Er wirkte so unbeweglich wie ein Fels, wie ein Baum, der seine Wurzeln tief in die Erde gegraben hatte. Sein Volk gehörte zu den ältesten ethnischen Gruppen Terras, und das spürte man sofort: Er schien in eine Aura der Weisheit gehüllt. Langes weißes Haar und ein dichter Bart umrahmten sein zeitloses Gesicht. Neuntausend Kilometer trennten die Osterinsel von Nayinguls Geburtsort bei Darrinbandi; er war wesentlich weiter von seiner Heimat entfernt als Kirk.

»Es ist mir ein Vergnügen, Admiral«, sagte er freundlich, als Koro die beiden so unterschiedlichen Männer einander vorstellte.

Er schüttelte Kirk die Hand und klopfte ihm auf die Schulter, so als seien sie alte Freunde. »Darf ich fragen, was Sie in unsere kleine und — wenn Sie den Ausdruck gestatten — profane Welt führt?«

Kirk schmunzelte. Der Kustos hatte eine angenehm

vibrierende, volltönende Stimme, und sein Lachen klang irgendwie kosmisch.

»Neugier, Dr. Nayingul.«

»Bitte nennen Sie mich Galarrwuy. Oder einfach Galar, wenn Ihnen das zu lang ist.«

»Galarrwuy«, sagte Kirk und formulierte den Namen mit der gebotenen Sorgfalt. »Ich suche nach etwas, von dem Koro meinte, es sei inzwischen seltener als der amerikanische Bison. Eine frühere Tangfarm.«

»Ah«, machte Galarrwuy. Er führte Kirk und den plötzlich recht schüchternen und zaghaften Koro durch die Korridore des für den Abend geschlossenen Museums. In den Schaukästen ruhten Artefakte der mikronesischen Handwerkskunst; maorische Vogelmasken erhellten sich automatisch, als sie an ihnen vorbeiwanderten. »Sie haben Das Buch gelesen.«

»Ich wollte nicht wie ein Tourist klingen«, erwiderte Kirk. »Bestimmt kommen mehr als genug Schaulustige hierher.«

»Das schon. Aber ich empfange nur diejenigen, die ich für würdig halte. Was bei Ihnen der Fall ist.« Galarrwuy öffnete die Tür seines privaten Büros, bot dem Admiral einen bequemen Sessel an und holte frischen Ananassaft. Er musterte Koro einige Sekunden lang und warf dann einen demonstrativen Blick auf die Uhr. »Es wird Zeit für dich, Junge«, sagte er onkelhaft. »Du mußt bald heimkehren.«

»Ach, Galar, komm schon«, wandte der Knabe ein und sah die beiden Männer nacheinander an. Offenbar versuchte er festzustellen, wer für sein Betteln empfänglicher war. »*Morla el do!* Morgen früh ist früh genug! Ich bin mitgekommen, um zuzuhören.« Und mit kindlicher List: »Um etwas für meine Bildung zu tun.«

»Ich meine es ernst«, sagte Galarrwuy unbeeindruckt. »Deine Familie weiß vermutlich, daß du mich besuchst, aber sicher fällt es ihr auf die Nerven, jedesmal anzurufen, wenn du stiftengehst. Setz dich und trink deinen Saft. Anschließend machst du dich auf den Weg nach Hause. Nimm mein Boot.«

Der Junge seufzte, hockte sich still in eine Ecke und hoffte wahrscheinlich, daß ihn die Erwachsenen nach einigen Minuten vergaßen.

»Sie möchten Informationen über die alten Tangfarmen«, wandte sich Galarrwuy an Kirk. Es war keine Frage, nur eine Feststellung. »Um mehr über Tatya und Yoshi zu erfahren, die nichtsahnend in ihrer Agrostation schliefen, als in einer klaren Nacht vor zweihundert Jahren Fremde vom Himmel kamen, unsere kosmischen Brüder, die Vulkanier. Sie möchte noch einmal erleben, wie es ihnen damals erging.«

»›Noch einmal erleben‹?« Kirk schürzte die Lippen. »Ich finde es bemerkenswert, daß Sie ausgerechnet solche Worte wählen. Ich kann mich nämlich kaum des Eindrucks erwehren, die damaligen Ereignisse direkt miterlebt zu haben.«

Galarrwuys sanfter Blick wurde durchdringend.

»Ach? Gehören Sie zu den Reinkarnationisten, James Kirk?«

»Nein. Das glaube ich nicht. Besser gesagt: Ich glaubte es nicht.« Er gestikulierte hilflos. »Ich weiß nicht mehr, was ich davon halten soll.«

Er erzählte dem Kustos von seinen Träumen.

Kurzes, bedeutungsvolles Schweigen schloß sich an.

»Koro«, sagte Galarrwuy schließlich. »Es ist soweit.«

»Ich störe hier niemanden«, klagte der Junge. Er hatte mit großem Interesse zugehört. »Bitte, Galar, laß mich bleiben, ja?«

Der Australier wartete, schien zumindest zu ahnen, welche Worte der Knabe an ihn richten wollte.

»Du willst ihn mit der Traumzeit vertraut machen, nicht wahr? Du hast mir versprochen, sie auch mit mir zu teilen. Wenn ich alt genug bin. Und das ist inzwischen der Fall. Warum darf ich nicht bleiben?«

»Koro«, entgegnete Galarrwuy nach einer Weile. Er

sprach ganz ruhig, ließ sich jedoch nicht erweichen. »Du kehrst heim. *Jetzt sofort.*«

Kirk spürte, wie sich ihm die Nackenhaare aufrichteten. Bisher hatte er angenommen, nur Vulkanier seien in der Lage, allein mit ihren Stimmen solche Macht zu entfalten.

Auf welche Autorität sich der Kustos auch berief: Koro gehorchte. Er eilte aus dem Zimmer, und kurze Zeit später beendete das Heulen eines Luftbootes die fast unheimlich anmutende Stille. Als es verklang, stand Galarrwuy auf, trat ans Fenster heran und sah stumm nach Westen. Kirk wartete.

»Koro ist jung«, murmelte der Australier schließlich. Es klang wie eine Entschuldigung. »Und *eeyulla*, wie man auf den Inseln sagt — er hält sich für zu wichtig.«

»Kinder müssen lernen«, sagte Kirk, der innerhalb weniger Stunden großen Gefallen an dem Knaben gefunden hatte.

»Nach den Maßstäben meiner Vorfahren wäre er schon seit drei Jahren ein Mann«, kommentierte Galarrwuy ernst und wandte dem Admiral nach wie vor den Rücken zu. »Wenn er die Wüstenprüfung überlebt hätte. Die heutige Jugend ist viel zu verwöhnt und undiszipliniert.«

»Ich glaube, daran hat sich über die Jahrhunderte hinweg nichts geändert«, warf Kirk ein und lächelte, dachte daran, daß die letzten Worte Galarrwuys auch von einem Vulkanier hätten stammen können. Er sah in dem Kustos einen Mann, der sein bedingungsloses Vertrauen verdiente. »Wenn ich mich recht entsinne, werden ähnliche Bemerkungen auch Sokrates zugeschrieben.«

Galarrwuy lachte leise und drehte sich um.

»Sie haben recht.« Übergangslos wurde er sehr ernst. »Wissen Sie, was es mit der Traumzeit auf sich hat, James Kirk?«

»Ich weiß nur, daß sie einst die gesamte mündlich überlieferte Geschichte Ihres Volkes umfaßte«, erwiderte Kirk vorsichtig. »Es gab Lieder, die ein genaues Bild der Zukunft beschrieben. Höhlenmalereien, die schon vor tausend Jahren Flugzeuge darstellten. Bisher nahm ich an, Außenstehenden sei die Teilnahme an entsprechenden Ritualen verwehrt.«

»Das stimmt nur zum Teil«, sagte Galarrwuy. Kirks Kenntnisse überraschten ihn nicht — er hatte damit gerechnet, daß ein solcher Mann gut informiert war.

Im Zimmer schien es plötzlich dunkler zu werden, so als absorbiere irgend etwas das Licht. Die Konturen von Galarrwuys Gestalt verschwammen, und nach einigen Sekunden sah Jim nur noch seine Augen. Er schauderte unwillkürlich, als einige der ausgestellten Artefakte nicht mehr ganz so leblos wirkten.

»Am Ende des zwanzigsten Jahrhunderts«, begann der Kustos und nahm Kirk gegenüber Platz, »war mein Volk fast ausgestorben. Die Überlebenden gaben ihre uralte Kultur zugunsten der Traditionen des weißen Mannes auf, und damit nahmen sie sich selbst die Existenzgrundlage. Nur einige wenige bewahrten das Alte und lernten schließlich, es mit dem Neuen zu vereinbaren.

Heute geht es uns besser als jemals zuvor, und die Traumzeit wird als eine von vielen ›berechtigten‹ Methoden anerkannt, die Wunder der Schöpfung zu erkunden. Trotzdem halten viele Uneingeweihte das Singen noch immer für Unfug.«

Kirk gewann den Eindruck, als versuche Galarrwuy, ihm eine Lösung seiner Probleme anzubieten. Ein Teil seines Ichs klammerte sich an Hoffnung fest, während der andere zweifelte und fragte: *Kann es funktionieren? Kann die Traumzeit nicht nur die Zukunft vorhersagen, sondern auch die Vergangenheit erklären?* Er war bereit, alles zu versuchen, um die Stimmen und Schreckensbilder aus seinen Träumen zu verbannen.

»Ich habe viele Welten besucht, Galarrwuy«, erwiderte er. »Und mußte mich dabei schon bald einer wichtigen Erkenntnis stellen: Was für den einen Unfug sein mag, ist für den anderen Wissenschaft und für einen Dritten Religion. Ich habe mich immer bemüht, für alles Neue offen zu bleiben.«

Der Kustos lachte erneut, und wieder klang es kosmisch und weise, fast wie eine Offenbarung.

»Bei uns heißt es: ›Man darf dem Neuen gegenüber nicht so offen sein, daß man das Alte vergißt.‹« Wieder wich das Lächeln jähem Ernst. »Nun, ich habe die Erde nie verlassen, zumindest nicht körperlich. Und doch teile ich Ihre Erfahrungen, James Kirk. Die Träume, an denen Sie so sehr leiden ... Sie haben eine Bedeutung.«

»Galarrwuy, Sie klingen wie ein Vulkanier.« Kirk schmunzelte amüsiert.

»Glauben Sie? Nein, ich klinge wie ein Mensch, der unter dem Einfluß von Vulkaniern und vielen anderen interessanten Intelligenzen gelebt hat. Ist Ihnen klar, wie sehr die Völker der Föderation inzwischen voneinander abhängen? Ganz gleich, zu welcher Realität Ihre Visionen gehören: Sie müssen in jene Art der Wirklichkeit zurückkehren, dort die historische Entwicklung bestätigen und dafür sorgen, daß Ihre Träume keine feste geschichtliche Substanz gewinnen.«

Kirk versuchte zu verstehen, was der Kustos meinte.

»Mit anderen Worten: Sie halten mich nicht für verrückt? Sie glauben, es gebe eine alternative Realität, die sich in meinen Träumen widerspiegelt?«

»Ich glaube, daß Sie das glauben«, sagte Galarrwuy eindringlich. »Und mit alternativen Realitäten kennen Sie sich wesentlich besser aus als ich. Die Logbücher der *Enterprise* sind in den elektronischen Archiven von Memory Alpha gespeichert, und ich habe sie gelesen. Bitte sagen Sie mir: Was ist die Realität?«

Kirk schüttelte den Kopf, als wolle er auf diese Weise Ordnung in seine Gedanken bringen. Ratlos zuckte er mit den Schultern.

»Ich weiß es nicht mehr. Können Sie mir helfen?«

»Ich will es versuchen. Doch was ich Ihnen vorschlagen werde, bringt Sie vielleicht in eine weitaus größere Gefahr.«

Warum zögere ich? dachte Kirk. Er fühlte, wie Furcht

einen Kloß im Hals bildete, in seiner Magengrube etwas zusammenkrampfte. *Warum ist es soviel leichter, äußeren Bedrohungen zu begegnen, als sich dem Schrecken im eigenen Innern zu stellen? Wenn Spock hier wäre, hätte ich überhaupt keine Bedenken.* Er kämpfte gegen die in ihm zitternde Angst, zerfaserte sie, bis nur noch Verwirrung blieb. Er konnte sie nicht ganz aus sich verdrängen. Nicht allein.

Spock befindet sich noch immer viele hundert Lichtjahre entfernt an Bord der Enterprise. *Bis er zurückkehrt, ist es vielleicht schon zu spät.* Kirk mußte einen menschlichen Führer akzeptieren, der ihn zu jenen Sphären führte, in denen sich Vulkanier gut auskannten. Die größere Gefahr drohte nicht etwa durch sofortiges Handeln, sondern durch eine passive, abwartende Haltung.

»Ich habe es nicht bis zum Admiral gebracht, indem ich Risiken scheute«, sagte er fest und klang dabei weitaus sicherer, als er sich fühlte.

»Was meine Einschätzung bestätigt«, entgegnete Galarrwuy und musterte Kirk aufmerksam. »Also gut: Singen Sie mit mir.«

Von einem Augenblick zum anderen verdichteten sich die Schatten im Zimmer, und es wurde völlig finster.

5

Sorahl und T'Lera erwarteten das Unvermeidliche in Form eines stählernen Leviathan — eines riesigen Schiffes, das nicht durch die Leere zwischen den Sternen glitt, sondern die Ozeane der Erde durchpflügte und den Namen eines legendär gewordenen Wesens trug.

»*Delphinus.*« Sorahl sah durchs Fenster und sah den Namen am Bug. Das gewaltige Gebilde war wie gestaltgewordenes Schicksal, vermutlich mit Waffen ausgestattet, die eine ganze Stadt zerstören konnten. Die beiden Vulkanier hatten nicht die geringste Chance. »Eine Unterspezies der Gattung *Cetacea*, nicht wahr? Ich meine Delphine. Die Wale sind doch ausgestorben, oder?«

»Zu Beginn dieses Jahrhunderts irdischer Zeitrechnung«, erwiderte T'Lera und fragte sich, warum ein intelligentes Volk so etwas zuließ und nicht rechtzeitig Maßnahmen zum Schutz solcher Tiere ergriff. Jetzt gab es sie nur noch in Erinnerungen und zoologischen Holodokumentationen. Einige Sekunden lang musterte die Kommandantin ihren Sohn. Er wußte die Antwort auf seine Fragen. *Warum hat er noch immer das Bedürfnis zu sprechen, obwohl er sich lange mit den beiden Terranern unterhalten hat, während ich in der Heiltrance lag?* »Du hast ihnen alles erzählt?«

Sorahl wandte sich vom Fenster ab, mied jedoch den Blick seiner Mutter.

»Ich gab ihnen die Auskünfte, die sie wünschten«, sagte er. Er versuchte nicht, sich zu entschuldigen oder zu rechtfertigen — es war schlicht und einfach eine Erklärung. »Sie stellten mir viele Fragen. Ich fühlte mich verpflichtet, ihre Neugier zu befriedigen, Mutter. Ihnen mit Halbwahrheiten zu begegnen, erschien mir weder klug noch moralisch vertretbar; die später deutlich werdenden Widersprüche hätten unsere Lage noch verschlimmern können. Und durch mein Schweigen wäre nur die Furcht der Menschen stimuliert worden. Ich hielt es für logisch, ihre Ängste zu zerstreuen, bis meine Kommandantin handlungsspezifische Entscheidungen treffen kann. Siehst du darin einen Fehler?«

An deiner Stelle hätte ich mich sicher anders verhalten. Aber T'Lera sprach diesen Gedanken nicht laut aus.

»Du bist deiner eigenen Logik treu geblieben«, sagte sie ohne ihre typische Ironie. »*Kaiidth!* Was geschehen ist, muß akzeptiert werden. Und ich bin nicht länger deine Kommandantin.«

Sorahls Züge brachten Verwirrung zum Ausdruck.

»Was meinst du damit?«

»Der von Präfekt Savar für unsere Erkundungsschiffe bestimmte Befehlsstatus läßt sich nicht unter planetaren Bedingungen zur Anwendung bringen«, erläuterte T'Lera. Sie wies nicht darauf hin, daß sie sich durch Savars Versäumnis, keine Verhaltensregeln für den Aufenthalt auf einer fremden Welt zu entwickeln, mit einer außerordentlich komplexen und schwierigen Situation konfrontiert sah. Doch Savars Logik hatte nicht die besonderen Umstände berücksichtigen können, aus denen ihre Präsenz auf der Erde resultierte. »Es gibt zu viele unbekannte Faktoren. Es ist unlogisch, wenn ein Kommandant angesichts einer Lage Gehorsam verlangt, die er nicht genau genug zu beurteilen vermag. Deshalb bin ich jetzt nur noch deine Mutter, Sorahl-*kam*. Außerdem bist du längst erwachsen und hast daher das Recht, eigene Entscheidungen zu treffen. Ich entbinde dich hiermit von den Verpflichtungen deines Eids. Hör von nun an auf die Gebote deiner persönlichen Logik.«

Sorahl hob den Kopf und musterte seine Mutter, sah das Blitzen in ihren Augen, erkannte in ihrem Blick all das, was T'Leras Wesen determinierte.

Und er erinnerte sich an die jüngsten Ereignisse.

Unmittelbar nach der Selbstheilung verließ T'Lera das seltsame, mit Wasser gefüllte Bett der Menschen, wanderte im Zimmer auf und ab und gewann einen ersten Eindruck von der ihr fremden Welt. Sie blieb am Fenster stehen, betrachtete die Tangfelder, wandte sich dann wieder um und trat an den Spiegel heran, der über Tatyas Frisierkommode hing. Mit kühler Rationalität beurteilte sie die Folgen der Verletzungen auf ihr äußeres Erscheinungsbild.

Die terranische Heilerin hatte es nicht gewagt, ihre Patientin zu sehr zu bewegen. Der Grund bestand angeblich in der Sorge, die Verletzungen der Vulkanierin zu verschlimmern, aber T'Lera hielt das nur für einen Teil der Wahrheit. Nun, es spielte eigentlich keine Rolle. Tatiana hatte sie in eine Steppdecke gehüllt, ohne die verbrannten und verschmorten Teile der Uniform zu entfernen. Sie erwachte mit zerzaustem, verklebtem Haar — und einem entstellten Gesicht. Die Gewebewunden waren inzwischen ausgeheilt, doch der gebrochene und anschließend wieder zusammengewachsene Knochen zwang ihre Nase in eine betont schiefe Form, wodurch T'Leras ästhetische Würde in einem Ausmaß beeinträchtigt wurde, das zumindest Unbehagen in ihr weckte.

Aber die Aura ihrer Autorität erwies sich als ebenso beständig wie die innere Stabilität ihres Selbst. Die Augen zeigten deutlich, daß sie noch immer die Kommandantin war, die eine wichtige Erkundungsmission geleitet hatte. Die physische Hülle mochte beschädigt sein, aber der Kern blieb, fest und unerschütterlich.

»Mit dem gebührenden Respekt, Commander«, sagte Sorahl förmlich und besann sich auf seine eigene Würde. »In Weisheit und Erfahrung sind Sie mir weit überlegen. Daher fühle ich mich nach wie vor an den Eid gebunden.«

»Ich bin geehrt.« T'Lera neigte kurz den Kopf. »Doch vulkanische Weisheit und Erfahrung nützen nicht viel in einer von Menschen bestimmten Situation. Meine Logik versagt, wenn ich mir vorzustellen versuche, wie sich die offizielle Erde verhalten, wie sie uns begegnen wird. In dieser Hinsicht ist mein Wissen ebenso beschränkt wie deins, Sorahl-*kam*.«

»Trotzdem beuge ich mich deinem Willen als Kommandantin«, beharrte der junge Mann und legte sein Leben damit in zwei fähige, kompetente Hände.

Sein Vertrauen weckte Stolz und Zuneigung in T'Lera. Eine menschliche Mutter hätte ihren Sohn jetzt vielleicht umarmt, aber die Vulkanierin erlaubte sich keine derart emotionale Reaktion.

»Bist du sicher?« fragte sie. »Vielleicht muß ich dir irgendwann einen Befehl erteilen, der deinen Tod zur Folge haben könnte.«

»Das ist bereits geschehen«, erwiderte Sorahl und meinte damit die Einleitung der Selbstzerstörungssequenz an Bord des Erkundungsschiffes. »Ich habe gehorcht.«

»Ja, das stimmt«, bestätigte T'Lera knapp. »Nun gut. Ich akzeptiere deine Treue, Navigator. Unter zwei Bedingungen. Erstens: Deine Loyalität darf dich nicht daran hindern, mir zu widersprechen, wenn du glaubst, mir unterliefe ein Fehler.«

»Einverstanden«, entgegnete Sorahl sofort. Aus einem Reflex heraus nahm er eine respektvolle Haltung an. Er stand kerzengerade, die Hände auf den Rücken gelegt, begegnete dem Blick seiner Vorgesetzten weder mit Stolz noch mit Unterwürfigkeit.

»Zweitens...«, fuhr T'Lera fort und nahm das disziplinierte Verhalten ihres Sohnes nur beiläufig zur Kenntnis. Als Kommandantin setzte sie so etwas voraus. »Es wird keine Diskussionen mehr darüber geben, welche Vor- oder Nachteile es hat, unsere Präsenz den Erdbewohnern zu offenbaren. Die Theorie hat in unserem Fall ihre Bedeutung verloren. Wir sind hier, wenn auch nicht aus freiem Willen, und wir müssen uns mit den Konsequenzen abfinden, die sich aus unserer Anwesenheit ergeben. In diesem Punkt dulde ich keinen Widerspruch.«

Ein Mensch hätte das kurze Zögern Sorahls wahrscheinlich gar nicht gemerkt. Aber T'Lera war Vulkanierin.

»Ich...«, begann er, doch seine Mutter winkte ab.

»Ich finde es durchaus angebracht, daß du nachdenkst,

bevor du Antwort gibst«, sagte die Kommandantin. »Ich weiß jetzt, welche Pflicht mir zukommt.«

Draußen am Kai fand eine ganz andere Auseinandersetzung statt.

»Die Verletzung Ihres Fußknöchels ...«, brummte Jason Nyere. »Wie kam es dazu?«

Yoshi hatte die purpurne Schwellung ganz vergessen, erinnerte sich an die gerissene Trosse — und verfluchte sich stumm, weil er Shorts trug und keine langen Jeans. Aber vermutlich wäre Jason ohnehin darauf aufmerksam geworden. Der Kapitän der *Delphinus* stand in einem kleinen Boot, etwa auf Augenhöhe mit dem Metalldeck der Agrostation. Er sah zu Yoshi auf, und in seinen schiefergrauen Augen zeigte sich nur Neugier, weiter nichts. *Warum habe ich trotzdem das Gefühl, als schnüre mir irgend etwas die Kehle zu?* dachte der Agronom.

»Oh, ich ... ich bin gestern im Tragflächenboot ausgerutscht«, stotterte er unsicher. »Das Wetter verschlechterte sich plötzlich, und es herrschte ziemlich hoher Wellengang. Mann, ich wäre fast über Bord gespült worden.«

»Sie sind doch alles andere als tolpatschig oder schwerfällig«, sagte Nyere in einem väterlichen Tonfall. »Nun, wie dem auch sei: Ich habe gar nicht damit gerechnet, Sie hier anzutreffen. Ich dachte, Sie seien draußen, um Sturmschäden zu reparieren.«

»Tja, äh, wissen Sie, ich bin erst ziemlich spät aus den Federn gekommen«, erwiderte Yoshi, spiegelte Verlegenheit vor und fand den erhofften Ansatzpunkt für eine der Geschichten, die er für diese Gelegenheit vorbereitet hatte. »Gestern abend hatten Tatya und ich einen ... nun, einen kleinen Streit. Nichts Weltbewegendes. Das ständige Zusammenhocken und so. Lautes Geschrei und ein paar Teller und Tassen, die zu Bruch gingen. Sie wissen ja, wie so was ist. Manchmal sind solche Dinge unvermeidlich.«

»Mhm.«

Jason Nyere wartete im dümpelnden Boot, die Hände

tief in die Taschen der Windjacke geschoben. Er musterte den jüngeren Mann, der seinem Blick auswich, den fernen Horizont beobachtete, auf die Füße starrte — und sogar schauderte, als er die dunkle Masse der *Delphinus* sah. Immer wieder strich er sich das Haar aus der Stirn. Jason hatte ihn noch nie so nervös erlebt.

»Nun, ich will damit nur sagen, daß wir kaum geschlafen haben«, fuhr der Agronom fort. »Derzeit herrscht bei uns ein ziemliches Durcheinander. Normalerweise würde ich Sie hereinbitten, aber Tatya möchte niemanden sehen, und ich ziehe es vor, ihr aus dem Weg zu gehen, bis sie sich ein wenig beruhigt hat. Sie kennen ja ihr Temperament.«

Allerdings, dachte Jason. *Und ich weiß auch, was mit dir los ist. Ein Streit? Von wegen! Warum sagst du mir nicht endlich die Wahrheit? Warum machst du es dir so schwer?*

Sawyer hatte den Captain zornig angestarrt, als er entschied, allein zur Agrostation zu fahren.

»Vorschrift 17-C, Absatz 3«, sagte sie, als Nyere im Kabinenschrank kramte und überlegte, welche der Uniformen weniger bedrohlich auf irgendwelche Fremde von den Sternen wirkte. Aufgrund seiner langjährigen militärischen Erfahrungen wußte er, daß man sich besonders leicht eine Kugel einfangen konnte, wenn man eine Menge Lametta zeigte. Unterdessen zitierte Melody: »›Alle Objekte, die in die irdische Atmosphäre eindringen und von jenseits der üblichen Standardorbits stammen — wie in Absatz 2 beschrieben —, gelten zunächst als strahlen- oder mikrobenverseucht und stellen somit eine potentielle Gefahr dar. Besagte Objekte, irgendwelche Teile davon oder Lebensformen, die darin gefunden werden, müssen mit äußerster Vorsicht behandelt werden. Die Verwendung von Strahlenschutzanzügen ist eine unabdingbare Notwendigkeit ...‹«

»Hören Sie endlich auf damit, Sawyer«, knurrte Jason. Er wählte eine relativ schlichte Kombination und streifte eine Windjacke über, die nur mit einem kleinen Rangabzeichen ausgestattet war. In dieser Aufmachung wirkte er fast wie ein Zivilist. Aber eben nur fast. »Wenn es in Agro III irgendwelche gefährlichen Viren gibt, könnten Tatya und Yoshi bereits tot sein. Dann wären wir auch an Bord der *Delphinus* bedroht. Soll ich etwa alle Besatzungsmitglieder unter eine verdammte Quarantäne stellen? Oder glauben Sie, fremde Mikroben fürchten sich vor dem Wasser und warten hübsch brav ab, bis wir die Station betreten?«

»Trotzdem sollten Sie einen Strahlenschutzanzug anziehen«, beharrte Melody.

»Wozu?« fragte Jason scharf. »Angenommen, ich bin überhaupt imstande, das Boot in so einem Ding zu steuern ... Himmel, ich würde Tatya und Yoshi zu Tode erschrecken. Sie nähmen an, *ich* sei der Alien!«

Nyere zog die Stiefel an, schnallte den Gürtel um und strich sich das dichte, grau werdende Haar glatt. Einige Sekunden lang betrachtete er Melodys Spiegelbild, musterte ihr hohlwangiges, besorgtes Gesicht. Das Gesicht eines guten Freundes.

»Es gefällt mir ganz und gar nicht, daß Sie allein rüberfahren«, sagte sie. Der Tonfall entsprach ihrer Mimik. »Ich möchte mitkommen, Jason. Bitte.«

»Schlagen Sie sich das aus dem Kopf! Sie würden die Geduld verlieren und uns alle in erhebliche Schwierigkeiten bringen.«

»Dann lassen Sie sich von einem anderen Besatzungsmitglied begleiten. Um das Boot zu steuern und Ihnen den Rücken zu decken.«

»Je weniger Leute über das Bescheid wissen, was uns dort drüben erwartet, desto weniger Probleme ergeben sich später.« Nyere zog den Reißverschluß der Windjacke zu und rückte die Offiziersmütze zurecht. *Blöde Abzeichen*, dachte er. *Nun, vielleicht wissen Außerirdische gar nicht, was es damit auf sich hat. Vielleicht glauben sie, es handele sich um eine Art Schmuck. Angenommen, sie sehen die Dinge so wie wir. Angenommen, sie haben*

Augen. Angenommen ... Jason verdrängte diese Gedanken und rief sich zur Ordnung. »Schluß damit, Mel.«

Sie verzog das Gesicht. »Nehmen Sie wenigstens eine Waffe mit.«

Der Captain wollte widersprechen, überlegte es sich jedoch anders.

»Na schön«, brummte er, griff nach einer kleinen Laserpistole und verbarg sie unter der Jacke. »Es dürfte wohl kaum nötig sein, sofort mit den Säbeln zu rasseln.«

»Meine Absicht besteht nur darin, die Situation einzuschätzen«, teilte Captain Nyere seinem Ersten Maat mit und sprach so laut, daß ihn Moy deutlich hören konnte. Der Fähnrich stand an den Kontrollen der Winde, um das Boot zu Wasser zu lassen. »Sie werden nichts unternehmen und auf keinen Fall eingreifen. Wenn Sie beobachten, daß ich tot von der Anlegestelle falle, was ich für recht unwahrscheinlich halte ... In dem Fall kehren Sie mit der *Delphinus* zurück und erstatten dem Hauptquartier Bericht. Das wäre alles. Haben Sie mich verstanden, Sawyer?«

Die AeroMar-Streitkräfte der Vereinten Erde verzichteten auf die Tradition des militärischen Grußes. Während Jason Nyeres Ausbildung hatte man noch Wert auf zackiges Salutieren gelegt, aber Melody war zu jung, um so etwas miterlebt zu haben. Dennoch nahm sie Haltung an.

»Ja, *Sär!*«

»Gut. Ich verlasse mich auf Sie.« Nyere trat ins Boot, und Moy ließ es herab.

»Was meinte er eben mit ›tot umfallen‹, Sir?« fragte der Fähnrich, als sich das kleine Boot entfernte und auf die Kaianlagen der Agrostation zuhielt. »Ich dachte, wir suchen nach einem abgestürzten Satelliten.«

»Mikroben!« erwiderte Sawyer scharf. Nyere hatte ihr aufgetragen, eine solche Antwort zu geben, aber alles in ihr rebellierte dagegen. »Das blöde Ding sollte in den obersten Schichten der Atmosphäre nach winzigen Lebensformen suchen. Vielleicht hat es welche gefunden.«

»So wie in *Andromeda: Tödlicher Staub aus dem All?*«

Melody kannte Moys Vorliebe für alte Filme und rollte mit den Augen.

»So ungefähr«, schnappte sie. »Nehmen Sie Ihren Feldstecher und behalten Sie den Captain im Auge. Ich möchte ständig auf dem laufenden gehalten werden. Melden Sie sich über Interkom, wenn irgend etwas geschieht. Ich bin in der Spektographie zu erreichen.«

»Wir haben Sie erst heute nachmittag erwartet«, sagte Yoshi spitz. *Angriff ist die beste Verteidigung.* »Wieso sind Sie schon jetzt gekommen?«

»Ich glaube, wir kennen beide die Antwort auf diese Frage«, erwiderte Jason Nyere. Die ruhigen Worten des Captains zertrümmerten Yoshis Hoffnungen. »Warum erzählen Sie mir nicht, was Sie gestern gefunden haben?«

Schließlich begegneten sich ihre Blicke. Nyere ließ sich nicht bluffen. Nie.

»Unmöglich, Jason.«

»Unsinn. Stellen Sie sich endlich der Realität: Ihnen bleibt gar nichts anderes übrig, als Auskunft zu geben. Die Sache betrifft nicht nur Sie allein, das begreifen Sie doch, oder? Wollen Sie wirklich eine derart schwere Verantwortung tragen? Überlassen Sie die Bürde jemanden, der damit fertig werden kann. Machen Sie es leichter für sich.«

Mit der einen Hand strich sich Yoshi das Haar aus der Stirn, und die andere streckte er in einer hilflosen Geste aus.

»Jason, ich schwöre Ihnen: Wenn es nur Sie beträfe ... Aber das ist nicht der Fall. In diesem Zusammenhang sind Sie nur ein Befehlsempfänger. Es geht um die Leute, von denen Sie Ihre Anweisungen bekommen. Um die Lamettaträger ganz oben. Es geht um die Video-Fritzen, die überall herumschnüffeln, um die Irren, die in allem Neuen und Fremden eine Bedrohung sehen. Ich ... ich kann es nicht genau erklären, Jason, aber ich darf nicht zulassen, daß ihnen irgend etwas zustößt.«

Nyere hörte genau zu und gelangte zu ersten Schlußfolgerungen. *Ihnen.* Es handelte sich also um mehr als nur eine Person. Und sie lebten.

»Wie viele sind es?«

»Zwei«, sagte Yoshi, obgleich er überhaupt nichts verraten wollte. Es lief alles schief. Kummervoll starrte er auf die Wellen, die am Metalldeck entlangspülten.

»Und ... ähneln sie uns?« Nyere wußte überhaupt nicht, was er damit meinte. *In welcher Hinsicht sollten sie uns ähneln? Was Aussehen und Erscheinungsbild betrifft? Das Wesen? Den Charakter?* Er brauchte irgendeinen Anhaltspunkt.

»Ja«, erwiderte Yoshi halblaut. »Aber das ist noch nicht alles. Sie sind soviel besser als wir!« Seine Miene erhellte sich plötzlich, und wie besessen fuhr er fort: »Sie sind besser, anders ... Himmel, ich weiß nicht, wie ich es beschreiben soll. Gestern nacht habe ich mich mit jemandem unterhalten, der zehn Lichtjahre von hier entfernt geboren wurde, und doch hatte ich das Gefühl, mit einem Bruder zu sprechen ...«

Er schilderte eine harmonische, völlig problemlose Begegnung, und Nyeres Erstaunen wuchs, verwandelte sich in Verwirrung und Argwohn. *Vielleicht haben ihn die Fremden irgendwie beeinflußt und manipuliert, ihn unter Drogen gesetzt oder hypnotisiert.* Offenbar spiegelte sich ein Teil des Mißtrauens in seinen Zügen wider, denn Yoshi unterbrach sich und musterte ihn eine Zeitlang.

»Sie glauben, ich sei übergeschnappt, nicht wahr, Jason? Sie glauben, die beiden Außerirdischen hielten Tatya als Geisel, damit ich mich genau so verhalte, wie sie es von mir verlangen.«

In Gedanken griff Nyere nach der Laserpistole, spürte das kühle Metall, in dem sich tödliche Energie verbarg. Wenn er tief Luft holte, fühlte er die Waffe unter der Jacke. Es beruhigte ihn, daß er sie jederzeit zur Hand nehmen und sich damit verteidigen konnte. Seit siebenunddreißig Jahren war er im Dienst, und bisher hatte er niemanden getötet, wollte es auch gar nicht. Doch wenn ihm keine andere Wahl blieb ...

»Kommen Sie, Yoshi. Sagen Sie mir die Wahrheit. Kein Mensch hätte den Absturz überlebt. Wenn sie uns wirklich so ähnlich sind, müßten sie längst tot sein.«

»Sora ...« Yoshi unterbrach sich kurz. »Einer der Fremden erklärte mir, sie könnten weitaus höhere Temperaturen ertragen als wir. Und sie haben die Fähigkeit, sich selbst zu heilen. Ich weiß nicht genau, wie sie das bewerkstelligen. Es scheint ein geistiger Prozeß zu sein ...«

Er brach erneut ab, als er sich daran erinnerte, wie sehr ihn die Selbstheilung verunsichert hatte — selbst nachdem er Gelegenheit fand, sich an Sorahl zu gewöhnen. Wer die Vulkanier nicht kannte, wer nichts von ihrer beeindruckenden Ausstrahlungskraft wußte, ihrer Ruhe ...

Yoshi zuckte mit den Schultern und gab sich geschlagen.

»Wie soll ich Sie davon überzeugen, daß uns nicht die geringste Gefahr droht? Möchten Sie Tatya sehen, um sich davon zu überzeugen, daß mit ihr alles in Ordnung ist?« Er bedachte Jason mit einem traurigen, niedergeschlagenen Blick. »Ich hole sie hierher, wenn Sie wollen. Aber ich kann Sie nicht in die Station lassen. Nicht ohne gewisse ... Sicherheiten.«

Tatya stand am Fenster des anderen Zimmers und horchte, beobachtete, wie Jason Nyere das Boot am Kai festband und sich mit einer für einen Mann seines Alters bemerkenswerten Agilität aufs Pier schwang. Yoshi wirkte inzwischen etwas ruhiger und nahm zusammen mit dem Captain am Ende der Anlegestelle Platz. Vermutlich würden die beiden Männer ihr Gespräch noch eine Zeitlang fortsetzen, und das leise Murmeln aus dem Schlafzimmer deutete darauf hin, daß auch die Vulkanier mit sich selbst beschäftigt waren. Tatya überlegte und entschied, endlich etwas zu unternehmen.

Sie setzte sich vor den großen Kom-Schirm und rief eine Verwandte an, die zufälligerweise für eine Nachrichtenkooperation in Kiew arbeitete.

»Tante Mariya?« beendete sie den üblichen Austausch von Höflichkeitsfloskeln. Sie sprach auf Ukrainisch, damit eventuelle Mithörer nichts verstehen konnten. »Ich muß dir etwas erzählen. Eine sehr wichtige Sache. Ein echter Knüller. Aber versprich mir, daß du nichts verlauten läßt, bis mir oder Yoshi etwas ... zustößt ...«

»Sicherheiten«, wiederholte Jason und stellte zufrieden fest, daß sich Yoshi von ihm nicht bedroht sah. »Zum Beispiel?«
Der Agronom atmete tief durch und erweckte den Eindruck, als hätte er sich die Worte schon vor Stunden zurechtgelegt. Wahrscheinlich war das tatsächlich der Fall.
»Zuerst einmal möchte ich wissen, welche Befehle Sie in Hinsicht auf ... auf das bekommen haben, was Tatya und ich gestern fanden.«
Nyere schmunzelte. Er hatte den jüngeren Mann nicht für fähig gehalten, irgendwelche Forderungen an ihn zu richten. Die Außerirdischen mußten wirklich enorm eindrucksvoll sein.
»Sie wissen doch, daß ich Ihnen darüber keine Auskunft geben darf.«
»Das ist mir klar.« Yoshi lächelte zum erstenmal. »Aber Sie werden meine Frage trotzdem beantworten. Weil Sie ein Freund sind. Und weil ich mich sonst auf das Bergungsrecht berufe.«
Nyere schüttelte verblüfft den Kopf.
»Sie haben sich das alles genau überlegt, nicht wahr? Nun, ich will ganz offen sein: Der erste Punkt gilt nur innerhalb gewisser Grenzen ...« Diese Worte kamen einer Warnung gleich. »Und der zweite läßt sich nicht auf menschliche ...« Er preßte kurz die Lippen zusammen, kam sich wie ein Narr vor. »Nun, Sie wissen, was ich meine. Ganz gleich, wer die Fremden sind und woher sie kommen: Sie haben die gleichen Rechte wie wir.«
»Genau darauf wollte ich hinaus, Jason«, sagte Yoshi mit Nachdruck. »Ich möchte nicht, daß ihnen irgendein Leid geschieht.«

»Da kann ich Ihnen nur zustimmen«, sagte Nyere, obwohl tief in ihm Zweifel herrschte. »Ich will ebenfalls nicht, daß sie zu Schaden kommen.«

Tatya sprach mit ihrer Tante und hatte gerade erst mit dem Bericht begonnen, als eine schattenhafte Gestalt herangliti. Sie zuckte unwillkürlich zusammen, wandte den Blick vom Kom-Schirm ab und sah T'Lera. Die Vulkanierin berührte sie nicht, aber ihre Blicke durchbohrten Tatya. Aus einem Reflex heraus richtete die Agronomin einige gemurmelte Worte an Mariya, bat sie darum, sich ein wenig zu gedulden. Die Schirmfläche wurde grau.

»W-was ist denn?« fragte sie T'Lera kleinlaut und horchte dem plötzlich völlig fremden Klang ihrer eigenen Stimme.

»Sie haben andere Menschen auf uns hingewiesen.« Eine Feststellung, keine Frage. T'Lera verstand zwar nicht die Sprache, die Tatya benutzt hatte, aber sie wußte trotzdem, was das Kom-Gespräch bedeutete. »Es wäre besser gewesen, unsere Anwesenheit in Ihrer Station geheimzuhalten.«

»Ich will uns nur schützen!« erwiderte Tatya scharf, als sie sich wieder faßte. »Damit niemand von uns spurlos verschwindet oder etwas ›vergißt‹.«

»Halten Sie so etwas für wahrscheinlich?« fragte T'Lera ruhig.

»Sehen Sie das Schiff dort draußen?« Tatya deutete aus dem Fenster. »Glauben Sie, es sei gekommen, um uns irgendeine Grußbotschaft zu übermitteln?«

»Wenn die Absicht der Besatzung darin besteht, etwas zu eliminieren, was sie als eine Bedrohung der menschlichen Zivilisation erachtet ...«, begann die Vulkanierin.

»Nur über meine Leiche!« stieß Tatya hervor und wiederholte sich damit. Ruckartig drehte sie den Kopf, als ein knackendes Rauschen aus dem Lautsprecher drang. Rasch betätigte sie einige Tasten, aber es war bereits zu spät. Für das Unterbrechen der Verbindung mit Kiew gab es nur eine Erklärung.

Aus zusammengekniffenen Augen beobachtete sie die *Delphinus.* »Sie haben mitgehört«, zischte sie. »Und dafür gesorgt, daß wir nichts verraten können!«

Melody Sawyer war so auf die Infrarot-Sondierungen der Agrostation konzentriert, daß sie ganz vergaß, eine Kommunikationskontrolle vorzunehmen.

»Was machen sie jetzt, Henry?« fragte sie Moy übers Interkom. Sie hatte die spektographische Nische auf der Brücke geschlossen und saß an den Kontrollen, während die Scannertechnikerin Patel hinter ihr mit der Morgenrunde begann.

»Sie hocken einfach am Ende des Kais, Sir«, antwortete Moy. Er stand an der Steuerbordreling, lehnte die Ellenbogen auf die Brüstung und sah durch den Feldstecher. »Nur der Captain und Yoshi. Plaudern miteinander. Es scheint keine Strahlungsgefahr zu bestehen. Ich wundere mich nur, warum sie nicht in die Station gehen.«

»Sie sollen sich nicht wundern, sondern beobachten und Meldung erstatten, Moy«, erwiderte Melody scharf. »Fällt Ihnen sonst etwas auf? Hat sich Tatya noch immer nicht gezeigt?«

»Nein, Sir...«, begann Moy, aber Sawyer fluchte plötzlich und schaltete ab.

Sie riß die Tür der Spektronische auf, stürmte über die Brücke, eilte zum Kom-Schirm und stieß in ihrer Hast Lieutenant Patel beiseite. Melody erinnerte sich daran, den Monitor selbst abgeschaltet zu haben, als sie sich gegen zwei in der vergangenen Nacht in ihr Quartier zurückzog. *Himmel, wer weiß, was in der Zwischenzeit geschehen ist!*

»Entschuldigen Sie, Reeta«, sagte sie über die Schulter hinweg, als sie den Empfänger auf die Frequenzen der Agrostation justierte. »Ich wollte nicht so grob sein.«

»Schon gut, Sir«, antwortete Lieutenant Patel, aber Melody achtete überhaupt nicht darauf. Wie gebannt lauschte sie dem Gespräch, das Tatya Bilash mit einer attraktiven

Slawin führte. Mit einer Frau, die ganz offensichtlich im Studio irgendeines Nachrichtenzentrums saß.

»Was ist das für eine Sprache, zum Teufel?« entfuhr es Sawyer. Reeta Patel glaubte, die Frage gelte ihr. Sie trat näher, lauschte und runzelte die Stirn.

»Ich kenne sie nicht, Sir. Vielleicht Russisch?«

»Spielt keine Rolle!« knurrte Melody. »Ich kann mir schon denken, was Tatya vorhat. Verdammter Mist! Wenn ich die Sendung störe, schöpft ihre Gesprächspartnerin sofort Verdacht. Und wenn ich ihr Gelegenheit gebe, die ganze Geschichte zu erzählen ...« Sie schlug sich mit der flachen Hand an die Stirn.

Plötzlich fror das Bild in der Sendehälfte des Schirms ein, und die namenlose Journalistin lehnte sich zurück, wartete. Sawyer nahm die Chance sofort wahr. Sie aktivierte den Interzeptor und beobachtete mit grimmiger Zufriedenheit, wie Gräue über den Schirm kroch. Tatya nahm wahrscheinlich an, daß es sich um eine Fehlfunktion handelte.

Aber die Agronomin ließ sich nicht so einfach zum Narren halten. Nur wenige Sekunden später drang ihre Stimme aus dem Lautsprecher.

»Treten Sie aus dem Erfassungsbereich!« wies Tatya die Vulkanierin an und erinnerte sich erst einen Sekundenbruchteil später daran, mit wem sie es zu tun hatte. T'Lera strahlte Autorität aus — einer solchen Frau gab man keine Befehle. »Tut mir leid. Bitte entfernen Sie sich ein wenig vom Schirm. Sie können mir vertrauen. Ich weiß genau, auf was ich mich einlasse.«

T'Lera begriff, daß ihre Logik in diesem Fall nichts nützte. Stumm kam sie der Aufforderung nach.

»Agro III an *Delphinus* — bitte kommen«, sagte Tatya angespannt. Wut zitterte in ihr. »Agro III an *Delphinus* ...«

»Hier *Delphinus*.« Melodys Stimme war so kalt wie Gletschereis. »Das war nicht besonders klug von Ihnen, Bilash. Versuchen Sie es nicht noch einmal.«

Tatya setzte zu einer Erwiderung an, aber Sawyer kam ihr zuvor.

»Hören Sie mir gut zu«, zischte sie und beugte sich vor. »Wenn sich Ihre Gesprächspartnerin von vorhin meldet, sagen Sie ihr, es sei alles in Ordnung. Sie sprechen auf Standard mit ihr und sorgen dafür, daß sie keinen Verdacht schöpft. Andernfalls drehe ich Sie höchstpersönlich durch die Mangel. Kennen Sie die Geschichte von Jonas? Er wurde von einem Wal verschluckt. Dieses Schiff ist groß genug, um Ihre ganze verdammte Station zu ›verschlingen‹. Haben Sie mich verstanden, Bilash?«

Sie rechnete nicht mit einer Antwort und unterbrach die Verbindung, wodurch ihr mindestens ein Dutzend deftige ukrainische Flüche entgingen.

»Sprechen Sie mit Ihren ... Gästen«, wandte sich Nyere an Yoshi. Keiner von ihnen ahnte, was derzeit im Äther geschah. »Sagen Sie ihnen, daß ich beauftragt bin, sie zu beobachten. Sie zu untersuchen, um sicherzustellen, daß keine bakterielle Gefahr von ihnen droht. Wenn sie wirklich eine interstellare Reise hinter sich haben, müßten sie das eigentlich verstehen. Sagen Sie ihnen, daß ich mich an meine Befehle halten muß.«

Yoshi ließ die Schultern hängen und nickte bekümmert.

»Ich habe Angst, Jason.«

»Ich weiß.« Der ältere Mann klopfte ihm gutmütig auf den Arm. *Glaubst du vielleicht, die Furcht für dich allein gepachtet zu haben?* dachte er. *Mann, für dich ist es das reinste Zuckerschlecken — im Vergleich zu dem, was mir bevorsteht!*

Captain Nyere kletterte ins Boot zurück und startete den Motor. Noch ein letztesmal sah er zu dem jungen Agronomen auf.

»Versuchen Sie nicht, mit dem Kopf durch die Wand zu gehen, Yoshi. Vielleicht halten Sie mich für einen Weichling. Und vielleicht haben Sie sogar recht damit. Meine schlimmsten Maßnahmen Ihnen gegenüber bestünden darin, die Vorräte zu beschlagnahmen und Sie auszuhungern. Aber andere Leute haben wahrscheinlich nicht soviel Geduld. Irgendwann beordert man mich zurück, und wer dann meinen Platz einnimmt, wird wesentlich härter durchgreifen.«

»Der Captain kehrt zurück, Commander«, meldete Fähnrich Moy übers Interkom. Sawyer befand sich wieder in der Spektronische, eilte sofort los und überließ die Brücke einer verwirrten Patel.

»Verschwinden Sie, Moy«, sagte Melody mit einer für sie eher untypischen Ruhe. »Und lassen Sie sich vom Captain nicht mit dem Feldstecher erwischen.« Der junge Mann eilte fort, und kurz darauf hörte Sawyer Schritte. Sie schloß sich Nyere an, als er die Brücke betrat. »Die Infraroterfassung zeigt vier Personen in der Agrostation, Captain, Sär. Und zwei von ihnen sind recht seltsam.«

Jason warf einen widerstrebenden Blick auf den Monitor.

»Ich habe keine solche Sondierung befohlen.«

»Ich weiß«, erwiderte Melody scharf. »Reine Eigeninitiative. Was haben Sie jetzt vor?«

»Abgesehen davon, Sie wegen Insubordination unter Arrest zu stellen? Nichts, verdammt!«

Jason Nyere begann wieder zu schwitzen. Er wischte sich den dicker werdenden Feuchtigkeitsfilm von der Stirn und versuchte, nicht dauernd auf den IR-Monitor zu starren. *Sie ähneln uns, hat Yoshi gesagt. Sie ähneln uns und sind doch anders. Besser. Nur schwer zu beschreiben.* Nyere nahm sich vor, sich schon sehr bald einen eigenen unmittelbaren Eindruck zu verschaffen.

»Schalten Sie das blöde Ding endlich ab!« grollte er und sah Melody an, die wie hypnotisiert die Körperreflexe der beiden Fremden betrachtete. Er kam sich wie jemand vor, der durchs Schlüsselloch spähte. *Es ist eine Sache, die Kom-Frequenzen der Station zu überwachen, bevor wir wußten, wonach es Ausschau zu halten gilt, aber dies...*

»Packen Sie die Scanner und Abtaster ein und pudern Sie sich die Nase. Wir statten den Leuten dort drüben einen Besuch ab.«

Sawyer fühlte sich versucht, den Captain auf den kurzen Kontakt zwischen Kiew und Agro III hinzuweisen, entschied sich aber dagegen. Nach ihrer Warnung würde es Tatya bestimmt nicht wagen, irgend etwas durchsickern zu lassen, und Jason hatte schon genug Sorgen.

»Ja, Sär, Captain, Sär!« Sie lief sofort los.

»Oh, und noch etwas, Melody!« rief ihr Jason nach. »Lassen Sie die Colts mit den Perlmuttgriffen in der Kabine, in Ordnung?«

Melody setzte zu einem Einwand ein.

»Keine Widerrede, verdammt!« brummte Nyere. »Wenn Sie mitkommen wollen, müssen Sie zu Zugeständnissen bereit sein. Entweder bleiben die Schießprügel hier — oder Sie. Nun?«

Als Melody die Kajütentreppe hinunterging, trat Nyere von der Brücke und hielt seinen Ersten Maat noch einmal auf. Nach einigen Stufen blieb er stehen und vergewisserte sich, daß Lieutenant Patel sie nicht hören konnte.

»Was ist mit Ihren zivilen Klamotten?«

Eine seltsame Frage, fand Sawyer.

»Größtenteils Blusen und Jeans«, erwiderte Melody. »Und Tennissachen. Sie wissen ja, was ich bevorzuge. Ich hätte gern meine Reifröcke mitgenommen, aber ich dachte mir, daß es dafür an Bord dieses Schiffes kaum Verwendung gibt, Captain, Sär. Warum?«

Einige gewisse Aspekte der allgemeinen Situation weckten vage Erheiterung in Nyere und verringerten die substanzlose Last, die seit dem vergangenen Nachmittag auf seinen Schultern ruhte. Der Gedanke an die tausend banalen Details, die es zu berücksichtigen galt, um die beiden Aliens in die irdische Kultur aufzunehmen, in die Gesellschaft zu integrieren ... *Es sei denn natürlich, meine Vorgesetzten entscheiden sich für eine andere ›Lösung‹ des Problems ...*

»Denken Sie nur daran, daß die Fremden alles verloren haben, als ihr Schiff versank. Sie besitzen nur das, was sie am Leib tragen ... was davon übrig ist ...« Instinktiv setzte er voraus, daß die Außerirdischen menschliche Kleidung benutzen konnten, ohne dabei von zusätzlichen Köpfen und Gliedmaßen behindert zu werden. »Yoshi meinte, der Mann sei etwa so groß wie er, aber ich glaube, die Frau entspricht eher Ihrer Statur als der Tatyas.«

Er hob die Hände und deutete melonengroße Wölbungen in Brusthöhe an. Tatya war recht üppig.

»Sexistischer Chauvinist«, sagte Melody und grinste. Dann begriff sie plötzlich, was der Hinweis des Captains bedeutete. »Ein Alien ist weiblichen Geschlechts?«

Jason nickte und dachte: *Na, wie gefällt dir das?*

»Sie fungierte als Kommandantin des Raumschiffs. Ts, ts, Melody, haben Sie beim Biologieunterricht gefehlt? Woher, glauben Sie, kommen die kleinen grünen Männchen, wenn es nicht auch kleine grüne Frauen gibt?«

»Petunien.« Melody blieb ungerührt, sah zu Nyere auf und schüttelte den Kopf. »War es Carl Sagan, der behauptete, Außerirdische sähen wie Petunien aus?«

»Damit meinte er nur, ihre Genstruktur sei mit der unsrigen unvereinbar«, erwiderte Jason, als ihm schließlich klar wurde, was Melody meinte. »Los, Sawyer, beeilen Sie sich. Marsch, marsch! Packen Sie ein paar Sachen zusammen. Ich erwarte Sie in fünfzehn Minuten am Boot.«

»Gut.« Sawyer nickte knapp, setzte sich wieder in Bewegung und brachte die letzten Stufen hinter sich. Noch vor vierundzwanzig Stunden hatte sie nicht an kleine grüne Männchen geglaubt — und jetzt wurde sie beauftragt, ein Carepaket für sie zusammenzustellen. »Petunien!« murmelte sie fassungslos. »Die ganze Sache ist völlig absurd!«

*

Was hat er jetzt wieder im Sinn? dachte Tran Van Ky und hielt unwillkürlich den Atem an, als der Captain an die Kom-Konsole herantrat.

»Ist noch immer keine Antwort auf meine Nachricht eingetroffen?« fragte Spock den Kommunikationskadett.

Tran versuchte, die Ruhe zu bewahren, überlegte, ob es sich um einen neuerlichen Test handelte.

»Negativ, Sir«, sagte sie forsch.

Schon seit zwei Tagen wunderte sie sich darüber, daß Captain Spock eine codierte Botschaft zur Erde geschickt hatte, anstatt wie alle anderen an Bord die normalen *Enterprise*-Frequenzen zu benutzen. Entweder handelte es sich um eine Mitteilung, die wirklich ausgesprochen *persönlich* war, oder es ging ihm darum, Trans Fähigkeiten zu testen. Aufgrund ihrer bisherigen Erfahrungen neigte die junge Frau zu der zweiten Annahme.

Während einer Schicht konfrontierte sie der Computer gleich mit mehreren Dutzend Mitteilungen, die das ganze Klassifikationsspektrum umfaßten — ohne sie darüber zu informieren, daß Spock einen weiteren Test angeordnet hatte. Es gelang ihr, die einzelnen Botschaften in der richtigen Reihenfolge zu ordnen, ohne dabei die Übersicht zu verlieren oder nervös zu werden. Woraufhin der Captain eine Auszeichnung im Logbuch notierte, eine von den insgesamt dreien im ganzen bisherigen Studienjahr. Aber Tran ahnte, daß sie während der sechswöchigen Manöverübungen im All um sechs Jahre gealtert war — und fragte sich, ob es die Mühe lohnte. *Nun, die Trainingsflüge mit Captain Spock haben wenigstens einen Vorteil: Sie sind nie langweilig.*

»Interessant«, sagte der Vulkanier und verharrte an der Kom-Station, was neuerliche Unruhe in Tran weckte. »Ihre Meinung, Ky?«

»Ich bin mir nicht sicher, Sir«, erwiderte die junge Frau und wußte, daß sie sich auf Glatteis begab. »Angesichts der derzeitigen Entfernung müßten Sie innerhalb eines Standardtages Antwort bekommen. Selbst wenn man annimmt, daß niemand zugegen war, als Ihre Nachricht eintraf — es hätte zumindest eine Computerbestätigung erfolgen müssen. Es sei denn, der Empfänger ist desaktiviert. Ich kann Ihnen nur diese Erklärung anbieten, Sir.«

»Ich nehme sie zur Kenntnis«, sagte Spock und gab durch nichts zu erkennen, was er von dieser Antwort hielt. »Informieren Sie mich sofort, falls doch noch jemand auf meinen Funkspruch reagieren sollte.«

»Aye, Sir«, sagte Tran und entspannte sich.

Wie einfach das Leben in ihrem Alter ist, dachte der Vulkanier und beobachtete die junge Frau an der Kom-Konsole. Sie war einzig und allein bestrebt, den Erwartungen ihres vorgesetzten Offiziers gerecht zu werden — für etwas anderes gab es in ihrem Denken und Empfinden zumindest zur Zeit keinen Platz. *Es gibt andere, für die das Leben weitaus mehr Probleme bereit hält — obwohl sie stärker und erfahrener sind.* Konzentriert überlegte er, welche Konsequenzen aus der neuen Situation resultierten.

Fähnrich Kays Angaben deuteten darauf hin, daß Jim Kirks Empfänger derzeit nicht funktionierte. Nur Starfleet Command oder der betreffende Flaggoffizier selbst konnte das intrakranielle Implantat desaktivieren. Spock zweifelte nicht daran, daß sowohl die eine als auch die andere Seite Grund genug hatte, eine derartige Entscheidung zu treffen.

Die vulkanische Logik zwang ihn zu folgender Theorie: Jim Kirk und er sahen sich unterbewußten, visionären Impulsen ausgesetzt, die sich als Träume tarnten und die geistige Stabilität zu beeinträchtigen drohten, wenn nichts dagegen unternommen wurde. *Hat Jim der menschlichen Impulsivität nachgegeben und bereits gehandelt? Kann oder will er mir deshalb nicht antworten?*

Noch gut fünf Flugtage trennten die *Enterprise* von der Erde. Genügte die Zeit, oder kam Spock zu spät?

Als Kirk in die Sphäre des Lichts zurückkehrte, stellte er verwundert fest, daß er auf einem schmalen Sims saß, den Rücken an eine steile Felswand gelehnt. Er zwinkerte im blendenden Schein einer aufgehenden Sonne. Seine Hände ruhten locker auf den Knien, und der Kopf war leicht nach hinten geneigt. Er hob und senkte die Lider einige Male, spürte rauhe Trockenheit im Hals. *Wo bin ich? Und wo ist Galarrwuy?*

Der Kustos hockte im Schneidersitz neben ihm, ebenfalls an den roten Fels gelehnt. Er lächelte sanft, schien völlig frisch und ausgeruht zu sein — und wirkte nach dem gemeinsamen Singen so vertraut wie ein alter Freund. Aber wann hatte er seinen khakifarbenen, typisch australischen Anzug gegen das Ritualgewand des Träumens ausgetauscht? Und die Körperbemalungen ...

Kirk sprang auf und stieß mit dem Kopf an einen Überhang. Wo befanden sie sich? Auch auf der Osterinsel gab es rote Felsformationen — die riesigen Statuen bestanden aus einem solchen Gestein —, doch die seltsamen Bilder an der Wand hatten einen anderen Ursprung.

Fast ehrfürchtig streckte er die Hand danach aus und erkannte sie schließlich: Donner-Mann und Schildkröte, die Schlangengöttin und Mimi. *Hat sich mein Geist während des Singens verwirrt, so daß es Galarrwuy für angebracht hielt, mich in seine Heimat zu bringen? Wo sind wir hier?*

»Nourlangie Rock«, beantwortete der Kustos seine unausgesprochene Frage. »Aus dem Norden von Woolwanga. Das ist zwar nicht mein Geburtsort, aber was spielt's für eine Rolle? Es kam mir nur darauf an, eine Verbindung zu schaffen.« Er lächelte hintergründig. »In gewisser Weise habe ich den Berg zu Mohammed gebracht.«

Kirk stützte sich am Felsen ab und lachte, ließ seinen Blick durch den Rest des Zimmers schweifen. Sie befanden sich in einem Teil des Museums, den er am vergangenen Abend nicht gesehen hatte; er enthielt eine aus Australien stammende Felswand, die das Zentrum eines künstlichen Ambiente bildete. Der Admiral verließ den Sims und trat auf einen von Menschen geschaffenen Boden. Galarrwuy folgte ihm.

»Wie geht es Ihnen jetzt?« fragte der Kustos.

»Gut. Glaube ich.« Kirk hob die Hand und tastete mit den Fingerkuppen über die Wangen, als müsse er sich der eigenen Existenz vergewissern. Er hatte noch immer keine Antworten gefunden, aber die Depressionen waren von ihm gewichen, und er fühlte sich so frisch und ausgeruht wie schon seit Wochen nicht mehr. Er schöpfte sogar neue Hoffnung.

»Das freut mich.« Galarrwuy nickte, sah an sich herab und betrachtete die Kleidung, die zu einer ganz anderen Welt gehörte. »Erlauben Sie mir bitte, in unser Jahrhundert zurückzukehren. Anschließend sprechen wir über Ihre visionäre Zeitreise.«

Er ging fort, um sich umzuziehen. Kirk wanderte nach draußen, durchstreifte das Museumsgelände, blieb am Rande des Kraters stehen, lauschte den Möwen und der Stille.

Doch die Ruhe währte nicht lange. Schon nach kurzer Zeit hörte der Admiral das Triebwerk eines offenbar recht großen Übersee-Fahrzeugs, das sich dem Hafen näherte, und das dumpfe Brummen der leistungsstarken Triebwerke erfüllte ihn mit Unbehagen. Er drehte sich um, beobachtete die Masse aus Stahl und Kunststoff, bemerkte die unübersehbaren Starfleet-Insignien, die dem Airschiff absoluten Vorrang gaben — kleinere Segler und Motorboote wichen sofort aus. *Sie haben mich gefunden. Und jetzt eine Szene zu machen, würde alles nur verschlimmern.*

McCoy ging als erster an Land, begleitet von zwei Sicherheitsbeamten. Eine hochgewachsene, langbeinige Blondine folgte. Allem Anschein nach tauchten solche Frauen nicht nur in Kirks Träumen auf, und einige Sekunden lang gab er sich der zaghaften Hoffnung hin, Pille habe die ›mysteriöse Fremde‹ gefunden. Gleich darauf mußte er sich der bitteren Realität stellen: Die Frau trug die Uniform eines Medo-Offiziers, doch es fehlte der traditionelle Merkurstab der Allgemeinen Sektion. Statt dessen glitzerten an den Ärmeln die Abzeichen der psychologischen Abteilung.

Oh-oh, dachte Kirk. *Diesmal bin ich zu weit gegangen.* Er wurde seit fast zwölf Stunden vermißt, war einfach verschwunden, ohne irgendeine Nachricht zu hinterlassen — unmittelbar nach der Psychosondierung. *Sie sind gekommen, um mir die Leviten zu lesen — und um mich mitzunehmen, ob ich will oder nicht.*

McCoy überquerte den Strand im Laufschritt und keuchte laut, als er das Ufer des Kratersees erreichte. »Mach jetzt bloß keine Schwierigkeiten«, stieß er ohne Einleitung hervor. »Du kannst von Glück sagen, daß man keine bewaffnete Eskorte schickte, um dich in eine verdammte Zwangsjacke zu stecken. Du hast zwei Möglichkeiten: Entweder kommst du hübsch brav mit, oder ich verpasse dir eine Injektion, die deinen Widerstandswillen wenigstens vorübergehend lähmt. Das Mittel heißt Lammfromm-und-Fügsam.« Als die Blondine zu ihnen aufschloß, fügte er hinzu: »Krista Sivertsen — Jim Kirk. Bei eurer letzten Begegnung trennte euch ein Spiegel, der von einer Seite aus durchsichtig war.«

Kirk musterte die junge Frau und brachte ihr Gesicht mit der Stimme in Verbindung, die er während der Psychosondierung gehört hatte. Er versuchte zu lächeln, doch es wurde nur eine Grimasse daraus. *Wahrscheinlich werden wir uns in der nächsten Zeit häufiger sehen,* dachte er niedergeschlagen. *Unter Umständen, die alles andere als erfreulich sind. Jedenfalls für mich.*

»Wie groß sind meine Probleme, Pille?«

»Das wirst du noch früh genug erfahren. Komm jetzt.«

»Kann ich mich wenigstens bei Dr. Nayingul verabschieden?«

»Nein«, widersprach McCoy, schloß die Hand um den Arm des Admirals und führte ihn zum wartenden Airschiff. Er griff so fest zu, als fürchtete er, Kirk könnte jeden Augenblick die Flucht ergreifen.

Am Kai stand jemand, dem er nicht auf diese Weise wiederbegegnen wollte. Koro Quintal war zurückgekehrt, um Galarrwuys Boot zu bringen. Vermutlich hoffte er, mit Jim Kirk zum Pontondorf zu fahren, um unterwegs über das Träumen und Singen sprechen zu können. Der

Junge stand neben einigen Touristen, die das Starfleet-Schiff begafften.

»Ich muß fort«, sagte Kirk und legte Koro die Hand auf die Schulter. »Bitte richte Dr. Nayingul meinen Dank aus.«

Koro nickte nur, verhielt sich diesmal wie der Mann, der er nach Galarrwuys Meinung sein sollte.

»Galar wird das sicher verstehen«, sagte er und fragte nicht, ob und wann Kirk zurückkehrte. »*Haare raa*. Gute Reise, Jim Kirk.«

»*E nohi raa*«, erwiderte der Admiral schwermütig und wußte nicht, woher er den Maori-Gruß kannte. »Bleib wohlauf, Koro Quintal.«

Das Airschiff schlug hohe Wellen, als es über die Wasseroberfläche stieg und der Sonne entgegensprang.

McCoy kam allein, als die *Enterprise* eintraf.

Ganz gleich, wie oft und lange sie unterwegs war — Jim Kirk ließ es sich nie nehmen, zur Stelle zu sein, wenn sie das Raumdock ansteuerte. Manchmal saß er bei solchen Gelegenheiten in der Offiziersmesse von TerraZentral und beobachtete durch das Klarstahl-Fenster, wie das Raumschiff in den großen Hangar glitt. Meistens aber ging er an Bord des Shuttles, das die Senioroffiziere abholte. Die Mannschaftsmitglieder beamten sich direkt zur Admiralität oder nach Hause, doch Spock und Scotty mußten das Dock-HQ aufsuchen, um Manöverbericht zu erstatten. Kirk war immer zugegen, um sie zu begrüßen.

Daß er diesmal fehlte, bestätigte Spocks Schlußfolgerungen. Irgend etwas stimmte nicht. Als er das Shuttle verließ und McCoy im Korridor außerhalb des Hangars sah, ahnte er, daß sich die Lage zugespitzt hatte.

»He, was ist das denn?« rief Chefingenieur Scott. Er trug eine Art Seesack, den er nicht dem Transporter überlassen wollte. Besser gesagt: Er mißtraute den Transporter*technikern*, die sein Gepäck weitaus eher in die Hand bekommen würden als er; ein leises Klirren in der dicken Tasche deutete darauf hin, daß er um einige Flaschen Scotch fürchtete. »Hier fehlt doch jemand! Und was machen Sie hier, McCoy?«

»Das ist eine lange Geschichte«, erwiderte der Arzt. Unter seinen Augen zeigten sich dunkle Ringe. »Kann ich Sie sprechen, Spock?« Scott verstand den Hinweis und ging voraus. Als er außer Hörweite war, erzählte McCoy die ganze Geschichte und fügte hinzu: »Ich begrüße Sie nicht gern mit schlechten Nachrichten, aber ich wollte nicht, daß Sie es aus zweiter Hand erfahren. Außerdem mußte ich mir endlich Erleichterung verschaffen — obwohl Sie wahrscheinlich überhaupt nicht helfen können.«

»Ihr Vertrauen ehrt mich, Doktor«, sagte Spock in einem Tonfall, den McCoy vor vielen Jahren für Ironie gehalten hatte — bis er den Vulkanier besser kennenlernte. »Und vielleicht bin ich in der Lage, weitaus mehr Hilfe zu gewähren, als Sie glauben. Seit wann befindet sich der Admiral in Dr. Sivertsens Obhut?«

»Das klingt ziemlich harmlos«, meinte McCoy trocken. »Morgen ist es eine Woche, Spock. Ich mache mir große Sorgen um Jim.«

»Ihre Ausführungen deuten darauf hin, daß Sie auch allen Grund dazu haben. Sind Besuche erlaubt?«

»Ich lasse meine Beziehungen spielen«, versprach McCoy. »Ich ... ich danke Ihnen, Spock. Es ist eine schreckliche Bürde, wenn man sie allein tragen muß. Ich weiß nicht warum, aber ich fühle mich schon besser.«

Der Vulkanier hätte auf die ausgeprägte Unlogik dieser Bemerkung hinweisen können; immerhin war noch nichts unternommen worden, um die aktuelle Situation zu verändern. Aber er kannte McCoy gut genug, um die Nutzlosigkeit einer derartigen Antwort einzusehen.

Als er vor den HQ-Büros stehenblieb und dem Arzt nachsah, dachte er: *Wollen wir hoffen, Doktor, daß Ihr Empfinden in einem halbwegs kausalen Zusammenhang mit der Wirklichkeit steht. Sonst drohen uns alle einschneidende Konsequenzen.*

»Die erste Therapiephase des Patienten wurde mit einer vollständigen Lektüre des Buches *Fremde vom Himmel* eingeleitet«, erläuterte Dr. Sivertsen ihren Kollegen während der wöchentlichen Besprechung ihrer Abteilung. »Der Patient erklärte sich erst damit einverstanden, nachdem er mir eine autoakustische Aufzeichnung seiner Version der Ereignisse vorlegte. Die Grundlage dazu bilden seine Alpträume.«

»Welche Unterschiede gibt es zwischen Admiral Kirks Schilderungen und dem Inhalt des Romans?« fragte einer der Sektionsleiter.

Krista Sivertsen formulierte einen gedanklichen Fluch und gab sich alle Mühe, die Ruhe zu bewahren. Ihre Mitarbeiter wußten nur, daß sie einen hochrangigen Starfleet-Angehörigen behandelte. Nur wenige waren darüber informiert, daß es sich um Admiral Kirk handelte. *Jetzt ist die Katze aus dem Sack.*

»Die Differenzen betreffen in erster Linie den Ausgang der Ereignisketten«, erwiderte sie, nachdem sie stumm bis zehn gezählt hatte, um sich wieder unter Kontrolle zu bekommen. »Die Alpträume des Ad... des Patienten stimmen mit den Einzelheiten der historischen Erzählung bemerkenswert genau überein. Der Patient ist nach wie vor überzeugt, daß er in einer Art alternativen Realität an den angeblichen Geschehnissen vor zweihundert Jahren teilnahm. Er beschreibt die geschichtlichen Persönlichkeiten in so vielen Details, als habe er sie direkt und unmittelbar kennengelernt.«

»Und er bleibt auf diese besondere historische Epoche fixiert?« warf jemand ein.

»Seine Aufmerksamkeit gilt ausschließlich dem ersten Kontakt zwischen Menschen und Vulkaniern«, berichtete Krista.

»Halluzinativer Wahn«, meinte der Fragesteller. »Projektion. Identifikation mit Persönlichkeiten der Vergangenheit als Folge eines Minderwertigkeitskomplexes.«

»Das glaube ich nicht!« entgegnete Kirsta scharf und riskierte es, in diesem Zusammenhang auf den Widerspruch ihrer Kollegen zu stoßen. Seit fast einer Woche unterzog sie Jim Kirk einer intensiven Therapie. Je mehr sie über ihn erfuhr, desto größer wurde ihr Respekt. Sie zweifelte inzwischen nicht mehr an der metaphysischen Wahrheit seiner Berichte — obgleich sie in offensichtlichem Gegensatz zur tatsächlichen geschichtlichen Entwicklung standen. »Bitte denken Sie daran, über was für einen Mann wir sprechen. Er ist bereits zu einer Legende geworden, hat in den vergangenen Jahrzehnten mehr Einfluß auf das historische Geschehen genommen als sonst jemand. Er braucht also keinen Minderwertigkeitskomplex zu kompensieren.«

»Das alles ist Vergangenheit«, gab einer der Psychologen zu bedenken. »Jetzt erledigt er reine Schreibtischarbeit. Vielleicht führte die damit einhergehende Langeweile zu einem Gefühl des Versagens, das wiederum einen schleichenden geistigen Strukturwandel bewirkt ...«

»Möglicherweise leidet er doch an halluzinativem Wahn«, sagte jemand anders, bevor Krista Gelegenheit zu einer Antwort bekam. »Es wäre denkbar, daß er das Buch schon einmal gelesen hat und in einer Phase der Selbstverleugnung ...«

»Das erklärt wohl kaum die Anomalien seines Psychoprofils, oder?« bemerkte Krista. Daraufhin herrschte wieder Stille.

»Der Patient bestätigt die objektive und unleugbare Wahrheit der im Roman dargestellten Geschehnisse«, fuhr Dr. Sivertsen fort, legte sich ihre Worte mit aller Sorgfalt zurecht und überlegte, wie sie ihre Kollegen überzeugen konnte. »Gleichzeitig glaubt er an die alternative Wahrheit seiner Alpträume. Übrigens: Die Träume wiederholen sich immer öfter und sind so intensiv geworden, daß der Patient schon einige Male mit Sedativen ruhiggestellt werden mußte.«

»Das klingt so, als benötige er einen Exorzisten«, scherzte jemand. *Galgenhumor*, dachte die Psychiaterin.

»Vielleicht«, erwiderte sie und machte keinen Hehl aus

ihrem Ärger. »Ich habe es mit allem anderen versucht. Schizophrenie? Multiple Persönlichkeit? Reinkarnation? Besessenheit? Geister und Gespenster? Meiner Ansicht nach bleibt nur noch eine Möglichkeit.« Sie holte tief Luft und ließ ihren Blick über die am Tisch sitzenden Männer und Frauen gleiten. »Hypnotische Psychoanalyse. Ich möchte das Bewußtsein des Patienten in die Zeit *vor* den Pseudoerinnerungen zurückführen.«

Doch auch die Hypnose führte zu keinen Resultaten. Sie erschöpfte sowohl die Therapeutin als auch den Patienten, ohne daß sie dadurch einen Schritt weiterkamen.

»Ich habe alle Winkel Ihres Ichs ausgeleuchtet, Jim Kirk«, sagte Krista und seufzte. »Ich kenne Sie ebensogut wie Sie die Protagonisten des Buches. Aber in Ihrem Innern gibt es irgendwo eine Barriere, die ich nicht durchdringen kann.«

»Sie hätten mich bei Galarrwuy lassen sollen«, sagte der Admiral und meinte es nur zum Teil als Scherz. Er lehnte sich in dem bequemen Sessel zurück und seufzte. »Vielleicht hätte ich mit seiner Hilfe eine Lösung für mein Problem gefunden. Wenn Sie mir erlauben, zu ihm zurückzukehren, mit ihm zu träumen...« Plötzlich fiel ihm etwas ein. »Hat Galarrwuy versucht, sich mit mir in Verbindung zu setzen?« fragte er. »Ich hatte keine Gelegenheit mehr, mich von ihm zu verabschieden.«

»Nein«, log Krista und verschwieg auch, daß Admiral Nogura die Desaktivierung sowohl des intrakraniellen Implantats als auch der Kom-Automatik in der Penthouse-Wohnung veranlaßt hatte. Auf diese Weise sollte der Eindruck erweckt werden, der Admiral sei mit irgendeiner Top-Secret-Mission beauftragt. Aufgrund des aktuellen Zustands ihres Patienten hielt es die Psychiaterin für angeraten, ihn nicht noch mehr zu belasten. »Seit Ihrer Einlieferung trafen keine Nachrichten für Sie ein.«

»Nicht eine einzige?« Kirk starrte Dr. Sivertsen ungläubig an, und seine Augen verrieten jähe Wachsamkeit. »Welcher Tag ist heute?«

In der psychologischen Abteilung herrschte eine sonderbare Zeitlosigkeit, und hinzu kam, daß Kirk während eines besonders intensiven Alptraums sein Chronometer zerbrochen hatte. Dennoch wußte er die Antwort, bevor Krista Auskunft geben konnte. Die *Enterprise* hatte am vergangenen Morgen das Raumdock erreicht. *Wird McCoy Spock mitteilen, wo ich mich befinde, oder ist er zur Geheimhaltung verpflichtet? Himmel, man hat mich aus dem Verkehr gezogen, schirmt mich so sehr ab, als hätte ich eine gefährliche Krankheit mit hohem Infektionsrisiko. Es muß mir irgendwie gelingen, mit Spock Kontakt aufzunehmen.*

Abrupt stand er auf und gestikulierte nervös. »Lassen Sie mich gehen, Krista. Ich bitte Sie! Es gilt einige wichtige Dinge zu erledigen. Nur ein oder zwei Stunden ...«

»Kommt nicht in Frage!« sagte Dr. Sivertsen scharf — ohne darauf hinzuweisen, daß die erfolglose Hypnose einen *sehr* langen Aufenthalt Kirks in ihrer Abteilung bedeuten mochte. »Wir sind an einem kritischen Punkt angelangt. Sie dürfen jetzt nicht einfach ...«

»Sie haben selbst gesagt, daß die hypnotische Psychoanalyse ohne Resultate blieb«, warf Kirk ein. Und brach wieder ab, als das Interkom summte.

»Ja?« Krista hielt sich den kleinen Empfänger ans Ohr, um zu verhindern, daß der Admiral irgend etwas hörte. »Wie lange wartet er schon? Die Untersuchung hat länger gedauert als geplant — Sie hätten mich verständigen sollen. Na schön, schicken Sie ihn rein.«

Sie schaltete ab und legte das Empfangsmodul auf den Tisch. »Waffenstillstand, Jim«, sagte Dr. Sivertsen. »Sie bekommen Besuch.«

»Spock!«

Voller Freude umfaßte Kirk die Schultern des Vulkaniers und widerstand nur mit Mühe der Versuchung, ihn zu umarmen. Er hatte bereits die Erfahrung gemacht, daß die Spiegel in den Räumen der psychologischen Abteilung nicht nur zur Zierde dienten, und im Besuchszimmer gab es besonders viele. Er bezweifelte, ob er nach einer Woche an diesem Ort noch einen Rest von Privatsphäre besaß, aber er war entschlossen, zumindest Spocks Würde zu schützen.

Der Vulkanier akzeptierte die Berührung und dadurch den Kontakt mit einem Bewußtsein, in dem Chaos herrschte. Er verbarg seine Besorgnis und lächelte mit den Augen.

»Jim«, sagte er nur.

Während Kirk im Zimmer umherwanderte und erzählte, nahm Spock Platz und hörte zu. Er bildete den üblichen Kontrast zum jetzigen Admiral, stellte eine Art Gegengewicht zu ihm dar: Schatten und Sonne, Kühle und Hitze, Ruhe und Nervosität. Der Vulkanier verharrte in seiner unerschütterlichen Gelassenheit und bot einen tadellosen Anblick, wohingegen Kirk ausgesprochen blaß und mitgenommen wirkte. Zwei Männer, von erheblichen Unterschieden zwischen ihren Charakteren und kulturellen Hintergründen getrennt — und gleichzeitig durch eine feste Freundschaft miteinander verbunden. Spock wurde zum Fokus von Kirks Ängsten, zum Mittelpunkt seines unmittelbaren Universums.

Jim berichtete, unterbrach sich nur, um Luft zu holen, nahm die Gelegenheit wahr, sich endlich Erleichterung zu verschaffen und seine Bürde mit jemandem zu teilen.

»Ich hätte niemandem etwas sagen sollen«, fügte Kirk etwas ruhiger hinzu. »Ich war so dumm, McCoy um ein Schlafmittel zu bitten, und als er abwinkte, als er alles für dummes Zeug hielt — Sie kennen ihn ja —, ließ ich mich dazu hinreißen, ihm die Einzelheiten zu schildern. Verdammt, ich habe ihn so sehr unter Druck gesetzt, daß er eine Psychosondierung anordnete. Und direkt im Anschluß an die Untersuchung habe ich mich verdünnisiert, eine ganze Nacht lang mit Galarrwuy geträumt. Wodurch sich McCoy gezwungen sah, mich auf der Osterinsel abzuholen. Es grenzt an ein Wunder, daß er mir keine Handschellen anlegte.«

Kirk setzte sich ebenfalls, strich sich übers zerzauste Haar und sah Spock an. Sein Blick wies mehr als deutlich darauf hin, was ihn bedrückte.

»Spock, seit einer Woche schlafe ich nicht mehr. Ich finde überhaupt keine Ruhe. Krista hat praktisch zugegeben, daß sie nicht weiter weiß, aber trotzdem hält sie mich hier fest. Was wird mit mir geschehen?«

»Vielleicht gar nichts«, erwiderte der Vulkanier nach einer Weile.

Sein Bedürfnis, zuzuhören und nachzudenken, war mindestens ebenso stark ausgeprägt wie Kirks Wunsch, sich jemandem mitzuteilen. Er brauchte Gewißheit. Der Bericht des Admirals bestätigte seine früheren Schlußfolgerungen, und um die letzten Zweifel auszuräumen ... Spock beugte sich vor, tastete mit den Fingerkuppen nach Kirks Stirn und Schläfen.

»Wenn ich darf ...«, begann er.

»Was soll der Blödsinn?« erwiderte Kirk. »Natürlich dürfen Sie. Seit wann brauchen Sie eine ausdrückliche Erlaubnis?« Er lächelte, und in seinen Augen glitzerte neue Hoffnung.

»Sie haben recht«, sagte der Vulkanier und stellte den Kontakt her.

Als er die Hand zurückzog und die Verbindung zwischen ihren Bewußtseinen unterbrach, schnappte Kirk unwillkürlich nach Luft.

»Das ist unglaublich!« stieß er hervor.

»Meinen Sie?« entgegnete Spock ruhig. »Unsere gemeinsamen Erfahrungen waren von Anfang an außergewöhnlich, und diese Angelegenheit bildet keine Ausnahme.«

»Das stimmt.« Kirk nickte. »Himmel, ich hoffe, Sie haben recht! Meine Fragen bleiben unbeantwortet, aber wenigstens weiß ich jetzt, daß ich nicht verrückt bin.«

»Das reicht!«

Krista Sivertsens scharfe Stimme zerstörte die neue Harmonie.

»Sie können es nicht lassen, irgendwelche Risiken einzugehen, oder?« fragte die Psychiaterin verärgert, als sie das Zimmer betrat. Spock blieb von ihr völlig unbeachtet. »Erst das Träumen mit Galarrwuy, und jetzt dies! Eine meiner Mitarbeiterinnen hat Sie beobachtet ...« — sie deutete auf einen angeblichen Spiegel — »... und mir sofort Bescheid gegeben.« Wütend wandte sie sich an den Vulkanier. »Ich nehme an, der Schaden ist bereits angerichtet worden, nicht wahr?«

»Von ›Schaden‹ kann in diesem Zusammenhang keine Rede sein, Dr. Sivertsen«, erwiderte Spock kühl.» Andererseits: Wenn Admiral Kirk nicht umgehend aus Ihrer Obhut entlassen wird und Gelegenheit bekommt, eine alternative Form der Behandlung zu suchen, droht ihm ein irreparabler mentaler Strukturwandel.«

»Ich weiß von Ihren vielen Talenten, Captain Spock«, sagte Krista eisig. »Aber bisher wußte ich nicht, daß sie auch Fachmann für Psychologie sind.«

»In diesem besonderen Fall sind keine entsprechenden Kenntnisse meinerseits erforderlich«, hielt ihr Spock gelassen entgegen. »Admiral Kirks Problem ist nicht psychologischer Natur. Er ist geistig völlig gesund.«

(»Laß dich nie auf eine Diskussion mit jemandem ein, der von Vulkan stammt«, erinnerte sich Krista an den Rat ihrer besten Freundin. Liz hatte ihr diese Worte unmittelbar nach Beginn ihrer ersten Raummission geschrieben, damals, als sie die Kolonie von Aldebaran verließ und den Dienst an Bord eines Schiffes antrat, dessen Erster Offizier Vulkanier war. »Solche Typen legen dich aufs Kreuz, bevor du eine Möglichkeit findest, deinen Standpunkt zu verdeutlichen. Ganz gleich, mit welchen Argumenten man ihnen kommt: Sie finden immer bessere.«

Krista besaß noch immer alle elektronischen Briefe, die ihr Liz übermittelt hatte, hütete sie wie einen Schatz. Während ihres Medizin-Praktikums wohnten sie im gleichen Zimmer, sahen sich so ähnlich, daß man sie für Schwestern hielt. Krista hatte die weise Ironie ihrer Freundin bewundert. Doch Liz gab schon bald ihrer inneren Unruhe nach, ging in eine Außenwelt — und kam nur wenig später irgendwo in den Weiten des Alls ums Leben.)

Krista Sivertsen holte tief Luft, verdrängte diese Erinnerungen und bereitete sich auf eine harte Auseinandersetzung vor. Liz war gestorben, bevor sie diesen speziellen Vulkanier gut genug kennenlernen konnte, um sich vor der Waffe seiner Logik zu schützen, und Krista beschloß, das Schicksal ihrer Freundin als Warnung zu interpretieren.

»Der Begriff ›geistige Gesundheit‹ ist nur schwer definierbar und bezieht sich auf kulturelle Normen, die selbstverständlich Veränderungen unterworfen sind, Captain Spock«, sagte sie, um Zeit zu gewinnen, während sie den Besucher in ihr Büro führte. Kirk erklärte sich bereit, draußen zu warten. Sie wußte nicht viel über vulkanische Mentalverschmelzungen, aber das Verhalten des Admirals deutete darauf hin, daß solche gedanklichen Verbindungen eine beruhigende Wirkung auf den menschlichen Teilnehmer hatten. »Wenn man solche Ausdrücke verwendet, so bezieht man sie auf ein determiniertes Milieu, in dem ...«

»Es spielt keine Rolle, welche fachlichen Euphemismen Sie wählen«, warf Spock ein. »Tatsache bleibt, daß Admiral Kirk nicht verrückt ist.«

»Möchten Sie sich vielleicht sein Psychoprofil ansehen?« fragte Krista hitzig. Sie konnte Amateure nicht ertragen, ganz gleich, welcher Spezies sie angehörten. »Wollen Sie den von mir verfaßten Krankenbericht prüfen oder die Ergebnisse der Hypnosetherapie von heute morgen analysieren?«

Spock gab keine Antwort, und sein Gesicht war völlig ausdruckslos. *Die Fakten sind auf meiner Seite*, dachte die Psychiaterin. *Wieso habe ich trotzdem das Gefühl, langsam im Treibsand zu versinken?*

»Ich weiß, daß Sie ein sehr guter Freund Jim Kirks sind«, sagte sie und zwang sich zur Ruhe. »Das respektiere ich. Aber wenn Sie glauben, mir mit einem Hinweis darauf irgendwelche Zugeständnisse abringen zu können ...«

»Das käme mir nie in den Sinn«, meinte Spock ruhig.

Worauf will er hinaus? fragte sich Krista und musterte den hochgewachsenen Mann eingehend. Sie kannte sich in der menschlichen Psychologie aus, aber ihr Wissen ließ sich nicht auf Vulkanier anwenden. Offenbar war Spock entschlossen, das als Vorteil zu nutzen. Die Psychiaterin spürte voller Unbehagen, wie der metaphorische Treibsand ihre Hüften erreichte.

»Und wenn Sie beabsichtigen, sich auf Ihren Rang zu berufen, so muß ich Sie enttäuschen. Für Jim Kirks Behandlung bin allein ich zuständig, und meine Anweisung lautet, daß er solange hier bei uns bleibt bis er – Zitat Anfang – ›vollständig geheilt ist‹ – Zitat Ende. Übrigens wurde der entsprechende Befehl vom Alten Mann höchstpersönlich bestätigt.«

Spock wirkte nachdenklich.

»Stammte die Order, Admiral Kirks intrakranielles Implantat zu deaktivieren, ebenfalls von Admiral Nogura?«

»Nein, von mir.«

»Darf ich fragen, was Sie dazu veranlaßte?«

»Es war eine reine Sicherheitsmaßnahme. Sie kennen die Prozedur bestimmt. Außerdem wollte ich verhindern, daß Kirk während der Therapie gestört wird.«

»Durch Nachrichten von Dr. Nayingul oder mir.«

»Wenn Sie es so sehen wollen ...«

»Ich werde Admiral Nogura bitten, seine Entscheidung noch einmal zu überdenken«, stellte Spock gelassen fest, und Krista ahnte, daß es ihm sogar gelingen konnte, den Alten Mann umzustimmen. »Aber das ist derzeit irrelevant. Dr. Sivertsen, ich kenne nun Ihre Ansicht in bezug auf Admiral Kirks Zustand. Wenn Sie erlauben, möchte ich Ihnen meine Meinung erläutern.«

»Die Umstände dieses Falles sprechen für meine Diagnose, Captain. Ich bleibe dabei: Jim Kirk braucht dringend psychiatrische Hilfe.« Krista atmete tief durch. »Solange ich diese Abteilung leite, wird niemand entlassen, der an solchen Alpträumen und demzufolge einer ernsten Wirklichkeitsentfremdung leidet.«

Spock schien eine Entscheidung zu treffen.

»Nun gut, Doktor. Dann schlage ich vor, Sie nehmen auch mich auf. Ich habe die gleichen Träume wie Admiral Kirk.«

Krista Sivertsen kniff die Augen zusammen, als die Ergebnisse von Spocks Psychosondierung auf dem Schirm erschienen. Als sie das Gerät auf vulkanische Norm justierte, zeigte es die gleichen mnemonischen Funktionsstörungen wie bei Kirk.

»Und ich dachte, es sei nur ein Bluff«, murmelte sie.

Spock widerstand der Versuchung, die logische Antwort darauf zu geben. Die Psychiaterin starrte ungläubig auf die Darstellungen.

»So etwas habe ich noch nie erlebt. Die Wahrscheinlichkeit dafür, daß es sich um einen Zufall handelt, muß außerordentlich gering sein.« Spock schwieg weiterhin. »Vielleicht ist das die Folge, wenn man mit vulkanischen Mentalverschmelzungen menschliche Bewußtseine manipuliert.« Abrupt schaltete sie das Sichtgerät ab, so als wollte sie sich auf diese Weise von einem ebenso persönlichen wie besonderen Alptraum befreien. »Es ist mir ein Rätsel, wie so etwas möglich sein kann. Nun, ich weiß nicht, was Sie sich von diesem Pyrrhussieg versprechen, aber es sieht ganz danach aus, als sollten Sie dem Admiral Gesellschaft leisten. Ich sorge dafür, daß Sie das Zimmer neben seinem Quartier bekommen.«

»Ich nehme an, zu Ihrem Mitarbeiterstab gehört auch ein vulkanischer Heiler, oder?« fragte Spock unbeeindruckt.

»Himmel, wir sind hier auf der Erde!« brach Krista Sivertsen fassungslos hervor. »Wahrscheinlich befinden sich weniger als ein Dutzend vulkanischer Heiler auf diesem Planeten, und meines Wissens ist niemand von ihnen praktizierender Psychiater. Angeblich leiden die Angehörigen Ihres Volkes an keinen geistigen Störungen — obwohl die gerade erfolgte Psychosondierung das Gegenteil beweist.«

»Sieben«, sagte Spock ruhig.

»Bitte?«

»Im Solsystem halten sich derzeit sieben vulkanische Heiler auf — ich schließe dabei Luna und die Marskolonien mit ein —, und Sie haben recht: Niemand von ihnen praktiziert angewandte Psychiatrie. Die nächste entsprechend qualifizierte Heilerin ist T'Sri auf Rigel XII. Selbst wenn man annimmt, sie habe keine anderweitigen Verpflichtungen und könne sich daher sofort auf den Weg machen ... Sie braucht mindestens siebzehn Standardtage, um die Erde zu erreichen.

Mit anderen Worten, Doktor: Wenn kein xenopsychologischer Spezialist zu Ihrem Stab gehört, können Sie mich nicht hierbehalten.«

Krista Sivertsen versuchte, ihren Zorn im Zaum zu halten, erinnerte sich einmal mehr an Liz: »Sie haben sich das alles genau überlegt, nicht wahr? Zum Teufel auch, was wollen Sie von mir?«

Spock beugte sich vor und gab ausführlich Antwort.

»Achtundvierzig Stunden, mehr nicht«, wandte sich Krista an McCoy, als er ihr Büro betrat. »Sie sind sowohl für Jim Kirk als auch für Spock verantwortlich. Die beiden Patienten dürfen das Apartment des Admirals nicht verlassen. Behalten Sie sie ständig im Auge. Wenn Sie möchten, weise ich Ihnen zwei Sicherheitsbeamte zu ...«

»Von wegen!« platzte es aus McCoy heraus — obgleich sich Zweifel in ihm regte, als er an die vielen Streiche dachte, die ihm Kirk und Spock gespielt hatten.

»Achtundvierzig Stunden«, wiederholte Krista. »Wenn sich eine Krise anbahnt, erwarte ich schon vorher eine Nachricht von Ihnen. Und wenn das von den Patienten erwartete Wunder innerhalb dieser Frist ausbleibt ...«

»Bekommen Sie sie zurück«, versprach McCoy und hoffte entgegen aller ärztlichen Vernunft auf eine Rekonvaleszenz seiner beiden Freunde.

Sie gingen durchs Foyer der psychologischen Abteilung,

und Krista konnte eine gewisse Erleichterung nicht verhehlen.

»Liz hatte recht«, wandte sie sich an McCoy. »Sie meinte immer: ›Laß dich nie auf eine Diskussion mit jemandem ein, der von Vulkan stammt.‹ Ich hätte ihren Rat beherzigen sollen.«

»Ja, Liz konnte einem immer irgendwelche klugen Sprüche anbieten«, erwiderte McCoy ein wenig niedergeschlagen. Offenbar wußte er, wen Krista meinte, wohingegen die beiden anderen Männer sowohl ihn als auch die Psychiaterin mit verwirrten Blicken bedachten. Skeptisch musterte er Spock. »Wirklich schade, daß ich nicht mit ihr zusammenarbeiten konnte. Dadurch wäre mir eine Menge Ärger erspart geblieben. Arme Liz!«

»Wen meinst du?« fragte Kirk wie beiläufig, als sie über den Platz vor dem MedAb-Komplex schritten. Achtundvierzig Stunden lang brauchte er Dr. Sivertsen nicht mehr als Gehirnklempnerin zu sehen, sondern als eine ganz gewöhnliche Frau, deren Gesellschaft er genießen konnte.

»Eine Freundin Kristas«, erwiderte McCoy. »Für kurze Zeit eine Studentin von mir. Hatte echt was auf dem Kasten. Sie war nicht nur intelligent, sondern auch ausgesprochen stur. Da fällt mir ein: Du hast sie ebenfalls kennengelernt, Jim.«

»Ach?«

Kirk runzelte die Stirn, kramte in den Schubladen seines gar nicht mehr so zuverlässigen Gedächtnisses und fahndete nach dem mentalen Abbild einer anderen Psychiaterin. Während seiner Zeit als Captain der *Enterprise* begegnete er vielen Ärztinnen, und ihre Vornamen lauteten Ruth, Carol, Janet, Areel und so weiter. Alles attraktive Frauen. Aber eine Liz...

»Kurz vor ihrem Tod wurde sie der psychiatrischen Sektion der *Enterprise* zugewiesen, Admiral«, erklärte Krista. Sie sprach in einem neutralen Tonfall, hütete sich davor, vorwurfsvoll zu klingen.

»Liz«, murmelte Kirk. »Elizabeth. Doch nicht etwa...«

»Elizabeth Dehner.« Kristas Stimme vibrierte ein wenig, aber ihr Gesichtsausdruck hätte selbst einem Vulkanier zur Ehre gereicht. Kirks Selbstbeherrschung war weniger stark ausgeprägt. Er blieb ruckartig stehen, obgleich ihn nur noch wenige Meter von der Freiheit trennten.

McCoy sah sofort, welche Wirkung jener Name auf Jim hatte — und verfluchte sich dafür, ihn erwähnt zu haben. In Kirks Gedankensphäre stand Liz Dehner in einem unmittelbaren Zusammenhang mit Gary Mitchell. Ihn in seinem derzeitigen labilen Zustand an Gary zu erinnern ...

Aber Kirk dachte überhaupt nicht an Mitchell. Ihn verblüffte etwas ganz anderes: Reminiszenzen an die Elizabeth Dehner kurz vor ihrem Delta Vega-Zwischenfall — ein Ereignis, das nun eine gewisse *Déjà-vu*-Qualität gewann. Ganz plötzlich ging ihm ein Licht auf, und eine ebenso jähe wie überraschende Erkenntnis offenbarte sich ihm.

»Elizabeth Dehner«, brachte er ungläubig über die Lippen, »ist die Blondine aus meinen Träumen. Spock, die Stimme ...«

Auch der Vulkanier stand wie erstarrt und schien nur mit Mühe in die Wirklichkeit zurückzufinden. »Ja. Ja, Sie haben recht!«

»Spock!« Kirk gestikulierte aufgeregt, sah einen neuen Hoffnungsschimmer. »Die Landegruppe auf M-155 ... auf dem Planeten, der mal existierte und mal nicht ...«

»Interessant«, sagte der Vulkanier gedehnt. »Eine Möglichkeit.«

McCoy stand zwischen den beiden Männern und spürte, wie es ihm kalt über den Rücken lief. Statische Elektrizität schien seine Nackenhaare zu erfassen und sie steil aufzurichten. Er hatte nicht die geringste Ahnung, was gerade geschehen war, aber wenn es in irgendeinem Zusammenhang mit dem Problem stand, für dessen Lösung ihnen nur achtundvierzig Stunden blieben ... Angesichts der Nähe des Psychokomplexes beschwor das Verhalten seiner beiden Freunde eine neue Gefahr herauf: Krista beobachtete

Kirk und den Vulkanier mißtrauisch, spielte vielleicht mit dem Gedanken, ihre erneute Einweisung zu erwirken.

»Jim«, warf McCoy hastig ein und griff nach seinem Arm. »Gedulde dich noch ein wenig. Das gilt auch für Sie, Spock. Ich schlage vor, wir begeben uns jetzt in die Penthouse-Wohnung. Die Zeit läuft.«

»Himmel, Pille, du brauchst nicht dauernd bei uns zu bleiben«, sagte Kirk. Seine Stimme wurde vom Ticken der vielen Uhren im Wohnzimmer untermalt, als er betont zuversichtlich hinzufügte: »Mach dir keine Sorgen — es geht uns prächtig.«

»Bist du sicher?« knurrte der Arzt und sah in den Schränken der kleinen Küche nach. »He, hältst du nichts von natürlichen Nahrungsmitteln? Hier gibt's nur irgendwelchen synthetischen Kram ...« Schließlich kehrte er mit einem Glas zurück, das bernsteinfarbene Flüssigkeit enthielt — und verzog das Gesicht, als er in ein Syntho-Sandwich biß. »Wenigstens der Bourbon ist echt. Wo steckt Spock?«

»Er sitzt vor dem Vid-Schirm im Schlafzimmer und spricht mit Galarrwuy«, antwortete Kirk geistesabwesend und fragte sich, welcher Teil seines Gehirns gerade mit australisch-vulkanischen Werkzeugen seziert wurde. »Glaubst du etwa, er klettere an der Regenrinne herab? Wir befinden uns hier fünfzig Stockwerke über dem Straßenniveau.«

»Ich traue Spock praktisch alles zu! Können wir jetzt anfangen? Wenn ich daran denke, zwei Tage und zwei Nächte für euch den Babysitter zu spielen ... Ich hätte Kristas Angebot annehmen und auf die Hilfe von zwei Sicherheitsbeamten zurückgreifen sollen: einer vor der Tür, und der zweite hier drin, um mich abzulösen. Schließlich muß ich irgendwann mal schlafen, und dann bleibt euch das Feld überlassen.«

Spock trat ins Wohnzimmer und hörte die letzten Worte des Arztes. »Ich hoffe, daß wir eine Lösung für das Problem finden, bevor Ihnen die Augen zufallen, Doktor. Sie schlafen derart laut, daß der Admiral und ich wahrscheinlich überhaupt keine Ruhe finden.«

»Soll das etwa heißen, ich schnarche?« fragte McCoy scharf.

»Laß es gut sein, Pille. Wie du selbst gesagt hast: Unsere Zeit läuft. Spock, wie sieht unsere Situation aus?«

Der Vulkanier nahm zwischen Kirk und McCoy am kalten Kamin Platz.

»Die Fakten, Jim: Obwohl keine Kommunikationsverbindung zwischen uns herrschte, haben Sie und ich gleichzeitig Traumsequenzen erlebt, die sich auf ein bestimmtes, bisher unbekanntes Ereignis in der irdischen Geschichte beziehen. Allein dieser Umstand ist weder besonders überraschend noch besorgniserregend. Zweifellos sind viele Leser des Buches *Fremde vom Himmel* so sehr von den inhaltlichen Prämissen und Konsequenzen beeindruckt worden, um von einzelnen Szenen zu träumen.«

»Krista meinte, nach der Publikation des Romans seien viele Leute ausgerastet«, warf McCoy ein und hantierte mit seinem medizinischen Tricorder. Er sah Kirk an. »Tut mir leid. War nicht persönlich gemeint.«

Spock ignorierte die Bemerkung. »Allerdings nahm die Intensität dessen, was zunächst als Traum begann, in unserem Fall rasch zu, gewann die Qualität einer alternativen Wirklichkeit, wenn Sie so wollen, beschränkte sich nicht mehr nur auf die Ruheperioden, sondern wurde Teil unseres realen Lebens. Wir können uns nicht des Eindrucks erwehren, in direktem, unmitelbarem Zusammenhang mit den historischen Ereignissen zu stehen, die im Buch geschilderten Protagonisten persönlich zu kennen und mehr über sie zu wissen, als der Roman preisgibt. Begleitet werden diese Visionen von dem Empfinden drohenden Unheils: Wir haben das Gefühl, als verliefe die geschichtliche Entwicklung in falschen und möglicherweise fatalen Bahnen.«

Er beobachtete, wie McCoy den Tricorder justierte und

sich darauf vorbereitete, all das für Krista Sivertsen aufzuzeichnen, was während der nächsten beiden Tage und Nächte im Penthouse geschah. Was die beabsichtigte Mentalverschmelzung anging, mußte er sich jedoch mit Informationen aus zweiter Hand begnügen. McCoy sah auf, als das Schweigen andauerte.

»Fahren Sie ruhig fort. Ich höre zu.«

»Einige unserer Träume überlappen sich nicht, sondern bleiben separat und individuell«, erklärte Spock. »So als beträfen unsere Interaktionen verschiedene Personen zu verschiedenen Zeitpunkten. Bei den entsprechenden Sequenzen werden unsere wesensmäßigen Differenzen berücksichtigt. Sie, Jim, spielen Tennis mit Melody Sawyer, was zu gewissen, mehr oder weniger logischen Folgen führt, während ich ...«

Erneut glitt der Blick des Vulkaniers zu McCoy und der aufdringlichen Präsenz seines Tricorders.

»Was ist los, Spock?« fragte Kirk. »Wenn Ihre Erlebnisse zu persönlich sind ...«

»Ich habe von meiner Mutter geträumt«, sagte Spock langsam.

Er schilderte das kurze Gespräch mit Amanda.

»Im Traum erschien Ihnen also Ihre Mutter«, brummte McCoy. Er spürte Spocks Verlegenheit und versuchte, von ihr abzulenken. »Na und? Vergessen Sie, daß Sie zur einen Hälfte Mensch sind? Ihre terranischen Gene können nicht immer rezessiv bleiben. Selbst jemand wie Sie baut die inneren Barrieren während der REM-Phase ab. Oder wollen Sie mir weismachen, auch bei Vulkaniern gebe es so etwas wie einen Ödipus-Komplex?«

»Doktor ...«

»Vielleicht hat es nur symbolische Bedeutung«, vermutete Kirk. »Ihre Mutter als unterbewußte Vergegenständlichung des menschlichen Aspekts in Ihnen — jenes Teils, der an T'Lera appelliert.«

Spock dachte darüber nach.

»Eine Möglichkeit. Und damit wären wir beim zentralen

Punkt des Problems.« Er holte tief Luft und konzentrierte sich. Das Ticken der vielen Uhren schien lauter zu werden, als er in den Mittelpunkt der allgemeinen Aufmerksamkeit rückte. »Ich meine den wiederkehrenden, im wesentlichen identischen Traum.«

»Das Blut an den Wänden.« Kirk schauderte unwillkürlich.

»Jener Traum, der mit der uns bekannten Geschichte unvereinbar zu sein scheint«, fügte Spock hinzu. »Dessen Ende aus gewaltsamem Tod und einer Erde besteht, auf der xenophobisches Entsetzen herrscht, die vor weiteren Kontakten mit Außenwelt-Intelligenzen zurückschreckt und sich abkapselt. Jener Traum, der uns beide mit den gleichen Einzelheiten konfrontiert. Es gibt nur zwei sehr wichtige Ausnahmen.

Erstens: Jeder von uns ist zentraler Protagonist der Ereigniskette. So als seien wir austauschbar, als käme es nur auf die von uns formulierten Worte an. Zweitens: Jeder von uns hört eine weibliche Stimme, die ständig einen Satz wiederholt: ›Sie schaffen es nicht allein.‹ Allerdings kann der Admiral zumindest einen vagen Eindruck von der unbekannten Frau gewinnen, während sie für mich körperlos bleibt.«

»Das wundert mich nicht«, knurrte McCoy. »Jim nimmt ganz automatisch Dinge wie Haarfarbe und Kleidung zur Kenntnis, selbst im Traum. Aber für Sie ist so etwas bedeutungslos.«

»Doktor, wenn die Identifizierung der betreffenden Person von Banalitäten wie dem generellen äußeren Erscheinungsbild abhängt, bin ich durchaus in der Lage, meine Wahrnehmung auf so etwas zu fokussieren und ...«

»Fangt nicht schon wieder an«, warf Kirk ein.

Spock räusperte sich. »Nun, hinzu kommen unsere Psychoprofile, die gleichartig strukturierte mnemonische Funktionsstörungen nahelegen — was darauf hindeutet, daß wir an der gleichen Psychose leiden.« Er wartete auf einen Kommentar des Arztes, doch McCoy reagierte nicht, starrte betont gleichmütig ins Leere. »Die Wahrscheinlichkeit dafür, daß eine solche mentale Veränderung zwei grundverschiedene Personen erfaßt, die in keinem Verwandtschaftsverhältnis miteinander stehen und einen derart unterschiedlichen persönlich-kulturellen Hintergrund haben, ist vernachlässigbar gering.«

»Sie können keine genauen Zahlen nennen?« fragte McCoy erstaunt. »Ich glaube, Sie lassen allmählich nach.«

Spock ignorierte den Arzt. »Dr. Nayingul teilte mir vorhin mit, das Erleben identischer oder zumindest ähnlicher Träume sei typisch für Personen, die in der Traumzeit gemeinsam singen. Andererseits jedoch ...«

»Vielleicht bringt uns das weiter«, entfuhr es Kirk hoffnungsvoll. »Wäre es denkbar, daß wir aufgrund unserer häufigen Mentalverschmelzungen ...«

Spock schüttelte den Kopf.

»Daran habe ich bereits gedacht. Aber wenn der Traum nur einem von uns ›gehörte‹, dürfte die Rolle des Protagonisten keinen Veränderungen unterworfen sein. Angenommen, Sie wären die zentrale Gestalt, Jim. Dann müßte ich beobachten, wie Sie mit T'Lera sprechen. Umgekehrt verhält es sich ebenso.«

»Ich verstehe.« Kirk nickte langsam. »Was folgt daraus?«

»Ich glaube, Dr. Nayingul hat recht«, sagte Spock gelassen. »Es handelt sich um mehr als nur einen Traum. So unlogisch es auch erscheinen mag, Jim: Ich bin wie Sie der Ansicht, daß wir irgendwie an jenem Ereignis teilnahmen. Die sich im Psychoprofil zeigende mnemonische Funktionsstörung scheint eine Folge unseres festen Glaubens an diese alternative Realität zu sein, die im Widerspruch zu dem steht, was unser Verstand als ›objektive Wahrheit‹ erachtet.«

»›Scheint‹?« wiederholte McCoy. »Spock, ich möchte gern Ihre Überzeugung teilen, und es behagt mir ganz und gar nicht, einer Diagnostiziermaschine zuzustimmen, aber ... In der ganzen modernen Psychologie ist kein einziger Fall einer fehlerhaften Sondierung bekannt.«

»Es gibt für alles ein erstes Mal, Doktor«, sagte der Vulkanier. »Wie dem auch sei: Ich stehe nach wie vor auf dem Standpunkt, daß wir nicht verrückt sind.«

»Das behaupten alle«, brummte McCoy.

»Pille!« warnte Kirk. »Fester Glauben an eine alternative Realität«, wiederholte er Spocks Worte. »Meinen Sie, dafür gibt es eine Faktenbasis?«

»Es ist nicht auszuschließen.«

»Das würde bedeuten, wir sind irgendwie in die Vergangenheit gereist ...« Kirk überlegte einige Sekunden lang. »Nun, so etwas ist oft genug geschehen. Manchmal auf ausdrücklichen Befehl hin, manchmal eher durch Zufall. Aber warum erinnern wir uns nicht daran?«

»Besser gesagt: Warum erinnern wir uns *erst jetzt* daran?« berichtigte Spock. »Vielleicht hat das jemand oder etwas bis heute verhindert. In bezug auf die hypnotische Psychoanalyse sprach Dr. Sivertsen davon, es gebe eine Barriere, die sie nicht durchdringen könne. Allem Anschein nach ist das auch bei mir der Fall. Meine Träume widerstanden allen Versuchen, mit Hilfe der Meditation Aufschluß zu gewinnen. Aber irgendein Faktor in Dr. Jen-Saunors Buch hat Reminiszenzen stimuliert, die sich uns als traumatische Visionen darbieten.«

Kirk nickte erneut und dachte über Spocks Ausführungen nach. Sie bestätigten, was er die ganze Zeit über gespürt, was ihn in den Südpazifik zu Galarrwuy getrieben hatte, dessen Worte in die gleiche Richtung zielten.

»Wenn wir von dieser Grundlage ausgehen, müssen wir nur feststellen, wann es geschehen ist und warum wir bisher nichts davon ahnten.«

»Oh, ja, so einfach ist das, nicht wahr?« entfuhr es McCoy, der sich ins Abseits gedrängt fühlte. »Ihr braucht nur zwanzig Jahre gemeinsamer Erlebnisse zu untersuchen und herauszufinden, wo es Unterschiede oder Lücken gibt. Jede Mission mit der *Enterprise*, jeder einzelne Logbucheintrag. Jedes Niesen, auf das der andere nicht mit Gesundheit! antwortete. Ein Kinderspiel!«

»Genau aus diesem Grund sind wir hier, Doktor«, sagte Spock ungerührt. »Uns bleiben achtundvierzig Stunden Zeit. Und wir verdanken es Ihnen und Dr. Sivertsen, daß wir einen Ausgangspunkt haben.«

»Elizabeth Dehner«, sagte Kirk gedehnt.

»Genau.«

»Natürlich!« platzte es aus dem Admiral heraus. Für ihn schien alles völlig klar zu sein, während ihn McCoy verwirrt musterte. »Dabei fällt mir ein: Ich muß mich bei Ihnen für etwas entschuldigen, das inzwischen schon fünfzehn Jahre zurückliegt.«

Spock zögerte einige Sekunden lang. »Ich glaube, ich verstehe, was Sie meinen.«

»Das freut mich. Sie hatten damals recht.«

McCoy seufzte demonstrativ. »Ich hätte nicht nur einen Tricorder, sondern auch ein Decodiergerät mitnehmen sollen!« Er starrte an die Decke und hob flehentlich die Hände, richtete seinen verärgerten Blick dann auf Kirk. »Entweder nehmt ihr mich in die Intergalaktische Bruderschaft Weiser Starfleet-Offiziere auf, oder ...«

»Oder was?« spottete der Admiral. Die wiedergewonnene Freiheit hob seine Stimmung, und er genoß die Gegenwart seiner beiden besten Freunde. »Was meinen Sie, Spock? Sollen wir ihn einweihen?«

»Es hat etwas mit dem ›manchmal recht positiven Einfluß von Zufällen auf die allgemeine Struktur historischer Entwicklungen‹ zu tun«, sagte der Vulkanier. Es klang so, als zitiere er etwas.

Kirk begriff sofort, auf was er anspielte. McCoy nicht.

»Sie haben das Buch also gelesen.«

»Selbstverständlich.«

»Ich finde es erstaunlich, daß sich die Autorin so rar macht«, bemerkte Kirk. »Es gibt überhaupt kein biographisches Material über sie.«

»Dr. Jen-Saunor besitzt die vulkanische Staatsbürgerschaft.« Über solche Dinge wußte Spock natürlich Bescheid. »Das deutet auf eine Privatsphäre hin, die weit über das hinausgeht, was die meisten Menschen anstreben.«

»Vulkanische Staatsbürgerschaft«, murmelte Kirk. »Das ist ziemlich außergewöhnlich für einen Menschen, meinen Sie nicht? Bisher dachte ich immer ...«

»Verdammt und zugenäht!« fluchte McCoy. Er hatte endgültig die Nase voll.

»Tut mir leid, Pille.« Kirk richtete seine ganze Aufmerksamkeit auf ihn. »Weißt du noch, wer mich Elizabeth Dehner vorstellte?«

»Ich selbst. Am ersten Tag ihres Dienstes an Bord. Warum?«

Kirk erhob sich und wanderte im Zimmer umher. Es half ihm beim Nachdenken. »Weil ich bis eben völlig vergessen hatte, unter welchen Umständen ich sie kennenlernte. Ich dachte, ich sei ihr zum erstenmal begegnet, als Mark Piper sie zur Brücke begleitete und ... Nein, warte, Pille. Es ist wichtig. Ich bin inzwischen davon überzeugt, daß die geheimnisvolle Frau in meinen Träumen Elizabeth Dehner heißt — obwohl ich nicht weiß, warum plötzlich alle Zweifel ausgeräumt sind.

Ich habe mich bei Spock für etwas entschuldigt, das fünfzehn Jahre zurückliegt. Nun, um dein Gedächtnis aufzufrischen: Dr. Elizabeth Dehner kommt im Aldebaran-System an Bord, und du stellst mich ihr noch am gleichen Tag vor. Mark Piper vertritt dich, gibt dir somit Gelegenheit, einen Abstecher zur Starbase 6 zu machen, wo du irgendwelche Dinge regeln mußt ...«

»Ja, ja, schon gut!« McCoy schnitt eine Grimasse und winkte ab. *Dinge, die geregelt werden mußten.* Dazu gehörte eine verbitterte, vorwurfsvolle Kom-Botschaft von seiner Tochter Joanna, die sich nach der Scheidung auf die Seite der Mutter stellte und gegen ihren Vater Position bezog. »Ich muß zugeben, daß ich einen schwachen Moment hatte, als ich in der Bar saß und mir den einen oder anderen Drink genehmigte. Zum erstenmal stand eine Fünf-Jahres-Mission in Aussicht, und ich wußte nicht, wie ich mich entscheiden sollte. Zum Teufel, dachte ich schließlich. Brich alle Brücken hinter dir ab. Fang einfach von vorn an. Tja, und seitdem hast du mich am Hals, Jim. In guten wie in schlechten Zeiten. Ich hab's nie bereut. Oder zumindest nur sehr selten.«

McCoy hob den Kopf und begegnete Kirks Blick. »Während meiner Abwesenheit kam es zu einem ziemlich unerquicklichen Zwischenfall am Rande der Galaxis, und sowohl Liz als auch Gary ...«

»Gary ...« sagte Kirk leise, spürte alten Schmerz, gewann plötzlich den Eindruck, als öffne sich eine längst verheilt geglaubte Wunde. Er räusperte sich und verbannte den Kummer aus seinen Gedanken. »Ich stellte eine Landegruppe zusammen, der Gary, Lee Kelso und ich selbst angehörten. Hinzu kam ein gewisser vulkanischer Offizier, den ich von Chris Pike geerbt hatte und der damals ein einziges Rätsel für mich darstellte ...«

»Den Typ kenne ich gut, Jim«, warf McCoy ein und musterte Spock kurz. Er spürte eine zunehmende Anspannung und trachtete danach, die Stimmung zu verbessern. »Einer von diesen überlegen-arroganten Ich-hab-die-Weisheit-mit-Löffeln-gefressen-Kerle, die ...«

»Wir beamten uns hinunter, weil wir uns den seltsamen Planetoiden, der in unregelmäßigen Abständen verschwand und dann wieder auftauchte, aus der Nähe ansehen wollten«, fuhr Kirk fort und schenkte McCoy nicht die geringste Beachtung. »Eine im Prinzip völlig normale Mission, die jedoch nicht zu den erwünschten Ergebnissen führte. Die Fragen nach dem seltsamen Verhalten jenes Himmelskörpers blieben unbeantwortet. Der anschließende Bericht war ebenfalls reine Routine, bis auf einen wichtigen Umstand: Er ist das erste dokumentierte Beispiel dafür, daß Spock recht hatte und ich nicht; ich mußte mich damals auf die Autorität des Captains berufen, um meinen Willen durchzusetzen.« Schwermütig schüttelte er den Kopf. »Ich wünschte, es wäre das erste und letzte Mal gewesen, aber ...«

»Jim«, unterbrach ihn der Vulkanier ruhig. »Es gibt keinen Grund, ausgerechnet solchen Erinnerungen nachzuhängen.«

»Da bin ich anderer Meinung«, erwiderte Kirk mit Nachdruck und begann. »Planet M-155. Gary nannte ihn: ›Der Planet, den es gar nicht gibt.‹ Eine Zeitlang hielt ich seine wechselhafte Existenz für einen Scherz und ließ mich dadurch zu Dingen hinreißen, die ich heute sehr bedaure ...«

Captain James T. Kirk saß in seiner Kabine, unterzeichnete Berichte und dachte an den Tod seines besten Freundes.

»Damit wäre das Kapitel über den Planeten, den es gar nicht gibt, endgültig abgeschlossen«, sagte er tonlos, kritzelte mit der verbundenen Hand seinen Namenszug auf das Dokument und versuchte nur mit mäßigem Erfolg, Trauer und Niedergeschlagenheit von sich fernzuhalten. »Es sei denn, Sie möchten noch etwas hinzufügen, Mr. Spock.«

»Das ist nicht der Fall, Captain«, erwiderte der Vulkanier ernst. »Es liegen keine Daten über solche Phänomene vor, und meine Bemühungen, trotz fehlender Informationen wissenschaftlich relevante Schlußfolgerungen zu ziehen, blieben vergeblich.«

»Nun, dann ist der Fall erledigt«, brummte Kirk. »Weisen Sie Unteroffizier Rand an, meinen Logbucheintrag über die Mission Ihren Zusammenfassungen hinzuzufügen. Wir lassen es dabei.«

»Wie Sie wünschen, Captain«, sagte Spock, obwohl er es vorgezogen hätte, noch etwas zu warten, um zusätzliche Daten zu gewinnen. Hinzu kam ein weiterer Punkt, der ihn belastete. Ohne seinen Hang zum Perfektionismus hätte er wahrscheinlich nur einen typisch menschlichen Fehler darin gesehen und es dabei bewenden lassen, aber ...

»Captain, mir fiel auf, daß Sie in Ihrem Logbucheintrag in Hinsicht auf die Mission von M-155 den Namen Dr. Elizabeth Dehner unerwähnt ließen ...«

Kirk griff nach dem Bericht über Delta Vega, um über

das Zittern seiner Hände hinwegzutäuschen, bemühte sich gleichzeitig, mit möglichst fester Stimme zu sprechen. »Die Landegruppe auf M-155 bestand aus mir, Ihnen, Gary und ... und Lee Kelso. Somit ist die Log-Liste vollständig.«

Was für eine bittere Ironie, dachte Spock. *Ausgerechnet jene Personen, die sich auf M-155 umsahen, wurden auch in die verhängnisvollen Ereignisse von Delta Vega verwickelt. Beim ersten Einsatz kamen sie mit dem Leben davon, doch jetzt sind sie tot.* Eigentlich spielte es keine Rolle, ob der fünfte Name hinzugefügt wurde oder fehlte, und doch ...

»Captain, Dr. Dehner begleitete uns auf die Oberfläche von M-155.«

Kirk preßte kurz die Lippen zusammen, blickte starr auf den Delta-Vega-Bericht und stellte fest, daß die Buchstaben vor seinen Augen verschwammen. »Dr. Dehner kam im Aldebaran-System zu uns, und ich sah sie zum erstenmal, als wir uns der Energiebarriere am Rand der Galaxis näherten!«

»Ich sehe mich leider genötigt, Ihnen zu widersprechen, Captain ...«

»Spock!« Kirk hob den Kopf und begegnete zum erstenmal dem Blick des Vulkaniers. In seinen Augen glänzten unvergossene Tränen, brannte ein Feuer, das einen menschlichen Gesprächspartner erschreckt hätte. Aber Spock blieb völlig unbeeindruckt davon, wartete nur. Nach einer Weile spürte Kirk, wie die plötzliche Anspannung aus ihm wich. Er winkte müde und seufzte. »Mr. Spock, vielleicht ist Ihnen noch nicht in den Sinn gekommen, daß der leider nur menschliche Kommandant dieses Raumschiffs in den letzten Tagen ziemlich viel durchgemacht hat. Vielleicht begreifen Sie nicht, daß Menschen leiden, wenn man sie dauernd an gute Freunde erinnert, die ihr Leben ließen ...«

»Es lag keineswegs in meiner Absicht, Sie irgendwie zu belasten, Captain. Wenn Sie wünschen, nehme ich die

Korrektur des Logbucheintrags selbst vor. Es ist ein unglücklicher Zufall, daß jene Personen, die uns nach M-155 begleiteten, auf Delta Vega starben. Trotzdem ...«

»Spock!« Kirk verzog das Gesicht, und seine Stimme klang schmerzerfüllt. »Ich weiß genau, wer zur Landegruppe gehörte. Elizabeth Dehner kam nicht mit uns! Verdammt, warum bestehen Sie darauf, daß auch die Psychologin an der Erkundungsmission teilnahm?«

Diesmal reagierte Spock: Er runzelte verwirrt die Stirn und fragte sich, ob er die Leistungsfähigkeit des menschlichen Gedächtnisses überschätzt hatte. *Die Trauer des Captains um seine verstorbenen Freunde — beeinträchtigt der Kummer sein Erinnerungsvermögen?* Oder war ihm auf M-155 irgend etwas zugestoßen, das einen Teil seiner memorialen Daten löschte? Spock dachte an den seltsamen Planetoiden zurück, an eine Anomalie, die allen Erklärungsversuchen widerstand, das Leben der Menschen mit ätzendem Staub, einer viel zu dünnen Atmosphäre und Strahlungsphänomenen bedrohte.

»Captain, Sie entsinnen sich gewiß daran, daß Sie auf M-155 kurz das Bewußtsein verloren. Vielleicht ...«

»Das reicht jetzt, Spock!« Kirk schrieb seinen Namen auch unter den Delta-Vega-Bericht und reichte die Folie seinem wissenschaftlichen Offizier. »Finden Sie sich endlich damit ab, daß Elizabeth Dehner nicht an dem Landeunternehmen teilnahm. Das ist ein ausdrücklicher Befehl des Captains.«

Spock konnte von Augenzeugen bestätigen lassen, daß sich Kirk irrte — zum Beispiel von Scott und Kyle, die im Transporterraum zugegen gewesen waren, oder mit einem Duplikat des entsprechenden Dienstplans, der Lieutenant Commander Mitchells Signatur trug. *Aber was nützt das?*

»Wie Sie meinen, Captain«, erwiderte der Vulkanier und wandte sich wieder seinen Routinepflichten zu.

Kirk blieb neben dem sitzenden Spock stehen, und in der Stille nach seiner Erzählung schlugen mehrere Uhren. »Wie oft sind mir solche Fehler unterlaufen?« fragte er lächelnd. »Wie oft habe ich den Kommandanten herausgekehrt, ohne im Recht gewesen zu sein?«

»Ich weiß es nicht genau, Admiral«, erwiderte der Vulkanier.

»Lügner!« Kirks Lächeln wuchs in die Breite, wurde zu einem Grinsen. Er ließ sich zwischen McCoy und Spock in einen bequemen Sessel sinken, bildete somit die Spitze eines höchst bemerkenswerten Dreiecks. Er sah aus wie jemand, dem eine Offenbarung zuteil geworden war. »Elizabeth Dehner gehörte zur Landegruppe, die M-155 besuchte, Spock. Sie hatten recht. Ich habe mich damals geirrt. Das ist mir nun klar. Über all die Jahre hinweg wußte ich nichts davon; es fiel mir erst eben wieder ein. Warum?«

»Vermutlich ist auf M-155 etwas geschehen, das einen teilweisen Gedächtnisschwund in Ihnen bewirkte«, entgegnete der Vulkanier. »Und genau an dieser Stelle müssen wir ansetzen.«

Während Kirks Schilderungen hatte er sich vorbereitet. Seine Hände ruhten in einer von unzähligen kontemplativen Konfigurationen, als er den Kopf drehte und McCoy ansah, der überraschenderweise schwieg und sehr nachdenklich wirkte.

»Meine Herren«, sagte Spock. Eine weitere Uhr schlug, etwas später als die anderen. »Ich möchte einen Hinweis Dr. McCoys vorwegnehmen: Die Zeit läuft.«

Der Arzt zwinkerte und kehrte schlagartig ins Hier und Jetzt zurück. »Haargenau richtig!« brummte er und schaltete den Tricoder ein. »Es kann losgehen!«

Spock interpretierte das als Aufforderung, mit der Mentalverschmelzung zu beginnen.

»Mein Geist für Ihren Geist.«

Ganz gleich, in welcher Sprache diese Worte formuliert wurden, ob sie laut oder nur in Gedanken erklangen — sie verloren nie ihre Bedeutung, wenn der mentale Kontakt erfolgte.

Normalerweise beschränkten sich solche Verbindungen auf vulkanische Telepathen, die aktiv eine psychische Einheit anstrebten und dadurch eine ganz neue Art von Selbstverwirklichung fanden.

Aber Spock war nur zur Hälfte Vulkanier, mit telepathischen Kulturen ebenso vertraut wie mit nichttelepathischen. Er hatte derartige Kontakte mit Horta, Medusanern und vielen Menschen herbeigeführt, seinen Erfahrungshorizont somit erheblich erweitert. Die Verbindung mit diesem besonderen Bewußtsein — das sich beim erstenmal zunächst als argwöhnisch und widerstrebend erwies, jedoch rasch lernte, die eigene Ichsphäre zu erweitern und sich wenigstens mit einem anderen Geist zu vereinen — war im wahrsten Sinne des Wortes einzigartig.

Für einige Sekunden richtete sich Spocks innerer Fokus auf Vergangenes. *Wann kam es zur ersten Berührung unserer Selbstkomplexe? Während der Konfrontation mit dem Melkot, während jener Auseinandersetzung, die nur in unserer Phantasie existierte? Damals brauchte Jim meine Hilfe, um die Illusion als solche zu erkennen. Ich war ein anderer Spock, noch jung und unerfahren, ließ mich nur von den Lehren der Meister leiten, ging nicht von der Basis eigener Erlebnisse aus. Und als der Kontakt erfolgte, begegnete ich zuerst dem oft so verwirrenden menschlichen Humor.*

»Ich denke, also bin ich. Ich denke!« begrüßten ihn Kirks Gedanken. Er stand am Rande eines Abgrunds, und doch lachte er, akzeptierte die Mentalverschmelzung als Waffe gegen den Melkot — und fürchtete sie gleichzeitig. Ein den Umständen völlig unangemessener Scherz, der Unreife zum Ausdruck brachte. Ein anderer Vulkanier hätte sich vielleicht zurückgezogen, durch die Berührung eines Bewußtseins, das sich durch eklatanten Mangel an Ernst auszeichnete, geradezu angewidert. Aber Spock verharrte in seiner Entschlossenheit.

Vielleicht gründete sich Spocks Faszination ausgerechnet auf diesen schwarzen Humor. Vielleicht bildete er das

Fundament seiner festen Freundschaft mit James T. Kirk — *in guten wie in schlechten Zeiten, würde Dr. McCoy vermutlich sagen.*

Eine der grundlegenden vulkanischen Weisheiten, noch älter als Surak, lautete: Nichts Existentes ist unwichtig. Zwei in der Mentalverschmelzung vereinte Ichs mußten die Lösung des Problems finden, so schwierig die Suche auch sein mochte.

Möglicherweise ging es dabei nur um einen Logbucheintrag.

BUCH ZWEI

Kapitel 1

»**Captains Logbuch, Sternzeit 1305.4...**«

Captain James T. Kirk hielt die Aufzeichnungstaste des elektronischen Logbuchs niedergedrückt, während er mit der anderen Hand einen Springer setzte und eine Offensive auf Gary Mitchells Stellungen einleitete.

»Schach«, sagte er leise, damit das Logmikrofon nicht reagierte. Er lächelte zufrieden, und Gary schnitt eine Grimasse. Kirk versuchte, alle Hinweise auf Selbstgefälligkeit aus seiner Stimme zu verbannen, als er den verbalen Eintrag fortsetzte.

»Wir sind noch immer damit beschäftigt, den Sektor Epsilon Z-3 zu erfassen, die Planeten in bereits verzeichneten Sonnensystemen zu kartographieren und weitere zu suchen, die bisher noch nicht entdeckt wurden...«

Aus dem Augenwinkel beobachtete er, wie Gary nach mehreren Figuren griff und die Hand dann wieder zurückzog. Offenbar ging er in Gedanken alle möglichen Züge durch, ohne sich entscheiden zu können. Kirks Grinsen wurde zu einem Gähnen, als er sich wieder dem Recorder zuwandte.

»Bisher haben wir in insgesamt dreizehn Sonnensystemen siebzehn Planeten und vier Planetoiden untersucht. Praktisch alle Himmelskörper gehörten zur Klasse D und eignen sich nicht zur Besiedlung. Wir hielten es deshalb für unnötig, Landegruppen zu den stellaren Felsbrocken zu schicken. Ich brauche wohl nicht extra zu betonen, daß wir alle froh sind, wenn dieser Teil unserer gegenwärtigen Mission abgeschlossen ist. Unter den gegenwärtigen Umständen wird das noch etwa drei Wochen dauern.«

Kirk gähnte erneut und übersah, daß Mitchell blitzschnell nach seiner Dame griff und sie um einige Felder verschob. Anschließend begann er mit einer Abwehrstrategie, die ebenso ausgefallen wie riskant war.

»Anmerkung: Da bei der Kartographierung keine Berechnungsfehler erfolgen dürfen, habe ich dem wissenschaftlichen Offizier Spock vorübergehend das Kommando überlassen.«

Kirk schaltete das Aufzeichnungsgerät aus, und seine nächsten Worte galten allein Gary. »Mr. Spock neigt gewiß nicht dazu, irgendwelche Details zu übersehen...«
– Gary stimmte in sein Lachen ein – »...und deshalb bleibt mir genug Zeit, meine Schachkenntnisse aufzupolieren. Irgendwelche Probleme, Mr. Mitchell?«

»Ganz und gar nicht, *Captain.*« Gary konnte nicht auf eine gewisse Ironie verzichten, wenn er die förmliche Anrede benutzte. Er setzte seinen Läufer zwei Ebenen nach oben, bedrohte Jims Dame und schuf eine gefährlich breite Bresche in der gegnerischen Formation. »Schach.«

Kirk riß verblüfft die Augen auf.

»Du verdammter ... Wie hast du das fertiggebracht?«

»Ein Klacks, Junge.« Diesmal grinste Mitchell, lehnte sich im Sessel zurück und faltete die Hände hinterm Kopf. »Ich kann mich einzig und allein auf die Partie konzentrieren, während du von anderen Dingen abgelenkt wirst.«

Kirk starrte in den Kubus, sah keinen Ausweg und beschloß, noch einen letzten Logbucheintrag vorzunehmen, bevor er seine Niederlage eingestand.

»Zusatz zum halbmonatlichen Personalbericht, Mannschaftsspezifikation. Unteroffizier Rand, bitte legen Sie neue Individualakten an oder erweitern Sie die bereits vorhandenen. McCoy, Leonard H.: zeitlich unbestimmter Urlaub, derzeitiger Aufenthaltsort Starbase 6. Piper, Mark: Rückkehr vom Urlaub, Borddienst bis zur Pensionierung, voraussichtlich Sternzeit 1401. Erweiterung der Mannschaft: Bailey, David, Navigationskadett, dem Maschinenraum zugeteilt, bis für ihn ein Platz auf der Brücke frei wird; Dehner, Elizabeth, Psychologin, Krankenstation. Kirk Ende.«

»Bist du ihr schon begegnet?« fragte Mitchell und beobachtete, wie Jim seine Aufmerksamkeit wieder auf die

Schachkonfiguration richtete — und zu schwitzen begann.

»Ich nehme an, du hast dir bereits einen Eindruck von ihr verschafft, oder?« erwiderte Kirk.

Mitchell schauderte übertrieben.

»Bei manchen Frauen kann man sich die Finger verbrennen«, sagte er. »Doch bei Dr. Dehner holt man sich eher Frostbeulen.«

»Also gibt es in diesem Quadranten wenigstens eine Dame, die deinem Charme zu widerstehen vermag«, brummte Kirk und erwog eine Gegenoffensive, die mindestens so selbstmörderisch war wie Garys Angriff.

»Das siehst du völlig verkehrt«, entgegnete Mitchell. »Ich bin nicht annähernd so egoistisch. Um ganz ehrlich zu sein: Manchmal erstaunt mich meine eigene Großzügigkeit. Ich wollte der Lady nur die Möglichkeit geben, ihre Heil- und Beschützerinstinkte auf einen jener unnahbaren Typen zu konzentrieren, die nicht über ihren eigenen Schatten springen können.«

»Ich habe nicht die geringste Ahnung, wen du meinst.« Kirk brachte seinen König in Sicherheit, doch der Zug beschwor neuerliche Gefahren herauf. Er schob das Unvermeidliche nur hinaus. »Als du mich das letztemal verkuppeln wolltest...«

»Oh, ich dachte dabei nicht an dich, Junge«, sagte Mitchell lakonisch, schob einen Turm vor und brachte den Captain damit erneut in Bedrängnis. »Ich glaube, Spock würde gut zu ihr passen.«

Kirk blieb stumm und fragte sich, ob es angebracht war, daß der Kommandant eines Raumschiffs Witze über seine Besatzung riß. Zwar befand er sich in seiner Kabine, und entsprechende Bemerkungen blieben auf Gary und ihn beschränkt, aber das spielte eigentlich keine Rolle.

»Was mag geschehen, wenn Eis und Eis aneinanderstoßen?« fügte Gary hinzu, und dabei mußte selbst der Captain lachen.

»Es kracht«, gluckste Kirk. »Und es wird mächtig kalt.«

Die beiden Männer kicherten vor sich hin, und es dauerte eine Weile, bis Jim wieder ernst wurde. Warum fiel es ihm in der Gesellschaft von Gary Mitchell so leicht, Spock aufs Korn zu nehmen? Und: Aus welchem Grund erwies sich der wissenschaftliche Offizier als so starke Stimulans für den menschlichen Humor?

Man hatte Kirk gewarnt: Es sei sehr schwierig, Freundschaft mit einem Vulkanier zu schließen. Der junge Captain zuckte daraufhin nur mit den Schultern. Es kam ihm gar nicht darauf an, feste Beziehungen zu seinen Offizieren zu knüpfen. Er erachtete den Umstand, daß Gary und Pille McCoy Freunde waren, bevor man sie seinem Kommando unterstellte, als reinen Glücksfall. Kirk erwartete von seiner Crew in erster Linie Tüchtigkeit, Loyalität und Gehorsam — Eigenschaften, die integraler Bestandteil von Spocks Wesen zu sein schienen. Warum also weckte der Vulkanier Unbehagen in ihm?

Lag es an der ausgesprochenen Humorlosigkeit, die Spock während der ersten Wochen ihrer Reise demonstrierte? Oder war es vielleicht unreifer Neid auf die enorme Tüchtigkeit des Vulkaniers, auf seine Kompetenz, auf die Mühelosigkeit, mit der er mehrere Dinge gleichzeitig erledigte, ohne daß ihm irgendein Fehler unterlief? *Man weiß nie, was er denkt,* fügte Kirk in Gedanken hinzu. *Sein Gesicht bleibt immerzu steinern, und seine einzigen mimischen Reaktionen bestehen darin, die Brauen zu heben. Und dann der Blick... Manchmal habe ich das Gefühl, er reicht bis in mein Innerstes, bis zur Grundfeste meines Ichs. Was sieht er dort? Eine von Zweifeln geplagte menschliche Seele? Jemanden, der unfähig ist, die Verantwortung eines Captains zu tragen?*

Tatsächlich empfand Kirk die Kommandobrücke noch immer als neu und belastend, und er fragte sich, ob er auf Dauer damit fertig werden, seinen Pflichten gerecht werden konnte. Vielleicht witzelte er deshalb so gern in Garys Gesellschaft — um die bohrende Skepsis aus sich zu verdrängen. Alle anderen Besatzungsmitglieder sahen den

Captain in ihm, jemanden, der unfehlbar sein oder zumindest diesen Eindruck erwecken mußte. Für Gary aber war er schlicht und einfach ein Freund. Ihm gegenüber brauchte er nicht in irgendeine Rolle zu schlüpfen, und das empfand er als Erleichterung.

Seltsam. Ein Ziel, das ich über viele Jahre hinweg anstrebte, als meinen eigentlichen Lebensinhalt erachtete. Von Kindesbeinen an habe ich davon geträumt, irgendwann einmal Kommandant eines Raumschiffs zu werden... Und jetzt bedaure ich es fast, eine solche Verantwortung tragen zu müssen...

»Brücke an Captain Kirk. Spock spricht.«

»Hier Kirk«, antwortete Jim und bedachte Gary mit einem warnenden Blick. »Was ist los?«

»Sie baten darum, informiert zu werden, wenn wir einen bisher noch nicht verzeichneten Himmelskörper von mindestens den Ausmaßen eines Planetoiden finden«, erklärte der Vulkanier ernst. »Ich glaube, das ist der Fall, Sir.«

»Ich bin schon unterwegs.« Kirk unterbrach die Verbindung. »Kommen Sie mit, Mr. Mitchell?«

»Nach Ihnen, *Captain*.«

Fast zu bereitwillig verließ Spock den Befehlsstand, so als könne er es nicht abwarten, zu seiner wissenschaftlichen Station zurückzukehren.

»Bericht«, sagte Kirk über die Schulter hinweg, als er im Kommandosessel Platz nahm.

»Die *Enterprise* fliegt einen elliptischen Annäherungskurs, der uns zum bisher noch nicht erfaßten Planetoiden bringen wird, Captain«, erwiderte Spock und blickte in den Sichtschlitz des Bibliothekscomputers. »Wir passieren gerade das Zentralgestirn.«

»Hauptschirm ein!« befahl Kirk, und Lee Kelso reagierte sofort, betätigte einige Tasten. Der Captain kniff die Augen zusammen, als ihm blendendes Licht entgegenströmte. Das Lodern der Sonne überstrahlte alles andere.

Vergrößerungsstufe null Komma fünf, Mr. Kelso. Und schalten Sie die Strahlungsfilter hinzu.«

»Aye, Sir«, bestätigte Kelso.

Der Stern schrumpfte auf die Hälfte der bisherigen Größe, doch es war noch immer unmöglich, irgend etwas anderes zu erkennen.

»Die Sonne wurde mit der Bezeichnung ›Kapeshet‹ von einer früheren Expedition kartographiert«, erklärte Spock. »Doch bisher sind keine Trabanten bekannt. Kapeshet ist ein Veränderlicher mit erweiterter Korona — vielleicht die Erklärung dafür, daß der Planetoid übersehen wurde.«

»Na schön«, brummte Kirk und rieb sich aufgeregt die Hände. Er beobachtete, wie Gary an die Navigationskonsole herantrat, um Farrell abzulösen. Offenbar wollte er unmittelbar an der Entdeckung des Himmelskörpers beteiligt sein, selbst dann, wenn es sich nur um einen weiteren ›Felsbrocken im All‹ handelte. »Ausmaß und Bahndaten Ihres Fundes, Mr. Spock?«

Stille schloß sich an, und als das Schweigen andauerte, fragte sich Kirk, ob Spock ihn überhaupt gehört hatte. Er drehte den Sessel des Befehlsstands herum und musterte den wissenschaftlichen Offizier. Der Vulkanier nahm seine typische abwartende Haltung ein: Er stand hoch aufgerichtet, die Hände auf den Rücken gelegt, so unbewegt wie eine Statue.

»Ich habe Sie etwas gefragt, Mr. Spock«, sagte Kirk scharf.

»Ja, Sir. Die Formulierung Ihrer Frage erstaunt mich ein wenig. Der Planetoid ist nicht ›mein‹ Fund, Sir. Die Schiffssensoren haben ihn zuerst erfaßt, und daher...«

Einer der Brückenoffiziere lachte leise, und neuerliche Stille folgte. Kirk drehte seinen Sessel langsam um hundertachtzig Grad und versuchte, die aktuelle Situation einzuschätzen. Eine eingespielte Crew besaß das traditionelle Recht, einen neuen Captain während der ersten Wochen seines Kommandos zu verulken, aber inzwischen hatten sie bereits die eine oder andere Krise überstanden, und daher müßte jene Gewöhnungsphase längst beendet sein. Darüber hinaus gehörten nur noch wenige Männer und Frauen aus Pikes Gefolge zur Mannschaft. Die meisten Besatzungsmitglieder waren zusammen mit Kirk an Bord gekommen.

Wie viele von ihnen stehen auf Spocks Seite? überlegte Jim — ohne zu begreifen, daß Spock sich mit niemandem ›verbündete‹.

In Ordnung! dachte er entschlossen und richtete seine Aufmerksamkeit wieder auf den wissenschaftlichen Offizier.

»Nun gut, Mr. Spock«, sagte er langsam und in einem Tonfall, der alle Brückenoffiziere daran erinnern sollte, wer das Kommando führte. »Sie haben Ihren Spaß gehabt. Aber die Schmunzelpause ist gerade zu Ende gegangen. Beantworten Sie mir jetzt meine Frage nach der Größe und den Bahndaten des gefundenen Objekts.«

Spock hielt Kirks Blick stand und schien die Verärgerung des Captains nicht zu verstehen. Er verzichtete darauf, die Anzeigen der Instrumente abzulesen, besann sich auf sein eidetisches Gedächtnis.

»Gemäß dem Standard des Murasaki-Index wurde der Planetoid mit der Bezeichnung M-155 versehen. Umfang 28 417 Kilometer. Masse viermal zehn hoch einundzwanzig Metertonnen. Mittlere Dichte drei Komma sieben null zwei. Die Größe entspricht etwa zwei Dritteln der Erde. Der Planetoid umkreist Kapeshet auf einer elliptischen Bahn. Derzeitige Koordinaten einhunderteinunddreißig Komma vier, Sir.«

Kirk versuchte, nicht beeindruckt zu sein.

»Danke. Schematische Darstellung, Mr. Mitchell. Sehen wir uns M-155 an.«

Gary berechnete ein um einige Grad bugwärts verschobenes Schema und projizierte es auf den großen Wandschirm. Die *Enterprise* passierte gerade die weite Korona des Zentralgestirns, und es konnte nur noch wenige Sekunden dauern, bis der Planetoid sichtbar wurde. Alle Brükkenoffiziere beobachteten die Darstellung und hofften auf eine Abwechslung nach der wochenlangen Monotonie.

»Ich sehe nichts«, stellte Kirk nach einer Weile fest und brachte damit eine allgemeine Ungeduld zum Ausdruck. Nur Spock wirkte nach wie vor völlig ruhig und gelassen. »Sind wir auf dem richtigen Kurs, Steuermann?«

»Positiv«, erwiderte Kelso. »Einhunderteinunddreißig Komma vier, Sir.«

»Navigation?«

»Kurs bestätigt«, sagte Mitchell lakonisch, prüfte die Instrumente und schüttelte den Kopf. »Aber vor uns erstreckt sich nur Leere.«

Kirk runzelte die Stirn. Mitchell war manchmal geradezu beneidenswert lässig, aber er nahm seine Aufgaben ernst.

»Sind Sie sicher?«

»Kein Planetoid an Koordinatenpunkt einhunderteinunddreißig Komma vier, Captain«, antwortete Mitchell und sprach die Rangbezeichnung diesmal ohne einen Hauch von Ironie aus.

»Bestätigt, Sir.« Kelso wandte sich um und sah Kirk an. »Weit und breit kein Planetoid in Sicht.«

Jim beugte sich vor.

»Sensoren auf Weitererfassung. Umfang des Suchbereichs fünfzehn Grad. Vielleicht hat der Himmelskörper eine hohe Eigengeschwindigkeit oder bewegt sich retrograd. Möglicherweise befindet er sich überhaupt nicht in einer stabilen Umlaufbahn. Wir könnten es mit einem Irrläufer oder besonders groß geratenen Asteroiden zu tun haben.«

»Das halte ich für unwahrscheinlich, Captain«, warf der Vulkanier ein. »Der Planetoid wurde eine Standardstunde lang beobachtet, um die Bahndaten zu verifizieren.«

Die übliche Routine bei der Kartographierung bis dahin unbekannter Himmelskörper. Und eins mußte Kirk dem Vulkanier zugestehen: Seine Berechnungen waren immer exakt.

»Na schön«, murmelte er und spürte, wie sein Vorrat an

Geduld zur Neige ging. »Dann sagen Sie mir bitte, wo er jetzt ist.«

»Das weiß ich nicht, Sir.«

Kirk stand langsam auf und trat steifbeinig an die Brüstung vor der wissenschaftlichen Station heran.

»Gleich kracht's«, flüsterte Lee Kelso und erkannte die Anzeichen auf den ersten Blick. Er stieß Gary Mitchell in die Rippen. »Zieh den Kopf ein, Mitch! Jim steht kurz vor der Explosion.«

»Mr. Spock«, sagte Kirk und betonte dabei jede Silbe. »Welches Datum haben wir heute?«

»Sternzeit 1305.4, Captain«, antwortete der Vulkanier sofort.

»Sind Sie ganz sicher, daß es nicht der erste April ist?«

»Ich bitte um Verzeihung, Sir, aber ich verstehe nicht ganz, was Sie damit meinen.«

»Was mich kaum überrascht, Mr. Spock«, erwiderte der Captain gedehnt. »Bitte sagen Sie mir: Hat außer Ihnen sonst noch jemand den verschwundenen Planetoiden gesehen?«

»Nein, Sir«, entgegnete der wissenschaftliche Offizier ruhig. Er kam zu dem logischen Schluß, daß er irgendwie das Mißfallen des so leicht reizbaren jungen Kommandanten erregt hatte, doch es blieb ihm ein Rätsel, was der Anlaß dazu gewesen sein mochte. Schlimmer noch: Er sah sich nun zu einer Antwort genötigt, die den Captain noch mehr verärgern mußte. »Aufgrund der Interferenzen durch Kapeshets Korona beschränkte ich meine Untersuchungen auf eine optische Frequenz, die nur wenige Humanoiden wahrnehmen können. Des weiteren nahm ich an, daß der kommandierende Offizier als erster informiert werden wollte.«

»Oh, natürlich«, brummte Kirk. *Der letzte Satz ist deutlich genug*, dachte er zornig. *Himmel, ich leide bestimmt nicht an mangelndem Humor, aber das hier geht zu weit...* »Mr. Spock, wir alle haben das langweilige Kartographieren satt, und ich weiß durchaus einen Versuch zu schätzen, die allgemeine Stimmung zu verbessern — solange man dabei gewisse Grenzen respektiert. Doch selbst der beste Streich kann übertrieben werden!«

Spock blieb ungerührt. »Vulkanier halten ›Streiche‹ für irrational, Captain. Wir beschäftigen uns nicht mit solchen Dingen. Der Planetoid existierte. Ich bedaure es sehr, nicht in der Lage zu sein, das Verschwinden zu erklären.«

Wenn Kirk kein Grünschnabel gewesen wäre, hätte er seinen Fehler eingesehen und sich auf der Stelle entschuldigt. Aber in seiner Unerfahrenheit glaubte er sich auf den Arm genommen — und das gefiel ihm ganz und gar nicht.

»Wie Sie wollen, Mr. Spock«, sagte er und beherrschte sich mühsam. »Während der nächsten vierundzwanzig Stunden gehen wir davon aus, daß Sie recht haben. Wir nutzen diese Zeitspanne, um den Veränderlichen zu umkreisen und nach einem Planetoidenphantom zu suchen.« Scharf fügte er hinzu: »Ich hoffe für Sie, daß wir etwas finden!«

Er hatte einen dramatischen Abgang geplant, aber als er mit langen, energischen Schritten auf den Turbolift zuhielt, sah er den Weg von der neuen Bordpsychologin versperrt. *Hat sie alles beobachtet?* fragte sich der Captain voller Unbehagen und fühlte sich plötzlich durchschaut. *Für was hält sie mich jetzt? Einen Zuchtmeister? Einen Aufschneider?* Elizabeth Dehner folgte Kirk in den Lift.

Eine hübsche Vorstellung«, kommentierte sie die jüngsten Ereignisse auf der Brücke. Da sie zur Medo-Abteilung gehörte, konnte sie solche Bemerkungen riskieren, ohne sich Insubordination vorwerfen zu lassen.

»Ist das Ihre berufliche Meinung, Doktor, oder mischen Sie sich nur in meine Angelegenheiten?« erwiderte Kirk.

»Haben Sie eben eine neue Kommandotaktik ausprobiert, oder hatten Sie einen persönlichen Grund, so hart mit Mr. Spock ins Gericht zu gehen?« fragte die Psychologin.

»Weder noch«, brummte der Captain. »Ich kann Inkompetenz fast ebensowenig ausstehen wie Klugscheißer.

Und was Mr. Spock betrifft: Ich war ihm gegenüber nicht strenger als nötig.«

Die Kabine hielt an. Kirk hatte kein Ziel genannt, und Dr. Dehner beabsichtigte offenbar, ihm zu folgen. Jim beschloß, das zu seinem Vorteil zu nutzen.

»Freizeitdeck Drei«, sagte er. Und an Elizabeths Adresse gerichtet: »Außerdem ist er Vulkanier, Doktor. Angeblich hat er überhaupt keine Gefühle.«

Dehner beobachtete die Anzeigen auf dem Kontrollfeld des Lifts. Vielleicht wäre sie bereit gewesen, den Captain bis zum Freizeitdeck zu begleiten, doch aufgrund seiner letzten Bemerkung überlegte sie es sich anders. Ruckartig wandte sie sich zu ihm um, und ihr langes blondes Haar wehte wie ein Schleier.

»Jedes intelligente Wesen hat Gefühle, Captain«, sagte sie. Zorn blitzte in ihren Augen. »Je größer die Intelligenz, desto ausgeprägter die emotionale Sphäre. Mr. Spock kann seine Empfindungen nur besser verbergen als Sie. Warum stehen Sie ihm so ablehnend gegenüber?«

»Davon kann keine Rede sein«, verteidigte sich Kirk. Die Lifttür öffnete sich, und er trat auf den Gang. Die Psychologin blieb in der Kabine stehen. »Ich mag ihn nicht besonders, aber es wäre unangemessen, von einer regelrechten Antipathie zu sprechen. Wie dem auch sei: Solche Dinge spielen keine Rolle. Ich verlange nur, daß er seine Pflicht erfüllt.«

»Vielleicht nähmen Sie Spocks Arbeit gegenüber eine weniger paranoide Haltung ein, wenn Sie sich darüber klar wären, worin *Ihre* Pflicht besteht«, erwiderte Elizabeth Dehner in einem herausfordernden Tonfall, als sich die Tür wieder schloß.

Da habe ich mir ja was Schönes eingebrockt, dachte Kirk grimmig und schritt so hastig durch den Korridor, als sei er in großer Eile. *Der Vulkanier wird sich hüten, mich während der nächsten Stunden zu nerven, aber die Psychologin hält mich bereits für einen pathologischen Fall, für einen Tyrannen. Nun, niemand hat be-*

hauptet, es sei leicht, Kommandant eines Raumschiffes zu sein.

Als Kirk am nächsten Morgen aus der Hygienezelle trat, kam Gary herein, ohne sich anzumelden. In dieser Hinsicht lehnten sie beide Förmlichkeiten ab: Jeder konnte die Kabine des anderen betreten, ohne vorher anzuklopfen. Kirks Beförderung zum Captain änderte nichts an dieser Freundschaftstradition.

»Fühlst du dich besser?« fragte Mitchell mit übertriebener Besorgnis, lehnte sich an die Wand und verschränkte die Arme.

Kirk knurrte etwas Unverständliches, glaubte sich daran zu erinnern, daß Gary am vergangenen Tag auf seiner Seite gestanden hatte.

»Ich empfehle dir Zurückhaltung, wenn du die Brücke aufsuchst, Junge. Spock hat den vermißten Planeten gefunden.«

Kirk zog sich an und betrachtete Garys Abbild im Spiegel.

»Hat er diesmal feste Substanz, oder willst du mich ebenfalls veräppeln?«

Mitchell nahm Kirks Paranoia mit einem Achselzucken zur Kenntnis. Als sie noch Kadetten und Fähnriche gewesen waren, hatten sie ihren vorgesetzten Offizieren so manchen Streich gespielt.

»Die Sensoren behaupten, der Himmelskörper sei tatsächlich vorhanden. Oh, und noch etwas: Der Planetoid wurde zuerst auf einer infraweißen Wellenlänge erfaßt. Ich brauche wohl nicht extra hinzuzufügen, daß sich die Wahrnehmung von Vulkaniern auch auf solche Frequenzen erstreckt. Aus *diesem* Grund hat niemand sonst den Planetoiden gesehen.«

»Das wußte ich nicht«, erwiderte Kirk kleinlaut und betroffen. Es geschah nicht zum erstenmal, daß ihm Gary überraschende Informationen anbot.

»Spock hielt es für notwendig, einige Aufnahmen anzufertigen«, fuhr Mitchell fort. »Und er ließ sie von den anwesenden Offizieren bestätigen, um weitere ... Mißverständnisse zu vermeiden.«

»Warum bin ich nicht benachrichtigt worden?« fragte Kirk scharf und sah sich wieder in eine Verteidigungsposition gedrängt.

Mitchell stieß sich von der Wand ab, nahm im bequemsten Sessel Platz und stützte die Füße auf den niedrigen Tisch.

»Ich schätze, angesichts deines gestrigen Kollers wollte es Spock nicht riskieren, dich zu wecken«, antwortete er im Plauderton. »Er begann mit den Aufnahmen um 23.00 Uhr gestern abend und fertigte jede halbe Stunde eine neue an. Die letzte ist gerade erst fünf Minuten alt.«

Kirk runzelte die Stirn, als er nach dem Uniformpulli griff. »Er hat den Planetoiden die *ganze Nacht über* beobachtet?«

»Soweit ich weiß, ist er dauernd auf der Brücke gewesen, nachdem du ihn vor den anderen Offizieren angeschnauzt hast. Seit er gestern den Dienst antrat, hat er weder geschlafen noch etwas gegessen. Nun, Vulkanier stehen in dem Ruf, sehr ausdauernd zu sein, aber...«

Er sprach nicht weiter, und es folgte eine bedeutungsvolle Stille. Gary Mitchell verstand es, selbst ohne Worte an Jims Gewissen zu appellieren. Kirk streifte den Pulli über, warf noch einen letzten Blick in den Spiegel — und begegnete dort dem Blick eines Mannes, der sich schuldig zu fühlen begann.

»Ich glaube, ich war gestern ziemlich ... brüsk, nicht wahr?« fragte der Captain der *Enterprise* verlegen.

Gary lächelte jungenhaft. »Wenn man es mit Vulkaniern zu tun hat, darf man zwei Dinge nie in Frage stellen, Jim: ihre Kompetenz und Ehrlichkeit. Du hast es gestern geschafft, gleich beides in Zweifel zu ziehen. Tja, ich wußte schon immer, daß du sehr begabt bist...«

»Ich muß mich bei Spock entschuldigen«, sagte Kirk, holte tief Luft und bereitete sich innerlich auf eine schwere Prüfung vor.

Er bedeutete Mitchell, ihm zu folgen.

»Komm, Gary. Sehen wir uns den Grund für die Kontroverse an.«

Spock wandte sich von den Pulten der wissenschaftlichen Station ab, interpretierte das wachsame Schweigen auf der Brücke als Hinweis darauf, daß der Captain eingetroffen war.

»Sir«, sagte er sofort, »der Planetoid ist verschwunden.«

Die übrigen Offiziere schienen an ihren Konsolen zu erstarren, rührten sich nicht von der Stelle und hielten unwillkürlich den Atem an. Die Stille gewann eine belastende, bedrückende Qualität, senkte sich wie ein schweres Gewicht auf die Anwesenden, verstärkte gleichzeitig das leise Surren und Summen der Instrumente, bis es fast ohrenbetäubend laut erschien.

Kirk spürte, wie es in ihm zu brodeln begann. Ging der Unfug wieder los? Er stellte sich eine *Enterprise* vor, die für immer und ewig den veränderlichen Stern mit seiner wie aufgebläht wirkenden Korona umkreiste, einem interstellaren *Fliegenden Holländer* gleich — auf der Suche nach einem Hirngespinst, einem astrophysikalischen Geist, der sich hartnäckig weigerte, Gestalt anzunehmen. Und während das Raumschiff im substanzlosen Netz von Widersinnigkeiten gefangen blieb, fand auf der Brücke ein Kampf um Leben und Tod statt: Die Hände des Captains schlossen sich um einen vulkanischen Hals, drückten immer fester zu...

Kirk zwang sich zur Ruhe, wartete, bis sich der rote Zornesdunst vor seinen Augen verflüchtigte — und bemerkte Elizabeth Dehner, die sich ebenfalls auf der Brücke befand, gelassen das blonde Haar zurückstrich und ihn aufmerksam beobachtete.

Glauben Sie noch immer, ich sei paranoid, Doktor? dachte Jim.

»Mr. Spock?« erwiderte er betont ruhig. »Der Planetoid ist ›verschwunden‹? Was soll das heißen?«

Spock nahm sowohl den veränderten Tonfall als auch seine Ursache zur Kenntnis.

»So unlogisch es auch klingen mag, Captain: Der Himmelskörper scheint in der Lage zu sein, sich in unregelmäßigen Abständen zu verflüchtigen und nach einer gewissen Zeit wieder zu erscheinen. Ich habe die existenten Phasen genutzt, um einige Aufnahmen anzufertigen. Vor einigen Minuten war der Planetoid noch da, doch jetzt läßt sich keine Spur mehr von ihm finden.«

An der Authentizität der Holo-Bilder konnte kein Zweifel bestehen, und darüber hinaus wurde ihre Echtheit von den Unterschriften der drei wachhabenden Offiziere bestätigt. Aber was bedeuteten sie?

Kirk erinnerte sich an eine höchst eindrucksvolle Vorlesung, die Garth von Izar vor einigen Jahren an der Akademie gehalten hatte. Jim sah sich selbst im Auditorium, zusammen mit rund hundert anderen Kadetten.

»Denken Sie an den verschwindend kleinen Teil des Universums, den wir bisher erforscht haben«, sagte Garth. Seine schmalen Hände umfaßten den Rand des Pults, und die volltönende Stimme hallte durch den Saal, brauchte nicht mit Lautsprechern verstärkt zu werden. »Glauben Sie tatsächlich, das Weltall zu verstehen? Trauen Sie sich zu, von einem einzigen Kiesel am Ufer eines weiten Meeres auf die Natur des Ozeans schließen zu können? Meine Herren, der Raum wird Sie immer mit weitaus mehr Rätseln konfrontieren, als Sie lösen können. Wenn Sie diese Erkenntnis verinnerlichen, brauchen Sie nie überrascht zu sein.«

Als Kadett hatte sich Kirk jene Worte zu Herzen genommen, und sie retteten ihm mehr als einmal das Leben. Doch als kommandierender Offizier hatte er sie völlig vergessen. *Vielleicht handelt es sich hier um ein Phänomen, das der menschlichen Wissenschaft noch unbekannt ist und das rhythmische Verschwinden eines ganzen Planeten bewirkt. Himmel, warum habe ich nicht schon gestern daran gedacht, bevor ich Spock anfuhr?*

»Erklärung?« fragte er den Vulkanier.

»Es liegen noch nicht genügend Daten vor, Captain«, erwiderte Spock ruhig, als sei die Demütigung vom Vortag zusammen mit dem Planetoiden verschwunden. »Ich muß das Phänomen erst noch genauer untersuchen.«

»Nein«, widersprach Kirk freundlich. »Sie nicht, Mr. Spock. Lassen Sie sich von einem Ihrer Mitarbeiter ablösen. Von dem Astrophysiker Boma, zum Beispiel. Oder von Jaeger. Bestellen Sie jemanden aus der wissenschaftlichen Sektion hierher. Sie haben lange genug gearbeitet und verdienen nicht nur eine Ruhepause, sondern auch eine Entschuldigung.«

»Sir?«

»Mir lagen ... noch nicht genügend Daten vor, als ich gestern Vorwürfe gegen Sie erhob. Es tut mir leid.«

Spock zögerte. Die menschliche Form der Entschuldigung erstaunte ihn noch immer. Sie erschien ihm so beiläufig und banal, unterschied sich erheblich von der in dieser Hinsicht auf Vulkan gebräuchlichen rituellen Förmlichkeit. Unter Gleichrangigen und ›Freunden‹, so wußte er, lauteten die üblichen Antworten ›Schon gut‹, ›Mach dir nichts draus‹ und ›Ist nicht weiter schlimm‹. Solche Formulierungen deuteten einerseits darauf hin, daß tatsächlich ein Grund für die Entschuldigung existierte, doch die Antwort ließ andererseits den eher unlogischen Schluß zu, daß keine Notwendigkeit für die Beilegung irgendeines Zwists bestand.

Spock begriff, daß er auf die Worte seines vorgesetzten Offiziers wohl kaum mit einem menschlichen ›Mach dir nichts draus‹ reagieren konnte. Welche Möglichkeiten blieben ihm?

»›Zuerst muß man verstehen‹«, erinnerte er sich an den Rat seines Vaters Sarek, der als Diplomat wußte, wie man sich anderen Spezies gegenüber verhielt. In diesem Zusammenhang zitierte er häufig den Philosophen Surak. »›Anschließend geht es darum, den *anderen* zu akzeptieren. Man darf ihn dabei nicht den eigenen Maßstäben unterwerfen, sondern muß das Bild, das der andere von sich selbst hat, respektieren. Nur auf diese Weise wird man dem Prinzip der Mannigfaltigkeit gerecht.‹«

Zwar ›fühlte‹ sich Spock nach wie vor seinem Vater entfremdet, aber er beherzigte seinen Rat. Zuerst muß man verstehen. Spock hatte sein ganzes Leben lang versucht, die menschliche Natur zu begreifen — und stellte dabei nur fest, daß er nicht annähernd genug verstand. Wie also sollte er eine Entschuldigung entgegennehmen, die ihm rätselhaft erschien?

»Faß sie so auf, wie sie gemeint ist«, hätte seine Mutter Amanda gesagt und sich dabei einzig und allein auf ihre eigene Weisheit bezogen. »Fang bloß nicht an, sie zu analysieren. Und sei nicht immer ein so verdammt sturer Perfektionist!«

Es gab keine irgendwie geartete Distanz zwischen Spock und Amanda. Das war auch gar nicht möglich: Die Mutter akzeptierte ihren Sohn in jedem Fall, ganz gleich, wie sehr er sich verändern mochte. Spock beschloß, auf ihre mentale Stimme zu hören.

»Ich nehme Ihre Entschuldigung an, Captain«, sagte er schließlich. »Doch ich bitte um Erlaubnis, auf der Brücke bleiben zu dürfen. Ich erachte es als einzigartige Gelegenheit, ein solches Phänomen zu untersuchen.«

Kirk spielte zunächst mit dem Gedanken, seinem wissenschaftlichen Offizier zu widersprechen, überlegte es sich dann aber anders. *Wahrscheinlich benötigt auch er eine Möglichkeit zur Ehrenrettung.*

»Na schön, Mr. Spock«, erwiderte er und nahm zum erstenmal an diesem Tag im Sessel des Befehlsstands Platz. Er glaubte, es verdient zu haben. »Vielleicht gelingt es uns beiden, das Geheimnis des Planetoiden zu lüften.« Lächelnd fügte er hinzu: »Es wäre sogar denkbar, ihn nach Ihnen zu benennen.«

Das ist nicht nötig, wollte Spock antworten, entsann sich erneut an die Weisheit seiner Mutter und schwieg.

»Hauptschirm ein«, ordnete Kirk an.

»Aye, Sir«, bestätigte Kelso.

Aus den Augenwinkeln beobachtete Kirk, wie sich die Bordpsychologin über die Kom-Konsole beugte und mit

Uhura sprach. Als Dr. Dehner aufsah und in Richtung des Captains blickte, lächelte sie.

Nach einer knappen Stunde verwandelte sich der Planetoid von einem Phantom in unleugbare Wirklichkeit.

Im Vergleich mit der von M-155 hervorgerufenen Aufregung handelte es sich um einen nicht sehr beeindruckenden Himmelskörper: Er bestand zum größten Teil aus schlichtem graugrünem Fels, besaß nur eine dünne Atmosphäre und wenig Wasser in flüssiger Form. Lokale Lebensformen beschränkten sich auf primitive Vegetation. Eine Fauna schien sich noch nicht entwickelt zu haben, und die wenigen mineralogischen Vorkommen lohnten keinen industriellen Abbau.

Außerdem fehlte ein Hinweis darauf, was den Planetoiden immer wieder verschwinden ließ.

Die *Enterprise* schwenkte in einen vierzigtausend Perigialeinheiten hohen Orbit, näherte sich gerade weit genug, um eine genaue Sensorerfassung zu ermöglichen. Kirk wollte es vermeiden, sein Schiff irgendwelchen Gefahren auszusetzen.

»Keine Anzeichen von Gebäuden und Siedlungen«, meldete Spock. »Keine Spuren einer vergangenen oder gegenwärtigen Zivilisation. Nichts deutet auf hochentwickeltes Leben hin. Vermutlich hat die dünne Atmosphäre eine Evolution planetarer Intelligenzen verhindert.«

»Warum verhält sich das Ding dann nicht wie ein ganz normaler Planet?« überlegte Kirk laut. »Warum verschwindet M-155 immer wieder? Ist vielleicht eine Energiequelle außerhalb des Planetoiden dafür verantwortlich? Transporterstrahlen oder Warp-Felder, die ihren Ursprung in einem anderen Sonnensystem haben? Oder steckt ein fremdes Raumschiff dahinter, das über genügend energetische Reserven verfügt, um einen Himmelskörper von dieser Masse zu bewegen?«

»Das nächste bewohnte Sonnensystem ist sechsundvierzig Parsec entfernt«, berichtete Mitchell und blickte auf die

Anzeigen der Navigationskonsole. »Und in einem Umkreis von zehn Grad sind keine fremden Schiffe zu orten.«

»Ebensowenig lassen sich Störungen im allgemeinen Raum-Zeit-Gefüge feststellen, Captain«, warf Spock ein. »Was auch immer die Ursache sein mag: Das Phänomen beschränkt sich einzig und allein auf M-155.«

Kirk dachte nach. »Eine natürliche Anomalie? Ein nur auf den Koordinatenpunkt des Planetoiden begrenzter Strukturriß?«

»Diese Möglichkeit untersuche ich derzeit, Captain«, entgegnete der Vulkanier.

Kirk stand auf, schritt zur wissenschaftlichen Station und lehnte sich über die Brüstung. »Sind wir in Gefahr?«

»Unbestimmt«, sagte Spock. »Wie dem auch sei: Angesichts unserer derzeitigen Entfernung glaube ich nicht, daß wir unmittelbar bedroht sind.«

Diffuses Unbehagen regte sich in Kirk. »Ein Taschenspielertrick!« brummte er düster. »Irgend jemand macht diesen Raumsektor zur Bühne seiner Zauberkunststücke.«

Kelso und Mitchell wechselten einen kurzen Blick. Sie kannten die von Kirk benutzten Metaphern gut genug, um zumindest zu ahnen, was ihm durch den Kopf ging. Ein vorsichtiger Kommandant hätte den Planetoiden als unerklärtes Phänomen verzeichnet, eine Warnboje ausgeschleust — und dann den Flug fortgesetzt.

Aber James Kirk war nicht durch Vorsicht zum jüngsten Captain in der Geschichte Starfleets geworden.

»Spock, wieviel Zeit umfaßte die bisher längste Existenzphase?«

»Vier Komma eins drei Stunden, Captain.«

»Und die kürzeste?«

»Eine Stunde und sechs Minuten, Sir. Was jedoch keine Garantie dafür ist, daß...«

Kirk hörte gar nicht hin. *Eine Stunde und sechs Minuten,* dachte er. *Mehr als genug Zeit, sich auf die Oberfläche zu beamen und rechtzeitig genug zurückzukehren. Wenn Mr. Scott an den Transporterkontrollen sitzt und aufpaßt...*

Er starrte auf den grüngrauen Fleck im Darstellungsfeld. M-155 schien ihn herauszufordern.

»Mr. Mitchell, stellen Sie eine Landegruppe zusammen und halten Sie sich bereit«, sagte Kirk. »Soll der Planetoid ruhig noch einmal verschwinden. Wenn er das nächste Mal wieder erscheint, statten wir ihm einen Besuch ab.«

Kapitel 2

»Ich wiederhole noch einmal, Captain: Der Umstand, daß M-155 bisher mindestens eine Stunde und sechs Minuten lang existent blieb, ist keine Sicherheitsgarantie für uns. Diesmal könnte er durchaus nach einer kürzeren Zeitspanne verschwinden.«

»Mr. Spock«, erwiderte Kirk knapp und ungeduldig, »wenn Sie lieber an Bord der *Enterprise* bleiben möchten — ich habe nichts dagegen.«

»Negativ, Sir. In rein mathematischer Hinsicht sind unsere Chancen recht günstig. Ich wollte nur darauf hinweisen...«

»Ich verstehe, was Sie meinen«, unterbrach Kirk und trat zusammen mit dem Vulkanier, Mitchell und Kelso auf die Transporterplattform. »Ich schlage vor, wir machen uns jetzt auf den Weg!«

»Dr. Dehner fehlt noch, Sir«, sagte Scott, der an den Kontrollen stand.

Kirk seufzte, gestikulierte verzagt und verließ das Transferfeld wieder. *Hätte ich nur nicht darauf bestanden, daß unsere neue Bordpsychologin mitkommt*, dachte er kummervoll.

»Jemand aus der Medo-Abteilung sollte uns begleiten«, meinte Kirk, als ihm Mitchell die Namensliste der von ihm zusammengestellten Landegruppe zeigte. M-155 hatte sich gerade wieder verflüchtigt, und sie warteten auf die Rückkehr des Planetoiden. »Falls jemand stürzen und sich das Knie aufschlagen sollte.«

»Abkömmlich ist nur Dr. Dehner.« Mitchell verzog das Gesicht. »Himmel, Jim, sie ist Psychologin. Sie kann vielleicht eine akute Paranoia diagnostizieren, aber bestimmt ist sie nicht einmal in der Lage, einen Splitter zu entfernen.«

»Spock hat mir versichert, daß uns auf dem Planetoiden nur eine präxylemische Flora erwartet«, sagte Kirk trocken.

Mitchell starrte ihn verwundert an.

»Es fehlen Bäume«, fügte der Captain hinzu. Es fiel ihm schwer, ernst zu bleiben; nur mit Mühe unterdrückte er ein Zucken in den Mundwinkeln. »Keine Bäume, keine Splitter.«

»Sehr witzig«, meinte Mitchell und fügte Dehners Namen der Liste hinzu. »Eine Gehirnklempnerin, auf Geheiß des Captains.«

»Ach, Gary, gib ihr eine Möglichkeit, sich wie eine Normalsterbliche zu verhalten«, meinte Kirk. »Eine Chance, zwischenmenschliche Beziehungen — wenn wir einmal von Spock absehen — außerhalb steriler Laborbedingungen zu studieren. Vielleicht entdeckt sie dabei etwas, das die psychologisch-psychiatrische Wissenschaft revolutioniert.« Er hob den Zeigefinger. »Wenn ich noch weitere Einwände höre, befehle ich dir, dich persönlich um sie zu kümmern.«

Jetzt hielt Dehner die Landegruppe auf, und Kirk bereute seine Entscheidung.

»Wenn sie noch lange auf sich warten läßt, wird die Zeit zu knapp«, klagte Kirk und wanderte unruhig umher. »Lassen Sie Dr. Dehner übers Interkom ausrufen, Scotty. Wenn sie nicht innerhalb der nächsten Minute hier eintrifft...«

»Melde mich zur Stelle, Captain«, erklang eine weibliche Stimme von der Tür her. »Ich mußte erst noch meine Ausrüstung überprüfen.« Elizabeth Dehner gesellte sich zu ihnen auf die Transporterplattform.

Kirk verbiß sich eine scharfe Erwiderung, sah Scott an und sagte nur: »Energie!«

»Wir schwärmen aus«, entschied der Captain. »Spock wendet sich in Richtung sechs Uhr, Lee nach neun und Gary nach drei Uhr. Ich gehe nach zwölf Uhr. Kehren Sie auf mein Signal hin hierher zurück.« Er sah erst Dehner und dann Gary an, widerstand der Versuchung, seine scherzhafte Drohung wahrzumachen. »Doktor, ich schlage vor, Sie kommen mit mir.«

Die anderen wanderten fort und begannen mit der ersten Erkundung.

»Wollen Sie mir jetzt die Möglichkeit geben, mich wie eine Normalsterbliche zu verhalten?« fragte die Psychologin spitz. »Oder befürchtet der Captain, als erster zu stürzen und sich das Knie aufzuschlagen?«

»Lassen wir das«, entgegnete Kirk und fragte sich, woher Dehner von seinem Gespräch mit Gary wußte. Er hatte jene Worte auf der Brücke an Mitchell gerichtet, ohne daß die Psychologin zugegen gewesen wäre. Andererseits: Gerüchte an Bord eines Raumschiffs verbreiteten sich mit Warp-Geschwindigkeit. »Wir sind hier, um Aufschluß über M-155 zu gewinnen. Persönliche Dinge spielen derzeit keine Rolle.«

Das Unbehagen in ihm verstärkte sich jäh, als er den anderen nachsah. Er fühlte sich für sie verantwortlich und hoffte inständig, daß sein Beschluß, eine Landegruppe zu entsenden, niemanden in Gefahr brachte.

»Oh, ich verstehe«, erwiderte Dr. Dehner. Sie ahnte, was Kirk bewegte, ließ sich jedoch nichts anmerken. »Sie haben das Exklusivrecht auf spöttische Bemerkungen, halten so etwas offenbar für ein Privileg Ihres Ranges.«

»Dient Ihr Tricorder nur zur Zierde, oder haben Sie ihn mitgenommen, um Daten zu erfassen?«

Daraufhin setzten sie den Weg schweigend fort.

Scott hatte die Landegruppe auf der Nachtseite des kleinen Planeten abgesetzt — in der anderen Hemisphäre war die Strahlung von Kapeshets Korona viel zu stark. Trotzdem reichte das Lodern der nahen Sonne über den dunklen Horizont hinweg, ließ den Himmel erglühen und absorbierte den Glanz der meisten Sterne. Über den Polen flakkerten seltsame Lichterscheinungen, projizierten ebenso kurzlebige wie bizarre Schatten. Kirk und seine Gefährten konnten auf den Einsatz von Lampen verzichten: Das Licht der Streustrahlung genügte, um eine visuelle Orientierung zu ermöglichen.

Die Atmosphäre war weitaus dünner als der irdische Standard, und der Captain verfluchte sich dafür, ihrer Ausrüstung keine Sauerstoffmasken hinzugefügt zu haben. *Was soll's?* dachte er. *Nach maximal fünfzehn Minuten lassen wir uns zurückbeamen. Und solange halten wir es bestimmt aus.*

Der Boden erwies sich als weich und sandig, schimmerte in einem sonderbaren, kobaltblauen Ton — vielleicht nur eine optische Täuschung. Bei jedem Schritt wirbelte feiner Staub auf, der am Uniformstoff haftete, in den Augen und auf der Haut brannte. Kirk hörte, wie seine Begleiterin mehrmals leise hustete. *Sie wäre vermutlich die letzte, die durch irgend etwas zu erkennen gäbe, sich nicht wohl zu fühlen.* Auch seine Augen begannen zu brennen, und außerdem begann er zu ahnen, daß der Staub trotz aller Abdichtungen in die Tricorder eindrang.

»Irgend etwas gefunden?« fragte er Dehner, als sie stehenblieb, auf ihr Meßinstrument herabstarrte und den Kopf schüttelte.

»Nein«, antwortete sie und hüstelte erneut. »Aber der verdammte Staub und die Ionisierung durch Kapeshets Korona... Ich bezweifle, ob wir hier wichtige Daten sammeln können.«

Kirk bezweifelte, ob die Psychologin selbst unter wesentlich besseren Bedingungen in der Lage gewesen wäre, mit ihrem Tricorder irgendwelche bedeutsamen Entdeckungen zu machen. So etwas gehörte nicht zu ihrer Ausbildung. Er nickte nur, holte seinen Kommunikator hervor und bedeutete Dehner, ganz still zu stehen, damit sich der Staub legte.

»Landesgruppe, Bericht«, sagte er, nachdem er das Gerät auf Kelsos Frequenz justiert hatte.

Er hörte Statik — und ein fast krampfhaftes Keuchen.

»Hier Kelso, Ji... äh, Captain.« Alte Angewohnheiten

halten sich lange. »Ich bin etwa dreihundert Meter von der Stelle entfernt, an der wir uns trennten. Bisher konnte ich nichts Ungewöhnliches feststellen — abgesehen davon, daß es in der Atmosphäre hier und dort Vakuumtaschen gibt. Wenn man nicht aufpaßt, bleibt einem im wahrsten Sinne des Wortes die Luft weg. Und dann der blöde Staub...« Er brach ab und hustete erneut.

»Reg dich nicht auf, Lee«, erwiderte Kirk. »Versuch deine Ausrüstung vor dem Staub zu schützen. Und auch deine Lungen. In fünf Minuten treffen wir uns am Ausgangspunkt. Kirk Ende.«

Mitchell erstattete eine ähnliche Meldung und fügte einige deftige Flüche über die ätzenden Partikelwolken hinzu. Kirk wiederholte die Worte, die er bereits an Kelso gerichtet hatte.

»Kann uns dieses Zeug gefährlich werden?« wandte er sich an Dehner und rieb sich die Augen. Woraufhin sie noch heftiger brannten als vorher.

»Die schlimmsten Auswirkungen dürften in einer Art Heuschnupfenanfall bestehen«, meinte die Psychologin. Diesmal hustete sie laut und anhaltend. »Aber wenn wir dem Staub längere Zeit ausgesetzt sind...«

»Ich verstehe«, brummte Kirk. *Auf diese Weise bringen wir nichts in Erfahrung*, fuhr es ihm durch den Sinn. »Wir kehren zurück.«

Sie wirbelten dichten Staub auf, als sie in die Richtung eilten, aus der sie kamen. Kirk mißachtete seinen eigenen Rat, die Instrumente zu schützen, holte erneut den Kommunikator hervor und versuchte, einen Kontakt mit Spock herzustellen.

Spock reagierte eher widerstrebend, als er das Summen des Rufsignals hörte. Weder die dünne Atmosphäre noch der Staub belasteten ihn; auf seinem Heimatplaneten gab es Regionen, wo ständig solche Bedingungen herrschten. Der Tricorder zeigte völlig normale Daten an, und das verwirrte ihn. Immer wieder stellte er sich die Frage, wieso der

Planetoid in unregelmäßigen Abständen verschwand; dafür mußte es einen Grund geben.

»Hier Spock.«

»Wird Zeit, daß wir einen gastlicheren Ort aufsuchen«, klang Kirks Stimme aus dem kleinen Lautsprecher. »Kehren Sie unverzüglich zum Ausgangspunkt zurück.«

Spock hatte eine niedrige Anhöhe erreicht, auf der es weniger Staub gab. Er konnte weitaus besser sehen als ein Mensch, ließ seinen Blick über die blaue Landschaft schweifen und beobachtete, wie sich die anderen Mitglieder der Landegruppe, klein wie Ameisen, am Rematerialisierungsort versammelten. Er teilte nicht ihr Bedürfnis nach Gesellschaft, fühlte sich allein ebenso sicher wie in ihrer Begleitung. Tatsächlich wäre er sofort bereit gewesen, als einziger auf dem Asteroiden zurückzubleiben, um seine Untersuchungen fortzusetzen.

»Captain, ich bitte um Erlaubnis, an Ort und Stelle zu verweilen und weitere Daten zu sammeln. Es gibt noch immer einige mögliche Erklärungen für das Phänomen, die ich bisher nicht verifizieren konnte.«

Kirk schnappte mehrmals keuchend nach Luft, was auf ausgeprägte Atemschwierigkeiten hindeutete.

»Negativ, Spock... Der Staub setzt uns allen zu ... Kommen Sie sofort zurück.«

»Captain, die Partikelwolken machen mir nichts aus. Mit allem gebührenden Respekt...«

»Verdammt...« Wieder das asthmatische Husten. »Widersprechen ... Sie ... nicht!«

»Wie Sie meinen, Sir«, erwiderte der Vulkanier zögernd und ging los.

»He, was ist das denn, Kyle?«

»Keine Ahnung, Mr. Scott. So etwas habe ich noch nie zuvor erlebt.«

Der Chefingenieur stellte eine Kom-Verbindung zu Kirk her.

»Captain, hat sich die Landegruppe wieder versammelt?«

»Bis auf Spock sind alle hier«, antwortete Jim. Interferenzen knackten und knisterten aus dem Lautsprecher, als er Staub aus dem Gerät schüttelte. »Er ist unterwegs. Warum fragen Sie?«

»Ich fürchte, es kündigen sich Probleme an«, sagte Scott. »Ich habe mich an Ihre Anweisungen gehalten und Sie ständig angepeilt — falls ein rascher Retransfer notwendig werden sollte. Vor ein paar Sekunden ist eine Anzeige vom Schirm verschwunden, ebenso spurlos wie zuvor der Planetoid!«

»Halten Sie sich in Bereitschaft!« befahl Kirk und wechselte die Frequenz. Im gleichen Augenblick rief Dr. Dehner:

»Captain! Mr. Spock... Er ist nicht mehr da!«

Sie stand ein wenig abseits der anderen, blickte in die Richtung, aus der sie den Vulkanier erwarteten. Sie hatte eine hochgewachsene schlanke Gestalt bemerkt, die sich mit langen und doch ruhigen Schritten näherte, deren Konturen sich langsam aus dem blauen Dunst schälten. Und dann, von einem Augenblick zum anderen, löste sie sich in Luft auf.

Elizabeth Dehner hielt ihr Erschrecken zunächst auf Distanz. Vielleicht nur eine besonders dichte Staubwolke, hinter der Spock für einige Sekunden verschwand. *Oder er ist gefallen und hat sich das Knie aufgeschlagen*, dachte sie voller Selbstironie. Doch als sich der Partikeldunst wieder verzog...

Sie musterte Kirk, lauschte dem mentalen Echo von Scotts Worten, sah, wie der Captain kurz die Lippen zusammenpreßte. Man brauchte nicht die Fähigkeiten eines Telepathen, um seine Gedanken zu erraten. Kündigte Spocks Verschwinden die Entstofflichung des ganzen Planetoiden an? Sie befanden sich erst seit zwölf Minuten auf der Oberfläche, und demnach gab es noch eine breite Sicherheitsmarge. *Eine Stunde und sechs Minuten*, erinnerte sich die Psychologin. *Der kürzeste Abstand zwischen der Existenz- und Phantomphase. Aber das muß nichts bedeu-*

ten. *Was mag geschehen, wenn sich jetzt der Boden unter unseren Füßen auflöst? Nimmt er uns mit ins ... Nichts?*

»Spock!« rief Kirk, hielt den Kommunikator dicht vor die Lippen — und wußte, daß der Vulkanier nicht mehr antworten konnte.

Der Captain machte sich heftige Selbstvorwürfe. Er hätte sich niemals dazu hinreißen lassen dürfen, eine Landegruppe auszuschicken. *Es ist meine Schuld, ganz allein meine Schuld.* Er lief in die Richtung, in der Dehner den Vulkanier zum letztenmal gesehen hatte, wechselte dabei erneut die Justierung des Kommunikators.

»Scotty! Beamen Sie die anderen an Bord! Ich bleibe noch etwas, um...«

Aber das Gerät versagte, wurde von Interferenzen und dem Staub blockiert, den Kirk in seiner Hast aufwirbelte. Jim warf es beiseite, wirbelte herum, streckte die Hand nach dem Kommunikator der Psychologin aus...

»Mitch!« rief Kelso.

Gary verschwand.

Gefolgt von Lee Kelso. Der Captain drehte ruckartig den Kopf, sah Dehners weit aufgerissene Augen, als sie...

Scott und Kyle betätigten mehrere Tasten, doch die Transporterpeiler funktionierten plötzlich nicht mehr. Hilflos starrten sie auf den Schirm und beobachteten, wie die hellen Ortungsreflexe nacheinander verblaßten. Und plötzlich... Nur noch leerer Raum dort, wo sich eben der Planetoid M-155 befunden hatte. Der Schwerkraftsog seiner Masse ließ abrupt nach, und die *Enterprise* erbebte heftig, bevor die Gravitationskontrollen das Trägheitsmoment ausglichen. Scott half Kyle auf die Beine und schaltete das Interkom ein.

»Brücke!« stieß er hervor. »Wer führt das Kommando?«

»DeSalle«, lautete die beruhigende Antwort vom Steuermann. »Uhura hat die Navigation übernommen. Machen Sie sich keine Sorgen. Wir haben die Lage unter Kontrolle.«

»Aye, Mr. DeSalle.« Scott holte tief Luft. »Steuern Sie uns von der verdammten Sonne fort. Es gibt keinen Planetoiden mehr, der uns vor ihrer Strahlung abschirmt. Der Felsbrocken ist wieder verschwunden — und hat die Landegruppe mitgenommen!«

Kirk fiel auf Sand und war viel zu verblüfft, um sich abzurollen. Ziemlich unsanft prallte er auf den Rücken und blieb verwirrt liegen. Dunkelheit herrschte um ihn herum. Zuerst hörte er nur seine rasselnden Atemzüge, doch nach einigen Sekunden vernahm er eine Stimme, die Standard mit einem auffallenden Akzent sprach.

»Ach du meine Güte! Was hab' ich denn diesmal angestellt?«

Kapitel 3

»Auch auf die Gefahr hin, daß du mich für total übergeschnappt hältst, Ji... Captain«, tönte Lee Kelsos Stimme über die Treppe. »Ich glaube, wir sind in Ägypten.«

Mitchell und Kirk, die auf der obersten Stufe standen, gaben keine Antwort. Dumpfes Keuchen erklang in der Dunkelheit, als sich die beiden Männer gegen die steinerne Platte stemmten, die ihnen den Weg versperrte. Sie verwandelte den Raum, in dem sie gelandet waren, in einen Kerker.

»Braucht ihr Hilfe?« fragte Kelso.

»Nein«, schnaufte Kirk. Das Keuchen wich dem Geräusch von Schritten, die sich näherten. »Das Ding rührt sich nicht von der Stelle. Wir sitzen hier fest.«

Zwei Gestalten zeichneten sich in der Finsternis des Aufgangs ab. Kirk und Mitchell kamen die Stufen aus uraltem Granit herunter und kehrten in das große Gewölbe zurück, in dem Kelso und Elizabeth Dehner warteten.

»Ägypten, meinst du?« fragte Kirk, klopfte sich den Staub von den Händen und ließ seinen Blick durch die Kammer schweifen.

»Entweder das — oder dies hier ist die beste Imitation, die ich je gesehen habe«, beharrte Kelso.

»Ägypten«, wiederholte Kirk ungläubig. »Zuerst ein Planet, der ab und zu verschwindet. Dann ein Vulkanier, der sich in Luft auflöst. Und jetzt behauptest du, irgendetwas habe uns über tausend Lichtjahre hinweg zur Erde transportiert? Nun, warum nicht?« Seufzend ließ er sich auf eine Stufe sinken, dachte dabei nicht mehr an die blauen Flecken, die er sich unmittelbar nach der Rematerialisierung — wo auch immer — geholt hatte. Er zuckte zusammen, stöhnte innerlich und musterte Kelso. »Wie kommst du darauf?«

»Vermutlich stimmen mir alle zu, wenn ich sage, daß

wir uns nicht mehr auf M-155 befinden«, begann Kelso und wartete darauf, daß ihm jemand widersprach. Als es still blieb, fuhr er fort: »Spock meinte, auf dem Planetoiden gebe es keine Gebäude, keine Anzeichen irgendeiner Zivilisation...«

»Spock...«, murmelte Kirk und spürte ein flaues Gefühl in der Magengrube. Der Vulkanier wurde nach wie vor vermißt. *Meine Schuld.*

»Nun, wir sind jetzt im Innern eines Bauwerks«, brummte Kelso. »Und alles deutet auf eine dynastische Architektur hin: monumentale Ausmaße, Wände aus einzelnen Steinblöcken, die sich fast fugenlos zusammenfügen, ohne daß man Mörtel verwendete. Dieses Gebäude dürfte um die dreitausend Jahre alt sein — man braucht keinen Tricorder, um eine solche Feststellung zu treffen —, und wahrscheinlich befindet es sich unter dem Bodenniveau: Es gibt keine Fenster, und der einzige Weg führt nach oben...«

»Warum sprichst du nicht gleich von einem Verlies, Lee?« warf Gary Mitchell ein. Er saß weiter oben auf der Treppe, und im matten Licht einer altertümlichen Glühbirne nahm er seinen Kommunikator auseinander. »Eine solche Bezeichnung wäre durchaus angemessen. Die steinerne Platte läßt sich nicht um einen einzigen Millimeter verschieben. Und das bedeutet, wir sind hier gefangen.«

»Danke, Mitch.« Kelso schnitt eine Grimasse. »Dein Optimismus ist wirklich außerordentlich erquicklich.«

»Typisch für ihn«, ließ sich Elizabeth Dehner vernehmen. Sie hockte abseits der anderen, lehnte mit dem Rücken an der Wand und versuchte, nicht zu oft an Kerker und Verliese zu denken. »Er spielt den Zyniker, weil er sich dadurch überlegen fühlt.«

»Erwarten Sie immer das Schlimmste, Doktor«, sagte Mitchell und grinste von einem Ohr zum anderen. »Dann sind Sie nie enttäuscht.«

»Ägypten«, wiederholte Kirk erneut, stand auf und wanderte in der großen Kammer umher. Er konnte einfach nicht mehr still sitzen, brauchte Bewegung. »Erde. Es erscheint absurd. Megalithische Architektur ist auf vielen von Humanoiden bewohnten Welten üblich, Lee. Wieso bist du so sicher?«

»Ich habe mir die Mauern angesehen«, erwiderte Kelso. Während seine Gefährten noch auf dem sandbedeckten Steinboden lagen und sich von ihrer Überraschung erholten, ging er am Rande der weiten Kammer entlang, strich mit den Fingerkuppen über die Felsblöcke, untersuchte Vertiefungen und winzige Vorsprünge, kroch manchmal sogar auf allen vieren und murmelte leise vor sich hin — bis sich Kirk nach dem Grund seines seltsamen Verhaltens erkundigte. »Sie bestehen aus einzelnen Sandsteinsegmenten, die so behauen wurden, daß bei ihrer Aufeinanderschichtung auf Mörtel oder eine andere Bindemasse verzichtet werden konnte. An einigen Stellen aber haben sie sich verschoben — aufgrund von Erdbeben, nehme ich an. Daher auch der Sand auf dem Boden. Nun, während des zwanzigsten und einundzwanzigsten Jahrhunderts kam es in Ägypten häufig zu starken Erdbeben — als man den Assuan-Staudamm baute, als die alten Gibraltar-Schleusen geöffnet wurden. Die Erklärung ist ganz einfach: zu großer Wasserdruck an Orten, wo es nie Wasser gegeben hat.«

»Ich verstehe«, sagte Kirk, aber Kelso hörte ihn gar nicht, kam jetzt richtig in Fahrt.

»Wenn man genau hinsieht...« Lee trat an der Wand entlang, deutete auf verschiedene Stellen und gestikulierte aufgeregt. Seine Stimme hallte hohl durch die Leere, warf mehrere Echos, so daß die Zuhörer ihren eigentlichen Ursprung nicht mehr lokalisieren konnten. »Kurze und lange Steine wechseln sich ab. Man nennt sie Schlußsteine und Binder, beziehungsweise Strecker und Läufer. Das von ihnen gebildete Muster bezeichneten die Ägypter als *Talatat* — ›Dreier‹ —, obgleich heute niemand mehr weiß, was es damit auf sich hat. Derartige Strukturen wurden hauptsächlich während des Neuen Reiches verwendet, der sogenannten 18. Dynastie, die von 1551 bis 1306 v. d. Z. dauerte. Es gibt nur eine wichtige Ausnahme: Die Frauentempel wurden nur entweder aus Bindern oder Läufern errichtet. Ich meine zum Beispiel den Tempel der Nofretete, die im vierzehnten Jahrhundert v. d. Z. ägyptische Königin und Gemahlin Echnatons war...«

Kelso brach ab, schien zu begreifen, daß er in fünf Minuten mehr gesagt hatte als sonst an einem ganzen Tag. Der stille und zurückhaltende Lee Kelso – selbst die besten Freunde überraschte er immer wieder mit seinen erstaunlichen Fähigkeiten: Er konnte praktisch alles auftreiben, alles reparieren, alles ›organisieren‹, was nicht niet- und nagelfest war – erwies sich plötzlich als Ägyptologe.

»Du bist immer wieder für eine Überraschung gut, Lee«, sagte Jim Kirk anerkennend.

»Es ist ein Hobby.« Kelso zuckte mit den Schultern. »Schon seit langem interessiere ich mich für Architektur.«

»Und die Schätze, Lee?« fragte Gary spöttisch und schüttelte kobaltblauen Staub aus dem Kommunikator. Er glitzerte, vermischte sich mit dem roten Sand auf den Steinen – und stellte einen eindeutigen Beweis dafür dar, daß sie nicht etwa an Halluzinationen litten, tatsächlich auf M-155 gewesen waren. »Wo ist König Tutanchamuns Gold? Wo liegt die uralte Papyrusrolle, die den Weg zur Schatzkammer weist? Wo sind die Geheimtunnel, durch die man nach draußen gelangen kann?«

»Hier drüben sind einige Hieroglyphen in den Stein gemeißelt«, sagte Elizabeth Dehner. Kelsos Ausführungen weckten ihr Interesse, und Mitchells Sarkasmus ging ihr gegen den Strich. »Zumindest sehen sie so aus, als...«

»Es handelt sich nicht um eine echte piktographische Schrift«, erwiderte Kelso. Er hatte die Zeichen bereits untersucht. »Eher um koptische Graffiti. Sie sind nicht annähernd so alt und weitaus weniger komplex.«

»Hört, hört«, kommentierte Mitchell.

»Wenigstens ist die Beleuchtung ein wenig moderner«, bemerkte Kirk, beobachtete die hohen Wandleuchter und lauschte dem Echo seiner Stimme. »Ich schätze, wir brauchen nicht damit zu rechnen, daß hier irgendwelche unheimlichen Fackelträger auftauchen, um uns dem Totengott Anubis zu opfern.« Er atmete tief durch. »Na schön, gehen wir mal davon aus, wir sind wirklich in Ägypten. Dann stecken wir in nicht annähernd so großen Schwierigkeiten, wie wir bisher befürchteten. Wir brauchen diese Kammer nur zu verlassen, Spock zu finden...«

»Nichts leichter als das«, meinte Mitchell trocken, setzte den Kommunikator wieder zusammen und testete das Gerät. »Ein Kinderspiel.«

»Funktioniert das Instrument?« fragte Kirk ungeduldig. »Wenn wir es auf eine Starfleet-Frequenz justieren...«

»Oh, mit diesem Ding hier ist soweit alles in Ordnung«, sagte Gary. »Aber ich kann trotzdem nicht senden. Irgend etwas blockiert die Signale.«

Kirk wandte sich an Dehner. »Was ist mit den Tricordern?«

»Das gleiche Problem, Captain«, antwortete die Psychologin. »Die Geräte erfassen alle in diesem Raum anwesenden Personen, doch was sich hinter den Mauern befindet, bleibt ihnen verborgen.«

»Wir haben es mit einem Abschirmfeld zu tun, Jim«, sagte Mitchell und klappte den Kommunikator zu. »Irgend jemand will uns daran hindern, mit der Welt außerhalb dieses Gebäudes Kontakt aufzunehmen. Und wenn es sich dabei um den unbekannten Faktor handelt, der uns hierherbrachte... Ich glaube, dann sitzen wir ganz schön in der...«

»Sehr scharfsinnig, Mr. Mitchell«, erklang eine Stimme hinter ihnen, eine Stimme, die kein Echo warf. Kirk erkannte den Akzent wieder, den er unmittelbar nach seiner Ankunft gehört hatte. »Ich möchte allerdings betonen, daß Sie sich keine Sorgen zu machen brauchen. Jede Art von Feindseligkeit Ihnen gegenüber liegt mir fern.«

Der Mann kam nicht etwa die Treppe herab, kroch auch nicht durch einen imaginären Geheimtunnel. Von einem Augenblick zum anderen war er einfach da: eine sonderbare Erscheinung, die aus einer völlig anderen Epoche oder einer alternativen Wirklichkeit zu stammen schien. Der Fremde trug einen weißen Umhang, und auf seinem Kopf ruhte ein Turban. Er schien entweder zu dünn für seine Größe zu sein — oder zu groß für sein Gewicht. Als ätherischer Geist trat er ihnen entgegen, substanzlos und doch real. Er grinste wie die Katze aus *Alice im Wunderland*, und...

Und er trug ein Teakholz-Tablett, auf dem ein Teeservice aus Porzellan stand.

»Sie waren das also!« entfuhr es Kirk und deutete mit dem Zeigefinger auf den Unbekannten. »Die Stimme, die ich kurz nach dem Retransfer hörte. Haben Sie uns hierher gebracht?«

»In der Tat, Captain«, bestätigte der ›Geist‹, verneigte sich kurz und stellte das Tablett auf eine der Stufen. In einer entschuldigenden Geste breitete er die Arme aus. »Ich bekenne mich schuldig, kann zu meiner Verteidigung nur anführen, daß keine bewußte Absicht dahintersteckte.«

Kirk setzte zu einer Erwiderung an, überlegte es sich dann aber anders und schwieg. Er richtete einen verwirrten Blick auf Mitchell, der jedoch nur mit den Schultern zuckte.

»*Was* beabsichtigen Sie denn?« fragte er wachsam.

Der Fremde griff nach den Tassen. »Oh, ich habe nur ein Experiment durchgeführt, bei dem es um eine Manipulation der Zeit ging. Es sollte dabei niemand zu Schaden kommen. Daß Sie und Ihre Leute betroffen wurden, war reiner Zufall.«

Kirk hörte das geschäftige Summen des Tricorders, den Dehner in der Hand hielt. Sie bewahrte die Ruhe und gewann Daten über den Fremden. *Gut*, dachte Kirk zufrieden und räusperte sich.

»Ich bin James T. Kirk vom Föderations-Raumschiff *Enterprise*. Wir sind auf einer friedlichen Mission...«

»Ja, ich weiß, Captain«, unterbrach ihn der namenlose Mann und winkte mit einer langen, schmalen Hand, wodurch er fast die Teekanne umgestoßen hätte. »Obgleich mir derzeit noch unklar ist, woher mein Wissen stammt. Eigentlich komisch: Ich weiß über viele nutzlose Dinge Bescheid. Aber wenn ich versuche, solche Kenntnisse anzuwenden, um meine wenig erfreuliche Lage zu verbessern, wird alles nur noch schlimmer. Möchten Sie Honig in Ihrem Tee, Captain?«

Bevor Kirk Antwort geben, sich sammeln oder seinem Unmut mit einem Fluch Luft machen konnte, vernahm er Elizabeth Dehners Stimme.

»Er ist menschlich, Captain«, flüsterte sie. »Mehr oder weniger.«

»Was soll das heißen?« erwiderte Kirk.

»Dr. Dehner möchte Ihnen mitteilen, daß einige meiner biopsychischen Werte den menschlichen Normen entsprechen, während das bei vielen anderen nicht der Fall ist«, sagte der Unbekannte. Er hielt noch immer die Teetasse in der Hand, und als Kirk sie nicht entgegennahm, reichte er sie Dehner. Die Psychologin sah den Captain an, zuckte mit den Achseln, legte den Tricorder beiseite und nahm die Tasse entgegen. »Sie wird Ihnen bestätigen, daß meine neurologischen Strukturen paranormaler Natur sind — Sie würden in diesem Zusammenhang vermutlich von einem hohen PSI-Quotienten sprechen —, und ich nehme an, sie ist nicht in der Lage, mein Alter zu bestimmen.«

»Genau«, sagte Dehner kühl und zeigte sich überhaupt nicht überrascht. Sie lehnte sich an die Treppe, trank einen Schluck Tee und schien sowohl Umgebung wie Umstände völlig zu vergessen. *Teatime in einem ägyptischen Verlies*, dachte Kirk. »Woher wissen Sie das?« fragte die junge Frau nach einer Weile. »Sind Sie getestet worden, Mr. ...«

»Parneb«, stellte sich der Mann vor und griff nach einer zweiten Tasse. »Mahmoud Gamal al-Parneb Nezaj, um ganz genau zu sein. Aber bei meinen bisherigen Inkarnationen habe ich ausschließlich den Namen Parneb verwendet. Mr. Mitchell?«

»Meine Mutter hat mir verboten, mit Fremden Tee zu

trinken«, sagte Gary wie beiläufig. Er saß einige Stufen unterhalb der steinernen Platte am oberen Ende der Treppe, hatte die Arme verschränkt und lehnte sich lässig an die Wand. Aber Kirk kannte ihn gut genug, um seine innere Anspannung zu erkennen. *Er wartet nur auf mein Zeichen*, dachte er.

»Oh, aber wir sind doch jetzt keine Fremden mehr!« wandte Parneb ein und bot Kelso Tee und Plätzchen an. Lee nahm beides entgegen; wenn es um seinen Magen ging, lehnte er nie etwas ab. »Ich weiß, wer Sie sind, und ich bin bereit, Ihnen alles über mich zu erzählen — soweit ich mich erinnere. Darüber hinaus werde ich zu gegebener Zeit versuchen, Sie sicher dorthin zurückzubringen, woher Sie kommen. Zuerst müssen Sie mir versprechen, sich zu keinen ... äh, unüberlegten Handlungen hinreißen zu lassen.«

»Pfefferminz«, brummte Kelso mit vollem Mund und biß vom nächsten Keks ab. Er meinte seinen Tee, den er mit einer gehörigen Portion Honig genoß. »Schmeckt sehr gut.«

»Die Kräuter stammen aus meinem eigenen Garten«, verkündete Parneb nicht ohne Stolz. »Und der Honig aus meinem Bienenhaus. Während der vergangenen — oder zukünftigen? — Jahrhunderte hat sich die Eigenversorgung immer wieder als Vorteil erwiesen.«

»Einer meiner Gefährten wird noch immer vermißt«, warf Kirk ein und fühlte, wie sich das Unbehagen in ihm verdichtete. Er dachte an Hänsel und Gretel, die zum erstenmal das Pfefferkuchenhäuschen betraten und dort zunächst freundlich empfangen und bewirtet wurden. Tee, Plätzchen, höfliches Geplaudere — das alles weckte heißen Zorn in ihm. Er verspürte den plötzlichen Wunsch, irgend etwas zu zerschlagen. »Er begleitete uns auf den Planetoiden ...«

»Ja, ich weiß — der Vulkanier«, erwiderte Parneb ruhig. »Wirklich schade. Es ist mir ein Rätsel, wie so etwas geschehen konnte; eigentlich sollten Sie alle zusammen hier eintreffen. *Malesh*: Ich glaube, es kann nicht besonders schwer sein, einen einzelnen Vulkanier zu lokalisieren.«

»Wir sind in Ägypten, nicht wahr?« erkundigte sich Lee.

»In der Tat, Mr. Kelso. Und ich fand Ihren Vortrag über Architektur recht faszinierend.« Parneb schenkte sich ebenfalls Tee ein, faltete seine ektomorphe Gestalt auf einer der Stufen und setzte die Tasse behutsam an die Lippen. »Sie und Ihre Kameraden haben eine Menge herausgefunden — trotz der Beschränkungen, denen ich Sie in diesem ... Keller unterwarf. Bitte glauben Sie mir, Mr. Mitchell: Die Kammer ist keineswegs als Verlies gedacht. Oh, Captain — ich muß auch die Verantwortung für das Abschirmfeld übernehmen, das Ihre Instrumente blockiert. Aufgrund Ihrer Ausbildung und diversen Talente mußte ich annehmen, daß Sie versuchen würden, nach draußen zu gelangen und dort jemanden um Hilfe zu bitten. Nun, auch ich habe so etwas wie eine Erste Direktive. Ich konnte nicht zulassen, daß Sie Ihre Präsenz in diesem Jahrhundert offenbaren.«

Kirk begann allmählich zu begreifen, was Parnebs Worte bedeuteten. Er hatte sie nicht nur durch den Raum transportiert, sondern auch durch die Zeit.

»Parneb«, sagte er langsam und besann sich dabei auf seinen Rest von Geduld. »In welchem Jahrhundert sind wir hier?«

»In meinem natürlich.« Die Frage schien den hageren Mann zu erstaunen. »Besser gesagt: in einem davon. Doch in welchem... Lassen Sie mich überlegen.«

Kirk verlor endgültig die Beherrschung.

»Ich verlange Antworten«, stieß er zwischen zusammengebissenen Zähnen hervor. »Ich habe keine Ahnung, wer oder was Sie sind — Zauberer, Witzbold oder schlicht und einfach ein Irrer —, aber wenn Sie uns nicht sofort freilassen, wenn Sie uns nicht sagen, was mit meinem wissenschaftlichen Offizier und der *Enterprise* geworden ist, wenn Sie uns nicht umgehend zurückbringen, werde ich...«

»Ja?« Parneb sah ihn fragend an und nippte in aller Gemütsruhe an seinem Tee.

Kirk sprang auf ihn zu und berührte etwas, das sich so eklig anfühlte wie Spinnweben und innerhalb weniger Sekundenbruchteile verschwand. Der Captain verlor das Gleichgewicht, fiel, fing den Aufprall mit den Händen ab und rollte zur Seite. Parnebs Teekanne kippte, vergoß ihren Inhalt und zerbrach.

»Bitte unterlassen Sie so etwas«, erklang der schwere Standard-Akzent. Parneb stand ganz woanders. Kirk stemmte sich wieder in die Höhe und sah ihn in der Mitte des Raums, beobachtete, wie der seltsame Mann seine Kleidung glättete. »Dadurch entstehen Falten in der *Djellaba*, und außerdem laufen wir beide Gefahr, zumindest einen Teil unserer Würde zu verlieren. Ich habe Ihnen doch gesagt, daß ich bereit bin, Ihnen zu helfen. Aber ich brauche Zeit. Und Ihr derzeitiges Verhalten kann mich kaum dazu bewegen, Sie aus dieser Kammer zu lassen.«

Kirk kochte. Er verdankte dem ägyptischen Magier nicht nur Dutzende von immer noch schmerzenden blauen Flecken, sondern nun auch einige Hautabschürfungen an den Händen und Unterarmen.

»Versuchen Sie bitte, sich noch ein wenig zu gedulden, Captain«, riet ihm Parneb freundlich. Als er bemerkte, daß Lees Blick wieder den Wänden galt, fügte er hinzu: »Mr. Kelso, es würde mich sehr interessieren, wie Sie dieses Gebäude im Vergleich mit anderen Bauwerken aus der gleichen Epoche beurteilen...«

Er hakte sich bei Kelso ein, und die beiden Männer begannen mit einer Besichtigungstour, unterhielten sich mit solcher Gelassenheit, als hätten sie die ganze Zeit der Welt. Kirk faßte sich wieder und musterte seine Gefährten. Dehner hielt noch immer die Teetasse in der Hand, und Mitchell hockte wie eine dösende und doch wachsame Raubkatze auf der Treppe. *Mit direkten Drohungen kommen wir keinen Schritt weiter*, dachte Jim selbstkritisch und versuchte, ein Bild von ihrer Lage zu gewinnen. Die Situation erschien ihm nach wie vor unwirklich und irreal. Seufzend stieg er die Stufen hoch und nahm neben Mitchell Platz.

»Ich bin mit meiner Weisheit am Ende, Gary«, sagte er. »Parneb ist mir ein einziges Rätsel.«

Er wußte, daß solche Worte seiner Rolle als Captain widersprachen, aber er war klug genug, sein eigenes Versagen einzugestehen und eine zweite Meinung einzuholen. Mitchells Rat hatte ihm schon oft auf die Sprünge geholfen...

»Geduld und Diplomatie, Junge.« Garys Lippen bewegten sich kaum, und sein Blick blieb auf Parneb gerichtet. Er schien zu befürchten, der Fremde könne ihn hören, obwohl er ein Dutzend Meter entfernt mit Kelso sprach. »Laß ihm seinen Willen. Versuch einfach, sein Vertrauen zu gewinnen. Halt ihn bei Laune. Nimm dir ein Beispiel an Lee.«

»Lee schwebt gerade im siebten Architektenhimmel«, erwiderte Kirk gepreßt. »Wenn ich von ihm noch einen Vortrag über ägyptische Baukunst höre, drehe ich ihm höchstpersönlich den Hals um.«

»Du siehst das völlig verkehrt, Jim«, hauchte Mitchell. »Himmel, du kennst Lee ebensogut wie ich. Sicher, manchmal rastet er aus, aber die wichtigen Dinge verliert er nie aus den Augen. Seit Parneb auftauchte, wickelt er ihn um den kleinen Finger. Außerdem: Es war Lee, der herausfand, daß wir in Ägypten sind.«

Kirk beobachtete die beiden Gestalten auf der anderen Seite der Kammer, und plötzlich sah er Kelsos sorgloses, zuvorkommendes Gebaren in einem ganz anderen Licht.

»Das übliche Szenario«, murmelte Mitchell. »Auf der einen Seite der gute, freundliche Polizist, und auf der anderen ein cholerischer Schlägertyp.« Er lächelte.

»Ich weiß nicht, wer diesen Trick zum erstenmal benutzt hat«, erklärte Kelso zu Beginn einer anderen Mission, die inzwischen schon viele Jahre zurücklag. Seine Erläuterungen dienten zur Vorbereitung auf eine möglicherweise problematische Situation. »Er ist sehr alt und wurde auf der Erde entwickelt. Kennt ihr ›Des Teufels Advokat‹? Nun, es handelt sich um eine Variante jenes Musters. Einer spielt den Bösen, einen zu allen Gemeinheiten fähigen Kerl, und der andere übernimmt die Rolle des Guten, der nichts von Gewalt und ähnlich abscheulichen Dingen hält. Der Dritte, um den es eigentlich geht, sieht sich vom Bösen bedroht, sucht beim Guten Schutz und ist deshalb bereit, ihm alles zu erzählen...«

»Und du bist der Böse?« fragte Kirk.

»Eine mir auf den Leib geschriebene Rolle, meinst du nicht?« Mitchell lächelte erneut. »Du fungierst gewissermaßen als Schiedsrichter.« Gary wurde schlagartig ernst. »Lee und ich bereiten Parneb für dich vor, Jim. Aber du mußt entscheiden, welche Konsequenzen sich daraus ergeben sollen.«

Kirk nickte langsam. Ein Mann, der einen solchen Freund hatte, durfte sich glücklich schätzen. Und ein Captain, der sich an einen derartigen Vertrauten wenden konnte, war noch weitaus besser dran.

»Captain?« Elizabeth Dehner rutschte ein wenig näher und nickte in Richtung Parneb. »Ich stimme Mr. Mitchell nur ungern zu, aber die von ihm vorgeschlagene Taktik ist in psychologischer Hinsicht recht wirkungsvoll.«

»Da hast du's«, bemerkte Mitchell trocken. »Jetzt bekommst du sogar den offiziellen Segen einer Gehirnklempnerin...«

»Immer mit der Ruhe, Gary.« Kirk grinste und fühlte, wie sich seine Stimmung verbesserte. »Spar dir deine Schauspielerkunst für Parneb auf.«

»Wer sagt denn, daß ich schauspielere?« Mitchell bedachte Dehner mit einem durchdringenden Blick.

Die Psychologin kam nicht mehr dazu, einen Kommentar abzugeben — ganz plötzlich stand der Ägypter vor ihnen. Kirk fragte sich, wieviel er gehört hatte.

»Es wird Zeit«, meinte Parneb und winkte. »Wenn Sie

mich bitte begleiten würden...« Diesmal wählte er einen ganz gewöhnlichen Abgang und ging die Treppe hoch, ungeachtet der massiven Steinplatte am Ende der Stufen. Einige Sekunden später stellte Kirk verblüfft fest, daß sie gar nicht mehr existierte.

Mitchell erhob sich langsam und ließ Kelso vorbei.

»Kommen Sie, Wunder der Psychiatrie und Erleuchterin des menschlichen Seelenlebens!« rief er Dr. Dehner zu. »Die Teeparty ist vorbei.«

Elizabeth griff nach ihrem Tricorder und sah zu Gary auf.

»Eines Tages, Mr. Mitchell, unterziehe ich Sie einer umfassenden Psychoanalyse und finde den Grund für Ihre Mysogynie«, versprach sie kühl.

»Oh, ich habe nichts gegen Frauen«, erwiderte Gary und griff nach Dehners Arm. »Sie gehören sogar zu den Leuten, die ich besonders sympathisch finde. Vorausgesetzt, sie strahlen eine gewisse Wärme aus und sind nicht kalt wie Eis.«

»Vielleicht sind Sie eifersüchtig auf mich«, vermutete die Psychologin, stieß Mitchells Hand beiseite und ignorierte die Beleidigung. Sie hörte solche Worte nicht zum erstenmal. »Vielleicht sehen Sie durch mich Ihre privilegierte Stellung beim Captain bedroht.«

»Mein Rat hat Jim mehr als einmal das Leben gerettet«, brummte Gary. *Spielt er bereits den Bösen?* fragte sich Dehner. *Oder ist seine Bemerkung eine ernst gemeinte Drohung?* »Wenn er Ihre Hilfe braucht, wird er sich an Sie wenden.«

Die Treppe führte in engen Spiralen nach oben, vorbei an fensterlosen Steinwänden, und zu Parnebs sichtlichem Entzücken wies Kelso darauf hin, daß jene Mauern nicht annähernd so alt waren wie die im Keller. Schließlich gelangten sie in ein großzügig angelegtes und fast modern wirkendes Apartment.

Lee gab sich begeistert.

»Aus Lehmziegeln errichtet!« stieß er in einem bewundernden Tonfall hervor. »Kuppeldecken, Torbögen! Sieht ganz nach Hassan Fathy aus. Parneb?«

»Ziemlich gut getroffen, Mr. Kelso.« Der Ägypter strahlte. »Der Architekt wird gegen Ende des letzten Jahrhunderts ein Schüler Fathys sein.«

Mitchells Interesse galt nicht der Architektur, sondern der mittelalterlichen Einrichtung.

»Sieh dir das mal an, Jim!« sagte Gary mit gespielter Verblüffung. »Es fehlt nichts. Alle Dinge, die ein Do-it-yourself-Zauberer braucht: astrologische Karten, Heilmittel für alle möglichen Leiden, von Bauchschmerzen bis hin zu unerwiderter Liebe, hübsch ordentlich mit englischen, lateinischen und arabischen Etiketten versehen; Regale mit Totenköpfen, die meisten von ihnen menschlichen Ursprungs, wie ich vermute, die pseudomodernsten alchimistischen Utensilien, um Blei in Gold zu verwandeln. Nicht einmal Molchaugen und Froschzehen fehlen. Und dann die Kristallkugel...«

Auf einem kleinen Tisch in der Mitte des Zimmers ruhte ein Gegenstand, der matt glühte und aussah wie eine zu groß geratene Melone.

»Spotten Sie nur, Mr. Mitchell«, entgegnete Parneb gelassen. »Mit jenen Dingen kann ich meinen Lebensunterhalt in einer weniger aufgeklärten Epoche bestreiten. Und ob Sie's glauben oder nicht: Die Kristallkugel funktioniert.«

Kirk achtete nicht auf den Wortwechsel und trat an eins der hohen, oben gewölbten Fenster heran. Der Anblick, der sich ihm von dort aus bot, bestätigte seine schlimmsten Befürchtungen. Jahrhundertealter Schutt hatte sich an den Mauern der unterirdischen Kammer angesammelt und bildete eine Geröllhalde, die von außen wie ein natürlicher Hügel wirkte. Und am Fuß jener Anhöhe, etwa drei Stockwerke weiter unten, erstreckte sich die verkehrsreiche Straße einer Stadt irgendwo im Nahen Osten. Dutzende von Personenkraftwagen und Transportern rollten über den Asphalt, und auf den Bürgersteigen waren viele Passanten unterwegs. Aber die Art der Fahrzeuge, die Kleidung der Männer und Frauen...

Kirk wandte sich vom Fenster ab und sah sich um. Inmitten der Runen, Hieroglyphen und Tierkreissymbole im Zimmer entdeckte er einen ewigen Kalender, eingestellt auf den Oktober 2045. *Das hat uns gerade noch gefehlt!* dachte der Captain. *Zweihundert Jahre in der Vergangenheit...*

»In Ordnung, Parneb«, sagte er und rieb sich die Hände. »Sie haben uns überzeugt. Was machen wir jetzt?«

»Setzen Sie sich«, erwiderte der Ägypter und ließ sich auf einem kleinen Gebetsteppich nieder. »Und hören Sie zu, während ich Ihnen eine Geschichte erzähle.«

»Jetzt reicht's!« donnerte Mitchell und schlüpfte in die für ihn vorgesehene Rolle. »Jim, wie lange sollen wir das noch ertragen? Ich habe von dem Clown und seinem mystischen Unfug die Nase voll...«

Mit langen Schritten ging er auf Parneb zu und streckte dabei die Hände aus, als wolle er ihn erwürgen. Kirk eilte näher, und Kelso griff ebenfalls ein.

»Reg dich nicht auf, Mitch...«

Gary stieß Lee beiseite, griff nach der Kristallkugel — und gab einen schmerzerfüllten Schrei von sich.

»Das Ding hat mir einen elektrischen Schlag versetzt!« Er schüttelte die Hände und versuchte, das Prickeln und Brennen aus ihnen zu verbannen. »Es steht unter Strom!«

Parneb hatte die ganze Zeit über nicht einmal mit einer Wimper gezuckt. »Wenn Sie es genau wissen wollen, Mr. Mitchell: Die Vorrichtung ist auf meine Hirnwellen justiert. Wenn Sie das nächstemal irgendwelche Dinge anfassen, sollten Sie folgendes bedenken: Was für den einen Unfug sein mag, ist für den anderen Wissenschaft und für einen Dritten Religion.«

»Parneb?« Elizabeth Dehner starrte auf die widersprüchlichen Anzeigen ihres Tricorders und versuchte auf ihre eigene Art und Weise, den Ägypter sanft zu stimmen.

»Hat Ihre ›Geschichte‹ irgend etwas mit der Rückkehr in unsere heimatliche Raum-Zeit zu tun?«

»In der Tat, verehrte Dame.« Parneb seufzte und musterte Mitchell nachdenklich. »Doch zunächst sollte ich wenigstens einem von Ihnen zeigen, was es mit meinem ›Unfug‹ auf sich hat. *Malesh*, ich werde Mr. Mitchells Zweifel ausräumen!«

Er griff unter seine *Djellaba* und holt eine dünne Silberkette hervor, an der ein kleiner Anhänger baumelte. Das Objekt schien aus dem gleichen ›Kristall‹ zu bestehen wie auch die Kugel auf dem Tisch. Es handelte sich um einen schwach glühenden, opaleszierenden Stein, der manchmal an Substanz zu verlieren, weicher und fast gallertartig zu werden schien. Ab und zu vibrierte und pulsierte er, entwickelte ein gespenstisches Eigenleben. Und im Zentrum der Kugel entstanden Bilder.

Parneb schloß die Augen, umfaßte den kleineren ›Kristall‹ mit beiden Händen und konzentrierte sich. Der sonderbare Dunst im Innern der Kugel lichtete sich, und wenige Sekunden später sah Kirk sternenbesetzte Leere, im Vordergrund eine Sonne mit aufgeblähter Korona, in ihrer Umlaufbahn einen graugrünen, unscheinbar anmutenden Planetoiden.

»Kapeshet«, murmelte der Captain. »Und M-155.«

»Sind das die von Ihnen verwendeten Bezeichnungen?« fragte Parneb und öffnete die Augen. »Lieber Himmel, wie langweilig! Nun, was soll's? Der kleine Planet ist ja auch nicht besonders interessant, oder?

Ich habe jene öde Welt für mein Experiment gewählt«, fuhr der Ägypter fort. »Weil sie so abgelegen ist. Weil ich *glaubte*, sie sei unbewohnt. Darüber hinaus muß ich eingestehen, daß der Name des Zentralgestirns einen gewissen Reiz auf mich ausübte — ich werde einen Kapeshet kennenlernen, im alten Theben. Aber wie konnte ich ahnen, mit meiner interstellaren Fingerfertigkeit Ihre Neugier zu erwecken und Sie hierher zu bringen? Als ich beobachtete, wie Sie blauen Staub aufwirbelten, war es bereits zu spät.

Wenn ich nicht eingegriffen und Sie zu mir versetzt hätte...«

Er brach ab, runzelte die Stirn und betrachtete den Kristall eine Zeitlang, bevor seine Miene wieder die für ihn charakteristischen freundlichen Züge gewann. »Gleich können Sie beobachten, wie die *Enterprise* den Planetoiden in aller Seelenruhe umkreist. Was die Besatzungsmitglieder an Bord betrifft: Sie machen sich keine Sorgen, denn für sie ist — noch — nichts geschehen.«

»Wie funktioniert der Apparat?« Kelso blickte verwirrt in den Kristall, hielt vergeblich nach irgendeinem Kontrollmechanismus Ausschau. »Woher stammt er? Wie...«

»Nichts weiter als ganz gewöhnliche Holographie«, kommentierte Mitchell verächtlich und spielte noch immer seine Rolle.

»Von der *Enterprise* ist weit und breit nichts zu sehen«, stellte Kirk besorgt fest. »Wo befindet sie sich?«

»Wahrscheinlich gerade auf der anderen Seite des Planetoiden«, erwiderte Parneb ein wenig zu hastig und steckte die silberne Kette mit dem kleineren Kristall ein. Das Bild in der Kugel löste sich sofort auf. »*Malesh*, ich muß mich jetzt ausruhen. Später versuchen wir, den verschwundenen Vulkanier zu finden.« Er setzte sich wieder auf den Gebetsteppich und wartete darauf, daß Dehner ihre Tricorder-Analyse beendete. »Nun, Teuerste?«

»Als Sie eben in... in Trance waren, als Sie sich auf die Kristallkugel konzentrierten...« Die Psychologin blickte noch einmal auf die Anzeigen, um sich zu vergewissern. »Ist Ihnen klar, daß alle Ihre metabolisch-mentalen Werte in den paranormalen Bereich wechselten? Ihr Puls stieg auf über zweihundert, und die neurologischen Muster...«

»Ja, eine ziemlich anstrengende Sache.« Parneb seufzte. »Der Preis, den man dafür zahlen muß. Leider. Ein Grund mehr, mich bei Laune zu halten, wie Mr. Mitchell vorschlug.«

Gary konnte seine Überraschung nicht ganz verbergen.

»Womit ich nicht Ihre schauspielerischen Leistungen

schmälern will, Mr. Mitchell. Es wäre Ihnen fast gelungen, mich zu täuschen. Aber mein Gehör ist ebenfalls psionischer Natur...« Parneb fühlte die Blicke aller Anwesenden auf sich ruhen. »Also gut, eine Geschichte. Die Geschichte eines nur scheinbar menschlichen Wesens, das aus irgendeinem unerfindlichen Grund rückwärts leben muß, dessen Zukunft Vergangenheit ist, dessen Schicksal darin besteht, sich nie ganz sicher zu sein, ob seine Erinnerungen Dinge betreffen, die bereits passiert sind oder erst noch geschehen müssen, ob es an jenen Ereignissen beteiligt ist oder nicht.«

»Merlin«, sagte Elizabeth Dehner plötzlich. Ihre drei Gefährten sahen sie verwundert an. »Merlin, eine Gestalt aus der Artus-Sage. Es gibt mehrere Erzählungen über den Zauberer, und in einer Version werden seine magischen Fähigkeiten folgendermaßen begründet: Angeblich war Merlin dazu verurteilt, rückwärts zu leben, und er konnte die Zukunft voraussagen, weil sie sich ihm als persönliche Vergangenheit darbot.«

»Eine Legende ohne historische Basis«, bemerkte Kirk und empfand vagen Ärger. *Einer meiner Offiziere stellt sich als Ägyptologe heraus, und die Bordpsychologin erweist sich plötzlich als Expertin für mittelalterliche Sagen. Stehen mir noch weitere Überraschungen dieser Art bevor?*

»Eine interessante Ansicht«, meinte Parneb und schürzte kurz die Lippen. »Ich muß Sie allerdings enttäuschen: Sie irren sich, was Merlin angeht.« Er hob den Kopf und sah Kirk an. »Er ist Teil dessen, was Sie als Realität bezeichnen, Captain. Er teilt mein Schicksal einer Langlebigkeit, die Äonen umfaßt, aber wenigstens hat er den Vorteil, die Uhren nicht ständig zurückstellen zu müssen. Ich werde ihn als Ahkarin in einem anderen Jahrhundert kennenlernen. Wenn ich so alt werde. Erahnen Sie das Ausmaß meines Problems?«

»Wollen Sie uns weismachen, Sie seien in der Zukunft geboren und dazu verdammt, irgendwann in fernster Vergangenheit zu sterben?« Kirk schüttelte den Kopf und suchte nach den richtigen Worten. »Wie kann so etwas möglich sein?«

»Wie ist es möglich, daß Sie hier sind, an diesem Ort, in dieser Epoche — bevor Ihre Mutter Sie zur Welt brachte?« hielt ihm Parneb sanft entgegen.

»Wo wurden Sie geboren? Und wer waren Ihre Eltern?«

»Ich weiß es nicht«, antwortete der Ägypter in einem kummervollen Tonfall. »Ich habe keine klaren Erinnerungen an meinen Ursprung, bin nur in einem Punkt ziemlich sicher: Ich wuchs in Ägypten auf. Vergangenheit und Zukunft verschmelzen miteinander, verändern sich gegenseitig, und dadurch verliere ich manchmal die Orientierung. Offenbar bin ich auch in Ihrem dreiundzwanzigsten Jahrhundert gewesen — vage Reminiszenzen deuten darauf hin. Nun, ich altere wesentlich langsamer als gewöhnliche Menschen. Ich habe bereits mehrere hundert Jahre überlebt, und es stehen mir noch einige Jahrtausende bevor, wenigstens bis zum zwölften Jahrhundert v. d. Z., in dem...«

»Parneb«, warf Lee Kelso ein. Er nannte nicht etwa den Namen ihres ›Gastgebers‹, sondern besann sich auf seine Geschichtskenntnisse. »Parneb von Theben, Baumeister unter Ramses III., ein außerordentlich begabter Architekt, der fünf Pharaonen diente. Sind Sie...«

»Ich fürchte, Sie haben recht, Lee«, sagte der Ägypter traurig. »Ich bin jener Parneb. Oder werde es sein. Deshalb habe ich Sie gefragt, was Sie vom Konstruktionsmuster des Kellers halten. Im Jahre 1198 v. d. Z. werde ich an diesem Ort einen Tempel planen und errichten lassen. Das ist eine meiner ersten und letzten Erinnerungen.«

Lee Kelso schwieg und versuchte, das Chaos hinter seiner Stirn zu ordnen.

Jim Kirk war weitaus weniger beeindruckt.

»Ihre Erklärungen mögen einen gewissen Sinn ergeben — für Sie«, wandte er sich an Parneb. »Aber was hat das alles mit uns und M-155 zu tun?«

»Mit Hilfe einer Wissenschaft, die ich in einem anderen Jahrhundert erlernte — erlernen werde? —, hoffte ich, den Kristall als Fokus meiner psychischen Energie zu nutzen und dadurch den chronologischen Ablauf meiner Existenz umzukehren«, erwiderte Parneb, als sei das die selbstverständlichste Sache der Welt. »Ich habe mir immer gewünscht, ein normaler Mensch zu sein, wie alle anderen zu leben und am Ende meiner Tage zu sterben, in der Zukunft, nicht etwa in fernster Vergangenheit. Als es mir gelang, den Planetoiden durch Raum und Zeit zu bewegen, glaubte ich mich der Lösung meines Problems nahe. Aber das Experiment endete in einem Fehlschlag, und außerdem brachte ich Sie und Ihre Begleiter in Gefahr. Das bedaure ich sehr, Captain.«

Eine Zeitlang herrschte Stille. Parneb wirkte jetzt nicht mehr wie ein unberechenbarer Irrer, sondern wie jemand, der Mitleid verdiente.

Mit betontem Ernst fügte er hinzu: »Stellen Sie sich vor, wie es jemandem ergeht, der morgens aufwacht und nicht weiß, ob er älter oder jünger geworden ist. Der weder Freundschaften zu schließen noch feste Bindungen einzugehen wagt, weil er beobachten muß, wie sich die von ihm geliebten Personen von Erwachsenen zu Kindern zurückentwickeln und schließlich sterben, indem sie geboren werden beziehungsweise in den Mutterleib zurückkriechen. Stellen Sie sich vor mitzuerleben, wie die Menschheit ihre wissenschaftlich-kulturellen Errungenschaften vergißt, wie die irdische Zivilisation von Aberglauben, Ignoranz und Primitivität heimgesucht wird. Stellen Sie sich vor, nicht eingreifen zu können, für immer und ewig auf die Rolle eines Beobachters beschränkt zu sein. Wenn Sie die Stimme erheben, warnen und versuchen, gute Ratschläge zu geben, werden Sie als Narr gesteinigt oder als Hexer verfolgt. Ich werde mindestens drei Jahrtausende der Kriege auf diesem Planeten miterleben, Captain — und ich kann nichts dagegen tun. Sie stammen aus einem modernen, aufgeklärten Zeitalter, aber selbst Sie glauben mir nur, weil eine Ablehnung meiner Existenz bedeuten würde, die ganze Wirklichkeit in Frage zu stellen. Mit anderen Worten: Sie akzeptieren mich, um nicht an Ihrem eigenen Verstand zu zweifeln.«

»Was für ein Wahnsinn«, flüsterte Elizabeth Dehner. Ihre professionelle Kühle war wie fortgewischt; sie schien zutiefst erschüttert zu sein. »Es ist eine sehr traurige, beklemmende Geschichte...«

»Woraus besteht der Kristall?« fragte Mitchell und ignorierte die niedergedrückte Stimmung. Er weigerte sich, Parneb zu bemitleiden, lehnte derartige emotionale Reaktionen ab. »Woher stammt er?«

»Von einem Meteor«, erwiderte der Ägypter tonlos und müde. Ganz offensichtlich lag ihm nicht viel an diesem Thema. »Ein Gesteinsbrocken, an dessen chemischer Zusammensetzung alle Analyseversuche scheiterten. Ich fand ihn während einer mondlosen Nacht in der Wüste, und vielleicht wäre es besser gewesen, ihn dem Sand anzuvertrauen, anstatt ihn mitzunehmen. Ich nehme an, im Laufe der Zeit wird er zu einem sehr wertvollen Gegenstand, vielleicht sogar zu einem Kultobjekt, möglicherweise zu dem oft zitierten ›Stein der Weisen‹.«

Der Bericht schien Parneb Erleichterung zu verschaffen. Er versteckte Trauer und Niedergeschlagenheit in einem entfernten Winkel seines Selbst, und daraufhin glätteten sich seine Züge, zeigten wieder die für ihn typische Liebenswürdigkeit.

»Wenn ich mich recht entsinne, behauptet man auf Vulkan, niemand könne wissen, was die Zukunft bringt. Offenbar ist noch kein Vulkanier in einer Lage gewesen, die mit der meinen vergleichbar wäre. *Malesh*, wenigstens habe ich viele interessante Leute kennengelernt.

Nun, um ehrlich zu sein: Ich weiß nicht genau, wie der Kristall arbeitet. Ich begnüge mich mit der Erkenntnis, daß er funktioniert. In dieser Hinsicht bin ich kein Wissenschaftler, sondern ›nur‹ ein Zauberer, der jedoch nicht die Eigenschaften eines Witzbolds oder Irren in sich vereint, Captain.«

»Es tut mir leid«, sagte Kirk betroffen. »Wie mein Erster Offizier sagen würde: Ich neige dazu, Dinge zu ... überstürzen.«

»Dann sollten wir jenen Offizier so schnell wie möglich finden — damit er Sie im Auge behalten und uns rechtzeitig warnen kann.« Parneb stand mit der Eleganz einer zu groß geratenen Heuschrecke auf und holte erneut den kleineren Kristall hervor. »Ich habe seinen Transfer eingeleitet, bevor ich Sie hierher brachte, und daraus schließe ich, er ist irgendwo anders auf der Erde rematerialisiert. Tja, selbst Meteoritenfragmente bestätigen die Regel, daß man Perfektion zwar anstreben, aber nie erreichen kann. Ich hoffe nur, Ihr Gefährte begreift die Situation und hütet sich vor Eingriffen in die gegenwärtige historische Entwicklung.«

»Machen Sie sich in diesem Punkt keine Sorgen«, erwiderte Kirk ungeduldig. *Gerade Spock wird die Lage richtig einschätzen und die Konsequenzen daraus ziehen*, dachte er. »Wenn sein Retransfer nicht ausgerechnet auf dem Nordpol oder mitten im Meer erfolgte, kann er durchaus ohne fremde Hilfe zurechtkommen.«

»Außerdem ist er der einzigen Alien auf einem in kosmischer Hinsicht noch isolierten Planeten«, fügte Parneb hinzu, beugte sich über die Kristallkugel und wartete wie seine Begleiter darauf, daß sich erste Bilder formten. »Es dürfte also nicht weiter schwer sein, ihn zu finden.«

Aber seine Erwartungen erfüllten sich nicht: Der gestaltlose Dunst blieb, und die Kugel begann zu glühen, pulsierte langsam. Nur Parneb bemerkte etwas in den grauweißen Schlieren, und was er sah, erfreute ihn zunächst. Doch wenige Sekunden später wich die Erleichterung profunder Verwirrung; tiefe Falten fraßen sich in seine Stirn.

»Ah, da haben wir ihn ja! Ihr vulkanischer Offizier, Captain, befindet sich tatsächlich mitten im Meer, aber er braucht nicht etwa zu schwimmen. Ganz im Gegenteil: Er hat es recht bequem und... Lieber Himmel!«

»Was ist denn?« fragte Kirk, die Nerven bis zum Zerreißen gespannt.

»Das gibt's doch nicht! Dafür ist es noch viel zu früh!« Parneb ließ beide Kristalle los und wischte sich plötzlichen Schweiß von der Stirn. »Ich habe nicht einen Vulkanier gefunden, sondern gleich zwei!«

Kapitel 4

Melody Sawyer wußte nicht so recht, was ihr bevorstand, als sie den hellen Sonnenschein hinter sich zurückließ und Jason ins Hauptzimmer der Agrostation folgte. Kleine grüne Männchen? Sprechende Petunien? So völlig andersartige und gräßliche Wesen, daß es ihre Pflicht war, sie sofort zu erschießen — um zukünftigen Generationen einen alptraumhaften Anblick zu ersparen?

Es sind keine Menschen, sagte sich Sawyer immer wieder. *Sie müssen völlig andersartig sein, und wir haben nicht die geringste Ahnung, warum sie hier sind. Das macht sie gefährlich — bis ihre Harmlosigkeit bewiesen werden kann.*

»Alles in Ordnung mit Ihnen?« fragte Jason, als ihm Melody den Strahlungsdetektor emporreichte. Sie stand noch immer im Boot, das neben einer Anlegestelle von Agro III dümpelte. »Sie sind ein bißchen grün im Gesicht.«

»Solche Ausdrücke sollten Sie sich für die Fremden aufsparen«, erwiderte Sawyer und seufzte. »Himmel, mit einer Knarre würde ich mich weitaus sicherer fühlen.«

»Ich bin froh, daß Sie Ihre Schießeisen ›zu Hause‹ gelassen haben«, brummte Jason. »Auf diese Weise können Sie wenigstens keinen Unsinn anstellen. Übrigens: Möchten Sie wirklich nicht im Boot warten?«

»Soll ich ruhig zusehen, wie man Sie in die Dienste eines Liebessklaven zwingt?« Melody grinste kurz, schwang sich aufs Dock und griff nach der medizinischen Ausrüstung. »Sie brauchen Rückendeckung.«

»Wie Sie meinen«, sagte Nyere mit unüberhörbarer Ironie und näherte sich dem Gebäudekomplex der Agrostation.

Eine Zeitlang mußten sie draußen warten, während Yoshi das Kleiderbündel fortbrachte. Nach einer Weile kehrte der junge Mann zurück und versuchte, sich an

Jason und Sawyer vorbeizuschieben. Aus einem Reflex heraus tastete Melodys rechte Hand nach der Waffe, die sie an Bord der *Delphinus* zurückgelassen hatte.

»He, wohin wollen Sie, Freundchen?« wandte sie sich mit scharfer Stimme an Yoshi.

»Nach draußen«, entgegnete er. »Hier drin wird's allmählich eng, und ich möchte nicht zusehen. Was dagegen? Ich muß die Anbauflächen überprüfen und bin bald wieder zurück.« Niedergeschlagen deutete er in Richtung der *Delphinus*. »Außerdem: Ich käme ohnehin nicht besonders weit, oder?«

»Lassen Sie ihn gehen«, warf Jason ein, bevor Melody ganz auf stur schalten konnte. »Nehmen Sie sich nicht zuviel Zeit, Yoshi. Bis zum Sonnenuntergang, okay?«

»Ja, in Ordnung.« Der junge Agronom warf die Tür hinter sich zu, und kurz darauf hörten sie, wie das Triebwerk des Tragflächenboots aufheulte.

Es sind keine Menschen, dachte Melody, als sich ihre Augen langsam an das mattere Licht im Zimmer gewöhnten. Sie sah Tatya, die an der einen Wand lehnte, gleichzeitig verunsichert und trotzig wirkte. Außer ihr befanden sich noch zwei weitere Personen im Zimmer. Melody beobachtete sie.

Es sind keine Menschen. Sie sind nicht wie wir. Wenn sie nach dem Tod in den Himmel kommen, so ist es ihr Himmel, nicht meiner. Sie stammen nicht von der Erde, sondern von irgendeinem anderen Planeten. Wenn ich sie töte, um meine Welt zu schützen, so bringe ich keine Menschen um...

Als Sawyer die beiden Außerirdischen zum erstenmal musterte, hielt sie alles für eine Art Scherz. Der junge, hochgewachsene Mann erschien so atemberaubend attraktiv, daß sich Melodys siebzehnjährige Tochter sofort hoffnungslos in ihn verliebt hätte. Die schlanke Frau mit den scharfgeschnittenen Gesichtszügen und der seltsam krummen Nase... Melodys altes Flanellhemd verlieh ihr eine Aura empfindsamer Sensibilität. *Ein Witz*, fuhr es dem Ersten Maat der *Delphinus* durch den Sinn. Irgendein streng geheimer Test, den man im Hauptquartier — vielleicht sogar bei PentaKrem — entwickelt hatte. Um festzustellen, wie das AeroMar-Personal auf eine Invasion von Außerirdischen reagierte.

Das ist die einzige Erklärung, fügte Sawyer in Gedanken hinzu. *Einige ach so intelligente und einfallsreiche HQ-Typen hocken sich zusammen, heuern zwei schauspielerisch begabte Geheimdienstfritzen an, statten sie mit spitzen Gummiohren aus und bringen ihnen bei, immerzu monoton zu sprechen und sich besonders gestelzt auszudrükken...*

Aber als die Stimme der Frau erklang, begriff Melody sofort, daß es sich nicht um einen Test handelte. Sie und Jason tauschten förmliche Höflichkeitsfloskeln aus, und Sawyer spürte den wachsenden Stolz in Nyere. Er hielt sich in erster Linie für einen Krisen-Diplomaten — »Wenn ich die Sache vermassele, gibt es für die spitzfindigen Kerle in den politischen Entscheidungsetagen keine Möglichkeit mehr, sich aus der Affäre zu ziehen«, lautete sein Motto —, und allem Anschein nach fühlte er sich in dieser Rolle sehr wohl.

Der männliche Fremde stand schweigend hinter der Frau, die ganz offensichtlich das Kommando führte. Sie strahlte Ruhe und Gelassenheit aus, während es in Melody zu brodeln begann. Sie wartete neben Jason, dessen Nähe plötzlich Schutz bedeutete. Der junge Außerirdische hörte mit großer Aufmerksamkeit zu, schien jedes einzelne Wort zu absorbieren, während sein Blick von Sprecher zu Sprecher glitt.

»...habe ich durchaus Verständnis für Ihre Lage, Captain«, sagte die Frau. »Wir sind bereit, uns in jeder Hinsicht Ihrem Willen zu fügen.«

Ihre Pupillen..., dachte Melody. *Sie ähneln den Augen der alten Heiligendarstellungen, die einen ständig anstarren, ganz gleich, aus welcher Perspektive man das Gemälde betrachtet.* Die Worte der Fremden galten allein Jason, und sie sah ihn ständig an. Trotzdem fühlte sich Sawyer von ihr beobachtet. Sie gewann den unangenehmen Eindruck, als bohre sich der Blick in sie hinein, als sondiere er die Struktur ihres Ichs.

Oh, sie ist sich ihrer Ausstrahlung vollkommen bewußt, stellte Melody fest, als sie auf Jasons Zeichen hin den Strahlungsdetektor einschaltete und versuchte, ihr zunehmendes Unbehagen zu verbergen. *Sie sieht mich nicht direkt an, sondern starrt einfach an mir vorbei, als sei ich nur Luft für sie! Himmel, ich mag sie nicht! Es ist mir völlig gleich, ob sie mit friedlichen Absichten gekommen ist und wie viele Kameraden sie beim Absturz des Raumschiffs verloren hat. Ich mißtraue ihr. Und verdammt, selbst wenn das xenophobisch klingen mag: Sie weckt Abscheu in mir.*

Um ihr Gewissen zu beruhigen, gab sie sich Mühe, dem männlichen Alien gegenüber freundlich zu sein.

»Machen Sie sich keine Sorgen«, sagte sie, als sie den Scanner auf ihn richtete. Sein Gesicht war noch immer betont ernst. »Die Untersuchung tut überhaupt nicht weh.«

»Ich bin keineswegs zu dem irrigen Schluß gelangt, daß irgendwelche Schmerzen damit verbunden sind«, erwiderte er ungerührt.

Und sie behaupten, unsere Sprache allein mit Hilfe von Video-Aufzeichnungen gelernt zu haben? fuhr es Melody durch den Sinn. *Nun, offenbar neigen sie zu einer sehr gezierten Ausdrucksweise! Wenn ein so junger Mann derartige Worte ausspricht, hört es sich irgendwie schwülstig und aufgeblasen an. Wenigstens hat seine Stimme einen angenehmen Klang.*

»Wie alt sind Sie?« erkundigte sich Melody, um die allgemeine Anspannung ein wenig zu lockern.

»Neunzehn Komma sechs fünf acht Jahre in unserer Zeitrechnung«, antwortete Sorahl höflich. Die Frage erschien ihm kaum relevant, aber vielleicht gab es medizinische Gründe dafür. »Nach den bei Ihnen gebräuchlichen Begriffen...«

»Schon gut.« Melody versuchte es mit einer anderen Taktik. »Lächeln Sie eigentlich nie?«

»Nein, nie«, erwiderte Sorahl mit entwaffnender Aufrichtigkeit.

»Herr im Himmel!«

Aus den Augenwinkeln sah Sawyer, wie Jason zu lächeln begann.

»Ich muß Sie beide darum bitten, mich zu meinem Schiff zu begleiten, Commander«, sagte Jason Nyere. »Dort ist es sicherer — für uns alle. Außerdem möchten meine Vorgesetzten ... ein Gespräch mit Ihnen führen.«

Fast hätte er gesagt: einen Blick auf Sie werfen. Denn genau darauf lief es hinaus. Er stellte sich mehrere vor Neugier platzende Lamettaträger vor, die sich am Kom-Schirm zusammendrängten und dumme Fragen stellten. Nyere hoffte auf eine Gelegenheit, die schlimmsten Ausuferungen des befürchteten Narrentheaters zu verhindern.

Yoshi hatte recht. Eine sonderbare Faszination ging von den beiden ›Besuchern‹ aus, irgend etwas, das Respekt verlangte und angesichts ihrer Hilflosigkeit auf einer für sie völlig fremden Welt den menschlichen Beschützerinstinkt weckte.

Gott sei Dank, dachte Jason, der seine Verantwortung in diesem Zusammenhang zunächst nur zögernd akzeptiert hatte. *Gott sei Dank, daß ich für diese Sache zuständig bin — und nicht irgendein Hitzkopf, der sich unbedingt einen Namen machen will. Ich werde meine Vorgesetzten darauf hinweisen, wie wichtig T'Lera und Sorahl — und das von ihnen repräsentierte Volk — für uns sind.*

»Solange Sie sich an Bord des Schiffes befinden, stehen Sie unter meinem Schutz«, wandte sich Jason an die Vulkanierin. T'Lera nahm ebenfalls Kommandopflichten wahr, und dieser Umstand schuf eine Brücke zwischen ihnen. Als er sich ihre Geschichte angehört hatte, wuchs sein Verständnis für sie, und damit einher ging eine gewisse Bewunderung. Wenn alle Vulkanier ihre Qualitäten teilten... »Andererseits: Ich muß mich letztendlich an die Befehle halten, die mir meine Vorgesetzten übermitteln.«

»Das verstehe ich, Captain«, bestätigte T'Lera und neigte kurz den Kopf. Sie fragte nicht danach, welche Entscheidung über sie und ihren Sohn getroffen werden mochte, gab schlicht und einfach ihre unbedingte Kooperationsbereitschaft zu erkennen.

Die einzigen Einwände stammten von Tatya. Sie stand nach wie vor an der gegenüberliegenden Wand, gewann immer mehr den Eindruck, daß eine Falle zuschnappte. Mit zunehmendem Verdruß beobachtete sie, wie die beiden von ihr geretteten Schiffbrüchigen gleich mehrere Demütigungen über sich ergehen lassen mußten. Als sich Jason der Tür zuwandte, sprang sie jäh vor, versperrte T'Lera den Weg und starrte Nyere aus blitzenden Augen an.

»Was ist mit *mir*?« platzte es zornig aus ihr heraus. »Solange die beiden Vulkanier in der Agrostation sind, stehen sie unter *meinem* Schutz. Und ich sage: Sie bleiben hier!«

Innerhalb einer unmeßbaren Zeitspanne konzentrierten sich drei starke Willenssphären auf Tatya, um sie zum Einlenken zu bewegen. Die mentale Kraft der Beteiligten war so intensiv, daß der telepathische Sorahl die Gedanken so deutlich vernahm, als würden sie laut ausgesprochen.

Sie haben sich aus freiem Willen bereit erklärt, mit mir zu kommen, dachte Jason Nyere. *Tatya, machen Sie es nicht noch schwieriger als es schon ist...*

Wenn du nicht sofort deine verdammte Klappe hältst und zur Seite trittst, verkündeten Sawyers Blicke, *erzähle ich Jason von der Frau in Kiew. Es ist mir völlig gleich, ob ich dadurch Probleme für mich selbst heraufbeschwöre...*

Wir sind fremd auf Ihrer Welt, erwiderte T'Leras psychische Stimme. *Und deshalb haben wir keine Rechte. Wir müssen uns den Anweisungen des Captains fügen.*

Sorahl brach das Schweigen.

»Tatiana«, sagte er leise, und die Agronomin drehte sich zu ihm um. Nicht einmal Yoshi hätte es gewagt, unter den gegenwärtigen Umständen ihren vollen Namen auszusprechen; dieses Recht durfte allein Sorahl für sich beanspruchen. »Es ist logisch.«

»Aber es ist nicht *fair!*« protestierte Tatya und versuchte, die Tränen zurückzuhalten.

»Existieren in Ihrer Kultur häufig antagonistische Widersprüche zwischen Logik und Fairneß?« fragte Sorahl verwundert. Darauf wußte Tatya keine Antwort, und die eigene Verwirrung nahm ihr die Kraft, weiterhin Widerstand zu leisten.

»Ich komme mit!« erklärte sie fest. »Ich lasse Sie nicht im Stich!«

Um so besser, dachte Melody mit grimmiger Genugtuung. *Auf diese Weise kann ich dich im Auge behalten, Tatiana.* Jason Nyere hätte ohnehin anordnen müssen, daß ihm die beiden Agronomen zur *Delphinus* folgten.

Fünf Personen saßen in einem Boot, das maximal drei Passagiere aufnehmen konnte und darüber hinaus diverse Ausrüstungsgegenstände transportieren mußte. Das kleine Boot lag tief im Wasser, und als Jason den Motor startete, schwappten die größeren Wellen übers Dollbord. Die Nässe weckte typisches vulkanisches Interesse in Sorahl: Mit den Fingerkuppen berührte er die Gischt, die auf Wangen und Stirn spritzte, und er beschnupperte den dünnen Nässefilm, schmeckte ihn vorsichtig. T'Lera saß mit hoch erhobenem Kopf neben ihm und gab sich völlig unbeeindruckt. Sie bemerkte die Reaktion ihres Sohnes und freute sich. Ganz gleich, was ihnen bevorstand — er hatte wenigstens lange genug gelebt, um eine solche Erfahrung zu machen.

Melody und Tatya hockten dicht nebeneinander im Bug, blickten nach achtern und beobachteten die Vulkanier aus verschiedenen Gründen. Gleichzeitig musterten sie sich gegenseitig aus den Augenwinkeln, mit gemeinsamem Argwohn. Jason hatte im Heck Platz genommen und hielt das Ruder, fühlte sich seltsam ausgeglichen, ungeachtet der vielen unbekannten Faktoren, die ihn in naher Zukunft erwarteten. T'Lera trug eine bunte ukrainische *Babushka*, ein dreieckiges Kopftuch, das ihre Ohren bedeckte, und Sorahl hatte sich einen Kapuzenpulli übergestreift, der aus Yoshis Garderobe stammte. In dieser Aufmachung wirkten die beiden Vulkanier wie ganz normale menschliche Schiffbrüchige.

»Darf ich Sie etwas fragen, Captain?« T'Lera wandte sich halb zu Nyere um und bewegte sich betont langsam. Sie wußte, daß die Frau namens Sawyer jedesmal nervös wurde, wenn sie irgendeine Aktivität entfaltete. »Verzeihen Sie mir meine Neugier... Wie wollen Sie der Besatzung Ihres Schiffes unsere Präsenz erklären?«

»Das würde ich ebenfalls gern wissen«, brummte Melody — und fühlte sofort den intensiven Blick der Vulkanierin auf sich ruhen. »Er hat behauptet, unsere Suche gelte einem abgestürzten Satelliten.« Zum erstenmal sprach sie T'Lera direkt an und spürte, wie ihr das Blut ins Gesicht schoß. *Das hat mir gerade noch gefehlt*, dachte sie wütend. *Ich erröte wie eine pubertäre Göre!*

»Tatsächlich?« T'Lera versuchte vergeblich, ihre Stimme neutral klingen zu lassen; die für sie charakteristische Ironie wurde deutlich hörbar.

»Ja Ma'am!« erwiderte Melody scharf. »Wie lautet die Antwort, Captain, Sär?«

»Nun, Sawyer, ich wollte es eigentlich Ihnen überlassen, der Crew eine Mitteilung zu machen«, sagte Jason Nyere leise, um zu verhindern, daß der Wind seine Worte forttrug. Fähnrich Moy stand aufgeregt auf dem Vorderdeck, beobachtete das Boot — und lauschte vermutlich. »Ich schlage vor, Sie wenden sich an die Mannschaft, während ich unsere Gäste in ihr Quartier bringe. Erzählen Sie einfach, in Wirklichkeit hätten wir nicht nach einem Satelliten, sondern nach einem Schiff der Marskolonien Ausschau gehalten. Aus naheliegenden Sicherheitsgründen konnten wir nichts verlauten lassen, und hinzu kommt das Problem, die Verwandten zu benachrichtigen... Sie kennen ja die übliche Routine. Ich bin sicher, eine solche Auskunft stellt alle zufrieden.«

Bis auf mich, dachte Melody wütend, hörte das leise Lachen des Captains und begann innerlich zu kochen. In ihrem Zorn gab sie Tatya einen groben Stoß, fühlte dabei einmal mehr, wie sich T'Leras durchdringender Sondierungsblick auf sie richtete. Plötzlich kam sich Sawyer wie eine Närrin vor.

»*Zwei* Vulkanier in dieser Zeit? Das ist völlig ausgeschlossen!« Kirk schnappte unwillkürlich nach Luft und widerstand der neuerlichen Versuchung, Parneb an der Kehle zu packen. »Wenn Sie wirklich in der Zukunft geboren wurden, wie Sie behaupten, dann müßte Ihnen klar sein, daß der erste Kontakt zwischen Menschen und Vulkaniern nicht vor Ablauf von zwanzig weiteren Jahren erfolgt!«

»Oh, darüber bin ich mir klar«, erwiderte der Ägypter jammernd. »Trotzdem sind sie hier, auf der Erde. Ich kann es nicht erklären.«

Die große Kristallkugel pulsierte nach wie vor und zeigte nur trübe Schlieren, die keine Konturen gewannen. Kirk starrte auf das Objekt herab und kniff die Augen zusammen.

»Sie haben die beiden Vulkanier dort drin gesehen?«

Parneb schnaufte leise und nickte.

»Verdammt, es wird Zeit, daß Sie uns endlich die Funktionsweise des Kristalls erklären.«

Der Ägypter dachte einige Sekunden lang nach, bevor er antwortete: »Dazu sehe ich mich leider außerstande, Captain. Nein, bitte, werden Sie jetzt nicht wütend — Ihr Zorn hat keinen Einfluß auf unsere Situation. Ich weiß nur eins: Die steinerne Kugel reagiert auf meine psychischen Fähigkeiten, und wahrscheinlich ließe sie sich von jedem einsetzen, der einen hohen PSI-Quotienten hat. Doch sie wird von einer wissenschaftlichen Technik aktiviert, die erst nach Ihrem Jahrhundert entstand — entsteht — und nicht einmal von diesem Planeten stammt. Außerdem möchte ich Sie noch einmal daran erinnern, daß auch ich eine Erste Direktive habe.«

Kirk seufzte, nahm Platz und warf einen mürrischen, hilflosen Blick auf den glühenden Kristall.

»Irgendwie steht alles miteinander in Verbindung«, überlegte er laut. »Spocks Verschwinden, die verfrühte Präsenz des anderen Vulkaniers. Und der Umstand, daß sich die *Enterprise* nicht in der Umlaufbahn von M-155 befand, als Sie nach ihr Ausschau hielten. Das stimmt doch, oder?«

Parneb setzte sich ebenfalls, befingerte die Falten seiner *Djellaba* und musterte Kirk wachsam.

»Ihr Raumschiff fehlte dort, wo ich es eigentlich erwartete, Captain. Das habe ich Ihnen verschwiegen, weil ich befürchtete, Sie könnten erneut die Beherrschung verlieren. Aus dem gleichen Grund hielt ich es für angebracht, nicht zu lange nach der *Enterprise* zu suchen — um einem zweiten Angriff auf meine Person und damit einer möglichen Beschädigung der Kugel vorzubeugen. Dadurch hätten Sie Ihre einzige Chance zerstört, in die Zukunft — Ihre Gegenwart — zurückzukehren.«

Kirk erhob sich wieder, wanderte einmal mehr auf und ab. Ein langer Tag lag hinter ihnen, und in seinen Adern schien inzwischen mehr Adrenalin als Blut zu fließen. Parneb, Reisender durch die Jahrtausende, schien keine Ruhepause zu benötigen. Die anderen waren mit weniger Ausdauer gesegnet und versuchten derzeit, neue Kraft zu sammeln. Elizabeth Dehner lag mit geschlossenen Augen auf einer Couch, schlief oder döste nur. Lee Kelso, so anpassungsfähig wie eine Katze, hatte sich auf einem dicken Teppich in der Ecke zusammengerollt und schnarchte. Gary Mitchell hockte vor Parnebs Vid-Schirm — ein Anachronismus in einem mit Anachronismen gefüllten Raum — und verfolgte ein Nachrichtenprogramm. Nur ein leises Flüstern drang aus dem Lautsprecher.

Kirk rieb sich die Augen und sah Parneb an. »Wäre es denkbar, daß durch unseren Transfer hierher...«

»... das Gefüge der allgemeinen Raum-Zeit so sehr verändert wurde, um historisch *falsche* Ereignisse zu ermöglichen?« beendete Parneb den Satz. »Durchaus möglich, Captain. Derartige Vorstellungen sind ziemlich alarmierend, und zu meiner Schande muß ich eingestehen, nicht an solche Folgen gedacht zu haben, als ich mit meinem Experiment begann.«

»Irgendwelche Manipulationen im Kontinuum der Zeit...« begann Kirk.

»... können unüberschaubare Konsequenzen in der Zukunft nach sich ziehen«, schloß Parneb betrübt.

Kirk ließ sich neben den Ägypter sinken, vergaß seinen Ärger und besann sich auf die Tugend von Vernunft und Rationalität. »Sie müssen uns dabei helfen, die Dinge in Ordnung zu bringen. Eine Menschheit, die sich plötzlich zwei Vulkaniern gegenübersieht, bevor sie erfährt, daß es noch andere humanoide Völker im All gibt, bevor sie weiß, was ...«

Der Captain brach ab, doch in Gedanken fügte er hinzu: *Bevor sie weiß, was wirkliche kulturelle Fremdartigkeit bedeutet. Ich bin im Zeitalter der interstellaren Raumfahrt und der Kontakte mit vielen anderen extraterrestrischen Zivilisationen geboren, und ich halte mich für einen aufgeschlossenen, aufgeklärten Menschen. Trotzdem fiel es mir schwer, mit jemandem wie Spock zurechtzukommen. O ja, wir glauben, alle Vorurteile überwunden zu haben, aber tief in unserem Wesen ist ein Rest von ihnen verblieben, macht uns unter bestimmten Umständen unsicher und nervös. Wenn es selbst mir so ergeht — wie würden dann die Menschen dieses Jahrhunderts reagieren?*

»Man braucht nicht viel Phantasie, um sich die möglichen Folgen auszumalen, Jim.« Mitchell klang so lakonisch wie immer, aber diesmal ließ sich in seiner Stimme kein Zynismus vernehmen. Er schaltete den Vid-Schirm ab und drehte sich um. »Eine einzige Nachrichtensendung genügt, um sich ein Bild zu machen. Grenzkonflikte, Streitigkeiten um Reparationszahlungen nach Colonel Greens Krieg, Anschläge von Terroristen. All das geschieht auf einer angeblich geeinten Erde. In einem solchen Chaos hätten zwei Vulkanier nicht die geringste Chance.«

»Und wenn irgend etwas schiefgegangen wäre, wenn irgend etwas schiefgeht...« Kirk unterbrach sich erneut, als er feststellte, daß er die Zeitbegriffe ebenso durcheinanderbrachte wie Parneb. »Wenn den beiden Vulkaniern etwas zustößt, entsteht vielleicht nie eine Föderation der Vereinten Planeten. Dann gibt es keine Sternenflotte, keine *Enterprise*...«

»Und keinen Spock«, warf Mitchell ein.

Nein! dachte Kirk.

*

Nein!

Admiral James T. Kirk zuckte zusammen, schlug um sich und traf Spock am Kinn. Normalerweise führte eine so geringe Störung nicht zur Unterbrechung der Mentalverschmelzung, aber das Chaos erfaßte auch Kirks Bewußtsein. Die Gedanken des Admirals suchten vergeblich nach einer Person, die ihm ganz nahe war, drängten die Selbstsphäre des Vulkaniers zurück...

McCoy griff zu und hielt Kirk fest.

»Das reicht, Mr. Spock! Bringen Sie ihn in die Wirklichkeit zurück und lassen Sie ihn in Ruhe. Es ist zuviel für ihn.«

Spock orientierte sich und nahm McCoys Worte nur am Rande zur Kenntnis. Seine Aufmerksamkeit galt etwas ganz anderem. Kirks Willenskraft war nur selten stark genug, um die mentale Einheit zu zersplittern, und der Vulkanier fragte sich, was den Admiral so sehr erschüttert hatte. In einer Fötushaltung lag er im Sessel, irgendwo zwischen dem Hier und seinen Erinnerungen gefangen, im Netz eines gespenstischen Alptraums. Spock beugte sich vor und berührte ihn.

»Jim?«

Kirk erzitterte, schauderte, streckte die Hände aus.

»Spock? *Spock!*«

Seine Stimme klang wie die eines verängstigten Kindes. Der Vulkanier fokussierte seine ganze mentale Energie auf das Bemühen, Kirk eine Rückkehr in die Realität zu ermöglichen.

»Ich bin hier, Jim. Kommen Sie zu mir!«

»Spock?« Die grauen Schlieren vor Kirks Augen zerfaserten, und seine Züge erhellten sich. »Spock, Sie *sind* hier!«

»Ja, Jim.«

Langsam setzte sich der Admiral auf und bemerkte McCoys besorgten Blick.

»Es ist alles in Ordnung mit mir«, versicherte er, gab sich würdevoll, als er aufstand und die zerknitterte Kleidung glattstrich. »Habe ich Sie verletzt, Spock?«

»Natürlich nicht.«

Kirk nickte, und die stumme Frage im Gesicht des Vulkaniers erfüllte ihn mit Unbehagen. *Zum Teufel auch, was ist eigentlich passiert?*

»Vielleicht liegt's nur an meiner Blase«, sagte er scherzhaft. »Ich muß mal.«

Als er das Zimmer verlassen hatte, öffnete McCoy seine Medo-Tasche und holte einen Injektor hervor.

»Sie überstürzen es, Spock. Ich werde ihm ein Beruhigungsmittel geben, damit er ein wenig schlafen kann.«

Die Hand des Vulkaniers schloß sich um McCoys Arm. »Wir haben gerade erst begonnen, Doktor. Und uns bleibt nur wenig Zeit.«

»Verdammt, Spock, es ist gefährlich, ihn so sehr unter Druck zu setzen! Sie halten einer solchen Belastung vielleicht mühelos stand, aber Jim hat nicht den Vorteil, von Vulkan zu stammen. Ich werde nicht zulassen, daß Sie ihn endgültig in den Wahnsinn treiben!«

»Glauben Sie vielleicht, für mich sei es weniger anstrengend?« fragte Spock ruhig.

Daraufhin runzelte McCoy die Stirn, hob den Kopf und

betrachtete das hohlwangige Gesicht des Captains. Die Mentalverschmelzung setzte auch ihm zu.

»Und ich dachte, Vulkanier verfügten über unerschöpfliche Kraftreserven.«

»Ich wünschte, Sie hätten recht, Doktor«, sagte Spock in einem aufrichtigen Tonfall. »Aber leider ist das nicht der Fall.«

»Ein Grund mehr, Vorsicht walten zu lassen«, beharrte McCoy. »Wenn Sie und Jim einfach zusammenklappen... Soll ich dann zu Krista gehen und ihr sagen: ›Tut mir leid, Teuerste, ich habe unsere beiden Patienten verloren?‹ Himmel, Spock, Sie müssen einen Ausgleich schaffen, sich genau überlegen, welchen Preis Sie bezahlen wollen, um herauszufinden, was die mnemonischen Veränderungen in Ihnen und Jim bewirken.«

»Inzwischen wissen wir genau, wonach wir suchen«, warf Kirk ein. Er kehrte aus dem Bad zurück, wirkte jedoch nicht erfrischt, nur bereit für die nächste Runde. »Ich glaube sogar, wir haben die Ursache bereits gefunden. Andererseits: Galarrwuy meinte, wir müßten ganz sicher sein, daß unsere Erinnerungen der historischen Realität entsprechen und sich nicht nur auf einen Traum beziehen. Wir wissen noch nicht, warum es solche Unterschiede zwischen den Visionen und jenen Ereignisketten gibt, die wir als Geschichte erachten. Und was mich angeht: Ich werde nicht eher ruhen, bis wir Klarheit gewonnen haben. Ich bin davon überzeugt, daß durch unser Eingreifen die Vergangenheit verändert wurde, und ich will endlich wissen, was dahintersteckt. Bewußte Absicht? Zufall? Leben wir in einer bereits modifizierten Zukunft? Oder muß sich die Manipulation erst noch auswirken?« Kirk drehte den Kopf. »Spock?«

»Wenn Sie mich nach meiner Meinung fragen...«, erwiderte der Vulkanier gelassen. »Ich bin ganz Ihrer Ansicht.«

Jim lächelte. »Das dachte ich mir. Unstillbare Neugier ist eine Eigenschaft, durch die sich nicht nur Menschen, sondern auch Vulkanier auszeichnen. Nein, meine Frage galt

Ihrer Bereitschaft, die Mentalverschmelzung fortzusetzen. Oder möchten Sie lieber den ärztlichen Rat beherzigen und eine Pause einlegen?«

Der Vulkanier wölbte eine Braue. »Gefiele es *Ihnen*, mit dem Wissen der eigenen Nichtexistenz zu ruhen?« erwiderte er trocken.

Kirk verstand den Hinweis. »An jener Stelle haben wir aufgehört, nicht wahr? Nun, vielleicht sollten wir feststellen, wohin Sie verschwunden sind. Wer weiß, was Sie anstellen, während mein früheres Selbst nach Ihnen sucht...«

»Jim«, ächzte McCoy gequält, »ich habe genug aufgezeichnet, um Krista und die anderen Psychiater zu überzeugen. Laß es dabei bewenden. Spiel jetzt nicht den Helden!«

»Das liegt mir fern«, erwiderte Kirk ein wenig zu scharf und fragte sich, was ihn antrieb: Heroismus oder schlichte Sturheit? »Es geht mir darum, Antworten zu finden! Die von dir erfaßten Daten lösen unser unmittelbares Problem, aber das Rätsel der historischen Divergenz bleibt bestehen.«

»Wenn ihr es übertreibt, wenn ihr euch in den angeblichen Erinnerungen verliert und nicht in die Wirklichkeit zurückfindet...«

»Genau aus diesem Grund bist du hier, Pille — um zu verhindern, daß wir überschnappen. Gleichzeitig solltest du darauf vertrauen, daß wir unsere Grenzen kennen.«

McCoy senkte den Blick, hantierte an seinem Tricorder und fühlte sich einmal mehr überlistet. »Himmel und Hölle...«

»Komm schon, Pille«, sagte Kirk. »Alles oder nichts. Wir müssen endlich Bescheid wissen.«

Der Admiral interpretierte McCoys Schweigen als Zustimmung und bereitete sich darauf vor, mit einer zweiten Mentalverschmelzung zu beginnen.

»›Und erneut in die Bresche gestoßen, tapf're Kameraden‹«, zitierte er.

McCoy brummte etwas Unverständliches und schaltete den Tricorder ein.

*

»Spock ist zur einen Hälfte Mensch«, wandte sich Mitchell an Parneb. »Wenn Terra und Vulkan voneinander isoliert bleiben...«

Der Ägypter riß die Augen auf, als er verstand.

»Daran habe ich überhaupt nicht gedacht!« entfuhr es ihm. Mit einem Satz sprang er auf und gestikulierte nervös. »Lieber Himmel! Das darf nicht geschehen! Ich mag ein Stümper sein, aber ich bin kein Mörder!«

Als Kirk diesmal nach seinen Schultern griff, verwandelte sich Parneb nicht in klebrige Spinnweben, um anschließend in einem anderen Teil des Zimmers zu erscheinen. Statt dessen erschlaffte er und begann zu schluchzen.

»Ich hatte nie die Absicht..«, wimmerte er. »Es ist alles meine Schuld...«

»Reißen Sie sich zusammen!« befahl Kirk und schüttelte den Ägypter. »Wir brauchen ihre Unterstützung! Sie sind unsere einzige Verbindung zum gegenwärtigen Jahrhundert. Sie müssen uns dabei helfen, die Vulkanier zu finden, bevor es zu spät ist, sie zu verstecken oder ins All zurückzubringen. Wenn es notwendig werden sollte, mit bloßen Händen ein Raumschiff zu bauen...«

Elizabeth Dehner erwachte durch den plötzlichen Lärm, setzte sich gähnend auf und begann zu begreifen, warum James T. Kirk der jüngste Captain Starfleets geworden war. Gary Mitchell zerrte einen schläfrigen Lee Kelso auf die Beine.

»Kurbel deinen Intellekt an, Lee. Jim hat bestimmt einige interessante Aufgaben für dich.«

Parnebs Sorgen waren — noch — grundlos. Spock existierte, erfreute sich bester Gesundheit und plante einen Verwandtenbesuch in Boston.

Kapitel 5

In einem Punkt hatte Parneb recht: Er war kein Wissenschaftler, sondern in erster Linie ein Zauberer, dessen Fähigkeiten auf dem recht brüchigen Fundament der Magie basierten. Seine unzuverlässigen psychischen Talente, die sich auf die unerklärlichen Energien eines amorphen, kristallartigen Steins von unbekannter Herkunft beriefen, gegen den Uhrzeigersinn funktionierten und selbst im besten Fall eher zweifelhafte Ergebnisse erbrachten, neigten zu einer großen Fehlerquote.

Und wie jeder Juwelier weiß: Selbst der schönste und erlesenste Kristall ist nicht ohne verborgenen Makel. Eine glatte Facette des Steins hatte vier Menschen ins einundzwanzigste Jahrhundert entführt, doch die geringe Asymmetrie in einer anderen sorgte dafür, daß sich der Rematerialisierungspunkt des vulkanischen Begleiters ein wenig verschob: Sein Retransfer erfolgte auf der anderen Seite des Planeten.

Im Gegensatz zu seinen menschlichen Gefährten in der ägyptischen Krypta genoß Spock den Vorteil, sich unter einem klaren Nachthimmel wiederzufinden. Die Logik der Sterne ließ keine irrigen Interpretationen zu und wies eindeutig darauf hin, daß er sich auf der Erde befand. Anders ausgedrückt: Das ›Wo‹ wurde ihm sofort klar. Weitaus schwieriger war es mit dem ›Wie‹ und ›Warum‹, insbesondere dann, wenn man die besonderen Umstände berücksichtigte. Die Logik des ›Wann‹ stand in unmittelbarem Zusammenhang mit den beiden zuvor genannten Aspekten — und mußte selbst bei einer Konfrontation mit unwiderlegbaren Beweisen überraschend bleiben.

Spock goß brackiges Wasser aus seinen Stiefeln und einem inzwischen völlig nutzlosen Kommunikator, gelangte dabei zu dem naheliegenden Schluß, daß es für jemanden in seiner Situation keineswegs von Vorteil sein konnte, mitten in einem Salzsumpf von New England zu rematerialisieren, noch dazu während des farbenfrohen Herbstes in der nördlichen Hemisphäre.

Vulkanier hielten nichts von ›manchmal recht positiven Einflüssen auf die allgemeine Struktur historischer Entwicklungen‹, und es würde noch zweihundert Jahre dauern, bis Garamet Jen-Saunor diesen Ausdruck prägte. Spock glaubte auch nicht an Dinge, die Menschen als ›glückliche Zufälle‹ bezeichneten; und doch gab es keine andere Erklärung dafür, daß ihn nur ein mehrstündiger Marsch — ein Begriff, der sich auf die Geschwindigkeit eines ausdauernden vulkanischen Wanderers bezog — von jenem irdischen Ort trennte, den er selbst in einem früheren Jahrhundert sofort wiedererkannt hätte.

Während seiner Ausbildung als Kadett beschäftigte er sich nur beiläufig mit den geographisch-kulturellen Fakten der Erde, zog statt dessen die klösterlich-intellektuelle Zurückgezogenheit der Starfleet-Akademie vor. Erst als wissenschaftlicher Offizier an Bord der *Enterprise*, unter dem Kommando von Chris Pike, nutzte er die seltenen Gelegenheiten, während des einen oder anderen Landurlaubs seine Dienste dem Massachusetts Institute of Technology anzubieten. Er nahm dort an einem botanischen Projekt teil, das die Kompetenz eines Computerexperten der Klassifikation A-7 erforderte.

Außerdem stattete er dem Museum von Boston einen Besuch ab. Boston spielte eine besondere Rolle in seiner im wahrsten Sinne des Wortes einzigartigen Familiengeschichte. Einer von Spocks Vorfahren mütterlicherseits hatte dort die letzten Jahre seines Lebens verbracht. Er erinnerte sich an seine Kindheit, an die vielen Erzählungen der menschlichen Mutter, deren liebevolle Sanftmut in krassem Gegensatz zum vulkanischen Ambiente stand und die ihrem interessiert zuhörenden Sohn oft von einem gewissen Professor Jeremy Grayson berichtete.

»Er war mein Urururgroßvater«, sagte Amanda und musterte das kleine und ernste Gesicht, das zu ihr aufsah, sich ihr so zuwandte wie eine Blume der Sonne. Der Knabe namens Spock saugte Wissen in sich auf, die vulkanische Essenz des Lebens. Amanda erklärte dem Jungen die menschlichen Generationen, die ihn zunächst verwirrten — Angehörige seines Volkes lebten wesentlich länger —, fügte anschließend Erläuterungen über die irdische Genealogie hinzu, die im Vergleich mit der auf Vulkan gebräuchlichen Abstammungslehre eher vage erschien. Spock lauschte hingerissen und stumm, wie immer, wenn ein Erwachsener sprach. Er wagte es nur selten, seine Mutter mit einer Frage zu unterbrechen. »Man könnte sogar sagen, Jeremy Grayson sei unser Urahn, denn er ist der erste feststellbare Ausgangspunkt unseres Stammbaums. Während der letzten terranischen Kriege gingen viele Dokumente verloren, und Menschen mit gleichem Nachnamen müssen nicht unbedingt miteinander verwandt sein. Nun, Jeremy war ein bemerkenswerter Mann, durch und durch Pazifist. Er überlebte Khans Schrecken, rettete zahllose Flüchtlinge, wurde verhaftet und gefoltert. Als Greis wohnte er in einem kleinen Holzhaus in Boston. Aus aller Welt kamen Menschen, um ihn zu besuchen, ihn um Rat zu fragen und um Hilfe zu bitten. Die meisten von ihnen nutzten Verbindungen von Untergrundbewegungen und erhofften sich Sicherheit: Streuner und Vagabunden, Dichter und Pazifisten, Philosophen und Träumer. Grayson begrüßte sie mit einer warmen Mahlzeit, brachte sie zunächst bei sich unter — und stellte keine Fragen...«

Spocks ursprüngliches Ziel war nicht Professor Graysons Haus. Wenn er in jener Zeit gewesen wäre, die er mit den örtlichen Faktoren in Verbindung brachte, hätte er die erste Gelegenheit genutzt, sich mit Starfleet in Verbindung zu setzen und ein Fahrzeug anzufordern. Die irdische Gesellschaft des dreiundzwanzigsten Jahrhunderts war von der Geißel der Kriminalität befreit. Spock brauchte sich nur dem ersten Haus nach den Sümpfen zu nähern, den Türmelder zu betätigen und die Bewohner zu bitten, ihren

Kom-Schirm benutzen zu dürfen. Wenige Minuten später würde ein vom KomZentral geschickter Luftwagen eintreffen und ihn zur Admiralität bringen, wo er Bericht erstatten konnte.

Doch als Spock die Sumpfregion verließ, begann er sofort zu ahnen, daß irgend etwas nicht mit rechten Dingen zuging. Zunächst folgte er dem Verlauf einer breiten Straße, aber schon nach wenigen Minuten wandte er sich davon ab und wich in die Schatten der Bäume zurück, um nicht gesehen zu werden. Die wenigen Gebäude, die uniforme Altertümlichkeit der Personenkraftwagen, der Klang zweihundert Jahre alter Popmusik, einem akustischen Dopplereffekt unterworfen, als die Fahrzeuge heranrasten und sich dann wieder entfernten, das Fehlen von Wetterschilden, die vor dem kalten, regnerischen Klima schützten... All diese Eindrücke bestätigten das Unglaubliche. Nach einigen Dutzend Metern fand Spock eine weggeworfene Zeitung, aber er brauchte gar keinen Blick auf das Datum zu werfen, um sicher zu sein.

Er unterzog seine Lage einer gründlichen Analyse und traf die einzige Entscheidung, die ihm logisch erschien. Er mußte sich vor einer Welt verbergen, die noch nichts von seiner Existenz wußte. Anschließend konnte er überlegen, wie es weitergehen sollte.

Spock verstaute den Kommunikator in einem Stiefel, um ihn später zu reparieren, löste die Starfleet-Abzeichen von seinem goldfarbenen Uniformpulli und vergrub sie sicherheitshalber. Dann riß er einen Stoffstreifen ab und band ihn sich um den Kopf, damit niemand die seltsame Form seiner Ohren erkennen konnte. Er vertraute seinem unfehlbaren vulkanischen Zeitgefühl, ließ sich von den Sternen die Richtung weisen und schlug einen Weg ein, auf dem er niemandem zu begegnen hoffte.

Er benötigte nur die Hälfte der Zeit, die ein Mensch gebraucht hätte, um die Stadt zu erreichen — obgleich die Kühle sein Tempo ein wenig reduzierte. An einer Vorrichtung, die er als Telefonzelle erkannte — Spock hatte solche

Apparaturen in Museen gesehen —, verharrte er und manipulierte das Gerät, ohne sich dabei besonders anstrengen zu müssen. Auf diese Weise bekam er Zugang zu einem elektronischen Verzeichnis, dem er die gesuchte Adresse entnahm. Allem Anschein nach war das Haus nicht allzuweit von den ihm vertrauten Bereichen entfernt.

Boston erwachte an einem kalten Oktobermorgen, als ein frierender Fremder an wuchernden Ligusterhecken vorbeiging und einen antik anmutenden Messingklopfer betätigte. Die Aufschrift des darunter angebrachten Namensschilds lautete schlicht: Grayson.

Spock besaß keine genaue Beschreibung seines Vorfahren, erwartete einen alten, schwachen Mann, wie bei Menschen üblich in der Hülle seines früheren Selbst geschrumpft. Doch als sich die Tür öffnete, fiel der Blick des Vulkaniers auf eine ganz andere Gestalt. Der Mann war so kräftig gebaut wie Sarek und sogar noch ein ganzes Stück größer, hielt sich ein wenig nach vorn geneigt. Spock mußte aufsehen, um Graysons Blick zu begegnen, musterte ein kantiges, ausdrucksstarkes Gesicht, betrachtete dichte, buschige Brauen, darunter Augen von dem gleichen hellen Blau wie die Amandas.

»Ja?« fragte der Mensch nicht unfreundlich. Die volltönende Stimme deutete darauf hin, daß ihr ein großer Resonanzraum zur Verfügung stand. Fragend hob der Mann die eindrucksvollen Brauen. »Was kann ich für Sie tun?«

»Professor Grayson?« begann Spock und überlegte, was sein Ahne von ihm halten mochte. »Ich möchte Sie nicht stören, aber wie ich hörte, bieten Sie in Not geratenen Leuten Hilfe an...«

»Oh, natürlich, mein Sohn, selbstverständlich!« erwiderte Grayson sofort und forderte einen ihm völlig fremden Mann auf, sein Heim zu betreten. »Sie sehen aus, als könnten Sie eine ordentliche Mahlzeit vertragen. Meine Güte, Sie haben nicht einmal einen Mantel; wahrscheinlich sind Sie völlig durchgefroren. Kommen Sie!«

Nur Graysons Gangart verriet sein Alter — oder eine Verletzung, die er noch immer nicht ganz überwunden hatte. Er stützte sich auf einen Stock aus massivem Eichenholz, zog das eine Bein nach und beugte sich bei jedem Schritt weit zur Seite.

(»Bei einem sogenannten ›Verhör‹ wurden ihm die Beine gebrochen, und sie sind nie richtig verheilt«, entsann sich Spock an Amandas Hinweis. »Nach seiner Freilassung unterzog er sich mehreren Operationen, doch sie richteten nur wenig aus: Ein Bein blieb kürzer als das andere. Und mit fortschreitendem Alter...«)

Spock folgte dem langsamen Grayson in respektvollem Abstand durch einen langen Flur, anschließend durch mehrere an Bibliotheken erinnernde Zimmer. Der Vulkanier bemerkte ein samtenes Scheitelkäppchen, das der alte Mann auf seinem lichten grauen Haar trug, fragte sich stumm nach der Bedeutung jenes Gegenstands. Grayson schien seinen neugierigen Blick zu spüren, blieb stehen, nahm den Gehstock in die andere Hand und tastete nach der Kappe. Er nahm sie ab, betrachtete sie so, als sähe er sie jetzt zum erstenmal.

»Senilität«, diagnostizierte er. »Hab' ganz vergessen, das Ding abzulegen. Entschuldigen Sie bitte, mein Sohn: In meinem Alter ist das Gedächtnis nicht mehr das, was es einmal war. Meine Frau verstarb vor einem Jahr. Gestern ging die offizielle Trauerzeit zu Rande. Tja, ich glaube, ich habe die ganze Zeit nur herumgesessen und mich selbst bemitleidet.« Er geleitete seinen Gast in eine warme, hell erleuchtete Küche. »Nehmen Sie Platz. Ich koche uns Kaffee.«

Die Unordnung auf dem Tisch deutete daraufhin, daß bereits eine Menge Kaffee getrunken worden war — von einem alten Mann, der schwermütigen Erinnerungen nachhing. Spock rief sich ins Gedächtnis zurück, was er über die menschlichen Trauerrituale wußte. Und bedauerte es plötzlich, an die Tür geklopft zu haben.

»Davon wußte ich nichts«, sagte er. »Professor, ich

möchte mich ausdrücklich dafür entschuldigen, sie ausgerechnet jetzt zu belästigen. Sie möchten bestimmt allein sein...«

»Ich schätze, das wäre die schlechteste Medizin für mich.« Grayson hakte seinen Gehstock über die Rückenlehne eines Stuhls und stützte sich an der Spüle ab, so daß er das Geschirr forträumen konnte, ohne sich zu sehr bewegen zu müssen. Bevor er nach der ersten Tasse griff, verstaute er die *Yarmulke* in der Hosentasche. »Bei Gott, Dora und ich hatten zweiundvierzig gemeinsame Jahre. Dankbarkeit ist weitaus angemessener als Kummer. Bestimmt gibt es ein jüdisches Sprichwort dafür. Dora wußte über solche Dinge Bescheid, aber ich bin erst durch die Heirat zum Juden geworden.« Er griff nach der Kaffeekanne und schüttelte den Kopf, als wolle er dadurch seine Gedanken ordnen. »Nun, Sohn, was möchten Sie gern? Schinken und Eier? Vielleicht ein Steak mit Bohnen?«

Spock setzte sich an den Tisch, obwohl er gar nicht beabsichtigte, etwas zu essen.

»Ich benötige keine Nahrung, Professor. Ich brauche nur eine Unterkunft, für eine gewisse Zeit. Um alles andere kümmere ich mich selbst. Ich möchte Ihnen nicht zur Last fallen...«

»Unsinn!« Grayson winkte ab. »In Ihrem Gesicht steht ›Ich bin in Schwierigkeiten‹ geschrieben, und Probleme löst man nicht mit Takt und Höflichkeit. Es ist übrigens ein recht interessantes Gesicht. Würde gern wissen, welche ethnische Mischung zu einem solchen Resultat geführt hat.«

Das kann ich mir vorstellen, dachte Spock. Grayson schien sein Schweigen als Besorgnis zu interpretieren.

»Entschuldigen Sie, Sohn. Schon seit sechzig Jahren bin ich im Flüchtlings-Geschäft, und eigentlich sollte ich es besser wissen. Trotzdem lasse ich mich manchmal dazu hinreißen, dumme Fragen zu stellen. Nun gut — Frühstück. Müssen dabei irgendwelche diätetischen Besonderheiten beachtet werden? Leiden Sie an bestimmten Allergien? Mein letzter ›Kunde‹ war ein hinduistischer Dichter, der fast im wahrsten Sinne des Wortes ›Mücken seihte und Kamele verschluckte‹.« Er bemerkte Spocks Verwirrung und fügte hinzu: »Sie kennen dieses Zitat nicht? Stammt aus der Bibel. Und es bedeutet, daß der Betreffende selbst bei den kleinsten, unwichtigsten Dingen enorme Umstände machte. Was Sie betrifft...«

»Ich bin Vegetarier«, sagte Spock schlicht und hoffte, daß er damit keine zusätzlichen Probleme schuf.

»Aha.« Grayson nickte. »Das ist ganz einfach. Orangensaft und Haferschrot. Ich bin zwar kein Meisterkoch, aber mit einfachen Dingen komme ich gut zurecht.«

Während der alte Mann aufräumte und sauberes Geschirr hervorholte, dachte Spock fasziniert an die Banalität seines ganz persönlichen Wunders. Keine Logik konnte erklären, warum er sich in der Gesellschaft eines Vorfahren befand, von dem ihn zweihundert Jahre und viele menschliche Generationen trennten. Hinzu kam die häusliche Atmosphäre, die angesichts der allgemeinen Situation irreal anmutete.

»Einige notwendige Fragen *muß* ich an Sie richten«, sagte Grayson nach einer Weile, rührte Haferbrei um und gab Rosinen und Zimt hinzu. Anschließend schlurfte er mühsam zum Tisch, verrückte umständlich einige Stühle und nahm ebenfalls Platz. »Ich brauche nicht zu wissen, was Sie hierher führte. Wenn Sie meine Adresse von einer der üblichen Kontaktpersonen erfahren haben, gehe ich davon aus, daß Ihre Schwierigkeiten in eine gewisse, mir gut bekannte Kategorie fallen. Doch auf folgende Information kann ich nicht verzichten: Sind Sie auf der Flucht, weil Sie jemanden umgebracht haben?«

»Nein, Sir. Das ist nicht der Fall.«

»Was meine Einschätzung bestätigt.« Grayson nickte. »Der nächste Punkt: Bitte nennen Sie mir einen Namen. Es braucht nicht der richtige sein; ich möchte Sie nur nicht dauernd mit ›Sohn‹ ansprechen.«

Obwohl das völlig angemessen wäre, dachte der Vulkanier und überlegte.

»Ich heiße Spock«, erwiderte er schließlich. Die Wahrheit mochte schwierig sein — aber sie entsprach der Logik.

»Haben Sie auch einen Vornamen, Mr. Spock, oder wollen Sie ihn mir nicht verraten?« erkundigte sich Grayson. Bevor sein Gast Antwort geben konnte, fügte er hinzu: »Spock — klingt seltsam. Im letzten Jahrhundert lebte jemand, der so hieß. Ein Pazifist, bevor es eine pazifistische Bewegung gab. Einer der ersten Verfechter der geeinten Erde — und deshalb hielt man ihn für einen Spinner. Dr. Benjamin Spock. Sie sind nicht zufällig mit ihm verwandt?« Grayson erachtete Spocks Schweigen als Verneinung. »Erschien mir auch unwahrscheinlich. Lieber Himmel, vermutlich weiß Ihre Generation nicht einmal, wer er war. *Sic transit gloria mundi!*«

»*Sed magna est veritas, et praevalebit*«, entgegnete Spock aus einem Reflex heraus — seine Lateinkenntnisse stammten von Amanda. Eine Sekunde später bereute er die Worte. Grayson starrte ihn groß an, der mit Haferbrei gefüllte Löffel auf halbem Wege zum Mund.

»Ich hätte nicht gedacht, daß heute noch jemand Latein beherrscht«, sagte er und musterte seinen Gast mit neuem Interesse. »Sie sind mir ein echtes Rätsel, Mr. Spock.« Er legte den Löffel beiseite und klopfte so plötzlich und heftig auf den Tisch, daß der Vulkanier zusammenzuckte. »Aber so geht es nicht weiter!«

»Sir?« Diesmal war Spocks Besorgnis fast greifbar. *Hat er mich durchschaut?*

»Die Sache mit den Nachnamen«, erklärte Grayson. »›Mr. Spock‹. ›Professor Grayson‹. Ihr ›Sir‹. Sie werden mich Jeremy nennen, klar? Und ich spreche Sie mit ›Ben‹ an, zu Ehren jenes Pazifisten, der uns allen ein Beispiel gab. Oder haben Sie etwas dagegen?«

»Mir ist jeder Name recht, Professor«, sagte Spock steif. »Aber wenn Sie gestatten: Ich sehe mich außerstande, jemandem in Ihrem Alter mit einer derartigen Formlosigkeit zu begegnen. In meiner Heimat hat die Vaterfigur eine große Bedeutung und erfordert allen gebührenden Respekt.«

Grayson schüttelte amüsiert den Kopf, lächelte und griff wieder nach seinem Löffel.

»Ganz gleich, woher Sie auch kommen«, kommentierte er freundlich. »Offenbar legt man dort großen Wert auf die richtige Bildung der Jugend. Nun, Ben, achten Sie Ihre Traditionen. Ich möchte, daß Sie sich hier wie zu Hause fühlen. Und jetzt... Greifen Sie zu, solange das Essen noch warm ist.«

In einem Terroristenbunker irgendwo zwischen Europa und Asien zog jemand einen Papierstreifen aus einem improvisierten Decoder.

»Weck Easter und sag ihm, daß ich etwas Wichtiges entdeckt habe«, brummte der Mann namens Aghan und trat nach dem Stiefel seiner Gefährtin, um ihre Aufmerksamkeit auf sich zu lenken. »Teil ihm mit, daß die Kiew-Nachricht übersetzt ist. Sie betrifft Raumfahrer!«

»Sag's ihm selbst!« zischte die Frau. Sie hatte ihre Waffe demontiert und die Einzelteile auf einer alten, fleckigen Couch ausgebreitet. Durch Aghans Stoß verlor sie das Aufladegerät. Es fiel zu Boden, und sie mußte unter den nahen Tisch kriechen, um es zurückzuholen. Als sie sich wieder aufrichtete, strich sie zerzaustes blondes Haar beiseite und fluchte. »Raumfahrer! Daß ich nicht lache!«

»Du kannst soviel lachen, wie du willst — es stimmt.« Der Mann grinste wie ein Irrer. Man nannte ihn Aghan, weil jenes Wort in seiner Heimat ›November‹ bedeutete — und weil er an den berühmt-berüchtigten Unruhen des Zwölften November teilgenommen hatte. Gerüchte besagten, daß er sich nur einmal im Jahr wusch, um jenes Aufstands zu gedenken. »Schon seit Monaten horche ich die Nachrichtenzentren von Kiew und Posnan ab. Alle halten mich für einen Narren und meinen, in diesem entlegenen Winkel der Welt passiere nie etwas. Selbst Easter belächelt mich. Aber jetzt bin ich wirklich auf eine dicke Sache gestoßen. Ich habe anderthalb Tage gebraucht, um dieses Zeug zu übersetzen, und alles deutet darauf hin, daß es sich um ein echt großes Ding handelt. Es gibt uns ganz neue Möglichkeiten. Ein Raumschiff, das über dem Pazifik abstürzte. Mit zwei Überlebenden an Bord. Darauf wies das dicke Täubchen ihre Verwandte Mariya Yewchenkowa hin, bevor die Verbindung unterbrochen wurde.«

»Dann ist sie ebenso übergeschnappt wie du«, erwiderte die Blondine scharf und schob den Ladebolzen ihrer Automatik hin und her. Es klickte unheilvoll.

»Also gut — *ich* gebe Easter Bescheid«, sagte Aghan in einem bedeutungsvollen Tonfall, wischte sich die Nase am Ärmel des Arbeitsanzugs ab und straffte die Gestalt. Dann hielt er auf die eine Tür im Bunker zu, die sich schließen ließ. »Wenn er nichts damit anfangen kann, wenden wir uns eben an Rächer. Ja, er läßt eine solche Chance sicher nicht ungenutzt verstreichen.«

Aghans Computertricks waren nicht annähernd so kompliziert wie die elektronischen Kunststücke, die auf einer ganz besonderen Bühne stattfanden: im Keller einer Datenbank von Alexandria.

»Zum Glück kenne ich mich hier aus«, meinte Jim Kirk. Er stand hinter Kelso, sah ihn über die Schulter und beobachtete, wie Lees Finger über die Tasten des Terminals huschten. Er blieb völlig gelassen, so als seien sie überhaupt nicht in Eile. »Ich habe häufig das Museum auf der anderen Straßenseite besucht. Lee?«

»Ich arbeite noch daran, Captain«, erwiderte Kelso ungerührt.

Kirk rieb sich nervös die Hände, widerstand der Versuchung, auf und ab zu gehen. Wenn er dabei in den Erfassungsbereich einer Überwachungskamera geriet ... Im Vergleich zu Parneb war er die Ruhe selbst. Der Ägypter hatte Turban und *Djellaba* für das nächtliche Unternehmen gegen angemessenere Kleidung getauscht, raufte sich dauernd das lichte Haar und zitterte wie Espenlaub. Elizabeth Dehner brauchte keine Tricorderanalyse vorzunehmen, um zu wissen, daß sein Puls raste.

»Komm schon, Baby«, flüsterte Kelso dem Computer zu. »Sei ein lieber Junge und öffne eine Lücke in den Paßwort-Barrieren.«

Schritte näherten sich durch den Korridor, und abgesehen von Kelso zuckten alle Anwesenden zusammen. Kirk atmete erleichtert auf, als er Mitchell erkannte, der gerade die gefesselten und geknebelten Wächter überprüft hatte.

»Sie sind noch immer hübsch brav«, sagte er. »Übrigens: Es ist mir gelungen, die Kameras umzuschalten. Die entsprechenden Monitore zeigen nun einen der unterirdischen Ausgänge. Den Timer konnte ich jedoch nicht umgehen. In zehn Minuten wird automatisch Alarm im Polizeipräsidium ausgelöst.«

»Himmel, Lee, beeil dich«, drängte Kirk. Aber Kelso, der Hacker, reagierte nicht darauf. Er beugte sich allein dem Gebot der Notwendigkeit.

Parnebs nervöses Erstaunen wuchs. Die Mühelosigkeit, mit der jene Magier aus der Zukunft das modernste Sicherheitssystem der Gegenwart lahmgelegt hatten, weckte sowohl Bewunderung als auch Furcht in ihm.

»Ich bitte Sie!« hauchte er. »Wenn wir hier erwischt werden...«

»Warum regen Sie sich so auf?« erwiderte Mitchell. »Wenn man uns schnappt, müssen *wir* die Suppe auslöffeln. Sie können einfach verschwinden.«

»Es geht los, Leute«, verkündete Kelso, gestikulierte dramatisch und betätigte eine letzte Taste.

Drei verschiedene Drucker begannen zu rasseln. Lee stand auf, eilte wie ein entzücktes Kind zwischen den einzelnen Ausgabegeräten hin und her und sammelte die Papierbögen und Karten ein: Der Computer stattete vier Zeitreisende mit neuen, ›superechten‹ Identitäten aus.

Parneb hatte Kirk wertvolle Informationen über die Agrostationen, AeroMar und die im derzeitigen Jahrhundert gebräuchlichen bürokratischen Prozeduren gegeben. Auf dieser Grundlage basierte der Plan des Captains.

»Wir müssen unbedingt Kontakt mit den Vulkaniern

aufnehmen«, erklärte er seinen Gefährten, bevor sie die Datenbank aufsuchten. »Wir setzen alle unsere Fähigkeiten ein, um uns als Ärzte, Rechtsanwälte, Indianerhäuptlinge oder was weiß ich auszugeben. Um in die Rollen zu schlüpfen, die es uns ermöglichen, zu den Vulkaniern zu gelangen.«

»Und dann, Captain?« fragte Elizabeth Dehner und stellte eher den Zweck in Frage, nicht so sehr die Mittel.

»Kommt ganz darauf an, was wir am Ziel finden«, erwiderte Kirk grimmig und begegnete dem Blick kühler grauer Psychologenaugen. »Menschen sind Menschen — bestimmt unterscheiden sie sich kaum von denen in unserer Zeit. Wir schätzen die aktuelle Lage ein und müssen die für alle Beteiligten beste Lösung finden. Es darf kein Trauma entstehen. Ich weiß, das klingt recht vage, aber ...«

»Ich verstehe, Captain.« Dehner nickte, froh darüber, endlich selbst aktiv werden zu können. Doch die damit einhergehende Verantwortung belastete sie mit sorgenvollem Unbehagen. »Wie Mr. Mitchell sagen würde: ein Klacks.«

Kirk lächelte dünn und bewunderte die Ruhe der jungen Frau.

»Wir sollten uns teilen«, wandte er sich an seine Truppe. »Genauer ausgedrückt: Wir schwärmen über die ganze Erde aus, um unserer Aufgabe gerecht zu werden. Ich glaube, ich brauche euch nicht extra an die Erste Direktive zu erinnern. Wir dürfen *auf keinen Fall* in den gegenwärtigen historischen Prozeß eingreifen.«

»Also laß die Finger von den Mädchen, Mitch«, warf Kelso ein, woraufhin Gary das Gesicht verzog. Kirk ignorierte sie beide.

»Wir bleiben ständig in Verbindung und vereinbaren einen Treffpunkt, wenn die kritische Phase beginnt. Darüber hinaus müssen wir darauf achten, was um uns herum geschieht. Haltet nach Hinweisen darauf Ausschau, ob irgend etwas durchsickert, ob die Medien etwas verlauten lassen. Parneb, wir brauchen Zahlungsmittel aus verschiedenen Regionen und in unterschiedlichen Formen: Kreditkarten, Reiseschecks und so weiter...«

»*Malesh!*« Parneb seufzte. »Ich wäre kein echter Ägypter, wenn ich nicht gewisse Beziehungen hätte. Ich kümmere mich um alles.«

Er verschwand im Zwielicht, kehrte mit Geld und einem Wagen für die Fahrt nach Alexandria zurück. Unterwegs sprach Kirk mit Kelso und erklärte ihm, was für ID-Unterlagen sie brauchten. Es fiel ihnen nicht besonders schwer, die Wächter in der Datenbank außer Gefecht zu setzen, und im Anschluß daran machte sich Lee sofort an die Arbeit.

»Alles in Ordnung«, meinte Kelso und verteilte die Dokumente mit dem Stolz eines Künstlers. »Jeder von euch bekommt: Ausweise, Referenzschreiben, der neuen Identität entsprechende militärische oder akademische Grade, einen auf der ganzen Welt gültigen Paß und noch viele andere nützliche Dinge, Captain...«

Er reichte Kirk den ersten Stapel.

»Colonel James T. Kirk, Nachrichtenoffizier der Planetaren Streitkräfte, amerikanische Abteilung«, sagte Kelso. »Ich hielt es für besser, deinen richtigen Namen zu verwenden, Jim. Du mußt bereits an genug andere Sachen denken. Außerdem handelt es sich um einen Decknamen, den jeder durchschnittliche Geheimagent wie sein Hemd wechselt. Ich habe deine ID-Datei nicht abgeschlossen — du kannst jederzeit darauf zugreifen und dich anders nennen.« Lee wandte sich an seine Gefährten. »Was auch auf euch zutrifft. Ihr braucht eure Kennummern nur in einen solchen Computer einzugeben — selbst öffentliche Terminals genügen, zum Beispiel Publikumsanschlüsse in Banken. Fügt diesen Code hier hinzu, den ihr übrigens auswendig lernen solltet, und entscheidet euch für irgendeinen neuen Namen. Von jeder Personaldatei existieren drei elektronische Kopien. Mit anderen Worten: Es stehen euch noch drei weitere Rollen zur Verfügung.«

Während Kirk auf die Unterlagen starrte und sich von

der ›Authentizität‹ der Fälschungen beeindrucken ließ, fuhr Kelso fort: »Bei dir habe ich mir einen kleinen Scherz erlaubt, Mitch. Du bist von jetzt an Genosse Ingenieur Jerzy Miklowcik.«

»›Tätigkeitsbereich: Werften von Gdansk, strategische Abteilung‹«, las Gary. »Interessant, Lee. Gefällt mir.«

»Darüber hinaus gehört zu deiner Datei eine ›offene Dienstanweisung‹, die dir zu freier Verfügung steht«, sagte Kelso und grinste. »Ein kleiner Zusatz genügt, und du wirst zu jedem beliebigen Ort versetzt.«

»Handelt es sich um rein fiktive Identitäten?« erkundigte sich Kirk, blätterte in den Dokumenten und verstaute sie schließlich in verschiedenen Jackentaschen.

»In der Tat«, bestätigte Lee. »Unsere Psychologin bildet die einzige Ausnahme. PentaKrem wird bestimmt einen Gehirnklempner schicken, um die Seelen der Vulkanier auszuleuchten, und ganz gleich, für wen man sich entscheidet: Die betreffende Person muß über jeden Zweifel erhaben sein. Ich habe versucht, jemanden zu finden, der bereits überprüft und als unbedenklich eingestuft wurde — und auf dessen Dienste zur Zeit nicht zurückgegriffen werden kann. Deshalb hat es so lange gedauert. Hier...«

Kelso deutete eine Verbeugung an und reichte Dehner die Papiere.

»Dr. Sally Bellero, vormals stellvertretende Leiterin der psychologischen Fakultät im Universitätskrankenhaus von Marsbasis Eins, derzeit auf Urlaub in ihrer Heimatstadt Tezqan, Peru. Es gibt tatsächlich eine Wissenschaftlerin dieses Namens in der Marskolonie, und wie es der Zufall will, hat sie mehrere wichtige Artikel über kosmische Psychologie und die Folgen eines möglichen Kontakts mit Fremdintelligenzen verfaßt. Selbst wenn man Ihre Beglaubigungsschreiben in Frage stellt, Dr. Dehner: Für eventuelle Skeptiker dürfte es nicht gerade leicht sein, bei den verschiedenen Stützpunkten auf dem Mars nachzufragen, und dadurch gewinnen Sie in jedem Fall wertvolle Zeit.«

»Was ist mit Freunden und Verwandten, Leuten in Tezqan, die Dr. Bellero kennen?« fragte Dehner. Die Vorstellung, sich von ihren Gefährten zu trennen, in einer ihr fremden Umgebung auf sich allein gestellt zu sein, behagte ihr nicht sonderlich. Andererseits wußte sie, daß ihr gar keine Wahl blieb; zuviel stand auf dem Spiel.

»Tezqan wurde vor zehn Jahren von einem Erdbeben zerstört, und dabei kam Ihre Familie ums Leben«, erwiderte Kelso. »Von der ursprünglichen Bevölkerung lebt praktisch niemand mehr.«

»Na schön.« Die Psychologin nickte. *Wenigstens habe ich jetzt die Möglichkeit, mich nützlich zu machen*, dachte sie. »Eine gute Grundlage. Danke, Lee.«

»Schon gut.« Kelso lächelte und errötete kurz. Er spürte die anerkennenden Blicke eines ganz speziellen Fanclubs auf sich ruhen, als er auf die übrigen Dokumente deutete. »Was mich betrifft... Nun, ich konnte der Versuchung nicht widerstehen: Techniker Howard ›Studs‹ Carter, STEMM-Mitglied Nummer 583, ohne festen Wohnsitz, allgemeine Region Hollywood, Kalifornien.«

»STEMM?« fragte Kirk verwundert.

»Die Gewerkschaft der Stuntmen, Techniker, Elektriker und Mediamittler«, erklärte Kelso. »Gibt mir eine Menge Freiraum. Wird sowohl meinen euch bekannten als auch einigen eher verborgenen Talenten gerecht«, fügte er stolz hinzu.

Kirk grinste von einem Ohr zum anderen.

»Du bist ein echtes Genie, Lee«, kommentierte er.

»Ich weiß«, bestätigte Kelso bescheiden, löschte das Auswahlmenü vom Monitor und reaktivierte die Paßwort- und Code-Barrieren. Es blieben keine elektronischen Spuren zurück, die darauf hindeuteten, daß jemand in das Computersystem eingedrungen war.

»Also gut«, brummte Kirk voller Tatendrang. »Gary, wieviel Zeit bleibt uns noch in Hinsicht auf die Kameras?«

»Anderthalb Minuten, Jim«, entgegnete Mitchell ruhig. »Wir müßten es schaffen, wenn wir uns sputen.«

Sie sputeten sich.

»Raumfahrer«, sagte Easter. »Hast du das Aufzeichnungsband?«

Aghan zeigte es ihm und lächelte bedeutungsvoll. »Die Nachricht ist bereits entschlüsselt.«

Easter überlegte. Als Terrorist dachte er bemerkenswert langsam, aber angesichts eines Jahrhunderts, in dem der Terrorismus als überholt und besiegt galt, stellte er ohnehin einen Anachronismus dar.

Sein Deckname bezog sich auf mehrere Generationen zurückliegende Unruhen, einen der vielen metaphorischen Grabsteine jenes ethnischen Zwists, der bereits seit über tausend Jahren andauerte und nach wie vor einer Lösung harrte. Ein Ergebnis der Eugenischen Kriege bestand darin, daß sich England endlich aus Irland zurückzog — gerade noch rechtzeitig genug, um beide Staaten zu kooperativen Komponenten des überaus komplizierten Puzzles zu machen, das man als ›Geeinte Erde‹ bezeichnete. Die letzten IRA-Kämpfer, an Straßenkämpfe und die traditionelle urbane Guerilla-Taktik gewöhnt, waren plötzlich arbeitslos.

Ihre Enkel erwarben akademische Grade, verwirklichten sich in einem ausfüllenden Berufsleben und genossen darüber hinaus eine weitaus bessere politische Perspektive. Aber es gab auch Ausnahmen, zum Beispiel Easter. Sein Haar war ständig zerzaust, das Gesicht fast leichenhaft blaß, und er ernährte sich in erster Linie von Pommes frites, Guinness-Bier und Süßigkeiten. Er träumte von einem unabhängigen Irland, ohne zu begreifen, daß so etwas eine historische Regression bedeutet hätte. Easter gehörte zu jenen lebenden Relikten, die keinen Frieden ertragen konnten und sich ihren eigenen Krieg schufen.

Zusammen mit seinen Freunden lebte er in einer Vergangenheit, die nur noch in ihrer Vorstellung existierte. Er fühlte sich nur dann wohl, wenn er gejagt wurde, wenn er Fahndern und Verfolgern ein Schnippchen schlagen, im Untergrund verschwinden konnte. Er brauchte Gefahr, um die Leere in seinem Innern zu füllen, um seiner gescheiterten Existenz einen Pseudosinn zu verleihen. Easter und seine bunt zusammengewürfelte Gruppe — Red, eine grimmige Blondine, die Abu Nidal und die Roten Brigaden verehrte, der November-Krieger Aghan und andere, die sich in verschiedenen Regionen der Erde aufhielten und jede Gelegenheit wahrnahmen, um Unruhen zu schüren; hinzu kam auch noch Rächer, ein Erz-Feind und gelegentlicher Verbündeter, der als phänomenaler Überlebenskünstler galt und Easter am liebsten umgebracht hätte (obwohl er bereit gewesen wäre, zuvor seine Hilfe in Anspruch zu nehmen, um den Rest der Menschheit auszulöschen) — hatten viele Menschen getötet und verstümmelt, ohne jemals gestellt und gefaßt zu werden. Für jemanden wie Easter, dessen einzige Antriebskraft aus Todessehnsucht bestand, kam ein solches Leben ständiger Agonie gleich.

»Was solln wir damit anfangen?« fragte er schließlich und starrte auf die von Aghan decodierte Botschaft herab. »Raumfahrer. Na und? Leute vom Mars? Fremde aus dem All? Wenn's um eine Invasion ginge... Ja, Mann, dann könnten wir uns zurücklehnen, gemütlich die Arme verschränken und abwarten, bis die Außerirdischen unsere Arbeit erledigt haben. Aber hier steht, es seien nur zwei. Was nützen sie uns?«

»Himmel, begreifst du denn nicht?« Aghan schnitt eine Grimasse. »Geiseln. Ein Faustpfand, um unsere Forderungen durchzusetzen. Oder wir legen die Typen einfach um. Dann kommen andere, um ihren Tod zu rächen. Dann hast du deine verdammte Invasion. Einen Dschihad, dem alle unsere Feinde zum Opfer fallen.«

Easter nahm sich einige Minuten Zeit, um darüber nachzudenken.

»Und wie solln wir sie finden?« fragte er nach einer Weile. »Wenn sie geschnappt worden sind... Zum Teufel auch, wer weiß, wo sie jetzt stecken?«

Aghan wartete geduldig, bis Easter seine Überlegungen beendete. *Wer an der legendären irischen Sturheit zweifelt, sollte einmal diesem Mann begegnen*, dachte der Araber. Als Easter die einfachen Silben ausgingen, sagte er schlicht: »Die Medien.«

Der Ire sah ihn groß an. »Wie meinst du das?«

»Laß das hier irgendeinem Journalisten zukommen, der Karriere machen möchte«, erklärte Aghan und deutete auf das Speichermodul, das den kurzen Wortwechsel zwischen Genossin Mediaexpertin Mariya Yewchenkowa und ihrer Nichte enthielt. »Zum Beispiel einem Yankee, der glaubt, er habe längst den Pulitzerpreis verdient. Er und seine Kollegen erledigen die Beinarbeit für uns. Sie bekommen die Schlagzeilen, wir die Raumfahrer.«

Auch darüber dachte Easter nach, neigte den Stuhl zurück, stützte die Füße auf den Tisch und starrte an die feuchte Decke. Hundertachtzig Zentimeter Thermo-Stahlbeton und sechs Meter Erde trennten sie vom Himmel; die Sonne hatten sie zum letztenmal vor über einem Jahr gesehen.

Easter grübelte, und seine Gedanken wurden von Gewalt und Chaos bestimmt. Er sah sich und seine Gruppe auf der einen Seite — und auf der anderen die gesamten Streitkräfte der Erde. Rächers Leute, die als Reserve eingesetzt wurden, Dutzende, vielleicht sogar Hunderte von feindlichen Soldaten umbrachten. Tod, Blut, Verheerung und Leid. Eine Apokalypse, die endlich Erleichterung brachte. Sicherer Tod, von Grauen und Ruhm begleitet. Easter sah eine Möglichkeit, sich seinen sehnlichsten Wunsch zu erfüllen.

Ruckartig beugte er sich vor. *Sicherer Tod.*

»Setz dich mit Rächer in Verbindung«, wies er Aghan an. »Wir schlagen zu.«

»Sendet nur auf den hohen Frequenzen«, riet Kirk seiner Truppe und gab Elizabeth Dehner ihren Kommunikator zurück. »Die während des gegenwärtigen Jahrhunderts gebräuchlichen Geräte können solche Signale nicht erfassen. Lee, ich schätze, du hältst dich die meiste Zeit über an einem Ort auf, während wir anderen praktisch ständig in

Bewegung sind. Wir melden uns bei dir in Abständen von jeweils vier Stunden. Nimm Kontakt mit Parneb auf, wenn du dein Ziel erreicht hast. Benutz ein gewöhnliches Telefon, meinetwegen auch einen Computer — und geh davon aus, daß jemand mithört.«

»Was ist mit dir, Jim?« Kelso griff nach seinem Kommunikator und bot ihn Kirk an. »Du bist den größten Gefahren ausgesetzt.«

»Ich erfahre von Parneb, wo ihr seid — und bestimmt finde ich irgendeine Möglichkeit, mit euch zu sprechen«, erwiderte der Captain vage. Sein eigenes Kom-Instrument lag irgendwo im blauen Staub von M-155; er bedauerte es nun, das Gerät einfach weggeworfen zu haben. Ein derart unachtsamer Junior-Offizier wäre sicher getadelt worden, aber wer sollte Vorwürfe gegen den Kommandanten erheben? *Die Umstände sind Strafe genug.* »Ich komme schon zurecht.«

»Himmel, sei doch vernünftig, Jim«, wandte Kelso ein. »Ich habe Zugang zu den besten Computersystemen dieses Jahrhunderts, und bestimmt finde ich einen Weg, um die hohen Frequenzen abzuhören. Und wie du eben selbst gesagt hast: Ich bleibe die meiste Zeit über an einem Ort, gehe also kaum irgendwelche Risiken ein. Jim, *Captain*... Nimm das Ding. Ich benötige es nicht.«

Kirk setzte zu einer scharfen Erwiderung an, aber Mitchell unterbrach ihn bereits im Ansatz.

»Er hat recht, James«, sagte er betont freundlich. »Warum willst du unbedingt den Helden spielen?«

Kirk seufzte und fügte sich.

»Danke, Lee«, brummte er leise und steckte den Kommunikator ein.

Parneb fuhr sie zum Flughafen.

»Ach, Freunde...«, verkündete er mit trauriger Feierlichkeit, als er sich von Kirk und den anderen verabschiedete, ihnen die Hand reichte. »Ich werde nicht eher Ruhe finden, bis Sie gesund und munter zurück sind. Captain, wenn ich Ihnen noch irgendwie helfen kann...«

»Wir bleiben in Verbindung«, versprach Kirk und dachte: *Sie haben bereits mehr als genug für uns getan.*

»Unsere Situation ist nicht ohne eine gewisse Ironie, Mutter«, sagte Sorahl, nachdem Captain Nyere die beiden Vulkanier in einem recht bequem eingerichteten Quartier tief im Innern der *Delphinus* zurückgelassen hatte, in sicherer Entfernung von den Menschen und ihrer Neugier. Jenseits der Wände herrschte finstere Nacht, und Sorahl glaubte, Müdigkeit und Erschöpfung der Besatzungsmitglieder zu spüren, die nach einem anstrengenden Tag unter die Decken krochen.

T'Lera, Vulkanierin und Kommandantin, jetzt ohne Heimat und ihr Schiff, war eine aufmerksame Beobachterin aller ironischen Aspekte des Lebens. Sie dachte an die jüngsten Ereignisse und fragte sich, welchen besonderen Faktor ihr Sohn meinte.

»Ach?«

»Wir sind über einem großen Ozean abgestürzt und wurden anschließend in einen Gebäudekomplex gebracht, der auf Wasser schwimmt und nicht etwa direkt auf der Erde verankert ist, sondern an einem ausgedehnten Korallenriff.« Während Sorahl sprach, offenbarte er subtiles Erstaunen angesichts der großen Unterschiede zwischen Vulkan und Terra. »Von dort aus transportierte man uns in einem *Boot* übers Meer, und jetzt befinden wir uns in einem *Schiff*.«

T'Lera hörte stumm zu und ahnte, worauf ihr Sohn hinauswollte.

»Mutter, wenn man es genau nimmt, haben wir die Erde noch gar nicht betreten!«

Kapitel 6

Spock saß am Fenster eines Schlafzimmers, das zum zweiten Stock eines alten Holzhauses in Boston gehörte. Regentropfen prasselten an die beschlagenen Scheiben und tilgten die Farben aus dem Garten. Während der Vulkanier stumm den massiven Schatten einer Eiche beobachtete, neben der ein verkümmert anmutender Fächerblattbaum wuchs, dachte er an seine aktuelle Situation.

Er kannte kein natürliches Phänomen, das seinen bemerkenswerten Transfer nicht nur durch den Raum, sondern auch die Zeit erklärte, und daraus folgte, daß als Ursache nur der bewußte Wille einer Intelligenz in Frage kam. Solange er nicht zu bestimmen vermochte, welche Absichten und Pläne damit in Zusammenhang standen, blieben Spocks Möglichkeiten begrenzt und seine Zukunftsaussichten düster.

Angenommen, der Transfer betraf nur ihn und nicht auch Kirk und die anderen: In einem solchen Fall würden die zurückgebliebenen Gefährten mit einer gründlichen Suche auf der Oberfläche von M-155 beginnen — und rechtzeitig zur *Enterprise* zurückkehren, bevor der Planetoid erneut verschwand. Und da der Captain keine Spur von seinem wissenschaftlichen Offizier finden konnte, mußte er Spock schließlich von der Crewliste streichen und die Reise fortsetzen. Das Gebot der Logik.

Aber wenn Kirk und die übrigen Angehörigen der Landegruppe ebenfalls durch Raum und Zeit versetzt worden waren... Es mußte nicht unbedingt bedeuten, daß ihre Rematerialisierungs-Koordinaten einem Ort auf der Erde entsprachen. Wenn sie sich irgendwo anders befanden, hatte es keinen Sinn zu überlegen, wo ihr Retransfer erfolgt sein konnte. Eine Intelligenz, die Raum und Zeit zu manipulieren vermochte und ihre Fähigkeiten einsetzte, um vernunftbegabte Wesen im Vakuum des Alls oder im

Zentrum einer Sonne zu töten, entzog sich Spocks Verständnis. Logik postulierte, daß Grausamkeit und jene Verhaltensweisen, die Menschen mit der Bezeichnung ›böse‹ umschrieben, auf Ignoranz und Furcht basierten. Ein überlegener Intellekt, der Wissen sammelte und längst die Angst vor dem Unbekannten besiegt hatte, mußte notwendigerweise zu hoher Moral und Ethik finden — meinte Spock. Doch aus einer denkbaren Emotionalität — so wußte er aus seinen Erfahrungen mit Menschen — konnten sich Dutzende von Variablen ergeben und das Gefüge seiner rationalen Gleichung erheblich verändern.

Wenn Kirk, Kelso, Mitchell und Dehner auf der Erde weilten... Dann ist es unwahrscheinlich, daß sie mich finden. Schließlich muß ich vorsichtig sein, darf mich nicht zu erkennen geben. Resümee: Ich habe keine andere Wahl, als selbst aktiv zu werden, als meinerseits zu versuchen, einen Kontakt herzustellen.

Jeremy Grayson war sein einziger Ansatzpunkt.

»Ich muß Ihnen eine... delikate Frage stellen«, sagte der Professor eines Abends, als sie das Geschirr abräumten und anschließend die Schachfiguren aufstellten. »Was ist mit Ihrer finanziellen Situation? Haben Sie vorübergehende Liquiditätsprobleme, oder sind Sie schlicht und einfach pleite?«

»Bitte entschuldigen Sie, aber ich verstehe nicht ganz...« Spock hatte nicht ohne Genugtuung zur Kenntnis genommen, daß Grayson ein Schach-Großmeister war. Dieser Umstand ersparte es ihm, schlecht zu spielen, um die Partien interessanter zu gestalten.

»Sie kamen ohne Gepäck zu mir, besaßen nicht einmal eine Jacke oder einen Mantel, um sich vor der Kälte zu schützen, und daraus schließe ich, daß Sie kein Geld haben«, sagte Grayson offen und befingerte einen Turm. »Wenn Sie was brauchen... Ich bin jederzeit bereit, Ihnen unter die Arme zu greifen.«

Die Großzügigkeit des Professors ließ praktisch keine Wünsche unerfüllt. Spock bekam genug zu essen und hatte ein Dach über dem Kopf. Die Schränke in seinem Schlafzimmer enthielten viele Kleidungsstücke, die von früheren Hilfsbedürftigen stammten. Darüber hinaus erlaubte ihm Grayson Zugang zu seiner privaten Bibliothek: Praktisch jeder Raum im Haus war mit Büchern gefüllt. Der alte Mann fragte nie, warum sein Gast immer eine Kopfbedeckung trug, respektierte die Privatsphäre und erhob keine Einwände, wenn Spock allein sein wollte — was recht häufig geschah. *Wenn ich auf unbestimmte Zeit hierbleiben muß... Es gibt weitaus schlimmere Gefängnisse.*

Die Gedanken des Vulkaniers kehrten zu Kirk zurück.

»Da wäre eine Sache, Professor. Bevor ich hierher kam, nahm ich zusammen mit einigen Kollegen an einem ... Projekt teil. Aus Gründen, die ich Ihnen leider nicht erläutern kann, verloren wir den Kontakt zueinander...« Er suchte nach den richtigen Worten.

»Und?« Grayson setzte die Dame und lehnte sich zurück. »Schach. Nun, Sie wiesen darauf hin, Wissenschaftler zu sein. Darf ich mich danach erkundigen, um was für ein Projekt es sich handelte?«

»Ich sehe mich außerstande, Ihnen diese Frage zu beantworten, Professor.« Spock rettete seinen König, indem er mit einer riskanten, von einem Springer eingeleiteten Gegenoffensive begann. »Schach.«

»Wie Sie meinen.« Zum erstenmal in dieser Partie sah sich Grayson ernsthaft bedroht. »Ich dachte mir schon, daß Sie darüber schweigen müssen. Sie stehen also nicht mehr mit den anderen in Verbindung?«

»Ich habe Grund zu der Annahme, daß sie in Gefahr sind«, sagte Spock langsam. »Und da sie nicht wissen, wo ich mich aufhalte, muß ich irgendeine Möglichkeit finden, ihnen eine Nachricht zukommen zu lassen — ohne die Aufmerksamkeit gewisser ... Personen zu erregen.«

»Das dürfte nicht weiter schwer sein.« Grayson griff nach der Dame, und in seinen Augen blitzte es schelmisch. »Wir bringen einfach einen Hinweis in der persönlichen

Rubrik.« Er machte seinen Zug. »Schachmatt, Ben. Noch ein Spiel?«

Sie begannen erneut.

Der Ausdruck ›persönliche Rubrik‹ bezog sich auf die elektronische Zeitung, die der globale Mediendienst anbot und von jedem Vid-Schirm aus abgerufen werden konnte. Am nächsten Abend tauchte zwischen Rezepten, Ratschlägen für Leute, die an Liebeskummer litten, Landwirtschaftsberichten und Tierpflegetips eine ganz besondere Meldung auf:

Kirk, James T.:
Erwarte Ihre Anweisungen,
Spock c/o Grayson, Boston.

»Der Hinweis erscheint sowohl in den lokalen als auch überregionalen Ausgaben — und zwar so lange, bis ich darum bitte, ihn wieder zu löschen«, meinte Grayson. Er fragte sich, wer jener Kirk sein mochte, dem Spock mit einer derartigen Loyalität gegenüberstand.

»Was Sie zweifellos eine Menge Geld kostet...« Spock wußte, daß auf der Erde für Dienstleistungen hohe Preise verlangt wurden. Das Profitstreben gehörte zur menschlichen Natur.

»Nicht einen müden Cent«, sagte Grayson und lächelte. »In dieser Hinsicht können Sie ganz unbesorgt sein, Ben. In der Welt dort draußen gibt es noch immer einige Leute, die mir einen Gefallen schulden.«

Anschließend nutzte Spock eine unübertreffliche vulkanische Eigenschaft: Er übte sich in Geduld und wartete.

Wenn er das Heim des Professors verließ, beschränkte er sich auf den Garten. Er machte sich nützlich, übernahm einen nicht unerheblichen Teil der Haushaltsarbeiten und brachte all jene Dinge in Ordnung, die der alte Mann während der vergangenen Monate und Jahre vernachlässigt hatte — obgleich Grayson mehrmals darauf hinwies, er erwarte nicht mehr von seinem Gast als eine abendliche Schachpartie. Spock reinigte alle Zimmer, vom Dachboden bis zum Keller, rechte welkes Laub zusammen, kletterte aufs steile Walmdach und reparierte undichte Stellen. Darüber hinaus vervollständigte er die Katalogisierung der vielen tausend Bücher; der Professor hatte irgendwann einmal damit begonnen, doch nach dem Tod seiner Frau brachte er nicht mehr die Kraft auf, die Arbeit zu beenden. Während Spock solche Aktivitäten entfaltete, schwieg er die meiste Zeit über und hing seinen Gedanken nach.

Er lernte andere Personen kennen, die Grayson ab und zu besuchten: eine Tochter, die Spocks Großtante werden sollte, mehrere Freunde und Bekannte, die sich im Wohnzimmer versammelten und lange Gespräche mit dem Professor führten. Manchmal dauerten die Diskussionen bis spät in die Nacht. Zwar hätte Spock gern daran teilgenommen, um seine Neugier zu befriedigen, aber trotzdem blieb er bei solchen Gelegenheiten in seinem Zimmer. Er konnte weitaus besser hören als ein Mensch, und in den meisten Fällen verstand er ganz deutlich, worüber sich Grayson mit seinen Besuchern unterhielt. Der Vulkanier wagte es nicht, seine Zurückgezogenheit aufzugeben; die damit einhergehenden Gefahren für die historische Entwicklung waren zu groß.

Im Verlauf seiner häuslichen Tätigkeit entwickelte Spock allmählich einen Plan. Wenn ihm der Professor die Möglichkeit gab, wollte er nötigenfalls ein Jahr lang bei ihm bleiben. Falls diese Zeitspanne verstrich, ohne daß ihn Kirk und die anderen fanden, mußte er sich ein dauerhaftes Versteck suchen. Auf der Erde gab es Wüsten, in denen kein Mensch zu überleben vermochte. Spock hingegen war auf einem heißen, öden Planeten aufgewachsen und an entsprechende Umweltbedingungen gewöhnt.

Er belastete sich nicht mit Gedanken an die Mühsal und Einsamkeit eines solchen Lebens, beugte sich dem Gebot des Notwendigen. Sein selbstgewähltes Exil dauerte maximal neunzehn Jahre — bis zum geschichtlich ersten Kontakt zwischen Menschen und Vulkaniern. Verletzte er die Erste Direktive, wenn er sich seinen Artgenossen zu erkennen gab und ihnen Bericht erstattete? Doch selbst wenn das nicht der Fall war, wenn er mit den von der *Amity* Geretteten nach Vulkan zurückkehren konnte: Er blieb ein Gestrandeter in der Vergangenheit.

Die komplexen Konsequenzen einer solchen Logik hätten einen Menschen vielleicht um den Verstand gebracht. Aber Spock gestattete sich nicht den Luxus des Wahnsinns. Seine einzige Möglichkeit bestand darin, sich den Gegebenheiten anzupassen.

Jim Kirk hockte allein in dem winzigen Zimmer einer Absteige an der amerikanischen Westküste und schrieb, bis stechende Schmerzen in seiner rechten Hand entstanden.

»Captains Logbuch. Ich verzichte auf eine Sternzeit — es dauert noch zweiundvierzig Jahre, bis solche Datumsangaben üblich werden. Und wenn unsere Bemühungen scheitern, wird es sie nie geben. Zumindest nicht auf der Erde.

Meine Leute haben die ihnen zugewiesenen Einsatzorte erreicht und warteten auf weitere Order. Wer einen Kommunikator besitzt, hält ständigen Kontakt mit den anderen. Lee Kelso hat mir eine Komfon-Nummer genannt, unter der er manchmal zu erreichen ist. Eine alternative, zuverlässigere Form der Verständigung wäre mir weitaus lieber, aber ich muß mich damit zufriedengeben. Kelso glaubt nach wie vor, er könne die primitive Computertechnik dieses Jahrhunderts nutzen, um uns einen problemlosen Nachrichtenaustausch zu ermöglichen. Ich bezweifle es — obwohl ich Lee schon seit Jahren kenne und weiß, wozu er imstande ist.

Dr. Dehner meldete, sie sei ohne Probleme in ihre neue Rolle als Dr. Bellero geschlüpft und habe sogar die Leitung einer Klinik übernommen, in der Privatpatienten behandelt werden. Ihre ursprünglichen Sorgen erwiesen sich als unbegründet: Niemand in Tezqan schöpfte Verdacht. Es mag überraschend klingen, aber für das, was wir planen, bietet die derzeitige Epoche weitaus bessere Möglichkeiten als die Zukunft, unsere Gegenwart.

Mitchell hat sich in Gdansk eingerichtet, Zugang zu AeroMar-Akten über Schiffsrouten und als geheim eingestufte Missionen gefunden; ich frage mich noch immer, wie ihm das gelungen ist. Seine Abende verbringt er in Hafenspelunken: Dort erzählt er dreckige Witze und fragt Seeleute, was sie von fliegenden Untertassen halten. Er erklärte sich — widerstrebend — bereit, keine anderen zwischenmenschlichen Beziehungen einzugehen. Niemand von uns wagt es, das Schicksal auf eine Weise herauszufordern, die zu historischen Veränderungen führen könnte.

Gary teilt mir folgendes mit: Die Region, in der die Vulkanier vermutet werden, gehört zum Zuständigkeitsbereich des AeroMar-Hauptquartiers der Norfolk Island. Dadurch reduziert sich die Anzahl der Schiffe, die für die Bergung in Frage kommen, auf drei. Sobald Gary herausgefunden hat, welches den Auftrag bekam, die Außerirdischen aufzunehmen — und wie ich meinen Freund Mitch kenne, wird das nicht sehr lange dauern —, brauchen wir Kelsos Talente als Computer-Hacker dringender als jemals zuvor.

Was Spock betrifft... Die meiste Zeit über verdränge ich alle Gedanken an ihn. Wir sind zunächst davon ausgegangen, daß er einer der beiden Vulkanier ist, die Parneb in seiner seltsamen Kristallkugel gesehen hat, aber aus irgendeinem Grund glaube ich nicht daran. Tatsächlich bin ich sicher, daß er in keinem Zusammenhang mit den Besuchern aus dem All steht. Nun, der Ägypter scheint nach wie vor davon überzeugt zu sein, daß Spock noch lebt. Wahrscheinlich ist es nur Wunschdenken — immerhin wäre Parneb für seinen Tod verantwortlich. Wie dem auch sei: Ich bin und bleibe davon überzeugt, daß er noch lebt, daß er ebenfalls auf die Erde versetzt wurde, in diese Zeit. Oh, seine Logik wäre uns jetzt eine enorme Hilfe!

Wenn wir davon ausgehen, daß die Verfahrensweisen von AeroMar denen der RIGA ähneln — das Raumforschungsinstitut der Geeinten Erde ist ein direkter Nachfolger der militärischen Behörde und bildet später die Basis für Starfleet... Den Verantwortlichen liegt bestimmt nichts daran, die Vulkanier der allgemeinen Öffentlichkeit vorzustellen. Ganz im Gegenteil: Vermutlich sind sie bestrebt, die Fremden aus dem All zu einem möglichst sicheren und abgelegenen Ort zu bringen. Unsere einzige Frage lautet: Für welche irdische Region entscheiden sie sich?«

»Antarktika?« wiederholte Jason Nyere verwirrt. »Commodore...«

»Stellt Sie das vor irgendwelche Probleme, Captain?« Es klang gleichgültig, und das phlegmatische Gesicht auf dem Kom-Schirm blieb völlig ausdruckslos. *Die Miene eines Bürohengstes*, dachte Nyere angewidert. *Eines Mannes, für den Leben und Wirklichkeit aus niedergeschriebenen Zahlen und Worten bestehen. Eines Mannes, der Befehle ebenso apathisch befolgt wie erteilt.* Ein Gesicht, das nun mißbilligend die Stirn runzelte. Das Hauptquartier erwartete keine Schwierigkeiten von Jason Nyere, weder jetzt noch in Zukunft.

»Da können Sie verdammt sicher sein, Sir! Ich habe tatsächlich ein Problem, und es betrifft nicht nur den Kontinent Antarktika, sondern die ganze verfluchte Angelegenheit. Wenn der Kommandostab in Erwägung zöge...«

»Oh, das tut mir leid, Captain. Meinen Sie etwa Ihr Versetzungsgesuch?«

Nyere spürte, wie sich sein Pulsschlag beschleunigte. Nur mit Mühe gelang es ihm, die Beherrschung zu wahren. »Ganz und gar nicht, Sir. Ich bitte nur darum...«

»Na schön. Dann schlage ich vor, Sie machen sich sofort auf den Weg. Sie werden unter dem Packeis vorstoßen, bis zur alten Byrd-Station im Marie-Byrd-Land. Sobald Sie ihre...« — der Commodore zögerte kurz — »...Ihre Häftlinge dort sicher untergebracht haben, schicken wir mehrere Flügelboote mit zusätzlichen Leuten. Anschließend wird Ihre Crew fortgebracht. Nur Sie und Ihr Erster bleiben.«

Ein guter Plan, dachte Jason. *Ihr nehmt mir die Mannschaft, um zu verhindern, daß ich euch einen Strich durch die Rechnung mache. Um sicherzustellen, daß ihr alles so hinbiegen könnt, wie es euch gefällt. Nett.* Nyere beugte sich zum Schirm vor und versuchte, die Gedanken seines Vorgesetzten zu erraten.

»›Zusätzliche Leute‹? Wen meinen Sie damit, Commodore?«

»Ich bin nicht befugt, Ihnen schon jetzt eine Antwort darauf zu geben, Captain. Wir erwarten von Ihnen, daß Sie die Byrd Station um 08.00 Uhr am kommenden Donnerstag erreichen, und bis dahin werden Sie absolute Funkstille wahren.«

»Sir«, sagte Jason hastig, als der Commodore die Verbindung unterbrechen wollte. »Himmel und Hölle — entweder erklären Sie mir, was zum Teufel Sie vorhaben, oder ich spiele nicht mit! Ich will wissen, wer die ›Leute‹ sind und woher sie kommen. Handelt es sich um Zivilisten oder Angehörige des Militärs oder irgendwelcher Geheimdienste? Bisher hat sich niemand von Ihnen dazu herabgelassen, mit den Personen zu sprechen, die an Bord meines Schiffes gekommen sind. Aus freiem Willen, wie ich betonen möchte, Commodore...«

»Ihr Bericht liegt mir vor, Nyere«, erwiderte Jasons Vorgesetzter und fügte in einem drohenden Tonfall hinzu: »Ich glaube, Sie vergreifen sich ein wenig im Ton.«

»Da wäre noch etwas, *Sir!*« Der in Nyere brodelnde Zorn suchte nach einem Ventil. »Hat jemand von Ihnen daran gedacht, daß wir es mit Bürgern einer anderen Welt zu tun haben, daß wir den Unwillen ihrer Regierung erregen könnten, indem wir sie behandeln wie...«

»Das genügt jetzt, Captain!« Die Stimme des Commodore vibrierte, und Nyere schloß daraus, daß er einen wunden Punkt berührt hatte. »Nehmen Sie von Byrd aus Kontakt mit dem Norfolk-HQ auf. Aus und Ende!«

Jason beobachtete, wie der Schirm grau wurde, drehte den Kopf und sah T'Lera an, die außerhalb des Erfassungsbereichs stand. Nyere meinte, sie habe ein Recht darauf, dem Gespräch zuzuhören. Ungeachtet der Vorschriften, die Geheimhaltung verlangten. Und trotz des überschäumenden Temperaments seines Ersten Maats Melody Sawyer, die sofort Verrat witterte.

»Es tut mir leid«, sagte er leise. »Man läßt mir nicht die Möglichkeit, eigene Entscheidungen zu treffen.«

»Ich verstehe durchaus, Captain.« T'Lera überlegte, wie ihre Vorgesetzte, die schreibtisch- und planetengebundene T'Saaf, auf eine solche Situation reagieren mochte. Würde sie sich weiterhin allein von Logik und dem UMUK-Prinzip leiten lassen? »Der Zielort, den man Ihnen eben nannte...«

»Eine Forschungsstation in der Nähe des Südpols, einer der kältesten und abgelegensten Regionen auf Gottes grüner Erde. Sie wurde vor einigen Jahrzehnten aufgegeben. Nun, die Leute, von denen ich mein Gehalt beziehe, wollen Sie im wahrsten Sinne des Wortes auf Eis legen.«

»Captain?«

Jason lachte leise. In den vergangenen sechs Tagen hatte er die vulkanische Kommandantin regelmäßig in ihrer Kabine besucht und ihr außerdem Gelegenheit gegeben, sich jederzeit an ihn zu wenden — vorausgesetzt natürlich, sie informierte ihn vorher, so daß er eventuell anwesende Besatzungsmitglieder fortschicken konnte, um mit der Außerirdischen allein zu sein. Er empfand es als sehr angenehm, mit ihr zu sprechen, auch wenn er häufig besondere Redewendungen erklären mußte. *Ich habe das Hauptquartier deutlich genug darauf hingewiesen, daß die Besucher aus dem All keine Ungeheuer sind, daß man ganz vernünftig — rational-logisch — mit ihnen reden kann. Trotzdem beharren die Lamettaträger auf ihrer chauvinistischen Paranoia und weigern sich hartnäckig, die Realität der Vulkanier zu akzeptieren.*

Vulkanier, fügte Jason in Gedanken hinzu. *Bedauerli-*

cherweise ähnelt ihr Name einem mythologischen Gott, der sich keiner großen Beliebtheit erfreute.* Würde mich gar nicht wundern, wenn sich der Commodore und seine Kollegen von einem derartigen unbewußten Blödsinn beeinflussen ließen.

Ich bin Kapitän eines Schiffes, kein Psychiater, erinnerte sich Jason Nyere. *Verdammt, ich habe nicht die geringste Ahnung, was in jenen Köpfen vor sich geht. Wie dem auch sei: Ich verlasse mich auf meinen gesunden Menschenverstand — und der sagt mir, daß die Dame mit den spitzen Ohren überhaupt keine Gefahr für unsere Zivilisation darstellt. Sie ist offen und direkt — und ziemlich helle.* Nyere schmunzelte erneut. *Meine Güte, ich sollte mich vor derart abrupten Stimmungsveränderungen hüten. Sonst lebe ich nicht lange genug, um meine Pensionierung zu genießen.*

»Eins verspreche ich Ihnen«, wandte er sich an T'Lera. »Ganz gleich, wer mit den Flügelbooten kommt — ich lasse niemand von ihnen an Bord meines Schiffes. Sollen sie sich in Byrd-Station den Hintern abfrieren. Das Hauptgebäude ist kaum mehr als eine Hütte. Die Heizung funktioniert sicher nicht mehr, und ich bezweifle, ob die sanitären Anlagen viel Komfort bieten. Je unbequemer es die Typen haben, um so schneller kehren sie heim. Anschließend finde ich endlich Gelegenheit, Ihnen und Ihrem Sohn meine wahre Gastfreundschaft zu beweisen, anstatt Sie wie Kriminelle zu behandeln. Wer weiß? Vielleicht kann ich Melody sogar dazu überreden, Ihnen Tennisunterricht zu erteilen.«

T'Lera begriff die Ironie der letzten Bemerkung. Sawyers ablehnende Haltung, ihr kaum verhohlener Zorn darüber, ausgeschlossen zu sein, während die Vulkanierin der Kommunikation mit dem Norfolk-HQ beiwohnen durfte — sicher hörte Melody von ihrer Kabine aus mit; das hatte

---

* Gemeint ist Vulcanus, in der römischen Mythologie Gott des Feuers, der auch als kunstfertiger Schmied angesehen wurde. Sein Fest, die sogenannte Volcanalia, wurde am 23. August begangen. Anmerkung des Übersetzers.

Nyere in weiser Voraussicht nicht verboten —, ihre Unfähigkeit, sich den Vulkaniern bis auf drei Meter zu nähern, ohne ›eine Szene zu machen‹, wie sich Jason ausdrückte — all das ging dem Captain zunehmend auf die Nerven. Diese Art von Kleingeistigkeit erwartete er bei seinen Vorgesetzten, nicht von Melody, die er gut zu kennen glaubte und für weitaus intelligenter hielt.

»Captain an Ersten Maat«, sprach Jason ins Interkom. Er wußte, daß Sawyer zuhörte, und bevor sie bestätigen konnte, fügte er hinzu: »Teilen Sie der Mannschaft mit, daß wir in einer halben Stunde aufbrechen.«

»Ziel?« fragte Melody unschuldig.

»Ich brauche wohl nicht extra zu wiederholen, was Sie bereits wissen«, sagte Nyere scharf und beobachtete T'Lera aus den Augenwinkeln. Der so stechende und durchdringende Blick ihrer Augen unter den dichten, wie fragend gewölbten Brauen ... brachte er Belustigung oder so etwas wie Anerkennung zum Ausdruck?

»Wir nehmen Kurs zur Byrd Station«, erwiderte Melody knapp.

»Bestätigt.« Jason beließ es dabei. »Ist Yoshi zurück?«

»Positiv, Sär! Er befindet sich schon seit einer Stunde an Bord.«

»Gut. Geben Sie ihm und Tatya Bescheid. Unseren beiden Freunden von Agro III steht ein Sonderurlaub bevor.«

Am ersten Tag des vulkanischen Exils in der *Delphinus* überprüfte Yoshi die Anbaubereiche und hielt Wort: Er kehrte zurück, bevor die Sonne unterging. Und er brachte schlechte Nachrichten.

»Es ist die Welke!« platzte es aus ihm heraus, als er Tatya in Sorahls Quartier fand, wo sie sich mit dem Vulkanier unterhielt. Er zeigte ihnen beiden einen verfärbten Tangfladen. »Lieber Himmel, ich weiß nicht, wie es passieren konnte... Der ganze nördliche Quadrant ist betroffen.«

Sorahl untersuchte die Probe nachdenklich, rief sich all

das ins Gedächtnis zurück, was er über die irdische Flora wußte.

»Es scheint sich um eine Pilzinfektion zu handeln«, meinte er. »Welche präventiven Methoden verwenden Sie?«

»Nicht eine einzige«, klagte Yoshi. »Und es gibt auch kein Heilverfahren. Die verdammte Welke breitete sich immer weiter aus, ganz gleich, womit wir sie einzudämmen versuchen. Wir kennen nicht einmal die Ursache. Wahrscheinlich eine Mutation, vielleicht ein Resultat der Umweltkatastrophen im vergangenen Jahrhundert. Niemand weiß eine Antwort.«

»Uns bleibt nichts anderes übrig, als den befallenen Tang einzusammeln und zu verbrennen«, warf Tatya fast gleichgültig ein. Vor achtundvierzig Stunden hätte sie Yoshis Verzweiflung geteilt — jetzt erschien ihr selbst der drohende Verlust einer ganzen Ernte unbedeutend. »Aber wenn die Infektionsrate über zehn Prozent des Gesamtbestandes steigt, hat auch die Teilvernichtung keinen Sinn mehr.«

»Nun, ich werde es zumindest versuchen!« erklärte Yoshi fest. »Jason muß mich morgen gehen lassen. Da fällt mir ein: Hast du bereits von ihm erfahren, was er mit uns plant?«

»Er hat dem AeroMar-Hauptquartier einen Bericht geschickt«, erwiderte Tatya. »Derzeit wartet er auf eine Antwort.«

»Wir können nicht einfach warten — wir müssen etwas *unternehmen.*« Yoshi ließ sich neben Sorahl auf die Koje sinken. Der junge Vulkanier betrachtete noch immer den Tangfladen, drehte ihn aufmerksam hin und her. »Wenn es uns nicht gelingt, die Welke aufzuhalten, ist die Arbeit eines ganzen Jahres für die Katz, mein Freund. Und falls nicht schleunigst ein wirksames Gegenmittel gefunden wird ... Die Fachleute meinen, dann ließen sich Probleme bei der globalen Lebensmittelversorgung nicht mehr vermeiden.«

»Tatsächlich?«

Yoshi nickte. »Einige hysterische Typen sprechen bereits von einer bevorstehenden Hungersnot. Die Mondbasen verfügen über eigene hydroponische Anlagen, aber auf dem Mars hat das Terraforming gerade erst begonnen. Die Kolonien importieren ihre Nahrungsmittel, zum größten Teil Tang, Algen und Sojabohnen. Wenn's bei den Leuten dort oben knapp wird, müssen sie entweder auf unsere Reserven zurückgreifen — oder hierher zurückkehren. Ich glaube, es wird niemand verhungern; *so* schlimm kann's wohl kaum werden. Wie dem auch sei: Ich möchte Sie nicht damit belasten. Sie haben bereits genug eigene Probleme!«

»Darf ich das hier behalten?« fragte Sorahl und deutete auf die Tangprobe.

Yoshi runzelte verwirrt die Stirn. »Ja, sicher. Warum?«

»Ich möchte mich eingehender damit beschäftigen«, erklärte der Vulkanier. »Captain Nyere hat mir gesagt, in der *Delphinus* gebe es mehrere Forschungslaboratorien, die derzeit nicht genutzt werden. Wenn ich Zugang zu bestimmten Instrumenten und Materialien bekäme...«

»Ich frage ihn«, bot sich Tatya sofort an, und in ihrer Stimme vernahm Yoshi eine seltsame Aufregung. Er fragte sich, worüber sie während seiner Abwesenheit mit Sorahl gesprochen hatte und überraschte sich dabei, wie er so etwas wie Eifersucht zu spüren begann. Er versuchte, solche Gedanken und Empfindungen aus sich zu verdrängen, besann sich statt dessen auf die von der Welke bedrohten Anbauflächen.

Jason Nyere zögerte nicht, Sorahls Bitte zu entsprechen und ihm die Möglichkeit zu geben, in einem der chemischen Laboratorien zu arbeiten. Die strenge Erziehung der Vulkanier, die Beschränkungen, denen Körper und Geist in der Enge eines Erkundungsschiffes unterworfen waren, die Meditationsübungen, mit denen ein Ausgleich geschaffen wurde — von all diesen Dingen wußte der Captain nichts. Er versetzte sich in die Lage des jungen Mannes, dachte und fühlte dabei wie ein Mensch – und stellte sich vor, Tag und Nacht in einer kleinen Kabine gefangen zu sein, ohne sich die Zeit vertreiben zu können.

Er hatte Sorahl und T'Lera im Gästequartier untergebracht, das natürlich über einen Vid-Schirm verfügte, und Fähnrich Moy war beauftragt worden, alle angeforderten Bücher und Speicherkassetten aus der Schiffsbibliothek zu holen und vor die geschlossene Tür der beiden ›Gäste‹ zu legen. Nyere bezweifelte jedoch, ob damit das Bedürfnis nach frischer Luft und Bewegungsfreiheit kompensiert werden konnte. Daß sich der junge Vulkanier mit einem Forschungsprojekt beschäftigen wollte, verschaffte Jasons Gewissen erhebliche Erleichterung.

Sorahl nahm die Gelegenheit zu einer intellektuellen Übung mit Dankbarkeit wahr, hatte jedoch gleichzeitig pragmatischere Motive. Die weitere ungehinderte Ausbreitung der Welke stellte nicht nur Yoshi und Tatya vor enorme Probleme, sondern die ganze Erde. Nach den Maßstäben seines Volkes war Sorahl zwar kein Biologe, aber jeder Vulkanier kannte sich in verschiedenen Wissenschaftsbereichen aus. Er erinnerte sich an einen Artikel, der die Behandlung einer ähnlichen Pflanzenkrankheit in den hydroponischen Farmen auf Vulkan schilderte. Wenn sich die gleichen Prinzipien auf eine Flora anwenden ließen, die in Salzwasser gedieh... In einem solchen Fall zweifelte Sorahl kaum daran, ein Heilmittel finden zu können – als Dank für die beiden Menschen, die ihm das Leben gerettet hatten.

Er verbrachte viele Stunden im Labor. Manchmal verlangte er zuviel von dem einfachen Computer, der zur technischen Ausstattung gehörte, und gelegentlich rechnete er selbst weitaus schneller. Ganz gleich, welche Entscheidung man in bezug auf ihn und seine Mutter traf – bestimmt konnte niemand Einwände gegen sein Projekt erheben.

Sorahl irrte sich. Ein Mitglied der Besatzung hielt seine Bemühungen keineswegs für selbstlos, sondern nahm sie zum Anlaß, noch mißtrauischer zu werden.

»Er kann verdammt gut mit dem Computer umgehen, Jason«, sagte Melody Sawyer. »So gut, daß die Blechkiste Mühe hat, mit ihm Schritt zu halten. Das gefällt mir nicht!«

»Seit einiger Zeit scheint Ihnen hier kaum noch etwas zu gefallen.« Nyere nutze das lange Warten auf eine Antwort des Norfolk-HQ, um sich auf das ganz besondere Schlachtfeld des Papierkriegs zu wagen. Normalerweise ignorierte er die vielen Formulare und Berichtmodule, bis sie keinen Platz mehr auf seinem Schreibtisch ließen. »Was ist Ihnen denn diesmal über die Leber gelaufen? Haben Sie was dagegen, die gleiche Luft zu atmen wie *sie?*«

Melody überhörte den Sarkasmus; er kam der Wahrheit zu nahe. »Was ist, wenn es sich bei dem ach so harmlosen Forschungsprojekt nur um einen Vorwand handelt? Oh, die werte Dame mit den spitzen Ohren behauptet zwar, sie und Sorahl seien die einzigen sogenannten Vulkanier weit und breit, aber vielleicht lügt sie. Möglicherweise setzt sich Sohnemann gerade mit einer wartenden Invasionsflotte in Verbindung und gibt das Signal zum Angriff.«

»Ich bezweifle, ob er Gelegenheit dazu fände. Sie kontrollieren ihn praktisch rund um die Uhr.«

»Er arbeitet mit einem offenen Computersystem, Captain, Sär. Und deshalb halte ich es für angebracht, wachsam zu sein.«

Nyere seufzte. »Wenn's nach Ihnen ginge, Sawyer ... Sie würden wahrscheinlich kleine Löcher in T'Leras und Sorahls Stirn bohren, um festzustellen, was sich dahinter verbirgt. Und Sie blieben selbst dann noch mißtrauisch, wenn Sie Gelegenheit fänden, ihre Gedanken zu lesen.« Er schüttelte unwirsch den Kopf. »Ihre Sorgen werden allmählich pathologisch, Melody. Es wäre absurd, wenn ›Sohnemann‹ die Absicht verfolgte, ausgerechnet jetzt das Zeichen für den Angriff zu geben. Soweit ich weiß, bot sich seinem Großvater während des zweiten Weltkriegs eine viel bessere Chance.«

T'Lera hatte ihm die ganze Geschichte erzählt, um ihre

Aufrichtigkeit unter Beweis zu stellen, doch Sawyer wußte noch nicht Bescheid. Nyere berichtete ihr mit einigen knappen Sätzen von der Mission des Erkundungsschiffs und versuchte seinen Ersten Maat davon zu überzeugen, daß die beiden Fremden keine Gefahr darstellten. Melody hörte mit steinerner Miene zu, und ihre Wangen waren so weiß, daß die Sommersprossen wie aufgemalt wirkten.

»Um Himmels willen!« stieß sie schließlich hervor und stürmte davon.

Jason Nyere wandte sich wieder den Dokumenten und Formularen zu, dachte ernsthaft daran, Melody Sawyers Versetzung zu einem anderen Schiff zu erwirken.

Lee Kelso befand sich in der zentralen Niederlassung des Nachrichtenkonzerns MediaMagix und wartete den Schichtwechsel ab, bevor er ein Sicherheitsterminal aktivierte und die letzte Codesequenz eingab. Wenn Mitchell auf eine Botschaft wartete, wenn er alles vorbereitet hatte...

Statisches Knistern und Hochfrequenzrauschen drangen aus dem Lautsprecher, und nach einigen Sekunden gesellte sich der Klang einer lakonischen, skeptischen Stimme hinzu.

»Mitchell an Kelso. Mitchell an Kelso — empfängst du mich? He, Lee, alter Knabe, du hast behauptet, dies würde funktionieren... Ich persönlich halte das für völligen Blödsinn, aber ich lasse mich gern vom Gegenteil überzeugen... Mitchell an Kelso...«

Die Statik erschien ihm zu laut, und das dumpfe Brummen erinnerte Lee an einen Kater, den er sich nach einer langen Nacht auf Argelius geholt hatte. Aber abgesehen davon war Kelso mit seinen Leistungen recht zufrieden. In aller Seelenruhe nahm er eine Feinjustierung vor und hörte Mitchell stumm zu.

»He, Lee, antworte endlich. Ich rede mir hier die Zunge wund, und du gibst keinen Ton von dir... Verdammt, ich komme mir immer mehr wie ein Narr vor... Na schön, ich gebe dir noch eine Minute Zeit, bevor ich abschalte ... Lee, hier ist Gary! Empfängst du mich? Mann, hab Mitleid mit mir und melde dich endlich ...«

Kelso betätigte einige Tasten und ging auf Sendung.

»Hallo, Mitch. Hier spricht Kelso. Wie ist die Lage in Gdansk, Genosse Ingenieur?« Garys Lachen übertönte das statische Knacken. *Ich hab's tatsächlich geschafft*, dachte er stolz. »Da soll noch jemand behaupten, so etwas sei nicht möglich.«

»Lee Kelso, das Allroundgenie, hat erneut zugeschlagen«, erwiderte Mitchell anerkennend. »Und du benutzt tatsächlich einen primitiven, zweihundert Jahre alten Computer?«

»In der Tat.«

»Mann, du hast echt was auf dem Kasten«, erwiderte Mitchell bewundernd. »Nun, weißt du, ich will mich nicht beschweren, aber hier bei mir klingt's so, als knülle jemand Stanniolpapier dicht vor dem Mikrofon zusammen ...«

»Warte, Mitch, der Empfang ist so schlecht, daß ich dich nicht verstehe. Hört sich so an, als spiele jemand mit einem Haufen Aluminiumfolien ...« Kelso lächelte und filterte die Statik heraus. »Bitte wiederhol deine letzten Worte.«

»Schon gut.« Diesmal wurde Mitchells Lachen nicht mehr von Störungen untermalt. »Hör mal, Lee: In einigen Minuten setze ich mich mit Jim in Verbindung. Soll ich ihm irgend etwas ausrichten?«

»Spar dir die Mühe«, sagte Kelso und wählte eine zweite Frequenz. »Mal sehen. Vielleicht kann ich eine Konferenzschaltung herstellen.« Einige Minuten später bestand auch eine Verbindung mit Kirk und Elizabeth Dehner.

»Wie lange kannst du die vier Kanäle offen halten?« fragte Jim und war ebenso verblüfft wie zuvor Mitchell.

»Bis ich erwischt werde«, entgegnete Lee.

»Gut. Also nutzen wir diese gute Gelegenheit.« Kirk hielt es nicht für notwendig, ein Lob hinzuzufügen; Kelso kannte seine Fähigkeiten und brauchte keine Streicheleinheiten. »Irgendwelche wichtigen Informationen, Gary?«

»Ich glaube, ich habe das in Frage kommende Schiff identifiziert, Jim. Es handelt sich um die *CSS Delphinus*, als Mehrzweckfahrzeug registriert. Kreuzer, Zerstörer, Truppentransporter, Flugzeugträger und Unterseeboot in einem. Die Höchstgeschwindigkeit auf oder unter Wasser beträgt zwanzig Knoten. Nun, die *Delphinus* ist in der Lage, eine ganze Stadt zu vernichten, kann als schwimmendes Laboratorium oder Frachter eingesetzt werden...«

»Scheint eine frühe Version der *Enterprise* zu sein«, warf Kirk nachdenklich ein und fragte sich, wer das Kommando führte. Ähnelte der Kapitän dem modernen Kommandanten eines Raumschiffs? »Während meiner Akademiezeit habe ich mich eingehend mit jenen Mehrzweck-Konstruktionen befaßt. Unglaubliche Maschinen!«

»Allerdings«, bestätigte Mitchell. »Wie ich in Erfahrung bringen konnte, war die *Delphinus* damit beauftragt, die verschiedenen Agrostationen im Südpazifik mit Nachschub zu versorgen. Doch vor kurzer Zeit bekam sie neue Order. Angeblich ging es darum, einen abgestürzten Satelliten zu bergen. Inzwischen herrscht seit vier Tagen Funkstille.«

»Klingt ganz so, als hätten wir ins Schwarze getroffen«, meinte Kirk hoffnungsvoll. »Lee, hast du die Möglichkeit, dich trotz der großen Entfernung in den Bordcomputer einzuschleichen?«

»Oh, sicher. Vorausgesetzt, Mitch nennt mir den einen oder anderen Zugangscode.«

»Kein Problem, Teuerster.«

Kirk überließ seine beiden Freunde sich selbst und wandte sich an Dehner. »Wie läuft's bei Ihnen, Doktor?«

»Ich warte ab, Captain. Und lese.«

»Wie soll ich das verstehen?«

»Ich gehe alle von meinem Alter ego verfaßten Artikel und Monographien durch — um nicht in Verlegenheit zu geraten, wenn jemand entsprechende Fragen an Dr. Bellero richtet. Abgesehen davon... Das Nachtleben hier in Tezqan ist kaum der Rede wert.«

»Wenn Sie ein wenig Ablenkung suchen, Täubchen...«, ließ sich Mitchell vernehmen. »Geben Sie mir Bescheid. Die Nächte im malerischen Gdansk können verdammt kalt werden. Wie wär's, wenn wir uns gegenseitig wärmen und...«

»Hör endlich auf mit dem Quatsch, Mitch«, brummte Kelso. Während des Flugs von Alexandria nach Mitteleuropa hatten Gary und Elizabeth Dehner stundenlang solche Bemerkungen ausgetauscht. Lee konnte eine Fortsetzung des verbalen Gefechts nicht ertragen.

»Bleibt Ihr berühmt-berüchtigter Charme in Polen ohne Wirkung, Mr. Mitchell?« entgegnete die Psychologin. »Oder hängen Sie so sehr an mir, daß Sie mich vermissen?«

»Der Captain hat uns verboten, irgendwelche Beziehungen zu Frauen dieses Jahrhunderts einzugehen«, stellte Mitchell fest. Kirk hörte schweigend zu, griff nicht ein. Er wußte, daß sich seine Gefährten nur von einem Teil ihrer Anspannung befreiten, von den Belastungen des Wartens. Die Ungewißheit zerrte an ihren Nerven. Zwar beschränkte sich die Verbindung auf eine akustische Übertragung, aber Kirk glaubte dennoch, Gesichter, Mienenspiel und Gestik zu beobachten. »Ich muß mich zurückhalten, um zu verhindern, daß ich zu meinem eigenen Großvater werde.«

»Ich wußte gar nicht, daß Sie so verantwortungsbewußt sind, Mr. Mitchell. Bisher hielt ich Sie für einen egoistischen, sturen, verspielten...«

Kirk stellte sich vor, wie es in Dr. Dehners Augen wütend aufblitzte, wie sie das seidene Haar zurückwarf. Er lächelte schief, räusperte sich demonstrativ und entschied, den Wortwechsel zu beenden, bevor neuerlicher Unmut entstand.

»Um auf den eigentlichen Grund für dieses Gespräch zurückzukommen...« Er wartete einige Sekunden lang, um ganz sicher zu sein, daß er die Aufmerksamkeit seiner Gefährten genoß. »Mr. Mitchell, stellen Sie fest, wo sich die *Delphinus* befindet. Anschließend...«

»Alles klar, Captain. Mitchell Ende.«

»Mr. Kelso?«

»Sir?«

»Wir brauchen Ihre Computerkenntnisse. Greifen Sie tief in Ihre Trickkiste. Wenn es Ihnen gelingt, die *Delphinus* oder sogar das AeroMar-Hauptquartier der Norfolk Island zu erreichen...«

»Ich werd's versuchen, Sir.«

»Und noch etwas: Melden Sie sich in regelmäßigen Abständen bei Parneb. Wenn irgend etwas schiefgeht, wenn Sie in Schwierigkeiten geraten... In einem solchen Fall lassen Sie alles stehen und liegen, kehren nach Ägypten zurück und tauchen dort unter, klar?«

»Klar, Ji... Captain. Als ich das letztemal mit ihm sprach, suchte er noch immer nach Spock. Er meinte, es zeichneten sich noch keine Veränderungen in der historischen Struktur ab, aber wer rückwärts lebt und die Zukunft nicht von der Vergangenheit ' unterscheiden kann...« Kirk schwieg, und Kelso verstand den stummen Hinweis. »In Ordnung, Captain. Tief in die Trickkiste greifen. Sehr wohl, Sir. Kelso Ende.«

»Doktor...«, sagte Jim.

»Ja, Captain?« Elizabeth Dehner hatte die ganze Zeit über aufmerksam zugehört, beeindruckt von den emotionalen Brücken zwischen ihm und seinen Gefährten. Das Geheimnis seiner Fähigkeiten als Kommandant — tiefe Zuneigung für jedes einzelne Mitglied seiner Mannschaft? *Falls das stimmt, muß es jedesmal ein großer Schock für ihn sein, wenn er jemand verliert*, dachte die Psychologin. *Himmel, ich glaube, ich habe diesen Mann weit unterschätzt.*

»Ich fürchte, Sie müssen sich noch eine Zeitlang gedulden«, sagte Kirk. »Wenn die kritische Phase beginnt, stehen wir beide in vorderster Front.«

Jim erahnte Dehners Nicken. »Verstanden, Captain.«

Jason Nyere hatte Yoshi die Erlaubnis erteilt, sich um die

Anbauflächen der Agrostation zu kümmern, während sie auf eine Nachricht des Hauptquartiers warteten. An jedem Morgen brach der junge Agronom auf und ließ sich manchmal von einem Besatzungsmitglied der *Delphinus* helfen. Er sonderte die verfaulenden Tangmassen von den anderen ab, so daß sie von der Strömung fortgetrieben wurden. In sicherer Entfernung setzte er sie in Brand und sah zu, wie das Ergebnis mehrmonatiger Arbeit von Flammen verzehrt wurde, klammerte sich dabei an der Hoffnung fest, wenigstens den Rest zu retten.

Mit wachsender Verzweiflung beobachtete er den dichten, schwarzen Rauch, der wie träge übers Meer wallte und die Luft verpestete. Schmierige Asche trübte das klare Wasser des Pazifiks. Es war eine primitive und nicht ungefährliche Methode, gegen die Welke zu kämpfen; sie beschwor die Gefahr einer lokalen Störung des maritimen ökologischen Gleichgewichts herauf. Aber Yoshi glaubte, keine andere Wahl zu haben. Wenn die Sonne unterging, kehrte er zu *Delphinus* zurück, verrußt und völlig erschöpft.

»Warum *hilfst* du mir nicht?« wandte er sich am dritten Abend an Tatya und sank müde auf die gemeinsame Koje.

Seine Partnerin strich ihm stumm und zurückhaltend übers Haar und versuchte, ihren Abscheu zu verbergen. Yoshis Kleidung war völlig verdreckt, und außerdem stank er nach Rauch und Schweiß. Wenn sie hingegen Sorahl besuchte ... Er duftete nach frisch gemähtem Gras oder Blättern im Herbst. Er duftete nach etwas, das sie auf dem Festland zurückgelassen hatte und plötzliche Sehnsucht in ihr weckte.

»Jason ließe uns bestimmt nicht beide gleichzeitig gehen«, erwiderte sie ruhig, obwohl sie in diesem Punkt keineswegs sicher war. »Außerdem halte ich es für besser, daß einer von uns bei den Vulkaniern bleibt. Ich vertraue Nyere, aber nicht dem Hauptquartier. Jemand muß aufpassen. *Und* ich helfe Sorahl im Laboratorium.«

»Ja, das kann ich mir denken!«

Der scharfe Tonfall des jungen Agronomen überraschte Tatya; sie empfand sogar einen Hauch von Schuld. Der Beziehung zwischen Yoshi und ihr fehlte das amtliche Siegel einer Heiratsurkunde oder eines zeitlich begrenzten Ehekontrakts, aber solche Dinge waren eigentlich bedeutungslos. Sie führten ein gemeinsames Leben, und das genügte. Für niemanden von ihnen gab es einen Grund, eifersüchtig zu sein. Bisher.

»Was, zum Teufel, soll das heißen?« entfuhr es Tatya. Gewissensbisse verstärkten ihren Zorn. »*Bozhe moi*, glaubst du etwa...«

Sie sprach nicht weiter. Yoshi lag völlig reglos, den einen Arm über die Augen gebreitet; er war auf der Stelle eingeschlafen. Tatya ließ ihn allein, um Sorahl Gesellschaft zu leisten.

»Er ist wütend?« fragte der junge Vulkanier. Tatya sah in seine samtschwarzen Augen und spürte, wie etwas in ihrem Innern erweichte. »Das verstehe ich nicht.«

»Eifersucht«, erklärte Tatya geradeheraus, nahm dem Vulkanier die benutzten Objektträger ab und schob sie ins Sterilisierungsgerät. Vergeblich hoffte sie darauf, die Hände des jungen Mannes zu berühren. »Er glaubt, ich sei in Sie verliebt.«

Sorahl kannte den Ausdruck und seine theoretische Bedeutung, doch er begriff nicht, was Eifersucht damit zu tun hatte.

»Stimmt das?« fragte er mit bemerkenswerter Naivität. Tatya war so überrascht, daß sie eins der kleinen gläsernen Rechtecke fallen ließ.

»Natürlich nicht!« erwiderte sie, hob den Objektträger auf und warf die langen Zöpfe zurück. *Der Umstand, daß ich dauernd von dir träume, selbst dann an dich denke, wenn Yoshi und ich uns lieben... Das alles spielt überhaupt keine Rolle!*

»Gut«, sagte Sorahl nur und verzichtete darauf, ihr einen der vielen vulkanischen Gründe für diese Antwort zu nennen. »Ich verdanke Yoshi mein Leben, und daher möchte ich nicht seinen Groll erwecken.«

Bald darauf hatte Yoshi guten Grund, noch zorniger zu sein.

»Wer kümmert sich um die Meeresfarm?« fragte er, als Jason ihm mitteilte, in einer Stunde nähmen sie Kurs auf die Antarktis. Er war gerade erst zurückgekehrt und sah noch schlimmer aus als sonst: Ruß bedeckte ihn von Kopf bis Fuß, und an den Händen zeigten sich dicke Brandblasen. Seine Stimmung hatte ein neues Tief erreicht, und Jasons lapidare Auskunft bedeutete, daß die Anstrengungen der vergangenen sechs Tage völlig umsonst blieben. »Selbst unter völlig normalen Umständen könnte ich die Agrostation jetzt nicht verlassen — die Ernte steht kurz bevor. Aber die Welke ... Himmel, Jason, ein oder zwei Tage genügten, um auch die noch nicht betroffenen Tangbestände zu vernichten!«

»Tut mir leid«, erwiderte Jason und meinte es ehrlich. »Ich dachte, wir seien uns darüber einig, daß die beiden Vulkanier Vorrang haben. Und außerdem muß ich mich an meine Befehle halten.«

»Zum Teufel mit Ihren verdammten Befehlen!« platzte es aus Yoshi heraus, und er fiel dadurch völlig aus der Rolle. Er schrie nicht, verlor nur sehr selten die Beherrschung. Jetzt aber schien er praktisch immer wütend zu sein, und das erschreckte ihn.

Schlimmer noch: Im Anschluß an den Streit mit Tatya hätte er am liebsten hinzugefügt: »Und zum Teufel mit den Vulkaniern!« Noch vor kurzer Zeit wäre er entschlossen gewesen, alles zu unternehmen, um die beiden Fremden zu schützen... *Was ist bloß mit mir los?* dachte er und zwang sich zur Ruhe.

»Geben Sie mir wenigstens die Möglichkeit, unsere Vertragspartner zu informieren«, sagte er. »Damit sie jemanden schicken, der uns vertritt und darauf achtet, daß sich die Welke nicht weiter ausbreitet.«

»Sie wissen doch, daß ich Funkstille wahren muß«, entgegnete Jason sanft. *Tatya und Sawyer sind bereits sauer auf mich, und jetzt kommt auch noch Yoshi hinzu. Offenbar versuchen nur die Vulkanier, meine Lage zu verstehen.* »Und wir können nicht warten, bis Sie hier alles in Ordnung gebracht haben. Es tut mir leid«, wiederholte er.

»Es tut Ihnen leid!« Tränen der Wut schimmerten in Yoshis Augen. »Der von mir angebaute Tang, meine Farm, mein ganzes Leben ... Und Sie sagen einfach, es täte Ihnen leid! Und das genügt, nicht wahr? Damit hat es sich. Schwamm drüber.« Der junge Agronom schüttelte den Kopf. »Wie lange müssen wir in der verdammten Antarktis bleiben? Was soll aus uns werden? Können Sie mir diese Fragen beantworten? Nein, natürlich nicht. Sie sind zur Geheimhaltung verpflichtet, stimmt's? Ich nehme an, auch das *tut Ihnen leid.* Aber wo bleibt Ihre eigene Verantwortung, Jason?«

»Es ist soweit, Captain!« berichtete Elizabeth Dehner. Sie klang fast aufgeregt. »Zwei gesichts- und geschlechtslose Typen kamen um vier Uhr morgens zu mir und zeigten eine versiegelte Nachricht vom Rat der Geeinten Erde. Sie fordert mich auf, warme Sachen für eine Woche oder zehn Tage einzupacken und mich im Flügelboothafen von Lima zu melden. Um sicherzustellen, daß ich niemandem etwas verrate, haben die Kerle mein Telefon angezapft, und in einem unauffälligen Wagen an der Straßenecke wartet jemand, wahrscheinlich mit dem Auftrag, mich zu beschatten.«

»Ich nehme an, Sie wissen, wie Sie sich verhalten sollen?« Kirk senkte unwillkürlich die Stimme, als fürchte er, selbst die Kommunikatorverbindung könne abgehört werden.

»Ich denke schon.« Dehner sprach nun wieder kühl und beherrscht, doch Jim glaubte, ein leichtes Vibrieren in ihrer Stimme zu vernehmen. »Ich spiele mit, geselle mich dem übrigen Medo-Personal hinzu und stelle keine dummen

Fragen. Außerdem versuche ich, Ihnen in den üblichen Abständen von vier Stunden Meldung zu erstatten.«

»Ich bleibe am Ball und folge Ihnen«, versprach Kirk. »Sobald mir Mitchell mitteilt, wo Sie sind.« Damit schien er das Stichwort gegeben zu haben; die Frequenzanzeige leuchtete auf. »Viel Glück, Doktor. Kirk Ende.« Er schaltete um. »Gary?«

»Die *Delphinus* hat mit Kurs nach Süden Fahrt aufgenommen, Jim. Ihre Geschwindigkeit schwankt zwischen zwölf und fünfzehn Knoten, und sie tuckert in Richtung Ross-Eisschelf, Antarktika. Bei unserem letzten Kontakt war Kelso recht zuversichtlich und meinte, es gelänge ihm sicher, den Bordcomputer anzuzapfen.«

»Wann hast du mit ihm gesprochen?« fragte Kirk.

»Vor gut vier Stunden«, erwiderte Mitchell. »Er wies darauf hin, nicht länger an einem Ort bleiben zu können. Einige Leute seien auf seine Aktivitäten aufmerksam geworden.«

Kirk runzelte besorgt die Stirn. Kelso mochte außerordentlich begabt sein, aber wenn er in eine Falle tappte ... Einmal mehr bedauerte es Jim, Lees Kommunikator genommen zu haben.

Reumütig schüttelte er den Kopf. »Gary, wenn er sich bei dir meldet ... Sag ihm, er soll vorsichtig sein. Dehner und ich müssen bald los. Unternimm nichts, bevor du etwas von mir hörst. Für dich gilt die gleiche Order, die ich Lee gab: Wenn's brenzlig wird, kehrst du unverzüglich zu Parneb zurück und wartest dort. Laß dich zu keinen Leichtsinnigkeiten hinreißen.«

»Wer — ich? He, Junge, *du* machst dich doch auf den Weg in die Antarktis. Wenn du mich brauchst ... Ich bin jederzeit bereit, die Schlittenhunde anzuspannen.«

Kirk lachte leise, obwohl in seiner Magengrube ein flaues Gefühl entstand. »Bist du eigentlich nie ernst?«

»Nur dann, wenn ich es nicht vermeiden kann«, sagte Mitchell. »Aber sei unbesorgt. Ich weiß, was auf dem Spiel steht. Gib gut auf dich acht, James. Ich würde es mir kaum verzeihen, wenn dir etwas zustößt.«

Howard ›Studs‹ Carter alias Lee Kelso zwängte sich in die kleine Kammer einer sogenannten ›Schlafburg‹ — die im einundzwanzigsten Jahrhundert gebräuchliche Lösung für das Problem billiger Unterkünfte —, sah aus dem winzigen, milchigen Fenster und ließ seinen Blick über eine triste Industrielandschaft schweifen, die einst den Namen ›Ohio‹ getragen hatte. Nach einigen Sekunden wandte er sich um und packte den kleinen Laptop-Computer aus, den er am Nachmittag in Kanton gekauft und mit einer von Parnebs Kreditkarten bezahlt hatte.

Er dachte an den wachsenden Argwohn bei MediaMagix zurück, an die vielen Fragen, die man ihm schließlich gestellt hätte — wäre er nicht so umsichtig gewesen, sich rechtzeitig aus dem Staub zu machen. Die Entscheidung über das Wohin fiel ihm nicht weiter schwer: Er wählte einen der wichtigsten Mikrowellenrezeptoren in Nordamerika. Wenn er einige Veränderungen vornahm, sollte ihn das kleine Wunderwerk auf seinem Schoß in die Lage versetzen, sich in das globale Kommunikationsnetz einzuschalten.

Kelso aktivierte den Vid-Schirm und verfolgte ein Nachrichtenprogramm, während sich seine Hände wie eigenständige Wesen bewegten, den neuen Computer demontierten und der Hauptplatine einige spezielle Chips hinzufügten. Leise Stimmen flüsterten aus dem Lautsprecher und woben ein informatives Gespinst in seinem Unterbewußtsein — bis einige Wortfolgen seine volle Aufmerksamkeit weckten.

»...besagt eine anonyme Meldung, daß nicht etwa ein Satellit in der Nähe der Agrostation abstürzte, sondern ein interstellares Raumschiff, das nicht von Menschen erbaut wurde. Denkbar sei darüber hinaus, daß sich ein oder zwei Überlebende an Bord befanden. Sprecher von AeroMar haben diese Berichte kategorisch dementiert, und PentaKrem erklärte, es bestehe nicht der geringste Zusammenhang zwischen jenem Ereignis und der Expedition nach Alpha Centauri...«

Ach du lieber Himmel! fuhr es Kelso durch den Sinn; er kam der Panik so nahe, wie es einem Phlegmatiker möglich war. Er brauchte noch eine Weile, das Laptop so zu modifizieren, um damit eine Verbindung zu Jim Kirk herzustellen, aber bei Parneb genügte eine einfache Telefonleitung. Kelso riß den Hörer von der Gabel und tippte hastig die Rufnummer ein.

»Hier geht's noch weitaus schlimmer zu«, antwortete der Ägypter kummervoll. »Es kursieren Dutzende von Gerüchten, und in einigen heißt es, die Außerirdischen befänden sich in einer geheimen Regierungsbasis, hätten mindestens drei Köpfe und pflanzten sich zwanzigmal pro Tag durch autogenes Cloning fort. Ach, Lee, ich fürchte, selbst Ihre Zukunftsmagie kann meine Fehler jetzt nicht mehr ausbügeln.«

»Kopf hoch, Parneb«, erwiderte Kelso und trachtete danach, optimistisch zu klingen. Es kostete ihn nicht unerhebliche Mühe. »Je wilder und hysterischer die Gerüchte, desto leichter fällt es, später über sie zu lachen.«

»Es sei denn, es wird irreparabler Schaden angerichtet«, klagte der Ägypter. »Ich habe in diesem Zusammenhang bereits einige unliebsame Erfahrungen gemacht, Lee. Die Hysterie bleibt nicht etwa zu Hause hocken und grübelt, sondern geht auf die Straße und sucht nach einem Sündenbock.«

»Es gibt bestimmt eine Möglichkeit, die undichten Stellen zu stopfen.« Kelso dachte laut und sah auf den kleinen Computer herab. »Wenn wir herausfinden könnten, von wem die ersten Tips stammen...«

»In der Antarktis ist es kalt«, bemerkte Easter und schnitt eine Grimasse.

»Na und?« erwiderte die andere Gestalt mit einem unüberhörbaren deutschen Akzent. Die Stimme klang kratzig und metallen. »Hast du etwa Angst, dir kalte Füße zu holen?«

Grau schien Rächers Lieblingsfarbe zu sein: graue Haut,

die sich straff in einem grauen Gesicht spannte, kurzgeschnittenes graues Haar, stahlgraue Augen, die tief in den Höhlen lagen, matt glänzten und leise surrten, wenn sie sich bewegten, eine schnarrende Sprachprozessorstimme. Rächer stand in dem Ruf, mehr Maschine als Mensch zu sein. Es hieß, seine Kehle sei verbrannt oder zerfetzt und durch ein elektronisches Geräuschorgan ersetzt worden. Und angeblich bestand auch der Rest des Körpers aus Metall und Kunststoff. Easter schauderte unwillkürlich, als er die Darstellung auf dem Kom-Schirm beobachtete.

»Ich habe vor nichts Angst!« erwiderte er scharf und begriff gleichzeitig, daß er log. Er fürchtete sich nicht vor jenem Tod, den er sich vorstellte — dem Tod im Flammenchaos, einem jähen Ende im Zentrum eines Explosionsblitzes. Ein solches Schicksal wurde nicht von Schmerzen und einer langen Leidenszeit begleitet, führte ihn sofort ins Jenseits, in die Sphäre barmherzigen Vergessens. Doch wenn er an eisige Gletscherkälte dachte, die ihm langsam durch die Beine kroch und nach Herz und Seele tastete, an einen Frost, vor dem es keinen Schutz gab, der gestaltlos blieb... Derartige Vorstellungen entsetzen ihn. »Mein Teil der Übereinkunft ist erledigt. Die journalistische Bombe ist bereits geplatzt, und die Dinge sind ins Rollen geraten. Wenn du damit nicht zufrieden bist... Ich stelle dir meine Leute zur Verfügung.«

»Aber du willst einfach abwarten, was?« Die Kom-Verbindung trug Rächers Spott Tausende von Kilometern weit — sein Schlupfwinkel befand sich irgendwo in Afrika. »Easter hockt an einem warmen Ofen, während wir uns Frostbeulen holen? Von wegen! Entweder kommst du mit, Feigling, oder ich lasse die ganze Sache sausen.«

»Wen nennst du einen Feig...«, begann Easter und brach ab, als sich ihm eine plötzliche Erkenntnis offenbarte.

Von einem Augenblick zum anderen wußte er, was Rächer plante, warum er sich auf ein solches Unternehmen einließ — und warum die Gefangennahme der fremden

Raumfahrer eigentlich nur eine untergeordnete Rolle spielte. Die weiße Wüste des Kontinents Antarktika stellte eine perfekte Arena für den Kampf um die terroristische Vorherrschaft dar. Easter gegen Rächer. Nur einer von ihnen konnte überleben und zum ungekrönten König der letzten apokalyptischen Krieger werden. Vor Easters innerem Auge entstand ein verlockendes Bild: zwei Männer, die sich in der Einöde gegenübertraten und mit einem letzten Duell begannen, zwei Nihilisten, die zerstören und töten mußten, um ihrem Dasein einen vagen Sinn zu verleihen — ein pervertiertes Äquivalent der irischen Heldensagen, das Entzücken in Easters fauligem Mörder-Ich weckte.

»Hör mir gut zu, du verdammter Mistkerl!« stieß er mit scheinbarer Wut hervor und wählte die Worte sorgfältig. »Ich schlage dich. Du bist bereits erledigt.«

»Haben Sie jemals an die anderen dort draußen gedacht, Ben?« fragte Jeremy Grayson seinen Gast.

Spock trocknete die letzten Teller und wurde seinem ausgeprägten Ordnungssinn gerecht, indem er das Handtuch zusammenfaltete. »Die ›anderen‹, Professor?«

»Ich weiß nicht, wie ich sie nennen soll«, erwiderte Grayson und stellte die Schachfiguren auf. »›Aliens‹ klingt irgendwie verunglimpfend, und die Bezeichnung ›Extraterrestrier‹ erscheint mir zu ethnozentrisch. Also die anderen. Ich meine die intelligenten Wesen auf all den vielen Planeten im All.«

Spock nahm langsam auf der gegenüberliegenden Seite des Tisches Platz und musterte seinen Vorfahren. Bei ihren abendlichen Diskussionen hatten sie viele philosophische und spekulative Themen erörtert, doch ein solcher Gesprächsstoff war völlig neu. Handelte es sich um eine Art Test?

»Sind Sie fest davon überzeugt, daß sie existieren, Professor?«

Grayson lächelte. »Der Mensch kann wohl kaum das einzige vernunftbegabte Geschöpf im Kosmos sein, Ben.

Ein Gott, der etwas auf sich hält, gäbe sich damit sicher nicht zufrieden. Ja, ich glaube an die anderen. Und ich frage mich, wie sie auf uns reagieren würden.«

»Ich fürchte, ich verstehe nicht ganz...«

Grayson eröffnete die Partie mit einem klassischen Springer-Zug. »Nun, wahrscheinlich beobachten sie uns schon seit Jahren und wissen nicht so recht, ob sie weinen oder lachen sollen.«

Spock dachte an die vielen zur Erde entsandten Erkundigungsschiffe und erwog die Möglichkeit, seine Stellungen mit einem Läufer zu verteidigen. »Offen gestanden, Professor: Diese besondere Perspektive ist völlig neu für mich.«

»Persönliches Logbuch des Captains, sechster Tag. Ort: Flügelboot-Hangar von AeroMar, Tierra del Fuego, Feuerland.

Die Baracke steht in einer der unwirtlichsten irdischen Regionen, und ich warte zusammen mit dem Rest des Geheimdienstpersonals. Man hat uns in einem Raum untergebracht, der hier offenbar als VIP-Salon gilt – alles ist relativ. Unser Ziel: ein Ort, der den Ausdrücken ›Wüste‹ und ›Ödnis‹ ganz neue Bedeutungen verleiht – die am zweiten Februar 1959 von Amerikanern eingerichtete Byrd-Station am Inlandrand des Ross-Eisschelfs, Antarktika.

Bisher haben meine Ausweise allen Kontrollen standgehalten und mich in die Lage versetzt, mit erstaunlicher Mühelosigkeit in das hiesige Sicherheitssystem einzudringen. Lee Kelso verdient dafür ein besonders dickes Lob. Meine Geheimdienstkollegen zeichnen sich durch die sprichwörtliche auffällige Unauffälligkeit aus. Selbst diejenigen, die sich kennen, sprechen nicht miteinander. In einem anderen Teil des Aufenthaltsbereichs sind mehrere Zivilisten untergebracht, bei denen eine wesentlich bessere Stimmung herrscht.

Dr. Dehner – beziehungsweise Dr. Bellero – ist zusammen mit der ersten Militär- und Medo-Gruppe abgereist.

Sie weiß, worauf es ankommt, und ich wünschte, meine Mission wäre mir ebenso klar.

Ich muß zwei Vulkanier finden, die auf einer ziemlich chaotischen Erde gestrandet sind, zwanzig Jahre vor dem ersten historischen Kontakt, und allein diese Aufgabe ist schwierig genug. Wenn es mir nicht gelingt, sie davon zu überzeugen, mir zu vertrauen und aus ihrem goldenen Käfig zu fliehen, fallen sie entweder der menschlichen Angst oder den bürokratischen Mühlen zum Opfer.

Bisher hatte ich nur Gelegenheit, mit einem einzigen Vulkanier zu sprechen: Spock. Und dabei habe ich sein Verhalten fast immer falsch interpretiert. Ich weiß nun, daß ihn in dieser Hinsicht nicht die geringste Schuld trifft. Er ist kein Mensch, der nur ein wenig anders aussieht, sondern gehört zu einer völlig andersartigen Kultur. Daher *mußte* mein Bild von ihm falsch sein. Wenn ich das rechtzeitig genug begriffen hätte, wären wir vielleicht gar nicht von Parnebs Experiment durch Raum und Zeit geschleudert worden. Und wenn Spock verschwunden ist, wie der Ägypter zu befürchten scheint, so bin allein ich dafür verantwortlich. Um es noch einmal zu betonen: Spock ist kein Mensch mit spitzen Ohren, sondern ein Vulkanier, von der vulkanischen Zivilisation geprägt. Leider habe ich mich dieser Erkenntnis zu spät gestellt. Den Menschen dieses Jahrhunderts muß es weitaus schwerer fallen, so etwas zu verstehen. Welch eine Ironie des Schicksals, daß ausgerechnet mir die Aufgabe zukommt, es ihnen begreiflich zu machen!

Welche Entscheidungen es in Hinsicht auf die menschlichen Zeugen der verfrühten Begegnung mit den Vulkaniern zu treffen gilt... Im Vergleich dazu erscheint mir die Logistik der späteren Flucht als Kinderspiel. Was meinen einzigen anderen Kontakt mit Spocks Volk betrifft, die sogenannte Vulkanische Expedition...«

Kirk hob den Kopf, als er den Blick eines anderen Geheimagenten auf sich ruhen spürte. Der Mann trug eine dunkle Sonnenbrille — der übliche Standard; es fehlte nur noch, daß er den Mantelkragen hochschlug — und sah sofort zur Seite, aber Jim schöpfte trotzdem Verdacht. Und verfluchte sich. Was für ein Wahnsinn, die eigenen Überlegungen zu Papier zu bringen! Wenn jemand die Sätze las... Als der Einschiffungsaufruf aus den Lautsprechern tönte, begab sich Jim ins Bad, verbrannte die Zettel und spülte alle Aschereste durch die Toilette. Dann nahm er seinen Platz im Flügelboot ein und setzt den Logbucheintrag in Gedanken fort.

Die Vulkanische Expedition — eine beschönigende Bezeichnung, die über eine Krise zu Beginn der Föderationsepoche hinwegtäuschen sollte.

Vier Raumschiffe schwenkten in den Orbit des roten Wüstenplaneten, und nach den offiziellen Verlautbarungen dienten sie nur dazu, das vulkanische Konzil mit einer Demonstration der Einheit zu beeindrucken. Daß auf diese Weise gleichzeitig an den geringen Prozentsatz vulkanischer Bürger in Starfleet erinnert wurde, galt als reiner Zufall.

Jede Mitgliedswelt war verpflichtet, die verschiedenen Institutionen der Föderation der Vereinten Planeten mit planetarem Personal zu verstärken. Vulkan erhob keine Einwände gegen dieses Prinzip, gehörte sogar zu den wichtigsten Fürsprechern einer solchen Vereinbarung. Die Anzahl der Wissenschaftler und Studenten ging weit über die Freiwilligenquote für Bereiche wie Forschung und Entwicklung hinaus, und es fanden sich auch Vulkanier, die bereit waren, Kultivierungsaufgaben auf Kolonialplaneten wahrzunehmen. Aber einige andere Förderationswelten, unter ihnen Tellar, hielten das nicht für ausreichend. Sie forderten, daß vulkanische Staatsangehörige auch in Starfleet dienten. »Warum sollen wir in den Kampf ziehen, während Vulkanier auf unbedrohten Planeten Blumen pflanzen und Seminare veranstalten?« ertönte der Protest. »Mit welchem Recht verzichtet Vulkan auf eine allgemeine Wehrpflicht und schickt nur die Leute zu Starfleet, die militärische Erfahrungen sammeln *möchten?*« Deshalb die Vulkanische Expedition.

Ihr Ergebnis: der Bau der *Intrepid*, deren Besatzung nur aus Vulkaniern bestand — das einzige Raumschiff in der ganzen Flotte, dessen Phaserkanonen nie auf etwas Lebendiges abgefeuert wurden. Gerüchte besagten, die entsprechenden Abschußkammern seien versiegelt und die Torpedokatapulte leer, aber jeder Vulkanier hätte mit einem Hinweis auf die Unlogik derartiger Bemerkungen widersprochen. Die Existenz von Waffen machte ihren Einsatz nicht obligatorisch.

Starfleet begriff, daß man nicht mehr verlangen konnte, sah in der Entscheidung des Konzils ein Zugeständnis und gab sich mit dem erzielten Kompromiß zufrieden: Die vier Schiffe verließen die Umlaufbahn und kehrten zurück. Doch auf Vulkan erachtete man die *Intrepid* keineswegs als ein Einlenken gegenüber der Föderation. Der Kreuzer sollte einen ganz bestimmten, logischen Zweck erfüllen: An Bord befanden sich ausschließlich Wissenschaftler, nicht ein einziger Soldat. Die Vulkanier waren tatsächlich bereit, einen Beitrag für Starfleet zu leisten — doch sie hielten sich dabei an ihre philosophischen Grundsätze.

Das Oberkommando der Flotte respektierte diese Haltung und schickte die *Intrepid* nur auf Forschungsmissionen. Kampfeinsätze blieben nach wie vor den Angehörigen anderer Völker überlassen. Tellar reichte eine offizielle Beschwerde ein, aber das überraschte niemanden.

Dutzende von jungen Starfleet-Offizieren konnten stolz von sich behaupten, nach Vulkan entsandt worden zu sein — obgleich solche Bemerkungen falsche Vorstellungen weckten.

Eins der vier Raumschiffe, die über dem Wüstenplaneten die militärischen Muskeln zeigten, war die *Republic*, und ihr junger Navigator hieß James T. Kirk. Weder er noch seine Offizierskollegen bekamen Gelegenheit, vulkanischen Boden zu betreten. Man teilte Kirk der Ehrenwache zu, die Diplomaten zum und vom Transporterraum eskortierte und dem Planeten dabei nicht näher kam als bis zur zentralen Raumkontrolle, einer großen, über tausend

Jahre alten Orbitalstation. Er erinnerte sich an rote Wände und Backofentemperaturen. Der Navigator James wahrte seine Würde — was ihm nicht weiter schwerfiel, denn in den vulkanischen Bars ging es so diszipliniert zu wie auf einem Exerzierplatz —, aber er bedauerte es, kein einziges Gespräch mit einem ›echten Vulkanier‹ führen zu können. Er lauschte einigen Unterhaltungen in den Gängen und Korridoren, bezog daraus jedoch nur vage Hinweise auf Art und Natur der seltsamen Humanoiden.

Vielleicht hätte ich damals besser zuhören sollen, dachte Captain Kirk in einem Anflug wehmütiger Melancholie. *Vielleicht wäre es besser gewesen, von der vulkanischen Logik zu lernen. Ich könnte sie jetzt gut gebrauchen.*

Er sah aus dem Fenster, als das Flügelboot abhob und Feuerlands Küste zurückblieb, zu einem dünnen Strich am Horizont wurde. Einige Meter weiter unten strich eisiger Wind über ein kaltes, bleifarbenes Meer.

Antarktika, dachte Jim. *Wenn ich doch nur auf Spocks Hilfe zurückgreifen könnte! Ich weiß nicht, ob ich es allein schaffen kann...*

Kelso gähnte, streckte sich und sah auf die Uhr. Kirk war sicher noch auf dem Weg zur Byrd-Station. Es gab keine Möglichkeit, vor seiner Ankunft Kontakt mit ihm aufzunehmen. »Ist auch besser so«, brummte Lee. »Auf diese Weise bleiben ihm zunächst Sorgen erspart. Wenn er wüßte, daß etwas zu den Medien durchgesickert ist...«

Es gab nichts mehr für ihn zu tun, und so beschloß er, sich auf der schmalen Koje auszustrecken und zu schlafen. Kelso hatte gerade das Licht ausgeschaltet und seinem Computer gute Nacht gewünscht, als der Türsummer erklang.

Lee runzelte die Stirn, setzte sich auf — und dachte gerade noch rechtzeitig an die niedrige Decke. Die Rezeption war beauftragt, ihn zu einer bestimmten Zeit zu wecken, aber bis dahin waren es noch vier Stunden. *Ein Defekt des Summers? Oder hat jemand die Kammernummern durcheinandergebracht?*

Jemand klopfte an, und in Kelso entstanden dunkle Ahnungen. Er sah sich um, als suche er nach einem möglichen Fluchtweg. Dann kroch er unter der Decke hervor, lehnte sich an die Tür und spähte durch den winzigen Spion.

»Ja?«

Ein mißtrauisches Auge erwiderte seinen Blick. »Mr. Howard Carter?«

Oh, jetzt wird's ernst. Kelso drehte den Kopf und vergewisserte sich rasch, daß die Kammer kein belastendes Material enthielt. »Wer möchte das wissen?«

Das argwöhnische Auge verschwand und wich einem Ausweis. »Kom-Polizei. Wir würden uns gern mit Ihnen unterhalten. Sie stehen im Verdacht, Computer manipuliert und Rechenzeit genutzt zu haben, ohne dafür zu bezahlen.«

Kelso lachte innerlich. *Die Jungs ahnen nicht, was sonst noch zum meinem Repertoire gehört...*

Langsam öffnete er die Tür, gab sich schläfrig und harmlos und dachte nicht einmal daran, Widerstand zu leisten. Man hatte ihn schließlich gefaßt — es war ohnehin nur eine Frage der Zeit gewesen.

Kapitel 7

Jason Nyere stand auf der rechten und Sorahl auf der linken Seite, als T'Lera von Vulkan vor die Repräsentanten der Geeinten Erde trat, um ihre Fragen zu beantworten. Unter den Vertretern des Militärs, der Geheimdienste und verschiedener diplomatischer und pazifistischer Organisationen saß auch Jim Kirk, hörte schweigend zu und staunte.

Er wußte nicht, welche Vorbereitungen die vulkanische Kommandantin für dieses Verhör getroffen hatte, stellte nur fest, daß sich T'Lera keineswegs überrascht zeigte und eine unerschütterliche Geduld offenbarte. Er ahnte nichts von ihren Meditationen an Bord des riesigen Schiffes, dessen Kommandoturm nun aus dem Packeis aufragte, einem über Nacht gewachsenen, stählernen Pilz gleich, sah keine T'Lera, die tief im Leib des ›Wals‹ auf dem metallenen Boden der Kabine hockte, eine vulkanische Besinnungsstellung einnahm, Leib und Seele von dumpfen Vibrationen erfassen ließ.

Ein anderer Vulkanier hätte das ständige Triebwerksbrummen vielleicht als unangenehm empfunden, während der von Menschen geschaffene Koloß durch ein kaltes und finsteres Meer glitt, in dem Wesen lebten, deren Fremdartigkeit die meisten Menschen entsetzt hätte — obgleich sie sich noch weitaus mehr vor jener Art von Andersartigkeit fürchteten, die in einer menschlich wirkenden Hülle steckte. Aber T'Lera gewöhnte sich rasch an Umgebung und Umstände. Dem brummenden, rhythmischen Pochen fehlte die akustische Eleganz eines Erkundungsschiffes, das durch die Leere zwischen den Sternen raste, aber es war inzwischen zu einem Teil ihres Wesens geworden.

Ein pulsierendes Dröhnen, so laut und langsam und stark wie der Herzschlag eines Menschen. Während der vergangenen Tage hatte T'Lera immer wieder jenem hohlen Klopfen gelauscht und gespürt, wie es das sanfte Flüstern in ihrer Brust übertönte, sie langsam umhüllte. *Seltsam*, dachte sie. *Es gibt eine Parallele: Dieses Schiff, laut und langsam und stark wie der Herzschlag eines Menschen, bringt uns durch einen Ozean, der das sanfte Flüstern des Erkundungsschiffes umhüllte. Und Terraner — die Stimmen laut, die Logik langsam, stark aufgrund ihrer großen Zahl — verbannen unsere Sanftmut in eine kalte weiße Leere, obgleich wir den Tod in kalter schwarzer Leere suchten.* Zu langes Nachdenken über eine derartige Ironie konnte selbst vulkanische Gelassenheit in Gefahr bringen. T'Lera konzentrierte sich auf etwas anderes.

Vater, dachte sie, wandte sich dabei nicht etwa in einer Art Gebet an Savars *Katra*, sondern verwendete es als Fokus. *Vater, meine Logik ist ungewiß, was die Bewohner dieses Planeten betrifft. Wenn es nur um mich ginge, wüßte ich, welche Entscheidung es zu treffen gilt. Aber mein Sohn...*

Eine hundert Jahre lange Beobachtung der Erde deutete darauf hin, daß die Terraner inzwischen nicht mehr wahllos töteten, nur dann von Waffen Gebrauch machten, wenn sie sich bedroht fühlten. Wenn sie in T'Lera und Sorahl eine unmittelbare Gefahr sahen, wäre Jasons Nyere sofort beauftragt worden, die beiden Fremden aus dem All zu eliminieren. Und wenn er zögerte... Die Frau namens Sawyer hätte sich bestimmt gefreut, eine solche Aufgabe wahrzunehmen; in ihren Augen glühten Angst und Haß, eine fatale Mischung. Also erwartete sie nicht der Tod, sondern ein anderes Schicksal. Welchen Preis verlangten die Menschen für die ›unerlaubte Landung‹ auf ihrer Welt?

Wenn Außenweltler auf Vulkan strandeten... T'Lera zweifelte nicht daran, daß man ihnen sofort ein Raumschiff zur Verfügung gestellt, eine Möglichkeit gegeben hätte, in ihre Heimat zurückzukehren. Begriffen Menschen nicht die Logik eines solchen Verhaltens? Oder argwöhnten sie noch immer, daß von den Vulkaniern eine potentielle Gefahr ausging? Wenn weder Tod noch Freiheit in Frage kamen — welche dritte Alternative gab es?

Das Ziel der *Delphinus* ließ gewisse Schlüsse zu: Exil an einem Ort, den kein Vulkanier ohne Hilfe verlassen konnte. Aber wie lange dauerte die Verbannung? Die junge Agronomin schien davon überzeugt zu sein, daß die Verantwortlichen ihres Volkes fähig sein mochten, zwei unerwünschte Besucher einfach zu ›vergessen‹. Wollte man die Vulkanier in der Eiswüste zurücklassen, oder beabsichtigten die Autoritäten der Erde, ein ›menschliches‹ Verhalten zu offenbaren und die Fremden in einem nicht ganz so ungastlichen Käfig unterzubringen?

T'Lera neigte dazu, so etwas für sich selbst zu akzeptieren, nicht jedoch für ihren Sohn. Sie war sogar bereit, ihre Ehre aufs Spiel zu setzen, um Sorahls sichere Rückkehr nach Vulkan zu ermöglichen.

Würden die Menschen Sorahl die Freiheit schenken, wenn sich seine Mutter mit einem lebenslangen Exil abfand? T'Lera wußte, was es bedeutete, in der Fremde zu sein — zwischen ihren einzelnen Raummissionen hatte sie sich nur jeweils kurz in der Heimat aufgehalten. Als Kind und Jugendliche blieb sie während der ersten, zwanzig Jahre langen Reise durchs All wach, während die Erwachsenen in Zwei-Jahres-Phasen in der kyrogenischen Starre ruhten. Mit anderen Worten: T'Lera war an die Einsamkeit gewöhnt.

Sie bedauerte nur, in einem solchen Fall nie wieder Gelegenheit zu haben, ihre Gedanken mit einer vulkanischen Seele zu teilen. Nun, sicher gab es Menschen, mit denen sie interessante Gespräche führen konnte — unter ihnen Jason Nyere —, doch jene Terraner, die über ihre Zukunft befanden, sorgten vermutlich dafür, daß sie vollständig isoliert blieb. Sie erinnerte sich an ihre Freundin und Reisegefährtin T'Syra, die Savars Prinzipien achtete und im terranischen Orbit in den Tod ging. Wenn T'Lera einen solchen Verlust überwand, war sie sicher auch in der Lage, die Bürde der Einsamkeit zu tragen. Und wenn Kummer und Trauer eines Vulkaniers in die Sphäre der Stille gehörten, so ergaben sich mehr als genug Gelegenheiten für sie, das

Ende all derjenigen zu beklagen, mit denen sie sich verbunden fühlte.

Also gut — permanentes Exil. Nur ein Punkt bereitete der Kommandantin noch immer Unbehagen: Sie wünschte sich eine weniger kalte Wüste.

Das beantwortete die Fragen nach *ihrem* Schicksal. Und Sorahl? Irgendwann blieb ihm gar keine andere Wahl, als nach Vulkan zurückzukehren — aus Gründen, die kein Mensch verstand. T'Lera mußte sich irgend etwas einfallen lassen, um ihrem Sohn die Heimkehr zu ermöglichen. Die Art und Weise spielte keine Rolle. Sie wäre selbst mit einem Schiff ohne Warp-Antrieb zufrieden gewesen, auch wenn das eine zehnjährige Reise bedeutete.

Die einzige andere Alternative — T'Lera hatte sie bereits in der irdischen Umlaufbahn wahrzunehmen versucht — stand ihr vielleicht nicht mehr zur Verfügung, sobald sie zur Geisel der Erde geworden war...

Das Summen und Brummen der *Delphinus*, in deren stählernen Eingeweiden sie sich befand, wurde lauter, als der Koloß auftauchte und sich durch massives Packeis schob. Kurz darauf verklang das rhythmische Dröhnen der Triebwerke. Sie hatten das Ziel erreicht. Es folgte Stille, und T'Lera lauschte dem leisen, sanften Flüstern ihres Herzens.

Die Beratung in Hinsicht auf das ›vulkanische Problem‹ fand im kalten Speisesaal der Byrd-Station statt, und dafür gab es einen guten Grund: Die Diskussionsteilnehmer wollten nicht nur ihre eigene Wichtigkeit betonen, sondern auch die beiden Außerirdischen beeindrucken. Eine hohe, kuppelförmige Decke spannte sich über den Soldaten der Planetaren Streitkräfte, die an den Wänden Aufstellung bezogen, hier und dort sogar in zwei Reihen. Sie hielten ständigen Kontakt mit den Scharfschützen, die auf den Dächern der Nebengebäude warteten und durch die Zieloptiken ihrer Waffen starrten. Die Halle hätte Hunderten von Personen Platz geboten, aber in ihrer Mitte saßen kaum zwei Dutzend Männer und Frauen, die irgendwie zwergenhaft wirkten und deren Stimmen als dumpfe Echos widerhallten. Ihr Atem wehte ihnen als weiße Fahnen von den Lippen. Jim Kirk trug Stiefel und dicke Socken, aber die Kälte kroch ihm langsam durch die Beine, und er fragte sich, wie Vulkanier derart niedrige Temperaturen aushalten konnten.

Während des ersten Tages wurden T'Lera und Sorahl von den Experten der Medo-Gruppe untersucht. Es fanden zahllose physiologisch-psychologische Tests statt — bis die Ärzte davon überzeugt waren, daß es sich tatsächlich nicht um Menschen handelte.

»Wenn ich daran denke, was sie über sich ergehen lassen mußten...«, wandte sich Dr. Bellero, geborene Dehner, an Kirk, als sie Gelegenheit fanden, einige Minuten lang ungestört miteinander zu sprechen. Wenn sie sich in den Korridoren begegneten oder im Saal saßen, gaben sie vor, sich nicht zu kennen. »Einige Untersuchungen erscheinen mir durchaus vernünftig, aber die meisten sind närrisch und sogar demütigend. Ich schäme mich für meinen Berufsstand, Captain.«

»Lassen Sie sich nichts anmerken, Doktor«, erwiderte Kirk schlicht. »Spielen Sie weiterhin Ihre Rolle. Nur Sie können dafür sorgen, daß es Ihre ›Kollegen‹ nicht übertreiben. Welche Resultate erbrachten die Psychosondierungen?«

»Die denkbar besten, wie nicht anders zu erwarten. Selbstverständlich lege ich meinen ›Vorgesetzten‹ nicht alle Ergebnisse vor — die beiden Vulkanier dürfen nicht zu intelligent und zu perfekt wirken. Außerdem habe ich die besonders erstaunlichen Aspekte einer Art Selbstzensur unterworfen. Ich meine die Telepathie und Selbstheilungs-Fähigkeiten. Hinweise darauf würden bloß Verwirrung stiften.«

»Gut«, bestätigte Kirk und hörte nur mit halbem Ohr zu. Seine Hauptsorge galt inzwischen dem Problem der Flucht. T'Lera und Sorahl wurden rund um die Uhr bewacht, und es schien keine Möglichkeit zu geben, sich mit ihnen abzusetzen. »Was halten die übrigen Mediziner von der Sache?«

»Der Internist schüttelte den Kopf und ging fort«, entgegnete Dehner trocken. »Er zog sich in seine Kabine zurück und hat sie schon seit Stunden nicht mehr verlassen. Wahrscheinlich läßt er sich vollaufen. Leuten wie ihm gefällt es nicht, ein Herz dort zu finden, wo die Leber sein sollte. Muß ein ziemlicher Schock für ihn gewesen sein. Die Neurologin zeigte sich mitfühlender. Sie schlug eine Operation vor, um T'Leras Nase in Ordnung zu bringen — vorausgesetzt, Sorahls Blut könne für Transfusionen verwendet werden.«

»Wie reagierte T'Lera darauf?« erkundigte sich Kirk und rechnete mit einer typisch vulkanischen Antwort.

»Sie bedankte sich für das Angebot, fragte jedoch, ob die ›ästhetischen Vorteile eines solchen Eingriffs das Risiko des Arztes lohnten, seinen Patienten zu verlieren‹, Zitat Ende.«

Kirk lächelte. »Anders ausgedrückt: T'Lera gibt sich lieber mit einer gebrochenen Nase zufrieden, als zum Anlaß eines Prozesses wegen chirurgischer Pfuscherei zu werden.«

»Was man ihr wohl kaum verübeln kann«, fügte Dehner hinzu, winkte zum Abschied und ging.

Es gelang Elizabeth Dehner, an allen Sitzungen des Ermittlungsausschusses teilzunehmen, selbst an denen, die keine medizinischen Expertisen erforderten. Sie rechtfertigte sich mit ›beruflicher Neugier‹. Kirk saß am anderen Ende des langen, L-förmigen Tisches, und wenn er seine Aufmerksamkeit auf die Psychologin richtete, stellte sie einen vorsichtigen Blickkontakt her und zuckte andeutungsweise mit den Schultern.

Die Anordnung der übrigen Tische diente ebenfalls dazu, Überlegenheit zu demonstrieren und einzuschüchtern. Die jeweils zehn bis fünfzehn Ausschußmitglieder —

ihr Verhalten erinnerte eher an das von Vernehmungsbeamten — saßen an mehreren langen, auf einem Podest errichteten Gestellen, die eine zu den Vulkaniern und ihren menschlichen Begleitern hin geöffnete eckige Klammer bildeten. Jason Nyere bewahrte mit Mühe seine Würde, aber die beiden Zivilisten, die T'Lera und Sorahl gerettet hatten, nahmen nicht mehr an den Anhörungen teil, als die Vulkanier zum sechstenmal ihre Geschichte erzählten. Die junge Agronomin Tatya brach bei der fünften Versammlung in Tränen aus, und Dr. Bellero brachte sie und ihren Partner zum Schiff zurück.

Die Verhöre wurden am zweiten Tag fortgesetzt, und nur die Vulkanier offenbarten keine Anzeichen der Erschöpfung. Sorahl beantwortete die direkt an ihn gerichteten Fragen, und T'Lera gab auf alle anderen Auskunft. Einige Ausschußmitglieder machten keinen Hehl aus ihrer aggressiven Feindseligkeit, aber die Kommandantin blieb die ganze Zeit über ruhig und gelassen, bewies eine für die Menschen geradezu peinliche Offenheit.

»Sie behaupten also, daß Ihr Volk niemanden schicken wird, um nach Ihnen zu suchen?« vergewisserte sich ein Drei-Sterne-General, der so verbittert wirkte, als habe er sein Leben lang vergeblich auf einen Krieg gehofft.

»Das stimmt«, erwiderte T'Lera ungerührt. »Wenn ein Erkundungsschiff Schiffbruch erleidet, gilt es als verloren. Die Verantwortlichen in meiner Heimat werden keine Such- oder Rettungsmission einleiten.«

Jim Kirk zuckte innerlich zusammen. Begriff die Vulkanierin denn nicht, was für eine Blöße sie sich damit gab? Die Antwort lieferte sie und ihren Sohn vollständig der menschlichen Gnade aus.

»Nun, dafür haben wir nur Ihr Wort«, fuhr der General herausfordernd fort. Trotz der Recorder hielt er einen teuren goldenen Kugelschreiber in der Hand, benutzte ihn wie eine zu klein geratene Lanze und zielte auf T'Lera.

»Ich verstehe nicht ganz...«

»Sie sagen, Ihr Volk schriebe Sie einfach ab«, donnerte

der General. »Aber dafür gibt es nicht den geringsten Beweis.«

Einige Sekunden lang wirkte die Vulkanierin verwirrt, schien vergessen zu haben, daß Terraner lügen konnten. Gerade das Militär hatte diese Fähigkeit zu einer wahren Kunst entwickelt. Es schloß von sich auf andere, nahm an, ebenfalls bei jeder sich bietenden Gelegenheit belogen zu werden.

»Sie *haben* mein Wort«, erwiderte T'Lera fest. Auf ihrer Welt genügte eine solche Bemerkung. »Wenn Sie in der Lage wären, mein Schiff zu bergen, würden Sie feststellen, daß es weder stationäre noch mobile Waffensysteme enthält. Außerdem bin ich sicher, daß Ihre planetaren Verteidigungssysteme keine anderen Raumfahrzeuge in diesem Sonnensystem entdeckt haben, oder?«

Der General verzog das Gesicht und senkte verlegen den Kopf. Seit dem Absturz des Erkundungsschiffes herrschte in den Überwachungsbasen auf Erde, Mond und Mars dauernde Alarmbereitschaft. Ständig wurde der interplanetare Raum beobachtet — ohne daß die hochentwickelten Ortungsinstrumente irgendwelche verdächtigen Bewegungen registrierten. Auf den Schirmen zeigte sich nur der übliche Satellitenschrott.

Diese Runde geht an die Vulkanier, dachte Kirk, als die Ausschußvorsitzende mit ihrem Hammer auf den Tisch klopfte und Ruhe verlangte. *Aber das nützt ihnen nicht viel,* fügte er in Gedanken hinzu und überlegte einmal mehr, wie er seiner Aufgabe gerecht werden sollte. Die langwierigen Befragungen führten zu keinem greifbaren Ergebnis, machten alles nur noch komplizierter. *Was sich hier abspielt, dürfte überhaupt nicht geschehen, und je länger es dauert, desto schwieriger wird es, die allgemeine historische Struktur zu schützen.*

Der General holte mehrmals tief Luft und streifte die Verlegenheit von sich ab. »Es heißt, Sie beobachten uns schon seit dem Jahr 1943. Ist das richtig?«

»Unser erstes Erkundungsschiff erreichte das Solsystem

vor genau einhundertzwei Komma vier irdischen Jahren«, erklärte T'Lera und wiederholte damit eine Auskunft, die sie schon mehrmals gegeben hatte. »Wenn das dem von Ihnen genannten Datum entspricht, so lautet die Antwort: ja.«

»Also haben Sie uns mehr als ein Jahrhundert lang ausspioniert...«, begann der General.

T'Lera unterbrach ihn sofort, wollte keine fehlerhafte Interpretation der Forschungsmissionen zulassen.

»Die Bezeichnung ›ausspionieren‹ ist unangemessen«, sagte sie ruhig. »Es ging uns nur darum, einen Planeten zu beobachten, dessen Bevölkerung sich seit einem Wissenschaftler namens Galilei für andere Welten interessiert. Wenn Sie das als eine Verletzung Ihrer Privatsphäre erachten, so bitte ich im Namen meines Volkes um Entschuldigung. Aber da Ihre Radioteleskope andere Sonnensysteme ›belauschen‹ und...«

»Das spielt in diesem Zusammenhang keine Rolle«, entgegnete der General aufgebracht, woraufhin erneut flüsternde und murmelnde Stimmen erklangen. Die Vorsitzende hob den Hammer, und in der darauf folgenden Stille war Jason Nyeres leises Lachen deutlich zu hören.

»Was finden Sie so lustig, Captain?« fragte der General hitzig und bedachte ihn mit einem finsteren Blick.

»Tut mir leid.« Nyere breitete kurz die Arme aus. »Kriegsmüdigkeit.« Lächelnd fügte er hinzu: »T'Leras Einwand ist durchaus berechtigt. Wenn wir einen ebenso hohen technischen Entwicklungsstand erreicht hätten, würden auch wir Erkundungsschiffe schicken — Himmel, wozu dient denn die Expedition nach Alpha Centauri? —, und ich fürchte, wir gingen dabei nicht annähernd mit dem Takt vor, den die Vulkanier walten ließen.«

»Sie sind erschöpft, Captain«, sagte der General eisig und ignorierte Nyeres Bemerkungen. »Ich glaube, Sie brauchen ein wenig Ruhe.« AeroMar und die Planetaren Streitkräfte galten als erbitterte Rivalen; wahrscheinlich gründete sich der Zwist auf die sprichwörtliche Konkurrenz zwischen Heer, Marine und Luftwaffe, die viele Jahrzehnte lang ein bestimmender Faktor für das irdische Militär gewesen war. Solche Probleme ließen sich kaum unter den aktuellen Umständen lösen.

Schlimmer noch: Die Delegierten verschiedener pazifistischer Organisationen — sie saßen am Ende der Tische und hatten noch nicht die Erlaubnis erhalten, sich direkt an die Vulkanier zu wenden — sahen in Nyere einen möglichen Verbündeten und spendeten ihm nun Beifall. Der angebliche Geheimdienstrepräsentant James T. Kirk wünschte sich, ihrem Beispiel folgen zu können. Er respektierte den untersetzten Kapitän der *Delphinus*, hielt ihn für einen Bruder im Geiste, eine verwandte Seele. Nur Nyere schien zu begreifen, welche Chancen sich durch die Anwesenheit der beiden Vulkanier für die Erde ergaben.

Der General spürte Jasons wachsende Popularität, was seine Stimmung auf ein neues Tief drückte. Nichts lag ihm ferner, als das Feld Nyere und den Friedensaposteln zu überlassen. Er pochte auf den Tisch, bis er die Aufmerksamkeit aller Anwesenden gewann, richtete seinen goldenen Kugelschreiber dann wieder auf T'Lera.

»Ihr Volk hat also unsere ersten beiden Weltkriege beobachtet, ohne etwas zu unternehmen?«

»In der Tat«, bestätigte die Vulkanierin. Sie wußte, daß die Menschen ihren durchdringenden Blick als sehr unangenehm empfanden — Nyere schien die einzige Ausnahme zu sein —, und deshalb hatte sie darauf geachtet, ihre Gesprächspartner nicht zu intensiv anzustarren. Jetzt verzichtete sie auf solche Selbstbeschränkungen und musterte den hochrangigen Kommandooffizier. »Wie hätten wir uns Ihrer Meinung nach verhalten sollen?«

»Nun, wenn Ihnen so verdammt viel an Frieden und Harmonie liegt, wie Sie immer wieder behaupten...« Der General suchte nach den richtigen Worten, spürte eine seltsame Hitze, deren Ursache er nicht zu bestimmen vermochte. »Warum haben Sie nicht irgendwie eingegriffen, die Kriege beendet und Millionen von Menschen das Leben gerettet?«

Der General atmete rasselnd, und rote Flecken entstanden auf seinen Wangen. T'Lera überlegte sorgfältig und ahnte, daß die meisten Anwesenden mit Ärger auf ihre Antwort reagieren würden.

»Ich bedaure, aber aufgrund unserer Ersten Direktive können wir weder den Racheengel spielen noch in die Rolle des barmherzigen Samariters schlüpfen. Unsere bittere Pflicht bestand darin, Ihnen Gelegenheit zu geben, Ihre eigenen Fehler zu machen.«

Aufruhr entstand. Die Angehörigen des Militärs machten ihrer Empörung Luft, und einige Pazifisten schienen mit plötzlichem Zweifel konfrontiert. Mehrere Geheimagenten nickten klug und gelangten zu Schlußfolgerungen, die nur für Leute ihres Schlages eine Bedeutung besaßen. Jim Kirk rutschte voller Unbehagen auf seinem Stuhl hin und her, dachte an die Vulkanische Expedition.

»...eine der herzlosesten, unmenschlichsten Einstellungen, die...«, entfuhr es dem General. Bis es der Vorsitzenden gelang, die Ordnung im Saal wiederherzustellen, war er völlig außer Atem. Jim hob die Hand.

»Das Wort hat Colonel Kirk.«

»Commander T'Lera...«, begann er, als sich fast zwei Dutzend Blicke auf ihn richteten. Bisher hatte er noch keinen Diskussionsbeitrag geleistet, und daher wußten die verschiedenen Fraktionen nicht, zu welcher Gruppe er gehörte.

»Colonel Kirk.« Die Vulkanierin nickte.

Jetzt ist es soweit! dachte Jim aufgeregt. »Commander, wenn Sie für dieses Gremium zuständig wären... Welche Entscheidung träfen Sie?«

Die Frage weckte gespannte Erwartung in der Halle. Das unhöfliche Murmeln der Diplomaten verklang. Die militärischen Delegierten runzelten argwöhnisch die Stirn, und die Geheimagenten beugten sich mißtrauisch vor. Von einer Sekunde zur anderen herrschte völlige Stille. Es war nur das leise Knarren von Stiefelsohlen zu hören, während die Wachsoldaten das Gewicht vom einen Bein aufs andere verlagerten und draußen ihre Runden drehten.

»Colonel Kirk«, erwiderte T'Lera noch immer gelassen, »ich möchte es mir nicht anmaßen, jenen Personen Ratschläge zu erteilen, die Ihr Volk weitaus besser kennen als ich.««

Verdammte vulkanische Haarspalterei! fuhr es Jim durch den Sinn. *Takt hat jetzt keinen Sinn mehr. Ich brauche eine klare, offene Antwort.*

»Lassen Sie mich die Frage anders formulieren, Commander.« Kirk räusperte sich und hob die Stimme. »Wenn Sie und Ihr Sohn diesen Raum verlassen könnten ... Was fingen Sie mit Ihrer Freiheit an?«

Das Schweigen wich einem überraschten, zornigen Zischen und Fauchen. Der General wandte sich an seinen Adjutanten und flüsterte so laut, daß alle seine Worte verstanden.

»Wer ist der Mann? Ich will seine Akte sehen! Was, zum Teufel, erlaubt er sich?«

Der sich anschließende Tumult verhinderte, daß T'Lera irgendeine Erklärung abgeben konnte.

Schon kurz darauf heulten draußen Triebwerke, und es schienen weitaus mehr Flügelboote zu sein, als der Rat der Geeinten Erde geschickt hatte. Wächter eilten übers Packeis, und zwei Soldaten begleiteten einen Lieutenant der Planetaren Streitkräfte in den Saal. Der Offizier wirkte besorgt und flüsterte Captain Nyere etwas ins Ohr, bevor Jason und die beiden Vulkanier fortgeführt wurden.

Die Vorsitzende klopfte immer wieder mit ihrem Hammer auf den Tisch, aber niemand achtete auf sie. Kirk stand auf und bahnte sich einen Weg durchs Gedränge. Alle Ausschußmitglieder waren auf den Beinen und versuchten, sich an den Wächtern vor den Ausgängen vorbeizuschieben.

Irgend etwas ist passiert, überlegte Jim. *Im Norden, im Rest der Welt. Etwas, das die Situation noch komplizierter gestaltet.* Er dachte an Gary und Lee, und in seiner Magengrube krampfte sich etwas zusammen.

»Sie haben *was?*« Wut zitterte in Nyeres Stimme, und er begann zu schwitzen.

Seit mehr als einer Stunde flammten die verschiedensten Meldungen über den Kom-Schirm. Sie kamen vom Norfolk-HQ, von den Einsatzzentralen der Planetaren Streitkräfte, auch von PentaKrem. Jemand hatte etwas zu den Medien durchsickern lassen, Informationen in bezug auf Außerirdische, die von den Regierungsbehörden irgendwo in der Antarktis festgehalten würden. Inzwischen wußten Milliarden von Menschen Bescheid. Jeder Nachrichtensender, der etwas auf sich hielt, brachte eine eigene Version, bezog sich auf Gerüchte oder angebliche Augenzeugenberichte. Und damit noch nicht genug: Dutzende — wahrscheinlich Hunderte oder gar Tausende — von Reportern brachen nach Süden auf, um direkte Ermittlungen anzustellen. Sie alle hofften auf einen Knüller, der sie an die Spitze der journalistischen Hierarchie katapultierte. Wenn sie nicht an der Küste aufgehalten wurden — und die damit verbundenen rechtlichen Probleme waren geradezu schwindelerregend —, konnten sie das Ross-Eisschelf innerhalb von wenigen Stunden erreichen. Und die besonders Einfallsreichen unter ihnen brauchten sicher nur einen Tag oder zwei, um zur Byrd-Station zu gelangen.

Aus diesem Grund hatte man Jason und die beiden Vulkanier so plötzlich fortgebracht. Aus diesem Grund herrschte im Gebäudekomplex der alten Forschungsstation helle Aufregung; alle fragten sich, wie es jetzt weitergehen sollte.

Und aus diesem Grund schwieg Melody Sawyer nicht länger und erzählte Jason endlich von Tatyas Kontakt mit ihrer Tante in Kiew.

»Sie haben was?« wiederholte Nyere und sah auf Tatya herab, die wie ein Häufchen Elend auf dem Teppich in der Kapitänskabine hockte und schluchzte. Schon seit zwei Tagen weinte sie fast ununterbrochen, und es erstaunte Jason, daß ihr Vorrat an Tränen noch immer nicht erschöpft war.

»Ich dachte, auf diese Weise seien die Vulkanier sicher«, erwiderte Tatya kummervoll und blickte aus geröteten Augen zu Nyere auf. »Als sich Melody meldete, befolgte ich ihre Anweisungen. Ich bat Mariya, alles für sich zu behalten. Ohne einen Hinweis von mir hätte sie bestimmt nichts verlauten lassen. Jemand anders muß das Gespräch mitgehört haben. Himmel, ich wollte doch nur helfen!«

»Helfen, lieber Himmel!« platzte es zornig aus Sawyer heraus. Sie stand an der Tür, bereit dazu, über jeden PS-Soldaten herzufallen, der es wagen sollte, auch nur den großen Zeh auf die Schwelle zu setzen. Ihrer Meinung nach handelte es sich um ein Familienproblem, das niemanden sonst etwas anging. Die ganze ›Familie‹ war zugegen: sie selbst, Jason, Yoshi, Tatya und ... die beiden anderen. Was auch immer geschah — es blieb auf Nyeres Quartier beschränkt. »Durch Ihre Schuld müssen die Lamettafritzen alle einschlägigen Berichte dementieren und die Verfasser als Lügner darstellen. Und wenn es nötig ist, Ihre Freunde zu töten, um den Medien das journalistische Wasser abzugraben...«

»Verdammt und zugenäht, Sawyer!« brüllte Jason. Er erhob sich so abrupt, daß der Stuhl zur Seite kippte, und mit geballten Fäusten trat er auf seinen Ersten Maat zu. Melody hatte ihn noch nie so wütend erlebt. »Zum Teufel auch, wie lange wissen Sie schon Bescheid? Und warum haben Sie mir nichts gesagt?«

Sawyer straffte die Gestalt und spürte, wie tief in ihrem Innern etwas zu vibrieren begann.

»Ich nahm an, die Situation sei unter Kontrolle, hielt es daher nicht für notwendig, Sie zu informieren, Sär!« erwiderte sie scharf. »Ich hörte, wie Tatya ihrer Tante das Versprechen abnahm, über alles zu schweigen, und ich glaubte, damit sei die Sache erledigt. Ich...« Sie brach ab und erwog die Möglichkeit, sich zu entschuldigen. »Jason, ich dachte...«

»Genau darin besteht Ihr Problem, Sawyer!« knurrte Nyere. »Sie *denken* zuviel. Und meistens denken Sie *falsch!*«

T'Lera drehte den Kopf und bedachte ihren Sohn mit einem Blick, der folgende Botschaft übermittelte: *Glaubst du immer noch, es sei bereits an der Zeit, einen Kontakt zu dieser Zivilisation herzustellen?* Sorahl ließ die Schultern hängen, wünschte sich nur, ins Laboratorium zurückkehren und seine Forschungsarbeiten fortsetzen zu können. Das menschliche Chaos verunsicherte ihn, stellte alle seine Überzeugungen in Frage.

»Nun, jetzt ist es zu spät«, sagte Jason Nyere hilflos. Sein Ärger wich Müdigkeit und Erschöpfung.

»Was soll aus uns werden?« fragte Yoshi verwirrt und wandte sich von Tatya ab, die noch immer leise schniefte. »Jason?«

»Die Planetaren Streitkräfte evakuieren ihre Leute und alle anderen, die nach Hause zurückkehren möchten und bereit sind, sich einer teilweisen Gedächtnislöschung zu unterziehen«, erwiderte der Captain. »Ich bin sicher, daß die hohen Tiere verschwinden wollen, bevor die Reporter den Sicherheitskordon durchbrechen und hier eintreffen. Was uns betrifft...«

Die nicht dem Militär angehörenden Personen im Speisesaal der Byrd-Station wurden aufgefordert, sich in ihre Kabinen zurückzuziehen — bis die zuständigen Stellen entschieden, wer gehen mußte beziehungsweise bleiben durfte. Unterdessen bewirkten die Medienmeldungen immer ausuferndere Reaktionen. Was als individuelle Besorgnis über ein UFO-Phänomen begann, schien allmählich zu globaler Panik zu werden. Von der weißen Wüste des Marie-Byrd-Landes aus ließ sich nur ungenau feststellen, was in der restlichen Welt geschah.

Jim Kirk gehörte zu den ersten, die freiwillig in ihr Quartier zurückkehrten. Er saß auf der Koje, schnitt eine Grimasse, klappte den Kommunikator zu und verbarg ihn in einem Geheimfach seiner Reisetasche. Zu lange Sendungen bedeuteten eine nicht unerhebliche Gefahr, selbst wenn er nur die hohen Frequenzen benutzte. Es war ihm nicht gelungen, sich mit Mitchell oder Kelso in Verbindung zu setzen, und er erinnerte sich an Lees warnenden Hinweis auf die Interferenzen im Bereich des Südpols. Es erwies sich sogar als unmöglich, Kontakt mit Dehner aufzunehmen, die ebenfalls mitten im Chaos steckte, zusammen mit den übrigen medizinischen Fachleuten. Kirk war taub, blind und auf sich allein gestellt — und er entschied, endlich zu handeln.

Er holte den Kommunikator wieder hervor, steckte ihn ein und ersetzte den Geheimdienstausweis in seiner Brieftasche durch eine ID-Karte, die er sich während des Aufenthalts in Feuerland besorgt hatte.

Dann verließ er die Kabine und nutzte das Durcheinander in den Korridoren aus, um sich der Pazifistengruppe anzuschließen. Einmal mehr pries er Lee Kelsos Genie — und dankte John Gill für seine Vorlesungen über eine gewisse ›Tauben-Gesellschaft‹.

»Eine Anomalie«, meinte der berühmte Historiker während eines Vortrages in der Akademie. Er schilderte kuriose Ereignisse vor der Gründung der Föderation. »Vermutlich geschah es zum erstenmal in der menschlichen Geschichte, daß die Geheimdienste keine potentiellen Feinde mehr in Pazifisten sahen und sich auf ihre Seite stellten, um die Einheit der Erde zu bewahren. Die Tauben-Gesellschaft existierte über hundert Jahre lang, bis das Bündnis mit dem Militär aufgrund der Romulanischen Kriege endete...«

Ein ganz bestimmter junger Student, der sich schon damals für das Sonderbare und Ausgefallene interessierte, sammelte alle Informationen, die er über die Tauben-Gesellschaft finden konnte — und nutzte ihre Techniken und Methoden bei einer geheimen Aktion. Zusammen mit mehreren Freunden spielte er einem besonderen Friedensgegner namens Finnegan einen Streich. Sie errangen nur einen Pyrrhussieg, und Finnegan rächte sich prompt, aber Jim Kirks Wissen um nützliche Trivialitäten blieb davon unbetroffen.

Zu Kirks Überraschung wurde er sofort von den Pazifisten akzeptiert.

»Als Sie unseren bedauernswerten Besuchern heute Nachmittag jene recht pragmatische Frage stellten, hatte ich schon so eine Ahnung«, vertraute ihm die Delegationsleiterin an, als sie zusammen mit Jim und einigen Freunden ihr Quartier betrat. Sie sah noch einmal auf den Gang und vergewisserte sich, daß keine Soldaten in der Nähe weilten, bevor sie die Tür schloß und Platz nahm. »Schade, daß T'Lera keine Gelegenheit bekam, darauf eine Antwort zu geben. Ich nehme an, der ›Colonel‹ dient nur der Tarnung, stimmt's?«

»Ja.« Jim Kirk lächelte und musterte die dickliche, mütterliche Frau. Glücklicherweise war sie empfänglich für seinen Charme. »Dadurch genieße ich den Respekt der Lamettatypen. Glauben Sie, man schickt uns nach Hause?«

»Das wurde bereits bestätigt.« Die Leiterin der Pazifistengruppe seufzte. »Wir sollen bald ausgeflogen und an einem ›sicheren Ort‹ untergebracht werden. Dort findet bestimmt eine Gehirnwäsche statt, und anschließend, wenn wir uns nicht mehr an die hiesigen Ereignisse erinnern können, bringt man uns heim. Wir haben uns mit dieser Regelung einverstanden erklärt, bevor wir hierherkamen. Aber wir erhofften uns ein besseres ... Ergebnis.«

»Ergebnis?« warf jemand anders ein. »Hast du wirklich geglaubt, es gebe noch einen Entscheidungsspielraum? Die Militärs wollten die beiden Außerirdischen ohnehin ›verschwinden‹ lassen. Die Sache mit den Medien ist nur ein Vorwand — um uns daran zu hindern, direkt mit den Vulkaniern zu sprechen!«

»Wir hätten Grayson Bescheid geben sollen«, sagte ein Mann. »Vielleicht wäre der Untersuchungsausschuß bereit gewesen, wenigstens ihn anzuhören.«

Mehrere Stimmen ertönten gleichzeitig.

»... habe gehört, daß er krank ist ... Im letzten Jahr starb seine Frau ... Spielt keine Rolle. Du kennst Grayson nicht. Wenn er unsere Sache unterstützen kann ...«

»Als man uns Bescheid gab, haben wir sofort Graysons Beteiligung gefordert!« sagte die Delegationsleiterin scharf und winkte ab. »Doch man erlaubte uns nicht, ihn zu verständigen. Offenbar befürchtete man Verwicklungen.«

»Entschuldigen Sie bitte«, sagte Kirk und beugte sich ein wenig vor. »Wer ist jener Grayson?«

Die Pazifisten starrten ihn verblüfft an.

»Nun, Sie sind recht jung«, erwiderte die Leiterin, und Jim glaubte, in ihren Augen ein mißtrauisches Funkeln zu sehen. »Und außerdem liegt das alles schon ziemlich lange zurück. Jeremy Grayson, emeritierter Professor der Universität für Pazifistische Studien, Vancouver, Gründungsmitglied der ›Bewegung für eine geeinte Erde‹, darüber hinaus Held des Dritten Weltkriegs, wenn auch nicht ganz so bekannt wie die anderen. Er lebt schon seit Jahren im Ruhestand, aber man sollte eigentlich annehmen...«

»Oh, natürlich«, sagte Kirk. Seine Gedanken rasten. »Als Junge habe ich ihn sehr verehrt. Ich wußte gar nicht, daß er noch lebt. Es erschien mir seltsam anzunehmen, Ihr Grayson sei mit meinem identisch.«

Seine Zuhörer schienen sich damit zufriedenzugeben, und Kirk atmete innerlich auf, beschloß, vorsichtiger zu sein.

»Wenn Sie sich mit dem Professor in Verbindung setzen könnten...«, regte er an.

»Unmöglich!« meinte jemand. »Vor der ›Behandlung‹ sind uns keine Kontakte mit der Außenwelt erlaubt. Und *nach* der Gedächtnislöschung wissen wir nicht einmal mehr, daß wir hier waren.«

»Und wenn Ihnen jemand helfen könnte?«

»Jeremy fände sicher eine Lösung für unser Problem, da bin ich ganz sicher«, sagte die Leiterin niedergeschlagen. »Außerdem genießt er bei den hohen Tieren genug Respekt, um wenigstens einige seiner Forderungen durchzusetzen. Wie dem auch sei: Inzwischen ist es zu spät.«

»Nicht unbedingt«, murmelte Kirk und rang sich zu einer Entscheidung durch.

Die Erste Direktive Starfleets, erinnerte er sich, verbot Interventionen in Hinsicht auf Kulturen mit geringerem Entwicklungsniveau, diente dazu, bei solchen Zivilisationen eine ungestörte wissenschaftlich-moralische Evolution zu gewährleisten. Doch es gab keine Vorschriften, die Zeitreisen reglementierten. Woraus folgte, daß bei Aufenthalten in der Vergangenheit nur die Verpflichtung galt, Handlungen zu unterlassen, die eine Veränderung der Zukunft zur Folge haben mochten. Kirk wußte nicht, ob bereits seine Präsenz genügte, um das historische Gefüge zu destabilisieren, aber das spielte derzeit auch keine Rolle. Er hielt es für obligatorisch, alles zu tun, um eine friedliche Lösung der Krise zu ermöglichen.

Er gab sich einen Ruck, holte den Kommunikator hervor und zeigte ihn den neugierigen Pazifisten.

»Dieses Gerät hier ist eine Geheimentwicklung, und ich darf Ihnen nicht verraten, wie es funktioniert. Aber damit sollte ich eigentlich imstande sein, Professor Grayson eine Nachricht zu übermitteln. Wenn Sie genug Vertrauen haben, um mir zu gestatten, als Ihr Sprecher aufzutreten ...«

Als sich die Medien mit ersten Berichten über gelandete Außerirdische an die Weltöffentlichkeit wandten und PentaKrem nach einer legalen Möglichkeit suchte, den ganzen Kontinent Antarktika abzuriegeln, flogen zwei kleine Helikopter dicht übers Treibeis und gingen an der Seeseite des Ross-Eisschelfs nieder, etwa fünfhundert Kilometer von der Byrd-Station entfernt. Die Passagiere an Bord waren alles andere als Touristen und machten sich sofort daran, ihre Ausrüstung zu entladen. Eine Pinguinkolonie geriet in Aufregung, als finster wirkende Gestalten mehrere Schneemobile über die Rampe schoben.

»Wir teilen uns«, erklärte Rächer und sprang aufs Eis. Er trug eine dicke Parka, und das graue Gesicht stellte einen auffallenden Kontrast zum Weiß von Pelz und Schnee dar. Die mechanische Stimme schnarrte und surrte. »Ihr stoßt in jener Richtung vor, wir in dieser. Eine Zangenformation, mit den Raumfahrern in der verdammten Mitte!«

Er hob die behandschuhten Fäuste, um zu zeigen, was er meinte.

Rächers Leute — ein rundes Dutzend, namenlose Krieger, ihm treu ergeben und bis an die Zähne bewaffnet — bezogen diszipliniert hinter ihm Aufstellung und beobachteten die bunt zusammengewürfelte Schar auf der anderen Seite. Easter hatte kaum Zeit gefunden, jemanden zu benachrichtigen, und deshalb bestand seine Truppe nur aus Red, Aghan, Kaze, einem selbsternannten Ninja, und Noir, der sich je nach Wochentag für Rastafarian, Allahs Racheengel oder einen wiedergeborenen Mau-Mau* hielt. Der Unterschied zur Rächer-Gruppe entging Easter nicht, und er fühlte sich dadurch sofort in die Defensive gedrängt.

»Hast du das Kommando übernommen?« knurrte er, trat auf Rächer zu und blieb sicherheitshalber einige Schritte vor ihm stehen. Verärgert beobachtete er die elektronisch gesteuerten, schiefergrauen Augenlinsen. »Hältst dich wohl für Gott, was?«

Aghan drehte sich zu Red um und seufzte leise. Wenn ihr Anführer jetzt auf stur schaltete, stand ihnen wahrscheinlich ein längerer Aufenthalt in der eisigen Kälte bevor. Aghan fror bereits, sehnte sich nach dem bequemen, warmen Innern der beheizten Schneemobile. Die Fahrzeuge stammten von einem Waffenhändler, für den nach Colonel Greens Ende magere Zeiten angebrochen waren und der nun nach neuen Märkten suchte.

»Ich lasse mir von dir keine Befehle erteilen!« fauchte

---

* Mau-Mau: Name eines terroristischen Geheimbunds der Kikuju in Kenia. Sein Ziel bestand darin, durch Vertreibung der weißen Farmer die Neuaufteilung des Bodens unter den landlosen Kikuju und die nationale Unabhängigkeit zu erreichen. Die Terroraktionen der Mau-Mau begannen 1948 und führten von 1952—1956 zu einem regelrechten Aufstand, der von britischen Truppen niedergeschlagen wurde. — Anmerkung des Übersetzers.

Easter und stampfte aufs knirschende Eis, als der Bioniker vor ihm weiterhin schwieg. »Ist das klar?«

»Zusammen fallen wir zu sehr auf«, meinte Rächer schlicht. »Möchtest du unbedingt erwischt werden? Vertraust du mir nicht? Oder hast du Angst?«

Easter fluchte hingebungsvoll, aber Rächer zuckte nur gleichgültig mit den Achseln, wobei es in seinen Schultergelenken knarrte, so als schabe Metall über Metall. Nach einigen Sekunden hob er das kleine Lasergewehr und sah zu seinen grinsenden Leuten. Sie bewunderten die Gelassenheit ihres Anführers.

»Bist du jetzt fertig?« fragte der Bioniker, als Easter eine Pause einlegte und nach Luft schnappte. »Wir teilen uns.«

Easter fügte noch einen letzten Fluch hinzu und bedeutete Aghan und den anderen, in ihren beiden Schneemobilen Platz zu nehmen. Red, Kaze und Noir kamen der Aufforderung sofort nach, aber Aghan zögerte.

Er legte mit seiner Waffe an, betätigte den Auslöser und lachte schallend, als die Automatik zu rattern begann und das Blut von Pinguinen auf Schnee und Eis spritzte. Das Echo der Schüsse verhallte in der Ferne.

»He, sieh nur, Easter!« Aghan tanzte vor Freude. »Ich habe fast zwanzig erwischt!«

Rächer spuckte verächtlich. »Der Kerl ist total übergeschnappt«, rasselte er leise und gesellte sich seinen Gefährten hinzu, die bereits in ihren eigenen Schneemobilen warteten. Kurze Zeit später begann die Fahrt durch eine weiße, kalte Wüste. Siebzehn Tierkadaver blieben zurück, ihr vergossenes Blut bereits gefroren.

Spock griff nach dem Dachshaarpinsel, rührte im dichten Schaum und beobachtete, wie die weiße Masse konzentrische Muster zu bilden begann. Als Jeremy Grayson ihn bat, einem alten Mann mit zittrigen Händen beim Rasurritual zu helfen, zögerte der Vulkanier zunächst, doch dann dachte er nicht ohne eine gewisse Ironie: *Vielleicht hätte der Dachs gar keine Einwände dagegen erhoben, Leben* und Pelz für einen Mann zu geben, der soviel Gutes bewirkte.

»Tut mir leid, Sie einer so schweren Prüfung zu unterziehen, Ben«, sagte Grayson, als Spock geschickt den Schaum auftrug und das Rasiermesser ansetzte. »Wahrscheinlich bin ich weit und breit der einzige, der eine so altmodische Form der Rasur mag. Verzeihen Sie mir meine Eitelkeit. Ich möchte ordentlich und gepflegt aussehen, selbst wenn ich allein bin. Klingt ziemlich dumm, was?«

»Ganz und gar nicht, Professor«, widersprach der Vulkanier. Seiner Ansicht nach hatte ein alter und verdienstvoller Mann durchaus das Recht, nicht immer nur in streng logischen Bahnen zu denken. »Und was die ›schwere Prüfung‹ angeht... Ich stelle mich ihr gern.«

Tatsächlich ist es mir eine Ehre, Großvater, fügte er in Gedanken hinzu.

Sie saßen wieder in der Küche — Jeremy Grayson schien sich immer dort aufzuhalten, suchte nur dann das Wohnzimmer auf, wenn er Besuch bekam —, und der Vid-Schirm war eingeschaltet. Es wurden gerade die Morgennachrichten gesendet; der Professor liebte es, den ›Finger am Puls des globalen Wahnsinns‹ zu haben, wie er sich ausdrückte.

»Ich glaube, bald kann ich sterben, ohne mir irgendwelche Sorgen machen zu müssen«, sagte Grayson und blickte auf den Schirm, während Spock ihm Schaum und Bartstoppeln von den Wangen schabte. Nur ein leises, kaum verständliches Flüstern drang aus dem Lautsprecher. »Die Menschheit scheint allmählich zu begreifen, daß man Probleme auch ohne Waffengewalt lösen kann. Ich überlasse die lokal begrenzten Konflikte der jüngeren Generation. Meine Güte, manchmal bin ich wirklich müde! Doch ich würde gern noch lange genug leben, um zu erfahren, was die *Icarus* im Alpha-Centauri-System findet.«

Spock gab keine Antwort darauf, legte den Pinsel beiseite und nahm ein Tuch zur Hand. Graysons Blick blieb auf den großen Bildschirm gerichtet, und nach einigen Sekunden runzelte er die Stirn.

»Ich weiß, daß Sie besser hören als ich, Ben, aber ich wäre Ihnen dankbar, wenn Sie die Lautstärke ein wenig erhöhen könnten. Diese Meldung interessiert mich sehr...«

Sie betraf einige der harmloseren Versionen über die angebliche Landung von Außerirdischen.

»Nun, was halten Sie davon?« fragte Grayson.

»Ich glaube, es steckt nicht viel dahinter«, erwiderte Spock ausweichend und überlegte fieberhaft. Er wog verschiedene Wahrscheinlichkeiten gegeneinander ab, entwickelte ebenso abstrakte wie absurde Erklärungen, die seine Verwirrung nur noch vergrößerten. Wenn die Nachrichten den Tatsachen entsprachen, wenn wirklich Fremde — Nicht-Menschen — auf der Erde gelandet waren... Stand ihre Präsenz in irgendeinem Zusammenhang mit seinem Transfer durch Raum und Zeit?

»Vielleicht nicht, vielleicht doch«, brummte Grayson, stand auf und griff nach seinem Gehstock. »Aber wenn es *kein* dummer Scherz ist... Ich nehme an, in einem solchen Fall muß ich Sie schon sehr bald darum bitten, mir den Koffer zu packen.«

Genau in diesem Augenblick summte das Komfon. Der Professor sah Spock an, und in seinen von dichten Brauen beschatteten Augen blitzte ein humorvolles *Na, was habe ich gesagt?* Er schaltete den Vid-Schirm auf Empfang und sprach mit einem früheren Studenten, der nun das Friedensforschungsinstitut von Stockholm leitete.

Kurz darauf holte Spock einen Koffer.

»Oh, Sally...«

Einige Sekunden lang glaubte Kirk, die junge Frau reagierte nicht auf ihren Tarnnamen; aber sie zögerte nur, weil er jenen Tonfall benutzte, den sie als Psychologin Elizabeth Dehner längst zu ignorieren gelernt hatte. Die Disziplin war stärker als der berufliche Reflex, und als sie sich umdrehte, sah sie Jim. Er stand in der geöffneten Tür seiner Kabine, lächelte charmant und winkte sie näher. Sie trat auf ihn zu, und daraufhin griff Kirk nach ihrem Arm, zog sie herein und ließ die Tür zufallen.

»Captain, was zum Teufel...«

»›Colonel‹, wenn Sie schon eine Rangbezeichnung verwenden müssen.« Er hob die Arme und wurde wieder ernst. »Seien Sie unbesorgt, Doktor. Und ziehen Sie keine voreiligen Schlüsse. Im Gegensatz zu Mitchell plante ich eine Art... Ablenkungsmanöver.«

Dehner wirkte erleichtert. »Entschuldigen Sie.«

»Schon gut«, sagte Kirk. »Es gibt wichtigere Dinge, die unsere Aufmerksamkeit erfordern.

Lassen Sie nichts unversucht, um hierzubleiben, wenn die anderen ausgeflogen werden«, wies er die Psychologin an. »Wenn Sie irgendeinen Vorwand brauchen... Erwecken Sie den Anschein, als seien Sie mit mir liiert. Wir dürfen nicht riskieren, uns aus den Augen zu verlieren.«

Dehner entspannte sich und ließ sich auf Kirks Koje sinken. »In Ordnung. Wozu brauchen Sie mich?«

»Was wissen Sie über in diesem Jahrhundert gebräuchliche Verfahren der Gedächtnislöschung?«

Die junge Frau lächelte. »Informationen darüber werden in den Grundkursen der medizinischen Geschichte vermittelt«, erwiderte sie. »Die Technik besteht darin, recht große Dosen von Meperidin und Neo-Dopamin mit selektiver Hypnose zu kombinieren; sie wurde im Zuge der Gedankenkontrolle-Unruhen abgeschafft. Nach unseren Maßstäben eine ziemlich primitive Methode — aber wirksam.«

»Kennen Sie sich gut genug mit ihr aus, um sie selbst anzuwenden?« fragte Kirk.

Dehner dachte kurz nach. »Theoretisch schon, vorausgesetzt, mir stehen die notwendigen Mittel zur Verfügung. Aber ich bin mir nicht sicher, ob es vertretbar wäre. In moralischer Hinsicht, meine ich.«

Jim nahm neben ihr Platz. »Und wenn wir dadurch eine Möglichkeit bekämen, praktisch alle Probleme zu lösen und das historische Geschehen in die richtigen Bahnen zu lenken?«

Erneut schwieg die Psychologin einige Sekunden lang, bevor sie antwortete: »Ein guter Hinweis, der alle Bedenken ausräumt.«

»Gut!« Kirk klopfte ihr zufrieden aufs Knie, stand auf und lehnte sich mit dem Rücken an die geschlossene Tür. »Die ganze Sache ist ziemlich nervenaufreibend, aber derzeit entwickeln sich die Dinge zu unseren Gunsten. Die Regierung wird dafür sorgen, daß sich niemand der Ausgeflogenen an die hiesigen Ereignisse erinnern kann, und damit bleiben nur die Leute an Bord des Schiffes. Wir beide müssen zur *Delphinus*, Doktor.«

Er berichtete von seiner Begegnung mit den Pazifisten und fügte hinzu, es sei ihm gelungen, via Stockholm Kontakt mit Professor Grayson aufzunehmen. Das Flügelboot der Friedensdelegation hatte die Station vor einer knappen Stunde verlassen.

»Wenn Grayson hier auftaucht, gibt es einen zusätzlichen Faktor, den es zu berücksichtigen gilt«, sagte Kirk ernst. »Aber soweit ich weiß, ist er alt, und mit seiner Gesundheit steht es nicht zum besten. Vielleicht kommt er nicht. Vielleicht haben wir Glück. Was ist mit Ihren medizinischen Kollegen?«

Dehner lächelte schief. »Sie konnten es gar nicht abwarten, von hier zu verschwinden. Ich glaube, die meisten freuen sich auf die ›Behandlung‹. Die Konfrontation mit dem Fremden und Andersartigen verunsicherte sie.«

Kirk verzog das Gesicht und schüttelte den Kopf. »Wie sie wohl auf die wirklich fremden und andersartigen Lebensformen reagieren würden, die wir kennen... Wir vergessen leicht, wie engstirnig und beschränkt die Menschen in dieser Epoche waren, beziehungsweise *sind*.«

Nur in dieser Epoche? dachte Dehner, schwieg jedoch. Kirk wandte sich bereits einem neuen Thema zu.

»Sie alle mußten Berichte verfassen, nicht wahr?«

»Ja«, bestätigte die Psychologin. »Sie sind im Stationscomputer gespeichert. Ein geradezu antiker Apparat, selbst nach den Maßstäben dieser Zeit. Wir brauchten einen halben Tag, um herauszufinden, wie das Ding funktioniert, und dabei kam es mehrmals zu unbeabsichtigten RAM-Löschungen.«

»Ausgezeichnet«, kommentierte Kirk aufgeregt. »Verschaffen Sie sich noch einmal Zutritt zum Computerraum. Bezirzen Sie die Wächter, wenn's nötig wird. Vernichten Sie alle Datenbestände — Ihre Berichte, die der anderen Mediziner und des militärischen Personals. Es darf nichts übrigbleiben.«

»Das ist alles?« entgegnete Dehner trocken und erhob sich ebenfalls. »Und Sie?«

»Ich bleibe hier«, versicherte ihr Kirk. »Wenigstens bis morgen. Mitchell hat sich schon seit zwei Tagen nicht mehr gemeldet. Vielleicht ist er nur irgendwo unterwegs. Aber er könnte auch in Schwierigkeiten sein...«

Genosse Ingenieur Jerzy Miklowcik beobachtete, wie am linken Horizont die dunklen Konturen der Elfenbeinküste entlangstrichen, und er verbiß sich ein Grinsen, als ihm der Kapitän des Schnellbootes die gefälschte Einsatzorder zurückgab.

»Weiß der Teufel, warum ein ganzes Schiff abkommandiert werden muß, um einen Ingenieur zum Ende der Welt zu bringen«, sagte die Frau. »Lieber Himmel, warum ausgerechnet Antarktika?«

»Wahrscheinlich soll ich dort Iglus bauen«, erwiderte Mitchell mit polnischem Akzent. »Was soll's? Das Oberkommando verlangt Gehorsam. Neugier kann es nicht ausstehen, stimmt's, Captain?«

Sie brummte etwas, zuckte mit den Schultern und ging unter Deck. Mitchell blieb an der Reling stehen, spürte, wie ihm warmer Wind übers kurzgeschnittene Haar strich — und hoffte inständig, daß er nicht zu spät kam.

Kirk hatte ihn aufgefordert, in Gdansk zu bleiben, bis er ihn zur Byrd-Station beorderte. Eine solche Anweisung war nicht eingetroffen. Gary handelte also auf eigene Faust, hörte auf eine innere Stimme, die ihm befahl, so schnell wie möglich die Antarktis zu erreichen. *Ich bin sicher, Jim braucht mich bald*, dachte er. *Wenn das nicht bereits der Fall ist.* Er vertraute seiner Intuition, die ihn nur selten im Stich ließ. *Vielleicht trügt sie mich diesmal — ich hätte nichts dagegen. Es wäre mir weitaus lieber, von Jim angeschnauzt zu werden, weil ich mich von einer vagen ›Ahnung‹ leiten lasse. Aber wenn sich die Lage tatsächlich zuspitzt, wie ich vermute . . .* Er hielt es für besser, auf Nummer Sicher zu gehen.

Außerdem: Auf einen Rat Parnebs hin hatte er einen ganz bestimmten Ort in der westlichen Sahel-Zone aufgesucht, und *wenn ich Jim erzähle, was ich dort gefunden habe, wird er sich bestimmt freuen.*

»Lee hat sich verdünnisiert, und mir bleibt nicht genug Zeit, ihn zu suchen«, wandte sich Mitchell an den Ägypter. Er setzte sich außerhalb der üblichen Intervalle mit ihm in Verbindung, und Parneb schien tatsächlich überrascht zu sein. Seltsam für einen Mann, der die Zukunft mindestens ebensogut kannte wie die Vergangenheit und daher auf alles vorbereitet sein mußte. »Ich habe mich entschlossen, Polen zu verlassen und mich auf den Weg nach Antarktika zu machen. Es ist nur so ein Gefühl, aber ich glaube, Jim benötigt meine Hilfe. Wenn Sie sich zur Abwechslung einmal nützlich machen könnten...«

»Nach unserem letzten Kontakt habe ich versucht, Mr. Kelso ausfindig zu machen, aber bisher hatte ich keinen Erfolg«, erwiderte Parneb beleidigt. »Darüber hinaus bemühe ich mich noch immer, Ihren vulkanischen Gefährten zu lokalisieren.«

»Oh, ja, ich verstehe«, spottete Mitchell. »Machen Sie nur weiter so.« *Das hält ihn wenigstens davon ab, neuerlichen Unsinn anzustellen.* »Bis später. Die Pflicht ruft.«

»Mr. Mitchell ...«, warf Parneb hastig ein, sammelte seine ganze Würde und straffte die Gestalt — wodurch er wie eine Witzfigur wirkte. »Ich weiß, daß Sie ziemlich erbost über mich sind, und das kann ich Ihnen kaum verübeln. Schließlich ist alles meine Schuld. Aber angesichts der besonderen Lage sollten wir unsere persönlichen Differenzen vergessen; es steht zuviel auf dem Spiel. Ich möchte Ihnen noch einen Tip geben: Wenn Sie während Ihrer Reise nach Süden die westafrikanische Küste passieren, so finden Sie vielleicht Gelegenheit, eine alte Ölraffinerie zu beobachten. Darunter verbirgt sich eine aufgegebene Militärbasis, die während des Dritten Weltkriegs geschaffen wurde und Ihnen wertvolle Dienste leisten könnte...«

Die erste Etappe legte Gary Mitchell mit einem speziellen AeroMar-Flugzeug zurück, das zum Transport wichtiger Personen diente. Er sah aus dem Fenster, und sein Blick strich über den rostenden Stahl eines alten und inzwischen nicht mehr genutzten Industriekomplexes. Der Bordcomputer gestattete ihm Zugang zu einigen Top-secret-Dateien, und die Datenabfrage erbrachte ein überraschendes Ergebnis. Plötzlich fragte sich Mitchell, ob Parneb tatsächlich der Stümper war, für den er ihn bisher gehalten hatte.

Easters Gruppe hatte kaum hundert Kilometer zurückgelegt, als ein Sturm zu heulen begann und sie daran hinderte, den Weg fortzusetzen. Außerdem stellte sich heraus, daß eins der beiden Schneemobile Treibstoff verlor.
»Als ich auf die Pinguine schoß«, sagte Aghan gelassen, »ist vermutlich eine Kugel vom Eis abgeprallt und hat den Tank getroffen.«
Das Benzin genügte kaum für die restliche Strecke, und ein Fahrzeug bot nicht allen fünf Personen und ihren Ausrüstungen Platz. Easter saß an den Kontrollen und fluchte sich heiser. Red stieß zornig die Luke auf und kletterte ungeachtet des Blizzards nach draußen, um Noir und Kaze im anderen Schneemobil Gesellschaft zu leisten. Aghan zuckte nur mit den Schultern, achtete weder auf Easters Wut noch auf das Fauchen der Böen; er schloß die Augen und schlief ein.

Unterdessen ließen sich Rächer und seine Leute nicht von Dummheit oder den Unbilden des antarktischen Wetters aufhalten. Sie fuhren weiter und näherten sich der Byrd-Station, dazu entschlossen, ein Inferno zu entfesseln.

»Sie scheinen sich nicht besonders wohl zu fühlen, Professor«, meinte Spock und sah auf. »Vielleicht sollte ich Sie begleiten...«

»Mich begleiten?« keuchte Grayson und schnappte nach Luft. Die Vorbereitungen hatten ihn erschöpft, und sein Gesicht zeigte eine besorgniserregende fahle Blässe. »Himmel, Ben, ich wäre froh, wenn Sie mich vertreten könnten!«

Er ließ sich neben dem alten, abgescheuerten Koffer aufs Bett sinken, während Spock mit methodischer Ruhe weitere Sachen einpackte.

»Im Ernst«, fuhr Grayson fort. »Ich hätte nichts dagegen, daß Sie mitkommen. Ich würde Sie sogar allein schicken. Irgendein Aspekt Ihres Wesens — vielleicht ist es nur die Art und Weise, wie Sie Ihre Gesprächspartner ansehen — überzeugt mich davon, daß ich Ihnen mein Leben anvertrauen kann. Und nicht nur meins.«

Es gab keine logische Antwort auf ein solches Lob. Spock hielt nicht inne, faltete Hemden und Pullover zusammen, während er die Züge seines Vorfahren musterte.

»Aber es besteht eine hohe Wahrscheinlichkeit dafür, daß man selbst *mich* an der Grenze abweist«, fügte Grayson hinzu. Er atmete schwer und erweckte den Eindruck, als könnte er praktisch jeden Augenblick in Ohnmacht fallen. »Es tut mir leid, Ben, aber in dieser Hinsicht muß ich jedes Risiko ausschließen. In einem gebrechlichen Mann sieht man normalerweise keine Gefahr, und deshalb hoffe ich, daß man mich passieren läßt.«

Spock kannte den Bericht von Stockholm, und Graysons auf persönlicher Erfahrung beruhende Kommentare fügten den Vid-Meldungen weitere Informationen hinzu. Wenn diese Fakten mit den besonderen Umständen der aktuellen Epoche und den Routinen einer vulkanischen Erkundungsmission in Verbindung gebracht wurden, ergab sich nur ein logischer Schluß: Die in den Nachrichten erwähnten Außerirdischen waren Vulkanier.

Spock zweifelte nicht daran, daß ihre verblüffende Existenz in irgendeinem Zusammenhang mit seinem Raum-Zeit-Transfer stand, mit dem Verschwinden Kirks und der anderen, mit der Destabilisierung des historischen Gefüges. Eine Ironie des Schicksals wollte es, daß ausgerechnet sein terrestrischer Ahne versuchte, die Probleme zu lösen, während Spock auf die Rolle eines Beobachters beschränkt blieb. Doch wenn Grayson keinen Erfolg erzielte...

»Wenn Sie gestatten, Professor ...« Spock stellte den Koffer neben die Schlafzimmertür, um ihn später nach unten zu bringen. »Wenn es sich tatsächlich um Wesen von einem anderen Planeten handelt — welche Konsequenzen ergeben sich daraus?«

»Oh, sie stammen von einer anderen Welt, da bin ich ganz sicher!« erwiderte Grayson, stemmte sich in die Höhe und zog die Schublade des Nachtschränkchens auf. »Kein Mensch hätte einen solchen Unfug geduldet, ohne lautstark zu protestieren. Wenn es nach mir ginge — und es ist ein höchst unwahrscheinliches ›Wenn‹ —, würde ich ihnen ein Raumschiff für die Heimreise zur Verfügung stellen. Und gleichzeitig hoffen, daß sie unsere Unreife verzeihen!« Schließlich fand er den gesuchten Gegenstand: einen kleinen Talisman, der an einer verhedderten Silberkette hing. Grayson begann damit, sie zu entwirren. »Aber wenn Sie glauben, die Verantwortlichen wären bereit, auf den Rat eines altersschwachen Pazifisten zu hören... Ben, könnten Sie mir bitte helfen? Ich komme hiermit nicht zurecht.«

Graysons Hände zitterten so sehr, daß er den Talisman fallen ließ. Spock hob ihn auf und betrachtete ihn neugierig.

»Ich nehme an, Ihre Generation weiß gar nicht mehr, was dieses Zeichen bedeutet.« Der ruhige, stetige Blick des Professors stand in einem sonderbaren Kontrast zu den schweren, rasselnden Atemzügen. In den blauen Augen blitzte es schelmisch, als er seinen mysteriösen Gast betrachtete.

Spock strich die Kette glatt und sah sich den Anhänger genau an. Das Symbol war schlicht, unkompliziert – ein stilisiertes, umgekehrtes Y – vielleicht auch ein runisches K –, von einem Kreis umschlossen.

»Soweit ich weiß, galt es früher als Friedenszeichen«, sagte Spock. »Der eigentliche Ursprung ist nicht genau bekannt; es wurde zum erstenmal während der Antikriegs-Bewegungen in den sechziger Jahren des zwanzigsten Jahrhunderts benutzt.«

Grayson nickte. Es schien ihn nicht zu überraschen, daß der jüngere Mann über solche Dinge Bescheid wußte. »Als der Dritte Weltkrieg begann, wurde es für die Leute im Untergrund zum Erkennungszeichen. Inzwischen ist der Friede zu einem integralen Bestandteil der globalen Philosophie geworden, und dadurch geriet das Symbol in Vergessenheit. Wie dem auch sei: Wenn ich unterwegs aufgehalten werde, wenn mich irgend etwas – irgend jemand – daran hindert, meine Pflicht wahrzunehmen... Dieses kleine Objekt hat mir schon oft geholfen. Bestimmt erweist es sich auch jetzt als nützlich.«

Grayson nahm erneut auf dem Bett Platz, schien kaum noch Luft zu bekommen und erweckte den Anschein, als lausche er einer inneren Stimme. Spock musterte ihn mit wachsender Besorgnis. Er entwirrte die Kette, ohne sich dessen bewußt zu werden, strich mit den Fingerkuppen fast ehrfürchtig über den winzigen Anhänger.

»Hat Ihnen schon jemand gesagt, daß Sie außerordentlich geschickte Hände haben, Ben?« Die Stimme des Professors klang verträumt. »Sie sind stark, zu harter Arbeit fähig, und gleichzeitig können sie sehr sanft sein...«

Spock fing Grayson auf, als er vom Bett rutschte, hielt ihn fest. Der alte Mann erbebte plötzlich; Arme und Beine zuckten.

»Sie sind krank«, stellte der Vulkanier fest und schaltete

den Alarm des Komfons ein, um das nächste Hospital zu benachrichtigen. Mühelos hob er den Professor auf und trug ihn ins Erdgeschoß, um dort auf den Rettungswagen zu warten.

»Ben ...«, brachte Grayson mühsam hervor und klammerte sich an Spock fest. »Benjamin ... geliebter Sohn ...«

Er erlitt einen zweiten Anfall, der zum Herzstillstand führte. Spock legte ihn auf den Teppich des Wohnzimmers, leistete Erste Hilfe und hauchte jenem Mann Leben ein, dem er sein Leben verdankte.

Mahmoud Gamal al-Parneb Nezaj wandte sich voller Verzweiflung von der kristallenen Kugel ab. Nirgends zeigte sich eine Spur von Lee Kelso, und inzwischen hoffte er auch nicht mehr, Spock zu finden. Parneb setzte eine Kanne mit Pfefferminztee auf und aktivierte geistesabwesend den Vid-Schirm. Während er wartete, bahnten sich leise Stimmen einen Weg in sein Bewußtsein.

»... erfassen die Unruhen sowohl große Städte als auch kleine Ortschaften. Die unterschiedlichsten politischen Gruppen verlangen, daß die Außerirdischen — vorausgesetzt, es gibt sie wirklich — der Weltöffentlichkeit präsentiert werden. In den terrestrischen und orbitalen Verteidigungsbasen herrscht noch immer Alarmbereitschaft, und des Nachts blicken Millionen Menschen zum Firmament empor, warten voller Furcht darauf, daß weitere Fremde vom Himmel kommen...«

»... so weit gegangen zu behaupten, die Ankunft der Aliens sei eine Vergeltungsmaßnahme für den Start der *Icarus*, für die Expedition nach Alpha Centauri. Sprecher der Zurück-zur-Erde-Bewegung forderten bei einem gemeinsamen Gebet in Salt Lake City, alle Forschungsmissionen im Weltraum unverzüglich einzustellen. Ein Repräsentant jener Organisation ließ verlauten, es sei keineswegs unmoralisch, die *Icarus* sich selbst zu überlassen, wenn dadurch eine Invasion aus dem All verhindert werden könne...«

»... behaupten Augenzeugen, seit den ersten UFO-Sichtungen vor fast hundert Jahren seien schon häufig Außerirdische gelandet. Angeblich leben ihre Nachkommen unerkannt unter uns...«

»... wurden siebzehn Personen verletzt, als ein Unbekannter das Gerücht in die Welt setzte, die fremden Invasoren hätten alle Flughäfen unter ihre Kontrolle gebracht...«

»Meine Güte«, ächzte Parneb, rührte den Tee um und schaltete auf einen anderen Kanal. Ein seltsamer Zufall wollte es, daß er genau das fand, wonach er schon seit Tagen suchte.

»... erwarte Ihre Anweisungen, Spock...«

»Heute stirbt niemand mehr an einem Herzanfall«, wandte sich Jeremy Graysons Tochter an Spock, als sie aus dem Krankenhaus zurückkehrte, um einige Sachen zu holen. »Aber die Verletzungen, die er während seiner langen Haft erlitt, die bei den Verhören verwendeten Drogen...«

»Wie geht es ihm?« fragte der Vulkanier ruhig.

»Er ist noch immer bewußtlos«, antwortete die Frau.

»Wie beurteilen die Ärzte seinen Zustand?«

»Sie können noch keine Auskunft geben. Mein Vater ist sehr alt, Mr. Spock. Alt und müde. Aber bitte... Bleiben Sie hier. Sie brauchen nicht zu gehen.«

»Es bleibt mir gar keine andere Wahl«, erwiderte Spock nur. Unter seinem Hemd verbarg sich die silberne Kette mit dem kleinen Anhänger. Vielleicht konnte er mit dem Friedenssymbol erreichen, was der Professor nun nicht mehr zu bewerkstelligen vermochte.

»Wie Sie meinen«, erwiderte Graysons Tochter und zeigte dabei jene menschliche Wärme, die Spock von Amanda kannte. »Mein Vater schätzt Sie sehr. In all den Jahren hat er einige vielversprechende junge Leute ›adoptiert‹, und ich bin sicher, dieses Privileg hätte er auch Ihnen gewährt.«

»Danke«, sagte Spock. Tief in seinem Innern, jenseits der vulkanischen Barrieren, regte sich echtes Gefühl.

»Wenn Sie wieder ein Dach über dem Kopf benötigen...«

Spock nickte und verabschiedete sich. Der kleine, silberne Talisman ruhte kühl auf seiner Haut, als er sich auf den Weg machte. Sein Ziel war die Eiswüste am Südpol: der Kontinent Antarktika.

Jeremy Graysons Tochter schloß die Tür hinter sich ab und kehrte ins Hospital zurück. Einige Minuten später summte das Komfon im großen und nun leeren Haus. Im Verlauf der nächsten Stunden wiederholte sich das Rufsignal. Irgendwo in Ägypten trank ein Mann namens Parneb Pfefferminztee und seufzte.

Kapitel 8

Während sich Jason Nyere die Vorschläge des jungen, intelligenten Pazifisten und seiner Psychologen-Freundin anhörte, dachte er zum erstenmal ernsthaft an die Möglichkeit der Meuterei.

Als das letzte Flügelboot in der weißen Ferne verschwand, trat der Captain aus dem Kommandoturm der *Delphinus*, um frische Luft zu schnappen. Überrascht beobachtete er zwei Gestalten, die Hand in Hand das Hauptgebäude der Byrd-Station verließen, durch den Schnee stapften und im Plauderton um die Erlaubnis baten, an Bord kommen zu dürfen.

»Wir wollten uns nicht ausfliegen lassen«, erklärte Jim Kirk, nachdem sie sich vorgestellt hatten. »Wir haben alle notwendigen Verzichterklärungen unterschrieben und die volle Verantwortung übernommen.«

Nyere hörte stumm zu und versuchte, ›zwischen den Zeilen zu lesen‹. Seiner Ansicht nach war der junge Mann nicht annähernd so harmlos, wie er sich gab. »Meine erste Frage lautet natürlich: warum? Warum setzen Sie sich dem Risiko aus, zwischen die Fronten zu geraten?«

»Vielleicht aus dem gleichen Grund, der uns hierherführte«, erwiderte Kirk betont freundlich. »Um eine kritische Phase der Geschichte direkt mitzuerleben. Man bekommt nicht jeden Tag Gelegenheit, einer außerirdischen Lebensform zu begegnen. Und Dr. Belleros Studien über extraterrestrische Psychologie ...«

»Es freut mich sehr, daß die Vulkanier meine Annahmen bestätigt haben, Captain«, warf Elizabeth Dehner ein und strahlte übers ganze Gesicht. »Sie sind sicherer Beweis für eine Hypothese, die schon seit Jahren als Grundlage für unsere wissenschaftliche Arbeit dient: Jede fremde Zivilisation, die zur interstellaren Raumfahrt in der Lage ist, muß notwendigerweise friedlich sein. Die pazifistische Einstellung resultiert aus der hohen kulturellen Entwicklungsstufe.«

Aber es gibt Ausnahmen, fuhr es Kirk durch den Sinn. *Man denke nur an Klingonen, Romulaner und Orioner.*

»Was meine Freunde betrifft ...«, fügte er hinzu und hoffte dabei, daß Nyere glaubte, er beziehe sich auf die Tauben-Gesellschaft. »Wir streben eine friedliche Lösung an, ebenso wie Sie, Captain. Ihr Verhalten bei den Zusammenkünften des Untersuchungsausschusses deutete darauf hin, daß Sie unsere Ansichten teilen. Niemand von uns möchte, daß jemand zu Schaden kommt. Dr. Bellero und ich haben hier eine Aufgabe zu erfüllen, und dazu brauchen wir Ihre Hilfe.«

»Benötigen Sie Hilfe oder Kooperationsbereitschaft, Mr. Kirk?« entgegnete Nyere trocken und belächelte Jims jugendlichen Enthusiasmus. »Oder sollte ich besser ›Colonel‹ sagen? Vor vierundzwanzig Stunden gaben Sie sich noch als Angehöriger des Geheimdienstes aus. Um ganz ehrlich zu sein: Ich weiß noch immer nicht genau, auf welcher Seite Sie stehen.«

Kirk lächelte entwaffnend. »Sehe ich aus wie ein Agent?«

»Nein, Sie sind nicht blaß genug.« Jason Nyere schmunzelte. »Außerdem fehlen Ihnen Sonnenbrille und Regenmantel.« Übergangslos wurde er ernst. »Ich habe keine Ahnung, wer Sie sind, Kirk, und ich weiß nicht, ob ich Ihnen vertrauen kann. Aber ich möchte Ihnen etwas sagen, das Sie Ihren ›Freunden‹ ausrichten dürfen — selbst wenn mich das Kopf und Kragen kostet. Ich habe beobachtet, wie zwei unschuldige Personen — es sind vielleicht keine *Menschen*, was auch immer das bedeuten mag, aber es handelt sich um *Personen* — Dutzende von ausgesprochen dummen Fragen beantworten und sich vielen mindestens ebenso närrischen Tests unterziehen mußten. Man behandelte sie so, als hätten sie eine ansteckende Krankheit. Nur weil sie ›anders‹ sind. Ich weiß, wovon ich spreche. Ich bin alt genug, um in diesem Zusammenhang persönliche Erfahrungen gemacht zu haben.«

»Das glaube ich Ihnen gern, Captain«, sagte Elizabeth Dehner mitfühlend.

»Wenn ich die Möglichkeit hätte, einfach von hier zu verschwinden und die beiden Vulkanier in die Freiheit zu entlassen...«

»Sie sind nicht zu Fuß gekommen, Captain«, meinte Kirk und deutete auf das riesige Schiff.

Nyere musterte ihn aus zusammengekniffenen Augen. »Daran habe ich bereits gedacht, Kirk. Aber zwei Punkte sprechen dagegen. Erstens: Ich muß auch Commander T'Leras Wünsche berücksichtigen. Unterschätzen Sie die Dame nicht: Sie vertritt einen sehr entschiedenen Standpunkt, wenn es um Dinge geht, die sie direkt betreffen. Und zweitens: Welches Ziel soll ich ansteuern?«

»Angenommen, meine Freunde sind bereit, sich um alles zu kümmern?« fragte Kirk hoffnungsvoll. War es wirklich so einfach? »Angenommen, wir hätten die Mittel, die Vulkanier so gut zu verstecken, daß sie niemand findet — weder die Medien noch PentaKrem oder sonst jemand. Angenommen...«

Jason Nyere schüttelte den Kopf. »Nein, Kirk. Das ist eins der harmloseren Szenarien, die man derzeit im Rat der Geeinten Erde erörtert. Ich bin dagegen, unsere beiden Gäste ins Exil zu schicken; sie blieben gefangen.«

»Wollen Sie abwarten, bis sich der Rat für drastischere Maßnahmen entscheidet?« hakte Kirk nach.

»Das ist meine Angelegenheit«, hielt ihm Nyere scharf entgegen — und reagierte so, wie es Jim von ihm erwartete.

»Angenommen, wir könnten die Vulkanier nach Hause schicken?« köderte er den Captain.

Nyere lachte leise. »Das sind Phantastereien, Kirk. Himmel, ich wünschte, so etwas wäre möglich!« Traurig ließ er die Schultern hängen. »Nein, es tut mir leid. Ich kann nichts unternehmen, bis mir das Hauptquartier den Beschluß des Rates übermittelt. Im Anschluß daran...«

Eine Zeitlang schwiegen sie. Kirk sah Dehner an und

zuckte mit den Achseln. Bevor sie gingen, bat Jason sie noch um einen Gefallen.

»Ich möchte darauf hinweisen, daß Sie mir jederzeit willkommen sind. Sprechen Sie mit T'Lera und Sorahl. Nein, damit meine ich nicht, Sie sollten die Vulkanier davon überzeugen, mit Ihnen zu fliehen. Ich bezweifle, ob sie sich auf so etwas einließen. Aber geben Sie ihnen zu verstehen, daß die Menschheit nicht nur aus den Typen besteht, die sie während der Sitzungen des Untersuchungsausschusses kennenlernten.«

»Einverstanden«, sagte Elizabeth Dehner sofort.

»Captain ...« Kirk reichte Nyere die Hand, erleichtert darüber, daß ihnen Jason keine Steine in den Weg legte. Er mochte den Kommandanten der *Delphinus*.

Jason Nyere sah den beiden jungen Leuten traurig und kummervoll nach, starrte dann auf den grauen Kom-Schirm. *Welche Meldung wird dort erscheinen, wenn sich der Rat der Geeinten Erde zu einer Entscheidung durchgerungen hat?* Nyere ersehnte sich eine Antwort auf diese Frage — und fürchtete sie gleichzeitig. Er entsann sich an die erste HQ-Order, an den Befehl, das abgestürzte Raumschiff zu finden und festzustellen, ob sich Überlebende an Bord befanden. Die möglichen Konsequenzen hatten ihn entsetzt, und jetzt sah er sich mit dem gleichen moralischen Dilemma konfrontiert. Wenn er die Anweisung bekam, T'Lera und Sorahl ›unschädlich‹ zu machen ...

Jason Nyere vergewisserte sich, daß er völlig allein war. Und weinte wie ein kleines Kind.

Gary Mitchells Schneemobil kam auf dem frischen, pulvrigen Weiß, das der Sturm zurückgelassen hatte, gut voran. Unbekümmert lenkte er das Fahrzeug übers glitzernde Eis, blinzelte dabei im hellen Licht der Sonne, die dicht über dem Horizont hing. Er konnte sich bessere Reisebedingungen vorstellen: Zwar trug er eine Schutzbrille, und die photosensitive Beschichtung der Windschutzscheibe filterte das grelle Gleißen, aber trotzdem war er praktisch schneeblind. Ebensogut hätte er in finsterster Nacht unterwegs sein können — es bestand die Gefahr, daß er in irgendeine Gletscherspalte stürzte. Der Kapitän des Aero-Mar-Schiffes, das ihn am Rande des Schelfs abgesetzt hatte, bot ihm ein Gleiskettenfahrzeug an, das weitaus mehr Sicherheit bot, aber auch wesentlich langsamer war. Mitchell lehnte ab, zog hohe Geschwindigkeit vor. Er nahm das Mobil, hielt direkt auf die Sonne zu und vertraute seinem Instinkt.

Jener Instinkt veranlaßte ihn, zwei völlig gleich aussehenden Schneeverwehungen auszuweichen, noch bevor er sie zu Gesicht bekam. Er steuerte leewärts, stellte fest, was sich unter den beiden weißen Hügeln verbarg, und klopfte an Easters Fenster.

»Ist alles in Ordnung bei euch?« Gary hielt beide Hände ans Glas, um das Sonnenlicht abzuschirmen, sah in die Pilotenkabine. »Braucht ihr Hilfe?«

»Nein, danke, Sir!« erwiderte eine fröhlich klingende Stimme. »Machen Sie sich keine Sorgen um uns.« Mitchell kniff die Augen zusammen und erkannte ein dunkles, breit grinsendes Gesicht. Daneben hockte eine leichenblasse Gestalt mit zerzaustem Haar an den Kontrollen und starrte mürrisch auf die Instrumente. »Nun, wenn Sie zufällig einen Kanister mit Treibstoff erübrigen können ...«

»Oh, sicher.« Mitchell war bereits auf halbem Wege zu seinem Schneemobil, als sich hinter ihm die Luke öffnete.

»Behalt dein verdammtes Benzin«, sagte Mister Mürrisch. »Verpiß dich!«

»Schon gut, schon gut, Mann!« brummte Gary und schnitt eine Grimasse. Ein seltsames Prickeln kroch über seinen Rücken — er *fühlte*, daß jemand aus dem zweiten Mobil geklettert war und mit einer Automatikwaffe auf ihn zielte.

Mitchell hatte auf Waffen verzichtet, um keinen Verdacht zu erwecken, falls man ihn in der Byrd-Station durchsuchte. Außerdem: In der *Delphinus* lagerte bestimmt genug Vernichtungsgerät, um ihn mit allem Notwendigen auszurüsten. Hinzu kam die Erste Direktive. *Wenn es verboten ist, in der Vergangenheit den Grundstein für neue Stammbäume zu legen, so dürfte es auch nicht ratsam sein, zukünftige Familienentwicklungen zu verhindern. Auch wenn man solchen Abschaum daran hindern sollte, Söhne und Töchter zu zeugen.*

Gary wich langsam zu seinem Schneemobil zurück, die Hände über den Kopf gehoben, das Lächeln wie eingefroren. Er stieg ein, aktivierte das Triebwerk und schwang gleichzeitig die Luke zu. In einem weiten Bogen fuhr er davon, hoffte dabei inständig, daß man keine Zielübungen auf ihn veranstaltete. Einige Minuten lang steuerte er das Fahrzeug in die Richtung, aus der er kam. Als er eine sichere Distanz zwischen sich und Mister Mürrisch wußte, hielt er an, schaltete den Motor ab, lehnte sich zurück und lauschte der Stille. Schweiß perlte auf seiner Stirn.

Was hat es mit den Kerlen auf sich? überlegte er. Wilderer, die sich nicht um die Schutzbestimmungen scherten und Robben nachstellten? Aber was machten sie so weit auf dem Eisschelf? *Vielleicht sind es Prospektoren oder Touristen*, fügte Gary in Gedanken hinzu und versuchte, sich zu beruhigen. *Vielleicht stammen sie aus irgendeiner Forschungsbasis und vertreiben sich die Zeit mit einem kleinen Ausflug.* Oder ...

Mitchell vernahm das Flüstern seiner inneren Stimme. Sie teilte ihm folgendes mit: Selbst wenn jene so überaus freundlichen Personen festsäßen, weil es ihnen an Treibstoff mangelte — es war in jedem Fall besser, Byrd zu erreichen, bevor sie dort eintrafen.

Er wählte einen Kurs, der ihn weit an den Fremden vorbeiführte. Anschließend ließ er das Triebwerk aufheulen und setzte die Fahrt mit Höchstgeschwindigkeit fort. Ab und zu mußte er Gas wegnehmen, weil das Schneemobil im böigen Wind so zu zittern begann, als könnte es jeden Augenblick auseinanderbrechen, aber wenige Sekunden später zog er den Schubregler wieder ganz herunter. Wenn es zwischen ihm und Byrd irgendwelche Gletscherspalten gab ... Gary zuckte mit den Achseln. *Wahrscheinlich fliege ich einfach über sie hinweg.*

Yoshi saß allein an einem Tisch in der Messe, als ihm Sorahl den Computerausdruck brachte.

Die abendliche Gesellschaft war ständigen Veränderungen unterworfen. Yoshi, Tatya und Sorahl aßen meistens gemeinsam, und oft kam auch Jason hinzu. T'Lera nutzte nur wenige Gelegenheiten, um sich zu ihnen zu setzen. Und Melody zog es vor, das Essen allein in ihrer Kabine einzunehmen.

Diesmal hatte Tatya Küchendienst. Während sie in der Kombüse arbeitete, summte sie zu Melodien aus Borodins Oper ›Fürst Igor‹. Das Klappern von Geschirr untermalte einige Takte, die aus den ›Polowezer Tänzen‹ zu stammen schienen. Der junge Agronom überlegte, ob sich seine Partnerin aus einem bestimmten Grund für diese Musik entschieden hatte. Feierte ihre Fröhlichkeit die Abreise der Inquisitoren — oder gab sie sich trügerischen Hoffnungen hin?

Yoshi blickte auf den Ausdruck und runzelte verwirrt die Stirn. »Was ist das?«

»Die Symbolstruktur einer Substanz, mit der sich die Tangwelke wirksam behandeln läßt«, erwiderte Sorahl schlicht. »Es sollte Ihnen nicht sehr schwer fallen, das Mittel herzustellen und in den Anbausektionen Ihrer Agrostation einzusetzen.«

»Sieht kompliziert aus«, meinte Yoshi und dachte vage daran, welche Opfer er bringen mußte, um nach Agro III zurückzukehren. Er entzifferte einige chemische Formeln, doch der Rest blieb unverständlich für ihn. »Was hat es hiermit auf sich?« fragte er und deutete auf eine bestimmte Stelle.

»Es handelt sich um die modifizierte, den irdischen Verhältnissen angepaßte Version eines synthetischen Enzyms, das vor nicht allzu langer Zeit auf meiner Heimatwelt entwickelt wurde«, erläuterte Sorahl. »Ich konnte kein terranisches Äquivalent finden — vielleicht einer der Gründe dafür, warum Sie der Fäule bisher machtlos gegenüberstanden. Nun, ich bin davon überzeugt, daß sich diese Moleküle auch unter den hiesigen Bedingungen einsetzen lassen.«

»Sie haben das Gegenmittel einfach erfunden?« Yoshi musterte den Vulkanier ungläubig.

»Ich versichere Ihnen, daß ich bei den Forschungsarbeiten die notwendige Vorsicht walten ließ«, erwiderte Sorahl und interpretierte die letzte Bemerkung des jungen Agronomen falsch. »Die unter Laborbedingungen gemessene Zuverlässigkeitsquote beträgt neunundneunzig Komma vier vier Prozent. Ob der Enzymkomplex auch im maritimen Ambiente wirkt ...«

»Nein, so meinte ich das nicht«, warf Yoshi hastig ein und stand auf. »Ich wollte sagen: Sie allein haben das geschafft, woran Dutzende von menschlichen Wissenschaftlern mehr als zwei Jahre lang scheiterten — obwohl für die Experimente und Entwicklungsprojekte eine Menge Geld zur Verfügung stand.« Seine Stimme klang bewundernd, als er hinzufügte: »Trotzdem verhalten Sie sich so, als hätten Sie nur eine simple Rechenaufgabe gelöst. Ein Mittel gegen die Welke ... Nach all dem, was Sie von uns Menschen erdulden mußten. Und vielleicht noch erdulden müssen.«

»Jeder Vulkanier ist bereit zu helfen — die Umstände spielen keine oder eine nur sehr untergeordnete Rolle.« Sorahl runzelte verwundert die Stirn, überrascht darüber, daß selbst Yoshi Mühe hatte, ihn zu verstehen.

Der Agronom schüttelte verblüfft und beschämt den Kopf. Die Verblüffung galt Sorahl, die Scham seinem eigenen Denken und Empfinden.

»Und noch etwas ... Ich danke Ihnen. Sie sind ein wahrer ... Freund.«

Zum zweitenmal in ihrer Geschichte schüttelten sich Mensch und Vulkanier die Hände — eine Geste der Freundschaft, trotz aller Unterschiede.

»Die Suppe ist fertig!« rief Tatya. Sie kam mit Töpfen und Schüsseln aus der Kombüse, und ihr Erscheinen veränderte die Atmosphäre im Zimmer. Zum erstenmal seit vielen Tagen lachte Yoshi wieder, und Sorahl hob stumm die Brauen. Der junge Agronom faltete den Ausdruck zusammen und schob ihn in die Hosentasche, bevor er wieder am Tisch Platz nahm. Tatya und der Vulkanier folgten seinem Beispiel.

»Wie ich hörte, haben wir jemanden an Bord, der die beste Hühnerbrühe diesseits von Kiew kochen kann«, sagte Kirk, als er die Messe betrat. Wenn er beabsichtigte, auf diese Weise Tatyas Sympathie zu erringen, so führte sein Plan zu einem vollen Erfolg.

»Wenn ich Jason dazu bringen kann, mir eins der echten eingefrorenen Hühner in den Kühlkammern zu überlassen, sind Sie eingeladen, Mr. Kirk!« Tatya lächelte.

»Ich erhebe Einspruch!« brummte Nyere mit gespieltem Ernst und wählte einen Stuhl am Tisch. Er hatte inzwischen die Verzweiflung aus sich verdrängt. Die Augen waren noch immer gerötet, aber vielleicht lag es nur an seiner Erschöpfung. »Ich habe Ihnen bereits echten Kaffee zur Verfügung gestellt, nicht wahr? Meine Güte, Ihre Kost ist weitaus besser als die meiner regulären Mannschaft. Frische Eier, frisches Obst, frisches Gemüse ...«

»Was wir in erster Linie den Vulkaniern verdanken!« entgegnete Tatya, lachte und begab sich wieder in die Kombüse, um zusätzliche Teller zu holen. Borodins Musik verklang, und eine von Sergei Sergejewitsch Prokofjew komponierte Suite ertönte — Leutnant Kije —, bevor Tatya in die Messe zurückkehrte. »Uns gegenüber sind Sie nie so großzügig gewesen.«

Die gutmütige Neckerei setzte sich fort, und Yoshi nahm ebenfalls daran teil. Nach einer Weile gelang es selbst Sorahl, weniger ernst zu wirken. Jim Kirk wechselte einen kurzen Blick mit Dr. Bellero, als sie hereinkam. Ganz gleich, was derzeit im Rest der Welt geschah — hier herrschte eine prächtige Stimmung.

»Vielleicht ist sie zu gut«, flüsterte Elizabeth Dehner und schien Kirks Gedanken zu lesen. »Es könnte falsche Euphorie sein. Die Ruhe vor dem Sturm. Überkompensation in Hinsicht auf die jüngsten Ereignisse und zukünftige Ungewißheiten. Ich rate zur Vorsicht.«

»Zur Kenntnis genommen«, erwiderte Jim ebenso leise. »Wie bringen Sie das fertig?«

»Sie meinen, wie ich es schaffe, Ihre Gedanken zu erraten?« Dehner schmunzelte. Sie war entschlossen, ihrer Rolle als Kirks Freundin gerecht zu werden — zumindest den anderen gegenüber. »Ihr Gesicht ist wie ein offenes Buch, wußten Sie das? Darüber hinaus habe ich einen hohen PSI-Quotienten; allerdings sind meine Fähigkeiten nicht so ausgeprägt wie die Parnebs.«

»Ich werde daran denken.« Kirk verzog das Gesicht und spürte Sorahls Blick auf sich ruhen. *Vulkanier hören weitaus besser als Menschen*, erinnerte sich Jim. Er suchte nach einem Vorwand, ihn in ein Gespräch zu verwickeln, und hatte gerade beschlossen, einen entsprechenden Versuche zu wagen, als er plötzlich T'Lera bemerkte.

Sie sprach kein Wort, gab nicht das geringste Geräusch von sich, aber allein ihre Präsenz genügte, um die Aufmerksamkeit aller Anwesenden zu beanspruchen und jähe Stille entstehen zu lassen. Als Offizier und Gentleman stand Jason Nyere sofort auf, und auch die anderen Männer erhoben sich. Sorahl bildete die einzige Ausnahme. T'Lera nahm die höfliche Kavaliersgeste schweigend hin und setzte sich neben Kirk.

»Wie ich hörte, sind Sie gekommen, um uns die Freiheit anzubieten«, begann sie ohne jede Einleitung. Ihr kühler Blick galt auch Dr. Bellero, doch die Worte richteten sich in erster Linie an Jim. »Des weiteren habe ich erfahren, daß Sie nicht der sind, für den Sie sich zunächst ausgaben, ›Colonel‹ Kirk. Sind meine Informationen richtig?«

»Ja, Ma'am«, antwortete Jim fast demütig. Die unmittelbare Nähe der so ruhigen und gefaßten Vulkanierin verunsicherte ihn. »Sie haben in beiden Punkten recht.«

T'Lera übersah sein nervöses Lächeln. »Wenn Sie mir die Frage gestatten: Wer sind Sie, Mr. Kirk?«

»Ein Freund«, erwiderte er sofort und kam sich wie ein Narr vor. Tagelang hatte er auf eine solche Gelegenheit gehofft, mehrere alternative Ansprachen dafür vorbereitet. Jetzt fehlten ihm plötzlich die Worte. »Ganz offensichtlich haben wir verschiedene Vorstellungen von Freundschaft«, stellte T'Lera fest.

Kirk hörte, wie Jason leise lachte. Der Captain öffnete die Schiffsbar, und Jim nahm dankbar einen Scotch mit Eis entgegen.

»Vielleicht habe ich mich falsch ausgedrückt«, wandte er sich an T'Lera. »Oder nicht präzise genug.« *Verdammt!* dachte er, wütend auf sich selbst. Seit seiner Auseinandersetzung mit Spock auf der Brücke der *Enterprise* hatte er nichts dazugelernt. Vulkaniern gegenüber stolperte er noch immer über die eigene Zunge. »Ich wollte nur auf folgendes hinweisen: Meine Identität ist weitaus weniger wichtig als das, was ich Ihnen mitteilen möchte.«

»Bitte entschuldigen Sie, Mr. Kirk«, sagte T'Lera trokken. »Aufgrund meiner beschränkten Perspektive bin ich leider nicht imstande, Botschaft und Botschafter voneinander zu trennen.«

Ein kurzes, humorloses Auflachen kündigte Melody Sawyer an.

»Sparen Sie sich die Mühe, Kirk. T'Lera kann Ihre Hilfe nicht akzeptieren — Sie sind nur ein Mensch!« Sie ließ sich neben Dehner auf einen Stuhl sinken, möglichst weit von den Vulkaniern entfernt. »Ich fände es angenehm, das Abendessen zur Abwechslung einmal in ausschließlich menschlicher Gesellschaft einzunehmen«, fügte sie hinzu und griff nach einer Schüssel.

Die Vulkanier waren taktvoll genug, keine Antwort darauf zu geben. Yoshi und Tatya wirkten verlegen, und Jason Nyere erweckte den Anschein, als hätte er seinem Ersten Maat am liebsten den Hals umgedreht.

»Fühlen Sie sich durch die Anwesenheit unserer beiden Gäste bedroht?« fragte Dehner unschuldig.

»Quatsch!« knurrte Melody.

»Warum offenbaren Sie dann ein so feindseliges Verhalten, wenn T'Lera und Sorahl zugegen sind?«

»Hören Sie, Schätzchen ...« Sawyer deutete mit einer Gabel auf die Psychologin. »Bilden Sie sich von mir aus ruhig etwas auf Ihren Doktortitel ein. Ich bin mindestens zwanzig Jahre älter als Sie, und solche Dinge sind mir schnurz. Sehen Sie ruhig in meiner Akte nach. Dann werden Sie feststellen, daß ich weder paranoid bin noch an Verfolgungswahn leide ...«

»Nur an schlechten Manieren«, warf Jason ein.

»Ich bin scharfsinnig genug, eine Gefahr als solche zu erkennen, Captain, *Sär!*« erwiderte Melody scharf.

»Was halten Sie denn für eine Gefahr?« warf Kirk ein und trank sein Glas aus. Mit Vulkaniern kam er nicht besonders gut zurecht, aber mit menschlichem Argwohn gegenüber Fremdem war er vertraut. »Wir speisen hier mit zwei ruhigen, freundlichen Personen, die weder Geiseln genommen noch irgendwelche militärischen Anlagen in die Luft gesprengt haben. Außerdem: Ein ›Bringt uns zu eurem Anführer‹ muß mir bisher entgangen sein.« Bei den letzten Worten kicherte Nyere. »Ich verstehe nicht, warum Sie ...«

Melody Sawyer begegnete Kirks Blick. »Was ich für eine Gefahr halte?« wiederholte sie. »Mir ergeht es ähnlich wie all den Leuten im Norden, die des Nachts nach fliegenden Untertassen Ausschau halten. Dieses Etwas hat keinen Namen — oder vielleicht doch, ich weiß es nicht. Vielleicht ist es ein die eigene Bedeutung schmälernder Schock, die Erkenntnis, in dieser Ecke des Universums nicht allein zu sein. Vielleicht ist es die Furcht, all das überdenken zu müssen, wofür wir in drei Weltkriegen gekämpft haben. Von nun an wird nichts mehr so sein, wie es einmal war. Wir verlieren unseren inneren Halt. Vielleicht ist es die Vorstellung, daß uns jene Wesen schon seit hundert Jahren beobachten. Sie beherrschen unsere Sprache, ähneln uns sogar ein wenig, aber es gibt erhebliche Unterschiede. Sie sind sogar sehr stolz darauf, *anders* zu sein. Vielleicht überlege ich dauernd: ›Wie würde ich reagieren, wenn meine Tochter einen Außerirdischen heiraten möchte?‹ Himmel, ich habe keine Ahnung, was mich so sehr belastet. Ich weiß nur eins: Ich mag es nicht, daß solche Dinge während meines Lebens geschehen. Und das Verhalten vieler tausend Menschen beweist, daß ich mit dieser Einstellung nicht allein bin.«

Sawyer schob den Teller beiseite, stand auf und marschierte davon. Jason schien einige Sekunden lang mit dem Gedanken zu spielen, ihr zu folgen — um sie einfach über Bord zu werfen. Er schüttelte den Kopf, ließ die Gabel sinken und entschuldigte sich, setzte seine einsame Wache am Kom-Schirm fort.

Melodys kurze Ansprache schien den anderen auf den Magen zu schlagen. Nur Kirk griff weiterhin zu, davon überzeugt, Kraft zu brauchen, um sich den kommenden Ereignissen zu stellen. Er teilte das Schweigen der übrigen Anwesenden. Nach einer Weile begann Tatya damit, das Geschirr abzuräumen. Yoshi und Sorahl blieben am Ende des Tisches sitzen und sprachen über einen Computerausdruck. Elizabeth Dehner schenkte sich Kaffee ein und ließ die Tasse dann unbeachtet stehen. In der Kombüse verklangen die letzten Melodien des Violinkonzerts, und niemand machte Anstalten, die Kassette zu wechseln. Die falsche Euphorie existierte nicht mehr.

Nur T'Lera blieb von allem unbeeindruckt. Sie faltete die Hände auf eine Art und Weise, die Kirk an Spock erinnerte, erschien weiterhin völlig ruhig und gelassen — ein Fels in der Brandung von Furcht und Hoffnung. *Wenn es mir gelänge, ins Zentrum ihres Selbst vorzustoßen und die unerschütterliche Gewißheit herauszufordern* ... dachte Jim.

Er seufzte. Unter dem Eis ließen sich Tag und Nacht nicht voneinander unterscheiden, aber er wußte, daß oben die Sonne unterging. *Wir haben nicht mehr viel Zeit*, überlegte Kirk besorgt. Er hatte zunächst angenommen, durch einen direkten Kontakt mit den Vulkaniern die meisten Probleme zu lösen, doch das erwies sich nun als Irrtum. Er saß neben der Kommandantin des abgestürzten Erkundungsschiffes — und wußte nicht einmal, welche Worte er an sie richten sollte.

Irgendwann spürte er T'Leras Aufmerksamkeit.

Mein Gott, fuhr es ihm durch den Sinn. *Wie oft hat mich Spock auf diese Weise angesehen, nachdenklich und berechnend? Und aufgrund meiner eigenen Paranoia fühlte ich mich verspottet und gedemütigt. Aber Spocks Blick war — ist? — nicht nur stechend und durchdringend, sondern hatte auch noch eine andere Qualität. Ich weiß nicht genau, wie ich sie bezeichnen soll — ein Hauch von Emotion, Mitgefühl und Verständnis? Vielleicht.* Aber in T'Leras Augen fehlte so etwas. Die Pupillen erschienen Kirk wie zwei kühle Sondierungsmechanismen, die alle Geheimnisse seines Ichs erforschten.

»Mr. Kirk«, sagte sie, »Ihnen dürfte klar sein, daß Commander Sawyer wahrscheinlich recht hat.«

»Da bin ich mir gar nicht so sicher«, erwiderte Jim und legte sein Besteck auf den leeren Teller. »Es gibt mindestens ebenso viele Menschen, die Sie willkommen hießen, gäbe man ihnen eine Gelegenheit dazu.«

»Vorausgesetzt, wir fallen nicht mit der Tür ins Haus«, hielt ihm T'Lera entgegen. Sie bekam allmählich ein Gespür für die richtigen terranischen Redewendungen. Die ein wenig abseits sitzende Elizabeth Dehner verschluckte sich fast an ihrem Kaffee. »Wenn Sie behaupten, unsere Präsenz wecke kein Unbehagen in Ihnen, Mr. Kirk ... Sie bewiesen damit nur, daß Sie eine Fähigkeit besitzen, die wir Vulkanier nicht beherrschen — Sie können lügen.«

Ich habe es schon zweimal versucht, dachte Kirk. *Alle guten Dinge sind drei.*

»Commander ...«, begann er. »Wie kann ich Sie umstimmen?«

Zwischendurch: ▬▬▬▬▬▬▬▬▬▬▬▬▬▬▬
▬▬▬▬▬▬▬▬▬▬▬▬▬▬▬▬▬▬▬▬▬▬▬▬▬▬
▬▬▬▬▬▬▬▬▬▬▬▬▬▬▬▬▬▬▬▬▬▬▬
▬▬▬▬▬▬▬▬▬▬▬▬▬▬▬▬▬▬▬▬▬▬▬▬
▬▬▬▬▬▬▬▬▬▬▬▬▬▬▬▬▬▬▬▬▬▬
▬▬▬▬▬▬▬▬▬▬▬▬▬▬▬▬▬▬▬▬▬▬▬▬
▬▬▬▬▬▬▬▬▬▬▬▬▬▬▬▬▬▬▬▬▬▬▬
▬▬▬▬▬▬▬▬▬▬▬▬▬▬▬▬▬▬▬▬▬▬▬▬▬

▬▬▬▬▬▬▬▬▬▬ Nur Kirk griff weiterhin zu – aus der Überzeugung heraus, Kraft zu brauchen, um sich den kommenden Ereignissen zu stellen. ▬▬▬▬▬▬▬
▬▬▬▬▬▬▬▬▬▬▬▬▬▬▬▬▬▬▬▬▬▬▬▬▬
▬▬▬▬▬▬▬▬▬▬▬▬▬▬▬▬▬▬▬▬▬▬▬▬
▬▬▬▬▬▬▬▬▬▬▬▬▬▬▬▬▬▬▬▬▬▬▬▬▬
▬▬▬▬▬▬▬▬▬▬▬▬▬▬▬▬▬▬▬▬▬▬▬▬
▬▬▬▬▬▬▬▬▬▬▬▬▬▬▬▬▬▬▬▬▬▬
▬▬▬▬▬▬▬▬▬▬▬▬▬▬▬▬▬▬▬▬▬▬▬
▬▬▬▬▬▬▬▬▬▬▬▬▬▬▬▬▬▬▬▬▬▬▬▬▬
▬▬▬▬▬▬▬▬▬▬▬▬▬▬▬▬▬▬▬▬▬▬▬
▬▬▬▬▬▬▬▬▬▬▬▬▬▬▬▬▬▬▬▬▬▬▬▬
▬▬▬▬▬▬▬▬▬▬▬▬▬▬▬▬▬▬▬▬▬▬▬▬▬

▬▬▬▬▬▬▬▬▬▬▬ Der Leser sollte es ihm gleichtun – und sich zwischendurch eine kleine Stärkung gönnen. Die spannende Lektüre braucht er dazu nur kurzfristig zu unterbrechen. Denn in nur fünf Minuten ist ein herzhafter warmer Imbiß zubereitet. Dazu braucht man nur einen Löffel, heißes Wasser und... ▬▬▬▬▬▬▬▬▬▬▬▬▬▬▬▬
▬▬▬▬▬▬▬▬▬▬▬▬▬▬▬▬▬▬▬▬▬▬▬▬
▬▬▬▬▬▬▬▬▬▬▬▬▬▬▬▬▬▬▬▬▬▬▬▬▬
▬▬▬▬▬▬▬▬▬▬▬▬▬▬▬▬▬▬▬▬▬▬
▬▬▬▬▬▬▬▬▬▬▬▬▬▬▬▬▬▬▬▬▬▬
▬▬▬▬▬▬▬▬▬▬▬▬▬▬▬▬▬▬▬▬▬▬▬
▬▬▬▬▬▬▬▬▬▬▬▬▬▬▬▬▬▬▬▬
▬▬▬▬▬▬▬▬▬▬▬▬▬▬▬▬▬▬▬▬▬▬▬▬▬

Zwischendurch:

Die kleine, warme Mahlzeit in der Eßterrine. Nur Deckel auf, Heißwasser drauf, umrühren, kurz ziehen lassen und genießen.

Die 5 Minuten Terrine gibt's in vielen leckeren Sorten – guten Appetit!

»›Umstimmen‹, Mr. Kirk? Dieser Ausdruck legt nahe, daß bereits eine Entscheidung getroffen ist. Wollen Sie mich davon überzeugen, daß Ihr Volk recht ambivalent auf uns reagiert? Das ist mir längst klar.«

Jim schüttelte den Kopf. »Einige von uns möchten helfen. Vielleicht sind wir in der Lage, Ihnen die Rückkehr in Ihre Heimat zu ermöglichen — wenn wir es irgendwie schaffen, Antarktika zu verlassen.« Er hörte, wie Elizabeth Dehner zischend Luft holte. *Verspreche ich zuviel?* überlegte er skeptisch und rückte noch etwas näher an T'Lera heran. »Bei der gestrigen Sitzung des Untersuchungsausschusses habe ich Ihnen eine Frage gestellt, die Sie mir nicht mehr beantworten konnten. Wie verhielten Sie sich, wenn man Sie und Ihren Sohn in die Freiheit entließe?«

Aus den Augenwinkeln sah Jim, wie Sorahl den Kopf hob. Auch Yoshi lauschte.

»Handelt es sich um eine intellektuelle Übung oder eine Art Test, Mr. Kirk?« erwiderte T'Lera. »Geht es auch Ihnen darum, uns auf die Probe zu stellen?«

»Commander T'Lera...« Kirk spürte Ärger und benutzte ihn, um seinen Worten Nachdruck zu verleihen. »Irgendwann während der nächsten Tage wird der Rat der Geeinten Erde über Ihr Schicksal und das Ihres Sohnes entscheiden. Vielleicht gibt auch die sogenannte ›öffentliche Meinung‹ den Ausschlag, wenn die ersten Journalisten durch den Sicherheitskordon schlüpfen und hierher gelangen. Ich biete Ihnen die Chance, selbst zu entscheiden. Für Tests oder intellektuelle Spielereien habe ich keine Zeit!«

Er brach ab und fragte sich nicht zum erstenmal, ob er die ganze Sache verpatzt hatte. T'Lera schwieg, und es schloß sich eine bedrückende Stille an.

»Mr. Kirk«, sagte die Vulkanierin schließlich. »Sie wissen, daß ich versucht habe, einer solchen Situation vorzubeugen. Wie ich mich in Zukunft verhalten werden, hängt von den Geboten meines Gewissens ab — und davon, welche Konsequenzen sich aus der derzeitigen Lage ergeben. Da sich die möglichen Folgen derzeit noch nicht bestimmen lassen, muß ich warten – bis mir Daten und Informationen zur Verfügung stehen, die eine ausreichend genaue Situationsanalyse erlauben. Ihre Frage mag einfach sein, doch die Antwort ist weitaus schwieriger.«

»Na schön.« Kirk nickte knapp. Der Barschrank war noch immer geöffnet, und er nutzte die gute Gelegenheit, genehmigte sich einen zweiten Scotch. »Ich abstrahiere, um die Dinge einfacher zu gestalten, um mich auf das Wesentliche zu konzentrieren. Nun, auch ich bin mir bewußt, welche Gefahr droht – nicht nur Ihnen und Ihrem Sohn, sondern unseren beiden Welten. Vielleicht weiß ich darüber sogar noch viel besser Bescheid als Sie.«

»Jim«, warf Elizabeth Dehner ein und achtete dabei auf die Erfordernisse ihrer Rolle, »dein Gesicht wird erneut zu einem offenen Buch.«

»Sally ...« Kirk lächelte und lehnte sich mit dem Glas in der Hand zurück. *Nein, ich wollte ihr nicht verraten, wer wir wirklich sind!* dachte er und hoffte, daß ihn die Psychologin verstand. *Wenn ich einen Aufpasser benötigte oder an die Erste Direktive erinnert werden müßte, hätte ich ... Spock mitgebracht. Vorausgesetzt natürlich, das wäre möglich gewesen.* »Vertraust du mir nicht?«

»Kommt ganz darauf an«, erwiderte Dehner zuckersüß.

T'Leras Reaktion entsprach Elizabeths Erwartungen. Sie nahm an, der knappe Wortwechsel betreffe persönliche Dinge, und aus Respekt vor der menschlichen Privatsphäre senkte sie den Kopf. Kirk empfand es als Erleichterung, nicht mehr den durchdringenden Blick der Vulkanierin ertragen zu müssen. Er seufzte innerlich und dachte nach.

»Commander, soweit ich weiß, ist Ihr Volk stolz auf die Logik, darauf, zukünftige Ereignisse aus realen Gegenwartsstrukturen zu extrapolieren. Stimmt das?«

»Von Stolz kann in diesem Zusammenhang keine Rede sein, Mr. Kirk. Die Logik bildet eine der Grundlagen unserer Kultur.«

Diesmal wahrte Jim die Beherrschung und sprach betont ruhig. »Wären Sie zum Beispiel imstande, angesichts des aktuellen technologischen Niveaus der Erde auf den ersten wahrscheinlichen Kontakt zwischen Menschen und Vulkaniern oder ... anderen intelligenten Völkern zu schließen? Falls unsere beiden Zivilisationen nicht allein sind ...«

T'Lera musterte ihn eine Zeitlang. »Vielleicht.«

»Nun, dann können wir also von folgendem Szenario ausgehen: Wenn Ihr Erkundungsschiff nicht abgestürzt wäre, wenn Ihre Präsenz nicht zu dem emotionalen Aufruhr und den Mißverständnissen geführt hätte, mit denen wir uns derzeit konfrontiert sehen ... Die technische Evolution der Menschheit müßte notwendigerweise irgendwann zur Begegnung mit außerirdischen Lebensformen führen.«

»Vor drei Jahren schickte die Erde eine Expedition nach Alpha Centauri«, entgegnete T'Lera. »Ich nehme an, ohne die Hoffnung, intelligentes Leben zu finden, hätten Ihre Wissenschaftler kein so teures und gefährliches Projekt initiiert.«

»Was glauben Sie, Commander?« fragte Kirk und beugte sich wieder vor. »Wird die Mission der *Icarus* einen Erstkontakt zur Folge haben?«

»Ich bin noch nie im Alpha-Centauri-System gewesen, Mr. Kirk«, antwortete T'Lera. Elizabeth Dehner entschuldigte sich und ging, um Kaffee zu holen.

Die Vulkanierin achtet ihre Erste Direktive, dachte Kirk. *Sie ist nicht bereit, die Existenz anderer Zivilisationen im Kosmos zu bestätigen — wäre es nicht einmal dann, wenn sie dadurch ihr Leben retten könnte.* Einerseits bewunderte er diese Einstellung, doch gleichzeitig weckte sie neuerlichen Ärger in ihm — weil er sich durch T'Leras Hartnäckigkeit genötigt sah, seine eigenen Prinzipien in Frage zustellen. Gab es wirklich keine andere Möglichkeit?

»Um bei den Hypothesen zu bleiben, Commander ...«, sagte Jim langsam. Von einem Augenblick zum anderen bildeten seine Gedankenfragmente ein einheitliches Muster, und er glaubte, endlich die gesuchte Überzeugungskraft gefunden zu haben. »Angenommen, Ihr Schiff wäre nicht abgestürzt ... Angenommen, Sie wären in der Lage gewesen, Ihre Mission ganz normal zu beenden ... Wie lange hätte es Ihrer Meinung nach bis zur ersten direkten Begegnung zwischen Menschen und Vulkaniern gedauert?«

»Wenn man dabei Ihren technischen Entwicklungsstand berücksichtigt und von Forschungsunternehmen ausgeht, die mit unseren vergleichbar sind ...« T'Lera überlegte kurz. »Etwa neunzehn Komma zwei acht fünf Jahre.«

Fast auf den Tag genau, fuhr es Kirk verblüfft durch den Sinn und dachte dabei an den historischen Einsatz der *Amity*. Als Elizabeth Dehner aus der Kombüse zurückkehrte, warf er ihr einen kurzen Blick zu, um festzustellen, ob sie die letzte Bemerkung gehört hatte. Das schien der Fall zu sein. Sorahl teilte ihre Aufmerksamkeit.

Jim schüttelte in gespielter Verwunderung den Kopf. »Es erstaunt mich immer wieder, welche Mühen Raumfahrer auf sich nehmen müssen. Die Besatzung der *Icarus* wird sechs Jahre unterwegs sein, um Alpha Centauri zu erreichen, und die Rückreise dauert weitere zweiundsiebzig Monate. Ich bin neugierig, Sorahl ... Wie weit ist Vulkan von der Erde entfernt?«

»Unser Erkundungsschiff hat ungefähr 58 782 000 000 000 irdische Meilen zurückgelegt, um hierher zu gelangen, Mr. Kirk.« Der junge Vulkanier kannte die menschliche Psyche nicht gut genug, um Verdacht zu schöpfen.

Kirk pfiff leise durch die Zähne, und Elizabeth Dehner hätte ihm am liebsten eine Ohrfeige versetzt. »Eine ziemliche Strecke. Wieviel Zeit beanspruchte die Reise?«

Sorahl begriff plötzlich, auf was Jim hinauswollte. Er sah seine Mutter an, bat stumm um Verzeihung.

»Vielleicht sollte meine Kommandantin diese Frage beantworten«, erwiderte er höflich. Doch er wußte, daß die Falle zugeschnappt war.

»Sie sind der Navigator«, hakte Kirk nach. »Und deshalb bitte ich *Sie* um Auskunft. Eine solche Entfernung ... Ich bin kein Physiker, aber ... Nun, wenn ich mich nicht verrechnet habe, müßten es etwa zehn Lichtjahre sein. Ihr Flug kann nicht annähernd so lange gedauert haben; Sie hätten Vulkan schon als Kind verlassen müssen. Ich wiederhole meine Frage. Wieviel Zeit beanspruchte die Reise?«

Sorahl zögerte, wollte nicht den Unwillen der Menschen erregen. »Mit allem Respekt, Mr. Kirk: Darauf kann ich Ihnen keine Antwort geben.«

»Ebensowenig wie ich«, fügte T'Lera hinzu. Sie stand auf, und Sorahl folgte ihrem Beispiel. »Wenn Sie uns jetzt bitte entschuldigen würden ...«

Stumm verließen sie die Messe, und Kirk schlug enttäuscht auf den Tisch.

»Morgen früh.« Rächers Lippen bewegten sich nicht, als er sprach, und seine metallene Stimme hallte dumpf durch ein Gebäude am Rande der Byrd-Station. »Wenn die Sonne aufgeht.«

»Bis dahin dauert es noch fast zwölf Stunden«, klagte einer der Männer. Rächer hatte verboten, die Heizanlage in Betrieb zu setzen. Wenn ein Besatzungsmitglied der nahen *Delphinus* den Kommandoturm betrat und in der alten Forschungsbasis eine verdächtige Wärmequelle bemerkte ...

Die Schneemobile standen einige hundert Meter entfernt hinter einem Eiswall. Im Schutz der Dunkelheit waren Rächer und seien Leute über die weiße Landschaft und in eine der leeren Baracken geschlichen. Jetzt warteten sie, beobachteten den grauen Turm, der aus dem Packeis ragte und zu einem riesigen, verborgenen Schiff gehörte.

»Ja«, antwortete der Bioniker schlicht. Seine elektronischen Augen verfügten auch über Infrarotsensoren, und durch das Steuerbordfenster des Kommandoturms sah er eine menschliche Gestalt. Vermutlich Jason, allein auf der Brücke. Einige Sekunden lang spielte Rächer mit dem Gedanken, die Waffe einzusetzen, entschied sich dann aber dagegen. Er hatte seinen Ruf als gnadenloser Terrorist mit

Angriffen beim Morgengrauen erworben, und er wollte diese ganz persönliche Tradition auch jetzt achten.

»Sie sollen wissen, wer sie tötet. Zuerst bringen wir die Brücke unter unsere Kontrolle.« Er hob kurz seine Automatik — das Lasergewehr diente nur dazu, Idioten wie Easter zu beeindrucken. »Anschließend nehmen wir uns den Rest vor und bringen alle um.«

Einige der in weiße Pelze gehüllten Männer hinter ihm brummten leise. Rächer hatte ihnen Geiseln versprochen, eine Möglichkeit, ihre verschiedenen Forderungen durchzusetzen. Eine eiskalte Nacht, auf die sinnloses Morden folgte, gehörte nicht zum Plan.

»Alle?« vergewisserte sich jemand.

»Ja«, bestätigte der Bioniker, und seine schiefergrauen Augen glänzten wie polierter Stahl. »Niemand wird mit dem Leben davonkommen!«

»Sie haben versucht, den Vulkaniern ein Zugeständnis in Hinsicht auf ihre Warp-Technologie abzuringen«, sagte Elizabeth Dehner vorwurfsvoll und verwundert. »Was wollten Sie damit erreichen?«

Kirk zuckte mit den Schultern. »Ich hoffte, T'Lera sähe darin vielleicht einen Faustpfand für ihr Leben.«

Die Psychologin schüttelte den Kopf. »Wann begreifen Sie endlich, daß Vulkanier völlig anders denken?«

»Wahrscheinlich nie.« Jim entsann sich an den Drei-Sterne-General und die anderen angeblichen Experten, die sich mit den falschen Fragen an T'Lera wandten. »Narren! Ohne ihre verdammte Paranoia hätten sie die Warp-Technik ein ganzes Jahrzehnt früher bekommen können ...«

»Warum glauben Sie, T'Lera hätte dem Untersuchungsausschuß mehr gesagt als Ihnen?« warf Dehner leise ein.

Jim reagierte nicht darauf. »Ich finde einfach keinen Draht zu ihr!« platzte es aus ihm heraus. Er war wütend auf sich selbst. »Ich fühle mich so ... hilflos!«

Kirk und Dehner saßen allein an einem Tisch in der Messe. Yoshi befand sich in der Kombüse und verstaute gereinigtes Geschirr. Die anderen hatten das Zimmer verlassen und sich in ihre Quartiere zurückgezogen. Eine seltsame Stille herrschte in dem großen, leeren Schiff.

Kurz darauf tönte wieder Musik aus dem Nebenraum. Yoshi wählte eine Bach-Sonate, und die traurigen, wehmütigen Moll-Klänge entsprachen Kirks niedergedrückter Stimmung.

»Überrascht Sie das?« fragte Dehner.

Kirk sah verwirrt auf. »Daß ich nicht in der Lage bin, mich T'Lera mitzuteilen? Oder meinen Sie das Gefühl der Hilflosigkeit?«

»Beides. Sie sind ein Captain ohne Schiff, ein Kommandant ohne Kommando. Kein Wunder, daß Sie sich hilflos fühlen. Hinzu kommt: Sie haben noch immer nicht gelernt, wie man mit Vulkaniern spricht.« Dehner beugte sich vor, spielte wieder ihre Rolle als Freundin — allmählich fand sie Gefallen daran. »Oder verletzt es Ihren männlichen Stolz, daß es in dieser Galaxis wenigstens eine Frau gibt, die Ihrem Charme widersteht?«

Die letzten Worte erinnerten Kirk an ein Gespräch mit Gary.

»Kommen Sie mir jetzt bloß nicht mit einer Psychoanalyse«, erwiderte er gepreßt. Er wußte natürlich, daß Dehner recht hatte. In allen Punkten. »Möchten Sie vielleicht an meine Stellte treten?«

»Um Himmels willen!« Die junge Frau streckte sich, ließ die Fingerknöchel knacken und stützte die Ellenbogen auf den Tisch. »Ich bin bereits beschäftigt, Captain. Der Arzneischrank wartet auf mich.«

»Bitte?« Kirk runzelte die Stirn.

»Wenn ich bei einigen gewissen Leuten eine selektive Gedächtnislöschung vornehmen soll«, erklärte Dehner, »brauche ich zunächst einmal die notwendigen Drogen.« Kirk nickte. »In der Zwischenzeit ... Warum statten Sie unserem weiblichen John Wayne keinen Besuch ab? Offenbar kommen Sie mit Melody weitaus besser zurecht als mit T'Lera.«

Jim stand auf. Er hatte ohnehin beabsichtigt, mit Sawyer zu reden. Las die Psychologin erneut seine Gedanken? »Wenn wir dies alles hinter uns haben, bleibt mir wohl nichts anderes übrig, als Ihnen einen offiziellen Verweis wegen Insubordination zu erteilen.«

Elizabeth Dehner lächelte nur.

Melody Sawyer, ganz in Weiß, stand in der Sporthalle und schlug einen Tennisball nach dem anderen an die Wand, gab sich dabei der höchst befriedigenden Vorstellung hin, sie träfen das maskenhaft starre Gesicht eines Vulkaniers. Sie hoffte, sich auf diese Weise von ihrem Zorn befreien zu können, doch es folgte eine neuerliche Enttäuschung: Inzwischen kannte sie alle Programmvariationen des automatischen Katapults, und dadurch blieb kein Platz für eine echte Herausforderung. Schon seit vielen Jahren war Sawyer nicht mehr auf einen würdigen Gegner gestoßen.

Immer wieder holte sie aus und hämmerte den Ball an harten Kunststoff. Sie brauchte kaum zu laufen, denn er kehrte wie ein Bumerang zu ihr zurück. Paff! Paff! Paff! Melodys innere Anspannung ließ nicht etwa nach, sondern nahm weiter zu.

Verärgert justierte sie das Katapult auf hohe Würfe, dazu entschlossen, ihre Wut auszuschwitzen.

»Los!« rief sie und gab das Zeichen, während sie sich noch auf der falschen Seite des Spielfelds befand. Der Ball sauste aus dem kurzen Rohr, und Sawyer wartete bis zum letzten Moment, bevor sie sich in Bewegung setzte und mit dem Schläger ausholte. Zehn Minuten später, als sie spürte, wie sich ihre verkrampften Muskeln zu lockern begannen, bemerkte sie jemanden aus den Augenwinkeln. Sie schickte einen weiteren Ball übers Netz, und gleichzeitig musterte sie die Gestalt im Trainingsanzug.

»Sie sind gut in Form«, meinte Kirk anerkennend. »Captain Nyere sagte mir, Sie seien früher ein Profi gewesen.«

»Und ich wette, Sie sind nur hierhergekommen, um mir

das zu sagen, nicht wahr?« erwiderte Melody mit triefender Ironie und schlug zu. Paff!

»Nun, eigentlich wollte ich ein bißchen laufen«, log Kirk, griff nach einem Schläger und prüfte die Bespannung. »Ich dachte, um diese Zeit hielte sich niemand in der Sporthalle auf.«

Das Katapult surrte, und daraufhin seufzte Melody, sammelte die Bälle ein. Als Jim zu helfen versuchte, verzog sie nur das Gesicht.

»Lassen Sie sich nicht vom Laufen abhalten, verdammt!«

»Wie Sie meinen.« Jim lächelte, warf wie beiläufig einen Ball hoch und jagte ihn übers Netz.

»Spielen Sie Tennis?« Es klang nicht wie eine Frage, eher nach einem Angebot.

»Wie man's nimmt«, sagte Kirk vage. »Wahrscheinlich bin ich ein wenig eingerostet...«

»Das wird sich gleich herausstellen.« Melody griff nach einem Ball und trat die anderen beiseite.

Yoshi nahm die letzten Teller aus der Spülmaschine und wandte sich dem Besteck zu, als Dehner die Kombüse betrat.

Der junge Agronom streckte die Hand nach ihrer Kaffeetasse aus, aber Elizabeth schüttelte den Kopf. »Lassen Sie nur«, sagte sie.

Sie tauchte die Tasse ins Spülwasser und wusch sie ab, dachte dabei an das weitaus modernere Geschirr des dreiundzwanzigsten Jahrhunderts. Es wurde nur einmal benutzt und anschließend dem Abfallvernichter überlassen, der einen vollständigen Recyclingprozeß einleitete.

Aus den Augenwinkeln sah sie, daß Yoshi immer wieder in ihre Richtung blickte.

»Stimmt was nicht?« fragte die Psychologin schließlich. Ihre Stimme klang kühl und distanziert, machte jedoch deutlich, daß sie zu einem Gespräch bereit war.

Yoshi räusperte sich. »Können Sie etwas Zeit für mich erübrigen, Doktor?«

Sie nahmen in der leeren Messe Platz. Yoshi erzählte von Tatya und sich selbst, schilderte die Ereignisse der vergangenen Tage, sprach über die Vulkanier, die Tangwelke und seine Zukunftsängste.

»Heute abend hat mir Sorahl das hier gegeben«, fügte der junge Mann hinzu, zeigte Dehner die Formel und strich sich das Haar aus der Stirn — eine für ihn typische Geste. »Ein Heilmittel, das an ein Wunder grenzt und alle Probleme mit dem Tang löst. Er hat es mir einfach überlassen. Obwohl ich mich dazu hinreißen ließ, eine Szene zu machen. Weil ich glaubte, zwischen Tatya und ihm bahne sich etwas an ...« Yoshi schüttelte den Kopf. »Er hat in einem der Laboratorien gearbeitet. Es ist *seine* Entdeckung. Aber er überläßt sie mir. Ohne ein ›Was halten Sie davon, wenn wir den Ruhm teilen‹? Ohne irgendeine Frage nach den Patentrechten. Ein Geschenk, für das er nicht einmal Dank erwartet. Himmel, ich bin vollkommen verwirrt!«

»Das sind wir alle, Yoshi«, versicherte ihm Dehner vage. Wie sollte sie Sorahls Verhalten erklären, ohne preiszugeben, wieviel sie über die vulkanische Kultur wußte? »Eigentlich geht es genau darum. Wenn wir etwas nicht verstehen, neigen wir dazu, mit Furcht zu reagieren.«

»Ich dachte, mir sei alles klar«, sagte Yoshi niedergeschlagen. »Ganz zu Anfang, während der ersten Nacht, als Sorahl von seiner Heimat berichtete ... Ich konnte es deutlich spüren! Ich hatte das seltsame Gefühl, auf der falschen Welt geboren zu sein. Ich wünschte mir nichts sehnlicher, als die Kultur zu sehen, die er beschrieb ... Ein Planet, auf dem es weder Krieg noch Gewalt gibt, eine friedliche Gesellschaft, allein von Logik, Vernunft und Rationalität bestimmt. Eine Kultur, in der man sich frei entfalten kann, den individuellen Fähigkeiten gemäß. Ich bin mit einer Tradition aufgewachsen, die Disziplin, Respekt für die Älteren und geistige Offenheit verlangt, und deshalb erschienen mir Sorahls Beschreibungen wie eine Offenbarung. Je mehr er von Vulkan erzählte, desto größer wurde mein

Heimweh nach einem Ort, den ich überhaupt nicht kenne. Halten Sie mich für verrückt?«

»Nein«, erwiderte Elizabeth Dehner ehrlich. *Vielleicht leben Sie lange genug, um die Welt Ihrer Träume zu besuchen*, dachte sie. *Vorausgesetzt, es gelingt uns, die geschichtliche Entwicklung vor drastischen Veränderungen zu bewahren. Und wenn wir damit Erfolg haben, werden Sie all das vergessen, was uns hierherbrachte.* Plötzlicher Kummer entstand in ihr, und es kostete sie große Mühe, sich nichts anmerken zu lassen. Nein, der Agronom war nicht verrückt, sondern schlicht und einfach deprimiert. Aus gutem Grund.

»Yoshi«, fragte sie ernst, »zu was wären Sie bereit, um den Vulkaniern eine Rückkehr in ihre Heimat zu ermöglichen? Um jenen Planeten zu sehen, von dem Ihnen Sorahl erzählte.«

In Yoshis Augen blitzte jähe Hoffnung, doch das Funkeln verblaßte sofort wieder. Traurig schüttelte er den Kopf.

»Eine solche Chance habe ich verloren, als ich Sorahl und T'Lera Jason überließ. Inzwischen ist es zu spät. Selbst wenn wir etwas unternähmen — es hätte keinen Sinn mehr. Außerdem ... Ich bin kein Held.«

»Es gibt verschiedene Arten von Heldentum«, meinte Dehner und stand auf. »Ich möchte mir ein wenig die Beine vertreten. Wie gut kennen Sie dieses Schiff?«

Yoshi lächelte dünn. »Fast so gut wie Sawyer und Nyere. Eine kleine Besichtigungstour gefällig?«

Die Psychologin hakte sich bei ihm ein. »Gern.«

»Forty-love — vierzig-null!« verkündete Melody selbstgefällig. »Ich dachte mir schon, daß ihr Friedensapostel nur verweichlichte Muttersöhnchen seid. Bestehen Sie nach wie vor auf einem ganzen Satz?«

»Her mit dem Ball!« Kirk grinste von einem Ohr zum anderen, um über seine Erschöpfung hinwegzutäuschen. Er bedauerte es nun, sich auf ein Tennisturnier mit Sawyer eingelassen zu haben; er schnitt dabei wirklich nicht besonders gut ab.

»Ein masochistisches Muttersöhnchen noch dazu!« Melody schwang den Schläger, und Kirk reagierte gerade noch rechtzeitig, schickte den Ball übers Netz — und ins Aus. Sawyer zuckte nur mit den Achseln.

»Wo waren wir stehengeblieben?« fragte Jim und schnappte nach Luft.

»Sie haben mich gefragt, warum es einer intelligenten Person wie mir nicht gelingt, alle Vorurteile zu überwinden, zu den Vulkaniern zu gehen und einen ›informativen Dialog‹ mit ihnen zu beginnen«, erwiderte Melody und wiederholte den Aufschlag. Kirk stürmte zum anderen Ende des Feldes. »Liegt es daran, daß Sie mit 'ner Gehirnklempnerin pennen? Sprechen Sie deshalb so, als zitierten Sie aus einem psychiatrischen Handbuch?«

»Vielleicht«, brummte Jim und spürte, wie sein Schläger über den Kunststoffboden strich, als er den Ball zurückschlug. Er verlor das Gleichgewicht und taumelte an die Wand, nach wie vor dazu entschlossen, den nächsten Punkt so gut wie möglich zu verteidigen. »Warum lehnen Sie meine Einstellung so hartnäckig ab?«

»Weil jemand einen kühlen Kopf bewahren muß, bis dies alles vorbei ist.« Melody bekam den Punkt, brauchte sich nicht einmal anzustrengen.

Kirk rieb sich die Schulter und schnitt eine Grimasse. »Was soll das heißen?«

Sawyer tanzte auf den Zehenspitzen und lachte humorlos. »Wissen Sie, allmählich glaube ich, daß Sie tatsächlich zu den Pazifisten gehören. Niemand sonst kann so naiv sein. Ist Ihnen denn noch immer nicht klar, was bald geschehen wird? Oder glauben Sie im Ernst, man ließe es zu, daß die beiden Außerirdischen heimkehren?«

Jim gab zunächst keine Antwort, brauchte seinen Atem in erster Linie dazu, den Ball im Spiel zu halten. Als er wieder Luft holen konnte, stand es dreißig zu null.

»Na schön«, brachte er schließlich hervor. »Weiden

Sie sich an meiner Naivität. *Was* wird bald geschehen?«

»Der Rat der Geeinten Erde entscheidet, daß die beiden Fremden nicht existieren dürfen«, erklärte Melody. »Er beauftragt AeroMar, sie ›verschwinden‹ zu lassen, und Jason steht am Ende der Befehlskette.« Sie hatte Aufschlag, und Kirk lief wieder los, um den Ball in Empfang zu nehmen. »Wenn Sie glauben, der gute alte Nyere sei in der Lage, eine Waffe auf die Vulkanier zu richten und sie in irgendein Exil zu bringen, irren Sie sich gewaltig.« Paff! »Ganz zu schweigen davon, T'Lera und Sorahl einfach zu erschießen — was ich für die sauberste Lösung halte.«

Kirk stellte überrascht fest, daß sich eine Chance für ihn ergab. Er nutzte sie, errang dadurch den ersten Punkt in anderthalb Spielen. »Mit anderen Worten: Sie wollen ihn vertreten.«

»Allerdings!« Melody schlug zu, und der Ball *raste* übers Netz.

»Deshalb wahren Sie Distanz«, sagte Kirk und hätte das weiße Geschoß fast verfehlt. »Sie sehen sich als aufrechter Soldat, der nur seine Pflicht erfüllt. Wie die Gestapo. Wie Colonel Greens Truppen. Befehlsempfänger. Und Sie brauchen nicht einmal Ihr Gewissen zu belasten. Solange es nicht um Menschen geht...«

»Es sind keine Menschen!« fauchte Melody. Paff! »Was auch immer Sie behaupten, T'Lera und Sorahl werden dadurch nicht menschlicher! Und kommen Sie mir nicht mit dem Blödsinn des ›aufrechten, pflichtbewußten Soldaten‹, Kirk! Ihr Zivilisten seht immer nur Schwarz und Weiß...«

»O nein!« widersprach Jim und rang nach Atem. *Wenn ich ihr nur die Wahrheit sagen könnte!* »Ich weiß ganz genau, wie viele Graustufen es bei allen wichtigen Entscheidungen gibt.«

Er erzielte einen zweiten Punkt, und darauf hin lautete der Spielstand dreißig zu dreißig. Melody ließ den Schläger sinken und trat zornig ans Netz heran.

»Ich weiß nicht, warum ich Ihnen das sage, Kirk. Vielleicht nur deshalb, weil ich mein Herz nicht Ihrer Psychologen-Freundin ausschütten will, weil Sie praktisch der einzige an Bord dieses Schiffes sind, mit dem ich reden kann. Einmal abgesehen von dem blöden Gerede beim Abendessen — und verstehen Sie mich nicht falsch: Ich habe jedes verdammte Wort ernst gemeint ... Es gibt da eine Sache, über die ich nicht einmal mit Nyere gesprochen habe. Ganz gleich, was in den nächsten Tagen passiert — bei *meinen* Entscheidungen denke ich in erster Linie an Jason. Ich bin bereit, die Konsequenzen zu tragen, selbst wenn er mich dafür haßt.«

Von einem Augenblick zum anderen setzte sie das Spiel fort, und Kirk hatte sich gut genug erholt, um die Bälle zurückzuschlagen.

»Ich liebe ihn wie einen Bruder!« rief Melody. Paff! »Er nahm mich auf, als ich nur eine vorlaute, freche Einzelgängerin war, die sich erlaubte, Befehle zu interpretieren und ihre Vorgesetzten zu kritisieren. Ich wurde laufend versetzt, weil mich kein Kapitän ertragen konnte, und mir drohte sogar eine unehrenhafte Entlassung. Aber Jason hielt zu mir, machte mich zu einem einigermaßen anständigen Offizier. Ich verdanke ihm eine Menge.« Paff!

»Inzwischen gehöre ich schon seit fünfzehn Jahren zu seinem Kommando. Himmel, ich kenne ihn besser als meinen eigenen Ehemann.« Paff! »Ich habe mich um ihn gekümmert, wenn er krank war, und er gab mir Mut, wenn ich glaubte, am Ende zu sein. Verdammt, er ist nicht nur mein Vorgesetzter, sondern auch mein bester Freund. Die Sache mit den Vulkaniern geht ihm schon seit Tagen an die Nieren.«

Mit einem letzten, kraftvollen Hieb schickte Sawyer den Ball übers Netz, und Jim versuchte nicht einmal, ihm nachzulaufen. Müde hockte er sich in eine Ecke und wartete darauf, daß die heftigen Seitenstiche nachließen. Melody war nicht einmal außer Atem.

»Halten Sie mich ruhig für den Schurken dieses Dramas, Kirk — es spielt keine Rolle«, fügte sie hitzig hinzu. »Es interessiert mich auch nicht, was später in den Geschichtsbüchern steht. Für mich ist nur eins wichtig: Ich möchte Jason Nyere weitere Seelenqualen ersparen — selbst wenn es bedeutet, daß ich selbst zur Waffe greifen und abdrücken muß.«

»Ich verstehe«, murmelte Kirk, dachte dabei an die Freundschaft, die ihn mit Gary verband. »Aber vielleicht gibt es eine Alternative ...«

»Auf die Beine mit Ihnen, Muttersöhnchen«, unterbrach ihn Melody. »Oder wollen Sie schlappmachen, obwohl der Satz noch nicht beendet ist?«

Kirk überlegte, ob er weiterspielen sollte. Um zu versuchen, in Sawyers persönlicher Philosophie eine schwache Stelle zu finden? Oder um den Rest seines männlichen Stolzes zu verteidigen? Aber bevor er eine Antwort geben konnte, fand Melody ein anderes Ziel für ihre Wut. »Zum Teufel auch, man hat nie seine Ruhe vor ihnen!«

Sie schmetterte ihren Schläger an den Netzpfosten und näherte sich einer Gestalt, die in der Schattenzone vor dem Sporthallenzugang stand. »Haben Ihre spitzen Ohren alles mitbekommen? Treten Sie ins Licht, damit wir Sie sehen können.«

Der Lampenschein fiel auf T'Lera. »Es lag nicht in meiner Absicht, Sie zu belauschen. Ich war nur nicht sicher, ob es höflich ist, durch meine Anwesenheit Ihre ... sportliche Auseinandersetzung zu stören. Die ich übrigens außerordentlich interessant fand.« Die Vulkanierin blieb genau an der Grenze des Spielfelds stehen; Kirk handelte aus einem Reflex heraus, stemmte sich in die Höhe. Zwar galt T'Leras Blick auch ihm, doch ihre Worte richteten sich in erster Linie an Melody. »Wenn ich die fachbezogene Terminologie richtig verstehe, so wäre es sicher angemessen zu sagen: Sie sind in ausgezeichneter Form.«

»Danke«, erwiderte Melody widerstrebend und schwig, verwirrt von dem Kompliment.

»Tennis, ein faszinierendes Spiel, sowohl für den Beobachter als auch für den Teilnehmer«, fuhr T'Lera fort. »Es vereint physisches Geschick — Schnelligkeit, Eleganz, Agilität und körperliche Kraft — mit intellektuellen Qualitäten. Man muß sich auf die Taktik des Gegners einstellen, selbst eine angemessene Strategie entwickeln, und dabei bekommt man Gelegenheit, die Grenzen der eigenen Leistungsfähigkeit zu erkunden.«

»Klingt ganz so, als wüßten Sie bestens Bescheid«, spottete Sawyer. »Haben Sie in einer Tennis-Enzyklopädie gelesen, um mich mit Kenntnissen aus zweiter Hand zu beeindrucken?« Sie sah Kirk an. »Steckt ihr beide unter einer Decke?«

»Ich bitte um Verzeihung, aber leider verstehe ich nicht, was Sie damit meinen.«

»Vermutlich gibt es auf Ihrem Planeten keine sportlichen Wettkämpfe, wie?« T'Leras unerschütterliche Ruhe erhöhte Melodys Blutdruck. »Sie sitzen ständig in Ihren Elfenbeintürmen und denken über die seltsamsten Dinge nach.«

»Ganz im Gegenteil«, widersprach die Vulkanierin. »In dieser Hinsicht unterscheiden wir uns nicht so sehr von Ihnen.«

Kirk hörte schweigend zu und erinnerte sich daran, einen bestimmten Vulkanier bei körperlichen Übungen beobachtet zu haben.

Er kannte die vielen Geschichten, die man sich über das wahrhaft erstaunliche vulkanische Leistungsvermögen in bezug auf Kraft und Beweglichkeit erzählte, doch zunächst hielt er solche Berichte für übertrieben. Bis er spät an einem Bordabend das Freizeitdeck betrat und in einem der Räume Spock sah. Der wissenschaftliche Offizier saß auf einer Matratze in der Ecke des Raums und beschäftigte sich mit etwas, das weder Tanz noch Gymnastik zu sein schien. Aerobic oder isometrische Übungen konnten ebenfalls ausgeklammert werden. Vielmehr handelte es sich um eine seltsam anmutig wirkende, rein vulkanische Mischung diese sportlichen Disziplinen. Und wie Kirk kurz darauf herausfand, eignete sie sich nicht für einen Menschen, der

Knochenbrüche und Sehnenkrämpfe fürchtete. Kirk blieb im Eingang stehen und sah zu, bis Spock ihn bemerkte.

Der Vulkanier hielt sofort inne und erstarrte mit hinter dem Kopf zusammengefalteten Händen. »Captain?«

»Schwitzen Sie eigentlich nie?« scherzte Jim verlegen.

»Nicht bei so geringen Anstrengungen, Captain«, erwiderte Spock zurückhaltend, und diese Antwort verschlug Jim die Sprache. *Geringe Anstrengung?* wiederholte er in Gedanken. *Lieber Himmel, die letzte Übung hätte jedem normalen Menschen einen mehrtägigen Muskelkater beschert. Vielleicht sind die Geschichten tatsächlich wahr.*

»Ein interessantes Bewegungsmuster.« Die Begegnung fand einige Wochen vor dem M-155-Zwischenfall statt; Kirk versuchte noch immer, sich an seinen Ersten Offizier zu gewöhnen. »Könnten Sie mir zeigen, wobei es darauf ankommt?«

Spock zögerte. »Eine solche Technik wird Menschen nur sehr selten gelehrt.«

»Aber es gibt in diesem Zusammenhang doch kein ... Tabu, oder?« beharrte Jim. Es sollte noch eine Weile dauern, bis er das Zögern des Vulkaniers als wortlose Warnung erkannte. »Die Belastung wäre bestimmt nicht zu groß für mich. Ich bin in ziemlich guter körperlicher Verfassung.«

»Zweifellos, Captain. Aber vermutlich fänden Sie es nicht besonders angenehm. Der menschliche Stolz ...«

»Was hat denn ›menschlicher Stolz‹ damit zu tun?« Kirk spürte, wie sich erster Ärger in ihm regte — was fast immer geschah, wenn er den Vulkanier zu verstehen versuchte. »Ich nehme die Herausforderung gern an.«

»Captain ...« Spock suchte nach den richtigen Worten. »Die Technik, die Sie eben gerade beobachtet haben, dient zur Lockerung der Muskeln. Sie gilt als elementare Vorbereitungsmethode und wird von den meisten vulkanischen Kindern im Vorschulalter beherrscht. Wenn Sie mich jetzt bitte entschuldigen würden ...«

Dehner hat recht — ich lerne es nie, dachte Jim und kehrte in die Wirklichkeit zurück. Plötzlich sah er T'Leras Interesse für Tennis aus einer ganz anderen Perspektive.

»Soweit ich weiß — und wie ich von Ihnen hörte — verwendet die englische Sprache bei der Bekanntgabe des Spielstands die Bezeichnung ›love‹«, sagte die Vulkanierin. »Könnten Sie mir den Grund dafür erklären?«

Melody ließ sich trotz ihrer ablehnenden Haltung auf ein Gespräch mit dem ›Feind‹ ein, wirkte dadurch verunsichert.

»Ich habe keine Ahnung, warum man zum Beispiel ›thirty-love‹ sagt«, erwiderte sie. »Das weiß niemand. Es gehört zur Tradition des Spiels, und damit hat es sich.«

T'Lera nickte andeutungsweise. »Was für eine seltsame Ironie, daß man in diesem Zusammenhang von ›love‹ — also Liebe — spricht, obwohl Tennis auf einer ausgesprochenen Rivalität basiert. Soll dadurch vielleicht das Prinzip des Gegensatzes betont werden, oder ist es nur ein weiteres Beispiel für den menschlichen Eigensinn?«

Kirk lachte leise, und Melody bedachte ihn mit einem finsteren Blick. Sie begann wieder damit, den Ball an die hintere Wand der Sporthalle zu schlagen. »Darüber habe ich noch nie nachgedacht.«

»Ich frage mich, ob das Spiel ohne den aggressiven Faktor weniger interessant wäre«, überlegte T'Lera laut.

Sawyer fing den Ball auf und stemmte die Hände in die Hüften. »Hören Sie: Wenn Sie eine solche Expertin sind — stellen Sie Ihre Fähigkeiten bei einem Spiel unter Beweis.«

Jim Kirk hob ruckartig den Kopf und beobachtete, wie sich dünne Falten in T'Leras Stirn gruben, wie es in ihren stechenden Augen aufblitzte. Erst Jahre später konnte er diese Zeichen deuten; es handelte sich um das Ich-nehme-die-Herausforderung-an der vulkanischen Mimik.

»Es wäre mir eine Ehre«, entgegnete T'Lera, und ihre Züge glätteten sich wieder. »Allerdings sind die Chancen bei einem solchen Wettkampf nicht gleich verteilt.«

»Wieso?« Melody fand Gefallen an der Vorstellung,

gegen die Vulkanierin anzutreten. »Weil ich als Profi gespielt habe und Sie noch nie einen Tennisschläger in der Hand hielten? Nun, gehen wir einfach davon aus, ich gäbe Ihnen Unterricht. Wir zählen keine Punkte, einverstanden? Es hat den Anschein, als seien Sie in guter Verfassung, und vermutlich sind Sie nur einige Jahre älter als ich. Nun, ich bin Rechtshänderin, aber wenn Sie wollen, spiele ich mit der linken Hand.«

T'Lera blieb skeptisch. »Ich glaube kaum daß sich damit die Unterschiede zwischen uns ausgleichen lassen. Bitte entschuldigen Sie, Commander, doch vielleicht sollten wir besser auf ein gemeinsames Spiel verzichten.«

»Haben Sie Angst, es nicht mit mir aufnehmen zu können, einem Menschen unterlegen zu sein?« Melody hielt ihren Schläger wie eine Waffe. »Mr. Kirk meint, ich solle Freundschaft mit Ihnen schließen und mich endlich von allem ›xenophobischen Unsinn‹ trennen, wie er sich auszudrücken beliebt. Ich bin kein Diplomat wie Jason. Ich glaube an Taten, nicht an Worte. Oh, Ihre Geschichte hat mich wirklich ungeheuer beeindruckt. Der heldenhafte Versuch, das Erkundungsschiff zu sprengen, Ihre Behauptung, den Tod einer Entdeckung vorzuziehen ... Alles nur Blabla. Jetzt haben Sie Gelegenheit, mir zu zeigen, aus welchem Holz Sie geschnitzt sind.«

Das zufriedene, erwartungsvolle Funkeln kehrte in T'Leras Augen zurück. Kirk wußte, was sich anzubahnen begann.

»Melody ...«, sagte er. »Sie ahnen nicht, auf was Sie sich einlassen ...«

»Halten Sie die Klappe, Muttersöhnchen!« fauchte Sawyer. »Mit Ihnen bin ich fertig.« Sie wandte sich wieder an die Vulkanierin. »Nun?«

»Wie Sie wünschen, Commander«, erwiderte T'Lera. Jim hätte am liebsten laut geschrien.

Kapitel 9

»Persönliches Logbuch des Captains:

Die ganze Sache muß ein Witz sein, ein Scherz des Universums — und vermutlich auf meine Kosten. Ich stehe neben einem Tennisplatz, tief im Innern eines irdischen Schiffes, warte darauf, daß ein wahrhaft historisches Spiel beginnt, dessen einziger Zuschauer die Rolle eines inoffiziellen Schiedsrichters wahrnimmt.

Ich halte mich für belesen. Ich kenne die vielen, an Faust erinnernden Legenden über Menschen, die mit dem Teufel um ihre Seele würfeln. Ich entsinne mich in diesem Zusammenhang an bestimmte Szenen eines alten 2-D-Films: ein Ritter, der sein Schicksal von einer Schachpartie mit dem Satan entscheiden läßt. Hängt die Zukunft der Föderation vom Ergebnis eines Tennismatchs ab? Es ist einfach unfaßbar!

Vielleicht kann eine bereits veränderte Geschichte nicht mehr in das ursprüngliche, *richtige* historische Gefüge zurückgelenkt werden. Vielleicht sind unsere Bemühungen völlig umsonst. Elizabeth Dehner meinte, ich sei ein Captain ohne Schiff, ein Kommandant ohne Kommando. Vielleicht habe ich es gar nicht anders verdient, als zwischen die femininen Fronten zu geraten, mit den beiden stursten, unzugänglichsten Frauen in dieser Galaxis konfrontiert zu werden.

Inzwischen fühle ich mich nicht mehr versucht, laut zu schreien. Statt dessen verspüre ich den fast unwiderstehlichen Wunsch, schallend zu lachen. Ich schweige nur deshalb, weil ich immerzu an all die unheilvollen Dinge denken muß, die uns noch bevorstehen mögen. Wenigstens sollte ich in der Lage sein zu verhindern, daß sich T'Lera und Sawyer gegenseitig umbringen.«

Kirk und Melody geduldeten sich, während T'Lera ihre Kleidung wechselte. Sawyer hatte darauf bestanden, daß die Vulkanierin einen weißen Tennisdreß anzog, und Jim war stolz auf sich und seine eiserne Disziplin: Er ließ sich nicht dazu hinreißen, Melody zu erwürgen.

Sie maß ihn mit einem finsteren Blick.

»Warum lächeln Sie so, Muttersöhnchen?«

Kirk schüttelte nur den Kopf, wagte es nicht, eine Antwort zu gegen.

»Sie brauchen nicht hierzubleiben!« knurrte Melody und wanderte wie eine Tigerin an der Spielfeldbegrenzung auf und ab. Vielleicht kamen ihr jetzt Bedenken. »Ich schlage vor, Sie verschwinden und genehmigen sich einen Becher warme Milch.«

»Dieses Spiel möchte ich um nichts in der Welt verpassen.«

»Darf ich Sie etwas fragen, Kirk?« Sawyer trat auf ihn zu, warf einen kurzen Blick in Richtung Umkleidekabine und fragte in einem fast verschwörerischen Tonfall: »Glauben Sie, T'Lera ist wirklich so alt, wie sie behauptet?«

Jim zuckte amüsiert mit den Schultern. »Wer weiß? Die Resultate der medizinischen Untersuchungen deuten darauf hin, daß die vulkanische Lebenserwartung doppelt so groß ist wie unsere. Sind Sie überrascht? Bekommen Sie jetzt kalte Füße?«

»Quatsch!«

Kirks Lächeln wuchs in die Breite. »Aus reiner Neugier, Melody... Was ist, wenn Sie verlieren?«

Ihr Lachen klang unecht und drohend. »Die letzte Niederlage mußte ich in der Goddard-Basis einstecken, und damals habe ich mit einem verstauchten Knöchel gespielt! Außerdem: T'Lera behauptet, hundert Jahre alt zu sein. Glauben Sie im Ernst, eine Oma hätte irgendeine Chance gegen mich?«

Die Altersfrage hatte sich durch Zufall ergeben.

»Ich nehme an, Ihre Erkundungsmissionen erfordern eine gute körperliche Konstitution«, wandte sie sich im Erfrischungsbereich an T'Lera. *Sie läßt nicht locker*, dachte Kirk. *Die Erwähnung des ›aufrechten, pflichtbewußten Soldaten‹ hat sie stärker getroffen, als sie zugibt.* »Sie scheinen in ausgezeichneter Verfassung zu sein, wenn ich Ihr Alter richtig einschätze...«

»Einhundertdreizehn Komma vier sechs irdische Jahre«, lautete die gelassene Antwort.

Diese Auskunft schockierte Melody ebenso wie alle anderen Besonderheiten der Vulkanier. Sie schüttelte den Kopf und ging wieder in die Sporthalle, um dort zu warten.

»Gute Nacht, Yoshi. Und vielen Dank.«

Elizabeth Dehner schloß die Tür ihrer Kabine und lauschte, hörte wie der junge Agronom durch den Korridor ging und sich in sein eigenes Quartier zurückzog. Die Psychologin holte tief Luft, zwang sich zur Ruhe und zählte stumm bis hundert. Dann öffnete sie ihre Reisetasche und holte jenen elektronischen Dietrich hervor, den Lee Kelso benutzt hatte, um in den Computerraum der Datenbank in Alexandria zu gelangen. Auf leisen Sohlen trat sie in den Gang und eilte in die Richtung, aus der sie vor einigen Minuten mit Yoshi gekommen war. Ihr Ziel: der Arzneischrank drei Decks weiter unten.

Tatya öffnete die Luke des Kommandoturms und schöpfte eine Handvoll Schnee. Auf den Zehenspitzen schlich sie an Jason Nyere vorbei, der im Kommandantensessel neben dem nach wie vor grauen Kom-Schirm schnarchte, bot die weiße Masse Sorahl an. Der junge Vulkanier nahm die rätselhafte, schmelzende Substanz entgegen und wunderte sich über das kalte Brennen auf der Haut.

»Mein Lehrer Selik stellte einmal folgende Berechnung an«, sagte er. »Wenn ein durchschnittlicher Sturm von sechzig Sekunden Dauer seine Energie in einem Gebiet freisetzt, das eine Quadratmeile umfaßt, entspricht die Anzahl solcher hexaedrischen Kristalle...«

»Lieber Himmel, kehren Sie nicht schon wieder den Wissenschaftler heraus«, ächzte Tatya. »Und schnuppern Sie nicht dauernd daran. Sehen Sie nur: Der Schnee schmilzt bereits. Ihre Hände müssen unglaublich warm sein.«

»Den gegenwärtigen Aggregatzustand dieser Substanz empfinde ich als eher unangenehm.« Sorahl beobachtete eine klare Flüssigkeit, die von seinen Fingern auf den

Boden tropfte. »Gibt es einen Ort, an dem ich sie angemessen beseitigen kann?«

»Es ist doch nur Wasser!« Tatya ließ den Rest Schnee fallen und wischte sich die Hände an der Hose ab. Ihre Freude wich plötzlicher Enttäuschung. Es lag nicht etwa an Sorahls kindlichem Erstaunen, das sich wenige Sekunden später in die für ihn typische, logische Rationalität verwandelte. Sie hatte das Gefühl, als schmelze nicht nur das kalte Weiß, sondern auch alles andere. »Als meine Kusinen und ich klein waren, goß Tante Mariya an besonders kalten Tagen heißen Sirup über frisch gefallenen Schnee. Er gefror innerhalb weniger Sekunden, und anschließend knabberten wir daran. Er schmeckte wie ... Oh, es läßt sich kaum beschreiben. Wie etwas, das man voll und ganz auskosten muß, weil es sich nie wiederholt ...«

Tatya brach ab und drehte den Kopf, um ihre Tränen zu verbergen. Wie närrisch, Sorahl etwas so Kaltes und Flüchtiges wie eine Handvoll Schnee zu geben! Viel lieber hätte sie ihm die Freiheit angeboten. Sie wollte mit ihm zusammen fliehen, übers Packeis zum Festland laufen, im pulvrigen Weiß tollen, bis sie es im Haar und an den Wimpern spürte, in den Stiefeln und unterm Parka — obgleich ihr das nicht sonderlich gefiele. Sie wollte mit Sorahl den nächsten Ort aufsuchen — es spielte keine Rolle, daß die Entfernung mindestens tausend Kilometer betrug —, sich irgendwo verstecken, wo sie niemand finden konnte. Sie stellte sich vor, jahrelang mit dem Vulkanier zu reisen, bis der Absturz des Erkundungsschiffes und die beiden Überlebenden in Vergessenheit gerieten, bis sich niemand mehr daran erinnerte, bis sie in Sicherheit waren. Anschließend konnten sie Yoshi benachrichtigen und ein völlig neues Leben beginnen, irgendwo, irgendwie.

Doch dann erinnerte sich Tatya daran, daß Vulkanier kein menschliches Gefühl kannten. Sorahl empfand nichts für sie. Seine Reaktionen bestanden immer nur aus höflichem Interesse; alles andere war ihm fremd. *Was soll's?* dachte sie niedergeschlagen. *Solche Dinge sind nicht mehr wichtig. Sie ändern nichts an meinem emotionalen Engagement.* Tatya fand sich damit ab und wußte, daß ihre Liebe — wenn man überhaupt davon sprechen konnte — einseitig bleiben mußte. Sie wünschte sich nur, Sorahl helfen zu können.

»Wären wir uns doch nur nicht begegnet«, hauchte sie und wischte sich die Tränen aus den Augen.

Der junge Vulkanier hob die Brauen und achtete nicht mehr auf das kühle, über seine Hände rinnende Naß. »Wenn ich Sie beleidigt habe, wenn mir ein Fehler unterlief ...«

»Nein«, flüsterte die Agronomin traurig. Sie wandte sich um, strich mit den Fingerkuppen über Sorahls Wangen, berührte ihn wie einen Bruder. »Nein, Sie sind nahezu perfekt! Die Schuld liegt einzig und allein bei uns Menschen!«

In den Grenzstädten herrschte Chaos.

PentaKrem leugnete nach wie vor die Präsenz von Außerirdischen, dementierte alle entsprechenden Meldungen. Gleichzeitig spannten die zuständigen Behörden ein dichtes Sicherheitsnetz am Rande des antarktischen Kontinents und ließen nur die Personen ins Inland reisen, die Sondergenehmigungen vorweisen konnten. Die vielen Journalisten und UFO-Narren in den kleinen Siedlungen an der Küste weckten Verdruß in den Einheimischen. Sie blieben in ihren Häusern, verriegelten die Türen und warteten geduldig darauf, daß sich die erhitzen Gemüter der ungebetenen Besucher abkühlten — wobei sich die polare Kälte als ein wichtiger Verbündeter erwies. Unterdessen suchten die Reporter und ihr Gefolge nach warmen Mahlzeiten, geheizten Hotelzimmern und immer rarer werdenden Passierscheinen.

Die Spannung wuchs. Tagelange Schneestürme, gelegentliche Erdbeben und eine rätselhafte Verzögerung bei der Nachschubversorgung vergrößerten das Durcheinander. Einige UFO-Jünger warfen das metaphorische Handtuch und kehrten heim, aber die Medien-Repräsentanten hielten die Stellung und ließen sich nicht unterkriegen. In den Kneipen kam es immer wieder zu handgreiflichen Auseinandersetzungen zwischen Betrunkenen, und Gefängnisse füllten sich fast ebensoschnell wie Hotels. Die Sanitätsroboter waren schon nach kurzer Zeit hoffnungslos überlastet.

Mitten in dieser Wirrnis fiel eine Person durch ihre profunde Gelassenheit auf. Spock fand nur Konfusion — und machte sich daran, eine eigene Art von Ordnung zu schaffen.

Den ganzen Tag über wartete er im Vorzimmer des provisorischen Hauptquartiers, das PentaKrem in der kleinen Barackenstadt Sunshine eingerichtet hatte. Dutzende von Sekretären nahmen Hunderte von Journalisten in Empfang, versuchten sie davon zu überzeugen, daß es überhaupt keinen ›Knüller‹ gab — und baten sie mehr oder weniger freundlich darum, nach Hause zurückzukehren. Spock verbarg seine Ohren unter einer blauen Strickmütze, trug einen langen Mantel — und wirkte aufgrund seiner unerschütterlichen Ruhe völlig fehl am Platze. Stumm beobachtete er, wie sich fluchende Reporter in dem stickigen, fensterlosen Raum die Klinke in die Hand reichten. Gegen Mitternacht gaben auch die hartnäckigsten und verbissensten Typen auf, und Spock wartete allein.

Eine erschöpfte und entnervte Sekretärin schloß die Bürotür ab, drehte sich um und bemerkte den letzten Besucher.

»Es sind bereits alle gegangen«, sagte sie. »Kommen Sie morgen wieder.«

»Sie sind noch hier«, stellte Spock fest.

»Ja, schon, aber ich mache jetzt Feierabend. Außerdem bin ich nicht befugt, Reisegenehmigungen zu erteilen.«

»Die Unterschrift des stellvertretenden Direktors genügt. Und wenn ich mich nicht sehr irre, befindet er sich nach wie vor in seinem Arbeitszimmer.«

Die Sekretärin musterte ihn müde. »Woher wollen Sie das wissen?«

»Zwischen acht Uhr heute morgen und zwölf Uhr mittags betraten mit Ihnen insgesamt sieben Personen den Bürokomplex. Vor ihnen sind bereits fünf Mitarbeiter gegangen. Ich glaube, der übrigbleibende Mann ist ermächtigt, Passierscheine auszustellen.«

»Wer hat Ihnen gesagt ...«

»Ich benötigte keine Informationen aus zweiter Hand«, meinte Spock. »Ich bin die ganze Zeit über hier gewesen.«

»Sie warten seit über sechzehn Stunden?«

»Seit sechzehn Stunden und einundzwanzig Minuten.«

Die junge Frau nickte überrascht. »Und wahrscheinlich wollen Sie bleiben, bis Sie mit dem stellvertretenden Direktor gesprochen haben.«

»In der Tat.«

»Na schön.« Die Sekretärin seufzte, nahm am Schreibtisch Platz und griff nach Stift und Formular. »Sie heißen...«

»Spock.«

»Vorname?«

Er zögerte kaum merklich. »Benjamin.«

»Und welche Mediengruppe schickt Sie, Mr. Spock?«

Der Vulkanier schüttelte andeutungsweise den Kopf. »Ich bin kein Journalist. Ich komme im Auftrag Professor Jeremy Graysons von der Friedensgesellschaft.«

Er zeigte das aus Stockholm stammende Dokument. Die Sekretärin nahm es entgegen, und ihre Verwunderung verwandelte sich in Respekt.

»Man wies uns darauf hin, Grayson käme selbst hierher.«

»Der Professor erkrankte«, sagte Spock und fragte sich, wie es seinem Gönner ging. »Man beauftragte mich, ihn zu vertreten.«

»Ich verstehe«, entgegnete die junge Frau. »Nun, es scheint alles in Ordnung zu sein. Ich brauche jetzt nur noch eine Legitimation, einen Beweis für Ihre Identität.«

Genau das war der kritische Punkt. Spock dachte an jenen Gegenstand, der ihn in die Lage versetzt hatte, Dutzende von Grenzen zu passieren und große Ozeane zu überqueren. Wenn er jetzt seine Wirkung verfehlte, blieben alle Mühen umsonst. Der Vulkanier griff unter den Hemdkragen, zog eine dünne, silberne Kette hervor und strich mit den Fingerspitzen sanft über das Symbol des Friedens.

Man kann es kaum damit vergleichen, ein Raumschiff durch den Subraum zu steuern, dachte Gary Mitchell, während das Schneemobil über Eis und Schnee jagte. *Aber es ist trotzdem aufregend genug.* Er überprüfte die Kursdaten und nickte zufrieden. Mit ein wenig Glück erreichte er Byrd-Station in einer Stunde.

Yoshi saß im Schneidersitz auf seiner Koje, von völliger Finsternis umgeben. Niedergeschlagen dachte er über sein zukünftiges Leben nach.

Er hatte gehofft, nach dem langen und befreienden Gespräch mit der Psychologin endlich Ruhe zu finden, doch ihre Antworten ersetzten alte Ängste durch neue. Wenn die Präsenz der Vulkanier in seinem Denken und Empfindungen derart nachhaltige Veränderungen bewirkte, konnte es kaum überraschen, daß die restliche Welt mit Hysterie reagierte.

Angenommen, T'Lera hat recht. Angenommen, es wäre ohnehin ein Kontakt zwischen Menschen und Vulkaniern erfolgt, in rund zwanzig Jahren. Und angenommen, Dr. Belleros Hinweis traf zu. Angenommen, ich bin tatsächlich imstande, zu helfen, etwas zu unternehmen ...

Yoshi erinnerte sich an sein pubertäres Verhalten Tatya gegenüber und beschloß, sich bei ihr zu entschuldigen. Er ließ die Lampe ausgeschaltet, tastete im Dunkeln nach der Jeans. *Ich gehe zu ihr. Zu ihr und Sorahl. Sie sind bestimmt zusammen, wahrscheinlich zum letztenmal — morgen wird uns sicher die Entscheidung des Rates mitgeteilt. Ja, ich gehe zu ihnen und bitte sie beide um Verzeihung.*

Etwas rutschte aus der Hosentasche und berührte den Fuß des Agronomen. Yoshi betätigte den Lichtschalter und hob ein zusammengefaltetes Blatt auf.

»Wie dumm von mir«, tadelte er sich und strich den Computerausdruck glatt. Jemand anders hätte ihn an einem sicheren Ort untergebracht, bevor ...

Bevor er in die Hände jener Leute fällt, die mein Gedächtnis löschen, mir alle Erinnerungen an die Vulkanier rauben wollen, fuhr es ihm durch den Sinn. Er hatte Dr. Bellero gesagt, er sei kein Held, aber Feigheit bedeutete nicht, alles aufzugeben. Mit plötzlicher Entschlossenheit griff er nach einem Bleistift, unterstrich die von Sorahl entwickelte Enzymformel und gab ihr einen Namen. Dann faltete er das Blatt wieder zusammen, versteckte es tief unten in seinem Seesack und verließ die Kabine.

T'Lera gewann das erste Spiel mit vierzig zu null.

Sie hatte das Spielfeld mit blanken Sohlen betreten, denn ihre Füße waren zu schmal für menschliche Turnschuhe — ein weiterer Hinweis auf ihre Andersartigkeit.

»Schon gut«, brummte Melody und winkte ab. »Einige der besten Australierinnen spielen barfuß.« Dennoch starrte sie immer wieder auf T'Leras Zehen.

»In dieser Hinsicht überfordere ich nicht die menschliche Akzeptabilität«, stellte die Vulkanierin fest, und machte einige Schritte, um mit dem Boden vertraut zu werden. »Im Gegensatz zu den Ohren.«

»He, ich wollte nicht ...«

»Wenn ich den Rest meines Lebens auf der Erde verbringen muß ... Vielleicht können Ihre Chirurgen einen entsprechenden Eingriff vornehmen, so daß ich dem Auge des Betrachters angenehmer erscheine.« T'Lera setzte die volle Kraft ihrer Ironie frei, und dem einige Meter abseits stehenden Kirk erschien sie fast greifbar — obwohl der triefende Sarkasmus in erster Linie Melody galt. Jim verglich ihn mit einer brennenden Lunte, die eine Bombe in Sawyer zünden mochte. »Was halten Sie davon, wenn ich sie einfach abschneiden lasse?«

Und die vulkanische Seele? überlegte Kirk. *Was ist mit Ihrem Intellekt? Soll er aus dem Hirn geätzt werden, damit sich Melody und die anderen Zweifler nicht mehr so unterlegen fühlen?*

»Ihr Aufschlag!« knurrte der Erste Maat und hielt den Schläger bereit.

Melodys Gummisohlen knarrten und quietschten, als sie hin und her eilte, den Ball annahm und übers Netz zurückschickte. T'Lera hingegen erweckte den Eindruck, als schwebe sie über den Kunststoffbelag hinweg; die irdische Gravitation war geringer als die Schwerkraft Vulkans, und das gab ihr einen zusätzlichen Vorteil. Sie ließ sich nicht einmal von Sawyers Flugbällen überraschen, reagierte mit einer eleganten, nichtaggressiven Schnelligkeit, die auf jahrelange Erfahrung hinzudeuten schien. »Spiel!« rief Jim nach einigen Minuten zu T'Leras Gunsten — und streute damit nur Salz in die Wunde.

»Und Sie wollen hundertdreizehn Jahre alt sein, wie?« schnaufte Melody und wischte sich Schweiß von der Stirn.

»Hundertdreizehn Komma vier sechs«, sagte T'Lera.

Jim Kirk rollte mit den Augen.

Jason Nyere erwachte aus einem unruhigen Schlaf, als er Yoshis Schritte auf den Metallstufen der Brückentreppe hörte.

»W-Was?« Der Captain setzte sich in seinem Sessel auf. Die Träume waren so schlimm, daß er unwillkürlich nach der Laserpistole tastete, die er vor acht Tagen in den Waffenschrank gelegt hatte.

»Immer mit der Ruhe, Jason«, murmelte der Agronom. »Ich bin's nur. Hab' schon seit langem keine Schuhe mehr getragen. Nachts werden die Decks ziemlich kalt.«

»Ich sollte was dagegen unternehmen«, brummte Nyere, zwinkerte verwirrt und starrte auf den noch immer grauen Kom-Schirm. »Die Vulkanier ...«

»... gewöhnen sich allmählich an die Kälte, Captain«, antwortete einer der Außerirdischen. Jason rieb sich die Augen und bemerkte auch Sorahl und Tatya. »Machen Sie sich deshalb keine Sorgen.«

»Wie spät ist es?« fragte Jason und warf einen kurzen Blick auf das Chronometer.

»Spät genug für Sie, um ein wenig an der Matratze zu horchen.« Yoshi half dem untersetzten Mann auf die Beine. »Sie haben doch ein Kom-Terminal in Ihrer Kabine, oder? Hier oben passiert bestimmt nichts. Vermutlich ist inzwischen der ganze Kontinent abgeriegelt.«

»Ich sollte auf der Brücke sein, wenn die Nachricht eintrifft«, erwiderte Nyere halbherzig und streckte sich. Er wurde allmählich zu alt, um im Kommandantensessel zu schlafen. »Die Pflicht des Captains ...«

Er taumelte. Yoshi stützte ihn auf der einen Seite, Sorahl auf der anderen.

»Möchten Sie, daß wir Melody Bescheid geben?« fragte der junge Agronom. Er bekam keine Antwort — Jason schlief im Stehen. Yoshi und Sorahl trugen ihn in den Funkraum, wo ein schmales Sofa stand. Tatya zog Nyere die Stiefel aus und holte eine Decke.

»Armer alter Mann«, sagte Yoshi leise, als sie auf Zehenspitzen hinausschlichen.

Das einzige Licht im Kommandoraum stammte von den matt glühenden Monitoren. Jenseits des Panoramafensters erstreckte sich eine öde Landschaft: Packeis, frisch gefallener Schnee, im Bereich der Byrd-Station festgetrampelt und schmutzig. Etwas weiter entfernt ragte eine Gletscherflanke in die Höhe und kennzeichnete den Beginn des Festlands. Über dem Weiß funkelten Sterne an einem völlig klaren Himmel.

»Ich nehme an, wir können Vulkan von hier aus nicht sehen«, hauchte Yoshi, als er zu Tatya und Sorahl trat. Ganz gleich, welche Erinnerungen man später aus ihm tilgte: Er prägte sich ein, nach Epsilon Eridani Ausschau zu halten.

»Das Zentralgestirn unseres Sonnensystems gehört zu Ihrem nördlichen Sternhimmel«, erwiderte Sorahl ernst und fügte hinzu: »Mein Freund.«

Wußte er, was Yoshi in diesem Augenblick empfand? Oder gründeten sich seine Ahnungen auf rational-logische Überlegungen und aufmerksame Beobachtungen? In der vulkanischen Kultur gab es keine Entsprechung für Eifersucht, aber durch die Beschäftigung mit der terrestrischen Zivilisation und ihren Besonderheiten kannte er ein solches emotionales Konzept.

Niemand sprach, während sie zu den Sternen emporsahen. Stumm schlang Yoshi den Arm um Tatyas Schultern.

Sie schmiegte sich an ihn, erinnerte sich an die gemeinsamen Jahre, nahm seinen fast vergessenen und doch so vertrauten Geruch wahr: ein Duft von Meer und Sandelholz — und noch etwas anderes, das einzig und allein von Yoshi ausging, auf seiner menschlichen Natur beruhte. Sie seufzte leise und zufrieden.

Der junge Agronom hob die andere Hand, um sich das Haar aus der Stirn zu streichen, ließ sie jedoch wieder sinken. Statt dessen neigte er den Kopf zur Seite und berührte auch Sorahl — eine Geste der Brüderlichkeit, ungeachtet aller Unterschiede.

Der Vulkanier wich nicht zur Seite, akzeptierte die Konfrontation mit dem psychischen Chaos eines menschlichen Bewußtseins — die unausweichliche Konsequenz der Freundschaft mit einem Terraner. Vielleicht hatte T'Lera recht. Vielleicht war es wirklich noch zu früh für einen Kontakt zwischen ihren Völkern. Aber er begriff, daß die Folgen nicht nur aus Furcht und Ablehnung und Hysterie bestanden.

Eisige Kälte umhüllte den Bioniker, als er aus infraroten Augen drei Gestalten beobachtete, die am Fenster des Kommandoturms standen — so leicht zu treffende Ziele, daß selbst er in Versuchung geriet. Seine Waffe bewegte sich von ganz allein, als entwickelte sie ein gespenstisches Eigenleben. Er blickte durch die Erfassungsoptik, zielte auf den Schemen in der Mitte und fragte sich, auf welcher Seite er beginnen sollte, rechts oder links. Es spielte überhaupt keine Rolle: Wenn er jetzt abdrückte, blieb den drei Personen nicht die geringste Chance.

»Rächer?« erklang eine Stimme hinter ihm. »Es steht jemand auf der Brücke.«

Widerstrebend ließ der Bioniker die Waffe sinken.

»Ja, ich weiß«, erwiderte er, ohne daß sein Atem in der kalten Luft kondensierte. »Aber wir warten noch.«

»Spiel!« rief Kirk zum zweitenmal, sah Melody an und zuckte mit den Schultern. An dem Inhalt seiner wortlosen

Botschaft konnte kein Zweifel bestehen: *Sie wollten es nicht anders* ...

»Der Satz ist noch offen!« erwiderte Sawyer scharf, obwohl sie keuchend nach Luft schnappte. Schweiß tropfte ihr in die Augen.

T'Lera zögerte kurz und schien zu überlegen, wie gefährlich es sein mochte, dem empfindsamen menschlichen Ego ihrer Gegnerin einen weiteren, vielleicht fatalen Schlag zu versetzen. Aber es gab jetzt kein Zurück mehr. Sie hatte die Herausforderung angenommen und mußte sich den Konsequenzen stellen.

»Haben Sie nicht gehört, verdammt?« entfuhr es Melody zornig. Sie schwang bereits steif gewordene Arme, um beginnenden Muskelkrämpfen vorzubeugen, spürte im Fußknöchel ein Stechen, das sie an Goddard erinnerte.

T'Lera atmete tief durch und trat an die Endlinie heran. »Wie Sie wünschen, Commander.«

»Genießen Sie Ihren Triumph«, sagte Melody spöttisch, als sie ebenfalls Aufstellung bezog. »Morgen sind Sie erledigt. Das ist Ihnen doch klar, oder?«

»In der Tat«, erwiderte die Vulkanierin schlicht.

»Ich ... verstehe ... Sie nicht«, brachte Sawyer mühsam hervor und verteidigte sowohl ihren Stolz als auch den der Erde. »Sie bleiben mir ein ... Rätsel! Sie hätten sich ... Yoshi und Tatya schnappen, sie als ... Geiseln benutzen können. Sie sind stark genug, um mich und ... Muttersöhnchen dort drüben zu ... überwältigen. Himmel, Sie ... Sie wären in der Lage, das ganze Schiff ... unter Ihre Kontrolle zu bringen, AeroMar damit unter Druck zu setzen! Ich ... ich begreife einfach nicht, warum Sie solche Möglichkeiten ... ungenutzt lassen!«

Kirk machte keine Anstalten, Melodys Monolog zu unterbrechen, um T'Leras Standpunkt zu erklären. Er wußte, daß seine Hinweise keine Veränderungen bewirken konnten, und daher beschränkte er sich weiterhin darauf, stumm zu beobachten. Die Vulkanierin hob den Schläger, und der Ball schien von ganz allein auf die Bespannung zu finden, prallte ab, segelte mit sonderbarer Anmut übers Netz — und rollte übers Spielfeld, ohne daß Sawyer ihn erreichen konnte. Jim riß unwillkürlich die Augen auf und staunte.

»Sie legen menschliche Maßstäbe an, Commander«, sagte T'Lera ruhig und blieb gelassen stehen. Der Sieg gehörte ihr. »Manchmal spielen persönliche Erwägungen keine Rolle. Manchmal sind andere Dinge weitaus wichtiger.«

»O ja, natürlich!« schnaufte Melody spöttisch und trat ans Netz heran, ohne sich mit der Niederlage abzufinden. Zorn blitzte in ihren Augen, als sie T'Lera anstarrte und eine Tradition mißachtete: Sie streckte nicht die Hand aus. Eine Vulkanierin berühren? Unmöglich! »Ihre Logik und ach so hehren Ideale! Sie sind ja so ehrenhaft, nicht wahr? Wissen Sie, vielleicht könnten Sie sogar meine Sympathie gewinnen — wenn Sie nur einmal zugäben, nicht ganz so perfekt zu sein. Wenn Sie irgendeine Schwäche zeigten, ein wenig Egoismus, zumindest Sorge um Ihren Sohn.

Ich habe zwei Kinder, etwa im gleichen Alter wie Sorahl«, fügte Melody hinzu. Sie rang noch immer nach Atem, doch es lag nicht etwa an den — verlorenen — Tennisspielen. »An Ihrer Stelle würde ich auf Knien um ihr Leben flehen!«

Kirk brauchte noch einige Jahre und die Hilfe eines anderen Vulkaniers, um zu begreifen, welche mentalen Auseinandersetzungen in der vulkanischen Seele stattfinden, unter jener psychischen Patina aus angeblich unerschütterlicher Gelassenheit. Derzeit dachte er nur daran, daß sich T'Lera ihrer eigenen ›Vulkanischen Expedition‹ gegenübersah. Es kam darauf an, was sie unter den gegenwärtigen Umständen als logisch erachtete, ob sie bereit war, einen Kompromiß zu schließen ...

»Würde Sie ein solches Verhalten meinerseits zufriedenstellen, Commander?« Ihre Stimme brachte Rationalität und tausendjährigen Frieden zum Ausdruck, aber Kirk hörte auch noch etwas anderes: Stolz und vierzig Jahrtausende vorgeschichtlicher Barbarei. »Verlangen Sie Demut von mir oder wünschen Sie sich meine Demütigung?«

Bevor Melody Antwort geben, bevor sich Jim Kirk von der Stelle rühren konnte, strich T'Lera von Vulkan ihren geborgten Tennisdreß glatt und sank vor Sawyer auf die Knie. Doch sie bekam keine Gelegenheit mehr, irgend etwas zu sagen. Plötzlich knackte es in den Lautsprechern, und Jason Nyeres donnernde Stimme erklang.

»Alarmstufe Rot! Alarmstufe Rot! Erster Offizier zur Brücke!«

Melody reagierte sofort. Sie ließ den Schläger fallen, griff nach ihrem Pulli und stürmte los. Kirk folgte ihr dichtauf.

Sorahl hörte das Schneemobil als erster.

Er trug eine dicke Parka — die Pazifistengruppe hatte ihn und seine Mutter mit Kleidung ausgestattet, und in dem umfangreichen Sortiment fehlten nur Tennissachen —, öffnete die Luke und atmete kalte Nachtluft. Mit neuerlicher Verwunderung beobachtete er die weiße Ödnis, die sich so sehr von den Wüsten seiner Heimatwelt unterschied. Unter anderen Umständen wäre er vielleicht auf Rächer und seine Leute aufmerksam geworden, die seine Silhouette vor den Sternen sahen und sich daraufhin kaum mehr zurückhalten konnten. Aber Tatya trat auf ihn zu, und das Geräusch ihrer Schritte lenkte ihn ab, bis ...

»Was ist los?« fragte die Agronomin, als sie bemerkte, wie der Vulkanier die Stirn runzelte.

»Ich höre etwas. Ein Brummen, das von einem Motor zu stammen scheint.«

Tatya horchte und schüttelte verwirrt den Kopf. »Für mich herrscht völlige Stille. Ihre Ohren ...«

Sie schwieg einige Sekunden lang, und dann vernahm sie das dumpfe Heulen.

Ebenso wie Rächer.

»Wenn jemand von euch zu schießen wagt«, wandte er sich mit einem drohenden Zischen an seine Gefährten, »ist er eine Sekunde später tot!«

Der vereinbarte Zeitpunkt war längst verstrichen, aber Rächer hoffte noch immer, daß Easter eintraf. Er lächelte grimmig, als er sich vorstellte, wie sein Rivale ins Kreuzfeuer geriet — obwohl er noch immer beabsichtigte, mit dem Angriff bis zum Morgengrauen zu warten. Aber selbst Easter konnte nicht so dumm sein, sich mit einem derartigen Lärm anzukündigen. Rächer verdrängte diese Überlegungen, als Gary Mitchells Schneemobil über die Gletscherflanke raste und direkt auf die *Delphinus* zuhielt.

»Nicht schießen!« rief er. Der dröhnende Motor übertönte beinahe seine Stimme. »Nicht schießen!«

Die Männer hinter ihm grollten unwillig, und Rächer spürte, wie ihre Anspannung wuchs. Doch die Neugier war stärker, als das schnittige Fahrzeug vor dem hoch aufragenden Kommandoturm anhielt und eine einzelne Gestalt ausstieg. Mitchell nahm die Brille ab und winkte den beiden Personen auf der anderen Seite des Panoramafensters zu.

»Guten Abend!« grüßte er freundlich und fügte im Plauderton hinzu: »Ich suche jemanden namens Jim Kirk. Haben Sie eine Ahnung, wo er steckt?«

Auch Yoshi hatte das Schneemobil gehört und gab Jason Nyere Bescheid.

Der Captain schickte die anderen Anwesenden von der Brücke. Er führte keine Waffe bei sich, war noch immer benommen und trat barfuß ans Fenster heran — dazu entschlossen, seiner Rolle als Kommandant gerecht zu werden. »Wer will das wissen?«

»Ein Freund«, erwiderte Mitchell leichthin. Er erinnerte sich an die letzten dreihundert Meter der Fahrt, an etwas, das ihm in der Dunkelheit neben der weißen Anhöhe aufgefallen war. Unheilvolle Ahnungen suchten ihn heim, als er in diesem Zusammenhang an die seltsame Begegnung unterwegs dachte. »Jim weiß, wer ich bin, Captain Nyere.«

Kelso hatte die Kommunikationsanlagen der *Delphinus* angezapft, und dadurch erkannte Gary die Stimme des Kapitäns. *Himmel, irgend etwas lauert in der Finsternis hinter uns. Wir haben jetzt keine Zeit für Förmlichkeiten.*

Nyere hörte, wie sein Name mit dem Kirks in Verbindung gebracht wurde — und beschloß, dem Fremden vorerst zu vertrauen. Trotzdem ließ er den Laufsteg betont langsam herab, während Mitchell nervös von einem Bein aufs andere trat.

»Captain, ich habe durchaus Verständnis für Ihre Vorsicht, aber ganz abgesehen davon, daß ich hier erfriere: Dort drüben hinter der Gletscherflanke ...«

Später ließ sich nicht mehr feststellen, wer zuerst schoß: einer von Rächers ungeduldigen Männern oder der Bioniker selbst, dem plötzlich einfiel, daß er die Schneemobile ungetarnt neben dem Eishügel zurückgelassen hatte. Es spielte auch keine Rolle, wer oder was den Ausschlag gab — von einem Augenblick zum anderen brach die Hölle los.

Mitchell sprang, ging zwischen der *Delphinus* und seinem Schneemobil in Deckung. Während Querschläger um ihn herum Schnee und Eis aufwirbelten, überlegte er voller Unbehagen, ob die dünne Aluminiumwandung des Fahrzeugs irgendeinen Schutz gewährte. Einige Sekunden lang spielte er mit dem Gedanken, alles auf eine Karte zu setzen und zur halb herabgesenkten Gangway zu laufen, entschied sich dann aber dagegen. *Dadurch mache ich mich selbst zur Zielscheibe.*

Er begriff plötzlich, daß er kaum eine Chance hatte. Nyere nahm vermutlich an, er habe ihn von dem Hinterhalt ablenken wollen. *Bestenfalls überläßt er mich einfach meinem Schicksal. Oder er zieht seine Knarre und gibt mir den Rest.* Gary preßte sich flach in den Schnee, stülpte die Hände über den Kopf und betete.

Als die ersten Schüsse krachten, duckte sich Jason Nyere neben die Luke, schloß das Schott und senkte die Stahlblenden vors breite Fenster. Anschließend gab er Alarm.

»Verschwinden Sie nach unten!« stieß er hervor, griff nach Sorahls Arm und schob den Vulkanier zusammen mit Yoshi und Tatya in Richtung Treppe. »Gehen Sie zu T'Lera und der Doktorin. Schließen Sie sich in der Krankenstation ein, bis Sie wieder von mir hören. Los, Bewegung!«

Er öffnete den Waffenschrank und beobachtete die

Byrd-Station durch einen infraroten Feldstecher, als Melody und Jim eintrafen.

»Ich muß mit Ihnen reden, Kirk!« Jason warf Sawyer eine Automatik zu, die sie mit einer Hand auffing.

»Was ist los, Captain?« fragte sie und kniff die Augen zusammen. Melody war ganz offensichtlich in einer mörderischen Stimmung.

»Das weiß ich noch nicht genau«, erwiderte Nyere gepreßt. »Vielleicht kann uns Mr. Kirk Aufschluß geben. Wer auch immer es auf uns abgesehen hat: Die Typen verstecken sich in den Gebäuden der Station — und sie sind verdammt gut bewaffnet.« Er berichtete Sawyer von den jüngsten Ereignissen, als einige großkalibrige Projektile von der dicken, stählernen Hülle der *Delphinus* abprallten. Rasch reichte er Melody mehrere Schallgranaten und einen Helm. »Klettern Sie hoch und halten Sie die Burschen beschäftigt. Seien Sie auf der Hut — ich muß erst noch feststellen, mit wie vielen Angreifern wir es zu tun haben.«

»Alles klar, Sär!« Melody stieg in die Kanoniernische in der oberen Hälfte des Kommandoturms. Die Sicht von dort aus war nicht besonders gut, aber andererseits mußte man sich außerordentlich ungeschickt anstellen, um in der kleinen Kammer getroffen zu werden. »Was ist mit dem Kerl neben dem Schneemobil?«

»Decken Sie ihn, bis wir sicher sind, zu welcher Seite er gehört!« rief Jason. »Kirk ...«

»Captain ...« Jim trat näher. »Ich kenne mich mit Waffen aus. Ich kann helfen.«

Nyere musterte ihn argwöhnisch. »Davon bin ich überzeugt. Die Frage ist nur: wem?« Sawyers Automatik ratterte, und der Geruch heißer Schmiermittel wehte durch den Kommandostand. »Würden Sie mir bitte erklären, warum der Typ da draußen mit seinem Fahrzeug den Sicherheitskordon durchbrach und mich nach Ihnen fragte? Würden Sie mir bitte sagen, warum seine Ankunft hier den vierten Weltkrieg auslöste, bevor ich Gelegenheit bekam, den Laufsteg herabzulassen?«

»Gary ...«, brachte Kirk hervor und schnitt eine Grimasse. Niemand sonst konnte so tollkühn sein. »Captain, ich habe keine Ahnung, wer auf uns schießt, aber der Mann, der mit dem Schneemobil kam, ist ein Freund. Sie können ihm ebenso vertrauen wie mir. Bitte geben Sie mir eine Möglichkeit, ihn an Bord zu holen.«

»Ich kann ihm ebenso vertrauen wie Ihnen?« Rote Flecken bildeten sich auf Nyeres Wangen. Er lud ein Lasergewehr und steckte mehrere Schallgranaten ein. »Zum Teufel auch, wo sind meine Stiefel?« Er starrte Jim an. »Glauben Sie etwa, ich traue einem Pazifisten, der behauptet, ein Waffenexperte zu sein? Der vielleicht in Verbindung mit den Leuten steht, die uns ans Leder wollen, es wagen, auf ein AeroMar-Schiff zu ballern, das groß genug ist, um ...« Jason schnappte in einem Anflug von Verzweiflung nach Luft. »Kirk, ich vertraue Ihnen *nicht*. Und wenn wir diese Sache überstanden haben, werde ich ...«

»Sie müssen mir glauben, Captain«, warf Jim ein. »Mitchell hat nichts mit dem Angriff zu tun!« Er stellte plötzlich fest, daß Elizabeth Dehner neben ihm stand, griff nach ihrer Hand. »Ich bin sicher, es ist Gary! Und ich muß ihn in Sicherheit bringen.«

»Cap... Jim!« Die Stimme der Psychologin klang fast schrill, und ihre Pupillen waren geweitet. Doch die Furcht galt nicht nur den Terroristen. »Die Erste Direktive. Sie ...« Dehner erinnerte sich an ihre Rolle als Freundin. »Du darfst niemanden töten ...«

»Es bleibt mir keine Wahl!« erwiderte Kirk scharf und faßte sich wieder. »Captain, bitte ...«

»Ich habe Ihnen befohlen, unten zu bleiben, Doktor!« brummte Jason und geleitete sie zur Treppe, erinnerte sich dabei an den seltsamen Ausdruck, den sie benutzt hatte. *Erste Direktive? Was soll das heißen?*

Dehner warf Kirk noch einen letzten Blick zu. »Jim ...«

»Schon gut, Doktor«, sagte er fest. »Halten Sie sich an Ihre Anweisungen!«

Ein Liebespaar, nicht wahr? überlegte Nyere. Es überraschte ihn selbst, daß sich kein neuerliches Mißtrauen in ihm regte. *Er scheint daran gewöhnt zu sein, Befehle zu erteilen*, dachte er — und beschloß, ein Risiko einzugehen.

Jason griff nach einem Lasergewehr mit begrenzter Reichweite und drückte es Kirk in die Hand.

»Helfen Sie Sawyer.«

Auf halbem Wege nach oben begriff Jim, daß Dehner recht hatte. Er durfte niemanden töten, nicht einmal für Gary. Fieberhaft überlegte er, wie er seinem Freund helfen konnte.

Hastig brachte er die letzten Stufen hinter sich und ging neben Melody in die Hocke. Sie drehte nicht einmal den Kopf, spähte weiterhin durch den Schießschlitz. Ganz allein hielt sie die Stellung und verhinderte, daß die unbekannten Angreifer Byrd-Station verlassen und sich dem Schiff nähern konnten. Doch es war sicher nur eine Frage der Zeit, bis sich der Gegner eine andere Taktik einfallen ließ, bis die Lage wirklich brenzlig wurde. Kirk schob sich an eine andere Öffnung heran und sah die Gebäude der alten Forschungsbasis. Hinter den zerbrochenen Fenstern blitzte immer wieder Mündungsfeuer. Jim richtete seine Aufmerksamkeit auf das nahe Schneemobil, hielt jedoch vergeblich nach Gary Ausschau.

»Ich dachte, an Bord der *Delphinus* gäbe es nicht nur Handwaffen«, meinte er und starrte auf sein Lasergewehr. Es handelte sich um ein so altertümliches Modell, daß er sich fragte, ob er überhaupt damit umgehen konnte.

»Eine höchst intelligente Bemerkung, Muttersöhnchen!« knurrte Melody und betätigte den Auslöser. Es ratterte erneut. »Wir könnten eine ganze verdammte Stadt dem Erdboden gleichmachen, aber die Geschütze befinden sich unter dem Eis, und angesichts der derzeitigen Lage brauchen wir eine komplette Mannschaft, um das Packeis zu durchstoßen und ganz aufzutauchen. Wenn's nach mir ginge ... Ich würde einfach die stählernen Schilde schließen und abwarten, bis den Typen dort drüben die Munition ausgeht. Doch der Captain scheint geneigt zu sein, Ihren Freund zu retten.«

Sawyer setzte sich auf, griff nach einer Schallgranate und holte aus. Noch während der Sprengkörper übers Eis sauste und vor dem nächsten Gebäude in den Schnee fiel, nahm sie ein Ersatzmagazin und schob es in die Ladekammer der Automatik. Als die Schockwellen der Explosion verebbten, wandte sich Kirk erneut an Melody.

»Gibt es noch einen anderen Weg nach draußen?«

»Durch die Notluke in der Rückwand des Funkraums. Dann gibt Ihnen der Kommandoturm Deckung.« Sie feuerte und erahnte erst nach einigen Sekunden, was Jim beabsichtigte. »Sind Sie übergeschnappt?«

»Wenn es mir gelingt, Gary hereinzuholen, können Sie die Schilder herabsenken«, platzte es aus Kirk heraus. »Wenn's mich erwischt ... Nun, in dem Fall sind Sie uns beide los und brauchen sich keine Sorgen mehr zu machen. Geben Sie mir Ihre Granaten.«

»Damit Sie mich zusammen mit der Kanoniernische in die Luft jagen und sich anschließend den Angreifern hinzugesellen? Von wegen, Muttersöhnchen!«

»Melody ...«, sagte Jim mit erzwungener Geduld. Er schwang das Lasergewehr herum und wünschte sich einen Phaser, der auf Betäubung justiert werden konnte. »Ich könnte Ihren verdammten Dickschädel wegbrennen und in aller Seelenruhe den Kommandoturm sprengen! Geht es denn nicht in Ihre Rübe, daß ich nur helfen will?«

»Captain, Sär!« rief Melody, zielte, schoß und wartete auf Nyeres Antwort. »Es sind insgesamt zehn oder zwölf, und ihre Bewaffnung ist leicht bis mittelschwer. Ah, und noch etwas: Muttersöhnchen möchte im Schnee tollen!«

»Lieber Himmel!« keuchte Jason. Normalerweise hätte er längst die Kanoniernische aufgesucht, aber er blickte noch immer durch den infraroten Feldstecher und versuchte, die Terroristen zu lokalisieren. Außerdem rechnete er mit Schwierigkeiten aus einer anderen Richtung.

Seine Erwartungen wurden nicht enttäuscht: T'Lera betrat die Brücke.

»Captain Nyere.«

Ihre Stimme traf ihn fast wie ein Schlag, und diesmal zuckte selbst er zusammen, als er dem kalten Feuer in ihren Augen begegnete. Sie ignorierte die von Yoshi übermittelte Anweisung, in der Krankenstation zu bleiben, kümmerte sich nicht um die menschlichen Einwände, verwandelte sich von T'Lera, der Schiffbrüchigen, in T'Lera, die Kommandantin einer Erkundungsmission. Sorahl schloß sich ihr wortlos an. *Vermutlich würde er ihr auch in die Hölle folgen — wenn Vulkanier mit einem solchen Konzept vertraut sind,* fuhr es Jason durch den Sinn.

»Bei allen Heiligen!« stieß er hervor. »Sie haben mir gerade noch gefehlt!«

»Captain.« Sorahl hatte seine Mutter informiert, und T'Lera streckte in einer kapitulierenden Geste die Hände aus. »Wenn die Angreifer uns wollen...«

Jason stöhnte. »Begreifen Sie denn nicht? Dies ist mein Schiff! Ich bin es nicht gewohnt, Opferlämmer auszuliefern. Und solange ich nicht weiß, gegen wen ich kämpfe, sind Sie mir nur im Weg!« Er breitete die Arme aus. »Um Himmels willen, T'Lera.« Er nannte ihren Namen, um seinen Worten Nachdruck zu verleihen. »Bitte!«

Die Vulkanierin fügte sich widerstrebend. Selbst wenn Leben in Gefahr gerieten: Es stand ihr nicht zu, sich in Dinge einzumischen, die in den Verantwortungsbereich eines anderen Kommandanten gehörten. Sie nickte knapp und ging zusammen mit Sorahl nach unten.

Jason atmete erleichtert auf, brauchte sich jetzt nur noch um ein Dutzend Terroristen und das Rätsel namens Kirk zu kümmern. Jeder Schiffskapitän mußte in der Lage sein, wichtige Entscheidungen innerhalb eines Sekundenbruchteils zu treffen, sich dabei auf seinen Instinkt zu verlassen. Kirk wußte um den inneren Kampf, den Nyere derzeit führte — und er schwieg. Jasons rechte Hand tastete nach den Ultraschallgranaten, als ...

»Ach du dickes Ei!« kreischte Melody, warf sich zurück und rollte die Treppe herunter. Unmittelbar darauf leckten Flammen durch die Schießschlitze, erfüllten die Kanoniernische mit einer Hitze, die Sawyer auf der Stelle getötet hätte. Ohne ihre Reflexe als Tennisspielerin wäre sie sicher nicht mit dem Leben davongekommen. »Die Mistkerle haben einen Flammenwerfer!«

Kirk erinnerte sich an einen enthusiastischen Vortrag des Waffennarren Sulu: Die während des einundzwanzigsten Jahrhunderts gebräuchlichen Flammenwerfer benutzten Napalm, wurden mit Lasermoduln betrieben und hatten eine Reichweite von mehr als hundert Metern. Alles andere als Kinderspielzeuge, selbst nach den Maßstäben des Föderations-Zeitalters.

Jim nahm einige Ultraschallgranaten entgegen.

»Das ändert die Situation«, sagte Nyere düster. »Gegen solche Waffen können wir kaum etwas ausrichten. Wenn wir die Schießschlitze geöffnet lassen, werden wir nacheinander gebraten. Und wenn wir sie schließen ... Dann benutzt der Gegner das Ding wie einen Schweißbrenner und schneidet den Kommandoturm in Stücke. Kirk, Sie haben drei Minuten, um Ihren Freund zu holen. Ich lasse den Laufsteg in hundertzwanzig Sekunden herab. Rennen Sie los, wenn die Turmlampe aufleuchtet.«

Jim umfaßte kurz den Arm des Captains — eine Kriegergeste aus grauer Vorzeit — und machte sich auf den Weg.

Kirk hielt sich nicht damit auf, einen dicken Mantel überzustreifen, fürchtete, dadurch nur behindert zu werden. Er verschwendete keinen Gedanken an die antarktische Kälte — bis seine Hände an den eisernen Sprossen festklebten. Er mußte sie fast mit Gewalt vom Stahl lösen, sprang die letzten Meter und landete in weichem Schnee. Melody hatte recht: Der Kommandoturm schirmte ihn vor der Byrd-Station und den Angreifern ab. Rasch schob sich Kirk an der dunklen Masse der *Delphinus* vorbei und erreichte kurz darauf jenen Teil des Bugs, der aus dem Packeis ragte. Dahinter erstreckte sich offenes Gelände, ohne jede Deckung. Eine zweite lange Flammenzunge tastete flackernd und knisternd nach dem Schiff, und für wenige Sekunden verwandelte sich die Eislandschaft in ein brodelndes Inferno. Dann kroch die Dunkelheit zurück, und nur das Funkeln der Sterne spendete Licht. Im letzten Schein des Feuers bemerkte Jim eine reglose Gestalt, die neben dem Schneemobil auf dem Bauch lag. Er hoffte inständig, daß Gary nicht verletzt oder gar tot war.

Irgend etwas explodierte und schleuderte Kirk zur Seite. Melody warf weitere Granaten, um ihn zu decken, zwang die mit dem Flammenwerfer bewaffnete Gestalt, in eine Baracke zurückzuweichen. Jim rollte sich ab, ignorierte den kalten Schnee, kroch auf allen vieren, sprang auf die Beine, legte die letzten Meter im Zickzack zurück und hörte dabei lautes, bedrohliches Rattern. Kugeln umschwirrten ihn. Sawyer beantwortete die Salve mit einer neuen Ultraschallgranate, als Kirk hinter das Schneemobil hechtete und dicht neben Mitchell liegen blieb.

»Ich bin's, Gary!« rief er, um das Getöse zu übertönen. Mitchell spannte die Muskeln und wollte sich auf ihn stürzen, erkannte ihn im letzten Augenblick. Er lachte erleichtert, und die Freunde klopften sich auf die Schultern.

»Alles in Ordnung mir dir?«

»Klar, Junge«, antwortete Gary. Doch seine Stimme klang heiser, und die Lippen zitterten nicht nur aufgrund der Kälte.

Einige Sekunden Später sah Kirk, wie der Turmscheinwerfer erstrahlte. Der grelle Lichtkegel wanderte über die Gebäude am Rand der Forschungsstation, und einige finstere Gestalten wichen hastig von den Fenstern zurück. Etwas surrte, und der Laufsteg senkte sich dem Schnee entgegen. Jim gab Mitchell einen Stoß.

»Lauf los! Ich halte dir den Rücken frei!«

Er versuchte sich daran zu erinnern, wie man mit einer altmodischen Ultraschallgranate umging, besann sich an seine Ausbildung und die waffenhistorischen Studien. Er sah Mitchell nach, und als er die Gangway erreichte und zum Schott eilte, nahm Kirk zwei Sprengkörper zur Hand, machte sie scharf und warf die beiden Granaten in verschiedene Richtungen. Sie verschwanden in schmalen Gassen zwischen den einzelnen Bauten. *Mal sehen, wie unsere*

Gegner damit *fertig werden*, dachte er grimmig und duckte sich in Erwartung der Explosion. Erneut schwang der Lichtkegel hin und her: Mitchell war in Sicherheit.

Kirk stemmt sich hoch und stürmte in Richtung Laufsteg.

Das von Irrsinn und Realitätsverlust erfaßte Bewußtsein Rächers gab für alles Easter die Schuld.

Der Bioniker und seine Leute hatten Easters bunt zusammengewürfelte Schar belächelt — ein disziplinloser Haufen, der sich mit den unhandlichen Spielzeugen der modernen Waffentechnologie abmühte: Zu der Ausrüstung gehörten Raketenwerfer, Laserlafetten und Neutronenkanone, die so schwer war, daß zwei Personen gebraucht wurden, um sie abzufeuern. Wenn solche Waffen im Nahkampf eingesetzt wurden, bestand das nicht unerhebliche Risiko, daß die Verteidiger zusammen mit den Angreifern starben. Nur Feiglinge benutzten solche Dinge, meinte Rächer.

Doch jetzt bedauerte er, nicht auf sie zurückgreifen zu können.

Wenn alles nach Plan gegangen wäre, dachte Rächer, während das auf seiner Schulter ruhende Rohr Feuer spuckte, *befänden wir uns längst im Innern des Schiffes und wateten durch Blut*. Doch die wenigen zurückgebliebenen Besatzungsmitglieder der *Delphinus* leisteten noch immer hartnäckigen Widerstand, und nur der Flammenwerfer verhinderte eine verheerende Niederlage der Terroristen. Das schwere Kriegsmaterial befand sich bei Easter. *Doch der blöde Kerl läßt sich nicht blicken.*

»Aussichtslos!« rief einer von Rächers Leuten. »Wir können nicht ins Schiff. Laß uns von hier verschwinden, bevor es zu spät ist!«

»Wir bleiben!« brüllte der Bioniker, betätigte einmal mehr den Auslöser und beobachtete, wie eine lange Flamme nach der *Delphinus* leckte. Sie strich über Mitchells Schneemobil, und das Fahrzeug platzte sofort auseinander. Funken stoben, und die Druckwelle der Explosion erschütterte sowohl das Schiff als auch die dicken Packeisschollen.

Der Kommandoturm erbebte sichtlich. Melody hatte die Luke hinter Kirk geschlossen und verlor den Halt, als sich der Boden unter ihren Füßen plötzlich hob und senkte. Sie taumelte — und fiel in die Arme Gary Mitchells.

»Was für ein netter Empfang«, sagte er und grinste, fand in der Sicherheit des Schiffes den verlorenen Humor wieder. »He, auf die Umarmung folgt für gewöhnlich ein ...«

»Wagen Sie es bloß nicht!« fauchte Sawyer, stieß ihn zur Seite und eilte zu Jason, der die Instrumente prüfte und eventuelle Schäden festzustellen versuchte. Aus den Augenwinkeln beobachtete sie Kirk, der die Hände rang — aus Furcht, wie sie glaubte.

»Alles in Ordnung mit Ihnen?« wandte sich Nyere besorgt an Melody.

»Ja!« erwiderte sie und verzog kurz das Gesicht. »Ich habe mir nur auf die Zunge gebissen. Himmel, wir bilden eine tolle Verteidigungstruppe, nicht wahr? Ich im Tennisdreß, Sie ohne Stiefel ...« Sawyer schüttelte den Kopf. »Wie schlimm ist es?«

Nyere deutete auf die Anzeigen. »Mehrere kleine Risse in der Außenhülle, einige Schotten undicht, was weiß ich? Wir merken's beim nächsten Tauchmanöver.«

Melody nahm das infrarote Fernglas zur Hand und stellte fest, wo sich die bunten Schemen befanden. Dann griff sie nach dem noch unbenutzten Lasergewehr des Captains. Er überließ es ihr, ohne irgendwelche Einwände zu erheben.

»Wird Zeit, daß wir einen Schlußstrich ziehen!« verkündete sie entschlossen, sauste wie der Blitz die Treppe hoch und kletterte in die Kanoniernische.

Lasergewehre verursachten kaum Geräusche. Melody erschoß drei von Rächers Leuten, bevor die anderen begriffen, was geschah. Zu den Toten gehörte auch der Mann, der den Bioniker zur Flucht gedrängt hatte. Er sank dicht neben dem Anführer der Gruppe in den Schnee. Die Überlebenden sahen die Sinnlosigkeit des Kampfes ein, wandten sich um und kehrten zu den Schneemobilen zurück.

Nur Rächer blieb. Er achtete nicht auf den Toten an seiner

Seite, ignorierte auch die Kälte der Nacht. Sein aus Metall und Kunststoff bestehender Körper emittierte keine Wärmestrahlung. Er wußte, daß der Plan gescheitert war, aber er gab trotzdem nicht auf. Er schaltete seine Waffe auf volle Leistung, verließ die Baracke und trat dem großen Schiff allein entgegen, beobachtete mit teuflischer Genugtuung, wie Flammen den hohen Kommandoturm umhüllten. Rächer erschien wie eine seltsame Mischung aus Drache und wahnsinnigem Don Quichotte — ein reinkarnierter Wikinger-Berserker, der Vergeltung für erlittene Schmach forderte.

Rächer mochte schon vor langer Zeit einen großen Teil seiner Menschlichkeit eingebüßt haben, doch er blieb ein Teil der allgemeinen Schöpfungsvielfalt. Seine Waffe war keine Gabe der Götter: Sie wurde nicht etwa mit Wut betrieben, sondern verwendete schlichtes Napalm — was sich als Nachteil erwies. Die halbflüssige Masse erstarrte in der Kälte, verfestigte sich in der Einspritzdüse und tropfte als weiche, wachsartige Substanz auf die Brust des Bionikers. Rächers Schicksal erfüllte sich in jähem Feuer: Heiße Glut umzuckte den künstlichen Leib, verwandelte ihn in ein brennendes Fanal, das die Nacht erhellte. Kunststoff verschmorte; elektronische Leiterbahnen verdampften; haßerfüllte Gedanken eines zumindest teilweise organischen Hirns versiegten; verkohlendes Fleisch schrumpfte in stählernen Gehäusen.

Kurz darauf lag nur noch ein Haufen Schrott im Schnee.

»Sie setzten sich ab, Sär!« berichtete Melody, sah auf die Bildschirme und beobachtete die davonrasenden Schneemobile. Die letzte Ironie von Rächers feurigem Ende bestand darin, daß es unbeachtet blieb. »Bitte um Erlaubnis, nach draußen gehen und feststellen zu dürfen, ob Verwundete zurückgelassen worden sind.«

Sie wußte natürlich, daß die drei Männer, auf die sie geschossen hatte, tot waren — sie verfehlte nie ihr Ziel. Es ging ihr in erster Linie darum, Jason von seiner lethargischen Benommenheit zu befreien.

»Na schön,«, brummte Nyere. »Geben Sie mir wenigstens Zeit, meine Stiefel anzuziehen. Kirk, Mr. Mitchell — was halten Sie davon, ein bißchen frische Luft zu schnappen?«

»Nun, James, was ist in der Zwischenzeit geschehen?« fragte Mitchell leise, als Sawyer ihn und Kirk mit gezückter Waffe aufs Eis führte. »Was habe ich verpaßt? Welchen Spaß hattest du während meiner Abwesenheit mit der Gehirnklempnerin?«

»Ich erkläre dir alles«, flüsterte Kirk, drehte den Kopf und bedachte Melody mit einem vorwurfsvollen Blick. »Sobald du mir gesagt hast, wieso du ohne ausdrücklichen Befehl hierhergekommen bist.«

»Oh, jetzt geht's los ...«

Kirk wußte genau, warum Nyere darauf bestanden hatte, daß sie ihn nach draußen begleiteten. Das typische, umsichtige Verhalten eines Kommandanten: Jason wollte eine sichere Distanz zwischen zwei ihm nach wie vor rätselhaften Personen und den beiden Vulkaniern wahren, feststellen, wie sie auf die Toten in der Byrd-Station reagierten, ob es irgendeinen Zusammenhang gab. Und wenn tatsächlich noch einige Angreifer lebten, dienten Jim und Gary als Deckung und Faustpfand.

»Ich habe die drei Leichen untersucht, konnte jedoch keine Ausweise finden«, sagte Melody, als sie aus einer der Baracken kam. »Doch die Waffen stammen eindeutig aus den Arsenalen der Planetaren Streitkräfte.«

»Hüten Sie sich vor voreiligen Schlußfolgerungen, Sawyer«, brummte Jason und beobachtete, wie das blasse Licht der aufgehenden Sonne den bisher blauen Eisschollen einen rötlichen Schimmer verlieh. Am anderen Horizont zeigte sich eine gelbgraue Unwetterfront, die mit beängstigender Geschwindigkeit heranzog und heftige Schneestürme in Aussicht stellte. »Viele terroristische Splittergruppen haben Zugang zu PS-Kriegsmaterial.«

»Es wird ihnen von Berufssoldaten verkauft, die hoffen, auf diese Weise Unruhe stiften und im Geschäft bleiben zu können. Vielleicht gehört sogar der Westentaschengeneral des Untersuchungsausschusses zu den Waffenschiebern.«

»Himmel, Sawyer, Verschwörungstheorien sind so alt wie ...«, begann Jason, doch Kirk sah eine gute Gelegenheit und nutzte sie.

»Entschuldigen Sie, Captain, aber vielleicht ist das gar nicht so weit hergeholt«, warf er ein. »Wer sonst weiß davon, daß Sie Funkstille wahren müssen und hier mit den Vulkaniern allein sind, ohne Ihre Mannschaft? Geschähe es zum erstenmal, daß die Planetaren Streitkräfte handeln, ohne eine Entscheidung des Weltrates abzuwarten?«

Melody nickte weise, aber Jason hatte genug.

»Würden Sie mir einen Gefallen tun, Kirk?« ächzte er. »Halten Sie die Klappe!«

Jim schwieg, wußte aber, daß er bereits Zweifel in Nyere gesät hatte.

»Ich möchte Ihnen etwas Interessantes zeigen«, ließ sich Melody vernehmen und führte die Männer dorthin, wo Rächers Reste einen schmutzigen Buckel im Schnee bildeten. »Soweit ich weiß, betreiben die PS ein Androiden-Forschungsprogramm. Nun, was halten Sie davon, Captain, Sär?«

Gemeinsam untersuchten Sie die Masse aus verrußtem Stahl, verkohltem Kunststoff und verbranntem Fleisch.

»Sieht ziemlich übel aus«, kommentierte Nyere und schluckte. Er hatte sich niedergehockt, stand nun wieder auf und lauschte. »Was ist *das* denn?«

»Ein Helikopter, Sär«, meinte Melody und lauschte dem Pochen in der Ferne. Wind kam auf, und erste Böen heulten und fauchten. »Die Frage lautet: Wer möchte uns einen Besuch abstatten?«

»Zurück ins Schiff!« rief Jason, um die zornige Stimme des beginnenden Sturms zu übertönen. »Treffen Sie alle notwendigen Vorbereitungen, Sawyer. Schwingen Sie den Turmscheinwerfer herum und richten Sie ihn auf den Hubschrauber. In ein paar Minuten ist es hier stockfinster.«

»Jawohl, Sär!« Melody lief zur *Delphinus*.

Der Helikopter gehörte zu einem Konvoi, der bereits anderen Leuten aufgefallen war — einigen dick vermummten Gestalten, die unweit der Küste in zwei eingeschneiten Schneemobilen saßen.

»Keine Hoheitszeichen«, stellte Noir fest und strich das Dach des zweiten Fahrzeugs frei, während Kaze die Kufen überprüfte. »Wer weiß, wer dort oben an den Kontrollen sitzt ...«

»Für mich sind's zu viele«, sagte Red. »Die Sache gefällt mir nicht. Wir sollten verschwinden.«

Nach Easters *de facto*-Abdankung war sie zur inoffiziellen Sprecherin der Gruppe geworden. Der frühere Anführer hatte die ganze Nacht über vor dem Steuer des Schneemobils gesessen und längst überholte Marschlieder gesungen, bis es selbst Aghan zuviel wurde: Er floh nach draußen.

»Sein Verstand ist eingefroren«, meinte der November-Krieger und grinste fröhlich. »Bei ihm waren ohnehin immer einige Schrauben locker, aber jetzt ist er total ausgerastet. Er hat sie nicht mehr alle. Wir sollten ihn hier zurücklassen.

»Himmel, wir hätten den Kerl von gestern abend umpusten und uns sein Schneemobil schnappen können!« fauchte Red. »Dann wären wir in der Lage gewesen, die Verabredung mit Rächer wahrzunehmen. Aber Easter mußte uns unbedingt dazwischenfunken.«

Aghan zuckte mit den Schultern. »Ob mit oder ohne uns — inzwischen ist alles vorbei. Vermutlich hat Rächer bereits das Zeitliche gesegnet. Was für ein Wahnsinn, ein Schiff von solcher Größe allein anzugreifen ...«

»Das war deine Idee, du Idiot!« erinnerte ihn Red und stampfte mit den Füßen aufs Eis. Weitere Helikopter näherten sich. »Verdammt, mir reicht's! Läuft die blöde Kiste?« wandte sie sich an Noir, der wieder an den Instrumenten hockte. Er nickte. »Gut. Jetzt schmeißen wir die Waffen raus. Soll sich Easter damit wärmen.«

Sie entluden das zweite Schneemobil, verstauten Raketenwerfer, Granaten, Laserlafetten und die Neutronenkanone in der Frachtkammer von Easters Fahrzeug. Ohne das schwere Kriegsgerät kamen sie wesentlich schneller voran, und ihr Lieferant konnte ihnen jederzeit neue militärische Ausrüstungen besorgen. Easter reagierte nicht auf das, was um ihn herum geschah. Er saß weiterhin im Fahrersessel, starrte durch die trübe Windschutzscheibe und sang seine anachronistischen Lieder.

»Jetzt haben wir alle Platz«, verkündete Red, als sich ihre Gefährten in das zweite Fahrzeug zwängten. »Wir kehren heim. Und wenn uns irgend jemand dumme Fragen stellt — wir sind Journalisten, die nach Außerirdischen suchen. Aber hier gibt's nur Schnee und Eis.«

Der Motor dröhnte, und stählerne Kufen kratzten übers Weiß. Red und ihre Freunde fuhren in die Richtung, aus der die Hubschrauber kamen, nach Norden zur Küste, um von dort aus in eine Welt zurückzukehren, die ihnen längst fremd geworden war.

Aghan lag mit seiner Einschätzung durchaus richtig. Easters Verstand war eingefroren, und dafür gab es zwei Gründe: die lähmende Kälte — und die bittere Erkenntnis, versagt zu haben. Er hätte den einsamen Reisenden am vergangenen Abend erschießen und sein Schneemobil nehmen sollen — um eine Möglichkeit zu haben, zu Rächer zu fahren, einen Hinterhalt vorzubereiten und seinen Rivalen umzubringen. Vielleicht wäre er sogar imstande gewesen, die angeblichen extraterrestrischen Raumfahrer allein zu überwältigen. Und wenn nicht ... Ein schnelles, plötzliches Ende in Feuer und Licht. Statt dessen starb er den langsamen Tod, vor dem er sich immer gefürchtet hatte.

»›A nation once again ...‹«, sang Easter hoffnungslos, den Blick in die weiße Leere gerichtet. Sein stinkender Atem war die einzige Wärmequelle, kondensierte an der Windschutzscheibe. Eisige Kälte kroch von den Füßen in die Waden, erreichte die Knie und vermittelte ein trügerisches Gefühl der Wärme.

»›And Ireland long a-promised be, A nation once again ...‹«

»Wir haben sie abgehängt«, wandte sich die Pilotin des ersten Helikopters an ihren VIP-Passagier, als sie ohne die ungebetene Eskorte zur Landung ansetzte. Die Maschine ähnelte einer ins Riesenhafte gewachsenen Heuschrecke, die vor der dunklen Unwetterfront floh und den drei Gestalten auf dem Eis tief unten entgegenfiel.

Melody stand auf der Brücke der *Delphinus* und richtete den Lichtkegel des Scheinwerfers auf den Hubschrauber. Jason hörte, wie das rhythmische Pochen rasch lauter wurde, griff nach seiner Waffe und fragte sich, ob Melody und Kirk recht hatten. Steckten tatsächlich die Planetaren Streitkräfte dahinter? Planten einige hochrangige Kommandooffiziere, die Vulkanier zu eliminieren und die Schuld irgendwelchen Terroristen in die Schuhe zu schieben? Er vergewisserte sich, daß Kirk und Mitchell weiterhin vor ihm standen und Deckung gewährten, hob wie beiläufig das Lasergewehr.

Es knackte in einem externen Lautsprecher der heranfliegenden Maschine. »Nehmen Sie den Finger vom Drücker, Jason. Ich komme nicht mit feindlichen Absichten.«

Nyere lachte, als er die Stimme erkannte: Rabe-nimmt-den-Bogen, die beste AeroMar-Pilotin in der südlichen Hemisphäre. »Was machen Sie hier, zum Teufel?«

»Hab' leider keine Zeit für ein Plauderstündchen, Jace. Muß einen VIP absetzen, verschwinden und Reportern ein Schnippchen schlagen.«

»Reportern?« wiederholte Nyere. Der Helikopter schwebte über dem Eis, Rabe schien auf eine Antwort zu warten. »Landen Sie endlich. Wir können auf einen künstlichen Sturm verzichten. Die echten reichen uns völlig.«

Der Hubschrauber ging nieder, und das Heulen des Motors wurde leiser. Eine Gestalt kletterte aus der Kabine, rückte ihre Wollmütze zurecht und hielt den Mantel fest, als sie über die Kufen stieg und Jim Kirk entgegentrat, der plötzlich übers ganze Gesicht strahlte. Er hätte mit allem gerechnet, aber nicht mit einer solchen Überraschung ...

»Spock!«

Kapitel 10

»Spock!« Der von den Rotorblättern erzeugte Wind zerrte an Kirk, und das laute Hämmern übertönte seine Stimme. Er konnte es kaum fassen. »Himmel, ich habe kaum gehofft, Sie noch einmal wiederzusehen! Ganz gewiß nicht hier.«

»Durchaus verständlich, Captain. Mir ergeht es ähnlich.«

»Wir haben eine Menge zu besprechen!« rief Jim. »Captain Nyere, sollten wir nicht ins Schiff zurückkehren? Das Unwetter ...«

»Immer mit der Ruhe, Kirk!« erwiderte Jason scharf. Er beugte sich in die Kanzel des Hubschraubers, um einige Worte mit Rabe zu wechseln. »Wer ist der Kerl? Und was hat es mit den Reportern auf sich?«

Die Pilotin zuckte mit den Schultern. »Ein Abgesandter der Friedensgesellschaft. Und die Journalisten ... Es wimmelt praktisch überall von ihnen. Sie können nicht mehr aufgehalten werden, berufen sich auf irgendein ›Gesetz der Informationsfreiheit‹. Ich schlage vor, Sie bringen Ihre Leute an Bord und machen den Laden für'n paar Tage dicht. Es bleibt uns nichts anderes übrig, als die Pressefritzen hierherzubringen, aber niemand verlangt von Ihnen, sie zu empfangen.«

»Da wäre noch eine andere Sache«, sagte Jason und berichtete von dem Terroristenangriff, den drei Toten im Gebäude, dem Schrotthaufen im Schnee. »Setzen Sie sich mit dem Hauptquartier in Verbindung. Jemand soll kommen, die Leichen fortschaffen und hier aufräumen.«

»Sobald das Wetter besser geworden ist.« Rabe nickte in Richtung der heranziehenden Sturmfront. Aus dem warnenden Seufzen der ersten Böen wurde ein wildes, unheilverkündendes Heulen. Dicke Hagelkörner prallten auf die wirbelnden Rotorblätter. »Ich muß jetzt wieder los«, brummte die Pilotin. »Halten Sie sich die Reporter irgendwie vom Leib.«

Jason trat hastig zurück, und wenige Sekunden später stieg der Helikopter auf, schwang herum und sauste davon. Nyere winkte kurz, bevor er zusammen mit den anderen zum Schiff stapfte.

Der Erste Maat Melody Sawyer fehlte auf der Brücke.

Vielleicht gründete sich ihre Abwesenheit auf den Umstand, daß durch ihr Eingreifen drei Menschen gestorben waren. In ihrer langen Laufbahn hatte sie nur einmal getötet — um Nyeres Leben zu retten. Nur Jason wußte, daß sich unter dem harten, coolen John-Wayne-Gebaren ein höchst sensibles Wesen verbarg. Vielleicht lag es an den Verschwörungstheorien. Vielleicht lag es daran, daß nach dem Terroristenüberfall ein weiterer Freund des mysteriösen Kirk eintraf, noch dazu mit einem VIP-Hubschrauber. Vielleicht lag es daran, daß Melody seit der ersten Begegnung mit den Vulkaniern nicht mehr richtig geschlafen hatte und während der letzten vierundzwanzig Stunden überhaupt nicht zur Ruhe gekommen war. Vielleicht lag es schlicht und einfach an der entschlüsselten Nachricht auf dem Kom-Schirm:

ENTSCHEIDUNG DES WELTRATES FÄLLT INNERHALB DER NÄCHSTEN STUNDE. HALTEN SIE SICH IN BEREITSCHAFT.

Eigentlich durfte Melody Jasons Priorität-Eins-Code überhaupt nicht kennen, aber ganz offensichtlich war es ihr gelungen, die Mitteilung zu dechiffrieren. Und anschließend beschloß sie, unverzüglich zu handeln — ohne sich mit einer Bestätigung der Botschaft aufzuhalten. Düstere Ahnungen entstanden in Jason, als er überlegte: *Was will sie unternehmen?*

»Lieber Himmel!« stieß er hervor, als er den geöffneten Waffenschrank sah. Das Lasergewehr ruhte wieder im Gestell, doch dafür fehlte die kleine Strahlenpistole des Captains. »Kirk, Sie und Ihre Begleiter bleiben hier.«

Jim begriff ebenso wie Nyere, welche Gefahr drohte, und diesmal war er nicht bereit, sich dem Kommandanten der *Delphinus* zu fügen. Spocks Ankunft erfüllte ihn mit neuer Entschlossenheit.

»Melody meinte, sie sei bereit, die Vulkanier zu töten — um es Ihnen zu ersparen, selbst eine entsprechende Anweisung des Rates auszuführen!« Er umfaßte die Schultern des untersetzten Mannes und drückte fest zu. »Nehmen Sie unsere Hilfe an. Wenn uns Zeit genug bliebe, würde ich Ihnen erklären, wer wir sind und was wir ...«

»Wir haben *keine* Zeit mehr!« platzte es aus Jason heraus und stieß Kirk beiseite. Mitchell bewahrte seinen Freund davor, das Gleichgewicht zu verlieren.

Schritte näherten sich. Elizabeth Dehner betrat die Brükke, wußte noch nichts von der neuen Krise.

»Melody teilte mir mit, Jim wolle mich sprechen«, sagte sie, sah Mitchell und Spock — und riß die Augen auf. »Ich...«

»Wo ist sie jetzt?« fragte Jason mit vibrierender Stimme. Aus einem Reflex heraus griff er nach einer anderen Laserpistole, zögerte, legte sie zurück und schloß den Waffenschrank. *Mein Gott, was ist bloß mit mir los? Wäre ich tatsächlich bereit, auf Sawyer zu schießen?* Lief es darauf hinaus? Freund gegen Freund? Um Fremde zu schützen?

»Sie wollte zur Krankenstation, um die anderen von den jüngsten Ereignissen zu informieren«, entgegnete Dehner.

»Captain ...«, begann Jim.

»Nein, Kirk.« Jason schüttelte den Kopf. »Dies ist mein Schiff. Ich trage die Verantwortung.«

Diesem Argument konnte sich Jim nicht entziehen, und er zögerte kurz. Nyere nutzte die Gelegenheit, sich an ihm vorbeizuschieben und die Treppe hinunterzustürmen. Sie hörten, wie er jeweils mehrere Stufen auf einmal nahm; es folgte ein leises Zischen und dann das Klacken einer Verriegelung. Kirk und seine Gefährten saßen auf der Brücke fest; Jason hatte das Schott geschlossen. Kirk eilte ebenfalls nach unten, hämmerte vergeblich an die massive Stahlwand.

»Captain Nyere!« rief er. »Jason, ich beschwöre Sie ...«

Er wandte sich um, fluchte leise, kehrte in den Kommandoraum zurück und ließ sich müde in einen Sessel sinken. »Ich habe versucht, mich an die Erste Direktive zu halten und Vernunft walten zu lassen, aber jetzt deutet alles darauf hin, daß wir gescheitert sind. Es ist meine Schuld ...«

Mitchell hielt sich nicht mit Selbstvorwürfen auf. Zusammen mit Spock bereitete er sich darauf vor, aktiv zu werden. Die beiden Männer legten die dicke Kleidung ab, und der Vulkanier war klug genug, die Wollmütze auf dem Kopf zu behalten. Gary sah durch einen Schießschlitz und spähte nach draußen. »Gleich geht's rund ...«

Kirk stand auf. »Was ist los?«

»Eine Menge«, knurrte Mitchell. »Draußen wütet ein Schneesturm mit schätzungsweise Windstärke zehn oder elf, und gerade sind drei große Hubschrauber mit Dutzenden von Reportern gelandet. Unter diesen Umständen kommt wohl kaum ein Spaziergang auf dem Eis in Frage.«

»Was auch gar nicht in unserer Absicht liegt«, erwiderte Kirk und holte tief Luft. »Spock, es muß irgendeine Möglichkeit geben, das verriegelte Schott zu öffnen. Prüfen Sie die Instrumente. Führen Sie einen Kurzschluß herbei. Finden Sie den richtigen Zugangscode oder was weiß ich.«

Der Vulkanier nickte und nahm an der Konsole Platz. »Mir fehlen nach wir vor Informationen über Captain Nyeres Verhaltensmuster und die Gründe für Ihre Besorgnis.«

»Ich erkläre es Ihnen später, Spock«, preßte Kirk hervor. »Wenn es dann noch einen Sinn hat. Und jetzt ... An die Arbeit!«

Melody empfand eine gewisse Genugtuung, als sie Elizabeth Dehner im Korridor begegnete; ganz offensichtlich mißachtete die Psychologin den Befehl des Captains, in der Krankenstation zu bleiben. Sawyer schickte sie zur Brücke, und damit war ein Hindernis aus dem Weg geräumt. Die in einer Tasche ihres Tennispullis verborgene Laserpistole würde die restlichen Probleme lösen.

»Auf die andere Seite!« wandte sich Melody an T'Lera. Sie schloß die Tür, lehnte sich dagegen und zielte direkt zwischen die fragend gewölbten Brauen der Vulkanierin. »Das gilt auch für Sie, Junior. Yoshi, Tatya – rührt euch nicht von der Stelle. Eine falsche Bewegung, und ihr seid erledigt!«

»Melody!« entfuhr es Tatya unwillkürlich.

»Ich will nichts von Ihnen hören!« zischte Sawyer und hielt den Blick weiterhin auf die Vulkanier gerichtet. »Mischen Sie sich nicht ein. Morgen sind Sie auf dem Heimweg, und dann erscheint Ihnen die ganze Sache nur mehr wie ein böser Traum.« Ihre nächsten Worte galten T'Lera. »Man wird sie ›behandeln‹, ihr Gedächtnis löschen«, sagte sie und fragte sich, warum sie eine solche Erklärung hinzufügte. Sie war den Fremden gegenüber zu nichts verpflichtet. »Das trifft auch auf die anderen Beteiligten zu.«

»Ach?« T'Lera stand ruhig auf. Sie wirkte nicht direkt ehrfurchtgebietend, aber ihre Präsenz verlangte dennoch respektvolle Aufmerksamkeit. »Und deshalb sind Sie berechtigt, uns zu erschießen?«

»Ich bin dazu fähig – Jason nicht«, erwiderte Melody und schob entschlossen das Kinn vor.

»Ich verstehe«, sagte T'Lera. »Aber wäre es nicht angemessener, diese Pflicht mir zu überlassen?«

Melody runzelte die Stirn. »Wären Sie wirklich imstande, zuerst Ihren Sohn und dann sich selbst zu töten?«

»Ich würde mich freuen, wenn es eine Zukunft für Sorahl gäbe«, antwortete T'Lera, und in ihrer Stimme ließ sich ein Unterton vernehmen, den die Menschen bisher noch nicht gehörte hatten. Selbst Sorahl schien überrascht zu sein. »In der Sporthalle wiesen Sie darauf hin, meine Schwäche könnte zu einer Veränderung in Ihrer allgemeinen Haltung mir gegenüber führen. Nun, dies ist die von Ihnen erwünschte Schwäche: Ich bin bereit, Sie um das Leben meines Sohnes, um seine Freiheit zu bitten. Als Gegenleistung bekommen Sie mich. Halten Sie das für akzeptabel?«

»Vielleicht ...«, begann Melody. »Aber leider fehlt mir die Autorität, um Ihr Angebot anzunehmen ...« Sie brach ab, als sie sah, daß sich T'Leras Blick auf Sorahl richtete.

»Meine Kommandantin hat mir aufgetragen, sie auf

eventuelle Fehler in ihrer Logik hinzuweisen.« Wie schon an Bord des Erkundungsschiffes versuchte er, seine Mutter davon abzuhalten, ihr Leben für jemand anders zu opfern.

»Schweig!« sagte T'Lera scharf und wußte, worauf er hinauswollte. Sie drehte den Kopf und sah wieder Melody an. »Nun, Commander, ich ...«

»Mutter«, warf Sorahl leise ein.

»*Kroykah!*« zischte T'Lera und gab damit die gleiche Antwort wie kurz vor dem Absturz. Indem sie Vulkanisch sprach, setzte sie sich sowohl über die Prinzipien ihres toten Vaters als auch die eigenen Grundsätze hinweg. Wenn nicht einmal ihr Sohn verstand, warum sie eine derartige Entscheidung treffen mußte ... Ihre Selbstbeherrschung splitterte wie sprödes Glas, und T'Lera griff nach den Scherben, hielt sie fest, konzentrierte ihre ganze Willenskraft auf Melody. »Ich begreife nun, daß ich von falschen Annahmen ausging. Sie können Sorahl keine Freiheit geben, nur den Tod. Aber er soll nicht durch Ihre Hand sterben, sondern durch meine. Anschließend dürfen Sie nach Belieben mit mir verfahren.«

Sawyer schüttelte verblüfft den Kopf. »Ist das wirklich Ihr Ernst?« Sie musterte Sorahl, als erwartete sie wenigstens von ihm eine ihr vertraute Vernunft. »Und Sie ließen es zu?«

Der Vulkanier stand völlig still, hielt nach dem Tadel seiner Mutter den Kopf geneigt. Als er die an ihn gerichtete Frage hörte, begegnete er Melodys Blick.

»Es entsprach von Anfang an unserer Absicht«, sagte er ein wenig verunsichert. Vermutlich hätte es noch Jahre gedauert, bis seine Selbstdisziplin an die T'Leras heranreichte.

»Ja, an Bord des Erkundungsschiffes, während einer ausgeprägten Krisensituation — das kann ich verstehen!« Melody begann zu zittern und schloß beide Hände um den Knauf der Waffe. Sie senkte die Laserpistole ein wenig, richtete den Lauf auf T'Leras Brust. »Aber jetzt? Hier? Sind Sie so kaltblütig?«

»Mein Blut ist nicht kälter als Ihrs, Commander«, erwiderte die Vulkanierin, obgleich sie die Bedeutung der Metapher kannte. »Sie brauchen uns nicht zu erschießen. Geben Sie uns nur die Möglichkeit, eine Zeitlang allein zu sein.«

»Ich begreife Sie einfach nicht!« platzte es fast hysterisch aus Melody heraus. Sie konnte den Strahler nicht einmal mit beiden Händen ruhig halten. »Zum Teufel mit Ihrer Ehrenhaftigkeit, Ihrem Stolz, Ihrem so verdammt herablassenden ›Verständnis‹!«

»Trotzdem müssen Sie sich diesen Qualitäten stellen, John Wayne«, sagte Jason und trat neben T'Lera.

Melody verfluchte ihre Unachtsamkeit, machte den Schlafmangel dafür verantwortlich. Sie hatte die unverriegelte Tür des Nebenzimmers vergessen. *Wieviel hat er gehört?* fragte sie sich.

»Captain, Sär«, sagte sie, hob den Kopf und faßte sich wieder. Ihre Stimme war kälter als das antarktische Eis. »Sie stehen in der Schußlinie!«

»Und *das* hat uns hierhergebracht«, schloß Kirk seinen Bericht. Spock saß nach wie vor an der Konsole und betätigte einige Tasten, während Mitchell und Dehner mit Kelsos Codeknacker versuchten, den Waffenschrank zu öffnen. »Es fehlt nur Lee. Allein Gott weiß, wo er steckt.«

»Allein Gott und Mr. Kelso«, wandte Spock ruhig ein, nahm eine weitere Schaltung vor und lehnte sich zurück, als das Schott am unteren Ende der Treppe wie durch einen Zauber aufschwang. »Ich würde Parneb gern kennenlernen. Er scheint ein recht interessanter Mann zu sein. Eine Diskussion mit ihm über temporale Dynamik wäre sicher sehr ...«

»Später«, unterbrach ihn Kirk, nahm von Mitchell eine Waffe entgegen und überlegte fieberhaft. Je weniger Leute den wissenschaftlichen Offizier der *Enterprise* zu Gesicht bekamen ... »Mr. Spock, Sie und Dr. Dehner warten hier. Lassen Sie niemanden an Bord. Mr. Mitchell — auf geht's!«

»Machen Sie keine Dummheiten, Tatya!« fauchte Melody.

»Oh, ich weiß genau, was ich tue«, erwiderte die junge Frau mit einer würdevollen Gelassenheit, die alle Anwesenden überraschte. Sie hatte die von Jasons Ankunft geschaffene Ablenkung genutzt, um das Zimmer zu durchqueren und die beiden Vulkanier mit ihrem eigenen Körper zu decken. »Diesmal sehe ich nicht ruhig zu. Ich könnte es nicht mit meinem Gewissen vereinbaren, jetzt einfach die Hände in den Schoß zu legen. Wenn Sie zwei unschuldige Personen umbringen können, Melody, sollte Ihnen der dritte Mord wohl kaum Probleme bereiten.«

Verzweiflung erfaßte Sawyer. »Verdammt, Yoshi, bringen Sie Ihre Partnerin zur Vernunft!«

Der junge Mann stand hilflos abseits der anderen, fühlte von Melodys Laser all das bedroht, was sein bisheriges Leben bestimmte. Er hatte Dr. Bellero darauf hingewiesen, kein Held zu sein. War es Heldentum, wenn er den Ersten Maat der *Delphinus* durch seine Untätigkeit daran hinderte, die beiden Vulkanier zu töten?

»Sie wissen ja, wie stur Tatya ist — wenn sie einmal einen Beschluß gefaßt hat, läßt sie sich durch nichts in der Welt davon abbringen.« Er strich sich das Haar aus der Stirn, trat wie beiläufig neben die Agronomin. »Zielen Sie gut, Mel. Ersparen Sie uns wenigstens den Schmerz.«

Sawyer glaubte das leise Lachen Jasons zu hören. Sie hatte ihn aufgefordert, zur Seite zu treten, und er stand nun außerhalb ihres Blickfeldes. Sie dachte gar nicht daran, daß er jederzeit nach ihrer Waffe greifen konnte.

»Nun, John Wayne?« brummte Nyere. »Sieht ganz nach einer Massenhinrichtung aus. Wie gefällt Ihnen das?«

Melody ließ den Strahler zu Boden fallen, wirbelte um die eigene Achse und schlug mit den Fäusten auf Jasons Brust. Er wehrte sich nicht, wartete, bis sich die Frau erschöpft an ihn schmiegte und laut schluchzte, schlang dann wie tröstend die Arme um sie.

»Zur Hölle mit Ihnen, Jason Nyere!« Die Uniformjacke des Captains dämpfte Sawyers Stimme.

»Ja, ich weiß«, erwiderte er sanft. »Schade, daß sich der Weltrat nicht ebensoleicht überzeugen läßt wie Sie! Kommen Sie, harter Bursche. Ich bringe Sie zu Bett.«

Genau in diesem Augenblick brachen Kirk und Mitchell die Tür der Krankenstation auf. »Entschuldigen Sie«, sagte Jim verlegen. »Wir dachten, es gäbe Schwierigkeiten.«

Jason Nyere drückte Melody an sich, neigte den Kopf zurück und lachte schallend.

Menschen! dachte T'Lera, eher verwirrt als empört. *Für sie ist alles vorbei: ein aus der Welt geschafftes Problem, anschließend Erleichterung — bis die alles entscheidende Krise beginnt. Können sie aufgrund ihrer derzeitigen Ausgelassenheit nicht begreifen, daß die Verantwortung für die endgültige Lösung nicht mehr ihnen zukommt, sondern uns Vulkaniern? Wir sind an den Ausgangspunkt zurückgekehrt, und diesmal weiß ich, worauf es ankommt.*

T'Lera akzeptierte ihre Pflicht und beschloß, so rasch wie möglich zu handeln. Selbst die Methodik war ihr bereits klar. Es blieb ihr gar keine andere Wahl: Es galt zu agieren, bevor die Menschen erneut eingreifen konnten.

»Du wirst Captain Nyere darüber informieren, daß wir in unser Quartier zurückkehren, um die Entscheidung seiner Vorgesetzten abzuwarten«, wandte sie sich in einem befehlenden Tonfall an ihren Sohn. Um seine unausgesprochene Frage zu beantworten, fügte sie hinzu: »Das ist alles.«

»Ich verstehe, Commander«, erwiderte Sorahl. Er verstand, was T'Lera meinte, legte sein Leben erneut in ihre Hände. »Ich bin bereit.« Seine Mutter und Kommandantin bestätigte die Ergebenheit mit ihrem Schweigen und verließ die Krankenstation, um ebenfalls bereit zu sein.

Jason hatte Kirk und seine Gefährten angewiesen, Jims Kabine aufzusuchen, während er sich ein Bild von der Lage machte. Elizabeth Dehner saß auf der Koje und rutschte zur Seite, als auch Mitchell Platz nahm. Der Umstand, daß sie Kirks Quartier teilte, erforderte Erklärungen.

»Ein Liebespaar, wie?« spottete Gary und lehnte sich neben der Psychologin an die Wand. »Nur als Vorwand? Und das soll ich Ihnen glauben? Nun, in diesem Zusammenhang genießt Jim fast den gleichen Ruf wie ich ...«

»Nicht jetzt, Mitch«, warf Kirk scharf ein. Er sah Dehner an, entwickelte in Gedanken einen Plan. »Haben Sie alles, was Sie brauchen?«

»Glücklicherweise, ja«, bestätigte die junge Frau. »Ein Mitarbeiter von Agro IV leidet an einer besonderen Form der Parkinsonschen Krankheit und wird mit Neodopamin behandelt. Die *Delphinus* versorgt ihn zwei- oder dreimal im Jahr mit Nachschub. Ich habe einen für sechs Monate reichenden Vorrat stibitzt. Darüber hinaus enthielt der Arzneischrank genug Demerol, um die Bevölkerung von ganz Südamerika ins Reich der Träume zu schicken. Ich nahm soviel, wie in meine Tasche paßte.«

»Also ist alles klar?«

»Was die Grundstoffe betrifft, ja. Ich brauche einen klaren Kopf und einen ruhigen Ort, bevor ich unter so primitiven Bedingungen mit der Hypnose beginnen kann.«

»Es müßte eigentlich möglich sein, Ihren Ansprüchen zu genügen«, erwiderte Kirk mit gespielter Zuversicht.

»Was haben Sie vor, Kirk?« fragte Jason Nyere. Er hielt sich nicht mit Höflichkeitsfloskeln auf, kam herein, ohne vorher anzuklopfen. »Ich wollte Sie darum bitten, Melody irgendein Mittel zu geben.« Er sah Dehner an. »Sie ist völlig fertig und braucht Ruhe. Und außerdem möchte ich während der nächsten Stunden nicht von ihr gestört werden.«

»In Ordnung, Captain«, entgegnete die Psychologin.

»Ich bin gerade oben gewesen«, fuhr Nyere fort. »Der Schneesturm läßt allmählich nach, und das bedeutet: Die verdammten Reporter klettern bald aus den Hubschraubern und kommen hierher. Seit der letzten Meldung des Oberkommandos ist eine halbe Stunde vergangen. Mir bleiben also weniger als dreißig Minuten, um zu entscheiden, wie ich auf einen Befehl reagieren soll, der den Geboten meines Gewissens widerspricht.«

Er reichte Dehner einen Schlüssel. »Ich zeige Ihnen, wo das verschreibungspflichtige Zeug aufbewahrt wird.«

»Das ist nicht nötig, Captain. Ich weiß Bescheid.« Die Psychologin nahm den Schlüssel entgegen und dachte daran, daß sie sich die ›Besichtigungstour‹ während der vergangenen Nacht hätte sparen können. »Ich bin gleich wieder zurück.«

»Danke.« Jason nickte und glaubte, daß ihn in Hinsicht auf Kirk und seine Begleiter nichts mehr überraschen konnte. Er sollte bald erfahren, wie sehr er sich irrte. Als Dehner die Tür schloß, wiederholte er seine ursprüngliche Frage. »Was haben Sie vor, Kirk?«

»Der Befehl, den Sie erwarten«, sagte Jim ausweichend, obgleich sein Plan immer mehr Gestalt gewann. »Warum sind Sie so sicher, wie er lauten wird?«

»Ich bin Berufssoldat und habe eine lange AeroMar-Karriere hinter mir«, erwiderte Nyere dumpf. »Ich weiß also, was in den Köpfen der Lamettaträger vor sich geht. Und ich bin alt genug, um die Erfahrung gemacht zu haben, daß Menschen ein kleines Problem lösen, indem sie es in ein größeres verwandeln. Inzwischen hat die vulkanische Logik durchaus einen gewissen Reiz für mich.«

Niedergeschlagen schüttelte er den Kopf. »Vielleicht fragen Sie sich, warum ich Ihnen das erzähle. Nun, seit meiner ersten Begegnung mit der spitzohrigen Dame habe ich mehrmals das Kriegsgericht riskiert. Es spielt jetzt keine Rolle mehr, wer Sie sind und ob ich Ihnen vertrauen kann. Ich bin erledigt.

»Was beabsichtigen Sie?« erkundigte sich Kirk leise.

Jason seufzte. »Es mag ein Schicksal sein, das schlimmer ist als der Tod, aber ... Mit T'Leras Erlaubnis werde ich sie und ihren Sohn den Journalisten überlassen, sobald sich das Wetter bessert. Die Vulkanier sind sicher in der Lage, mit dem ganzen Medienrummel fertig zu werden, und anschließend kann nicht einmal PentaKrem ihre Existenz leugnen.«

»Captain ...«, sagte Kirk gepreßt. »Das ist die schlimmste aller denkbaren Alternativen.«

»Ach, tatsächlich?« Nyere lächelte schief. »Wieso?«

»Ich glaube, wir sind Ihnen einige Erklärungen schuldig«, meinte Jim.

»Da haben Sie verdammt recht«, bestätigte Jason trocken.

»Nun ...« Kirk holte tief Luft. Das eigentliche Problem bestand darin, eine Entscheidung zu treffen — anschließend war alles ganz einfach. »Ich schlage vor, Sie nehmen Platz, Captain. Was ich Ihnen jetzt erzählen werde, kommt vermutlich einem Schock für Sie gleich ...«

Jason Nyere schwieg eine Zeitlang, und schließlich sagte er: »Wenn Sie T'Lera ebenfalls einweihen ...«

»Das geht leider nicht, Captain«, widersprach Kirk.

»Warum denn nicht? Dann gäbe es nicht mehr die geringsten Schwierigkeiten. Wenn die Vulkanierin begreift, daß sie und ihr Sohn die historische Struktur verändern ...«

»Wir dürfen T'Lera nicht mit gewissen Informationen über die Zukunft belasten, Captain Nyere«, sagte Spock. Jason starrte ihn schon seit einer ganzen Weile an, erstaunt von dem dritten Vulkanier und der Bestätigung, daß auf einem zehn Lichtjahre entfernten Planeten Millionen solcher Wesen lebten. Hinzu kamen die Hinweise auf Hunderte von anderen bewohnten Welten, auf weitaus exotischere Lebensformen, die zu einer Allianz namens ›Föderation‹ gehörten. All das war Teil einer Zukunft, die ihm verwehrt blieb. Er würde sterben, bevor die Erde Mitglied der interstellaren Gemeinschaft wurde. Kirks Bericht erfreute ihn — und gleichzeitig empfand er das neu erworbene Wissen als große Belastung. Er begrüßte die Aussicht, sich von dieser Bürde zu befreien. »Im Gegensatz zu Menschen kann bei Vulkaniern keine Gedächtnislöschung durch Drogen und Hypnose bewirkt werden. Ganz gleich, was wir T'Lera sagen: Sie wird sich für den Rest ihres Lebens daran erinnern. Außerdem: Wenn wir in der Lage sind, ihr und Sorahl die Rückkehr nach Vulkan zu ermöglichen ...«

»Ich glaube, in diesem Punkt könnte uns Gary weiterhelfen«, warf Kirk ein und gab Mitchell das Stichwort.

»Wir ›leihen‹ uns ein Raumschiff«, sagte Mitchell und stieß sich lässig von der Tür ab. »In einer bestimmten Region der westlichen Sahel-Zone gibt es eine längst vergessene unterirdische Raketenbasis, die aus dem Dritten Weltkrieg stammt. Ich habe sie auf dem Weg hierher überflogen. Nach den entsprechenden PentaKrem-Akten wurden alle mobilen Installationen entfernt, aber in den Geheimdateien fanden sich Hinweise auf drei Schläferkapseln vom Typ DY-100, die noch immer an den Startrampen stehen. Und wenn sie nicht demontiert wurden, um Ersatzteile zu liefern, müßten sie sich verwenden lassen. Man kann sie zwar kaum mit modernen Raumkreuzern vergleichen, aber da es unwahrscheinlich ist, daß wir irgendwo Antimaterie oder Dilithiumkristalle finden ...«

»Antimaterie?« Jason Nyere runzelte die Stirn. »Dili... was?«

»Vielen Dank, Mr. Mitchell«, sagte Kirk in einem warnenden Tonfall. »Wir brauchen nicht in die Einzelheiten zu gehen. Es gibt bereits mehr als genug Dinge, die Captain Nyere später vergessen muß.« Er sah Jason an. »Es läuft alles darauf hinaus, was ich bereits vor einigen Tagen mit Ihnen zu erörtern versuchte: Wenn wir mit den Vulkaniern von hier verschwinden können, stellen wir ihnen ein altes Raumschiff zur Verfügung und geben ihnen somit die Möglichkeit, nach Hause zurückzukehren. Sicher, die Reise dauert mindestens zehn Jahre, aber die Alternativen ...«

»Ich helfe Ihnen, Kirk«, versprach Nyere. »*Captain* Kirk. Doch ohne die Besatzung der *Delphinus* nützt Ihnen meine Hilfsbereitschaft nicht viel ...«

»In Hinsicht auf den Umgang mit ... Schiffen sind wir nicht ganz unerfahren.« Kirk musterte Gary nachdenklich. »Derzeit kann ich Ihnen wenigstens einen guten Navigator anbieten. Er genießt sogar den Ruf, besonders fähig zu sein, wenn's mulmig wird.«

»Mr. Mitchell ...« Nyere lächelte breit und streckte die Hand aus. »Willkommen an Bord!«

»Ich brauche nicht nur Jasons Hilfe, sondern auch Ihre, Spock.«

Der Vulkanier hob verwundert die Brauen, als er diese Stimme hörte. Es fehlte der leidenschaftslose, fast monotone Klang eines Befehls, und er hörte auch nicht den gelinden Sarkasmus jenes Kommandanten, der sich manchmal in einen strengen Zuchtmeister verwandelte, um damit über seine eigene Unsicherheit hinwegzutäuschen. Nein, es war der Tonfall eines Mannes, der am Rande eines Abgrunds stand und begriff, wie leicht er den Halt verlieren und in die Tiefe stürzen konnte.

Eine demütige Stimme, die Verzweiflung signalisierte.

Es wäre sowohl unlogisch als auch grausam gewesen, nicht darauf zu reagieren.

»Meine Hilfe, Captain? In welcher Hinsicht?«

»Ich brauche Instruktionen«, sagte Kirk. »Sagen Sie mir, welche Worte ich an T'Lera richten soll. Ich muß zu ihr, Spock. Ich muß wissen, auf welche Weise ich Einfluß auf sie nehmen kann. Wenn ich versage... Meine Phantasie zeigt mir vergossenes Vulkanierblut.«

»Captain...« Spock zögerte. Er wollte Kirk nicht beleidigen, fragte sich, wie er es vermeiden sollte, ihn ›vor den Kopf zu stoßen‹, wie Menschen so etwas nannten. »Ich weiß nicht, ob es mir gelänge, Sie genau genug mit T'Leras Rationalität vertraut zu machen, Ihnen beizubringen, wie ... wie ...«

»Wie ein Vulkanier zu denken?« beendete Kirk den Satz. Er war nicht verärgert, nur enttäuscht. Das so oft ersehnte Wiedersehen mit Spock ließ seine Probleme ungelöst. Ihm stand eine letzte Konfrontation mit T'Lera bevor, doch was sollte er sagen, um ihr seinen Standpunkt begreiflich zu machen?

Ruckartig stand Jim auf und trat zur Tür. »Es wird Zeit, endlich zu handeln!«

Ungeduld führt zu nichts, dachte Spock und versuchte, sich in Kirks Lage zu versetzen. Wenn T'Lera aus dem Föderations-Zeitalter stammte, wenn Parneb auch sie durch seine Experimente in die Vergangenheit versetzt hätte — in einem solchen Fall wäre alles weitaus einfacher gewesen. Dennoch ... »Es gibt eine Alternative. Rein logisch gesehen bin ich weitaus besser für eine Unterredung mit T'Lera geeignet. Ich kenne ihre Denkweise. Wenn ich sie überzeugen kann, ohne meine Identität zu offenbaren ... Bitte lassen Sie mich allein zu ihr gehen.«

»Nein!« Schritte kündigten Elizabeth Dehners Rückkehr an. »Sie schaffen es nicht allein!« entfuhr es der Psychologin. »Keiner von Ihnen! Verstehen Sie denn nicht? Es steht einfach zuviel auf dem Spiel. T'Lera muß erfahren, welche Folgen sich aus ihrem Verhalten für die Zukunft ergeben. Es geht nicht anders. Derzeit glaubt sie, ihre Lage sei völlig aussichtslos — und deshalb ist sie bereit, sich und ihren Sohn zu opfern. Sie hocken hier herum und verschwenden kostbare Zeit, fühlen sich an einen Mythos gebunden, der behauptet, Menschen und Vulkanier seien so verschieden, daß es keine gemeinsame Basis für sie gebe ...«

»Das genügt, Doktor«, sagte Kirk.

»Da bin ich anderer Ansicht!« erwiderte Dehner hitzig. »Captain Kirk, Mr. Spock — kennen Sie denn nicht die Bedeutung des Wortes ›Vertrauen‹? Wie wollen Sie T'Lera davon überzeugen, daß Menschen und Vulkanier zusammenarbeiten können, wenn Sie selbst daran zweifeln? *Sie schaffen es nicht allein*«, wiederholte sie.

Kirk und Spock sahen sich an und schwiegen eine Zeitlang.

»Wissen Sie, wo sich T'Lera derzeit aufhält?« fragte Jim leise. Wenn Dehners Hinweise stimmten, kam es auf jede Sekunde an.

»In ihrer Kabine«, antwortete die Psychologin. »Sorahl teilte Yoshi mit, er und seine Mutter wollten ›die Entscheidung des Weltrats in der Zurückgezogenheit ihres Quartiers abwarten‹.«

Mehr brauchte Kirk nicht zu hören.

»Wir gehen zusammen zu ihr, Mr. Spock«, sagte er. Der Vulkanier war bereits auf den Beinen. »Entweder schaffen wir es gemeinsam, oder ...«

T'Lera stand allein in ihrer dunklen Kabine, dachte an die neugierige Horde, die außerhalb des Schiffes wartete.

Einige von ihnen möchten uns öffentlich zur Schau stellen, und Jason Nyere würde es ihnen gestatten — um unser Leben zu retten. Andere wollen uns umbringen, nur weil wir anders sind — und damit teilen sie Melody Sawyers Einstellung.

Die Menschen sind noch nicht reif genug, fügte T'Lera in Gedanken hinzu. *Wir können sie nicht zwingen, uns zu akzeptieren.*

Die Vulkanierin seufzte leise in der Finsternis. *Meine Schuld. Ich hätte schon wesentlich früher die Konsequenzen ziehen sollen. Doch noch ist es nicht zu spät.*

»Mutter?« Sorahl stand unsicher in der Tür, und seine Gestalt zeichnete sich vor dem Licht im Korridor ab.

T'Leras Gedanken hatten ihren Sohn gerufen. Sie drehte sich zu ihm um.

»Sorahl-*kam*...«, begann sie.

»Sie ist unbewaffnet«, sagte Kirk, als er zusammen mit Spock durch den Gang eilte. »Rein theoretisch könnte sie Sorahl mit bloßen Händen erwürgen, aber...«

»Nein, Captain«, erwiderte Spock. »Sie hat etwas anderes vor.« Er kannte die Methode: *Tal-shaya* für ihren Sohn, nachdem sie in einer Mentalverschmelzung seine Erlaubnis eingeholt hatte, und für sich selbst eine modifizierte Version der Heiltrance. Eine Trance, aus der sie niemand wecken konnte.

Von einem Augenblick zum anderen erstarrte Spock und zuckte wie in plötzlichem Schmerz zusammen. »*Captain!*«

Sie standen vor T'Leras Tür. Kirk griff nach den Schultern seines wissenschaftlichen Offiziers.

»Was ist los?«

»Ich... ich spüre etwas. T'Lera... sie hat bereits angefangen...«

Kirk stürmte in die Kabine und tastete nach dem Lichtschalter. Spock folgte ihm dicht auf den Fersen.

Sorahl lag reglos auf der Koje, und neben ihm saß T'Lera, die Fingerspitzen an den Nervenpunkten in seinem Gesicht. Sie stand auf, als die beiden Männer hereinkamen.

»Ich habe nicht an den menschlichen Brauch gedacht, die Türen zu verschließen«, sagte sie, sah erst Kirk an und musterte Spock — auffallend lange, wie Jim fand —, bevor sich ihr Blick wieder auf den Captain richtete. »Verlassen Sie diesen Raum.«

»Nein, Ma'am«, erwiderte Kirk fest. »Stellen Sie fest, ob mit Sorahl alles in Ordnung ist«, wies er Spock an, ohne T'Lera aus den Augen zu lassen.

Spock setzte sich in Bewegung, aber die Vulkanierin war schneller, schirmte ihren Sohn vor den beiden Eindringlingen ab. Der wissenschaftliche Offizier verharrte. Wenn er sich weiter näherte, wenn T'Lera ihn berührte ... Dann mußte sie sofort erkennen, mit wem sie es zu tun hatte.

»Ich nehme an, Sorahl hat noch keinen irreparablen Schaden erlitten«, sagte er. »Aber sein Bewußtsein verliert sich in tiefer Trance. Es bleibt uns nicht viel Zeit.«

Spocks Stimme lenkte T'Lera für einen Sekundenbruchteil ab, doch sie konzentrierte sich sofort wieder auf Kirk. »Diese Angelegenheit geht Sie nichts mehr an. Ihre Welt ist noch nicht bereit für uns. Meine Logik läßt mir keinen anderen Ausweg.«

»Himmel, es gibt eine Alternative ...«, erwiderte Jim und unterbrach sich sofort. *Muß ich ihr wirklich die Wahrheit erzählen? Muß ich die Erste Direktive einer Föderation verletzen, die noch gar nicht existiert — um ihre Existenz zu ermöglichen?*

»Commander ...«, begann er und fühlte einen dicker werdenden Kloß im Hals. Ein falsches Wort — und es gab keine Hoffnung mehr. »Wie kann ich Sie umstimmen?«

T'Lera beobachtete ihn und hütete sich davor, die ganze Intensität ihres Blickes einzusetzen. Die Empfindsamkeit der Menschen überraschte sie immer wieder. War es logisch und ethisch-moralisch vertretbar, sie in einer Galaxis voller Wunder der Isolation zu überlassen? Einige Sekunden lange zögerte T'Lera allein aus diesem Grund, kam dann aber zu dem Schluß, daß es nicht ihr zustand, über so etwas zu befinden.

»Versuchen Sie nicht, mich mit Worten zu überzeugen, Mr. Kirk«, erwiderte sie langsam. »Wenn Sie mir statt dessen eine bessere Perspektive anbieten können ...«

Jim zögerte. Und während er nach einer Antwort suchte, senkte sich die Last der Verantwortung auf die Schultern Spocks, der ...

... T'Lera ansah und überlegte. Sie wirkte exakt so, wie er sie sich vorgestellt hatte. Eine vulkanische Kommandantin, die mehr Jahre im All verbracht hatte, als sein Leben zählte — mit reiner Dialektik kam man bei ihr ebensowenig weiter wie bei irgendeinem anderen Vulkanier. Außerdem war sie nicht die einzige Angehörige seines Volkes, die sich in einer schwierigen, vielleicht aussichtslosen Situation befand. *Ist Captain Kirk überhaupt fähig, die moralischen Implikationen der gegenwärtigen Situation zu erfassen?*

Spock begriff, daß sich T'Lera nur mit der absoluten Wahrheit zufriedengeben würde. Allein sicheres Wissen über die Zukunft konnte sie dazu veranlassen, ihre aktuellen Einstellungen zu revidieren. Und wenn sie einlenkte, wenn sie sich Kirks Standpunkt anschloß, mußte sie die Bürde der Wahrheit und des Wissens bis zu ihrem natürlichen Tod tragen, ohne sich jemandem anvertrauen zu können.

Weder durch ein Wort noch einen Gedanken, weder mit Mentalverschmelzung noch in einem schlichten Gespräch durfte sie ihren telepathischen, nach Erkenntnis strebenden Artgenossen etwas von dem mitteilen, was sie in Erfahrung gebracht hatte. Es blieb T'Lera gar nichts anderes übrig, als ins Exil zu gehen, sich in die Einsamkeit zurückzuziehen, um die in ihrem Gedächtnis gespeicherten Informationen vor Entdeckung zu schützen.

Spock zweifelte nicht daran, daß T'Lera bereit war, sich um ihres Sohnes und ihrer Spezies willen mit einem solchen ›Tod im Leben‹ abzufinden. Es erschien ihm logisch. Und gleichzeitig bitter.

In diesem Punkt hatte T'Lera recht: Das Problem betraf nicht mehr die Menschen. Nur Vulkanier konnten eine derartige Verantwortung tragen. *Und nur jemand wie ich, der zwischen Terra und Vulkan steht, der menschliche und vulkanische Gene in sich vereint, ist imstande, ihr den richtigen Weg zu weisen.*

»Commander ...«, sagte er langsam und fragte sich zum erstenmal in seinem Leben, für welche seiner beiden Heimatwelten er sprach. »Wie kann ich Sie umstimmen?«

T'Lera richtete die volle Aufmerksamkeit auf ihn und stellte fest, daß er sich nicht von ihrem stechenden, durchdringenden Blick beeindrucken ließ. Das stimmte sie neugierig.

»Wer sind Sie?« fragte sie und trat näher.

Spock zögerte. Seit er die Kabine betreten hatte, verwendete er einen großen Teil seiner psychischen Kraft, um die eigenen Gedanken abzuschirmen, um zu verhindern, daß T'Lera mit einer telepathischen Sondierung die Antwort auf eben jene Frage fand. Er brauchte nur die mentalen Schilde zu senken ...

»Wer sind Sie?« wiederholte die Vulkanierin und blieb dicht vor Spock stehen. Aus irgendeinem Grund ahnte sie, daß der rätselhafte Mann maßgeblichen Einfluß auf ihr Schicksal nehmen konnte — und daß sie selbst einen bedeutenden Faktor für seine Zukunft darstellte. Warum?

Er gehört zu Ihrem Volk! hätte Kirk am liebsten gerufen, um die bedrückende Stille zu beenden. *Zu einem Volk, das Teil einer wesentlich größeren Gemeinschaft geworden ist. Die Ähnlichkeiten zwischen uns sind wichtiger als die Unterschiede. Gemeinsam haben wir mehr Kraft als allein!*

Jim beherrschte sich. Es war sinnlos, laut zu schreien. Worte genügten nicht.

T'Lera verlangte eine ›bessere Perspektive‹. Kirk seufzte innerlich. Es gab tatsächlich keine andere Möglichkeit.

Jim sah Spock an und wußte, daß sein wissenschaftlicher Offizier den gleichen Schluß gezogen hatte. Er nickte: »In Ordnung«, sagte er nur.

Langsam nahm Spock die Mütze ab.

T'Lera zuckte mit keiner Wimper.

Ihr Blick reichte plötzlich tief in ihn hinein und gleichzeitig über die Schranken der Zeit hinweg. Sie sah die Zukunft, die Spock schuf — einen Halbling, Hybriden, der die besten Qualitäten beider Welten verkörperte, Brücke über einer Kluft der Andersartigkeit, fleischgewordenes Band der Freundschaft. T'Lera, Tochter des Alls, erkannte einen Bruder im Geiste.

Und gleich darauf noch einen zweiten. Ihre Aufmerksamkeit richtete sich auf Kirk, und sie sah einen Menschen, dessen wahre, einzige Heimat der Kosmos war. Die kommenden Epochen, so begriff sie in diesen Sekunden, zeichneten sich durch Gemeinsamkeit aus, durch eine Überwindung aller Differenzen, durch Achtung und Respekt vor dem Individuellen, durch die Möglichkeit, sich frei zu entfalten.

T'Lera stellte sich der Zukunft und nahm die Herausforderung an.

Der Zorn des Schneesturms verausgabte sich. Die Journalisten gaben es auf zu versuchen, sich per Funk mit der *Delphinus* in Verbindung zu setzen. Statt dessen benutzten sie ihre Ausrüstung, um ein Lautsprechersystem zu montieren — und begannen mit einem akustischen Angriff auf das große Schiff.

»*Captain Nyere!*« donnerte eine Stimme übers Eis, durchdrang den stählernen Rumpf und erreichte Jason und Mitchell. »*Captain Nyere! Wir verlangen eine Begegnung mit den Aliens! Wir wollen wissen, wer für den Tod von vier irdischen Bürgern verantwortlich ist. Wir fordern...*«

»Irdische Bürger!« schnaufte Nyere abfällig, überprüfte das Sonar und stellte fest, wieviel Treibstoff die Tanks enthielten.

»Die Kerle da draußen schreien sich selbst taub«, brummte Mitchell. Zusammen mit Yoshi dichtete er die kleinen Risse in der Wandung des Schiffes ab, die infolge der Explosion des Schneemobils entstanden waren.

Tatya saß an der Kom-Station und blockierte alle Anfragen der Medienrepräsentanten. Jason hatte die beiden Agronomen aus einem ganz bestimmten Grund zur Brücke gebeten, und nach einer Weile ließ er die sprichwörtliche Katze aus dem Sack.

»Es ist *noch ein* Vulkanier an Bord?« fragte Tatya verblüfft und aufgeregt. Die Tatsache, daß Kirk und seine Begleiter aus einem zukünftigen Jahrhundert stammten, schien sie überhaupt nicht zu überraschen. Ihr Interesse galt in erster Linie den Außerirdischen. »Können wir zu ihm, mit ihm sprechen?«

»Dann stimmt also, was T'Lera und Dr. Bellero — Dr. Dehner, meine ich — sagten«, murmelte Yoshi und starrte Mitchell wie ein gestaltgewordenes Wunder an. »Eines Tages schließen wir ein Bündnis mit Vulkan.«

»Und mit rund fünfhundert anderen Welten, Söhnchen«, fügte Gary hinzu. »Aber bevor es dazu kommt, müssen wir alle Schäden reparieren. Wenn wir irgendein Leck übersehen, sausen wir ab, und dann ist die Föderation zum Teufel.«

»Himmel!« stieß Yoshi hervor und konzentrierte sich wieder auf die Arbeit. Es schien kaum möglich zu sein, aber der draußen herrschende Lärm nahm noch zu. Einige Reporter wagten es sogar, auf den Kommandoturm zu klettern: Sie pochten und hämmerten ans Schott, als hofften sie, es könnte sich von ganz allein für sie öffnen.

»He, Captain!« rief Mitchell, um das Dröhnen der Lautsprecher zu übertönen. Neben ihm hantierte Yoshi mit einem Schweißbrenner. »Wann können wir uns endlich absetzten und die Journalisten sich selbst überlassen?«

»Jetzt!« verkündete Jim Kirk und trat auf die Brücke. T'Lera, Sorahl und Spock folgten ihm.

Man kann sich keine bessere Crew wünschen, dachte Jason Nyere und nahm das Geschehen auf der Brücke mit wortlosem Erstaunen zur Kenntnis.

Die drei jüngeren Leute befanden sich im Maschinenraum, und die Psychologin namens Bellero oder Dehner kümmerte sich um Melody, wollte anschließend ein wenig schlafen. Trotzdem blieben genug fähige Personen übrig, um alle wichtigen Stationen des Kommandoraums zu besetzen. Jasons Steuermann, im dreiundzwanzigsten Jahrhundert Captain eines Raumschiffs, saß neben einem überaus kompetenten Navigator und dem dritten Vulkanier, der die meiste Zeit über schwieg, die Technik der *Delphinus* intuitiv zu erfassen schien und derzeit die Kommunikationsanlagen kontrollierte. Jason Nyere lehnte sich im Kommandantensessel zurück, davon überzeugt, daß sie ihr Ziel erreichen würden, ganz gleich ob Fairbanks in Alaska oder Timbuktu in Mali.

Kirk beriet sich kurz mit Mitchell und meinte dann: »Mit dem zuletzt genannten Ort liegen Sie gar nicht so falsch. Aber ganz sicher sind wir erst dann, wenn wir einen Kom-Kanal öffnen können.«

Nyere beobachtete seine neuen Gefährten und blieb trotz der Umstände völlig gelassen. In den vergangenen Tagen hatte er einen Jahresvorrat an Adrenalin verbraucht, und zurück blieb nur Ruhe. Neben ihm stand die unerschütterliche T'Lera — wachsam und selbstsicher, mit der Brücke eines jeden Schiffes vertraut.

Ein Tauchmanöver stand bevor.

Das akustische Chaos auf dem Packeis ließ nach, als sich ein zweiter Sturm ankündigte. Die Böen vertrieben jene Journalisten, die nach wie vor über die Außenhülle der *Delphinus* kletterten, wehten anschließend die Einzelteile des improvisierten Lautsprechersystems davon. Dutzende von Reportern flohen zu den Hubschraubern oder zogen sich in die Kälte der Byrd-Station zurück.

»Sie versuchen noch immer, unser Kom-System anzuzapfen, Captain«, meldete Spock.

Es war nie ganz klar, welchen Captain er meinte.

»Sollen sie ruhig«, erwiderte Nyere. »Wenn sie die Empfänger voll aufgedreht haben, um uns zu belauschen, platzen ihnen gleich die Trommelfelle. Maschinenraum, Bereitschaft. Volle Kraft in fünf Minuten.«

»Bestätigung, Captain«, lautete Sorahls knappe Antwort.

Ich könnte mich daran gewöhnen, dachte Jason zufrieden.

Farbschlieren wanderten über den Kom-Schirm.

»Es trifft eine Nachricht ein, Captain«, sagte Spock überflüssigerweise. Den Inhalt der Botschaft beachtete er überhaupt nicht, nahm nur Anstoß an der Tatsache, daß die angegebene Wartefrist abgelaufen war. »Die Mitteilung trifft genau drei Minuten und vierzehn Sekunden zu spät ein«, verkündete der Vulkanier ernst.

Nyere setzte zu einer Erwiderung an, überlegte es sich dann aber anders und schwieg. Jim Kirk sah von den Instrumenten des Steuermanns auf.

»Machen Sie sich nichts draus, Captain. Solche Bemerkungen muß man dauernd von ihm erwarten.«

»Ich verstehe«, antwortete Nyere in verschwörerischem Ton. »Bitte eine Projektion auf meinen Schirm, Mr. Spock.«

Er befeuchtete spröde Lippen — ein Zeichen seiner Nervosität —, holte tief Luft und bereitete sich darauf vor, seine Karriere der Zukunft zu opfern.

»›Die ganze Welt sieht zu‹«, murmelte er.

Kirk musterte ihn kurz. »Klingt nach einem Zitat.«

»Aus anderen, ebenso unruhigen Zeiten«, entgegnete Jason und beobachtete, wie sich auf dem Monitor das Gesicht eines Kommandooffiziers formte. Das darunter eingeblendete Symbol stammte vom Norfolk-Hauptquartier.

»Bereiten Sie sich darauf vor, letzte Befehle in Hinsicht auf Ihre Häftlinge entgegenzunehmen, Captain.«

»Erlauben Sie mir einen Hinweis, HQ.« Nyere gab Spock ein unauffälliges Zeichen und beugte sich in den Erfassungsbereich der Übertragungskamera vor. »Wir haben Grund zu der Annahme, daß unsere Frequenzen abgehört werden. Ich wiederhole, Commodore: Irgend jemand zapft unsere Kommunikationssysteme an ...«

Spock betätigte einige Tasten in der Reihenfolge, die ihm Jason zuvor gezeigt hatte. Die Darstellung auf dem Kom-Schirm erzitterte, und statisches Knistern drang aus den Lautsprechern.

»Seit 08.30 Uhr werden wir von Journalisten bedrängt«,

fuhr Nyere fort. »Ich nehme an, sie tragen die Verantwortung für ...«

Spock führte weitere Schaltungen durch, und das Gesicht des Commodore tanzte hin und her. In den Projektionsfeldern des Norfolk-HQ bot Jason einen ähnlichen Anblick.

»... darüber hinaus zieht ein Sturm heran, und die elektrischen Entladungen in der Unwetterzone ...«

»Bitte wiederholen Sie Ihre letzten Worte, Captain.« Die Stimme des Commodore war kaum mehr zu verstehen. Spocks Finger glitten über Sensorfelder, modifizierten den Kom-Fokus. »... Empfang ... gestört. Bitte wiederholen ...«

»Tut mir leid, HQ, aber der Empfang ist gestört«, sagte Nyere unschuldig. Kirk fragte sich, ob alle Schiffskommandanten mit Zungenfertigkeit gesegnet waren. »Die Verbindung wird immer schlechter. Ich ...«

Nyere ließ die Hand sinken, und daraufhin unterbrach Spock den Kontakt mit Norfolk. T'Lera beobachtete ihn und dachte kritisch an eine Zukunft, die einen Vulkanier Durchtriebenheit lehrte.

Nyere schaltete das Interkom ein. »Brücke an Maschinenraum. Geben Sie Dampf auf die Kessel!«

Der Tauchalarm erklang, und Kirk lächelte von einem Ohr zum anderen, als das große Schiff erzitterte. Den Bewegungen der *Delphinus* mangelte die erhabene Eleganz der *Enterprise*, aber er spürte so etwas wie majestätische Kraft. Das Packeis knirschte, als der ›Wal‹ in den kalten antarktischen Ozean sank. Jim dachte an die Journalisten in den Hubschraubern und den Baracken der Byrd-Station, stellte sich ihren hilflosen Zorn vor, als sie beobachten mußten, wie die gewaltige Stahlmasse unter dem ewigen Weiß verschwand.

Jason stand auf. »Commander?« wandte er sich förmlich an T'Lera. »Würden Sie bitte das Kommando übernehmen, während ich am Sonar sitze?«

Die Brauen der Vulkanierin wölbten sich nach oben. »Es ist mir eine Ehre, Captain.«

Selbst in großer Tiefe mußten sie auf Eis achten.

»Geh einfach davon aus, es handele sich um Asteroiden«, sagte Mitchell zu Kirk und steuerte die *Delphinus* an der unteren Flanke eines Eisbergs vorbei.

»Gib mir Phaserenergie — und ich bin sofort bereit, deinen Rat zu beherzigen«, antwortete Kirk und grinste.

Nach einigen Kilometern erstreckte sich offenes Meer vor ihnen, und die Turbinen des Schiffes liefen mit voller Kraft.

»Captain...«, erklang Spocks Stimme, als sie es wagten, die Funkstille zu brechen. »Ich habe den mobilen Sender an dem von Mr. Mitchell genannten Koordinatenpunkt erreicht.«

»Parneb«, erwiderte Kirk. Er hatte T'Lera im Kommandantensessel abgelöst. »Gary meinte, die Nachricht bestünde aus nur einem Wort. Entweder können wir am entsprechenden Ort an Land gehen, oder wir müssen einen neuen Treffpunkt vereinbaren.«

Spock horchte. »Die Antwort hat einen bestätigenden Inhalt, Captain.«

Kirk ließ den angehaltenen Atem entweichen. »Gut. Captain Nyere, wie groß ist unser Spielraum?«

»Ich schätze, die Typen im HQ brauchen ein oder zwei Stunden, um festzustellen, daß wir selbst für die angeblichen Störungen bei der Kom-Übertragung verantwortlich sind«, gab Jason Auskunft. »Derzeit wissen sie nur, daß wir abgedampft sind — mit unbekanntem Ziel. Bestimmt nutzen sie alle Möglichkeiten, um nach uns zu suchen, aber dabei müssen sie verdammt vorsichtig sein, um nicht den Argwohn der Medien zu erregen. Solange wir unter Wasser bleiben, haben wir einen Vorsprung von rund einer Stunde.«

Kirk lehnte sich entspannt zurück — Jasons Angaben bestätigten seine Einschätzung.

Inzwischen hatte sich die Besatzung der Brücke verändert. Sorahl löste Mitchell an der Navigationskonsole ab, und T'Lera übernahm das Ruder. Spock saß nach wie vor an der Kommunikationsstation. Melody Sawyer erbleichte, als sie sah, daß die *Delphinus* von drei Vulkaniern gesteuert wurde.

»Zum Teufel, was soll das bedeuten, Captain, Sär?« begrüßte sie Nyere nach ihrem erzwungenen Schlaf. Jason hatte ihr Situation und Hintergründe erklärt, aber der Erste Maat klammerte sich an sein Mißtrauen, starrte den neuen Kom-Offizier an. »Mr. Spock, wenn ich mich entsinne.«

»In der Tat«, sagte er und erwiderte den Blick.

»Auf ein gemütliches Beisammensein«, ächzte Melody.

»Denk an die Zukunft, Sorahl-*kam*«, sagte T'Lera so leise, daß nur Sorahl sie hören konnte. Ihr Blick galt dem Hybriden Spock und seinen menschlichen Begleitern.

Der junge Vulkanier nickte. »Spielen wir in diesem Zusammenhang eine zentrale Rolle, Mutter? Bilden wir den Grundstein?«

»Nein, mein Sohn. Wir sind ein aus dem Weg geräumtes Hindernis...«

»Sind Sie sauer auf mich, Captain, Sär?« fragte Sawyer.

»Warum? Weil Sie erst mit dem Ballermann spielen mußten und mir anschließend fast die Rippen gebrochen hätten? Ist nicht weiter schlimm, Melody...«

»Die Erde wird es nie erfahren«, überlegte Kirk laut. »Die Menschen ahnen nicht einmal, welche Chance sich für sie ergab. Und welche enorme Gefahr für die Zukunft heraufbeschworen wurde!«

»Korrekt, Captain. Doch im Laufe der Zeit...«

»Wenn sie reifer geworden sind«, murmelte Jim. »Sie müssen noch eine Menge lernen. So wie ich. Spock, ich...«

»Viele Jahrhunderte des Friedens gingen T'Leras Reise zur Erde voraus, Captain. Den Menschen stand weitaus weniger Zeit zur Verfügung, um sich auf die Tugenden der Vernunft zu besinnen. Trotzdem haben wir beide recht gute Dienste geleistet — gemeinsam.«

Der Abschied war notwendigerweise recht kurz.

»›Und so segle dahin, allein im tiefen Wasser...‹«, brummte Jason Nyere. Es gelang ihm nicht ganz, seien typisch menschlichen Gefühle unter Kontrolle zu halten.

»›Denn unsere Bestimmung liegt dort, wo noch kein Seefahrer gewesen ist ...‹«, fügte T'Lera hinzu. Sie hatte sich ausgiebig mit der irdischen Dichtkunst befaßt.

»›Und wir riskieren nicht nur das Schiff, sondern auch unser Leben.‹« Jason hauchte der Vulkanierin einen Kuß auf die Hand. »Ich werde Sie vermissen, werte Dame.«

»Glück und langes Leben, Jason Nyere«, erwiderte T'Lera. »Ich werde Sie nie vergessen.«

Nur sie wußte, was das bedeutete.

Yoshi und Sorahl suchten vergeblich nach den richtigen Worten, gaben schließlich auf und schüttelten sich stumm die Hände.

»Bis dann, Junior«, brachte Melody Sawyer hervor und dachte kurz an ihre Tochter. *Sie würde mich hassen, wenn sie wüßte, daß ich einen solchen Mann einfach gehen lasse.* »Sagen Sie Ihrer Mutter ... Sagen Sie ihr, es tut mir leid. Sagen Sie ihr, daß ich versuchen werde, mich zu bessern.«

»Ich richte es ihr aus«, versprach Sorahl, und in seinen dunklen Augen funkelte fast so etwas wie Humor, als er hinzufügte: »Aber ich bezweifle, daß es Ihnen gelingt.«

»Leb wohl, Leutnant Kije«, hauchte Tatya und sah Sorahl nach. Tränen strömten über ihre Wangen.

Einst tollten Delphine vor der Küste. Einst hielten Eingeborene nach ihnen Ausschau und holten ihre Netze, da sie wußten, daß die verspielten Säuger große Fischschwärme in Richtung Ufer trieben. Einst arbeiteten Mensch und Delphin über viele Generationen hinweg zusammen, zum beiderseitigen Vorteil.

Doch jetzt gab es keine Delphine mehr, die Nachkommen der Fischer gingen anderen Berufen nach. Der Strand, an dem ihre Ahnen gewartet hatten, erstreckte sich leer in einer vom Mondschein erhellten Nacht. Weiter draußen ragte der Kommandoturm eines großen Schiffes aus den Fluten des Atlantik; die *Delphinus* schien nach ihren längst ausgestorbenen Brüdern und Schwestern zu suchen.

Neben dem Turm dümpelte ein kleines Boot; Jason

Nyere half zwei Vulkaniern an Bord. Ein anderer Captain namens Kirk hielt das Ruder und wartete geduldig darauf, daß seine Gefährten das Schiff verließen.

»Eine wunderschöne Nacht«, sagte Gary Mitchell leise und beobachtete den Strand. »Obgleich mich der Mond ein wenig stört. Völlige Dunkelheit wäre mir lieber. Übrigens: Drüben am Ufer steht ein Wagen.«

»Nur einer?« fragte Jim. Mitchell nickte. »Dann scheint ja alles klar zu sein.«

Elizabeth Dehner kletterte als letzte ins Boot, hatte die vier in der *Delphinus* bleibenden Personen ›behandelt‹. Sie wirkte ziemlich erschöpft und rieb sich die geröteten Augen.

»Ist alles in Ordnung mit Ihnen?« wandte sich Kirk an sie, während ihr Spock Hilfestellung leistete.

»Nein, ganz und gar nicht«, entgegnete sie offen. Blondes Haar strich über blasse Wangen, als sie stolperte und den Halt verlor. Spock stützte sie und deutete auf einen freien Platz im Bug. »Ich würde mich gern ausruhen.«

Kühler Wind strich ihnen entgegen. Kirk öffnete den Behälter mit der Notausrüstung, holte eine Decke hervor und reichte sie der Psychologin. Dehner schlang sie sich um die Schulter, lehnte sich müde an Spock und schloß die Augen.

Elizabeth erwachte, als sie das Ufer erreichten.

»Tut mir leid«, murmelte sie, stellte überrascht und verlegen fest, daß ihr Kopf an Spocks Brust ruhte. Sie wußte, daß den telepathischen Vulkaniern ein direkter Kontakt mit Menschen unangenehm war.

Der wissenschaftliche Offizier half ihr schweigend an Land.

Sorahl trat geschickt übers Dollbord, ging an der Wassergrenze in die Hocke und schöpfte Sand. Die eine Hand wurde naß, die andere blieb trocken.

»Jetzt ist es soweit, Mutter«, sagte er.

T'Lera wußte, was er meinte: In diesem Augenblick betraten sie die Erde.

Kapitel 11

Eine vertraut wirkende Gestalt kletterte aus dem Geländewagen, der am Rand des Strandes parkte, dicht vor den ersten Bäumen des dunklen Regenwalds.

»Es fehlt niemand, und alles ist in bester Ordnung!« verkündete Parneb und eilte der Gruppe entgegen. »Ich habe die notwendigen Vorbereitungen getroffen. Das Fahrzeug bietet Ihnen genügend Platz, und darüber hinaus steht unseren Gästen angemessene Kleidung zur Verfügung: Turbane und *Djellabas* für die Herren, eine *Tobe* samt Schleier für die Dame. Wenn Sie nicht von Vulkan stammten, könnte man glauben, Sie seien Ägypter! Und da wäre noch etwas, Captain Kirk!« rief er dem letzten Mann am Ufer zu, der gerade eine Fernsteuerung hervorholte, um das Boot aufs offene Meer zurückzuschicken und es dort zu versenken. »Ich habe eine kleine Überraschung für Sie.«

Es widerstrebte Kirk, ein Schiff zu opfern. Eine Zeitlang sah er dem Boot nach, drehte sich dann um und sah eine Bewegung in dem großen Geländewagen. Die ›Überraschung‹ trat auf den Strand und grinste jungenhaft.

»Lee?« Jim konnte es kaum fassen. Er räusperte sich. »Mr. Kelso, wo haben Sie gesteckt, zum Teufel?«

»Ich wurde eine Zeitlang, äh, aufgehalten«, entgegnete Lee. »Eine kleine Meinungsverschiedenheit mit den Behörden — es ging dabei um ›ausgeliehene‹ Computerzeit. Ich sollte in einem Arrestkomplex übernachten, entschied mich jedoch dagegen, die Gastfreundschaft des Untersuchungsrichters in Anspruch zu nehmen, hielt es für besser, mich auf den Weg nach Ägypten zu machen.«

»Typisch für ihn«, warf Mitchell ein. »Der Kerl hat sich einen Urlaub gegönnt, während uns Kugeln um die Ohren flogen. Wird Zeit, daß du endlich in die Hände spuckst und dich an die Arbeit machst, Lee.«

»Sie sehen das völlig falsch«, sagte Parneb hastig, als sie

im Wagen Platz nahmen und die lange Fahrt zur westlichen Sahel-Zone begannen. »Mr. Kelso hat sich als ein wahrhaftiger Magier erwiesen! Captain Kirk, wenn Sie ihn mir überlassen könnten ... Mit einem solchen Zauberlehrling wäre ich imstande, echte Wunder zu bewirken!«

In den künstlich angelegten Gewölben unter der Wüste fanden sie zwei Schlafkapseln, die in horizontalen Bereitschaftsnischen ruhten. Das leere Gerüst daneben hatte offenbar eine dritte enthalten.

»Brandspuren auf dem Boden«, stellte Kirk fest, und seine Stimme hallte dumpf von den Wänden wider. »Wenn wir Glück haben, können die Dinger von hier aus gestartet werden.« Er wandte sich an seine Truppe. »Untersuchen Sie die beiden Kapseln mit der gebotenen Vorsicht. Wir benutzen diejenige, die sich im besseren Zustand befindet, und die andere wird demontiert, damit wir eventuell notwendige Ersatzteile bekommen. Mal sehen, was sich aus den altertümlichen Nukleartriebwerken herauskitzeln läßt.« Er seufzte. »Ich wünschte, Mr. Scott wäre hier.«

»Wir eifern ihm einfach nach, Jim«, schlug Mitchell vor und warf Sorahl einen Schraubenschlüssel zu. Der junge Vulkanier ging bereits über den äußeren Laufsteg und half Kelso in einen schmalen, mit Kabelsträngen und längst überholten Transistoren gefüllten Wartungsschacht.

Spock und T'Lera schalteten den Bordcomputer ein und nahmen eine Überprüfung aller Systemkomponenten vor. Kirk rollte sich die Ärmel hoch und nieste im fünfzigjährigen Staub der Reaktorkammer.

»Du hast also Zensur ausgeübt und dadurch das allgemeine Recht der Öffentlichkeit auf Informationsfreiheit beschnitten, Lee?«

»Nun, *so* weit würde ich nicht gehen, Mitch. Ich habe die eine oder andere Meldung umformuliert — die übliche Arbeit eines Redakteurs ...«

»Hier ein Satz gestrichen, dort ein Absatz hinzugefügt — und der Autor erkennt sein Werk gar nicht wieder ...«

Kirk räusperte sich. Mit seinen beiden Freunden steckte er bis zur Hüfte in einer Konsole, die zur Ambientenkontrolle und Überwachung von Lebenserhaltungssystemen dienten. Heiße Luft trieb ihm Schweiß aus den Poren.

»Bohren Sie mir nicht dauernd den Ellenbogen in die Rippen, Mr. Mitchell!« brummte er. »Würde mir vielleicht jemand erklären, worüber ihr redet?«

»Hat dir Lee noch nicht erzählt, was nach seiner Flucht vor der KomPolizei geschah?« erwiderte Gary ungläubig und kroch zurück, um einen Feuchtigkeitssensor zu holen. Über die Schulter hinweg fügte er hinzu: »Sag's ihm, Lee!«

»Nun?« fragte Kirk gepreßt und ächzte, als ihn zur Abwechslung Kelsos Ellenbogen traf.

Lee gab sich verlegen. »Tja, Ji... äh, Captain, ich, äh... Sie, äh, du solltest versuchen, dich in meine Lage zu versetzen. Wenn ich den Vid-Schirm einschaltete, mußte ich mir die verrücktesten Meldungen anhören. Ihr seid von all dem verschont geblieben, aber ich steckte mitten in der Hysterie. Ich konnte nicht ruhig zusehen, wie die ganze Sache außer Kontrolle geriet.«

»Eine lobenswerte Einstellung«, sagte Jim, schob sich ein wenig vor und justierte ein Sauerstoff-Konvertierungsventil. »Die Frage ist nur: *Was* hast du gemacht?«

»Ich fürchtete, irgend jemand könne zu Schaden kommen, verletzt oder gar getötet werden«, fuhr Kelso fort. »Panik in den Städten, Unruhen und dergleichen. Und deshalb...«

»*Ja?*« knurrte Kirk. »Heraus damit, Lee!«

»Ich habe mich in die GlobalNews-Computer eingeschlichen und dort einige Virusprogramme hinterlassen«, platzte es aus Kelso heraus. »Sie löschten die schlimmsten Meldungen und ersetzten sie durch ›nicht bestätigte und widersprüchliche Berichte‹. Die Datenbroker haben bestimmt alle Hände voll damit zu tun, Ordnung in das Chaos zu bringen!« Er strahlte stolz.

Jim ließ sich an die Innenwand der Konsole sinken. »Du erstaunst mich immer wieder, Lee.«

»Ich weiß«, erklärte Kelso bescheiden und gab damit die für ihn typische Antwort.

»Vielleicht sollte ich dich *wirklich* bei Parneb lassen«, drohte Kirk und schob sich vorsichtig aus dem Kabelgewirr. »Wie dem auch sei: Du hast mir noch nicht gesagt, wie du der KomPolizei entkommen bist.«

»Verschieben wir den Bericht«, erwiderte Kelso voller Unbehagen. »Erinnere mich, wenn wir alles hinter uns haben.« Aber er kam nie dazu, von seiner Flucht zu erzählen.

»Die Logik gebietet, daß planetare Verteidigungsanlagen nach außen gerichtet sind, um Angriffen aus dem All zu begegnen«, wandte sich Spock an Kirk und T'Lera. »Das letzte irdische System, das sich gegen Terra selbst und damit die Menschen richtete, war das sogenannte SDI, in der Umgangssprache auch ›Krieg der Sterne‹ genannt. Als die Charta der Geeinten Erde unterzeichnet wurde, begann man mit der systematischen Zerstörung aller betreffenden Satelliten. Die heutigen Abwehreinrichtungen reagieren auf keine Raumschiffe, die sich von der Erde *entfernen*.«

Spock musterte Sorahl, einen Vulkanier, der paradoxerweise sowohl jünger als auch wesentlich älter war. »Daraus folgt: Wenn Sorahl tatsächlich ein so guter Navigator ist, wie T'Lera behauptet, sollten Sie in der Lage sein, das Solsystem unentdeckt zu verlassen.«

»Mehr können wir Ihnen nicht helfen«, sagte Kirk zu der Vulkanierin. »Leider sind wir nicht imstande, die Kapsel mit einem Warptriebwerk auszustatten.«

»Wir sind Ihnen trotzdem zu großem Dank verpflichtet«, erwiderte T'Lera. »Wenn mein Navigator so fähig ist, wie ich nach wie vor glaube, steht unserer Rückkehr nach Vulkan nichts mehr im Wege.«

Kelso justierte den Bordkommunikator auf eine Nachrichtenfrequenz, um festzustellen, ob seine Virusprogramme die erhoffte Wirkung erzielten.

«... treffen ständig weitere, bisher noch unbestätigte Meldungen aus der Antarktis ein. Insbesondere geht es dabei um die Entdeckung von Waffen und vier Leichen, unter ihnen auch die des berüchtigten Terroristen, der sich Rächer nannte ...«

In Kelsos ölverschmiertem Gesicht zeigte sich ein zufriedenes Lächeln, als er unter den Rumpf der alten DY-100 kroch und die Arbeit fortsetzte.

»In einem damit nicht gänzlich ohne Zusammenhang stehenden Kommuniqué teilen einige hochrangige Penta-Krem-Repräsentanten folgendes mit: Das heute morgen vor der Küste Malis gefundene Schiff ist tatsächlich die *CSS Delphinus*, die vor zwei Wochen beauftragt wurde, ein nicht identifiziertes und über dem Südpazifik abgestürztes Raumschiff zu bergen. An Bord befanden sich nur vier Personen, und zwei von ihnen, Captain Jason Nyere und sein Erster Offizier, wurden zu einem Verhör abgeholt ...«

»Wenn mir bei der Hypnose kein Fehler unterlaufen ist ...« — Elizabeth Dehner nahm von Parneb einen Behälter mit Lebensmittelkonzentraten entgegen und reichte ihn Kirk, der die Kiste in der Frachtkammer verstaute — »... haben es die Behörden mit vier lächelnden, kooperativen Leuten zu tun, die nicht wissen, was in den vergangenen beiden Wochen mit ihnen geschehen ist.«

»Wollen wir's hoffen«, brummte Jim.

»... traf gerade ein neuer Bericht ein. Auf dem Kontinent Antarktika stationierte Sicherheitskräfte melden die Verhaftung von vier Personen, die sich als Journalisten ausgaben und versuchten, das Festland an einer Stelle zu verlassen, die nicht sehr weit von der Byrd-Station entfernt ist. Wie gerüchteweise verlautet, sollen sich in der alten Forschungsstation zwei Außerirdische aufgehalten haben. Einer der Arrestierten wurde als Aghan identifiziert, Mitglied der Allianz des Zwölften November ...«

»Optimales Startfenster um 23.00 Uhr, Commander«, informierte Spock die vulkanische Kommandantin, als die Winde das kleine Raumschiff neben dem Gerüst in eine vertikale Position zog. »Bestätigung«, erwiderte T'Lera geistesabwesend. Ihre Gedanken galten bereits den Sternen.

»... deutet vieles darauf hin, daß der in einem ohne Treibstoff liegengebliebenen Schneemobil gefundene Tote Easter ist, Anführer einer anderen Terroristengruppe. In dem Fahrzeug befand sich außerdem ein umfangreiches Waffenarsenal. Welches Geheimnis verbirgt sich hinter dem Tod Easters und des Bionikers namens Rächer? Warum erfüllte sich ihr Schicksal ausgerechnet in der Antarktis? Vielleicht müssen diese Fragen für immer unbeantwortet bleiben. Doch das Ende der beiden berüchtigten Verbrecher und die Verhaftung ihrer vier Komplizen läßt den Schluß zu, daß dem Terrorismus ein entscheidender, möglicherweise tödlicher Schlag versetzt wurde ...«

Ein klarer Himmel spannte sich über der Wüste; nicht eine einzige Wolke verwehrte den Blick auf die Sterne. Einer der funkelnden Punkte — eine rote M2-Sonne, die von einem heißen Wüstenplaneten umkreist wurde, Geburtsstätte von vierzehn Milliarden logischer, rationaler Wesen — lockte T'Lera und Sorahl zur Heimkehr. Ein dritter Vulkanier stand im unterirdischen Kontrollraum und begann mit dem Countdown. T'Lera wartete im Innern der Kapsel und zündete schließlich die Triebwerke. Die alte DY-100 hob ab, und der Bug richtete sich auf den winzigen, scharlachfarbenen Fleck am Firmament.

Dutzende von Radioteleskopen überwachten den Himmel. Sie standen bei Arecibo auf Puerto Rico, in Khazakstan, in der Wüste von Nevada, auf der erdabgewandten Seite des Mondes und selbst auf dem Mars. Techniker saßen an Bildschirmen und hielten nach Ortungsreflexen Ausschau, nach irgendwelchen verdächtigen Bewegungen im interplanetaren Raum. Aber ihnen entging die kleine Kapsel, die den Asteroidengürtel durchdrang, die Jupiterbahn erreichte, den Flug unbemerkt fortsetzte.

Sorahl empfing die letzten Sendungen von der Erde.

»... breitet sich die Tangwelke weiterhin aus. Inzwischen scheinen bereits alle Anbaubereiche im Südpazifik betroffen zu sein. Das Basispersonal auf Luna und Mars wurde auf die drohende Nahrungsmittelknappheit und eine eventuell notwendige Rückkehr zur Erde hingewiesen ...«

»Nein, Sir.« Yoshi lächelte freundlich, als die Verhörbeamten weitere Fragen stellten. »Jason hat uns nicht gesagt, wohin er uns bringt. Ebensowenig nannte er uns die Gründe. Ich wollte natürlich in der Agrostation bleiben, doch andererseits: Wer lehnt einen zusätzlichen Urlaub ab?«

Geheimagenten durchsuchten Yoshis Kabine an Bord der *Delphinus*, fanden dabei ein aus dem späten zwanzigsten Jahrhundert stammendes Buch mit Gedichten. Es trug den Titel ›Du und ich‹. Der junge Agronom erklärte, in Agro III habe er Tatya oft daraus vorgelesen. Liebesverse — um die richtige Stimmung zu schaffen. Die Agenten nickten, legten das Buch beiseite und schenkten dem als Lesezeichen dienenden, zusammengefalteten Computerausdruck überhaupt keine Beachtung.

»Damit ist unsere Mission beendet«, meinte Kirk, als die DY-100 am dunklen Himmel verschwand. Zusammen mit seinen Gefährten nahm er im Geländewagen Platz. »Bringen Sie uns nach Hause, Parneb.«

»Wir verlassen das Solsystem in genau hundertdreiundsiebzig Minuten, Commander«, sagte Sorahl, verwendete dabei die Sprache und Zeitbegriffe Vulkans. Nach den zwei Wochen auf der Erde fiel ihm die Umstellung schwer.

»Bestätigung«, erwiderte T'Lera und dachte an die Sterne.

Aus den Lautsprechern des Empfängers drangen die leiser werdenden Stimmen irdischer Nachrichtensprecher.

»... geht die Tradition der Welthungerkonzerte auf das Jahr 1986 zurück, auf eine Zeit also, in der ein großer Teil der Weltbevölkerung an Unterernährung litt. Das diesjährige Sechzigste Friedenskonzert setzt ein besonderes Zeichen, wenn man es im Zusammenhang mit den jüngsten Unruhen angesichts einer angeblichen Invasion aus dem All sieht ...

... wiederholten Sprecher von PentaKrem in einer gemeinsamen Verlautbarung mit dem Rat der Geeinten Erde, daß die Manöver im Südpazifik und auf dem antarktischen Kontinent keineswegs als Reaktion auf Angriffe von Außerirdischen zu interpretieren sind, wie einige verantwortungslose Journalisten behaupten. Vielmehr sollte damit die irdische Bereitschaft auf eine Bedrohung aus dem Weltraum getestet werden. Um es noch einmal zu betonen: Die Gerüchte über eine Invasion aus dem All entbehren jeder Grundlage. Die von den Vereinten Streitkräften durchgeführten Manöver dienten einzig und allein dazu, die irdische Verteidigungsbereitschaft zu testen. Penta-Krem und Vertreter des Weltrates dementieren alle Meldungen, in denen es heißt, es seien Aliens auf der Erde gelandet. Wir weisen noch einmal ausdrücklich darauf hin, daß der angebliche Angriff von Extraterrestriern ...«

Das kleine Raumschiff passierte die Umlaufbahn des äußersten Planeten Pluto, und lautes Knacken überlagerte die Stimme der Erde.

»... beenden wir unser Programm klassischer Musik mit einer Suite von Sergei Sergejewitsch Prokofjew, ›Leutnant Kije‹. Die Hauptrolle in dieser musikalischen Komödie spielt ein romantischer Held, den Zar Nikolaus erfand ...«

Die Statik der Oort-Wolke rauschte. Sorahl schaltete ab, folgte dem Beispiel seiner Mutter und besann sich auf die Sterne. Der Geländewagen hielt vor Parnebs Heim, und Kelso beugte sich noch einmal zum Radio vor.

»Wir wiederholen: Es sind nie irgendwelche Außerirdischen auf der Erde gewesen ...«

»Das reicht jetzt, Lee!« sagte Kirk scharf und stieg zusammen mit den anderen aus. »Schalt das Ding ab!«

Kelso kam der Aufforderung nach und folgte Parneb ins Gebäude. Nur Spock blieb zurück.

Kirk lauschte einige Sekunden lang der Stille des Morgens. »Mr. Spock ...«, begann er und spürte, daß sich sein Verhältnis zu dem Vulkanier verändert hatte. »Bitte kommen Sie herein. Je eher wir von hier verschwinden ...«

Der hochgewachsene Mann zögerte gedankenverloren. »Nur noch einen Augenblick, Captain.«

Er stand auf der leeren thebanischen Straße, unter einem

dunklen Himmel, der sich langsam erhellte, ließ seinen Blick über sechstausend Jahre alte Mauern schweifen. Spock fürchtete nicht, die Aufmerksamkeit eines Frühaufstehers zu wecken: Turban und *Djellaba* verliehen ihm das Erscheinungsbild eines Ägypters, täuschten über die fremden Züge seines Gesichts hinweg. Ein letztes Mal sah er zum Firmament der Erde hoch, an dem nur noch die hellsten Sterne glänzten, griff unter seinen Umhang und holte eine kleine Kette hervor.

Mit den Fingerspitzen tastete er über den winzigen Anhänger, betrachtete das Friedenssymbol und überlegte. Es gehörte auf diesen Planeten; er hatte kein Recht, es mitzunehmen. Spock löste einige Steine am Fuß der Mauer und deponierte das Schmuckstück in terrestrischem Boden.

Seine Gefährten trugen inzwischen wieder Starfleet-Uniformen und warteten in Parnebs Keller auf ihn. Während der Ägypter Vorbereitungen für den Retransfer durch Zeit und Raum traf, schaltete jenseits der granitenen Wände eine erwachende Welt die Vid-Schirme ein und verfolgte die ersten Nachrichtensendungen des neuen Tages.

»... beklagen Millionen von Menschen den Tod von Professor Jeremy Grayson, der vor einigen Stunden friedlich entschlummerte ...«

»Sind Sie ganz sicher, daß es klappt?« fragte Kirk skeptisch und musterte Parneb mit wachsendem Unbehagen.

»Sie haben Ihre magischen Kunststücke vollbracht, Captain«, erwiderte der Ägypter. »Jetzt bin ich dran.«

Er hatte die Kristallkugel ins Gewölbe getragen, um ihre Kraft zu verstärken. Sie glühte nun, pulsierte im Takt mit dem kleineren Kristall an seiner Halskette. Kirk fragte sich, ob moderne Transporter weniger thaumaturgisch waren.

Elizabeth Dehner, Gary Mitchell und Spock standen bereit, schienen darauf zu warten, an Bord der *Enterprise* gebeamt zu werden. Doch Lee löste sich aus der Gruppe, ging über den sandigen Boden. Kirk räusperte sich demonstrativ.

»Mr. Kelso?«

»Ein ganz persönlicher Abschied, Jim ...« Lee wanderte an den Mauern entlang, klopfte auf die Steine und kehrte zurück. »Vielleicht habe ich nie wieder Gelegenheit, eine so großartige Architektur zu bewundern«, erklärte er.

Kirk übersah Parnebs kummervollen Gesichtsausdruck.

»Es kann losgehen«, sagte er.

An den Rest erinnerte er sich nicht mehr.

Unter der Ruhe des Ägypters verbarg sich Nervosität. Der Zweifel an seinen Fähigkeiten war nicht geringer geworden, im Gegenteil: Die Unsicherheit in ihm wuchs, ging weit über die Beklemmung vor dem Beginn jenes Experiments hinaus, das Kirk und seine Gruppe ins einundzwanzigste Jahrhundert der Erde verschlagen hatte. Er durfte sich nichts anmerken lassen. Jim und die anderen setzten ihre Hoffnung auf ihn, und sie hatten bereits genug Enttäuschungen hinnehmen müssen. Parneb hielt den kleineren Kristall in beiden Händen und schwor feierlich, nie wieder die Zeit zu manipulieren, falls sich jetzt der erhoffte Erfolg einstellen sollte. Er konzentrierte seine mentale Energie darauf, einen sehnlichen Wunsch zu verwirklichen ...

Und schoß übers Ziel hinaus. Von einem Augenblick zum anderen spürte er, wie eine gewaltige, temporalräumliche Distanz zwischen ihm und den fünf Personen entstand: Sie sausten fort, verloren sich in einer Zeit jenseits der Zeit. Die Bilder in der Kugel sprangen Parneb entgegen, projizierten Grauen und Entsetzen an die Wände, schufen eine alptraumhafte Sequenz, die aus Verrat, Gewalt und Tod bestand. Er vernahm Stimmen, die er kannte, aber sie waren auf tragische Weise verzerrt, brachten Qual und Furcht zum Ausdruck.

»*Ein Gott verdient vor allen Dingen Mitleid ...*«

»*Nun, es ergab überhaupt keinen Sinn, daß er Bescheid wußte ...*«

»*Spock hat recht und du bist ein verdammter Narr, wenn du das nicht begreifst ...*«

»Ach du *meine* Güte!« stieß Parneb hervor und schüttelte den Kopf, als könne er auf diese Weise die Schreckensbilder vertreiben. Er umklammerte den Kristall, um das *Falsche* in ihn zurückzudrängen.

»*Töte mich, solange du Gelegenheit dazu hast ...*«
»*Ein Gott verdient Mitleid ...*«
»*Töte Mitchell, solange du dazu in der Lage bist ...*«
»*Es tut mir leid ... Du ahnst nicht, wie es ist, ein Gott zu sein ...*«
»*Flehen Sie mich an, Captain ... Bitten Sie mich um einen gnädigen, schmerzlosen Tod ...*«
»*Mitleid ...*«
»*Ich bedaure ...*«
»*Töte Mitchell ...*«
»*Töte mich ...*«
»*Ein Gott verdient vor allen Dingen Mitleid, MITCHELL!*«

Parneb griff nach der Kugel, zwang ihr seinen Willen auf. Seine Finger brannten sich so in den Kristall hinein, als bestehe er aus Eis, das in der Wärme der Verzweiflung schmolz. Die Bilder wirbelten umher, krochen in das zitternde Bewußtsein des Ägypters, während gedankliche Befehle die Zeit anhielten und umkehrten.

Ein Ort aus blauem Staub und Verwirrung. Zwei Gestalten in der öden Landschaft. Zwei Männer: Der eine hielt Wache, und der andere sank zu Boden ...

»Captain?«

Eine starke Hand half Kirk auf die Beine.

»Was ist passiert?« Jim klopfte die Hose ab, spannte versuchsweise die Muskeln und versuchte, sich daran zu erinnern, wo er war — und warum. Es fiel ihm sehr schwer.

»Vermutlich wirkt sich die dünne Atmosphäre schädlich auf den menschlichen Körper und Geist aus, Captain. Sie verloren das Bewußtsein. Ich nahm mir die Freiheit, die anderen an Bord beamen zu lassen.«

»Und damit trafen Sie genau die richtige Entscheidung«, erwiderte Kirk. Die anderen? Wahrscheinlich die übrigen Angehörigen der Landegruppe. Aber wer?

»Mr. Mitchell und Mr. Kelso klagten über Atemprobleme«, fuhr Spock fort, und Jim prägte sich die beiden Namen ein. Der Nebel verflüchtigte sich in den dunklen Kammern seines Gedächtnisses, und einzelne Details der Mission fielen ihm ein. Doch das Gefühl der Desorientierung blieb. »Sie haben sich in der Krankenstation gemeldet.«

»Gut«, brummte Kirk und hustete, als ihm blauer Staub in Mund und Nase drang.

»Captain?« Der Vulkanier musterte ihn. »Ich möchte vorschlagen, daß wir zur *Enterprise* zurückkehren. Hier lassen sich keine weiteren Erkenntnisse gewinnen.«

Die Türen des memorialen Archivs schwangen auf: eine Landegruppe, um den Planetoiden M-155 zu erforschen, der in unregelmäßigen Abständen verschwand, den Himmelskörper, auf dessen Oberfläche sie standen und der jederzeit ...

»Sie ... Sie sind bei Bewußtsein geblieben, Mr. Spock?«

Der Vulkanier nickte. »Ich glaube schon, Captain. Allerdings klafft im Komplex meiner Reminiszenzen eine Lücke von genau null Komma fünf Minuten, und außerdem habe ich irgendwie meine Uniform beschädigt.« Er deutete auf den zerrissenen Saum, auf die Stelle, an der die Offiziersabzeichen fehlten.

»Und ich habe meinen Kommunikator verloren«, stellte Kirk fest und suchte im Sand. »Wenn uns mehr Zeit bliebe ... Sind Sie sicher, uns fehlt nur eine halbe Minute?«

»Bestätigung, Captain. Doch ich muß Sie darauf hinweisen ...«

»... daß es nicht unbedingt ratsam wäre, noch länger auf dem Planetoiden zu verweilen und Gefahr zu laufen, mit ihm zusammen zu verschwinden«, beendete Jim den Satz. »Wir können die Untersuchungen an Bord der *Enterprise* fortsetzen. Eine Option, die Sie bereits vor dem Transfer hierher vorschlugen, wenn ich mich recht entsinne.« Er seufzte. «Ich glaube, in Zukunft sollte ich Ihre Ratschläge weitaus ernster nehmen.«

Er sprach in einem betont ernsten Tonfall, aber die unterschwellige Ironie entging der vulkanischen Aufmerksamkeit nicht.

»Diese Einschätzung teile ich voll und ganz.«

Spock beendete die Mentalverschmelzung und kehrte in die Realität zurück.

Licht flutete ihm entgegen. Und er vernahm ein seltsames Rasseln: McCoy schnarchte hingebungsvoll. Der Arzt saß im Sessel neben dem erkalteten Kamin, den Kopf zurückgeneigt, den Mund offen. Die Arme reichten schlaff über die Lehnen; der eine Fuß ruhte auf einem nahen Schemel, und das andere Bein war angewinkelt. Ohne das laute Schnarchen hätte man ihn für tot halten können.

Es ließ sich nicht bestimmen, wie lange er schon schlief. Seit achtundzwanzig Komma sechs Stunden erforschten Captain Spock und Admiral Kirk ein aus Erinnerungen und Geschichte bestehendes Labyrinth, und irgendwann waren McCoy die Augen zugefallen. Es spielte keine Rolle. Der jetzt auf dem Boden liegende Tricorder hatte alles aufgezeichnet, und dem Inhalt des elektronischen Speichers kam weitaus größere Bedeutung zu als der Wachsamkeit des Doktors. Eins stand fest: Niemand konnte mehr an Kirks geistiger Gesundheit zweifeln.

Spock griff nach dem kleinen Gerät, schaltete es aus und wünschte, mit McCoy ähnlich verfahren zu können. Er hielt es für ausgeschlossen, daß ein von solcher Geräuschentwicklung begleiteter Ruhezustand körperliche und geistige Energien zu regenerieren vermochte.

Er wandte sich um und sah Kirk an, der vorgebeugt saß, das Gesicht hinter den Händen verborgen.

»Ist alles in Ordnung mit Ihnen, Jim?«

Der Admiral ließ einige Sekunden lang die Schultern hängen, strich sich übers Haar und musterte seinen Freund.

»Ich glaube schon.«

Er richtete den Blick auf McCoy, dessen Schnaufen und Rasseln noch lauter wurde.

»Wirklich schade, daß er keinen Lautstärkeregler hat.«

»Ich bin sicher, es läßt sich trotzdem etwas unternehmen«, sagte Spock ernst.

Mühelos hob er den Arzt an, um ihn ins Schlafzimmer zu tragen, wo er nach Herzenslust weiterschnarchen konnte. McCoy reagierte auf die Berührung, indem er den Arm um Spock schlang. Er lehnte den Kopf an die Schulter des Vulkaniers, murmelte etwas und lächelte im Schlaf.

»›Rosebud‹?« wiederholte Spock verwirrt.

»Eine junge Frau in einer Bar, die er häufig besucht«, erklärte Kirk vage. »Sie glüht im Dunkeln.«

»Oh.«

Der vulkanische Captain verzog kurz das Gesicht und brachte McCoy ins Nebenzimmer. Als er zurückkehrte, stand Kirk am Fenster und starrte in die Dämmerung. Im verblassenden Licht bildeten seine Züge ein seltsames Schattenmuster, und Spock beobachtete, wie der Admiral die Lippen aufeinanderpreßte, wie das menschliche Gesicht einen steinernen, maskenhaften Ausdruck gewann. Nur das matte Funkeln in den Augen — *Tore zur Seele*, dachte Spock; er hielt diese Metapher für angemessen, gerade in bezug auf Jim — brachten zum Ausdruck, was er empfand.

Kirk runzelte die Stirn, als er im Glas der Fensterscheibe das Spiegelbild des Vulkaniers bemerkte.

»Spock ...« Er schauderte plötzlich, versuchte zu lächeln und wurde wieder ernst. »Offenbar hat Parneb Einfluß auf unser Gedächtnis genommen, damit wir seine Zeit-Manipulationen und alles andere vergessen.«

»In der Tat.« Spock trat näher heran — eine hilfsbereite, schützende Präsenz. »Es war eine starke Stimulation notwendig, um unsere Reminiszenzen zu reaktivieren.«

»Mir ist kalt«, stieß Kirk hervor, von sich selbst überrascht. Er wandte sich dem Kamin zu, entzündete ein Feuer. Spock blieb neben ihm, um seine Seele zu wärmen.

Jim schürte das Feuer, schenkte sich einen weiteren Brandy ein und schwieg noch immer.

Sie nahmen das Abendessen ein, und kurz darauf schlief Kirk ein wenig. Diesmal wurde er nicht von Alpträumen heimgesucht. Als er erwachte, stellte er mit einem gewissen Verdruß fest, daß Spock nach wie vor auf den Beinen war, das Geschirr abgeräumt und sich einen belebenden Cognac genehmigt hatte.

Die meisten Vulkanier mochten keinen Äthylalkohol. Wenn sie doch entsprechende Getränke genossen, so aus reiner Neugier — oder weil sie die menschlichen Traditionen achteten. Spock war in dieser Beziehung besonders zurückhaltend; normalerweise trank er nicht einmal bei gesellschaftlichen Anlässen.

Doch die lange mentale Reise hatte auch ihn erschöpft. Und wenn das Ich von Gedanken an T'Lera und Jeremy Grayson belastet wurde ... Es gab ein ideales Rezept, um wieder Ruhe zu finden: ein ruhiger Ort, das Gespräch mit einem Freund, die ästhetische Beschaulichkeit eines Produkts, das einem trinkbaren Kunstwerk gleichkam.

Nichts Existierendes ist unwichtig. Spock beobachtete, wie der flackernde Feuerschein wechselhafte Reflexe im bernsteinfarbenen, gereiften Armagnac schuf, drehte das Glas langsam hin und her. Einige bestimmte Dinge durchdrangen die Barrieren der vulkanischen Selbstdisziplin.

»Uns unterlief ein schwerer Fehler!« sagte Kirk plötzlich. »Wir haben T'Lera und Sorahl unter einem völlig falschen Vorwand zurückgeschickt. Angenommen, der Rat der Geeinten Erde hätte entschieden, sie willkommen zu heißen und diplomatische Beziehungen mit Vulkan aufzunehmen? Vielleicht wurde durch unser Eingreifen eine einzigartige Chance vertan. Spock, haben wir die Föderation gerettet — oder ihre Entstehung um zwanzig Jahre verzögert?«

Der Vulkanier griff nach dem Buch *Fremde vom Himmel*. Kirk, der echtes Papier vorzog, in diesem Zusammenhang elektronische Speichermoduln ablehnte ...

»Wenn Captain Nyere seine Absicht verwirklicht und den Journalisten Zugang zum Schiff gewährt hätte, wäre genau jener ›Medienrummel‹ entstanden, der in unseren

Träumen den metaphorischen Visionen von Blut an den Wänden vorausging«, erwiderte er behutsam. »Und wenn sich T'Lera durch Sorahls Tod und ihren eigenen von aller Verantwortung befreit hätte, wäre unser Alptraum Wirklichkeit geworden. Das blutige Chaos, das Sie in Ihren Träumen sahen, Jim ist nur ein symbolisches Bild. Wir Vulkanier kennen weitaus weniger drastisch-dramatische Methoden, um dem eigenen Leben ein Ende zu setzen.«

Kirk nickte langsam. »Dutzende von Journalisten, die ins Zimmer stürmen, zwei tote Aliens sehen — und daraus völlig falsche Schlüsse ziehen.«

»In der Tat.«

»Und das haben wir allein durch unsere Anwesenheit verhindert?« fragte Kirk.

»Die Ereignisse lassen kaum einen anderen Schluß zu.«

»Unser Unterbewußtsein konnte das Geheimnis nicht für immer hüten«, murmelte Jim. Die einzelnen Mosaiksteine fügten sich allmählich zu einem einheitlichen Bild zusammen. »Die Blut-Symbolik meines Traums wirkte als ein zusätzlicher Auslöser, bescherte uns das Im-schlimmsten-Fall-Szenario, das wir in der Antarktis verhindern wollten. Himmel, in den Visionen gab es Hinweise genug: mein Tennisspiel mit Melody, Ihre Begegnung mit Amanda ... Da Ihre Erinnerung an Jeremy Grayson blockiert blieb, träumten Sie statt dessen von seiner Urenkelin.«

»Korrekt.«

»Und da wir T'Lera nur gemeinsam überzeugen konnten, verfingen wir uns im Gespinst unvollständiger Erinnerungen. Niemand von uns war in der Lage, ohne die Hilfe des anderen einen Ausweg zu finden. Elizabeth Dehner wurde zum Schlüssel, denn sie sorgte dafür, daß wir unsere Differenzen überwanden ...«

»Und daraus folgt: Uns mögen Fehler unterlaufen sein, vielleicht standen wir sogar einige Male wie Narren da. Aber unser Präsenz, unser Handeln, war eine unabdingbare Voraussetzung für die historische Ereigniskette.«

Spock gab Kirk das Buch zurück.

Epilog

Als die Menschen sicher sein konnten, daß sich auf ihrem Planeten weder sprechende Petunien noch kleine grüne Männchen herumtrieben, vergaßen sie ihre Hysterie und kehrten in die Realität des Alltäglichen zurück. Die meisten von ihnen ahnten nicht, daß sich die allgemeine Atmosphäre zumindest ein wenig verändert hatte. Das Leben auf der Erde konnte nie wieder so sein wie vorher.

Yoshi begab sich nach Agro III und mußte dort feststellen, daß der gesamte Tang von Welke befallen war. Er setzte sich sofort mit AgroInternational in Verbindung, übermittelte die Formel ›seines‹ Heilmittels und erklärte sich bereit, die Wirksamkeit des synthetischen Enzyms selbst zu testen. Innerhalb von drei Tagen verschwand der die Fäulnis bewirkende Pilz. Auf Yoshis Betreiben hin wurde das Mittel unter dem Namen ›Sorahlaz‹ patentiert und den anderen Agrostationen verkauft. Es dauert nur ein solares Jahr, um die Tangwelke endgültig zu besiegen. Noch heute benutzt man Sorahlaz auf vielen Meereswelten, um entsprechende Pilzinfektionen zu behandeln.

Hat der vulkanische Beitrag zur irdischen Wissenschaft Terra vor einer globalen Hungerkatastrophe bewahrt? Die tatsächliche Bedeutung von Sorahls Hilfe läßt sich heute nicht mehr bestimmen. Wie dem auch sei: Es war nur der Anfang.

Schon vor dem Tod der beiden Kriminellen Rächer und Easter galt der Terrorismus als überwunden, aber ihr Ende zog einen dicken Schlußstrich unter dieses dunkle Kapitel des menschlichen Fanatismus. Die übrigen Mitglieder der über die ganze Welt verstreuten Terrorgruppen gaben den ›bewaffneten Kampf‹ für eine längst unnötig gewordene ›Weltrevolution‹ auf und kehrten nach und nach in die Gesellschaft zurück, die sie zuvor abgelehnt hatten. Der Waffenhändler, von dem die beiden berüchtigten Terroristenführer ihre Ausrüstungen bezogen, wurde entlarvt und meldete kurze Zeit später Konkurs an. Aghan und seine Gefährten, die während ihrer Flucht aus der Antarktis in Gefangenschaft gerieten, mußten sich einer ›Persönlichkeitsmodifikation‹ unterziehen — bevor das Gesetz über die Unantastbarkeit des Bewußtseins solche Maßnahmen verbot. Nun, Wahnsinn, Intoleranz und Dummheit lassen sich nie ganz aus der menschlichen Gesellschaft verbannen, aber Melody Sawyers Lasergewehr sorgte dafür, daß der Rest des einundzwanzigsten Jahrhunderts auf der Erde von Terrorismus weitgehend verschont blieb.

Gleichzeitig entstanden andere und durchaus begrüßenswerte Bewegungen, die schon nach kurzer Zeit ins Zentrum der öffentlichen Aufmerksamkeit gerieten. Zu ihnen gehörte ›Willkommen‹, eine Organisation, deren Ziel darin bestand, die Menschheit auf einen Kontakt mit anderen intelligenten Lebensformen vorzübereiten. Gegründet wurde sie, als die *Icarus* zu Alpha Centauri startete, doch echte Bedeutung gewann sie erst durch die Mitgliedschaft einer gewissen Tatiana Bilash.

Tatya kehrte zusammen mit Yoshi zur Agrostation zurück und blieb dort eine Weile. Zwar fühlten sie sich noch immer zueinander hingezogen und bekamen schließlich ein Kind, das Yoshi aufzog, aber die Wege der beiden Agronomen trennten sich bald. Tatya glaubte aus irgendeinem Grund, ihr Leben gründlich ändern zu müssen: Sie konzentrierte ihre ganze Kraft auf die Vereinigung Willkommen und wurde schon bald zu ihrer wichtigsten Repräsentantin. Sie gehörte zu der Delegation, die man entsandte, um die ersten Centaurier auf der Erde zu begrüßen. Und als betagte Politikerin nahm sie im Jahre 2087 an der ersten Interplanetaren Babel-Konferenz teil.

Konnte sich Tatya einige Erinnerungen an jene Ereignisse bewahren, die schließlich ihre neue Karriere begründeten? Wir wissen es nicht. Nur eins steht fest: Während ihrer Reisen besuchte sie viele Welten, doch sie setzte nie einen Fuß auf Vulkan.

Ganz im Gegensatz zu Yoshi. Er schloß sich einer Gruppe aus Wissenschaftlern und Agrikultur-Experten an, die im Jahre 2073 nach Vulkan flogen. Er kehrte nie zur Erde zurück, beantragte statt dessen die vulkanische Staatsbürgerschaft und bekam einen Lehrstuhl an der Akademie von ShiKahr. Dort verlieren sich seine Spuren hinter den Schleiern der von Vulkaniern so sehr geschätzten Privatsphäre. Vielleicht ging er in die Wüste. Vielleicht wurde er *dVel'nahr*, ein Vulkanier-durch-Wahl — nur wenige Menschen konnten eine solche Ehre für sich in Anspruch nehmen. Man darf nur vermuten, daß er letztendlich den Frieden fand, den er auf der Erde vergeblich suchte. Es bleibt ein Geheimnis, ob sich Yoshi an Sorahl erinnerte und ihn wiedersah.

Unterdessen zeichneten sich die irdischen Verhältnisse nicht nur durch Harmonie und Eintracht aus. Ermittlungen folgten auf den Zwischenfall: Die echte Dr. Bellero wurde vom Mars zurückbeordert und in Hinsicht auf ihren angeblichen Aufenthalt in die Antarktis befragt. Die Behörden fanden nie heraus, wer in die Rolle der Psychologin geschlüpft war, und ebenso rätselhaft blieb die Identität der beiden so unterschiedlichen Männer — der eine charismatisch, der andere ernst und unnahbar —, denen es gelang, eine Vulkanierin von ihrem Standpunkt zu überzeugen.

Vielleicht wäre Parneb in der Lage, alle offenen Fragen zu beantworten, aber unser Wissen über ihn beschränkt sich auf Sorahls Tagebuch. Der junge Vulkanier hinterließ uns genaue Beschreibungen des extravaganten Menschen, der die Rettungsgruppe in die westliche Sahelzone brachte, unterwegs fröhlich plauderte und mit Dr. Bellero Tee trank, während die anderen das kleine Raumschiff vorbereiteten. Doch die Aufzeichnungen enden mit dem Start der Kapsel; Sorahl konnte uns keine weiteren Informationen über den Ägypter und die namenlosen Fremden überlassen. Wer auch immer sie waren: Sie verschwanden zusammen mit Parneb in der Zeitlosigkeit des Orients.

Bei genauen Nachforschungen stößt man auf mehrere

Männer mit dem namen Mahmoud Gamal al-Parneb Nezaj. Einer von ihnen heiratete mehrere Jahre nach dem Absturz des vulkanischen Erkundungsschiffes eine Tochter der großen Al Faisal-Familie, doch es deutet alles darauf hin, daß jener Parneb wesentlich jünger war. Ganz gleich, wer er gewesen ist: Er nahm als einer unter vielen am Leben des Clans teil, dessen Wurzeln bis zu den ehemaligen Herrschern von Saudi Arabien und den Beduinen-Stämmen im Nahen Osten zurückreichen. Zu den heutigen Nachkommen gehört unter anderem die frühere Hochkommissarin der Geeinten Erde, Jasmine al Faisal. Die Ehe blieb ohne Kinder — und damit erschöpft sich unser Wissen über Parneb.

Captain und Erster Maat der *Delphinus* sahen sich eine Zeitlang im Mittelpunkt verschiedener Kontroversen. Wenn es, abgesehen von den Vulkaniern, unschuldige Opfer des Zwischenfalls gab — die Namen Nyere und Sawyer dürfen bei einer entsprechenden Liste nicht vergessen werden.

Einige Wochen nach der Begegnung mit T'Lera und Sorahl reichte Jason den Abschied ein und zog sich in den Ruhestand zurück. Diverse Krankenblätter lassen den Schluß zu, daß er in den folgenden Jahren häufig wegen Depressionen behandelt wurde. Man stelle sich vor, wie er des Nachts aus den Fenstern seines Hauses in Lagos blickte und zu den Sternen emporsah — ohne recht zu wissen, wonach er Ausschau hielt. Im Jahre 2064 fiel Jason Nyere einem nicht näher bestimmten Fieber zum Opfer — zwölf Monate bevor erneut Vulkanier zur Erde kamen.

Es gibt keine Anzeichen dafür, daß sich Melody Sawyer an irgend etwas erinnerte. Man ernannte sie zur Kommandantin des Überwachungsschiffes *Xeno*, und im Verlauf der nächsten zwanzig Jahre erwarb sie sich den Ruf, ein strenger, aber gerechter Captain zu sein. Es wird berichtet, nach einer Explosion im Maschinenraum habe sie alle Besatzungsmitglieder in Sicherheit gebracht, bevor sie mit ihrem Schiff unterging. Ich möchte an dieser Stelle auf eine besondere Ironie des Schicksals hinweisen: Ein von den Vulkaniern entwickeltes Triebwerk, das nur wenig später auch auf der Erde Verwendung fand, hätte Melody vor dem Tod bewahrt.

Sorahls Dokumente schildern die Heimkehr nach Vulkan in allen Einzelheiten. Überraschenderweise dauerte der Flug nicht annähernd so lange, wie seine Mutter und er zunächst annahmen. Einmal mehr kam ein glücklicher Zufall ins Spiel. Außerhalb des Solsystems kreuzte die Kapsel den Kurs eines vulkanischen Robotschiffes, das im interstellaren Leerraum nach Antimaterie suchte. Es nahm die beiden Rückkehrer auf, und somit verkürzte sich die Reise nach Hause auf weniger als ein Standardjahr. Der von Sorahl und T'Lera erstattete Bericht trug maßgeblich zur Entscheidung des Amtes für Außenweltforschungen bei, das Studium der irdischen Kultur fortzusetzen.

Die vulkanischen Archive enthalten einige Unterlagen über die Einsatzbesprechung nach der beinahe tödlichen Erkundungsmission, und dem Leser soll ein Kuriosum nicht vorenthalten werden. Bei der Befragung durch Repräsentanten des Außenweltamtes und der Regierung weigerte sich T'Lera, die Namen ihrer Retter zu nennen. Als man von Sorahl Auskunft verlangte, antwortete er nur: »Ich erinnere mich nicht an sie.« Wir müssen also davon ausgehen, daß seine Mutter und Kommandantin aus ganz persönlichen Gründen einen Teil seines Gedächtnisses gelöscht hat. Später setzte Sorahl den aktiven Dienst fort und befehligte Dutzende von Raumschiffen, bis er im Alter von 247 Jahren starb. Seine sehr sorgfältig geführten Tagebücher halfen der Autorin bei ihren Recherchen, und sie möchte diese Gelegenheit nutzen, um ihm nachträglich zu danken.

Es ist nicht bekannt, welches Schicksal T'Lera erfuhr. Nach ihrer an den Hohen Rat Vulkans gerichteten Erklärung — »Es ist keine Lüge, die Wahrheit für sich zu behalten, und manchmal sollte das Wahre unausgesprochen bleiben.« — scheint sie sich einfach in Luft aufzulösen. Sie wird nirgends erwähnt, weder in Sorahls Tagebuch noch in offiziellen Aufzeichnungen. Wahrscheinlich zog sie sich in absolute Einsamkeit zurück, um ihr Wissen zu hüten.

Heute besteht die Föderation aus fünfhundert Planeten, und oft vergessen wir, wie kritisch die Anfänge waren. Wer seit hundert Jahren Frieden genießt, denkt nicht daran, daß die Geschichte kein einfacher, geradliniger und stabiler Prozeß ist, sondern das Ergebnis von Zufall, von Myriaden Wechselwirkungen, einem ständigen Was-ist-wenn, dessen Folgen sich nur schwer voraussagen lassen. Wer dieses Buch liest, wird mir sicher zustimmen, wenn ich behaupte, daß unser aller Leben auf die eine oder andere Weise von Vulkaniern beeinflußt wurde ...

*

Spock wanderte allein durch die verkehrsreichen Straßen von Theben. Irgend etwas zog ihn an, lenkte seine Schritte in eine bestimmte Richtung. Als er den Ort fand, erkannte er ihn zunächst nicht wieder: In dem Viertel standen Dutzende von Hochhäusern; Parnebs Neo-Fathy-Bauwerk existierte längst nicht mehr. Vielleicht war irgendwann auch das Kellergewölbe mit all seinen Geheimnissen dem Fortschritt zum Opfer gefallen.

Der Vulkanier rechnete eigentlich nicht damit, jenen Gegenstand zu finden, den er hier zweihundert Jahre vor seiner Geburt zurückgelassen hatte. Der Abstecher nach Theben gründete sich auf Nostalgie — Logik spielte in diesem Zusammenhang keine Rolle. Er kam, um einen Vorfahren zu ehren.

Jeremy Graysons Körper war längst zu Staub zerfallen, aber sein *Katra* lebte nicht nur in den Bewohnern einer Welt weiter, die endlich Sinn und Bedeutung des kleinen, silbernen Anhängers verstanden, sondern auch im grünen Blut eines einzigartigen Nachkommen. Es schien nur recht und billig, wenn der irdische Boden das Amulett vereinnahmt hatte.

»Ich bitte um Entschuldigung, Herr Vulkanier.« Ein kleiner Junge zupfte an Spocks Uniformärmel, grinste wie die Katze aus *Alice im Wunderland*. »Haben Sie das hier verloren?«

Er hob eine dünne Kette aus dem Sand zu ihren Füßen, und Spock musterte den Knaben neugierig. Zu groß für sein Gewicht — oder zu schmal und hager für seine Größe. Er wirkte auf sonderbare Weise vertraut.

»Ich bin sicher, sie gehört dir«, erwiderte er und wollte die Kette zurückgeben.

Der Junge lächelte erneut. »Oh, ich habe schon eine«, sagte er und zeigte Spock den kleinen, trüben Kristall, der an seinem Hals baumelte. »Behalten Sie die Kette ruhig.«

Er wandte sich um, lief fort und verschwand in der Menge. Spock versuchte nicht einmal, ihm zu folgen. Statt dessen betrachtete er das glänzende, staubige Objekt, das er wie durch ein Wunder zurückerhalten hatte.

»Faszinierend.«

Die starken und doch sanften Finger eines Vulkaniers berührten den uralten Boden seiner Ahnen und strichen ehrfurchtsvoll über das Zeichen des Friedens.